KUWEI
酷威文化
图书 影视

青云台

沉筱之 著

上册

江苏凤凰文艺出版社
JIANGSU PHOENIX LITERATURE AND ART PUBLISHING

目录

卷一

卷二

卷三

番外

卷一

第一章

客至上京

雷声隆隆，雨如瓢泼。

上京城近郊的山间，一列官兵在这雨夜里纵马而过。

忽然间，身侧的山林里，仿佛惊鸟振翅，传来一丝轻微的动静。

“吁——”为首的官差勒停了马，一双如鹰隼的目瞥向林间，“去看看。”

“是。”

训练有素的卫兵点起火把，很快在山林间分散开。

那是裹了油毡布的火把，雨侵不灭，所照之地亮如白昼，借着火光望去，甚至能瞧见这些官兵衣摆上绣着的雄鹰暗纹。他们的身形快如飞梭，如一张网一般在山野间无声无息地铺开，要叫藏匿在山中的鸟兽蛇虫通通无处遁形。

崔芝芸躲在矮洞里，见了这副情形，不禁发起抖来，她努力抿紧自己的唇，控制着自己不要呜咽出声——刚才青唯离开时，提醒过她绝不可轻举妄动的。

可是，只要是稍微有点儿见识的人，便可知这支在山间搜寻的官兵，并不是寻常的官府衙役，而是只听命于帝王的天子近卫——玄鹰司。

这已是嘉宁三年的初秋了。自新帝继位，已许久不曾动用这支臭名昭著的近卫，今日玄鹰司的人忽然出现在上京郊外，不知道是发生了什么大案。

少顷，矮洞外传来轻微的脚步声。

崔芝芸抬眼望去，洞前的枝蔓被轻轻一撩，一个身覆斗篷的女子闪身进来。她的兜帽压得很低，遮住大半张脸，打眼望去，只能瞧见她苍白的下颌。

崔芝芸：“青唯。”崔芝芸一下握住她的手，“我们……我们为何竟惊动了玄鹰司？”

青唯：“可能是我刚才探路时惊扰了他们。”

崔芝芸："那我们……还能逃吗？"

青唯摇了摇头："逃不了，他们的耳力十分敏锐，恐怕早已察觉出这个矮洞的蹊跷。"他们眼下不搜，只不过是担心有漏网之鱼，想先行把整座山锁入他们的大网之中。

"那怎么办？"崔芝芸的脸色一白，她颓然跌坐在地上，"难道只剩死路一条了？"她望向矮洞外，细如断线的雨丝。这雨丝好像蛛网，要把她们困死在这个昏暗的山洞之中，又好像刻漏，一滴一滴地在催命夺魂。

崔芝芸想不明白，为何一夕之间，自己竟然会从一个千金小姐，变成了一名杀人犯。她出生于陵川，父亲是当地的一名富商，后来经一名高官指点，迁居到岳州做生意，端的是官路商路两厢亨通。她从小锦衣玉食地长大，至今，除了姻缘，可以说是没有半点儿坎坷。她的亲事是自幼定下的，对方姓江，是上京城里的人，因为两地相隔，两家渐渐断了来往。崔家本以为这段姻缘也将不了了之，去岁入冬，对方忽然来了一封信，听闻还是她那位未婚夫婿亲自执笔，称聘礼已备好，只等迎娶崔芝芸为妻。

彼时崔父拿了这封信，嗟叹再三。他知道崔芝芸早已有了真正的相许之人，对她说道："你若实在不想嫁，为父寻个由头，写信帮你回绝了就是。"

信还没写成，家里就出事了。官府连夜来了人，带走了父亲与一家老小，连原因都不曾交代。后来，崔芝芸也是从邻里街坊的口中听来了些细枝末节。

"听说是你父亲早年经商时犯下的旧案，案情不得了哩。"

"拿走你父亲的，不是知府老爷，是上京城里来的大官！"

还有人阴阳怪气地道："怎么一家子都要受审，唯独你跟你那个小姊妹平安无恙呢？"

那人语带嘲弄，言下之意，不过是猜测她仗着美貌，做了些不可告人的腌臜事。

一家人受牵连是事实，亲人被关在大牢中日夜受审也是事实，甚至连从小照顾她的乳娘也被捉了去。

崔芝芸尚记得那些官差上门时，父亲指着她，哀求那位上京城里来的紫袍大人："草民子息单薄，平生只得这么一个独女，求大人饶她一命。小女、小女早已许了上京城江家，有来信为证！”

待紫袍大人验过信，父亲又指着青唯道：“她是我长兄之女，寄养在我膝下，她什么都不知道，大人尽可以去查。”

父亲被拖走时，连声“冤枉”都没喊，只恳求青唯道：“你一定要把芝芸平安送到上京城。”

青唯只长芝芸一岁，就算幼时漂泊在外，会些三脚猫的功夫，也不过是女流之辈。此去上京城，山一重水一重。崔芝芸不知道，父亲为何要把这样艰难的任务交给她，后来才明白，大概周遭亲邻里，已无人可托付了吧。

昔日父亲的亲朋好友怕受牵连，皆对她闭门闭户，稍稍好心一些的，便多说一句：“反正袁大公子喜欢你，你又何必矜持？”

也有人自以为忠言逆耳：“此去上京城，迢迢数百里，你们两个女子如何上路？再说了，你在上京城中的那位未婚夫婿臭名昭著，你若嫁了他，何尝不是从一个泥潭出来，又摔进另一个泥潭？还不如跟了袁大公子。”

“便是你在上京城还有亲人又怎么样呢？你的父亲犯下大罪，那些亲人未必会收留你。”

“听说袁公子请了媒人，要为你与他说亲了。你跟了他，也算有个着落，你就算不为了自己着想，也该为了你那个小姊妹着想。她生来命苦，你跟了袁公子，她日后好歹有个遮风避雨的屋檐。”

这些“肺腑之言”崔芝芸一句一句地听了，可是半个字都没有听进去。是的，她那个未婚夫婿臭名昭著，可那袁文光便是好人吗？那才是实实在在的恶霸，欺男霸女，恶贯满盈！

父亲出事以后，若不是官府的衙差还常在崔宅外巡视，只怕袁文光早就带着人闯入家中了。

崔芝芸思来想去，最终还是决定去上京城。不是为嫁人，而是为了父亲，就算无法申冤，起码要知道父亲是因何获罪。在岳州问不出来父亲的案情，那么她就去上京城问。

两个女子趁着夜色上了路，一路为甩开袁文光的尾随，时停时走，时掩时藏。她们到了上京城近郊的驿馆，青唯跟驿官借了马，去附近的集市上采买用度。

她们本来以为已经彻底甩开了袁文光，谁知正是青唯离开的这大半日，袁文光也到了驿站歇脚。他跟了一路，最后居然跟丢了美人儿，狼狈之余，跟驿官要了烈酒大肆狂饮。谁知他正喝得酩酊大醉，竟与在井边打水的美人儿不期而遇。

青唯不在身边，崔芝芸看到袁文光的第一个反应就是逃。

这是郊外，附近只有无尽的荒烟蔓草。她惊慌之下不辨方向，只记得四周的草越来越深，越来越密。

而袁大公子似乎很满意这场追逃，寻而不得的狼狈一扫而空，他像一只猛兽，充满玩味地看着自己的猎物在逃命中脱力。

袁文光吩咐跟来的小厮："你们在这里等着。"然后他一步一步地逼近自己的猎物。

崔芝芸也不记得自己逃了多久，只记得袁文光满口的酒气混杂着旁边水荡子的青苔味，直令人作呕。袁文光喘着粗气，附在她的耳边对她说："美人儿，从未有一个姑娘如你这般，让我日思夜想。美人儿，我从第一眼见到你，就开始肖想你了，这么多年了，咱们也算有情人终成眷属。芸芸，别逃了，你父亲犯下的是重案，他回不来了，从今往后，爷就是你的家人。"

崔芝芸仰起头，看着天幕低垂的云。她仰起头，看着天幕低垂的云，听到自己的裙子被撕裂的声音。裂帛之音仿佛在她的心上撕开一道口子，将她与过去锦衣玉食、无忧无虑的生活一刀斩断，这些日子压抑着的不甘、委屈、愤懑，通通涌上心头，化作蓬勃的怒火。什么叫父亲回不来了？不是袁文光塞银子给官府，让父亲再也不要回来的吗？若不是袁文光，自己这一路，也不会如此坎坷！

愤怒之下，崔芝芸竟奇异地冷静下来，她悄悄地抽回挣扎的手，摸到了一柄藏在后腰的匕首。

每次青唯离开，都会将这柄匕首留给她。青唯再三叮嘱她："若非遇到过不去的情况，这匕首等闲不出鞘。"还有什么情况比能眼下更难呢？

崔芝芸悄然取下匕首，撬开匕鞘，在袁文光最不设防的一刻，对准他的腹部狠狠一刺。出乎意料地，她竟没遇上多大阻力，那匕首如入无人之境，在袁文光反应过来前，已整个没入他的腹中。

崔芝芸愣住了。她是个从小养在深闺中的女子，手无缚鸡之力，能手持匕首轻易伤人，多半还是这匕首之功。这匕首，削铁斩金，匕刃之锋利恐怕世间难寻。

袁文光腹部溅出的血沾了崔芝芸满身，惊骇之间，她竟然记得扯下荒草去堵袁文光的嘴，以防他叫喊出声，引来远处的小厮。随后，她便没命地逃，她也不知道自己要逃到哪里去，险些被凌辱的后怕与杀人的惊骇在她的心中交织成一团乱麻，她在荒草地里仓皇而行，直到彻底脱力，昏死过去。

崔芝芸是被人唤醒的。幸好，率先找到她的不是袁文光的小厮，不是官兵，而是青唯。

崔芝芸睁开眼睛，入目的便是那一袭熟悉的黑色斗篷，与遮住半张脸的兜帽。崔芝芸立刻变得泪眼婆娑，惊慌地道："青唯，我好像……杀人了，我杀了袁大公子。"

青唯看到崔芝芸这一身的血，早已明白了发生的一切，道："芝芸，你且记住，你没有杀人，今日我们一直在一起，没有分开过，你也从没有见过袁文光，明白吗？"

崔芝芸似懂非懂地点点头。她看着青唯，青唯总穿着宽大的黑色斗篷，斗篷下的身体却纤瘦、单薄，这份掩藏在黑衣下的单薄，如今就是她全部的主心骨。

崔芝芸一下子扑入青唯的怀中，泪如雨下："阿姐，你怎么才回来……"她们这一路行来都戴着帷帽，驿官、车夫、店家，未必就看清了她们的真容，加之为了甩开袁文光，她们并未全走官道，沿途遇到的人，未必就能知悉她们的行踪，因此，哪怕事后袁家的小厮告到官府，只要她们两个人咬定一直在一起，从未见过什么袁大公子，双方各执一词，官府就难以断案。没有人看到她杀人。不，她要相信，她从没有杀人。

然而，人算不如天算，她们本想暂避风头，从山间绕回到官道，做出赶往上京的样子，没承想才一日过去，就惊动了玄鹰司。

矮洞外搜查的脚步声越来越近，大概是玄鹰司封锁了整座山，往她们这里来了。

崔芝芸浑身都在颤抖着。

青唯借着枝蔓的间隙朝外一看，火把的光已经照到三丈之内。

“不能再躲了。”青唯捉住崔芝芸的手腕，“我们先出去。”

“不……不……”崔芝芸惊骇交加，反握住青唯的手，“出去了，就没命了。”

雨还在下，“轰隆”一声，惊雷炸响，崔芝芸巨骇之下，话语磕磕巴巴地从齿间逸出来，“定是……定是那驿官、车夫，记住了我们的身形，报了官。这些玄鹰卫，肯定是来抓我们的。破绽太多了，青唯，我们瞒不住的。出去了，我只会是死路一条……”

青唯道：“才一日过去，就算是玄鹰司，未必能查得这么快。再说，袁文光不过中了一刀，人未必就死了。”

“未必……死了？”崔芝芸愣愣地看着青唯。她还是害怕，未必死了，也未必活着，袁文光被堵住嘴，留在这荒郊野外，等被人找到，或许血都流干了。

青唯的嘴角动了动，她却没有多说，因为洞外的脚步声已经近在耳畔。

洞前的枝蔓一下子被撩起，火光霎时蔓延进整个矮洞。

“什么人？出来！”

雨点砸在官道上噼啪作响，一名伍长将青唯与崔芝芸带到官道上。

卫玦高坐于马上，淡淡地扫了她们一眼，慢慢地开口道：“只有这两个人吗？”

“回大人，卑职找遍了山间，只找到了这两名女子。”伍长拱手道，“她们似乎是在山间的矮洞里避雨，卑职见她们行踪可疑，将她们带了过来。”

可疑？卫玦的一双鹰眼微生波澜，前行五里就有驿站，后退十里还有客舍，深更半夜，两名弱女子，好好的官道不走，偏生要到这山间避雨，岂止可疑，简直古怪至极。他低头仔细看向这二人。

雨比方才稍微小了些，被火光照着，犹如霞雾。这层霞雾笼罩在崔芝芸的身边，衬得她明艳娇柔，卫玦的目光在她的身上一掠而过，停留在另一个人的身上。

青唯穿着宽大的黑色斗篷，兜帽遮住大半张脸，即便如此，身后竟然还背了个挡脸的帷帽，仿佛她这张脸，必然不能被人看到似的。

卫玦："你二人为何夜半隐于山中？"

"回大人的话，"青唯道，"民女的叔父获罪，民女带妹妹一起来上京城投奔亲人，夜里忽逢急雨，所以避于山间的矮洞之下。"

卫玦听了这话，看了一眼来路的方向。南边来的，获罪？

卫玦："你们姓崔？"

青唯："……是。"

卫玦扬了扬缰绳，驱马来到青唯的身边，语气冷下来："崔弘义所犯乃重罪，朝廷下旨严查，一家上下盖不能幸免，你既然是他的亲人，不伏法也就罢了，还帮着罪犯之女脱逃，你可知罪？"

青唯："大人明察，民女与妹妹不是脱逃。"

卫玦："不是脱逃？"

青唯："只因妹妹与上京城江家有婚约，办案的钦差才准允我们姐妹二人来此。"

卫玦紧盯着青唯斗篷下的半张脸，忽然朝一旁伸出手："刀。"

一名玄鹰卫应"是"，呈上一柄身长三尺，镂刻着玄鹰展翅暗纹的云头刀。

卫玦将刀握在手里略微一掂，慢慢地问道："近来上京城中发生了大案，你二人可曾听闻？"

"大人说的大案，"青唯掩在斗篷下的声音稍稍迟疑，"是指我叔父的案子吗？"

"巧言善辩。"卫玦冷哼一声。他注视着青唯，握着刀的手腕突然一振。刀刃出鞘，寒芒如水，在雨夜里一闪，当头就朝青唯劈去。

崔芝芸被吓得惊叫出声，一下子跌坐在泥泞的地上。

刀锋铮鸣着袭来，在离青唯头骨的毫厘处堪堪停住，兜帽被斩成两半，伴着数根断了的青丝，朝两侧滑去，露出一张脸来。

“这……”距离最近的伍长骤然退了一步。其余玄鹰卫饶是训练有素，见了青唯的样子，也不由得面露惊异之色。

青唯的左眼至眉骨上方，覆着一片红斑，皮肤薄极了，透过皮肤，可以看见浅青的血纹。她低头站在雨里，不知道是红斑太恐怖，还是夜色太深，掩去了她眼中的狼狈，就这么一眼望去，倒像是刀斧加身亦能岿然不动的妖魅似的。

卫玦的眉头紧蹙，视线从她的脸上移开，顺着斗篷的领襟，一路往下，落到她垂在身侧的手。手指一直在微微颤抖着。卫玦见了青唯的手指，紧抿的嘴角才松弛下来。

深更半夜，一个女子遇到这么一大帮官兵，不但不怕，面对质问还能对答如流，原以为是什么了不得的人物，只是稍稍一试，才知是强装镇定罢了。

这是多事之秋，朝廷章、何二党闹得不可开交，陈年旧案牵涉了一大群人，昨日关在暗牢里的一名重犯又被劫了，卫玦受圣命彻查劫狱案，一路循踪而来，可惜除了这两名女子，未发现任何可疑之人。

“上京城江家。”卫玦咂摸着这四个字，语气平静无波，仿佛方才劈刀斩青丝的一幕没有发生过。

卫玦看向崔芝芸：“与你定亲的人是江辞舟？”

崔芝芸：“是……”

卫玦：“那么你们此行是要前往江家？”

“不……不是……”崔芝芸还是害怕，几乎是嗫嚅着道，“先行……前往高家。”

卫玦没有再问，玄鹰司耳目灵通，这其中的缘由他知道。高家是刑部高郁苍的府邸，他的娘子罗氏与崔芝芸的母亲是亲姐妹，后来各自嫁了人，两家同住陵川那几年，府邸门对门，院接院，简直亲如一家。反观江家，江逐年老来脾气越发古怪，连年来净生恶事，他的儿子江辞舟更是臭名昭著的一介纨绔，若不是有太后庇护，门楣只怕早就衰败了。崔芝芸来上京城应当是为她父亲的案子，去高家才是正途。

卫玦勒转马头：“走吧。”

雨水稍止，青唯扶着崔芝芸从泥地里站起来，看崔芝芸沾了一身泥浆，脱了斗篷给她。

她们还没戴帷帽，一名玄鹰卫就拿着铜铐过来了—— 玄鹰司夤夜出行捉拿要犯，这两名女子的行踪可疑，被当作嫌犯处置。

此地距上京城十多里路，到了城门口，已是天色微明。大周以文立国，民风开化，城里虽设宵禁，但是并不严谨。若有城民漏夜出行，达旦畅饮，巡卫的最多呵斥几句，尤其流水巷一带，有些楼馆通宵挂牌，上灯点火，巡检司只是睁一只眼闭一只眼。

然而，今日不知怎么，晨光熹微，要进城的百姓就在城门外排起长龙。城门处设了禁障，武德司增派人手，正在一个一个地排查。

司门郎中遥遥见了卫玦，提着衣袍，上来拱手道：“卫大人夤夜办案，辛苦了。”

卫玦问：“查到可疑之人了吗？”

“抓获了几个，尚未细审。”

卫玦吩咐一旁的伍长：“你去看看。”

一夜雨水过去，晨光虽然熹微，却有初晴的敞亮，城门口排队的百姓等得聊赖，见到一列气势煊赫的官兵，纷纷朝这边望过来。

最引人注目的还是其中两名女子，她们的手被铜铐锁着，一个娇美，另一个的左眼上覆有红斑，十分古怪。

这些百姓的目光在青唯的脸上停留片刻，他们便窃窃私语起来。

“大人。”青唯垂目站在卫玦的马后，待他与司门郎中说完话，唤道，“大人能否准允草民把帷帽戴上？”

卫玦听了这话，勒转马头，看了青唯一眼。青唯的斗篷早脱给她的小姊妹了，她浑身上下只裹着素衣，显得十分单薄。问出这话，她自己也显得十分窘迫，紧抿着唇，低垂着头，尤其是那双被铐在身前的手，似乎觉察到他的目光，手指还微微蜷曲了一下。但那红斑还是扎眼，真是丑，想不被注意都难。

卫玦收回目光，并不理会她。

过了一会儿，刚才去城门口问话的伍长回来了，称已将嫌犯悉数送去了玄鹰司，又说："高府的当家主母也来了，所说的与崔氏二人交代得无二。她称崔氏出发前，给高府去过信，卑职查看过信函，并无可疑之处。崔氏二人应当与劫狱案无关。"

卫玦颔首："放人吧。"

铜铐一解开，青唯很快戴上帷帽。卫玦念及崔氏与高家的关系，一起跟了过去。

城门内临时搭建了茶水棚，罗氏等人在里头频频张望，待看清崔芝芸憔悴的样子，眼眶里立刻盈满了泪："怎么……怎么就弄成了这副模样？"

她与崔芝芸的母亲姐妹情深，当年在陵川，是把崔芝芸当亲生女儿疼爱的。

玄鹰司夤夜出城，为的竟不是袁文光的命案。

崔芝芸想明白这一点，一见到罗氏，这一路行来的坎坷与艰辛，父亲的案子，家人的落难，包括袁文光的死，通通抛诸脑后，她的眼泪亦滚落而出："姨母，芝芸总算见到您了。"

"有姨母在，一切都会没事的。"罗氏轻轻拍了拍崔芝芸的后背，她知道崔芝芸此行的目的，但眼下卫玦就在一旁，不好多说，于是温和地劝道，"你我阔别多年，如今重逢，这是好事，该高兴才是。"

罗氏又笑着说："你表哥听闻你来上京城，日日都与我到城门口等你，也是不巧，今日衙门有案子，他走不开。"

崔芝芸听了这话，眼中浮上一丝悱然。她垂下眸子，轻声道："等回到家中，终归……终归是要见的。"

罗氏的目光移向一旁的青唯："你就是青唯？"

青唯欠了欠身，跟着崔芝芸喊："姨母。"

罗氏上下打量青唯一番，单看身量，倒也亭亭玉立："早年崔家大哥赶公事，带着你天南海北地走，同是陵川人，我竟没有见过你。怎么还遮着脸？让姨母看看。"

罗氏说着，就要去揭青唯帽檐下的遮面。青唯陡然退了一步。她自知此举无礼，稍微稳了稳心神，赔罪道："晚辈患有面疾，只怕会吓着姨母。"

城门口的武德司还在排查，几个人不好在此多叙话，正好家中的厮役套了马车过来。卫玦见罗氏要走，赔罪道：“刚才在野外，卫某见府上的二位姑娘行踪可疑，多有得罪，还望罗大娘子莫怪。”

“大人多礼了。”罗氏温和地道，“她们两个姑娘流落野外，妾身还应该多谢大人将她们送回来才是。”

高府的马车朝街口驶去，卫玦立在茶水棚外，注视着马车消失的方向。

“大人。”一名玄鹰卫过来请示，“可是要回宫复命？”

“那个伍长走了？”卫玦问。

“走了。”说话的玄鹰卫唤作章禄之，乃是玄鹰司鸮部校尉，本事不小，办事雷厉风行，就是脾气有些急躁。

卫玦问的伍长，乃是今日一路跟着他们找人，查获嫌犯的巡检司部从。

章禄之提起此人就是不忿，脱口道：“官家交给玄鹰司的案子，区区一个巡检司下行走的部从也敢来插一脚，还是被姓曹的阉党硬插进来，是当旁人都没长眼，不知道他们是西坤宫养的——”

“狗”之一字未出，卫玦一个眼风扫来，章禄之立刻息了声，拱手赔罪：“卑职失言，请大人责罚。”

卫玦没多说什么，只道：“派些人，这几日盯着高家，再沿着崔氏二人来时的路查过去，看能不能找到蛛丝马迹。”

“大人还是怀疑劫囚的案子与她们有关？”章禄之诧异地道。他们循着逃犯的踪迹一路追来，只找到了此二人，可暗牢重重把守，这样的弱女子，怎么可能劫走重犯？

卫玦没有回答。

“回宫吧。”他只是道。

“父亲知道我思念姨母，说等来年开春，就把岳州的铺子关了，一家人一起迁来上京城长住，可是没想到……出事之前，当真一点儿预兆都没有，芝芸求遍亲邻，竟没有一个肯相帮的，也不知父亲当初为何要离开陵川，到这样一个人情凉薄的地方……”

翌日，天还没亮，高府正院的东厢里，传出低低的啜泣声。

昨日，崔芝芸一回到府中，吊着她气力的最后一根弦儿便断了。罗氏心疼她，到东厢来陪她同住，夜里又见她梦魇不断，哭醒数回，嘴里还呢喃着说什么“杀人”，也不知这一路上是遭了多少罪。罗氏遂起身，一边听着她哭诉，一边吩咐下人去煨参汤给她压惊。

不多时，屋外传来叩门声：“大娘子，参汤煮好了。”

罗氏接过参汤，抬眼看了丫鬟一眼：“怎么是你送这参汤来？”

丫鬟含笑道：“二少爷昨日外出办案，通宵未归，惜霜闲着也是闲着，想着府中住进两位表姑娘，便来大娘子院中帮忙。”她又说，“大表姑娘已经起身了，眼下正等在正堂里，大娘子可要过去？”

罗氏朝窗外看了一眼，一场秋雨过后，天儿一下就凉了，连天都亮得比以往迟了些。她唤来一名婢子，让婢子留下照看崔芝芸，携着惜霜往正堂去了。

两个人出了院子，还没走到回廊，忽然听廊外有两个丫鬟在窃窃私语。

“你瞧见她脸上那斑了吗？真是可怕！”

“也不知是得了什么病，我刚才给她奉茶水，都不敢碰到她。”

“你还说呢，你那茶水都洒出来了，若是烫着了大表姑娘，仔细着大娘子责罚！”

“什么大表姑娘？咱们府上只有芸姐儿才是正经的表姑娘，至于另外这位嘛，听说当初就是寄养在崔家的，与高家是一点儿关系都没有，也好意思跟着来投奔！阿弥陀佛，求求菩萨保佑，大娘子可千万莫让我去伺候那个丑八怪……”

两个人并没有看见远处的罗氏，一边说着话，一边往后头的杂院走去。

罗氏盯着这两个人的背影，面上瞧不出在想什么，她没说什么，去正堂了。

大宅子早上的事务纷杂，七八个下人都忙不过来。高家的本家在陵川，高郁苍到京任职，算是分了家。眼下府上一共两位少爷，大少爷入仕不久，就去地方试守了，余下一个二少爷高子瑜，是两年前中的进士。人丁虽然简单，事却不少，况且近日不知怎么，公差竟撞上了前日一起劫狱案，高郁苍至今未归，昨天高子瑜刚回府，又因上京郊外发生一起命案被唤去衙门。

管事的一见罗氏到了，上来请示："老爷、二少爷的早膳都备好了，这就打发人送去衙门，大娘子可要瞧一眼？"

罗氏道："拿过来吧。"

又一名嬷嬷来回："昨儿二少爷走得急，没披氅，丁子送去衙门，二少爷外出办差，又不在，刚奴婢打发丁子再跑一趟。"

罗氏颔首。

等到一应婢仆把要事请示完，罗氏才看到立在厅堂角落里的青唯。

"姨母。"青唯上来见礼。她如今寄人篱下，自然不好再遮着脸，昨日回到高府，就在罗氏的跟前摘了帷帽。好在罗氏看到她眼周的斑，并未显露什么。

下头的丫鬟提了食盒过来，罗氏揭开一看，顿时蹙了眉："怎么才这么点儿东西？"

这个食盒里装的是高郁苍的早膳，可是，不能只有早膳。在衙门办差，同僚间除了公事上打交道，人情世故往往体现在细节里。

"把枣花饼、素合粉、玉汤饼，各备一碟，另装一个食匣子。"

丫鬟连忙应是，被罗氏呵斥了，心慌得很，收食盒时，不慎打翻了盖子，幸好青唯手疾眼快，从旁边稳稳地接住，递还给丫鬟。

罗氏这才从忙乱中抽身，回头又看了青唯一眼，温和地说："我虽然不曾见过你，同是陵川人，与你的父亲、母亲还算相熟，我听芝芸说，你是在洗襟台出事后，才住进崔二哥家的？"

"是。"青唯道，"洗襟台出事后，父亲亡故，母亲伤心过度，没两年就跟着去了，临终前，她给叔父去信，请他收留我。阔别多年，莫要说芝芸，连叔父乍见我时，也不记得我了。"

罗氏闻言，倒是心疼起眼前这个孤女来。刚才她到正堂，瞧见青唯的脚边有溅出的茶水渍，料定是起先两个婢子奉茶时怠慢所致，可与青唯说话，青唯的神色如常，不见丝毫委屈之色，想来是漂泊惯了，见识过许多寄人篱下的世态炎凉。

罗氏道："既然如此，你就在这里安心住下，至于你这面疾，若寻到病根，未必不能医治，改日我请个有名望的大夫过府为你看看。”

食盒重新备好了，底下的丫鬟拿上来给罗氏看。

罗氏说完这话，那头半晌没有反应，过了许久，才听到青唯的声音传来，有感激之意：“多谢姨母，不过我此行来上京城，一是为了陪芝芸，另外，也是为了来寻我的一位亲人。”

罗氏：“你在上京城中还有亲人？”

青唯：“是从前教过我功夫的师父。许多年没见了，近来才辗转有了消息。”

用早膳时，崔芝芸过来了，她吃过参汤，脸色仍不见好，直到用完早膳，被罗氏又安抚了几句，神思才略微和缓。

不多时，去衙门给高郁苍送食盒的下人回来了，回禀道：“老爷知道两位表姑娘平安到了府上，让小的带话，称崔家的事他已知道，会酌情打点。”

罗氏嗯了一声，对崔芝芸道：“你姨父虽然身在庙堂，但朝廷中事，他素来不与我多提，而且近来上京城不平静，他这两日都住在衙门。也罢，等你表哥回来，我且问问他，看他能不能想法子帮忙。”

崔芝芸听了这话，别开脸，去看院中一株黄藤树：“我记得表哥高中后一直在翰林任职，怎么翰林也要出案子，我都……我都到了一日了。”

罗氏笑道：“你有所不知，你表哥如今已经不在翰林了，两个月前升迁，被京兆府挑了去。”

话音刚落，只听外头传来一声：“少爷回来了。”

晨光初至，只见一个人自院中阔步走来，他的个头很高，眉眼疏朗，一身墨蓝色的官袍称得整个人挺拔如松，眼角微垂着，像是时刻都含着笑一般。

罗氏迎上去，瞧见高子瑜眼底的乌青：“是不是一夜没睡？正好，早膳刚撤。惜霜，你让人把早膳重新备了给少爷端来。”

“不必了。”高子瑜径直往正堂里走，“衙门的案子有点儿棘手，我待会儿还要再过去，芝芸已经到了一日了，我回来看看她。”

说完话，高子瑜展目一望，崔芝芸正站在厅堂门口，她身披杏白色的袄衫，眉目更胜往昔娇艳，或许是家中惊变的缘故，她的脸色苍白，眼中还带有些许惧意，这副羸弱的模样更加惹人怜惜。二人自幼就是青梅竹马，两年前，高子瑜高中进士，曾去岳州崔宅小住过一段时日，经久未见，两个人间的情意不但不曾褪减，只觉得越来越浓。

罗氏见高子瑜穿得单薄，想是氅衣没有送到，吩咐下人去取。惜霜上前福了福身："灶头上还煨着参汤，少爷一夜辛苦，奴婢去取一碗给少爷驱寒。"她倒也乖觉，取来参汤，并没有亲自盛给高子瑜，反而递给了崔芝芸。

罗氏一边给高子瑜系薄氅，一边问："什么案子这么急？都熬了一宿了还要赶去衙门？"

高子瑜跟着一起整理襟口："也不是什么了不得的案子，上京郊外驿馆附近出了杀人命案，我领人去查，查到一半玄鹰司来了人……"

"啪——"高子瑜的话刚说完，他只听一声脆响，崔芝芸没拿稳手中的汤碗，落在地上碎了。

崔芝芸听了高子瑜的话，似乎害怕得很，若不是青唯在旁边扶了她一把，只怕是站也站不住。

罗氏问道："这是怎么了？"

罗氏稍微停顿了一下，自以为想明白因由，回头埋怨高子瑜："你表妹的胆子素来就小，既然是杀人的案子，为何当着她的面详说？"

高子瑜亦深感自责："是我疏忽了。芝芸莫怕，那驿馆离上京城尚有几里路，上京城中的治安还是无忧的。"

可惜这句劝慰不起丝毫作用。

青唯将崔芝芸扶到堂中的梨花椅上坐下："敢问少爷，您说的命案附近的驿馆，可是南面官道口的官驿？"

高子瑜颔首："正是。"

青唯道："不瞒少爷，我与芝芸也曾在这家官驿歇过脚。"

高子瑜听了这话明白过来，原来崔芝芸这么害怕，竟然是因为去过那家驿馆？不过青唯这一问，倒是提醒了他，是了，那个被杀的袁文光，不也是从岳州方向来的吗？照这么看，说不定他这两位表妹知道什么线索。

一念及此，高子瑜道："青唯表妹，借一步说话。"他将青唯引到廊庑下，"敢问表妹可认得岳州袁家的袁文光？”

“认得。我与芝芸在路上，还曾见过他几回。”青唯担心崔芝芸被高子瑜唤出来，目光还停留在崔芝芸的身上，直到听了这一问，似乎才反应过来，“怎么，死的人是他？”

“找到时只剩最后一口气了。”高子瑜没详说，这毕竟是衙门的案子，他不宜透露太多，何况玄鹰司的人称有嫌犯线索，临时掺和进来，他也不知道眼下的进展如何了。

高子瑜：“那表妹可知道袁文光曾与谁结仇，又或是他这一路上，惹上过什么麻烦事？”

青唯道：“我对袁文光所知甚少，除了离开岳州城时见过，后来就再没见到了。”

高子瑜：“那芝芸她……可在途中撞见过袁文光？”

青唯：“应该不曾。这一路上我与芝芸一直在一起，我不知道的，她必然也……”

“少爷，大娘子，外头来了几位官差，说是……说是要拿藏在咱们府上的杀人嫌犯——”

青唯的话尚未说完，一名厮役匆匆自前院赶来。

罗氏原本要陪着崔芝芸去里屋歇息，闻言惊讶地道：“什么嫌犯？此处乃刑部郎中大人的府邸，怎么会有嫌犯？他们是不是弄错了？”

然而话音刚落，几名腰别云头刀，身着鹰翔袍的玄鹰卫已经绕过照壁，步入院中。头前两位罗氏居然还认得，正是昨日刚见过的卫玦与章禄之。

“前夜在上京郊外偶遇府上的两位表姑娘，在下就觉得可疑，循着踪迹去查，发现二位姑娘竟与上京郊外的一桩命案有关，眼下玄鹰司已取证查明，确定这桩命案系寄住在府上的崔芝芸所为，是故特来传崔芝芸、崔青唯二人到府衙问话。”

这话一出，府上所有人的目光都落在崔芝芸的身上。

“不……不是我。”崔芝芸目露惧色，连连摇头，“我没有杀人……”

“一派胡言！”高子瑜往崔芝芸的身前一拦，将她掩在自己的身后，“那死者是堂堂七尺男儿，芝芸一个弱女子，如何杀得了他？卫大人称已经取得证据，敢问证据何在？无凭无据便要到我府上拿人，天底下恐怕没这个道理！”

“何况——”高子瑜抖抖袖袍，负手声音冷冷地道，“我京兆府办案，自有京兆府的章程，若高某记得不错，玄鹰司应该是另有要案在身，怎么？玄鹰司是闲着没事做，自己的案子查不下去，来管起我京兆府的闲事了？”

这话说到末了已经带有讥讽之意，卫玦尚且沉得住气，章禄之却是个急脾气，脱口便道：“高大人要证据，沿途的驿官，客舍的掌柜、马夫，但凡见过你这两位表妹的人，皆可以给出供词作证，高大人办案慢人一步，怎么倒还有理似的？而且玄鹰司要管这件案子，自有玄鹰司的道理，京兆府尹都准了，高大人一个通判竟然还有异议吗？”他一笑，“也罢，这案子玄鹰司就在京兆府审，高大人若存有疑虑，自可以跟去旁听。就怕高大人听明白了其中的玄机，先吓坏了自己！”

第二章

沧浪洗襟

京兆府，退思堂。

“袁文光一直倾心于你，数次雇媒人上门说亲，你父亲嫌他人品败坏，次次婉拒门外，是也不是？”

“我……我不知道……”崔芝芸跪在公堂之下，话语从齿间颤抖着溢出。她的手指绞着裙裾，指节发白，被章禄之这么一问，连头都不敢抬起来。

“他因此怀恨在心，你的父亲获罪后，他贿求官府严惩乃父，甚至数次在街巷围堵你。所以你来上京城，并不单单为了崔弘义，更是为了躲他，是也不是？”

崔芝芸：“不……不是。我当真……当真是为了我父亲。”

“可是你想不到他对你势在必得，竟一路追着你，若非——”章禄之看了一眼跪在一旁的青唯，“你这位堂姐有点儿本事，带你甩开袁文光，你恐怕根本到不了京师。”他负手走到崔芝芸的身旁，俯下身，“你们到了城南的官驿，崔青唯忽然有事离开。临走，她嘱咐你留在屋内不要外出，你没有听她的话，在驿馆外，意外遇见了醉酒的袁文光。你知道他对你的心思，当即便逃，他追上你，在官驿附近的荒野里欲对你不轨。你怕极了，也恨极了，你想到你的父亲，想到自己的遭遇，悲愤交加，终于鼓足胆子，在他最不防备之时，一刀杀了他，是也不是？”

“不……不，我没有！”崔芝芸慌乱无助，被章禄之这么狠狠地刺激了一番，竟然拼足气力没有溃败。她想起青唯叮嘱过她的话，辩解道：“那日……那日青唯是离开了，但她只是去采买些用度，很快便回来，此后我们一直在一起，我没有杀袁文光，我根本……根本没有见过他！”

“你胡说！”候在一旁听审的袁家厮役终于忍不住，“当时荒郊野地里只有你和少爷，少爷若不是你杀的，还能是谁？”

章禄之转身一掀袍摆，朝上首的卫玦拱手请示道：“大人，请上证人！”

玄鹰司的衙署在禁中外围，眼下借京兆府的地盘审案，两旁站堂的皂班换成了披甲执锐的玄鹰卫，连公案后的海水潮日图都显得比平日肃穆几分。

几个证人被带上来，似乎是被这凛然的气氛吓到，当即便跪地喊道：“大人。”

章禄之也不废话，走到头前一个人的身前：“把你供状上的证词重新交代一遍。”

“是。草民是上京城五十里外吉蒲镇客舍的掌柜，大概是八月初九的傍晚，客舍里前后来了两拨客人投宿……袁公子到了客舍，第一件事就是打听两个姑娘的踪迹，因为头前两个姑娘都遮着脸，草民也不敢断定她们就是袁公子要找的人，但袁公子称客舍外停着她们的马车，人定然在这里，还要搜查小人的客舍，不过……他没搜着，草民后来听到他们中的厮役抱怨，说什么‘定是那丑女故意留了马车在这儿，就是为了扰乱他们，人早跑了’。”

章禄之问：“你且看看，当晚到你家客舍投宿的女子，是否就是你身边的二位？”

那掌柜的跪伏着身转过脸，上下打量几眼：“回大人，看身形，有些像。”

章禄之又看向第二名证人：“你是城南官驿的驿丞？”

“回大人，鄙人正是。”这驿丞虽未入流，到底是官衙下头当差的，也不等吩咐，随即把青唯二人是如何到驿馆投宿，隔日青唯又是如何借马离开一一道来，“到了正午，袁公子到了驿馆，与崔氏撞了个正着，因为崔氏在奔逃时掉了帷帽，所以鄙人认得出，正是身边的这一位。鄙人当时觉得情况有异，打发底下一个差使跟去看看，但，一来驿馆忙碌，差使没有追远；二来，袁公子与崔氏都是岳州口音，想来是乡人，差使没多在意，就也回来了。”

章禄之盯着崔芝芸：“如何？还称自已不曾见过袁文光吗？”

崔芝芸脸上的血色尽褪，手指紧紧地抠住地面：“我……我是见过他，但我逃到荒野，很快迷了路，是青唯找到了我……我当真不知道，他为什么就死了……”她说着，眼泪断线一般砸落到地面上，浑身颤抖着，如枯败的树叶。

章禄之看着崔芝芸。她已是强弩之末，他无须再逼。他回身，自公案前取了状纸，扔在崔芝芸的身前：“招供吧。”

状纸飘然落下，嘭的一声，一名玄鹰卫把画押用的红泥匣子也放在了崔芝芸的跟前。

公堂上寂然无声，高子瑜在一旁听完整个审讯，证据确凿，似乎没有一处可以辩白。

他不信袁文光的死是崔芝芸所为，正思索着如何为她申辩，忽然听到大堂上，一个清冷的声音：“大人。大人明鉴，袁文光的死，不是我妹妹所为。”

章禄之移目看向青唯，冷哼一声，似乎带着嘲弄：“哦？你有其他证据？”

青唯的声音很轻，但足以听得分明：“大人所找到的这些证人，除了能证明袁文光曾一路跟着我妹妹；事发的早上，我离开过驿馆；以及事发的正午，我妹妹撞见过袁文光，还能证明什么呢？敢问大人，有人看见袁文光是我妹妹杀的吗？有人知道当时究竟发生了什么吗？”

“敢问驿丞大人，”青唯微微侧目，看向一旁的驿丞，“袁文光死的早上，您记得我一早借马离开，您可记得我是何时把马还回来的？”

“这……”驿丞迟疑着道，“倒是不曾。”城南驿馆的中午到傍晚这一段时间十分忙碌，他只记得夜里去马厩清点马匹时，早上被借走的马已经在马厩里面了，至于是何时还回来的，他一点儿印象也没有。

青唯：“既然不知道我是何时还的马？大人如何断定，事发之时，我与妹妹不在一起呢？”

这么草率地断案，当真是在寻找杀害袁文光的凶手吗？

章禄之听了这一问题，瞳孔微微一缩，不由得转头看向卫玦。

章禄之的这一反应被一旁的高子瑜尽收眼底。是的，玄鹰司的一切证据，似乎只证明了事发当日，崔芝芸曾单独撞见过袁文光，至于发生了什么？甚至袁文光是怎么死的？他们似乎并不在意。玄鹰司乃天子近臣，不应该是这样不谨慎的。还是说，他们审问此案，另有目的？

高子瑜细细回想起几名证人的证词。不，玄鹰司不是在找杀害袁文光的凶手。他们只是在证明，事发之时，在城南的驿馆，只有崔芝芸一个人，而崔青唯离开了。

袁文光的案子发生在两天前的正午，也就是八月十一的正午。八月十一这一日，上京城里发生过什么大事吗？

“就怕高大人听明白了其中玄机，先吓坏了自己！”高子瑜想起来京兆府前，章禄之叮嘱自己的话。他的脸色立刻变得煞白——八月十一，城南的暗牢被劫，重犯失踪，玄鹰司受圣命，出城缉拿要犯，随后于隔日早晨，带回两名迷失山野的女子。

“本官既然称她是凶手，自然有切实的证据。”章禄之一声令下，两名玄鹰卫去而复返，将一身染血的粗布素衣扔在堂上。

崔芝芸一见这套血衣，再也支撑不住，瘫软在地。当日青唯找到她后，分明帮她把这身衣裳裹着石头沉塘了。

章禄之问驿丞：“你仔细认认，八月十一当日，崔氏穿的可是这身衣服？”

驿丞：“回大人，似乎……似乎正是。”

章禄之在青唯的面前半蹲下来，把崔芝芸的状纸扯过来，屈指敲了敲：“你还有什么话好说？”

“……有。”青唯抿了抿嘴唇。她再次看向驿丞：“驿丞大人既然记得我妹妹的穿着，那么可记得我当日穿了什么？”

驿丞：“一身黑色的斗篷。”

青唯：“斗篷之下呢？”

驿丞：“这……”

青唯：“你不知道。所以你不能确定我穿的是黑是白，是袄是裳，又或者，其实我穿的，与芝芸一样。袁文光此行是一路追着我妹妹的，我们为了防备他，必然有应对之策，我们姐妹二人的身形相似，穿得一模一样，也是为了方便引开他。”

“你究竟想说什么？”章禄之听了这话恼怒地道，“难不成你想说，这身血衣是你的？”

“不错。”青唯的声音轻而镇定，“这身血衣是我的。袁文光此人，是我杀的。”

“八月十一清早，我去集市采买用度，回来后，在驿馆附近发现妹妹落下的帷帽，猜她可能是撞见了袁文光。我循着踪迹追去，大概在五里地外，发现袁文光对妹妹不轨。我的功夫虽弱，遇到这样的事，定是要与那腌臜下流之辈拼命的。好在袁文光醉酒虚脱，没打过我，被我一刀刺入腹中。”

大堂里阒然无声。章禄之没想到，自己审袁文光的案子，竟审出这样一个结果。青唯猜得不错，玄鹰司意在沛公，并不是真的关心这桩命案。但章禄之的脾气急躁，遇事不知循序渐进，不防被人带入沟渠中，一时之间不能翻身。事已至此，章禄之不得不回头再次向卫玦请示。卫玦的目光注视着青唯，变幻莫测。

须臾，卫玦从堂案后绕出，在青唯的跟前站定：“袁文光是你杀的？”

青唯：“是。”

卫玦：“你这一路与崔芝芸形影不离，八月十一早上，为何要撇下她去集市？”

青唯：“民女与妹妹有求于高家，远道而来，自当备礼前往。”

卫玦：“城南驿馆附近有两个集市，本官已遣人查了，八月十一当日，集市上的摊主都没有见过一个穿黑斗篷的女子。”

青唯：“叔父获罪，崔宅被抄，民女与妹妹一路坎坷，身边钱财所剩无几，集市上的吆喝的价钱太贵，民女什么也买不起。这也是民女能提前返回驿馆的原因。”

卫玦：“你发现你妹妹出事，为何没有向驿丞打听她的去向？”

青唯：“民女患有面疾，不擅与人打交道，此其一；其二，民女捡到妹妹落下的绢帕，确定妹妹遇险，已在驿馆半里地外。”

卫玦：“为何不折返驿馆借马寻人？”

青唯：“走马观花，如何在杂草丛生的荒郊野外辨别踪迹？不如徒步。”

卫玦：“你称那身血衣是你的，你当日分明穿着斗篷，为何你的斗篷上没有血迹？”

青唯：“斗篷碍手，我与袁文光打斗时，将它解下放在一旁。斗篷上应该也有血迹，只是经过一夜雨水的冲刷，血迹近无，大人若怀疑，自可以取走查验。”青唯道，“还有我行凶的匕首，我把它与血衣一起沉塘了，大人找到了血衣，想必也找到了匕首，那柄匕首削铁如泥，我虽然是一介女子，用它刺伤袁文光，不难。大人还有什么疑虑吗？”

没有，她回答得很好，滴水不漏。

卫玦看向左右，章禄之会意，一抬手，将听审的厮役、堂中的证人以及京兆府的官员差役全部请了出去。公堂之中，除了崔芝芸与青唯，只余下玄鹰司的人。

卫玦的一双鹰目里冷光烁然，他慢慢地开口：“八月十一的早晨，上京城发生了一桩大案，你可听闻？”

青唯：“如果大人指的是劫狱的案子，听说了。”她们进京当日，武德司在城门口严设禁障，抓捕劫犯；回到高府，罗氏也曾提起，说高郁苍被刑部的一桩劫案绊住了。

卫玦：“劫狱早有预谋，闯入暗牢的都是死士，他们以命相搏，劫出要犯。不过，这些都不重要。重要的是后来来了个接应囚犯的劫匪，此人身穿黑衣黑袍，面对十数官兵拦路，硬生生地杀出一条生路。玄鹰司随后接到圣命，出城缉拿这名劫匪与囚犯，我们一路追到上京郊外山野，却找到了你和崔芝芸，你说，这是不是巧合？”

青唯：“……自然是巧合。”

“我不相信巧合。”卫玦道，“城南临郊的暗牢由巡检司与刑部共同看守，巡检司的兵卒虽然是一帮饭桶，其中精锐功夫不弱。这些劫匪纵然本事过人，想要在巡检司的包围中突围，势必会留下痕迹。既然有迹可循，不可能消失得无影无踪。但是那日，玄鹰司追到山野，线索全断，只找到了两个在山间避雨的女子，你说这是为什么？”

卫玦问完，不等青唯回答，便径直道：“两种解释。要么，囚犯就在她们之中，不过这不可能，囚犯是个男人。那么只剩另外一种解释了——劫匪声东击西，为了掩护囚犯离开，故意暴露自己。”

青唯安静地听卫玦说着，直到听到这一句，她明白过来，抬眼看向卫玦：

“大人怀疑我是劫匪？”她今日被玄鹰司带走，没来得及披斗篷，到了京兆府，帷帽也揭了，正值午时，秋日的阳光照进大堂，她这一抬眼，眼上的斑纹清晰毕现。

卫玦：“八月十一夜，玄鹰司追到上京郊外山野，听到一声惊鸟离梢的动静，这声动静，就是你的声东击西之计？”

青唯：“大人误会了。民女倘有这等能耐，迢迢一路，岂会再三受袁文光的阻挠？”青唯随后了悟，“这才是大人要审袁文光命案的目的？大人觉得，民女用一桩案子，去掩盖另外一桩案子？”

卫玦没有吭声。他承认他此番办案，确实舍近求远了。如果玄鹰司还是从前的玄鹰司，凭它有无证据，尽管将嫌犯带去“铜窖子”里审就是。可惜，洗襟台之难后，指挥使、都点检查抄殊死，玄鹰司被雪藏五年不复再用，如今官家圣命传召，应召的居然是他这样一个区区六品掌使官。在上京郊外捕获的两个女子，轻易就被洗脱嫌疑，玄鹰司血鉴在前，如履薄冰，如果无凭无据地抓人，只会辱了圣命。好在他悉心查证，发现她们另有血案在身，临时截了京兆府的案子，获得审讯嫌犯的契机。他是舍近求远，但他只能曲中求直。

卫玦：“囚犯究竟被你藏在何处？”

青唯：“大人为何认定我就是劫匪？命案也好，劫案也好，反正都是死，我认一桩，不认一桩，有什么好处？”

离得近了，卫玦才发现，青唯左眼上的斑纹，并非她脸上唯一的异纹，她的右眼靠后的位置，还嵌着两颗痣。不是泪痣，在鬓发与眼角之间，平整，小巧，大概因为皮肤太苍白，所以幽微泛红。这让人想起雨夜里，斗篷劈裂、青丝断落却岿然不动的妖魅。颤抖的手指是骗局，险些糊弄住他。

卫玦直起身，居高临下地盯着青唯：“你强辩自己是凶手，若本官能证明不是，只好请你去禁中‘铜窖子’里走一趟了。”铜窖子里十八般酷刑，尽可以请君品尝。

青唯低头：“若大人证明民女说谎，听凭大人处置。”

“好。”卫玦唤来章禄之，压低声音问，“袁文光醒了吗？”

章禄之：“醒了，眼下正在公堂外的马车里候着。”

卫玦："带上来。"

京兆府的衙差找到袁文光的时候，他还剩最后一口气，这个案子随后就被玄鹰司给截了。所以袁文光到底是死是活，除了玄鹰司的人，没人知道。只不过，玄鹰司称这桩案子是命案，既然是命案，自然有人命折在里头，所以都当是死了人。眼下想想，袁文光在"命案"里是恶人，是受害人，但他在另外一桩劫案里，却是最重要的证人。这么要紧的证人，玄鹰司自然不可能让他死，半只脚踏进鬼门关了，也要把人从阎王手里抢出来。

卫玦："你且看看，当日伤你之人，是否就在堂上的两个人之中？"

袁文光历经昏迷，身子十分虚弱，被人搀扶着站在一旁，或许因为伤处疼痛，背脊一直佝偻着。他穿着一身阔大的衣袍，浑身上下减去许多从前的嚣张跋扈劲儿，显得十分虚弱。

袁文光："……回大人，在。"

卫玦："是谁？"

"是……是……"袁文光的目光中带着惶恐，一副忌惮的样子，却不知道在忌惮什么。他抬起手，宽大的袖袍笼住手掌，拳头松了又紧，迟疑着不肯指认。秋日的阳光明澄澄地照进来，半空里，浮动的尘埃清晰可见，好半晌，一根青白的手指从袖袍里飘出来，落在崔芝芸的面前，停顿了一下，移开了，移向青唯。"是她。"

章禄之是个暴脾气，几步上前，一脚把袁文光踹翻在地。他知道袁文光受伤，有意收了力道，但袁文光刚从鬼门关捡回一条命，习武之人的一脚，袁文光哪里受得住？袁文光当即呕出一口血沫子。

章禄之揪住袁文光的襟口，把他半拎起来，一字一句，咬牙切齿地道："说实话！"

袁文光只觉得胸腹灼痛不堪，难受得眼泪都掉下来了："草民……草民不敢欺瞒大人。当日伤草民的，当真就是崔青唯。"

章禄之："你说是她伤的你，那你且说说，她当日是怎么找到你？怎么起的冲突？如何掏的匕首？如何刺伤你的？"

“草民当时吃醉了酒，记不大清了……”袁文光的声音细若蚊吟。这条命算白捡了。

章禄之揪紧袁文光的襟口，铁拳举了起来，这时，公堂外头传来脚步声。

卫玦抬眼一看，原来是当日跟着他出城缉拿要犯的巡检司伍长到了。

“官家召见大人，公公去鸮部传召，大人竟不在，一打听，才知道是来了京兆府，卑职恰好得闲，帮忙跑个腿，请大人回宫见驾。”

卫玦颔首：“有劳了。”他的目光在青唯、崔芝芸与袁文光身上掠过，秋日的阳光褪了稍许，在三个人之间打下薄薄的暗影，如同还没拨散的迷雾。

“走吧。”卫玦吩咐。

章禄之不甘心地道：“大人，那这案子——”

卫玦：“水落石出，交还京兆府。”

玄鹰司撤离，玄鹰卫十二人成列，规规整整地向京兆府洞开的府门走去。风拂过，扬起他们的衣袍，衣摆上的雄鹰暗纹时隐时现。时隔五年，这只雄鹰终于重现天日，可惜却不是在浩然的蓝天下翱翔，它们被当年洗襟台落下的残岩压折了翅膀，挣扎着，不要堕于马蹄扬起的烟尘里。可是，当年被压折了翅膀的又岂止雄鹰？

玄鹰司临行的吁马声入耳苍茫。

青唯心中一时戚戚，忍不住回过头，朝洞开的府门望了一眼。

紫霄城一共有四重宫门，直到过了最后一重玄明正华，才算真正到了禁中。

卫玦在第一道门前下了马，第二道门前卸了刀，走到最后一重宫门前，值勤的入内院子查了他的腰牌，唤人来搜过他的身，这才放他入内。

这是五年来，玄鹰司第二次应召，异样的目光少了一些。随着玄明正华左右开启，浩荡的晚风拂来，广阔的拂衣台连接一百零八级汉白玉阶，把人的目光引往高处的宣室殿。

官家是午前下的诏，卫玦知道自己来晚了，快步拾级而上，不防上头有人唤了声：“卫掌使。”声音细而沉，透着股年迈的沙哑，是曹昆德。

卫玦抬眼看去，曹昆德头戴展翅祥纹幞头，红带白銙，手里端着个麈尾拂尘，正朝他走来。离得近了，曹昆德笑得和气："卫掌使不必着急，里边儿章、何二位大人吵起来了，官家正耐着性子看他们的奏疏呢。"他又说，"午前官家让咱家传召，咱家就留了个心思，说卫掌使是个尽责的，圣命在身，八成在外头奔波查案呢，官家说，'不用催他，天黑前让他过来回话就行'。"

曹昆德是入内省的都知道，平白卖下个情面，卫玦自然得领受："多谢曹公公。"

"谢咱家做什么，都是为官家办差，要谢，也该谢官家体恤臣下。"曹昆德笑着说完，缓了缓语气，"官家是个孝子，午时得了空儿，去西坤宫陪太后用膳，东门下头有个没长眼的，火绒子做的脑袋，刚得了点儿音信，赶来回禀，说玄鹰司去了高大人的府上拿人，带走两个姑娘。太后僻居西坤宫，臣子的事，少有打听的，但也知道眼下在高家住着的，是江家那位小爷未过门的未婚妻。太后与江家的关系，掌使想必清楚。太后她老人家当下就急了，唯恐是自己的娘家人惹了事，给官家添乱子，所以，不得已，打发咱家来问问掌使，掌使不是出城缉拿劫匪吗？怎么拿了两个姑娘家？"

这曹昆德兜兜转转一大圈，原来在这儿等着他呢。

卫玦道："还望公公回话，请太后放心，玄鹰司拿错了人，卫某正待向陛下请罪。"

曹昆德："拿错了人？怎么会错到姑娘身上？难不成那个劫匪是个女贼？"

"只因崔氏二人路上遇到歹人，错手伤之，两个案子的线索有点儿冲撞，卫某不得已，将她们带去公堂审问。"卫玦说着，拱手俯身，作赔罪姿态，"此前不知崔氏与江家有婚约，若有得罪处，请公公代为赔罪。"

该问的，问完了，宫里浸淫久了的人，哪能听不懂人话呢？关于劫案，卫玦半个字不肯透露，不过是对他这个阉党严防死守罢了。

曹昆德看卫玦跟个锯嘴葫芦似的，也不恼，反而体恤得很："哪能怪卫掌使呢，近来四下里不安生，刑牢又出乱子，掌使临危受命，非常之时行非常之事，官家与太后心里头明镜似的。"

身后传来"吱嘎"一声，章、何两位大人吵完架，出殿了。

曹昆德回身看了一眼，笑着说："官家夜里还传了江家那位小爷见驾，咱家要赶去传召，就不耽搁卫掌使面圣了。”说着，他稳了稳手中的拂尘，拾级走了。

卫玦快步走到阶沿，朝下来的两个人见礼：“小章大人，小何大人。”

这两个人瞥了他一眼，见他穿着玄鹰袍，都不拿正眼看他。

进殿之前，卫玦回过头，朝广阔的拂衣台望去。就这么一会儿工夫，夕阳已经下沉大半，晚风似有形，将云色斩成两段，一段沉入暝霭，一段还霞光烁然，像涂了半边脸的戏子。台子上有大戏要演，红、白脸全叫一个阉党唱了个干净，要是把心肝、肠子挖出来，谁知是黑了几分呢？

卫玦突然间想起青唯，紫红色的斑纹，苍白的肤色，这宫里的红、白脸全都藏在皮囊下，他三生有幸，倒是见到一个真真儿的。

曹昆德没有亲自去江家传信，打发了一个小的跑腿。

禁中大门闭得早，太阳一落山，玄明正华就下钥了。但是外重宫墙还留了角门，公衙里若有挑灯值宿的，可以从角门出入。

小角门的钥匙在内侍省手上。内侍省的差事院在大内，祖皇帝仁德，怜他们夤夜看门，吩咐在三重宫门的东墙边，给他们留间屋舍。

这些去了根的人，一辈子困守深宫，少有能见外间天日的。东墙边的这间屋舍，虽然仍在宫内，却像深水里插上的一根芦苇秆，能够让人透气。及至后来，入内省但凡当家的，只要是交了班，卸了差事，都喜欢到这里歇脚。

曹昆德迈入东舍的院子，墩子立刻提灯来迎。曹昆德看了墩子一眼，问：“她来了？”

墩子：“太阳落山时就到了，已经在里头等了一时，小的上了糕饼，她没用，连坐都没坐一下。”

曹昆德嗯了一声，慢悠悠地说：“她是这个脾气。”待迈进屋，见到屋里穿着黑色斗篷的女子，曹昆德一摆手，吩咐跟着的墩子，“你下去吧。”

“义父。”门一掩，青唯上前一步唤道。

“长大了。”曹昆德仔细端详着青唯。当初他捡到她时，她还是个半大的姑娘。他温和地道：“等久了吧？快坐。”

青唯颔首，这才从梨木桌下挪出圆椅，规矩地坐下了。

桌上摆着的糕饼确实没动，茶水倒是喝了大半，想来是赶着来见他，大半日，连水都没喝上一口。

曹昆德："今日在京兆府，玄鹰司没为难你吧？"

"没有。"青唯道，"玄鹰司要救袁文光，回宫请了太医，是义父派人去叮嘱袁文光，让他指认我的吗？"

曹昆德："玄鹰司被雪藏五年，掣肘太多，行事办案，难免走漏风声，我听说两个案子撞上了，派小的过去告诫一声。这样也好，天上掉下来一个证人，只要你撇清了关系，他们不敢明着为难你。"

玄鹰司将案子扔回给京兆府，袁文光息事宁人，说自己不轨在先，被刺伤了也是活该，不追究了。他这样的恶徒，哪里会当真觉得自己错了呢？

青唯早猜到有内情。

曹昆德继续道："其实劫狱这件事，义父不该让你涉险。这些年，义父的手底下也养了些死士，但你承的是'玉鞭鱼七'的衣钵，死士的本事，跟你是没法儿比的。眼下章、何二党斗得厉害，陈年旧案一桩一桩被牵扯出来，崔家保不住了，你怎么也得来上京城，不如将这个重任交给你，左右这个囚犯，跟你不算一点儿关系没有，也是……当年洗襟台下的无辜之人。"

桌上摆着一个金丝楠木匣子，曹昆德提起洗襟台后，就要去开，手指头都碰到锁头了，想起青唯在一旁，停顿了一下，又收回去了。

青唯沉默片刻，站起身，拿过铜钥匙，帮他将匣子打开。

匣子里有一块糕石，一个金碟，一个细颈阔身、下方镂空的烟筒，还有一支细竹管。

青唯拿小刀从糕石上刮了些细末，抖入金碟子里，然后将金碟子置于烟筒上。木绒子是现成的，在烛火里引了火苗，放入烟筒里，烟筒就跟小灶似的烧起来。

青唯把细竹管递给曹昆德："义父。"

曹昆德迟疑了许久，哎了一声，接过来了。糕石的细末被火一热，散发出很淡的靡香，香气顺着竹管，一路吸往肺腑。曹昆德闭着眼睛，感受着靡香所过之处，百骸为之沉沦、为之焕然，慢慢飘向云端，又慢慢沉寂下来。

当年先帝下旨修筑洗襟台，这是多大的功绩。可惜高台建成之日，坍塌了。先帝震怒，御驾前往灾址，曹昆德随驾，见到的是满目疮痍，人间地狱。

同行的太医给了他一个方子，说是从古麻沸汤改良而来，还说："公公，且缓缓。"

人祸惨烈，只能以药石缓忧。

后来，曹昆德在一片乱石堆里捡到青唯，当着她的面吸过几回，原以为她年纪小，不明白他在做什么，原来，她什么都知道。

曹昆德："……刚才说到哪儿了？"

青唯："义父说，被我劫走的囚犯，是当年洗襟台下的无辜之人。"

"是。"曹昆德道，"也正因为此，朝廷里的那些人，不会轻易让他逃了。好在义父在宫里，多少还有些能耐，保他一命，让他远遁江野，应该不难。"

青唯嗯了一声。她注视着烛火，好半晌，问道："义父在信上不是说，有我师父的消息了吗？"她终于说明来意了。

"是有了，不过……"曹昆德叹了口气，忽然咳起来，咳声沙哑、断续，外头守着的墩子叩门："公公，您没事吧？"

曹昆德摆摆手，想打发了他，似乎想起什么，猛饮一口茶，止住了咳嗽："哎，墩子，你进来。"曹昆德又吩咐他，"快去把东西取来。"

墩子去而复返，将一个小木匣搁在桌上。

匣子里摆着一张三百两的银票。

曹昆德把匣子推给青唯："拿着吧，你涉险劫狱，险些赔了性命，这是你应得的。"

"义父不必。"青唯见是银票，突然起身，"义父当年于我有救命之恩，何况那个囚犯本就是洗襟台的受难人，帮他，我应该的。"曹昆德的来信上只说了两件事，囚犯，还有师父。这笔买卖该如何做，她再明白不过。要是她收了银票，师父的消息该去哪里换呢？

曹昆德："你好歹叫我一声义父，这些年，并非义父不想把你留在身边，你是温阡之女，当年海捕文书上，下令捉拿温阡亲眷的圣命犹存，义父一个深宫之人，若带你回上京，不啻将你送入龙潭虎穴。好在，崔原义念你父亲的恩情，愿意收留你，让你充作他们的小女。这几年，崔原义离世，他的娘子也跟着去了，你又辗转流落到崔弘义家。从你十四岁，义父捡到你，看着你漂泊至今，义父也是心疼的。这银票给你，是义父的一片心意。”

“多谢义父。”青唯垂着眸，仍旧盯着烛火，“可是我只想找到师父。”夜色隐去她左眼的斑纹，跳动的火光映入她的眼里，将她的眸子衬得十分清澈。

“……你师父是有消息了。”少顷，曹昆德慢悠悠地道，“他还活着，就在上京城中。”

“当真？”青唯的眼神微亮。

曹昆德颔首：“鱼七到底是岳老将军的徒弟，长渡河一役，朝廷记得，多少都要看岳氏的情面的。只是……他被囚在何处，义父还没有查出来。”

“义父是不是让你失望了？”曹昆德问，“你长途跋涉而来，以命犯险，还以为能见到他。”

“不是。”青唯很淡地笑了一下，“只要有消息就好。”

外间遥遥传来叩门声，大概是有官员漏夜出入角门，墩子听到，拿了铜钥匙赶过去了。

曹昆德问：“那个囚犯眼下人在何处？”

“就在高府。”青唯道。见曹昆德露出诧异的神色，她解释说：“我已经掩护他离开了，但他不知为何，没往远处逃，在武德司严查城门前返回上京城，还尾随我去了高府。他有功夫在身，暂且没有被高府的人发现，我把他安顿在府内的一个荒置的院子中。”

曹昆德沉吟着道：“没逃也好，玄鹰司没能寻回囚犯，势必还要再追，他一双赤足，哪里快得过骏马四蹄。不过高府也非久留之地。大宅子里，人杂，私隐也杂，荒置的院子，腌臜东西多，躲不安宁的。等过几日，城门严查撤了，你寻个机会，送这个囚犯出城，义父会派人接应。”

青唯问：“玄鹰司没寻回逃犯，会撤走严查吗？”

曹昆德：“官家年轻，却是个沉得住气的性子，玄鹰司已经废了大半，他还愿意起用，必然有后招。玄鹰司里，一个卫玦，太讲规矩；一个章禄之，太过急躁，但都很有本事，这样的人，就看日后跟着谁混。等过几日，玄鹰司新任当家的任命下来，必定有新气象。”而新气象形成前，往往都是乱象，在乱象里浑水摸鱼，不难。

曹昆德说到这里，眉端笼上些许疑虑：“倒是那个江辞舟，他赶在这个时候写信给崔家议亲，到底是……”话未说完，外间忽然传来急促的脚步声。

墩子叩门唤道：“公公，江家那位小爷进宫了。”他进宫就进宫了，早先官家传了他，他眼下才到，已算来得迟了。曹昆德不以为意。

墩子接着道：“角门边上有截宫墙正在修葺，工期急，匠人没撤梯子，小的开锁的当口，一个没留神，那位小爷顺着梯子，爬上了角楼顶。他来前就吃醉了，眼下在角楼顶上撒酒疯，侍卫们爬上去一个，他就踹下来一个。”

曹昆德站起身，慢悠悠地骂一句：“一群没出息的东西。”他顺手拾起拂尘，开了门，“在哪儿呢？咱家去看看。”

青唯也罩上斗篷：“义父，我先走了。”

曹昆德：“去吧。”

从东舍出宫只有一条道，曹昆德事先有安排，她要离开并不困难。

青唯出了小角门，顺着甬道走到头，忽然听到近处有人呼喊：“公子，当心，当心啊……”

“小爷，求您了，快下来吧！”

众人跟哄祖宗似的。

崔弘义的案子牵涉之广，连家中的奴仆都不曾幸免，办案的钦差却肯放过她和崔芝芸，说到底，是看在江家的情面上。青唯本不欲多管闲事，脚尖原地借力，已经要飞身跃上宫墙，突然间，记起曹昆德的最后一句——“他赶在这个时候写信议亲”。

青唯其实听说过江辞舟。他自幼就是个极糊涂的人，儿时因为一场意外，被火燎着了脸，从此不敢以真面目示人，罩着一张面具招摇过市，常常惹是生非。崔芝芸心系高子瑜，厌烦这个江家小爷。但其实，救了她们性命的偏偏是他。

青唯知道曹昆德在质疑什么。她也想知道，这封如及时雨一般的议亲信，究竟是不是刻意为之?

青唯朝角楼走去，脚步无声，连蛰伏在宫墙角的蛙虫都不曾惊动。及至她绕过拐角，直见角楼。

青唯站在宫墙投下的暗影里，抬头望去。夜风忽然变得汹涌起来，高耸的角楼顶上，幕天席瓦地卧着一个人。他的脸上罩了半张面具，一手枕在脑后，一手持壶，倾壶而饮。苍青色的袍子随着风，在夜色里恣意翻飞，月光却明媚极了，倾泻而下，铺洒在他缎子般的墨发上。

曹昆德也到了，在下头唤:“小爷，您吃好了酒，就赶紧下来吧，官家还等着您呢。”

江辞舟竟未全醉，侧过脸，看清来人，笑了:“曹公公?”

曹昆德“唉”了一声，答应了，又劝说:“若是官家等久了，动了怒，以为是做奴才的传话不利，指不定要摘小的们的脑袋。”

江辞舟在角楼顶上居高临下，笑着道:“掉的是他们的脑袋，跟我有什么相干?”

“但是，”他仰头吃了口酒，话锋一转，“曹公公的脑袋，是宝贝，不能掉。”他摇晃着站起身，四下寻起梯子来。

曹昆德见状，连忙吩咐侍卫，把刚才被他踹到一边的梯子送去他的脚下。

等众人护着他下了角楼，墩子也把醒酒汤送来了。

曹昆德伺候着江辞舟吃下，一手搀扶着他:“小爷，天黑了，仔细路，咱家送你去文德殿吧?”

“好啊。”江辞舟看了曹昆德一眼，笑着道，“千年王八万年的龟，四脚螃蟹八爪的鱼，公公可是这宫里的老人儿，跟着公公，横着走都不会栽跟头。”

江辞舟满口酒醉的浑话，曹昆德也并不往心里去，走了一截儿，似是不经意地说道:“这秋夜，忒黑了!官家也不知是什么着急事儿，这么晚，竟还等着小爷?”

江辞舟又看了曹昆德一眼:“你想知道?”

不等曹昆德回答，江辞舟悄声道:“我有个未过门的妻子，十分美貌，近日到上京城来了，你听说了吗?”

“这……”曹昆德疑惑地道，“听说是听说了。怎么，江小爷这亲事有蹊跷，惊动了官家？”

江辞舟不言，指了指自己罩着半张面具的脸。

曹昆德不解。

江辞舟道：“你瞧瞧我这张不争气的脸，哪家姑娘看得上？”他轻言细语，煞有介事，唯恐高声惊动月上仙人，折他八百年福寿，“眼下天上掉下来个仙女，千里来奔，只为嫁我为妻，官家深夜传召，定是得知此等好事，要恭贺我呢！”

青唯出了宫，不走大道，从朱雀街第一个拐角转进去，很快到了城南樟尺巷。

临近宵禁，街上的行人渐少，但樟尺巷有家夜食摊子还开着。早年祖皇帝想取缔宵禁，下头的臣子上书，说凡事当循序渐进，自此，只要是正经铺子，去巡检司记个档，讨个牌子，便可上灯到子时。

青唯到了夜食摊，摸了几个铜板递过去：“店家，两个油馃。”

新鲜的油馃子出锅，拿牛皮纸一包，接到手里还是烫的。

高家的宅邸就在附近，青唯不能走正门，她绕去一条背巷，一个纵身，如同一只轻盈的鸟，无声地翻墙而入。此处是高府西边的荒院，夜里已经很静了，青唯的脚步声跟猫似的，确定四下无人，来到一间耳房前，三短一长地叩了几下。

门随即被拉开，里头的一个人穿着囚袍，五大三粗的个子：“女菩萨，你可算来了！”

青唯将油馃递给他：“吃吧。”

“好嘞！”这个囚犯在暗牢里被关了多时，头发已经打了绺，上头全是稻草碎，脸上的胡茬没清理，布满了半张脸，借着月光看去，只能看见一对极浓的眉毛，与一双虎虎生威的眼睛。

他扯开牛皮纸，在屋中盘腿坐下，一边狼吞虎咽，一边念叨：“五脏庙闹了一整天，都快成饿死鬼投胎去了，要不是怕死了舌头没滋味，”他往高处一指，“你回来，我能挂在这梁上。”

青唯掩上门："今日有人来过吗？"

"海了去了！"囚犯道，"丫鬟跟小仆，小仆跟小仆，少爷跟丫鬟，什么不可告人的腌臜事，全赶着在这没主儿的荒院里做。我这一天，什么没干，香艳抹了一耳朵！"他兴奋得很，"我讲给你听？"

青唯盯着他，没吭声。

囚犯悻悻的，拢了拢盘着的腿："你放心，没人发现我。"他瞧见油馃里有肉末，又絮叨上了，"你是不知道，那些暗牢里的狱卒，简直不是东西，把我关了一个月，送来的饭菜全是馊的！我这个人，你也看出来了，就是个老粗，平生可以居无竹，但是不能食无肉啊！我像你这么大的时候，立志尝遍天南海北的珍馐，飞禽走兽，只要能上灶头，宁肯错炖，绝不放过！"

他越发觉得那几粒肉末子的可贵，仰头问青唯："小丫头，有酒吗？"问出这话，权当是对肉的尊重，他这么一说，青唯那么一听就是。

没想到倚墙而立的青唯竟然动了。她伸手探进斗篷，从腰间解下一个牛皮囊子，朝囚犯一抛："接着。"

囚犯将木塞子撬开，对着鼻子闻了闻，意外地哎哟一声："烧刀子！你随身还带着这玩意儿呢？"

青唯没有回应他，待囚犯酒足饭饱，她道："你这几日仔细躲好，等风声不紧了，我送你出城。"

"女侠。"囚犯见她要走，伸手把住门边儿，"我们聊聊呗？"

青唯："聊什么？"

囚犯露出一个笑容来："我是朝廷重犯，要救我，怎么说都得豁出命去。你我非亲非故的，你救我，图什么？总不至于是菩萨降世，我看你也不会法术啊。"

青唯的目光落在他扶着门边的手上。指腹、虎口粗糙，这是习武人惯常长茧子的地方，但除此之外，他的指节、下指肚处，也有很厚的茧子，青唯认得，这是工匠的手。

囚犯目不转睛地盯着青唯，忽然开腔："洗襟台，这案子跟你有关系吗？"

青唯没吭声，转移视线看向他。

"当年先帝下旨修筑洗襟台，命大筑匠温阡督工，后来，洗襟台塌了，死了许多人。这事儿在当时闹得沸沸扬扬。玄鹰司的指挥使、都点检查抄殊死，朝廷中的相关大员，筑匠温阡，还有他的亲眷尽皆伏法，先帝也因为这个案子一病不起，没过两年就龙驭宾天了。至于温阡手下有几个工匠……”

“这几个工匠，大都是自幼学艺，但其中一个人，是半路出家。”青唯接过囚犯的话头，“他姓薛，出身行伍，长渡河一役后，因为受了腿伤，拜师另学了手艺。洗襟台坍塌时，他因为被温阡派去勘察石料，躲过了朝廷的追捕，侥幸保住一命。正因为此，他是温阡手下的所有工匠里，唯一活下来的人。不过他不惜命，几年后，他居然在上京城露了面，前阵子被官差拿住，关在了城南郊外的暗牢里，还吃了一个月的馊饭菜。”

“好在他命大，被我劫了出来，不然，”青唯朝上一指，“他可能已经挂在哪根梁上自寻短见了。”

青唯看着囚犯：“你的情况海捕文书上都有，我既然救你，自然知道你是谁，你不必拿这个来套我的话。”

薛长兴讪讪地道：“这不是感念恩人的大恩大德，想知道恩人的姓名吗？”他接着说道，“所以洗襟台这案子，没人愿意沾上。抛开那些死士不提，要说有人雇你救我，许以重金，我看你也不像贪财的人，只能往根由上猜，想着你我是不是同病相怜，也和那塌了的台子有关系。”

薛长兴殷切地打听：“那日我老远跟着你，好像听到你姓崔。当年温阡手下的工匠里，也有个姓崔的，叫崔原义……”他的话未说完，见青唯的目光变凉，他连忙打住，“好了好了，我不问了就是。”

青唯转身便走。

薛长兴：“哎，女侠！”

青唯：“你还有什么事？”

薛长兴掩着门，头从门缝里钻出来，嘿嘿一笑：“明日你得空，给我买只烧鹅呗？光几粒肉末子，不解馋啊！”

青唯回到房间中，子时已过去大半。她点上灯，先仔细地检查了铺在门前的烟灰。烟灰没被动过——她离开后，没人进屋找过她。

青唯松了口气。她住的这间小院是临时收拾出来的，原本是给她们姐妹二人住，因为罗氏担心崔芝芸，把崔芝芸接去了正院的东厢，因而只余青唯一个人。

屋中的陈设还是她来时的样子，只多出一个行囊。青唯洗漱完，换过干净衣裳，又把所有物件儿一应收回到行囊中。这是她这些年的常态，从一个地方辗转到另一个地方，匆匆停留，随时准备离开。

青唯吹熄灯，和衣上了榻。她闭上眼睛前，耳边浮起薛长兴的那句："洗襟台这事，跟你有关系吗？"有关系吗？青唯在黑暗中盯着屋梁。如果事事入心，人是无法往前走的，往事常常循梦而来，已经不堪重荷。她经年辗转，倘若不能在清醒时卸下负累，如何不断地将自己连根拔起，奔走利落？

青唯闭上眼睛，很快入梦。

梦中又回到辰阳故居，她背着剑，提起行囊，迈出屋门。

"你走！走了以后，你就再也不要回来！"

青唯停住脚步，语气涩然："我也没想过要回来。"

"好。从今往后——"他形单影只地立在她的身后，既愤怒又难过，"从今往后，你就再也不要认我这个父亲，从今往后，你就不再姓温！"

起了风，随着父亲的斥责一起灌入耳中，青唯睡得不沉，甚至能分辨出哪些声音来自梦外，哪些声音来自梦中。

梦外热闹极了，除了夜风，似乎还有人在争吵，竟不如她的梦更安宁一些。

青唯陡然睁开眼睛，侧耳听去，外间果然有人在吵。声音是从正院传来的，虽然极力压制着，但青唯的耳力好，只稍稍一听，便可分辨出其中一个人是罗氏，另一个声音陌生且沉郁，应该是昨晚刚回府的高郁苍。

青唯本不愿多管闲事，刚预备继续睡，忽然听到一句"崔家"。他们大概是在说她和崔芝芸。她寄住于此，本来就藏了许多秘密，多长个心眼不是坏事。

青唯起了身，无声无息地走院中，微微思量，一个纵身跃上房顶，踩着瓦到了正堂，借着屋瓦的缝隙，朝堂中看去。

是破晓未至的清晨时分，天地间一片漆黑，堂中掌了灯，除了罗氏与高郁苍，当中还摆着几个打开的红木箱子。

罗氏侧首坐在一旁，面色不虞："待会儿天一亮，你就把这几个箱子原封不动地抬回去。"

高郁苍貌似为难："他一听说崔家姑娘到了上京城，连夜备上聘礼，说到底都是心意。我与江逐年同朝为官，我收都收了，再还回去，这叫什么话？"

罗氏冷冷地道："芝芸没了家，我就是她的母亲。江逐年送来这些不值钱的聘礼，究竟是何意？他若嫌仓促，来不及准备，不知先拟一份礼单吗？"

高郁苍："你可知把聘礼退回去，等同于退亲，芝芸好不容易来了上京城，总不能不让她嫁人。"

"那又如何？如此怠慢，不如不嫁！"罗氏厉声道。罗氏停顿了一下，语气重新缓下来："况且，我原本也并不盼着芝芸嫁去江家。芝芸是我看着长大的，当年在陵川，她与子瑜青梅竹马，我把她当作女儿疼，有心将她纳入高家。今日正好，我看江家也没什么诚意，不如把亲事退了，让子瑜来娶。"

高郁苍听了这话，觉得简直不可理喻："你可明白你究竟在说什么？崔家！崔弘义！他身上背了大罪！你让子瑜娶一个重犯之女，他的前途还要不要了？"

罗氏："崔弘义之罪，祸不及芝芸！到时候朝廷的案子断下来，凭他崔弘义发配也好，流放也罢，芝芸都是无辜的。子瑜在这时候娶了她，旁人只会觉得他重情重义，救故人之女于危难！"

罗氏说着，像是忽然意识到什么，别过脸，紧盯着高郁苍："当年子瑜高中，去岳州办差，在崔宅小住过一段时日。回来后，与你提起说想娶芝芸为妻，你当时不置可否，转头就让惜霜去伺候子瑜。"惜霜貌美，明为伺候，实际上却是给高子瑜做了通房丫鬟，在他房里一待就是两年。

罗氏："我明白了，你那时是不是就猜到崔家会出事，让惜霜过去，就是为了绝了子瑜的念想？"

"你怎么能这样想？"高郁苍道，"倘我有这等念头，这次又岂会同意你将崔家这两个表姑娘接到家中？"他解释道，"我不过是看子瑜到年纪了，房中一个知心的人也没有，担心他在外头学风流了。"

堂中一时没了声音，夜风阵阵，拍打着窗棂。

罗氏沉默了半晌，慢悠悠地道："话都说到这个份上了，那我就跟你交个底，崔家为什么会出事，我心里头清楚，便宜了谁，也绝不会便宜了江家。”

高郁苍看她笃定的模样，心间微凛：“你清楚？你都清楚什么？”

罗氏哼了一声：“别以为我不知道，崔弘义忽然获罪，难道不是江逐年在里头推波助澜？他那个儿子还装好心，提前写封信过去，要与芝芸议亲，贼喊捉贼罢了！只怕是他那个儿子娶不了妻，使的一招连环计！江家一家都不是什么好东西，谁不知道似的？巴结太后，当了姓何的走狗！”罗氏这一骂，竟是把当今太后骂了进去。

高郁苍听得打了一个冷战，连忙去将门窗都关严实，回过身来压低声音：“这些都是谁告诉你的？”

罗氏：“你别管，我总有我的法子。”

高郁苍竭力跟罗氏解释利害关系：“你骂江家也好，厌恶何家也罢，单江家今日这份恩宠，寻常人家就比不上！昨夜官家亲自召见了江家那位小爷，指不定就是恭贺他，今日你就想退他的亲，你这是为难我高郁苍吗？你这是不给天家颜面！”

罗氏突然站起身：“官家年轻，心思却澄明，想必乐于成人之美！江辞舟与芝芸无因无果，哪怕成亲，也只能是一段孽缘！明日我就进宫，求皇后做主，将芝芸改赐子瑜！江逐年害芝芸流离失所，芝芸要留在上京城，就只能住在高家，她要嫁人，就只能嫁给子瑜！”

“你……你……我看你真是妇人见识，才说出这样的话！”高郁苍怒不可遏，“崔弘义因何获罪？因为洗襟台！如今洗襟台风波再起，只要跟这个案子沾上关系，只怕难逃大难。你在这个时候，不但不躲，上赶着惹祸上身！崔芝芸就罢了，那个跟崔芝芸一起来的崔青唯，她是谁？她是温阡手下工匠崔原义之女！你让芝芸留在家中，是想把这个祸根一起留下吗？”

“咸和十七年——”高郁苍越说越急，颤抖着手指向外间。夜风在黑暗里涌动，秋寒透过窗隙，扑袭而来，将角落里的烛火吹得明明灭灭。

“咸和十七年，朝廷羸弱，苍弩十三部大军压境而来，气势汹汹！满殿大臣八十三个人，只有五个人主战，其余一概主和！士大夫张遇初于是死谏，与一百三十七名士子聚众于沧浪江畔。江风拂襟，水波滔滔，他们留下血书，投河明志！沧浪水，洗白襟，洗襟二字，由此而来！一百三十七名士子，无一生还，当中还有小昭王之父，当时朝廷的驸马爷！”

“朝野为之震动，将军岳翀随后请缨，率七万将士，御敌于长渡河上，以少敌多，浴血死守，这才击溃了苍弩大军。然后咸和帝崩，先帝继位，他感慨于士子死谏为国，长渡河将士舍生取义，立志中兴，方有了今日太平。”

“昭化十二年，天下平顺，国库充盈，先帝下旨修筑洗襟台，以纪念当年死在沧浪中的士子，长渡河外浴血战死的将士。洗襟台的修筑，朝廷先后派去多少人？温阡、何拾青、玄鹰司，甚至还有名动上京城的小昭王！可是楼台建成之日，楼台建成之日……”高郁苍颤抖着声音重复，“楼台建成之日……塌了。塌了！这是先帝心心念念一辈子的功绩啊！这是凝结了几十年守国、治国的宏愿！可它塌了！不仅塌了，还压死了在场的功臣、名匠、士子、百姓！这是一座楼台塌了吗？不是，这是天塌了！玄鹰司的指挥使、都点检查抄殊死！何忠良、魏升当即就被枭首示众！温阡及其手下的八名工匠，几乎无人幸免！甚至就连岳氏鱼七，朝廷念在长渡河一役本该放过，亦是死罪可免，活罪难逃！这些事你不知道吗？你没听说过吗？眼下章、何二党相争愈烈，要拿当年洗襟台一事开刀，凡涉及此案的人，就不可能独善其身！你在这个时候，竟还为着心中的一点儿亲情，要往大祸上撞！你真是糊涂啊！”

“罢了！”高郁苍狠狠地一拂袖子，不再给罗氏争辩的余地，“高家做到如今这个份上，已是仁至义尽。崔家的这两个女儿，你保得了她们一时，保不住一世！三日后，江逐年上门议亲，尽早把日子定下来，送她们走！”

第三章

灯街酒酒

食盒还没揭开，里头的香气已经溢了出来。薛长兴正襟危坐，深吸一口气，恨不能将满室清香吞咽入腹。他郑重其事地掀开盒盖，然后愣住了："你不是去了东来顺？就买回了这个？"

"玄鹰司暗中派人盯着我，我的行踪有异，他们会起疑。"青唯在薛长兴对面盘腿坐下，拿起一个包子，"将就着吃吧。"

薛长兴一连吃了三日油馃，千恳请万乞求，才说动青唯去东来顺带只烧鹅回来。食盒里的一盘茭白包子散发着热气，白面发得刚好，嫩滑透亮，但显然不是薛长兴想要的。薛长兴大失所望，也拿起一个包子塞进嘴里："我还要在这里躲多久？"

青唯："再等等看。"

薛长兴看了青唯一眼，她饶是坐着，身姿也很端正，这是习武人的习惯："玄鹰司的人跟踪你？不能吧，凭你的本事，甩开他们不是轻而易举？"他想起那日在暗牢外，青唯以一敌众的身手，忍不住好奇，"你的功夫跟谁学的？一下子卸了那么多人的刀，还会借力打力，没个厉害的师父教，不能成吧？"

青唯不吭声。

薛长兴自顾自地道："你一个小姑娘，身手这么有章法，肯定有渊源。这样好，说明你有本事掩护我，哎，到时候能走了，你提前和我说一声，我还要去——"

薛长兴的话未说完，外头忽然传来脚步声。

青唯的眉心一蹙，她迅速盖上食盒遮去气味，比了个噤声的手势。

大宅子的荒院就是这点不好，说是"荒置"，因为没主儿，日日都有人来。

几日时间，不但薛长兴听去许多秘密，青唯来送油馃，也撞见过几回丫鬟、小仆。好在他们藏的这一间是耳房，外门和连着堂屋的内门都挂了锁——锁已经被青唯撬开，但不仔细看，很难发现。

内门上有条缝隙，青唯侧目一扫，进屋的居然是高子瑜和丫鬟惜霜。

高子瑜掩上门，犹豫再三，对惜霜说道："你今后，就回母亲的房里伺候，不要再到我的院子里来了。"

惜霜低着头，声音柔和地道："妾身是少爷的人，少爷有吩咐，不敢不从。"

惜霜生得细眉细眼，看起来娇弱动人。高子瑜见她如此，也十分怜惜，温和地道："我也不是硬要赶你走，芝芸这一路坎坷，消瘦憔悴，我见了，是当真心疼得很。你这两年在我身边，是个知心体己的，你也知道，我喜欢她，这么多年了，心中只有她一个。"

这话一说出来，身旁忽然"扑哧"一声，青唯蹙眉看去，竟是薛长兴没忍住，险些笑出声来。

薛长兴做怅惘状，拿起手里的茭白包子，无声地张口："茭白包啊茭白包，你虽也能果腹，但我还是惦记着烧鹅，哪怕吃了你，我的心中也只有烧鹅。"

惜霜轻声道："少爷心系表姑娘，妾身是知道的。只是表姑娘……她已经许了江家，今日那江家老爷也上门议亲了，少爷这么说，难道是要抢亲吗？"

"那个江辞舟，不过是一介纨绔子弟，他的父亲江逐年攀附权贵，也非什么正派之人，芝芸嫁到这样的人家，我岂能放心？"高子瑜神色凛然，朝天一拱手，"反正江家求娶之心不诚，我改日便进宫，哪怕是拜求官家，也要将芝芸娶进高府。"

"其他饕客？"薛长兴又无声地张口，"其他饕客怎么配得上我的烧鹅？只有我这等清风明月的雅士，烧鹅才肯甘心入我之口啊！改日我一定请来天下名厨，拆骨卸肉，把它啃得渣都不留！"

惜霜低下头，她似乎有些难以启齿，好半晌才道："可是，少爷知道的，妾身……妾身已经有了身孕，少爷便是让妾身暂时回大娘子房里，日子久了，也是瞒不住的。"

青唯闻言微愣，朝惜霜的小腹看去，大概是月份还早，什么也瞧不出来。

惜霜接着道："妾身知道少爷是为表姑娘着想，可妾身只是一个低贱的通房，表姑娘未必会吃味。日后少爷娶了表姑娘，她也是我的主子，妾身一定会仔细伺候的。还请少爷不要赶妾身走，给我们母子二人一席容身之地。妾身的身份虽然低微，但腹中的这个孩子，也是少爷的骨肉啊……"

这话直击高子瑜的痛处，高子瑜听了，于心不忍，他一时做不了决断，末了只说一句："你……容我再思量。"

今日江逐年来府上议亲，他们二人消失太久，怕会惹人生疑，说完话，一前一后匆匆走了。

薛长兴拿过食盒，对着里头剩下的几个茭白包子怅然长叹道："你若一定要赖上我，也不是不可以，怪只怪你出身卑微，哪怕上了桌，也只能是个配菜，自古绿叶衬红花，烧鹅永远是你的主子，你可明白？"言毕，他见青唯似乎无动于衷，又提点道，"哎，他们说的那个芝芸，就是跟着你一起来的妹妹吧？她的表哥，忒优柔寡断了，只怕临到头了也做不了自己的主，你不帮她？"

青唯摇了摇头："芝芸已经在高府住了几日，惜霜对高子瑜有情，她未必看不出来，这事太琐碎了，我帮不上，到最后，都得芝芸自己拿主意。"

薛长兴笑了一声："你以为旁人都跟你一样有主意？那个芝芸才多大？比你还小一些吧？眼下江家不诚心，高家更是靠不住，她走投无路，指不定要出事。"

"出事？"青唯的目光微抬。

薛长兴朝上指了指："每个人的头上都有一片天，有些人的天在江野，有些人的天在庙堂，有些人的天，可能就是一座深宅，几间瓦舍。天不同，不过源于人的境遇不同，并没有大小高低之分。可是，你不能拿自己的天，去框别人的天。你这个妹妹的遭遇，若换在你身上，是琐碎，是无关紧要，但你仔细想想，她就是个深闺里长大的小姑娘，眼下没了家，只有娘家人和将来的夫家可以倚靠，这两家都待她不诚，她能怎么办？不是走投无路了吗？你再想想那个惜霜，惜霜的天就更小了，不过是高少爷的那一个院子，眼下惜霜腹中还有了孩子，高子瑜一个念头，惜霜的天就塌了。惜霜能怎么办？惜霜也得为自己搏一把。两个姑娘走投无路，中间横着个高子瑜，又是个挑不起大梁的，这还不出乱子吗？我看——"薛长兴咬一口茭白包子，"是要出大乱子喽！"

青唯回到自己的院子里，心中还想着薛长兴的叮嘱。她有点儿担心，不仅仅因为崔芝芸。玄鹰司怀疑她，一直派人在暗中盯着她，倘若高府真生了乱子，就怕会引火烧身，被人发现藏在这里的重犯。

日前曹昆德说，玄鹰司不日会有新的当家，届时，会是送薛长兴出城的最佳时机。可她困在这深宅大院，几日过去了，也不知玄鹰司新当家的调令下来了没有。

青唯正思索着出门打探消息，一抬头，崔芝芸正在院中徘徊。

“芝芸？”

崔芝芸回过身来，见是青唯，低声哭泣着唤了句：“阿姐。”

“来找我？”青唯问。

崔芝芸咬着嘴唇，点了点头。

青唯把崔芝芸带进屋里，让她在木榻上坐了。茶壶里只有清水，青唯倒了一杯给她。

说起来，青唯虽然在崔家住过两年，她与崔芝芸并不算多么相熟。她们太不一样了，崔芝芸是在锦绣堆里长大的，有姑娘家天生的矜贵与柔善。而青唯少时流离失所，知礼疏离，很少与人走得过近。因此，崔芝芸一直直呼青唯的名字，若不是此次来上京城这一路相护，她恐怕都不会改口喊一声“阿姐”。

崔芝芸显得有些局促，那日在公堂上，是青唯帮她顶了罪，但她心中害怕，一连几日，竟连谢都不曾来谢过。

“阿姐，当日袁文光他……他为何会……”

“袁文光的事，我没和你说实话。”不等崔芝芸问完，青唯便道，“那日我从集市回来，其实先遇到了袁文光。他声称是被你所伤，央求我救他，我跟他说，他这样的卑鄙小人，不如死了干净。他气得很，对我破口大骂，说我见死不救，扬言要让我偿命。或许正因为此，后来到了公堂上，他才指认我的吧。此事没预先告诉你，一来是怕你听了担心，二来，我事后也悔得很，我如果没有意气用事，先行救了他，你也不至于背上一条人命。所以说到底，这桩命案，我也有责任。我在公堂上，并不算帮你顶罪，你不必往心里去。”

青唯这一番话说得半真半假，但暂且瞒住了崔芝芸。

崔芝芸低声道："原来是这样……"她从前从不觉得自己柔弱，忽然遭逢大难，才发现自己经历得太少，一时间难以支撑，她的指间不断地绞着绢帕，嗫嚅着道，"这一路上，若不是阿姐，只怕我……只怕我……"她说着，不禁哽咽起来。她坐了一会儿，渐渐平缓心绪："阿姐路上说过，等把我送到上京城，安顿好了，要去找从前教你功夫的一位师父。我若嫁了人，阿姐是不是就不和我一起了？"

青唯看着崔芝芸，嗯了一声。

崔芝芸感到一阵难过，忽然起身，直直地跪下："阿姐帮我！我与表哥两情相悦，实在不想嫁去江家，我眼下已经没了家，不能再没了表哥。还请阿姐为我出出主意，让我能留在高家！"

青唯看着崔芝芸，秋日的阳光斜照入户，将她的目光映得决然。

崔芝芸与江辞舟的亲事，并不是一夕之间定下的，从她接到信，一路奔波，到入住高宅，她有许多次机会拒亲，但她都犹豫了。眼下她忽然下定决心，想必有缘由。

"今日江家老爷上门议亲，怠慢你了？"青唯一念及此，问道。

崔芝芸忍了半晌，才咬着嘴唇点头："今早江府的老爷上门，我去正堂里侧的屏风后偷听，那个江老爷他……他实在是……"崔芝芸回想起江逐年趾高气扬地说话的样子……

"聘礼是寒碜了点儿，这也是没法子的事，江家两袖清风，不是什么富贵人家，高兄见谅。"

"几日前，官家深夜传召犬子，高兄可曾听闻？"

"犬子不才，蒙官家青睐，赐了个荫补官，眼下是玄鹰司新任都虞侯了。"

"哪里哪里，实在是圣上慧眼如炬，祖上积德庇佑，犬子才有了施展拳脚之机。玄鹰司眼下人才凋零，前些日子听说还拿错了人。犬子新官上任，江某也着实为他捏一把汗。"

"犬子高升，今夜在东来顺摆席，宴请亲朋，高大人可也要来啊？"

"也罢。高兄差务繁忙，待改日得空，江某与犬子必当另设酒宴，还请高兄一定赏光！”

…………

“那个江老爷称是想凑一个双喜临门，把过门的日子草草地定在了七日后。言辞间百般推托，三五句话，怕不是省去了半个账本！他一副花一个铜板都心疼的样子，必定是瞧不上我的，既然如此，当初何必写信来议亲？若嫁去了这样的人家，往后的日子不知何等艰难，我还不如留在高家，陪着姨母，谁也不嫁了！”崔芝芸说到末了，眼眶含泪，语气已带着恨意。

青唯心中微感讶异，不承想玄鹰司大当家的差衔，居然落在了江家小爷的头上——那晚夜风汹涌，青衣公子醉卧宫楼，乍一看，分明是个不省事的。青唯不动声色，却问：“今日罗姨母不在？”

崔芝芸：“姨母每月月中要上佛堂诵经祈福，今早天不亮就去了。”

青唯忆起薛长兴的话，心知该悉心劝慰崔芝芸，但她遇事从不拐弯抹角，见崔芝芸身陷两难，觉得当快刀斩乱麻才是。青唯于是直言道：“你的姨母惯来疼你，今日江家老爷上门议亲，姨母却不在家中，你可想过为何？”

崔芝芸一愣。

青唯又道：“高宅仆从无数，你去正堂偷听两位老爷说话，这是无礼之举，底下却没一个人拦你，你可曾想过缘由？”

崔芝芸的脸色渐渐白了。今日江逐年上门提亲，罗氏岂会不知？她若真想把崔芝芸留下，凭他江逐年怠慢至此，当面婉拒了便是。可她没有，她有心无力。

而高郁苍留下一道屏风，让崔芝芸听到他和江逐年议亲，也是一样的道理。他不想再收留这个身陷困境的表姑娘，又不好当面直说，便隔开一道屏风，让她自己体悟。

原来高家，也非容身之所。可是她眼下除了高家，还能去哪儿呢？

青唯问道：“你想留在高家这件事，与你表哥商量过吗？”

崔芝芸摇摇头，声音已哽咽、沙哑：“我……我想着，我与表哥，到底是有情谊在的，此事，便是我不开口，他心里也该知道……”她是女儿家，有些话，哪里是她能主动开口的？所以她一等再等，等到今日。

青唯道：“那你先去问问他，再做决断。”她没有告诉崔芝芸在荒院里听到的话，高子瑜窝囊，可他好歹对崔芝芸有情，若一切真如那夜罗氏与高郁苍争执时说的，崔弘义获罪，只因江逐年在里头推波助澜，那么江家对于崔芝芸，更非什么好的去处。

青唯看着崔芝芸：“凡事睁眼看，仔细听，用心思量，待你问过高子瑜，究竟是去是留，只有你能为自己做决定。你也不必着急，眼下离出阁还有几日，你认真权衡，拿定主意，到时若有我帮得上的，你再寻我不迟。”

崔芝芸的脸色惨白，她紧咬着嘴唇，唇上齿痕深陷，眼泪接连不断地滑落而下。半晌，她抬手无声地揩了一把泪，握紧拳头，点了点头。

耳房没有窗，薛长兴只能透过木扉上的一条缝隙辨别晨昏，外间日暮西沉，霞色漫天，薛长兴想着青唯都是等天黑了才送吃的过来，正准备闭上眼睛打个盹，门一下子被推开，青唯进来，把一身黑衣黑袍兜头扔给他：“先换上，明早城门开启的时候我们就走。”

薛长兴把袍子从头上扒下来：“城门口的严查撤了？”

“嗯。”青唯点点头，“玄鹰司抓不到人，这么拦着城门也不是办法。他们上头来了个新当家的，今天午时就把禁障撤了。明早是出城的最佳时机，不可错过。”

薛长兴听完，也不啰嗦，当即便把一身夜行衣换上，见青唯要走，忙问：“你要去哪儿？”

“我得再出去打探。”青唯道，“你这个案子，是玄鹰司等了五年等来的机会，依卫玦、章禄之的脾气，不可能轻易放弃。新来的这个都虞侯，他们服不服他还两说，如果卫玦以退为进，我得早做防范。”

“哎，你等等——”薛长兴看青唯说完三两句话已经走到院中，急忙道，“咱们打个商量呗。”

青唯：“商量什么？”

“那什么，”薛长兴嘿嘿一笑，“我在流水巷有个相好，这不，要走了，我想着待会儿夜深了，偷偷去……”

“不行！”不等薛长兴说完，青唯斩钉截铁地打断他道，“出城前，你哪里都不能去！”

薛长兴道：“你不是好奇当年洗襟台坍塌后，我分明捡回一条命，为何会在上京城现身吗？我实话跟你说，就是因为我的这个相好。她当初沦落风尘，我有一半责任。我涉险前来，就是为了能见她一面。”

青唯：“涉险是一回事，找死是另一回事。你为了见她，命都不要了吗？”

薛长兴见青唯打定主意要拦自己，负气道：“那我不走了，不见到她，我就在高府住到死。”

“自助者天助，自立者人恒立之，你既然自暴自弃，”青唯声音冷冷地道，“那你自便吧。”

薛长兴存心胡搅蛮缠：“我不但不走，等玄鹰司找上门来，我还要告诉他们，当日我能逃出暗牢，全因有你相助！”

青唯道：“你大可以去说。巡检司十数精锐拦不住我，没有你这个负累，玄鹰司刀兵之下，我照样可以全身而退，外面天大地大，我还能被困死在这一隅之地吗？”

薛长兴看青唯软硬不吃，急道：“唉！我就是去见相好一面怎么了？你也说了，巡检司十数精锐拦不住你，玄鹰司眼下派不少人盯着你，可你日日翻墙出府，往来自如，甩开他们轻而易举。我也会功夫，不会给你添乱的，不过就是在出城前，绕个道，先去一趟流水巷罢了。”

薛长兴声音急切地道：“我为何来上京城？我不知道这是找死吗？可是，五年前洗襟台坍塌，我的亲人、故友，死的死，伤的伤，如今活着的还有几个人？梅娘她……她几乎是我在这世上唯一的亲人了。我今日一走，与她可能就是一别生死，往后再无机会相见，我就想去看她一眼，怎么了？”

薛长兴越说越急，回到耳房，往地上一坐，气愤地道：“看你年纪轻轻，本该天真烂漫，为何如此冷硬不通情理？也罢，事已至此，你走吧，梅娘我自己会想法子去见，你不用管我了。”

秋日的黄昏只有须臾，夕阳很快西沉，四下浮起薄薄的暝霭，薛长兴正盯着屋角的草垛子发呆，忽然间，一把匕首被扔在草垛子上。

身边传来青唯冷冷的声音："拿着防身。"

薛长兴一愣，一个骨碌爬起身："你肯陪我去了？"

青唯没理他，拿起一旁的黑袍往身上一裹，罩上兜帽，只说："深夜去流水巷不行，巡检司的人马夜里都布在流水巷。今晚玄鹰司新任都虞侯在东来顺摆宴，卫玦等人想必皆会赴宴，你只能赌一赌眼下。"她说完，径直便往外走。

薛长兴连忙追上去，奉承道："还是女侠思虑周全。"他又好奇地问道，"你怎么突然改主意了？良心发现了？还是我刚才哪句话触动你了？我收回我之前说的，你不是不通情理，你是刀子嘴，豆腐心……"

流水巷是大周上京最繁华的一条街巷。这里有最红火的酒楼，有最阔气的钱庄。昭化年间，宵禁制度越来越宽松，这里越发成了龙蛇混杂之地，有上上人，也有陷在深沟的坎精，拐进一条暗巷，有做皮肉生意的暗阁，有黑心的赌坊，里头什么三教九流都找得到。

薛长兴要去的是一家叫作"莳芳阁"的妓馆。他早年在沙场上受过伤，脚有点儿跛，好在动作利落。很快他们到了妓馆背巷的墙边，薛长兴双手掩嘴，发出几声类似鹧鸪鸟的叫声。

等了不到一刻钟，墙边一扇被藤蔓掩住的小门开了，出来一个身着大袖绫罗绸衫，挽着盘云髻的女子。她三十来岁，眼角已有了细纹，一双眸子却秋水横波，媚态犹存，正是薛长兴要寻的"莳芳阁"老鸨梅娘。

梅娘见薛长兴来了，也感到十分惊讶："当真是你？我还以为，是我听错了。"她的目光移向一旁的青唯，"这位是？"

"是我的一位朋友。"薛长兴言简意赅地道，"时间紧迫，我们换个地方说话。"

梅娘点点头，将薛长兴与青唯引入院中。这扇暗门连着的是莳芳阁侧边的一个小院。这个院子应该是梅娘一个人的居所，青唯进来后，迅速观察周遭地势，右边靠街的位置，坐落着一座两层高的小楼，小楼与街墙之间有一个狭长的池塘，这是唯一的死角。楼阁朝南开窗，临窗望去，应该能看到整座院馆与莳芳阁门前长巷。

梅娘一边将薛长兴二人引上小楼，一边说道："我听说你从暗牢里逃出来了，一直派人去找，可是，怎么都找不到你的踪迹。我怕打草惊蛇，也不敢大张旗鼓地行事，前几日城门口那些官兵，是不是就是拿你的？你眼下准备怎么办，若是没地方去了，我在流水巷的西南边还有个暗宅……"

薛长兴道："我不能再留在上京城了，上回让你收好的东西呢？"

"仔细藏着呢。"梅娘掩上门，正要去取，脚步停顿了一下，目光迟疑着落在青唯的身上。

小楼二层只有一间屋子，青唯一身黑袍，又与薛长兴同来，显然不宜在人前现身，梅娘不好叫她去外面等着，目光带着询问又看向薛长兴。薛长兴摇了摇头。

梅娘于是没多说什么，将薛长兴引至榻前的屏风后，拿了铜钥匙打开木榻头的暗格，把藏在里头的木匣取出来给他。

两个人在屏风后说话，饶是低声细语，因为没有刻意避着青唯，没能躲过她的耳朵："你拿着这些，终究是负累，这场杀身之祸，不就是这样招来的吗？你一日不放弃，就一日见不了天日，依我看，不如算了吧……"

薛长兴："不行，当年葬在洗襟台下的，皆是我的兄弟、同袍，我不能让他们这么背负骂名，白白送命……"

梅娘："五年了，你这么下去，越走越险，往后没有活路的。那些人，你跟他们耗不起的，你此次来京，好歹有我为你守在这里，往后若是……若是连我也不在了……"

青唯听着梅娘与薛长兴说话，越听越觉得怀疑，这哪里像是阔别已久的情人？

直到最后这几句话传出来，她暗道一声："坏了！"她突然起身，正准备强行带走薛长兴，小院里，忽然传来一声："官爷，哎，官爷，我们这里可是正经营生……"似乎有人在竭力拦人。

屏风后，梅娘与薛长兴也同时一愣。

梅娘快步走到窗前，推开一条缝，脸色立刻变得煞白："不好了，是玄鹰司，玄鹰司找来了！”

话音未落，院中果然传来章禄之的声音：“把此处围起来，仔细搜，一寸都不许放过！”

青唯抢到窗前一看，章禄之推开小院门口的仆从，一步跨入院中，而卫玦就在其后。

形势危急，她来不及细究玄鹰司为何会找到这里，趁着窗口有树梢遮掩，一步跃上窗台，同时回头对薛长兴道：“跟上！”

薛长兴把木匣往怀里一揣，紧随青唯跃出窗外。他还没落地，上方忽然伸出一只手，紧紧抓住他的手腕，把他吊在半空——原来青唯刚才跃出窗户，足尖在窗台上借力，竟是往上蹿了半个身形。眼下她一手攀着屋檐，一手抓着薛长兴，咬着牙，一寸一寸无声地朝楼阁紧贴街巷的一面挪去。此处是小院的死角，两边有树荫隔挡，下方是一个池塘。

青唯方挪到位，楼阁里就传来卫玦的声音：“刚才有人来过？”

梅娘柔和的声音打马虎眼：“官爷，瞧您说的，奴家敞开门做生意，人来人往，不是很正常吗？”

卫玦哦了一声，声音冷冷的：“来你这里的客人，都喜欢跳窗走？”

青唯心中暗道不好，定然是玄鹰司来得太快，梅娘没来得及擦去窗台上的足迹！

薛长兴吊在青唯的下方，仰头悄声问：“女侠，眼下怎么办？”

青唯看了薛长兴一眼，依稀说了句什么，但薛长兴没听清，只觉得她的目光似乎十分痛苦。

薛长兴问：“你说什么？”

“松手……”青唯再次重复，攀住屋檐与抓着薛长兴的手背青筋凸起，豆大的汗珠从额角滑落，“你怎么……这么沉，我的手要……要断了……”

薛长兴一听这话，急忙松开握着青唯的手。可他的下方就是池塘，倘若他跌进去，一定会惊动玄鹰司。

就在这个时候，只见一道青芒从青唯手腕间缠着的布囊里伸出，如同一道玉鞭，直直地击中薛长兴的脊背，把他送到了池塘边缘。

池塘中水波晃动，与此同时，青唯也一并跃下来：“走！”她暗道一声，在薛长兴的背后一提，两个人同时越墙而过。

一路逃出暗巷，到了熙来攘往的街头，两个人才停下来喘了口气。

青唯低着头，将软玉剑绕臂而缠，仔细收回手腕间的布囊。

薛长兴看着青唯，迟疑着道：“你这软剑……”

青唯听到这一句，心下一凝。她的师父岳鱼七之所以被称作“玉鞭鱼七”，就是因为他的兵器很特殊，是一柄状似玉鞭、韧若缠蛇的软剑。这些年，青唯辗转流离，为防止暴露身份，很少用它。她微微停顿了一下，迎上薛长兴的目光：“这软剑怎么了？”

“这软剑……太厉害了！”薛长兴赞道，“这么厉害的兵器，当时你劫狱，怎么不用它？你要用了它，什么巡检司、玄鹰司，哪里还逮得住你？早被你甩开十万八千里喽！”

青唯正要开口，忽然听到身后传来一个声音：“那逃犯就在流水巷，速去拦住各个街口！”

竟是玄鹰司又追来了。

青唯暗道不好，再次转身，往来时的街口走去，走了几步，发现薛长兴竟然没跟上来，一回头，他居然走了另一个岔口，往沿河大街去了。

沿河大街是流水巷的正街，直直地通往此处最红火的酒楼东来顺。走到尽头还有一个小岔口，通往一条死胡同。换个说法，往沿河大街上走，就是往死路上走。

青唯几步追上薛长兴，一把拽住他：“你走这边做什么？”

薛长兴指了一下东来顺：“这不是往人多的地方躲吗？”

青唯真是懒得跟他解释，来之前她就说过了，今晚玄鹰司的新任当家的在东来顺摆席，他还妄图往兵窝里藏，怎么不直接往刀口上撞?

可他们已经来不及回头了，只是犹豫了这一下，玄鹰司已经派人拦住了身后的各个岔口。

青唯正在焦急，忽然听到东来顺那头，传出一阵鼎沸的人声，似乎是掌柜的在送客。她展目望去，只见一众贵公子众星捧月般簇拥着一个人从酒楼里走出来，此人的脸上罩着半张银色面具，身穿玉白宽袖襕衫，手里拎着个酒壶，醉得步履蹒跚，还一边畅饮一边与人说笑。

正是那晚她在宫里见过的江辞舟。

这位江小爷今夜在东来顺摆酒，为的是庆贺莺迁之喜，卫玦、章禄之一干玄鹰卫不赴宴道贺也就罢了，还在这附近拦路抓人，这分明就是不把这位新当家的放在眼里。

青唯一念及此，心生一计。她急忙对薛长兴道："你想办法混入人群，顺着人流先回高府。"

薛长兴："那你呢？"

"我把人引开。"青唯来不及解释太多，只说，"你放心，我有办法脱身，你只管逃便是。"

但见薛长兴的身影遁入人群，青唯朝后面一看，卫玦、章禄之的手下已经注意到她。

青唯裹紧斗篷，在玄鹰卫追上来前，低着头，快步往前，直直地往江辞舟所在的方向走去，似乎是不经意间，一下子撞在他的身上。

江辞舟本来就喝醉了酒，这么被青唯一撞，整个人险些没站稳，拎着酒壶的手一下子脱力，酒壶碎裂在地。酒水四溅而出，身旁立刻有人骂："谁啊？走路没长眼，敢冲撞你江小爷！"

青唯低着头，赔罪道："公子，对……对不住。"

周围喧嚣不止，这声音一出，却引得江辞舟看过来。他的眉眼都被面具罩着，看不出神情，嘴角却弯起，说了句醉话："哪里来的小娘子？声音……好听！"

身后，卫玦一行人也赶过来了。他们与青唯已经打了数回交道，眼下青唯虽然罩着斗篷，离得这么近，单凭声音就认出了她。

奈何江辞舟在场，卫玦带着众人朝他行礼："大人。"

江辞舟还未答应，一旁有个穿着蓝袍、戴着纶巾的公子先行冷笑一声："巧了，这不是卫掌使吗？今日你家都虞侯摆席，分明请了你，掌使却以重案在身之由推托。照我看，哪里有什么重案，掌使不一样也在流水巷寻乐子吗？怎么，掌使眼高于顶，是瞧不上东来顺的酒菜，还是瞧不上旁的什么呢？”

卫玦听了这话，没理蓝袍公子，朝江辞舟拱手：“大人见谅，实在是此前追查的案子有了线索，卑职一路追踪到此，发现贼人的踪迹。”

“贼人？”蓝袍公子轻轻嗤笑一声，“卫掌使说的贼人，就是眼前的这个小娘子？”

章禄之道：“她可不是什么寻常小娘子，她是——”

“民女不知何时得罪了大人。”不等章禄之说完，青唯径直打断。她停顿了一下，目光落在地上碎裂的酒壶：“倘是因为民女打翻了大人的酒，民女赔给大人就是。”她说着，从袖囊里取出一个荷包，将里头的铜板尽数倒出来，双手呈上。

蓝袍公子又嗤笑了一声：“小娘子，你可知道江大公子这一壶‘秋露白’值多少银子？就你这几个铜板，只怕还不够尝一口的。”

青唯低声道：“我自然知道酒水贵重，可这些铜板已是民女的全部钱财，还望大人网开一面。”

章禄之听到这里，忍不住对江辞舟道：“江大人，你不要听她混淆视听——”

江辞舟一抬手，止住了章禄之的话头。他盯着青唯，一手拿过蓝袍公子手里的扇子，吊儿郎当地走到青唯的跟前。斗篷的兜帽遮住她大半张脸，他低头看去，只能瞧见她苍白的下颌，紧抿着的嘴唇。他又走近一步。他们二人男女有别，大庭广众之下，离得这么近，已是很不妥了，但青唯没动。

江辞舟于是抬起扇子，支起兜帽的边缘，慢慢挑起来。入目的是高挺秀气的鼻梁，浓密的长睫毛，低垂着的双眼以及……左眼上，狰狞、恐怖的红斑。

青唯一直没抬头，却能感觉到支在兜帽的边缘的扇柄微微一顿，很快撤走了。兜帽落下，重新罩住她脸上的斑纹。

江辞舟将扇子扔回去，任人扶着，又说起醉话：“几个铜板是不值钱，不过，”他调笑着，满口不正经，“加上这一眼，够了。”

他吩咐道："银货两讫，放人吧。"

"大人——"章禄之还欲再拦，却见卫玦一个眼风扫来，只好住了口。

周遭的玄鹰卫得令，让开一条路来。

青唯拢紧衣袍，低着头，匆匆走了。

青唯回到高府已近亥时，她自荒院翻墙而入，快步跨过院中，一把推开耳房的门："你来上京城，根本不是为了什么相好的，你是为了洗襟台的案子！你不服当年朝廷的彻查结果，这些年一直在自行追查。后来定是有了线索，冒死来上京城取证，无奈被朝中人发现，这才被押入城南的暗牢！"

薛长兴已经在耳房里等了一会儿，见青唯一脸恼怒地归来，说道："小丫头的脑子灵光，一点儿风吹草动，什么都猜到了。你别急，坐下来，我仔细跟你说。"

青唯不坐，冷冷地紧盯着薛长兴："你今夜与梅娘也不是久别重逢。你一到上京城就见过她，后来你发现自己被朝廷的人马盯上，还把找到的证据交给她保管，你今晚去流水巷并不是为了见她，而是为了拿回你好不容易找来的线索！"

薛长兴叹道："是这样，不假，但我也是……"

"但你没和我说实话！"青唯道，"城南的暗牢被劫，玄鹰司久查无果，他们找不出劫匪，必然会追本溯源，从你的身上追查线索。查到梅娘只是迟早的事，他们要的是一个绝佳的时机。如今日江辞舟高升，撤走城门严查，摆席东来顺，对他们而言，就是最好的时机！他们算准你必会在今日去见梅娘，早就派人暗中盯紧了莳芳阁，只要梅娘有异动，他们就会来个瓮中捉鳖！可是这些，你通通没有事先告诉我！我若知道你这么会找死，今夜我绝不会让你踏出这个院子半步！"她恼怒至极，喘着气，胸口几起几伏。

薛长兴自知理亏，听青唯发作，也不吭声，直到末了，才说道："今夜之事，我也并非故意瞒你。你既然知道我是什么人，当年是怎么活下来的，就该知道我的那些同袍兄弟，故人旧友，他们是怎么死的。洗襟台的案子，我实在是放不下，若不弄个清楚明白，这一辈子都难以安宁。人生在世，小命固然重要，可有些事，在我看来，远比小命更重要。今夜的祸是我闯的，我认栽，你放心，我此前说什么要跟玄鹰司供出你，都是逗你玩的。我薛长兴顶天立地的一条汉子，你舍命帮了我，我哪怕死，都不会陷你于不义。你是个有本事的小丫头，我不担心你，只是有个物件，我眼下无人托付……”他说着，伸手探进怀里，取出在莳芳阁拿到的木匣。

“起来。”青唯看那个木匣一眼，却没接，“我们立刻走。”

薛长兴愣住。

青唯上前，将草垛子理平整，拢住地上的灰尘，重新铺撒在地上，做出从没有人来过的样子，说道：“你在流水巷现身是事实，明早之后，城门必会重新封禁，到时候你插翅也难逃。好在卫玦行事讲规矩，今夜他的主子喝醉了，等他的主子醒酒，申请到调令关闭城门还有一段时间，你必须趁现在出城。”

薛长兴听了这话，迅速爬起来。他张了张嘴，想对青唯说些什么，又觉得无论说什么分量都太轻了，最后只道：“多谢。”

青唯看了薛长兴一眼，没应声。薛长兴已经暴露踪迹，哪怕出了城，也并不好逃。她本来联系了曹昆德，请他事先派人接应，眼下情况突变，只能试试曹昆德早前教她的应急法子了。她走到院中，下唇抵住双指，急吹三声鸟哨。不一会儿，只见一只羽泛黑纹的隼从半空盘桓而落，停在青唯抬起的手臂上。

青唯把事准先备好的纸条塞进它脚边绑着的小竹筒里，一抬胳膊：“快去吧。”

隼遁入夜空，很快不见了。

青唯指了指院门，对薛长兴道：“走这边。”

玄鹰司一直派人紧盯着她，今晚风声鹤唳，荒院暗巷这一处，不知加派了多少人手，相比之下，玄鹰司为了防止惊动高家，在前门四周布下的人手却要少许多。

两个人一路避开府中的仆从，穿过回廊，到了青唯住的小院。青唯对薛长兴道：“你且等等。”她回到房中，脱下今晚穿的裙装，很快换上一身夜行衣，罩上斗篷，正准备推门离开，低头一看，忽然愣住了——门前铺着的一层烟灰早已散得到处都是。

青唯向来小心谨慎，每回出门，为防止有人在她离开后，窥探她的行踪，必要在门前铺上烟灰。也就是说，今晚她不在，有人来房中找过她？此事可大可小，因为寻她的人，可能是丫鬟、嬷嬷，发现她不在，也就离开了；又或者，此人没那么简单，听见过外头的风声，联想到她几日来的行踪，怀疑她是劫匪，甚至一点儿一点儿的，牵出她的真正身份。

青唯从屋里出来，眉间仍是紧蹙着的。

薛长兴见青唯这副样子，不由得问道："出什么事了？"

青唯摇了摇头。罢了，管不了那么多了，当务之急，她先送薛长兴出城。

"我们走。"

第四章

孤山崖下

青唯事先准备了马，到了藏马的地方，一刻也不敢多耽搁，骑了马便往城外疾奔。

薛长兴的踪迹暴露，玄鹰司已有了警觉，虽然暂且瞒过了城门的守卫，路上的马蹄印在，玄鹰司很快就会找到他们的踪迹。他们出城只是第一步，想要彻底甩开玄鹰司，必须逃离上京城地界。眼下拼的就是一个快——快一步出城，快一步避开追踪，快一步到达接头地点。

两个人亟亟打马，因为时间紧迫，甚至不能避走山野，只能沿官道赶路。

跟曹昆德约定的地方原本在上京郊外吉蒲镇，然而形势突变，只好临时改变行程，隼送信去了八十里外的昌化，曹昆德在那里另行安排了人手。

昌化县在宁州地界，两个人连赶近三个时辰的路，等看到宁州府的界碑，天际已经浮白了。宁州山多，此处尚是荒郊，展眼而望，只见群山纵横，满目苍翠。

官道蜿蜒，绕山延伸，如果走大路，到昌化还要大半日，好在山间有条捷径，青唯到了这里，立刻驱马往山上走。

他们又走了小半个时辰，到了半山腰的岔路口，青唯吁了一声，勒停了马。她抬起马鞭指向前方，对薛长兴道："过了这段山路，应该能看见一个茶水棚子，接应你的人就等在棚子里，到时候他们会掩护你离开。"

青唯说完，双腿一夹马肚，正准备继续赶路，身后的薛长兴忽然唤住她："小丫头，雇你救我的人，是曹昆德吧。宫里有人养隼，专门用来传信。当年洗襟台出事，我逃避追捕，撞见过一个小内侍，他见了我，用三声鸟哨唤隼。不过隼这种鸟，必然不是一个寻常内侍养得起的，仔细想想，只能是曹昆德这种大珰了。”

薛长兴说着，又问道：“你这些年，为曹昆德办事？”

青唯勒转马头，看向薛长兴。山中晨风渐劲，长风拂过，掀落青唯的兜帽。她的表情十分平静，目光几无波澜。如果能略去她眼睛上的大片斑纹，她的五官其实长得很好，那是一种得天独厚的秀丽干净，仿佛丹青名家的画像，增一笔嫌多，减一笔嫌少。

薛长兴忽然笑了：“罢了，想想也知道不可能，温阡之女，岳氏后人，怎么可能任一个阉党摆布？定是他有恩于你，或是拿着什么重要的消息与你做了笔买卖吧？”

薛长兴问：“你在找岳鱼七？”

其实早在青唯使用软玉剑的一刻，薛长兴就该认出她了。他是长渡河一役的将士，而当年战死在长渡河的将军岳翀，正是青唯的外公，岳鱼七的养父。

青唯沉默了半晌，嗯了一声。

薛长兴道：“当年岳鱼七被朝廷缉捕后，再没了消息，此前我试着也找过他，可惜无果。”他环目而望，笑了笑，说，“我这几年南来北往，一直在想法子来上京城。别的不提，便说上京城周围这几个山头，每一个我都来过，地势也摸遍了。要是有一天，我把该办的事办完了，流落这山野里，能当个土霸王。”他下了马，拍了拍马匹，骏马一扬蹄，顺着岔路口往通往昌化的大路上跑去了，“行了，小丫头，就送到这里吧，接下来的路我认得，趁着玄鹰司还没到，你赶紧离开吧。”他说完，却没走青唯刚才给他指的路，而是走了岔路口的一条山间小径。

青唯愣了一下，立刻下马，三两步追上去：“这条小径是绝路，尽头是山顶的——”

“我知道，”薛长兴没回头，声音带着笑意，“你忘了？我来过这里，能做这山头的土霸王。”

小径不长，但是很陡，几步上去，密林渐渐展开，入目的是一片开阔的断崖。

山野空旷，晨间鸟声空鸣，细细听去，能从鸟鸣中辨出远处细微的马蹄声。

青唯不知道薛长兴要做什么，只知道不能再耽搁，她几步上前，屈指成爪，直朝薛长兴的左肩抓去。薛长兴的背后像是长了眼，感受到劲风袭来，他侧身一避，左手握住青唯的手腕。然后，他的脸色变了——没想到青唯手上这一袭只是虚晃一招，转眼之间，脚下已成势，架住他往前的腿，令他一时间动弹不得。

青唯道："跟我回去！"

"不错，小丫头的功夫厉害，没枉费你这一身岳氏血。可惜喽，如果我的脚没跛，指不定还能陪你过上个十来招。"薛长兴笑着道。他很快把笑容收起来，又问："回去做什么？小丫头，曹昆德是个什么人？你当真不明白？"

青唯道："他是不值得信任，但今日你无论落到谁的手中，都难逃一死，他至少能保住你的性命。"

薛长兴道："保住我的性命，然后呢？我今日为他所救，来日就要受制于他，成为他手上黑白不分的一枚棋子，被他，还有他们，用于攻讦、屠戮、排除异己？如今朝廷，章鹤书以重建洗襟台为由，党同伐异，打压太后及何姓一党，洗襟台再掀波澜，人心惶惶。何拾青一派四处抓人，恨不能找尽天下的替罪羊，堵住章党的嘴，崔弘义为什么会获罪？不正是因为此吗？常人唯恐惹祸上身，恨不能躲得越远越好，姓曹的却在这个时候救我，你说他是什么角色？他是存了心要救我吗？"

青唯道："曹昆德自然居心叵测，但你若被何党的人拿住，必会遭灾！你和崔弘义不一样，他只是替罪羊，你原本就是海捕文书上的重犯，朝廷的人马不会放过你。你跟着曹昆德，在他手下保住一命，以后倘能挣脱桎梏，天大地大，哪里不能去？"

薛长兴道："你说得不错，大丈夫能屈能伸，跟着曹昆德不失为一个选择。可洗襟台那么大一个案子都能出差错，我跟着他，当真能轻易脱身？何况我与这些人，本来就有血海深仇，不共戴天！温青唯，我问你，今日的局面，倘若换成你师父岳鱼七，换成你母亲岳红英，你会怎么选？你还会拦下他们，逼着他们跟一个阉党苟活吗？"

青唯微愣，足间的力道渐松。

薛长兴挣脱出来，头也不回地往山顶走：“当年将军岳翀出身草莽，本是一介匪寇，奈何咸和年间，生民离乱，外敌入侵，他带着一干山匪投身行伍，从此建立岳家军。咸和十七年，朝廷羸弱，苍弩十三部压境而来，士大夫张遇初与一众士子投河死谏，只有岳翀一个人请战。我辈中人，多少慷慨义士拜在岳氏麾下，江水洗白襟，沙场葬白骨，我自投身行伍，前人之英勇便是我辈之信念，前人之弥坚便是我辈之脊梁，却被一座坍塌的洗襟台毁于一旦！常人不解我为何冒死来上京城，但我自始至终只有这一条路可走。伏法玄鹰司，投诚曹昆德，死也好，生也罢，我都不选，我要为自己赌一把！”

薛长兴看了一眼身后的断崖，忽然笑了笑，问青唯：“小丫头，你这么有本事，身上还带着岳鱼七留给你的软玉剑，从这里跳下去，应该会没事吧？”

青唯微微一愣，心中蓦然浮上不好的预感，她道：“你若实在不想跟曹昆德走，那我们不与他的人手接头，我们往西走，我保护你。”

“不用了，小丫头，我这一遭，已经拖累你够多了，就在此做个了断吧。你若当真为我舍了命，改日到了九泉之下，我有何颜面去见你的父亲？”薛长兴笑着道，“修筑洗襟台的那些日子，你父亲总是与我提起你，说他在辰阳故居有个女儿，虽然姓温，身上流的却是岳氏血，一身倔脾气。你的母亲过世，你还生他的气，离家出走，他已经许多日子没见到你了。那时我还不知道你叫青唯，一直听你的父亲唤你的乳名，小野。那时一直想见见你，没想到这么多年过去，竟然在这样的情形下与你相见了。其实我知道，你这么聪明，单凭曹昆德的一封信函，一个似是而非的消息，怎么可能说动你来上京城救我。你这么费尽心力，舍命相护，不过是因为你知道，我是你的薛叔。”薛长兴说着，指了指左眼，“小野，你眼上这斑纹，是怕人认出你的身份，故意弄上去的吗？”

这么多年了，自从洗襟台坍塌，这还是头一回，有人唤她小野。青唯张了张嘴，正欲答话，忽然听到马蹄声由远及近，她的眉心紧蹙，几步上前，欲捉薛长兴的手：“玄鹰司快到了，你我快走，你信我，我必当护你——”

薛长兴却猛地退后一步，语气一下子变得激昂起来：“温小野，我问你，当年洗襟台坍塌，朝廷口口声声说是你父亲督工不利，你信吗？洗襟台修成前，雨水急浇三天三夜，你父亲不止一次喊停，可朝中之人谁曾理会他？他们把这座楼台当作进身之阶，一心只为私利！洗襟台修筑时，为何三改图纸？洗襟台建成之日，你父亲为何不在？那根支撑洗襟台的木桩，最后为何竟是小昭王下令拆除？这些疑点，你从没有在心里深究过吗？如此泼天大案，草草了结，你心中可曾甘心？眼下朝中虎狼横行，想要查明真相无异于以卵击石，可纵是披荆斩棘，我亦愿以一身蜉蝣之力撼树！你是温阡之女，岳氏之后，是不是也愿意在这荆棘丛生的乱象里搏出一条明路？”

薛长兴说到这里，语气忽然变得悲凉：“这些年，故人飘零，亲友离散，你我这样余下的人，也算是亲人了，薛叔若知道你还活着，早该找到你，可惜……”

马蹄声已近在耳畔，林外有人呼喊：“这里有马蹄印——”

薛长兴抬眼看向云端：“故旧英烈在上，今日薛某纵行到末路，绝不折骨投敌。当初在洗襟台下衣冠冢前立下的誓言，无一日敢忘，五年来日日枕戈待旦，无愧于心。此次倘能侥幸苟活一命，待来日必将披肝沥胆，再次前行；倘葬身于此，见我等后辈长成，已堪重任，吾心甚慰，去了九泉之下，还望与诸位同袍畅饮！”他说完转身，朝向断崖，决然跃下。

日光破云而出，山岚拂面，断崖荒草萋萋，上头还残留着脚印，可刚才还在这里的人不见了。

青唯怔怔地站着，半晌，才开口唤了声：“薛叔……”

可是没有人应她。

青唯反应过来，踉跄几步追到崖边，探身往下，断崖下秋雾未散，竟是什么都看不见。

风声盘旋苍劲，似乎人一下去，就消失在这天地间了。

青唯讷讷地，又张口：“薛叔？”

声音碎裂在残风里。

“薛叔——”

深宫的甬道窄而长，尤其到了夜里，前方一团漆黑，像是看不到尽头。

墩子提着灯，在前头引路，声音压得很低：“姑娘这边走。”

东舍的院子静悄悄的，曹昆德的身影就映在窗纸上，佝偻着，一动不动。

墩子上前，叩了叩门：“公公，姑娘到了。”

好半晌，里头才传来细沉的一声：“进来吧。”

墩子应“是”，推开门，躬身退下了。

屋中弥漫着靡香，曹昆德侧身而坐，指间还捻着细竹管，他闭着眼睛，对着桌上的烟筒深吸一口气，把无忧散最后一缕青烟纳入肺腑，然后自沉沦中慢慢睁开眼睛：“来了？”

青唯单膝跪下：“青唯办事不力，功亏一篑，请义父责罚。”

曹昆德把细竹管收进匣子里，声音和动作一样，慢慢悠悠地道：“事情咱家都听说了，不怨你，是玄鹰司逼得太急，卫玦、章禄之连他们主子摆宴都不去，就盯着莳芳阁呢。”他看了青唯一眼，“不过你也确实大意了，临了临了，怎么任那薛长兴自投罗网呢？”

青唯道：“只因薛长兴称在莳芳阁有位故人，担心此去一别生死，我想着，不过一名勾栏妓子，便是一见，应无大碍，没想到竟然暴露了行踪。”她说着停顿了一下，曹昆德惯来耳目灵通，如果已经查明了事由，应该不会多此一问，所以他提起莳芳阁是有原因的，“义父，莳芳阁出事了吗？”

“被玄鹰司查封了，里头的人都被带走了。”曹昆德还是不疾不徐地道，“玄鹰司没能找回薛长兴，正把莳芳阁的人关在铜窖子里一个一个地审呢。”

“谨慎得很！”曹昆德“啪”的一声把桌上的金丝楠木匣子一合，声音骤然变得尖细，“除了他们的手下亲信，谁也不让进，不知道是问出了什么？”

青唯低垂着头：“也许是吃了上回袁文光的亏，担心走漏消息，长了记性。”

曹昆德看向她，片刻，眼中的冷意渐渐褪了，语气重新缓下来：“照理说，那个薛长兴跑不掉。宁州的山野就那么几条路，马都找到了，人却不见了，这是什么道理？再者说，咱家的人还等在昌化路口的茶水棚子里，来路、去路通通堵了个遍，可是人呢？”他盯着青唯，“总不至于是你故意放跑了薛长兴，戏弄咱家吧？”

青唯俯下身去：“义父明鉴，当时我二人到了宁州山野，薛长兴称熟悉此地，可以自行与义父的人手接头。玄鹰司的人马就在身后，我没法子，只能先走官道，帮他引开追兵。我也不知他为何遁入山野就消失无踪，也许……也许玄鹰司已经找到了薛长兴，只是暂时没有对外透露罢了。”

彼时薛长兴取道山间小径，的确让自己的马回到了官道，单从马蹄印分辨，应该看不出太大蹊跷。何况曹昆德陷于深宫，对于种种事由鞭长莫及，便是他心存疑虑，想要发难，也暂时找不出发难的点。

良久，曹昆德笑了：“也罢，此事你已尽力，义父自然信你。薛长兴此人狡猾多端，滑手的鱼似的，溜了，谁都找不着，如此也好。这事就算是过去了，义父眼下另一桩要事交代你。”

青唯应：“义父尽管吩咐。”

曹昆德道：“几日前卫玦肃清底下人手，摘掉了不少义父安插的眼线，眼下玄鹰司跟个铁桶似的，谁都进不去。好在，官家让江辞舟做了玄鹰司的当家，崔弘义的那个小女与江辞舟成亲在即，义父希望，你能借此时机，以陪嫁为由，跟去江家。”

此言一出，青唯的眉心一蹙。她沉默半晌，说道：“此事……青唯恕难从命。不是青唯不愿替义父办事，眼下玄鹰司已经盯上了我，查到我是劫匪是迟早的事。再者，高家也有人窥破了我的行踪，上京城于我而言，已非久居之地，我便是去了江家，最后也会被玄鹰司抓捕，投入铜窖子，无法再为义父获取消息，为今之计……只能先行离京。”

屋中静悄悄的，夜色太昏暗，外间一点儿风声都没有，灯油即将燃尽，可是却无人来添，一点儿光亮照不明这间晦暗的屋子，乍一眼看去，似乎这团光亮才是突兀的。

“也好，你也长大了。”过了许久，曹昆德道，“这是你的事，便由你自己拿主意吧。”

囚犯逃离城外，守在高府周遭的玄鹰卫暂时撤走了。

青唯从荒院翻墙而入，在院中稍稍驻足，看了耳房一眼，随后匆匆回到自己的小屋。门前的烟灰再次被动过了，高府已不是久留之地，何况玄鹰司盯着她，曹昆德也不再全然信任她，说什么有师父的消息，八成是诓她来上京城的幌子，她必须尽快离开，暂避风头。

青唯很快洗漱好，临睡前收好行囊，和衣上榻。她在黑暗中盯着房梁。这些年来来去去，辗转奔波，可从前饶是寄人篱下，好歹有落脚之处，眼下这一走，她竟不知道该去哪儿。

小野……青唯恍惚中，听到有故人这样唤她。她闭上眼睛，很快入梦。

这回竟不在辰阳故居。

山间草木葳蕤，篱笆围起的院落里种着一片翠竹，她坐在当中，拎着一把重剑，闷不吭声地将一截木材劈成两半。

“你外公要知道你这么暴殄天物，拿一把玄铁重剑劈柴，棺材板该压不住了。”身后传来一个带着笑意的声音，岳鱼七拿着手中刚刚削好的竹笛走过来，“你生你父亲的气，离家出走，然后就到我这里来作威作福？”

青唯不吭声，拿起一截新的木桩，重新举剑。

岳鱼七手中的竹笛往下一压，他拨开她的手腕，四两拨千斤般夺了剑。岳鱼七温和地道：“小野，你母亲这个坎，你过不去，难道温阡就过得去？你这样赌气，他其实很伤心。”

青唯低着头：“我没瞧出来他有多伤心。”

岳鱼七说道：“他又不像你，小丫头片子，难不成伤心了还要叫人瞧出来，都是藏在心里的。再说了，你一个不乐意，跑到我这里来，我这把年纪了，又没娶妻，到时候哪家姑娘来了，看到你这么个丫头片子，以为我有这么大一个女儿，吓跑了，你说我怎么办？你这不是坏我的姻缘？”

青唯停顿了一下，起身就要回屋收拾东西：“那我走就是。”

“哎，逗你玩呢，怎么这就当真了？”岳鱼七连忙拦下青唯，“你不是想学我的软玉剑？今天我把秘诀传授给你好不好？所谓软玉剑，别看是‘剑’，要诀都在一个‘软’字上，最大的作用，当绳子用。你别不信，有它在，哪怕从高处落下，都不会受伤……”

…………

青唯陡然睁开眼睛。外间天际已经泛白，她一下子翻身坐起来，额头上尽是细密的汗。当年母亲过世，师父说软玉剑可以当绳子用，自然是为了哄她开心，可是，可是……昨日薛长兴在断崖边，问过她一句似是而非的话："小丫头，你这么有本事，身上还带着岳鱼七给你的软玉剑，从这里跳下去，应该会没事吧？"

青唯像是明白了什么，起身裹住斗篷，倒了碗凉水猛喝一口，拉开门正要走，往外一看，却见崔芝芸正在小院中徘徊。她似乎是天不亮就来了，眼底有深深的黑晕，眼眶红肿，应该是哭了一夜，仔细望去，甚至能辨出残留的泪痕。前日青唯让她去寻高子瑜问个究竟，她八成已经去过了。

崔芝芸一见青唯，上前哭泣着道："阿姐，表哥他……他……"

青唯心中实在焦急，稍一迟疑，打断她道："对不住！芝芸，我有要事在身，你等我半日，回来再说。"

青唯去驿站雇了马，一路打马疾行，顺着官道，很快来到昨日的断崖。

此处玄鹰司应该已经搜过了，到处都是马蹄印，正午未至，秋日的阳光清澈，将四下里照得透亮。崖下的深雾也散了，俯身看去，崖壁横木交错，隐约可见崖底。

昨日薛长兴的身上带着他千辛万苦找来的证据的。他走投无路，决定投崖搏命，但他也许会拿自己的命赌，绝不会拿手上的证据去赌。那么当时情形危急，他为何没有把证据转交给她？他认为她不能躲开玄鹰司的追踪吗？还是他不信任她背后的曹昆德？应该都不是。

青唯低头看向崖下。

薛长兴一到此处，便与青唯说："上京城周围这几个山头，每一个我都来过，地势都摸遍了。"

"小丫头，你从这里跳下去，应该会没事吧？"

青唯后退几步，扶住自己的左腕，放出布囊里缠绕着的软玉剑。软剑青芒如蛇，在山岚中吐芯。长风在她的目光里卷起涛澜，青唯闭上眼睛，听着那风声拂身而过，耳畔似乎又回响起薛长兴的切切追问："温小野，我问你，当年洗襟台坍塌，朝廷口口声声说是你父亲督工不利，你信吗？"

“如此泼天大案，草草了结，你心中可曾甘心？”

“眼下朝中虎狼横行，想要查明真相无异于以卵击石，你是温阡之女，岳氏之后，是不是也愿意在这荆棘丛生的乱象里搏出一条明路？”

她信吗？

她甘心吗？

她愿意吗？

青唯的父亲是大筑匠温阡，母亲是岳氏红英。当年江水洗白襟，沙场葬白骨，她太小了，甚至不明白发生过什么。直到她稍微大了些，亲人不在，孤身往来，只觉那些事太沉太旧，亟亟奔走不敢触碰。

可一条路循环往复，终点在哪儿呢？在这世间辗转飘零，她又该往哪儿去呢？

她不如一搏。她一身岳氏骨，流着温家的血，她已经长大了。她愿意。

青唯再次睁开眼睛，目光已经恢复平静。手中的青芒急出，迅速卷在崖壁的一根横木上，青唯攀缘而下，足尖在崖壁上借力，随后抽回玉剑，缠住下一根枝蔓，伸手攀住断崖的凹凸处，在猛烈的风声中急速下行。

崖底是一片草木稀疏之地，位于两山之间的地势低洼的地方，朝南是死路，只有一片高耸的山壁，向北走是唯一的出口。草木中有血迹，应该是薛长兴昨日受了伤留下的，可是并不见他的人。这里也有玄鹰司搜查的痕迹，大概只是匆匆掠过，因为没寻着人，很快走了。

青唯四下看去，这地方说大不大，说小也不小，找起东西来也麻烦，要是薛长兴把那个装着证据的木匣子埋进土里，她总不至于把这里的草皮子都掀开来看一遍。薛长兴此前一定提醒过她。

青唯仔细回想薛长兴昨日说过的话——断崖、绝径。她从地上捡起一个石块，掠过草地，来到南面尽头的山壁前，一寸一寸地敲过去。大片山岩几乎被敲了个遍，在左下方接近草地处，忽然听到一声空响。

青唯立刻俯身看去，这一块岩石似乎是嵌在山壁里的，四周有细小的缝隙。她取出匕首，撬开石块，伸手往里探去，里头果然放着薛长兴从莳芳阁取来的木匣。木匣不重，里头应该没有装太多东西。

青唯拿到木匣的这一瞬间，忽然明白了昨日薛长兴为何没有直截了当地把这个木匣转交给她。薛长兴希望她能够自己做出选择。前路何其艰险，如果不是心甘情愿，如何在荆棘遍生的荒野里走出一条路来。

青唯注视着手中朴实无华的木匣，伸手打开。木匣里头除了几张洗襟台的图纸，还放着一个锦囊。青唯拿起锦囊，里头的东西有些硌手，她正欲取出，忽然听到了脚步声。居然还有人找到了这里。朝南的山壁是死路，眼下沿着断崖上山更是来不及，青唯四下一望，唯一可以掩藏身形的地方便是一旁的几棵老榆树。

青唯飞快地跃上树梢，借着枝叶暂且掩住身形，透过叶子的缝隙望去，来人身形修长，穿着一身月白缎衫，脸上罩了半张面具，竟然是江辞舟。

江辞舟的身旁还跟着两个人，一个人作斵役打扮，五官白净秀气，另一个人平眉细眼，单看他走路足不沾尘的样子，应该功夫不低。

“这里也找过了？”江辞舟问。

“早上就找过了，”斵役答道，“血迹还在，人不见了，什么都没留下。”

青唯听了这话，心中不由得起疑。江辞舟是玄鹰司的都虞侯，哪怕自行前来搜查，找的也该是薛长兴这个人。可听这个斵役的语气，他们竟然是在找什么东西？他怎么会知道薛长兴留了东西？

青唯的目光落在手中的木匣上，她略一思量，将木匣藏进斗篷里。她微感不安，正欲想个办法离开，那头的江辞舟似乎觉察到什么，竟往她躲着的地方看了一眼，紧接着，就朝这处走来。

大片的树梢可以从远处遮掩住青唯，却抵不住就近搜查，江辞舟的脚步不疾不徐，越来越近，青唯屏住呼吸，慢慢扶住手腕，腕间的软玉剑蓄势待发。

然而就在这时，江辞舟竟然在她前方的一棵老榆树前停住了。他伸手，从垂下的树枝上摘下一片叶子。叶片的边缘已经泛黄，只有中间的茎脉处还留有些许绿意。

身后的扈从与斵役跟上来：“公子，这片叶子？”

“……层林尽染，深秋将至。”江辞舟道。他的指腹微松，叶片从他修长的指间缓缓滑落：“罢了。”他折回身，“找寻无果，我们走吧。”

“大娘子、二少爷和二表姑娘一起去了佛寺，要用过斋饭才回来，老爷今晚歇在衙门，大表姑娘可是要吃晚饭？奴婢让人去准备。”

青唯回到高府，见崔芝芸不在，寻人来问，底下的嬷嬷如此说道。青唯只道是吃过了。

青唯在断崖下撞见江辞舟，耽搁了一阵，回到自己的房间中，已经是暮色四合。她点上灯，把木匣子里的东西取出来，除了洗襟台的图纸，另外就是一个锦囊。

洗襟台的图纸一共四张，除了第一张初始图纸，后面三张都是改动后的，可是薛长兴说，洗襟台只改建了两次，那么其中一张多出来的图纸有何蹊跷？

青唯的目光落到锦囊上。她感觉线索应该在锦囊里，然而取出锦囊里头的东西，竟是一支女子用的玉簪。玉色通透，簪尾镂着一对双飞燕，谈不上名贵，算是中上品。一支玉簪能与一座洗襟台扯上什么关系？

青唯百思不得其解。怪只怪薛长兴走得太急，没能给她留下其他线索，她本想找莳芳阁的老鸨梅娘问问，可是莳芳阁已经被查封，梅娘与阁中一干妓子皆被带去了玄鹰司的铜窖子里。且不说眼下的玄鹰司跟个密不透风的铁桶似的，玄鹰司的衙署在禁中外围，就算青唯本事过人，最多能在衙门前打探点儿消息。

青唯有点儿后悔，昨日曹昆德让她陪嫁到江家，她不应该那么莽撞地拒绝，哪怕暂时答应下来，事后虚与委蛇，她也能暂借曹昆德之力，见到困在铜窖子里的梅娘。

青唯正在一筹莫展之际，忽然听到外院传来罗氏的声音。

“派人去找找，不过是去买块糕糖，这都一日了，还没回来，莫不是遇上歹人了。”

“是。”

应该是罗氏与崔芝芸等人回来了。

崔芝芸早上过来寻她，看样子约莫有要事。青唯将木簪与图纸收入木匣子，仔细藏好，推开门，正瞧见崔芝芸低着头从院中快步走过。

“芝芸。”青唯唤住崔芝芸，“你此前寻我何事？”

崔芝芸看了青唯一眼，移开视线摇了摇头：“没……已经没事了。”

这间小院本来就是给她们姐妹二人住的，崔芝芸初来高家那几日，心绪十分不安，罗氏心疼她，便任她与自己同住了。

青唯见崔芝芸往小院的东屋走，不由得问道：“你回来住了？”

崔芝芸又看了青唯一眼，飞快地笑了一下：“我一个马上要嫁人的人，总……总不好一直住在姨母的院子里。”

青唯见崔芝芸的神色有异，感觉有些不对劲，几日前她还说什么无论如何都要留在高家，眼下怎么忽然认命了？青唯走下台阶：“你想通要嫁去江家了？”

崔芝芸紧紧地绞着手帕：“我能怎么办呢？婚姻大事，父母之命，媒妁之言，哪里是由我想不想的。”她说着，折身快步往自己的屋子一边走去，一边说道，“阿姐，我累了，想歇息了。”

青唯看着崔芝芸的背影，突然记起刚才府中上下似乎在找什么人，再联想道崔芝芸的异样，她几步上前，抵住门，不由分说地推开门：“究竟如何想通的？”

崔芝芸用力掩了几下门，掩不住，只好任青唯进屋。她点上灯，径直坐在妆奁前，对着铜镜摘耳饰：“我……已经问过表哥了，他言语间推三阻四，想来是做不了主，没法留我在高家。我眼下除了嫁人，也没旁的路可以走了。”

青唯四下望去，这间屋子比自己住的那间屋子要大一些，里外隔了道屏风，透过屏风望去，床前似乎落了帘子。天尚未暗，人尚未睡，落什么帘子？青唯的目光又落在崔芝芸的手上，她的手背上有三四条青紫交错的抓痕。青唯走过去，握住崔芝芸的手腕：“你的手怎么了？”

崔芝芸抽出自己的手：“我在佛堂里摔……摔了一跤。”

“这是摔伤？”青唯紧盯着崔芝芸。

崔芝芸只觉得青唯的目光似乎要把自己灼穿，她突然起身，语调亦高了三分：“阿姐，你……你回吧，我要歇息了！”

青唯没理崔芝芸，几步绕过屏风，一把掀开帘子，指着里头的人说：“这就是你问过高子瑜的结果？”被崔芝芸藏在帘子后的人正是惜霜。惜霜的嘴被绢帕堵了，手脚都被绳索缚住，额角有细密的汗，脸色苍白，似乎已经昏迷多时。

青唯迅速拿出惜霜嘴里的绢帕，并指一探脖颈，还好，脉动尚在，人应该没事。

身后传来喃喃一声:“阿姐，你要帮她？”

青唯没吭声，正欲给惜霜解绑，崔芝芸的声音一下变得尖厉起来:“阿姐！”

崔芝芸的手上不知何时握了把剪子，她抬手抵住自己的脖子：“阿姐可知，父亲他之所以获罪，全赖那位江家老爷在当中推波助澜。此前我不知此事，尚可以委曲求全，今若再要让我嫁给仇敌之子，做仇人之妻，我……我宁死不从！”

青唯听了这话，目光平静。她松开惜霜，朝崔芝芸走去。她每走近一步，崔芝芸就被她逼得退后一步。直到退无可退，崔芝芸撞上身后的妆奁。

哐当一声，妆奁落地，里头的簪饰四散，崔芝芸这一分神间，几乎没看清青唯的动作，只觉得手臂一麻，剪子脱手而出，被青唯从半空捞回。

青唯把剪子收进柜阁里锁好，重新回到榻前。

“阿姐……”良久，崔芝芸唤了一声。

见青唯不答，崔芝芸又恳切地道:“阿姐，你别帮她……”

青唯并不理会崔芝芸，帮惜霜解开身上的绳索。

崔芝芸见状，一下子扑过来。她双手扶住青唯的手腕，泪水涟涟：“阿姐，我才是你的妹妹啊，我眼下只有这个法子了——”

“什么法子？”青唯道，“你觉得你姨母留不住你，高子瑜下不了决心娶你，都是因为这个丫鬟吗？”

“不……不……阿姐，你听说我，父亲获罪，姨父……姨父他担心我牵连高家，不肯收留我，这些我都知道。可是……”崔芝芸颤抖着声音，咽了口唾沫，“可是那个江辞舟，他并没有见过我，我可以让惜霜代我嫁过去。只要拜过堂，行过礼，木已成舟，这门亲，就算是成了。到时我留在高家，我可以不做崔芝芸，隐姓埋名，等风声过去了，再嫁给表哥。”

青唯简直觉得不可理喻：“你做出这样损人利己的事，高子瑜会怎么看你？你凭什么觉得高子瑜还会甘心娶你？眼下离你出嫁还有五天，你藏了这么大一个人在屋中，你凭什么觉得高府上下不会发现？你偷天换日，让惜霜代你出嫁，可你与她这样不同，你又凭什么认为江辞舟会觉察不出蹊跷？他一旦察觉，到时候坏的就是高家与江家的情谊。高家这位老爷本来就不愿收留你，倘若东窗事发，高老爷会怎么待你？你可想过？”

崔芝芸被青唯这一通质问骇得跌坐在地。可是，她已经没有退路可走了。她擦了把泪，很快爬起来：“我是考虑不周，可是阿姐……你一定有法子帮我对不对？你这么有本事，你帮我，好不好？到时……到时就说是惜霜她攀附权贵，主动替我嫁去江家的。”

青唯只觉得崔芝芸的言辞越发匪夷所思，帮惜霜把脚上的绳索也解开，想要唤醒她。

崔芝芸见青唯打定主意不愿帮自己，心下一横，说道：“阿姐，其实……你就是玄鹰司找的那个劫匪对不对？”

青唯的动作停顿了一下。

崔芝芸：“那日在公堂上，你辩说自己正午从集市回来的。其实不是，你找到我时，已经是深夜了。前天晚上，我曾去你的房里找过你，可是你不在。今早我去庙里，恰好听说前天夜里，那个被劫的囚犯在流水巷暴露了踪迹。还有，那个囚犯暴露踪迹后，连夜出了城，昨天夜里，你也是一夜未归。是你帮他逃出上京城的，对吗？”

青唯听了这话，回过头来，看向崔芝芸。这么说，这几日到她房中，踩乱门前烟灰的人是崔芝芸：“你刻意打探我的行踪？”

崔芝芸泪流不止，看着青唯，摇了摇头，声音哽咽：“我……我是想去找阿姐时，无意间发现的。”

确定是崔芝芸，青唯反倒放下心来。她的声音镇定，一如往常：“单凭我这几日不在，你就断定我是劫匪？那么上京城中，来来往往这许多人，多少个昨天夜里不在家中，他们都是劫匪吗？”

“不，不是，我不是这个意思……”崔芝芸见似乎惹恼了青唯，立刻乱了阵脚。

青唯：“城南暗牢里关着的囚犯，是当年洗襟台下的工匠，与我父亲有同袍之情，与我师父也是旧识。我来上京城，是为了寻找我的师父，得知那个囚犯逃了，前去打探消息，这样也值得怀疑？”

崔芝芸慌忙解释道：“阿姐，我当真不是怀疑你。哪怕……哪怕你真是劫匪，当日在公堂上，是你帮我顶了罪，我怎么可能陷你于不义？何况那城南暗牢把守重重，你一个女子，如何劫囚。我不过是走投无路了，希望阿姐能帮帮我……”

青唯看着崔芝芸：“你想让惜霜替你出嫁，你可曾想过，凭你一个手无缚鸡之力的人，如何将这么一个丫鬟轻易绑了手脚，缚在自己屋中？”

崔芝芸呆呆地望着青唯。

“因为她已经有了身孕，身子太过虚弱。”青唯道，“而且她的腹中，怀的正是高子瑜的骨肉。你这样绑着她，伤了她事小，若是伤了她腹中的孩子呢？”

崔芝芸彻底骇住了。她没骗青唯，她当真是走投无路才做出这样的事，她此前，并不知道惜霜已经有了身孕。

青唯掐住惜霜的人中，头也不回地吩咐：“倒碗水来。”

崔芝芸讷讷地点了点头，跌跌撞撞地爬起身，到桌前倒了碗水，她的手一直颤抖着，水端到青唯跟前，已经洒了一半。

青唯扶起惜霜，把水一点点喂下，随后把碗搁在一旁。

不一会儿，惜霜渐渐转醒。她第一时间抚上自己的腹部，缓缓睁开眼睛，见眼前竟是青唯与崔芝芸，目光巨骇，迅速向床角缩去，张口欲喊。

青唯在惜霜叫出声前，迅速捂住惜霜的嘴，声音冷冷地道：“我这个妹妹有几斤几两，我心里清楚得很。她能把你绑在这里，今日必然是你到她的房里招惹她，你拿高子瑜纳了你做通房的事挑衅她，激怒她，逼她嫁去江家，否则她绝不会出此下策。你有什么目的，我看得出来。我奉劝你一句，隔墙有耳。你在荒院里怎么跟高子瑜示弱的，人前一套背后一套，若要人不知，除非己莫为。你一个丫鬟，胆敢做出威胁表姑娘的事，便是高子瑜袒护你，传到大娘子的耳朵里，大娘子这样疼爱芝芸，以后可有你的好日子过？你不为自己想，也该为你腹中这个孩子想想，我眼下可以放你走，但你出去以后，该当怎么做，你可仔细想好了。”

惜霜睁大眼睛，惊恐地盯着青唯。片刻之后，她似乎听明白了青唯的意思，目光渐渐变得平静，露出凄楚之意。

青唯问：“想明白了？”

惜霜点了点头。

青唯松开手，惜霜垂泪哭泣，却也知情识趣：“大表姑娘教训得是，今日之事，是惜霜有错在先，还望两位表姑娘宽宏大量，惜霜出去以后，一定……一定三缄其口。”

“你走吧。”青唯也不啰嗦，“出去寻个大夫看看身子。”

“是……”惜霜声如蚊蝇，“多谢大表姑娘。”她抚着小腹，低垂着头，匆匆走了。

崔芝芸看着惜霜的背影，目光一如死灰。

青唯看了崔芝芸一眼，说道：“你过来，我且问你，叔父获罪，是江家告的状，这事你是如何知道的？”

按道理，罗氏与高子瑜都不可能与崔芝芸提起这事，她是哪里得来的消息？

崔芝芸啜泣着道：“是惜霜……今日她说急了，说漏嘴的。”

原来如此。青唯沉默下来。此前她欲离开上京城，一是因为门前的烟灰散乱，担心有人窥破自己的行踪；其二，也是因为她拒绝陪嫁到江家，得罪了曹昆德，担心曹昆德心生龃龉，派人加害自己。

可眼下的情况不一样了。到她屋中寻她的人是崔芝芸，她不必担心自己的行踪暴露。薛长兴留给她的双飞燕玉簪扑朔迷离，想要弄清楚这其中的关窍，她必须去玄鹰司的铜窖子里见梅娘一面。而江辞舟，眼下不正是玄鹰司的都虞侯吗？曹昆德希望她陪嫁到江家，就是希望她能趁机接近江辞舟，如果她办到了，不但有了见到梅娘的一线契机，还能重新获得曹昆德的信任，今后要查洗襟台的真相，多少都需要曹昆德助力。如此三全其美，机不可失，失不再来。

青唯问崔芝芸：“你当真不想嫁去江家？”

“当真不嫁。”崔芝芸斩钉截铁地道，“是江家害了父亲，我绝不做仇人之妇！”

“好。”青唯道，“我替你。”

“阿姐替我？”崔芝芸一愣，似乎难以置信，“阿姐是说，愿意替我嫁去江家？”

青唯颔首。反正嫁过去，只要拖过前几日，一旦取得新的线索，日后天大地大，她还能被困在江府吗？

“我是崔原义之女，高郁苍之所以不愿意留你，大半也是我父亲的缘故。何况江家的来信上，只说了要娶崔氏女，并未说是崔氏芝芸，由我替你，你在姨母那边，也说得过去。”青唯再次道，“便说定了，我替你嫁去江家。”

第五章

今朝佳偶

“红石榴翠珠儿耳饰一对，鸳鸯云锦枕一双，白玉簪一支，银元宝十枚，合计一百两，另外还有红木压钱箱一只，银算盘、银剪子、银梳一只以及……”

外面的礼炮声不断，青唯坐在妆奁前，听嬷嬷念完嫁妆单子。

罗氏坐在一旁：“事出仓促，只能为你添置这么些物件儿，你嫁过去，有这样的底子，不至于拮据。”

几日前青唯决定替崔芝芸出嫁，心知瞒不过罗氏，便让崔芝芸去与罗氏说了。

这事不地道，罗氏听后，原本是犹豫的，但一来，她舍不得崔芝芸，二来，崔弘义的罪正是江逐年揭发的，她担心崔芝芸过去受罪，青唯虽然也是崔家人，到底少了层亲缘。再者，高郁苍不愿意让崔氏两姐妹长住府中，多半还是因为青唯的父亲是昔日洗襟台的工匠，眼下大的祸害送走了，至于小的这个，她再去说说情，想必留下无妨。

罗氏安慰自己，青唯患有面疾，还是罪人之后，半生飘零，无依无靠，亲事必然艰难，眼下嫁去江家，到底是有了归宿，算作两全其美。

“多谢姨母。”青唯道，“只是我在上京城露过面，崔青唯这个身份，不可能瞒得住江家。他们在议亲信上虽然只写了崔氏女，此崔氏女非彼崔氏女，江家吃了哑巴亏，以后大约会与高家结下梁子。”

“由他结去！本就是那江逐年理亏在先，芝芸为何落得如今这般地步，不正是拜他所赐？此事你不必多虑。”罗氏说着，又温和地道，“等你嫁去了江家，那江辞舟胆敢待你不好，你尽管来与姨母说，姨母会为你出头。”

青唯颔首。她知道罗氏说的都是场面话，听听也就罢了。

外间一名小仆进来禀道："大娘子，吉时快到了，姑娘该出阁了。"

同心髻已经梳好，罗氏端详着镜中人。真是可惜，好好的人儿，怎么就长了这么一块恐怖的斑？若能去掉这斑纹，凭她真嫁替嫁，那江家岂有不愿意的道理？

青唯看了一眼站在一旁的崔芝芸，对罗氏道："姨母，我还有些话想单独与芝芸说。"

罗氏点点头，带着一屋子嬷嬷与侍婢出去了。

"阿姐……"崔芝芸哽咽着唤了一声，这次青唯出嫁，到底是她有负青唯。

青唯道："这几年我寄住崔宅，叔父有恩于我，我帮你是应该的。如今我嫁去江家，乃是我心甘情愿的，你不必觉得有愧。只是，每个人的路都是自己选的，我嫁去江家，是我的选择，你留在高府，也是你的选择。高子瑜优柔寡断，惜霜的腹中已经有了孩子，姨母虽然袒护你，能做主的终究是高家老爷，你选的这条路并不好走。你生来平顺，年纪太轻，此前遭逢惊变，处事失了分寸，日后不可莽撞，不能瞻前顾后。好歹都过去了。说是一夜长大，可谁能一夜长大？但我走后，在高家的一切种种，便只能靠你自己了。切记，未能自立前，擅自依附于人，那个人反而会成为你的附骨之疽。我话就说到这里，你我各自珍重。"

青唯说罢，拿起红盖头，就要推门而出。

"阿姐。"崔芝芸追了几步。在崔宅的两年，她与青唯相交太浅，来上京城的这一路上，她改口唤青唯阿姐，说到底是出于依赖，眼下眼见青唯出嫁，要离自己而去，心中空茫无着，才恍惚生出了一点儿真正的姐妹情。崔芝芸一下子觉得漂泊无依，像是被斩去了根，可是她又想，当年青唯寄住在崔家时，是不是也时时觉得自己没有根："若是……若是你在江家过得不好，若是父亲能够昭雪，崔家……崔家……"她想说，崔家永远都是青唯的家。可是她觉得自己是自私的，那些愿景也是渺茫的，这句话她说不出口。

末了，崔芝芸只垂下头，讷讷如蚊吟："阿姐的教诲，芝芸都记下了。"

青唯见崔芝芸伤心，觉得崔芝芸实在不必如此。她本以为想要嫁去江家必会遭到百般阻拦，不承想罗氏轻易就帮她挡去了麻烦。她前几日还为一支来路不明的玉簪百思不得其解，为如何见到梅娘一筹莫展，眼下是柳暗花明又一村。

青唯神色轻松，很淡地笑了一下，再次道：“保重。”她推门而出，任等候在外的嬷嬷为自己盖上盖头。

今日是个难得的艳阳天，秋高气爽。

接亲的队伍已到，高府的外头簇拥着许多人。江逐年的官职虽然不高，但与太后、何家走得却近，江辞舟近日升作玄鹰司都虞侯，双喜临门，派头拿得很足，迎亲的马队排了十八列，他勒马在头前，穿着一身大红吉服。

青唯还没走到门口，就听到外头人声鼎沸：“新娘子出来喽！”大约是哪户的小孩子瞧热闹，说些吉利话去讨糖吃。

青唯盖着红盖头，被人搀扶着过了大门，身旁的嬷嬷突然撤了手。过了一会儿，有人把一截红绸子递到她的手中。

青唯拿着红绸子，不知道是要做什么。成亲是仓促间的决定，她这几日都在筹划怎么去见梅娘，成亲的礼节是一点儿没学。她站在原处，往前也不是，往后也不是，直到红绸的另一端，远远地被人拽了一下，才下意识地迈了一步。

周遭传来一阵笑声。

身边的媒媪笑着出声提醒：“娘子，这是红绸花绳。”

红绸花绳是月老落在凡间的姻缘线，专牵有缘人，眼下这红绸的一端连着她，另一端连着江辞舟。两个人算是自此结了缘，直到送入洞房，花绳都是不能断的。

青唯这才反应过来，嗯了一声，在红绸的牵引下，上了轿子。

罗氏此前与她说过，江家的人口很简单，早年一场大火，江家的大娘子葬身火海，江辞舟的脸上也被火燎着了。江逐年思念亡妻，没有续弦，自此府上只余了父子二人。又因江家的大娘子与太后有亲缘，太后心疼这个表外甥，多年来一直照应，便说五年前修筑洗襟台，为了让江辞舟建功，还让他跟着小昭王一起前去督工，后来洗襟台坍塌，他受了点儿伤，好在捡回一条命。

到了江府，府上已经宾客满院，青唯由那花绳引着跨了火盆，到了正堂，还没拜天地，就听一旁有人喊，“江小爷早生贵子”“小江爷抱得美人归”！

江辞舟笑了一声，他眼下没吃醉，尚算规矩，没搭理这些人，和青唯行过天地礼，把她送入洞房。前院还有宾客，新娘子入了洞房，要等候至深夜。

罗氏原本要给青唯陪嫁丫鬟，但青唯没要，反正自己在江府待不了几日，等她走了，耽误人家小丫头。

身边的嬷嬷很快退了出去，青唯掀开盖头，四下望去。刚才她是从前院过来的，依循记忆，这里应该是东跨院。眼下这个屋子是东跨院的正屋，里外两间用雕花梁柱隔开，没置屏风，另一头有一间耳房打通，放了浴桶、竹屏、衣架。屋子南北开窗，要瞒住人出去很容易，往哪边走还待她探过地形再行斟酌。桌上备了不少吃食，她的嫁妆箱子也都抬进来了。青唯将薛长兴留给她的木匣从袖袍里取出来，暂时锁进其中一只红木压钱箱里。

青唯已经仔细想过了，要寻梅娘，她必须寻个合适的借口进到玄鹰司的衙署，眼下她暂时成了江辞舟的妻子，这个借口很好找，天凉了送衣，夜深了送吃食。只是要做到这些，哪怕江辞舟再不满意她这个替嫁的妻子，这几日绝不能与他撕破脸。若实在做不到温柔、体贴，那么顺从，好脾气，她装也要装出来。

青唯在心中盘算着，把所有的可能性里里外外地想了个遍，不知不觉间，夜已深了，外间宾客宴饮渐歇，突然间传来杂乱的脚步声：

“少爷，少爷这边走——”

“哎，少爷，您悠着点儿。”

似乎是那日跟着江辞舟的白净脸的厮役。

青唯迅速将盖头盖上。

等脚步声到了门口，只听江辞舟吩咐道：“行了，行了，都散了吧。”声音含糊得很，似乎醉得不轻。

门被推开，随即又关上了。

青唯听见脚步声忽近又远，一时又听到东西翻倒的声音，江辞舟似乎是在找什么。

“德荣——”过了一会儿，只听江辞舟喊道。

“在！”屋外的厮役应道，“少爷有事吩咐？”

江辞舟：“挑盖头的玉如意呢？”

德荣:“少爷，您仔细看，就挂在床榻前的金钩上呢。”

屋外的声音又没了，只余下江辞舟醉意蹒跚的脚步声。青唯垂着眼，透过盖头底下的缝隙，看到他在自己的面前停住，取下玉如意。如意探到盖头边缘，就要挑起来。

青唯屏住呼吸，直到此时，她才感受到一丝紧张，虽然她并不姓崔，也并未觉得自己是真正成亲了，可此时此刻，行完天地礼，要被挑盖头的，实实在在的是她。

对方似乎也有些犹豫，玉如意几次伸来，又几次撤下。如此循环往复，实在煎熬。

直至末了，青唯的耐心终于耗尽，她抬手，正要扯落盖头，与此同时，那头的玉如意也似乎下定决心，将盖头挑了起来。

红盖头在这一挑一拽下，飘然拂落在地。盖头落地无声。

那头的江辞舟好似也没了声音。青唯看过去，江辞舟的手还顿在半空，手指修长如玉，几乎与他指间的如意一样的色泽。而他整个人似乎愣住了，竟然动也不动。

青唯忍不住抬起头。江辞舟穿着一身红绸新服，长身如玉。他还戴着面具，可屋中红烛的光照得满室灯火通明，透过面具，那一双眸子清晰可见。那一双眸子，眸光清朗，静如深海，正看着她。

有一瞬间，青唯觉得自己几乎要被这样的目光灼透了。她从没有过这样的感受，这些年，寻常人见了她这张脸，都是避之不及的。她觉得有些莫名其妙，在迎亲时，上轿时，甚至拜天地时，未曾感受到的困窘忽然铺天盖地地袭来，她抿了抿嘴唇，正欲开口说些什么，江辞舟突然退后一步，眼中的清醒不见了，似乎方才那一瞬间只是红烛光照下的错觉，他蹒跚着步子，一开口，满口醉意：“娘子这新妆，画得忒浓了。”

“……官人误会了。”青唯略微停顿了一下，“妾身患有面疾，眼上这个不是妆，是斑。”

“不是妆？”江辞舟似乎不相信，凑近了些，语气带着疑惑，“我怎么瞧着你……有点儿眼熟？”他吃醉了酒，身形十分不稳，俯身站在青唯的跟前，眼看就要撞上来。青唯一下子起身，江辞舟栽倒在榻上。

青唯谨记此前拟下的计划，提醒自己一定要顺从，说道："当日在东来顺外不慎撞了官人，碰洒了官人的酒，承蒙官人宽宏大量不计较，妾身一直感恩在心。"

这个声音……

江辞舟翻身坐起来："我想起你了，你是那个……那个……"

青唯点了点头。

"这……这……"江辞舟大约是从卫玦的口中听过青唯的名字，酒醒了一半，"这不对，我娶的是崔弘义之女，说是唤作什么芸——"

"妾身的确有个妹妹唤作芝芸。"青唯解释道，"只是妾身这几年寄养在叔父门下，叔父是把妾身当作亲女儿看的，妾身是姐姐，芝芸是妹妹，哪有姐姐未出阁，妹妹就先嫁为人妻的？官人来信，信上只说要娶崔氏女，眼下我为崔氏长女，合该我嫁，这是礼，夫君说是也不是？"

江辞舟坐在榻边看着她，醉意似乎又散了些，点点头。

青唯道："其实我拿了信，原也惶恐。我与官人远日无恩，近日无义，官人乍然说要娶我，实在匪夷所思，原本打算到上京城后，过府问个清楚，免得其中有什么误会。但妾身的妹妹是个烈脾气，听闻居然是公公一纸状书把叔父告到了御前，说是仇人之家，死也不嫁，自古忠孝难两全，官人可理解她？"

江辞舟看着青唯，又点了点头。

青唯继续胡诌："官人如果想娶芝芸，趁着成亲礼未毕，赶去高家，把话说开了，把芝芸换回来，也不是不可以，就怕妹妹这脾气，一个想不开抹了脖子，人命是小，倘若事情闹大了，旁人说江家不亲不义，两面三刀，一面迎新妇进门，一面陷害亲家，官人这后半生，都要被人戳着脊梁骨过日子。所以我嫁过来，实在是天上的月老牵的线，没有别的路可走了。"

青唯的语速不疾不徐，总结起来三个要点，伦理纲常、形势利害、不得已而为之。总之把江辞舟退亲的路通通堵了个遍。

江辞舟沉默须臾，长叹一声，他起身，到桌前坐了，提起酒壶斟酒："娘子说得不对。"

青唯虚心请教："哪里不对？"

"你我这哪里是月老牵线？"江辞舟笑了笑，"你我简直是月老拿捆仙绳绑在了一起，外面还加了十二道姻缘锁，借来蓬莱的昆吾刀都斩不断。毁人姻缘会遭雷劈，毁自己姻缘会五雷轰顶，被雷轰了不要紧，就怕到了阴曹地府，十殿阎罗也把你我的名字写在三生石上……还不过来？"

青唯看着江辞舟，不知道要过去做什么。

江辞舟拿起斟满酒的酒杯，递了一杯给青唯："伸头一刀，缩头保命，干了这杯合卺酒，你我认栽吧。"

鼓足勇气嫁过来是一回事，可真要面对了是另一回事。

青唯在江辞舟的对面坐下，沉默了一下，接过江辞舟手里的合卺酒。红烛映照，江辞舟靠近，伸臂环过她的手腕，慢慢凑近。带着清冽酒香的鼻息喷洒在面颊上，青唯一下子垂眸，目之所及只有指圈里一盏轻漾的酒水。

青唯曾只身蹚过无数兵戈刀剑，也曾孤身走遍大江南北，去城南的暗牢营救薛长兴，面对巡检司十数精锐命悬一线，她尚且没有怕过，因为她知道不入虎穴焉得虎子，做什么都要付出代价，可这一刻的艰难，该怎么形容呢？就好比她站在断崖，投崖而下，却忘了抛出袖囊里的软玉剑。不知道跌下去是生是死。

鼻息越来越近，温热、微痒，青唯一闭眼，仰头饮下杯中酒。

好在酒饮完，腕间绕着的手臂松开，江辞舟也没逼着她行别的礼，收了酒盏，去打通的耳房里洗漱。他回到榻前，一边脱靴一边指了指左眼："你这个，是怎么弄上的？"

青唯道："生来就有，当时只是一小块，后来一场风寒，不知怎么，就成这样了。"她没有新妇的自觉，看着江辞舟脱靴，并不帮忙，站在一旁，礼尚往来地问，"你脸上呢？"

"儿时家中起过一场火。"江辞舟道，"你这个，有的治吗？"

青唯摇了摇头。

江辞舟长叹道："唉！娘子，你我真是丑到一处了。"说着，他拍拍床榻，意示青唯过来睡。

此事青唯早已想好了如何应对，先行吹熄了屋中的烛火，在黑暗中脱下嫁衣，散下长发，穿了白净的中衣就上了榻。

江辞舟放下床帘，掀开被子，俯身而来，撑在她的上方。

帐子里太暗了，就这么望过去，青唯只能看见江辞舟脸上未摘的半张银色面具，闻到一种从他身上散发出来的，非常干净的味道。

昏暗中，江辞舟唤了一声："娘子。"他的声音其实很好听，清澈，混杂在昏暗的帐子里，有一丝哑。

青唯嗯了一声。

江辞舟于是没再说什么，慢慢俯身。

人的后颈有一处穴位，一击之下，必定昏迷不醒。青唯搁在身边的手并指为刃，看来这几日，只能用这招招待他了。

青唯在黑暗里抬起手，江辞舟忽然抬起头："娘子，为夫不摘面具，没什么不妥吧？"

青唯："妾身自然觉得无妨，只是妾身与官人是命定的姻缘，有天上的月老做媒，就怕月老觉得你我心不诚。"

这话一说，江辞舟似乎也在思量。半晌，他说道："娘子说得是，如此天作姻缘，倘不能坦诚相对，必定会唐突了天上的神仙。"他翻身坐起来，理了理被衾，在青唯的身旁平躺下，"只是为夫怕摘了面具吓着你，不如你我先适应几日，等再熟悉些，再行该行之事不迟。"

青唯道："是，来日方长，不急于一时。"

"……替嫁？替嫁？我找高家说理去！"

"我是告了崔弘义，怎么了？姓崔的要没犯事，莫要说我一纸状书，就是有人击登闻鼓告到御前，他照样能好端端的，官家下旨拿他，那是官家英明！"

"……生米已煮成熟饭了？人都没瞧清，你怎么就……吃醉了？你糊涂啊！一醉误终身！"

"唉！当初你执意写这封议亲信，我就不同意，早知如此……"

翌日，天刚亮，正院那头就传来江逐年的咒骂声，间或伴着茶盏摔碎的声音。青唯睁着眼，只身躺在榻上，身旁空荡荡的——江辞舟黎明前就起了，大约终于酒醒，悔不当初，先行去正堂与江逐年解释了。

青唯等到江逐年的骂声停了，起了身。外间的丫鬟听到动静，推门而入：“少夫人可要梳洗了？”

这两名丫鬟青唯昨日见过，一个叫留芳，一个叫驻云，是江家专门拨来伺候她的。青唯不习惯被人伺候，说：“你们帮我打点儿水，余下的我自己来就行。”

留芳笑道：“今日怕不成，待会儿娘子要随少爷进宫，马虎不得。”

“进宫？”青唯反应过来，新妇过门的第一日，要向长辈敬茶，江辞舟的长辈，除了家里的这个江逐年，另外的就是宫中的太后了。

驻云道：“太后疼爱少爷，娘子要进宫向太后请安呢。”

青唯的脸上有斑，她出行要戴帷帽。驻云的手巧，为她梳了个方便的堕马髻，簪了两根坠玉簪。

江逐年早就等在正堂了，他不骂了，但气未消，一脸愠色地坐在圈椅里，听到身边的仆从说：“娘子来了。”他只当没瞧见。

青唯看了江逐年一眼，他的身形干瘦，蓄着长须，额头宽大，如果不是板着脸，眉眼倒是和善，乍一眼看去，有点儿像年画上托着蟠桃的寿星佬儿瘦一些的模样。

青唯从留芳的手里接过茶，奉给江逐年：“公公请吃茶。”

江逐年斜睨青唯一眼，目光落在她眼上的斑，“嘶”的一声抽了口凉气。可是木已成舟，他能怎么办？他睐了青唯一会儿，从她的手里接过茶，冷冷地道：“江家祖上耕读，书香传家，不奉行什么女子无才便是德，你既然嫁进来，就是江家人，不可目不识丁，你可念过书？”

“念过。”青唯道，“小时候父亲请先生教过《论语》与《诗三百》,《孟子》也会诵几篇。”

江逐年颔首，脸上刚露出点儿悦色，只听青唯又说了一声：“不过……”青唯是习武之人，知道自己行走、站立皆成问题，等闲瞒不住旁人的眼睛，何况这两年在岳州，她曾不止一次出手教训过袁文光身边的小喽啰，这些事，江逐年一查便知，“不过因为父亲是工匠，我自小跟着他南来北往，总得有点儿自保的本事，父亲后来为我请了武艺师父，我念了两三年书，就学功夫了。”她知道此话必会引起江逐年的不满，往回找补，“我的功夫虽然不高，但足以应付寻常家贼，大江南北走得多，出行亦很有经验，可以随护……”

江逐年“嗞”了一声，又抽一口凉气：“打住打住，我问你，子陵娶你，是为了看家护院，出入平安吗？”子陵应该是江辞舟的字。

青唯摇了摇头，闭了嘴。

一旁的江辞舟道：“上回路过谷宁酒坊，我让朝天给我买壶酒，他不去，说什么让我把酒戒了。不听话的扈从，带在身边有什么用？还缠着我掏银子给他打了把新刀。她会功夫，我看就很好，以后朝天也不用跟着保护我了，换她。”

“少爷——”江辞舟的身边，那名平眉细眼，名唤朝天的扈从错愕地道。

江逐年骂道：“都成亲的人了，你看你说的什么胡话？她不懂规矩，你更不成体统！”

这时，一名厮役进来禀道：“少爷，马车备好了。”

他们今日还要进宫向太后请安，江逐年看他们一个两个都不顺眼，摆摆手，让他们赶紧走。

他见江辞舟与青唯一前一后走到门口，一个吊儿郎当，一个步履如风，江辞舟他都骂腻了，今日正好捡个新的：“你看看她，再给她配把刀，出门就是江湖人士！”

青唯停顿了一下，立刻收紧步子，规矩地走了几步。

江辞舟吩咐德荣：“听见了吗？去把朝天的那把新刀拿来，给娘子配上。”

朝天的脸色又是一变：“少爷？”

“江家与太后的关系，说亲也亲，说不亲也确实高攀不上，过世的大娘子是太后的远房表妹，与太后原本走得并不近，只与荣华长公主相熟。这个荣华长公主是谁呢？就是先帝的妹妹，今上的姑姑，小昭王的生母。因着这一层关系，江家才渐渐亲近了太后。”去宫里的路上，江辞舟嫌细说起来麻烦，把德荣唤进车里，让他给青唯解释江家与宫里的渊源。

德荣说起话来生冷不忌，好在直白易懂：“五年前，先帝爷不是下旨修筑洗襟台吗？太后兴许是觉得少爷久无建树，洗襟台是个机会，就让小昭王带着他去了。后来呢？那台子塌了，少爷受了伤，不是外头传闻的轻伤，你想想，跟少爷一起受伤的小昭王，眼下还躺在宫里命悬一线呢，少爷受的伤挺重的，养了两年才好。太后或许是觉得愧疚，此后越发关心起少爷，每逢大日子，都要召少爷去宫里一见。说回洗襟台。照道理，太后是深宫之人，不能见外臣的，但是洗襟台塌了后，先帝郁郁而终，官家继位时，还很年轻，那阵子朝纲有些乱，是太后辅政，才稳住了朝局。官家孝顺，念太后的恩德，默允了与太后有亲缘的外臣后辈，每逢大日子进宫探望太后。"

与太后有亲缘的外臣都有谁呢？除了江家几个小户外，另外就是何府了。当朝中书侍郎何拾青，正是太后的亲弟弟。而太后的亲侄子何鸿云乃年轻一辈中的佼佼者，眼下已官拜工部水部司郎中。这些青唯都听曹昆德提过。

江辞舟这一路上都不发一言，马车到了朱雀街，他撩开车帘，拿扇子敲了敲朝天的肩膀："谷宁酒坊到了，给我买壶酒去。"

朝天不去："老爷说了，让少爷戒酒。"

江辞舟："你的刀到底要不要了？"

朝天静坐半晌，跳下马车。不一会儿，他提了一壶罗浮春回来，把酒递给江辞舟，神色复杂地叮嘱："快进宫了，少爷少吃些。"

"你懂什么？"江辞舟拿过酒壶，把盖子撬开，"到宫里了才该吃酒。"

马车在紫霄城的西华门停住，西坤宫的人知道江辞舟今日要带新妇进宫，很早就到宫门里侧来迎了。

闻到江辞舟一身酒气，迎候的公公见怪不怪，只笑着说："江小爷这新婚的劲头可浓着哩！"

西坤宫在四重宫门内，他们走过去要小半个时辰。正值辰时，太后刚诵完早经，眼下正在苑中的亭子里喂鱼。苑中有湖，湖上曲折的栈桥以汉白玉铺就。青唯摘下帷帽，跟着江辞舟走过栈桥，发现亭中除了太后，还立着一个年轻男子。

此人年龄不及而立，穿着一身浅紫色的官袍，身形偏瘦，眉眼秾丽，长着一只鹰钩鼻，远远望去，竟与太后有些像。

一见江辞舟，他笑道："姑母，子陵来了。"

在西坤宫里，能喊太后姑母的外臣，大概只有此前德荣提过的何鸿云了。

太后的模样倒是比想象中年轻些，一对长眉斜飞入鬓，她见了江辞舟，目光分外柔和："刚才念昔要走，哀家说，让他等等，子陵该带着新妇来看哀家了，说不得，一说就到了。"她的目光落在青唯的脸上，太后含着笑道，"是个好姑娘。"

江辞舟道："如何说不得？今早起身，子陵想的第一件事就是带着娘子进宫见太后。"

他一开口，一股酒气。

太后蹙了眉，然后道："你刚成亲，哀家说不得你，说了怕坏你的喜气。但你也大了，眼下更是成了家的人，这几年下来，算是经历了些事，没往常那么浑了，就是这吃酒的毛病，怎么至今不改？官家看重你，把玄鹰司交给你，这是你的福气，也是你的担子，你可不要辜负了官家的信任。"

江辞舟道："子陵记住了，下回一定少吃。"

何鸿云在一旁打趣道："姑母刚才还说，子陵新婚，绝不说他的不是，眼下却又忍不住。姑母爱重子陵，亲得很，侄儿看着忌妒。"

何鸿云仗着太后的宠爱，说话没什么顾忌。太后听后，看了他一眼，语气平静地道："你也一样，官家交给你的新差事，你着紧仔细办，千万办妥了。哀家知道你这个人，肚子里九曲回肠，很聪明，你要把心思花在你的生意经上头，不是不行，只要你把正业做好，哀家挡着，谁能说得了你？"

何鸿云得了垂训，合袖称是。

几个人陪太后说了一会儿话，不多时，曹昆德过来了，他看见跟在江辞舟身边的青唯，不动声色，对太后拜道："官家早上的政务议完了，午时得空儿，说是愿过来西坤宫陪太后用膳。"

太后和颜悦色地道："他孝顺，让他来便是。"

曹昆德应了，刚欲走，太后又把他唤住："你去一趟元德殿，让皇后也来。"

曹昆德称"是"，离开前，路过青唯与江辞舟，说了句："恭贺江小爷。"

皇帝要来，江辞舟与何鸿云自然也不好多留，陪着太后又说了几句话，一起告辞了。

宫里的小黄门引着几个人往外走，出了三重宫门，何鸿云的脚步停顿了一下："子陵留步。"

江辞舟回过身："有事？"

何鸿云搓着手，看了青唯一眼，似乎有点儿犹豫。

青唯立刻会意，让小黄门引着自己先一步往西华门去了。

何鸿云道："有件事，在下不得已，要拜托子陵。"

江辞舟："念昔只管说来。"

何鸿云："前一阵，玄鹰司查封了流水巷的莳芳阁，听说是要抓城南暗牢里逃脱的贼人，不知此案可有了结果？"

江辞舟道："此事我不清楚，这个案子一概由卫玦负责。怎么？念昔也想找到那个贼人，立上一功？"

何鸿云："哦，这倒没有。就是子陵你也知道，我有个庄子……"

江辞舟一听何鸿云提"庄子"，一下子就笑了："刚才太后才让你不要把心思放在生意经上，这么快又打起算盘了？"

何鸿云的庄子叫祝宁庄，在城郊，说是庄子，实际上是一处狎妓、吃酒的私密园子。

何鸿云苦笑道："实在是我这庄子上，近来除了一个'扶冬'，没一个好货，恁的惹人笑话，我心中也堵着口气。可你说我怎么办？流水巷十八条胡同，做买卖的多了去了，上三等，下九流，什么样的美人没有？我顶着这么个身份，总不能明着抢人，眼下……"他停顿了一下，悄声道，"你也知道，太后盯我盯得正紧呢。"

"所以，"何鸿云退后一步，合袖朝江辞舟行了个礼，"不得已，只能拜托到子陵的头上，卫玦此前不是查封了莳芳阁吗？要我说，那个暗牢里的贼人早跑了，他审几个妓子，审了这么多日了，审出什么了？他就不是个脑子灵光的人！所以，子陵，你能不能想个法子，把梅娘和她手下的妓子一并与了我，我一定……"

"好啊。"不等何鸿云说完，江辞舟就道。他戴着面具，不露眉眼，只有嘴角噙着一丝笑："人在铜窖子里，你何时要？"

第六章

夜袭庄宴

何鸿云没想到江辞舟这么爽快就答应了，搓手思量了一下："这个，自然越快越好。不过我也知道，眼下子陵你刚上任，卫玦、章禄之两个驴脑袋，跟你不大对付……"

"这却没什么。"江辞舟笑道，朝上指了指，"我什么德行，官家心里头清楚，除了吃酒，只会享乐，叫我去管玄鹰司，官家也是一万个不放心，从殿前司里抽调了两百人，让我并入玄鹰司里。我手上有人，到时候随便下个调令，让我的人跟铜窖子的看守轮个班，那些妓子，给你弄出来就是。你看明日如何？"

"明日？"这话一出，何鸿云都感到诧异了，眼下江辞舟正是新婚宴尔，怎么说都该缓几日，何鸿云本想客气几句，但他确实急得很。

江辞舟似乎看出何鸿云的踌躇，说道："你也不必觉得麻烦我，我肯帮你，是有条件的。"

何鸿云连忙道："子陵，尽管说来。"

"莳芳阁的梅娘，有一手'梅枝舞'的绝技，据说可以在冬雪后的梅枝上起舞，但见梅花落，雪纷纷，而梅枝不折，她后来将这项技艺传授给了不少人，没一个人比她跳得好，她的年纪大了，收山了，不跳了，我却还想见识一下真正的'梅枝舞'。"

何鸿云听了这话，有些犹豫。可眼下人在江辞舟的手上，容不得他讨价还价，便点头："好，人若到了我的庄子上，今冬第一场雪至，我必让她跳给子陵看。"

江辞舟又道："贵庄以两件事闻名，一曰佳肴'鱼来鲜'，我想尝一尝；二曰'美人扶花'，我想看一看，当年名震一时的扶夏姑娘病了几年，我怕是没这个眼福了，眼下新到的这个扶冬姑娘，不知可有幸一见？”

“这个好说！”何鸿云一口答应下来，“明晚在下要在庄子上摆宴，子陵的几个知交，徐家的公子、曲家的小五爷，还有邹平，他近日刚升了巡检司的校尉，都会前来。原本也想给子陵递帖子，这不，怕打扰了子陵你新婚吗？那就这么说定了，明晚你也来，到时无论是‘鱼来鲜’还是扶冬，只要子陵想尝的、想见的，我通通让你享受个痛快！”

江辞舟道：“你也说了，我刚成亲，明晚就不去了。至于‘鱼来鲜’，这样，明日我让朝天去贵庄自取，顺道认个熟脸，以后我但凡得了空，自行过去就是。”这话说出口，竟有个要常来常往的意思。

何鸿云不由得取笑江辞舟：“原以为洗襟台那事儿过后，子陵这几年学规矩了，没想到，都成了亲的人了，也不忘了风流。”

翌日，天刚亮，青唯还未醒，身边传来一丝轻微的动静。

江辞舟轻手轻脚地下了榻，去耳房里洗漱。

青唯警觉地睁开眼睛，隔着纱幔看去，江辞舟站在屏风前穿衣，一身绣着雄鹰暗纹的箭袖玄衫，外罩紫纱袍，腰间束了根青銙带，是玄鹰司都虞侯的官服。看这装束，他今日要去衙门？他们刚成亲，朝廷给了七日休沐，这是天恩，照道理，如果没要紧的事，他是不该去衙门的。难不成是玄鹰司有什么急事唤他？

青唯正思量着，忽然听到脚步声。

江辞舟穿好衣裳，朝床榻这里走来。

青唯立刻闭上眼睛。过了一会儿，纱幔轻动，似乎是江辞舟把帘子撩开了。青唯能感觉到江辞舟的目光落在自己的身上，她不知道江辞舟在看什么，只觉得江辞舟在榻前伫立的时间太长了些。良久，江辞舟才无声地把纱幔放下，屋门吱呀一声被推开，又关上了。

青唯在榻上躺了一个时辰，直到天彻底亮了，她才起身。外间的留芳、驻云听到动静，推门进来：“奴婢去给少夫人打水，备早膳。”

青唯问：“怎么没瞧见官人？”

留芳道：“少爷早上说有急差，赶去衙门了，要等午后才回来，走前还吩咐奴婢们不要吵醒少夫人。”

他果然是去玄鹰司了。

青唯道：“走得这么急，用早膳了吗？”

驻云与留芳皆道：“没有，德荣送少爷走的，想必路上会用。”

青唯道：“他近日在衙门是挂了休沐牌子的，早膳解决了，午膳呢？咱们府上灶房里有备的吗？”

即便挂了休沐牌子，偌大一个玄鹰司，哪里会短了堂堂都虞侯一口吃的？但是驻云伶俐，见青唯一问再问，很快听出了话里藏着的意思。驻云想着少爷、少夫人大约是新婚宴尔，一刻也不舍得分离，笑着回道：“有的，奴婢这就让人把食盒备好，娘子是要差下人送去，还是……要亲自送去？”

青唯似乎也思量了一阵：“我亲自送吧。”

府上的厮役驱车送青唯去衙门，途中路过谷宁酒坊，青唯特地买了一壶罗浮春。

玄鹰司的衙署在三重宫门之外，青唯走东华门旁的小角门入，由看门的侍卫验过牌子。

这里不算禁中，各部办事大院与衙署遍布，四品官以上的家眷准许偶尔探访，但通常都是打发府上的仆从过来，只因为女眷大都会被拦在角门外再三盘问，以各种理由拒之。

今日的侍卫知道江辞舟是刚成亲，没怎么为难青唯，放过了。

青唯到了玄鹰司衙署外，早有一名身形颀长、模样极其年轻的玄鹰卫来迎，此人名唤祁铭，尊称青唯一声“夫人”，说道：“大人一个时辰前唤了卫掌使、章校尉去值房里议事，眼下还没议完，小的先帮夫人去通禀一声。”

青唯打量了祁铭一眼，他身上的玄鹰袍簇新，像是个新来的。

青唯道：“不必了，我不过是来送食盒，等等便是。”

祁铭称是，把青唯引至公堂内一间静室坐了，奉上茶，退了出去。

曹昆德早前与青唯说过，玄鹰司分内外衙，外衙就是办事的，玄鹰司四大部，鸮部、鹞部、鸱部、隼部的公堂以及上头都虞侯、点检的值房，都在外衙。

外衙行事相对宽松。但玄鹰司真正的核心在内衙，譬如臭名昭著的铜窖子，就建在内衙的最深处。因此，进到玄鹰司的外衙容易，但想进到内衙，尤其在卫玦整肃过玄鹰卫之后，难于登天。

青唯吃了会儿茶，在心中把种种借口都思量好，重新戴上帷帽，推开门，与祁铭只道是坐累了，不顾祁铭面上的难色，径直往内衙的方向走去。

内衙的大门设在衙署内，与外衙以一道内巷相隔。内巷宽大，大约等同于一个院落。

青唯不经意地走过去，还没到内巷，便被内衙门前的玄鹰卫喝止："玄鹰司重地，不得擅闯！"

内衙的门开着，从青唯这里望过去，院中每隔一段距离，便伫立着一名披甲执锐的玄鹰卫，拐角处、内门处，每一道关卡，更有多达四名玄鹰卫把守。这还只是内衙的第一重门，而铜窖子是在三重门内，也就是说，她想要见到梅娘，要闯过三个这样戒备森严的衙地。

曹昆德此前的话一点儿不假，玄鹰司眼下就是个密不透风的铁桶，莫要说她了，连只苍蝇都飞不进去。

青唯心中暗自后悔，她实在太冲动，也太高估自己了。眼下玄鹰司在审的案子只有梅娘这一桩，江辞舟说有急差，她担心情况有变，赶着送来食盒。转念想想，她与江辞舟成亲不过三日，彼此之间并不熟，忽然体贴至斯，难道不会惹人生疑吗？寻常人倒也罢了，可是江辞舟……她感觉这个人不像看上去这么简单。早知如此，她该从长计议的。

青唯非常自责，后悔自己打草惊蛇，可眼下草已打了，只能尽量把家中那条蛇安抚下去。

青唯不动声色地往回走，忽然见前方走来一列玄鹰卫，足有三五十人之多，他们身上的玄鹰袍与祁铭一样，是簇新的。一路走来，目不斜视，到了内衙门口，为首一名头戴羽翅盔的玄鹰卫出示一张令牌："奉都虞侯之命，今日我等与鸮部诸位调班。"

内衙的守卫一愣，说道："此处乃内衙重地，玄鹰簿上有令，除非见到三张调令，不能临时调班。”

所谓三张调令，指的是玄鹰司三位当家的，即都指挥使、都点检、都虞侯的调令，然而眼下玄鹰司人才凋零，上头除了一个虞侯，往下便是卫玦和章禄之了。

为守的头戴羽翅盔的玄鹰卫颔首，又出示两张令牌：“这是卫掌使与章校尉的。”

守卫接过，自己验过后，又交给旁边的人检验。须臾，他将令牌交还给头戴羽翅盔的玄鹰卫，拱手道：“在下能多问一句，虞侯为何忽然要调班吗？”

头戴羽翅盔的玄鹰卫露出一个淡淡的微笑：“虞侯新婚，犒赏大伙儿吃酒，大伙儿莫要不给虞侯面子。”

守卫的还是有些迟疑，但卫玦、章禄之都应了，他们哪能不从：“好吧，你们的人先进去，我再让鸮部的人撤出来。”

青唯看了一会儿，见玄鹰卫撤换人手，回到静室里静坐片刻。过了一会儿，她把食盒交给祁铭，告辞道：“我一个女眷，不好在此多打扰，既然虞侯还在议事，小兄弟帮我把食盒转交给虞侯便是。”

祁铭应了，旋即要把青唯送到宫门，但青唯道自己认得路，自行走了。

青唯离开玄鹰司，越走越快。她刚才已经仔细观察过了，虽然内衙进不去，但是内外衙交界处，有一个天井与旁边的衙署相连，形成一个死角，伏在檐上，既可以遮掩身形，又可以看到内巷里的动静。她感觉玄鹰司忽然调班没这么简单，而且今日请求调班的玄鹰卫，身上的袍服簇新，换言之，他们极可能是新来的。

青唯此前一直与曹昆德有联系，直至薛长兴投崖，她不曾听说有任何新人调入玄鹰司，也就是说，这些新来的，应该是这几日刚到玄鹰司，大概是皇帝担心江辞舟独木难支，给他分派的人手。既然是新来的，他们很可能对内衙的情况不熟悉，更有甚者，他们并没有见过梅娘与一干妓子！

青唯没有妄想在这些人的眼皮子底下闯进内衙，但这是最好的机会，她必须再去看看。

青唯走到一处无人的墙根下，双指抵住嘴唇，急吹三声鸟哨。隼飞来，在半空盘旋，她担心惊动旁人，没有去接。隼不下落，盘旋片刻，飞回去了。

青唯不知道曹昆德看到来而复返的隼，会不会出手帮助自己，她来不及多想，足尖在墙根上借力，立刻跃上屋檐。衙署之地虽然不如禁中戒备森严，也有巡逻的侍卫。青天白日，青唯穿一身青衣，实在显眼。她俯身在瓦顶匍匐前进，不敢弄出一点儿动静。

这帮新来的玄鹰卫果然有异。青唯刚到天井的死角处，玄鹰司已经调完班了，卫玦的人马一撤，为首的那名头戴羽翅盔的玄鹰卫便吩咐："把门掩上。"随后他立刻看向下头的几个人，"快去。"

几个人颔首，快步往内衙去了。又过了片刻，只听一阵仓促、嘈杂的脚步声，间或伴着压低的催促："走快点儿！"

数十名穿着绫罗绸衣的女子一个接着一个地走出来，正是莳芳阁的妓子！她们被关了数日，身上有些脏，好在大多看起来没受伤，大概是缉拿梅娘时顺便拿的。梅娘落在最末才出来。她受了刑，身上有数道带血的鞭痕，走路也一瘸一拐的。她是经历过大风大浪的，并没有让人搀扶，神色镇定地走到内巷，在玄鹰卫的吩咐下，与前头一干妓子一样蹲下身来。

头戴羽翅盔的玄鹰卫于是吩咐："你们在这里守着，我去看看人到了没有。"说着，他从内巷西侧的小门出去了。

青唯暗自错愕，看这架势，他们是想把人送走？可是，看那头戴羽翅盔的玄鹰卫只是区区一个玄鹰司校尉，必不敢这么做，那么就是领了江辞舟的命令？他们把人送走，要送去哪里？青唯不由得想，薛长兴失踪，只留给她一个木匣，她想查洗襟台的真相，除了一根玉簪，没有任何线索。曹昆德终究靠不住，梅娘是她最大的机会。如果梅娘此行遇害了呢？她必须现在行动。

青唯让自己冷静下来。

这些妓子出来时，头戴羽翅盔的玄鹰卫没有点人数，说明他对她们并不熟悉；这些玄鹰卫行事仓促，面带急色，说明他们所办之事隐秘、见不得光；头戴羽翅盔的玄鹰卫没有把内衙的玄鹰卫全调出来看守妓子，说明他不想闹出动静，引起骚乱。因此，这些妓子里，多一个人，少一个人，只要不被人发现，又有什么分别呢？

青唯看了一眼自己的衣裙，她今日亦穿绸纱，与妓子们略像，在瓦顶趴久了，蹭得一身灰尘，与她们一般无二，而最大的不同——她眼上这斑实在太扎眼了。

青唯于是摘下帷帽，从腰囊里取出一个小巧的白瓷瓶，倒了些药粉在手中，以掌心焐热了，覆于左眼之上。左眼周遭的肌肤微麻微凉，但很快，凉意就退去了，升腾起一股热来，青唯于是顺手一抹。她在瓦顶拾起三枚碎石，利落地一掷，碎石带着力道，直击西侧门槛。趁着内巷里几名玄鹰卫不备，青唯无声无息地从屋檐跃下来，迅速并入妓子后方。

青唯的动作太轻了，几乎没有妓子注意到她。她挪到梅娘的身边，低声唤了句："梅娘。"

梅娘转头看过来，随后就愣住了。梅娘沦落风尘十数年，什么样的美人没见过？可眼前这个姑娘，该怎么形容呢？乍一看，只是觉得好看，肤白清透，秀丽多姿，可只要多望一眼，便会不自觉地被她吸引。她太独特了，五官的线条非常干净，眼尾上翘，鼻峰秀挺，颊边的两颗痣有些俏皮，像是春日里开得恰到好处的桃花，又带着秋霜的冷，覆着凛冬的雪。

梅娘确信她不是莳芳阁的人。但梅娘知道，她能无声无息地出现在这里，靠得这么近，却不出手伤自己，应该不是敌人。

青唯发现梅娘没有认出自己，做了个口型："薛长兴。"

梅娘愣了一下，恍然大悟，原来眼前这个姑娘，竟然是那夜罩着黑斗篷，功夫极高的女子。

时间紧迫，青唯也不拖沓，立刻就要取出袖囊里双飞燕玉簪给梅娘看，正在这时，刚才去接头的头戴羽翅盔的玄鹰卫回来了，他看了一眼内巷中的妓子，没有发现异样，朝旁边吩咐了一句："人到了，带她们走吧。"

此言一出，妓子们的眼中均露骇色。她们被关得太久了，没人敢问眼下是要去哪儿，她们甚至不知道此行是不是去送死。沦落风尘已是命苦，眼下风雨飘摇，命悬一线，有的人已经低低呜咽起来。

旁边的玄鹰卫不耐烦，呵斥道："哭什么？小点儿声，都跟上！"

妓子们一个接着一个，从内巷西面的小侧门迈出。青唯落在最末几个，望向前方，正午已过，西斜的光透过那一扇小门照进来，生休开，死伤惊。她也不知道跨过了这道门，前方是吉是凶，可眼下已经没有回头路了。

青唯落在梅娘后方，跟着一群妓子一起，往小门走去。

祁铭在江辞舟的值房外等到申时，方见卫玦与章禄之离开。

祁铭连忙拱手行礼："卫掌使、章校尉。"

卫玦嗯了一声，算应了，章禄之却一脸愠色。

其实祁铭知道他二人的面色为何如此难看，早上江辞舟唤卫、章二人议事，祁铭是在一旁的。说是议事，江辞舟交代了两点，一是内衙调班，二是放了梅娘。

章禄之十分气愤："敢问虞侯为何要放走梅娘？"

江辞舟以一句"做个顺水人情"搪塞了他，然后一直拘着卫、章二人，直到吴曾那边彻底将人放走。

不一会儿，江辞舟也从值房出来了，没瞧见一旁的祁铭，径直往内衙走。祁铭连忙跟上去，说道："虞侯，刚才夫人来过了。"

江辞舟的脚步停顿了一下："谁来过？"

"夫人。"祁铭道，"虞侯在衙门挂了休沐牌子，夫人担心衙门不供饭菜，特地送食盒来的。"

江辞舟愣了一会儿，又问一次："她来给我送吃的？"

祁铭道："是，还有一壶酒。属下已经把酒与食盒拿去灶房里热着了。"

祁铭很快把酒与食盒送来值房，江辞舟沉默地坐了一会儿，把盒盖揭开。食盒里的饭菜是他家中常备的，没什么特别，酒水是谷宁酒坊的罗浮春，大概是他昨日路过，催促朝天去买，她记住了。

江辞舟看着公案上的酒菜，没有动筷子，他只是坐在那里，不知道在想什么。面具遮了脸，不见眉眼，日光却透窗而入，落在他流转的眸色上。

屋外传来叩门声，江辞舟回过神。他盖上食盒的盖子，说道："进来。"

来人名唤吴曾，便是青唯刚才在内巷见过的，那名头戴羽翅盔的玄鹰卫。到了桌案前，吴曾拱手一拜："虞侯，人已经平安送走了，小何大人的人接应得及时，这些妓子没被人发现。”

江辞舟嗯了一声。

吴曾的目光落在江辞舟桌案的食盒上，他不由得问道：“虞侯还不回吗？”

“还有点儿事。”江辞舟抬眼看吴曾，“怎么？”

吴曾笑了笑：“没什么，想着虞侯新婚，不该将好时光耗在公堂里。刚才卑职路过宫门，瞧见江府的厮役驱车等候，以为虞侯要回了。”

江辞舟：“我府上的厮役？”他上下值惯常由德荣来接，吴曾是认得德荣的。而今日何鸿云在庄子上摆宴，朝天被他打发去庄子里认门了，府上怎么还会有厮役来接他？

江辞舟的目光落到食盒上，他稍微愣了一下，唤道：“祁铭。”

祁铭推门而入：“虞侯。”

江辞舟：“青……我娘子她，是何时走的？”

祁铭：“走了快两个时辰了。”

江辞舟转头问吴曾：“莳芳阁的妓子是一个时辰前离开的？”

“正是。”吴曾道，见江辞舟站着不动，唤了声，“虞侯？”

江辞舟拿了薄氅，径直往外走，声音一改往日的轻佻，变得沉肃、清冷：“找个认得何鸿云庄子的，立刻跟我走一趟。”

马车一路颠簸，行驶了近两个时辰才停下。

须臾，车外有人催促道：“都下来！”

青唯与挤在车内的数名妓子依次下车，入眼的是一座庄园。庄园占地极广，傍山而建，白墙黛瓦，草木葳蕤。

妓子们由几名护卫打扮的仆从引入庄内，穿过一片翠竹林，在一扇月牙门前停下。月牙门上有个匾额，写着“封翠院”三个大字，匾额下立着几个嬷嬷，见了她们，其中一个管事模样的高声道：“从今往后，你们就住在这儿了。这儿的客人可不比外头，什么下三等、下九流，通通没有！来咱们这儿的，都是贵客，你们机灵些，守规矩，把他们伺候舒服了，今后有的是福气享，倘是不守规矩，记住了，这儿也不是养闲人的地儿，嬷嬷我有的是法子让你们长记性！”

话说到这儿，妓子们的心里头也了然了。外头的勾栏瓦舍太扎眼，达官贵人们讲体面，不爱去，可又按捺不住风流本性，怎么办？有人投其所好，修了庄子。庄子明面上看去，像大户人家的宅邸，实际上呢？是专供这些贵人吃酒享乐、宴饮狎妓的场所。这样的庄子在上京城不少，场地通常隐秘，大小不一，要进入庄子内，还得有熟人引见才行。这些青唯从前只是略有耳闻，没承想今日长了见识。

领头的嬷嬷又吩咐："排好队过来，一个一个报名字，名字不好听的，换了重取，记完名就去院中另一间屋子里候着，等人过来给你们验身子。"

旁边还有护卫跟着，青唯摸不准状况，不敢贸然行事，跟着梅娘排队，到了月牙门前，记名的嬷嬷问："叫什么？"

"这是我们莳芳阁新来的姑娘，还没来得及起……"梅娘担心青唯不知道怎么应付这种状况，在一旁代答。

"问她，你插什么嘴？"嬷嬷厉声打断，又问一次，"你叫什么？"

青唯随意编了个名字，嬷嬷点头，提笔记到一半，笔锋忽然一顿，她抬头，仔仔细细地打量了一番青唯，与一旁领头的嬷嬷对视一眼，拿起手旁的印章，在青唯编的花名下盖了个艳丽的桃花戳。

青唯进入院子，守卫便不跟着了。封翠院很大，当中挖了池塘。池塘后面是一座两层高的小楼，验身子的屋子是小楼一楼的正间，门口也守着人，似乎还要重新记一次名。

梅娘到了回廊上，见后头的妓子尚未跟来，低声问青唯："姑娘，薛官人他……"

"他走了。"青唯知道梅娘想问什么，说道，"当日我们被玄鹰司追踪，出城以后，逃到宁州地界，我掉头回上京城，他逃走了。"青唯没说出全部实情，倒不是不放心梅娘，只因实在没这个必要。

梅娘舒了一口气："他这几年一直想要来上京，在周边几个州府徘徊多日，到了宁州好，宁州的山野他很熟悉，定能平安逃脱。"

青唯是混进来的，不宜在庄子上久留。她四下一看，见无人注意到她们，单刀直入："薛叔这些年一直在追查洗襟台坍塌的真相，这个你知道，对吗？"

梅娘点了点头。

“薛叔离开前，把这个留给了我。”青唯说着，探入袖囊里，把双飞燕玉簪露出来给梅娘看，“这支玉簪，你可知道渊源？”

玉簪搁在薛长兴留下的木匣子里的，梅娘帮薛长兴保管过木匣，见是见过，只是……

梅娘摇了摇头：“我只记得薛官人说，这支玉簪与洗襟台息息相关，不可轻易示人，别的，他没有与我多提。”

对于梅娘的不知情，青唯早做了准备。她并不气馁，继续追问：“又或者，与玉簪无关，他冒险来上京城，除了见你，必然还有非常重要的事，他将木匣交给你时，与你提过什么旁的什么没有？”

旁的？经青唯这么一提点，梅娘立刻想了起来：“折枝居！”

青唯：“折枝居？”

梅娘：“是流水巷的一个小酒馆，就在东来顺附近，薛官人曾向我打听过这家酒馆，还说想去一趟。”梅娘道，见青唯没反应过来，把方位告诉她，“顺着沿河大街直走，快到东来顺，有一个岔路口，从岔路口拐进去是一个死胡同，折枝居就在死胡同的尽头。”

梅娘这么一提，青唯一下子就记起来了。当夜她与薛长兴逃出莳芳阁，身后玄鹰司追得急，她本想避走小巷，从来路离开流水巷，可薛长兴头也不回地往东来顺的方向走，以致他们避无可避，她不得不使计撞上江辞舟，碰洒他的酒水，掩护薛长兴离开。

眼下想想，薛长兴不是一个莽撞的人，他知道江辞舟在东来顺摆酒，怎么会选择去东来顺呢？还是说，一切正如梅娘说，薛长兴的真正目标，并不是东来顺，而是那个死胡同里的酒馆，折枝居。在那样走错一步，生死攸关的时刻，他还念着要去那个酒馆，酒馆一定有玄机！

青唯道：“我知道了，多谢。”

几句话的工夫，两个人已到了回廊尽头。验身的屋子前拉起帷幔，外头排着长龙，屋门口另外守着几个嬷嬷，其中一个嬷嬷正在训话：“验好了身子，有人会领你们去各自的住处，晚间有人来教你们技艺，技艺学得好——”嬷嬷抬手，往封翠院后几座单独的阁楼小院一指，“瞧见那儿没有，咱们这儿的花魁、红牌们，都住着这样的地儿！这是你们在外头想都想不到的福气！”说完，嬷嬷又问一旁的一个护卫，“名册送到了没有？”

“应该快到了。”护卫道，看了妓子们一眼，“她们是从牢里放出来的，衙门嘛，办事章程多，名册也不是一时半会儿能送到的，先点着人数，记完名，到时候再核对。”

嬷嬷声音冷冷地道：“正是因为来路不正，才不能掉以轻心，多了一个少了一个，指不定就要惹出祸端。”

青唯一听这话，暗道不好，没想到这个庄子的规矩如此严格，还要查验妓子的人数。她是临时混进来的，一旦这些嬷嬷拿到玄鹰司的名册，把她揪出来太容易了。

时值黄昏，四下暮霭渐起，青唯趁着无人注意到自己，默不作声地退后一步。梅娘见青唯要走，捉住她的手腕。梅娘有些担忧地看了青唯一眼，做了个遮脸的动作，摘下身上的绢纱递给她。

青唯接过绢纱，对梅娘一点头。退到妓子的最末，青唯以廊柱掩住自己的身形，一个纵跃，跃上廊顶。她的动作虽轻，若要仔细观察，发现她其实不难。好在封翠院的护卫没料到有人能潜入庄内，注意力都放在廊下了。

夜色更深了，青唯借着夜色掩护，很快到了高处的屋檐。她四下望去，这座庄子比她想象中更大，眼下她所处的封翠院，在庄子的西侧。由西朝北而望，紧挨着封翠院的便是刚才嬷嬷指给她们的，花魁、红牌们住的阁楼小院。阁楼小院再往北是一条宽巷。宽巷后面是偌大的膳房。膳房外，衣着艳丽的侍女们端着各色珍馐进进出出，穿过一片樟木林，就到了庄子的前院。

今夜前院似乎在摆宴，从这里看去，只见满眼灯火，曲水流觞，间或有笙歌鼓点传来，靡靡之音不绝于耳。至于庄子的东侧，看上去应该是庄子的主人、贵客的居所，而南侧住的则是庄子的护卫与仆从。

青唯刚才是从西门进的庄子，照眼下的情形看，东南两边护卫太多，都不能走，回西门，从那里混出去，是最好的办法，只是，一旦玄鹰司的名册送到，发现妓子里多出一个人，西门一定会第一时间封锁，她不能冒这个险。那么只剩下北边的正门。

青唯的目光落在樟木林后的膳房，如今之计，只能假扮送馔的侍女，去到前院，然后趁着宴席人来人往，混出庄子了。

青唯在屋檐上几个起落，很快掠过阁楼小院，到了膳房的屋顶。

夜色已至，奈何她今日没穿夜行衣，虽然有梅娘的绢纱掩面，也不敢随意现身，她蛰伏在翘檐后，静待时机，忽然听见檐下传来说话声："江小爷若喜欢'鱼来鲜'，打发人到庄子上说一声就是，下头那么多跑腿儿的，闲吃饭的吗？劳烦护卫亲自取，实在罪过。"

"少爷打发我来，也是为了认个熟脸。以后得了空，必然是要常来往的。"

青唯一愣。这个声音……怎么有点儿耳熟？她朝下看去。刚才说话的两个人已经走了出来。其中一个人看打扮，应该是庄子上的管家，走在他身后的，一身青白相间的劲衣，二十岁出头的年纪，平眉细眼，面貌干净，腰间配了把刀，不是朝天又是谁？朝天怎么会出现在这里？

管家道："那敢情好，日后江小爷要来，提前说一声，庄子上只管备好'鱼来鲜'候着！我送护卫。"

"不必了。"朝天客气地道，"小何大人摆宴，前头还忙，不多耽搁徐管事。"

与管事的道了别，朝天提着食盒，自行走了。

青唯盯着朝天的背影，暗暗觉得不对劲。梅娘被抓，与城南劫囚有关，这是大案，江辞舟不会不知道。可他今日前脚才放走了梅娘，后脚就让朝天到这个庄子上来取什么"鱼来鲜"，这不可能是巧合。还有刚才朝天提的小何大人，小何大人不正是何鸿云吗？难道那天何鸿云留下江辞舟，就是为了跟他讨要梅娘与这些妓子？

青唯隐约觉得自己找到了症结所在，不肯放过这个机会，见朝天没发现自己，暗中跟了上去。

朝天离开膳房，穿过宽巷，绕至一处拐角，见前后似乎无人，匆匆将食盒放下。他拨开盒下的一个机关，从宽大的暗格里，取出一件黑色的斗篷，罩在身上，随后往墙头一跃，迅速往住着花魁、红牌的阁楼小院去了。

阁楼小院中，每一间楼阁都有专人把守。朝天的目标明确，到了一间叫作

"扶夏馆"的楼前，趁着两名守卫没反应过来，双手为刃，左右各一个重击，两名守卫便昏了过去。

朝天跃上阁楼二层，稍待犹豫，推门而入。

青唯见了这个场景，心中感到惊讶，她避身在院中一棵高大的樟树上，又看了一眼楼名——扶夏馆。这个扶夏馆，有什么蹊跷吗？

罢了，她硬想是想不出来的。

青唯的足尖在树梢上借力，她无声地落在二楼的寝房外。夜色昏暗，屋中烛火通明，朝天大约是为了方便离开，进屋后，没有将门完全掩上，青唯透过门的缝隙望去，寝屋的圆榻边垂着纱幔，纱幔里头似乎有一个人正在酣睡。

朝天走近榻边，唤了那人一声："扶夏姑娘？"

可榻上无人回应他。

朝天走得更近了一些，想要伸手撩开纱幔，他的动作非常小心，几乎要屏住呼吸。

屋外，青唯也跟着屏住呼吸。

就在朝天的手触到纱幔的一刻，封翠院那头，忽然传来护卫焦急的声音："多了一个？怎么会多了一个？"

"千真万确，属下已经再三核实了，送过来的妓子里，确确实实混进来了一个人！"

"立刻查！看究竟是谁混了进来，后门封禁，不准任何人出入！"

青唯的心头一惊，她的行踪被人发现了！她再顾不上朝天，正欲离开，那头，朝天听护卫找的不是自己，松了一口气，伸手掀开纱幔。

正在这时，似乎有什么重物落在床榻上，伴着"咔"的一声，竟是机关触动的声音！朝天警觉地一个后仰，数十支飞矢从床榻内射出——原来床上根本无人，只是一个鼓起来的被囊罢了。与此同时，扶夏馆的屋顶上，一截焰火冲上高空，斑斓纷繁的色彩在夜色里绽开。

那是鸣镝！

这一刻，青唯什么都明白了，朝天必然是以取"鱼来鲜"为由，潜进扶夏馆找人，没想到对方早有防备，瓮中捉鳖，反将了他一军。这庄子究竟是个什么地方？朝天触发了机关不要紧，坏就坏在她也是潜进来的，朝天把人引来，她就要跟着倒霉。

刚才的飞矢没有射到人，紧接着又是“咔”的一声，青唯想也不想，立刻一个纵跃，飞身躲上一旁高大的樟树，几乎是同时，朝天也破窗而出，迅速观察地势，跃向同一棵樟树。

两个人站在树上四目相对，心有余悸地又看了小楼一眼。

如果他们慢一步，眼下恐怕已经被扎成筛子了。

朝天重新看向青唯，夜色中，她以绢纱覆面，只露了一双眼睛，加之眼上没有斑，他根本认不出她。他认不出她，却不妨碍知道她大概是什么人——刚才护卫们的喊话他听到了，庄子里混进来一名女贼。

青唯恨朝天莽撞，犹豫着要不要一脚把他踹下树再逃。

对面的朝天却先动了。他三下五除二地解下自己的斗篷，兜头罩在青唯的身上，说了句："保重！"任青唯一脚踹在自己腹部，摔下树去，屁股落地。

朝天揉着屁股，对赶来的武卫急忙喊道："贵庄可是进了贼？我刚才瞧见一个女贼闯扶夏馆，她眼下就躲在树上！"

青唯："……"

第七章

互试锋芒

前院的酒席正酣，今夜赴宴的除了庄子上的常客，还有上京城中几户贵胄的公子哥。

何鸿云正在敬酒，前门迎宾的阍人忽然来报："四公子，江家的少爷来了。"

何鸿云别过脸看去，江辞舟连官服都没换，一身紫纱玄鹰袍，外罩鸦青薄氅，已经跨入院中。

何鸿云迎上去，欣喜地道："子陵不是说不来吗？怎么忽然改了主意？"

江辞舟笑得轻佻："在衙门待着无趣，家中也腻烦，想来想去，还是念昔你这里有意思，不来凑个野趣，始终觉得遗憾。"

何鸿云听了这话，只当江辞舟是按捺不住风流本性，笑着说："子陵早该如此！我辈中人，不羁于世，何必拘泥于俗礼？"他今日收了莳芳阁的妓子，相当于得了江辞舟一个天大的人情，礼尚往来，眼下江辞舟既然到了，怎么都该把面子给足了。

前院花池中架了个台子。台上的舞姬一曲舞毕，何鸿云朝领舞的招了招手："扶冬，你过来。"

扶冬正是庄子上新到的花魁，至今未曾在人前露过脸。一众宾客见何鸿云将扶冬招至江辞舟处，纷纷看过来。

何鸿云笑着道："江家少爷刚成亲，忍不住来见你，你可不要不给面子，赶紧敬江少爷一杯。"

"是。"扶冬屈膝，对江辞舟行了个礼。她摘下面纱，从一旁的托盘里取了酒，柔声道："奴家敬江公子。"

已至深秋，扶冬穿得却单薄，薄纱下，隐约可见赛雪的肌肤，她身姿袅袅婷婷，一双翦水秋瞳，单看一眼，便叫人觉得含情脉脉，又见她樱唇微起，声音柔媚婉转，若是定力不好的，只一听，骨头就该酥了。她果真是绝色佳人。

江辞舟目不转睛地看着扶冬，半晌，接了酒，笑着说："我书念得少，不知当怎么形容美人，只问小何大人一句，今夜将美人舍了予我，如何？"

"常言道，君子不夺人所爱。"江辞舟的话音刚落，筵席中立刻有人接话，"扶冬姑娘刚到祝宁庄不过几日，江小爷做了第一个看花人，还要做第一个摘花人吗？不妥吧，江小爷不是刚成亲吗？"

江辞舟移目看去，说话的人名唤邹平，其父乃卫尉寺卿，又拜中散大夫。邹平原本毫无建树，近日借着老子的名头，混上了巡检司的校尉，行事逐渐傲慢起来，无论走到哪儿，底下都要带上一列巡卫。

近来朝中章、何二党相争愈烈，上京城中的这些贵公子哥也审时度势，渐渐有了拉帮结派的迹象。何鸿云既然被称小何大人，为人虽然有点儿钻营，比起孤高的小章大人，强在平易近人，是以邹平等几个，尤爱跟着他混。只是，他们虽然跟着何鸿云混，心里却瞧不上江辞舟。

何鸿云之父乃官拜二品的中书令，姑姑就是当朝太后，何家何等地位？而江逐年当年不过一名县令，迁到上京城久居闲职，至今也就是个集贤殿六品修撰。真要说就是江家的运气好，攀上了荣华长公主与小昭王，眼下小昭王出了事，反叫太后把江辞舟当亲外甥疼，何家顺带着，也礼待江家。

邹平看不惯江家趋炎附势的劲儿，更瞧不起江辞舟，加之江辞舟近日被官家钦点，成了玄鹰司都虞侯，邹平一双眼睛红得都快滴出血来了，说话也夹枪带棒的："还是说江小爷眼下平步青云，官场得意，行走各处也不将我等凡俗之辈放在眼里了？一个花魁算什么，凡江小爷相中的，不拔一个头筹，便不算称心如意。"

这话说得有点儿过，何鸿云刚欲劝和，忽然听到一声尖锐的箭鸣，与此同时，夜空中焰火升空，在高处绽开，竟是鸣镝。

何鸿云的脸色一变，他吩咐身边的扈从："去看看。"

扈从不到一刻钟便急忙赶回来："四公子，不好了，有贼人进庄，闯了扶夏馆！"

何鸿云听说是扶夏馆，反倒放下心来，扶夏馆里机关遍布，寻常人闯入，哪能活着出来？他心中虽然这么想，面上却关切地问道：“扶夏可安好？”

扈从眼中的焦急之色不减：“扶夏姑娘尚好，只是这个潜进庄子的女贼极其凶悍，功夫过人，眼下她已逃出阁楼小院，往前院这边来了，刘阊带了十数精锐过去，根本拦不住！”

十数精锐都拦不住？何鸿云正待将自己的贴身扈从也分派过去，忽然听得一阵喧哗，他展目一望，只见一名身覆黑色斗篷的女子冲出樟木林，径直朝前院这边奔逃过来。樟木林外，数名护卫扑袭而上，那女子不躲不避，立刻冲到一个人跟前，一个矮身夺走他腰间的钢刀。

几乎是眨眼之间，刀锋铮鸣出鞘，她回身腾跃，当空横劈，几名护卫还没反应过来，便被这来势汹汹的刀势震退数步，与此同时，她的后背如同长了眼，刀柄立刻脱手，投掷而出，扎在身后偷袭她的人的脚上。

何鸿云被这个场景惊得咽了口唾沫，连忙吩咐近旁的扈从：“快……快拦住她！”

四名扈从应“是”，齐齐地奔向黑衣女贼。

江辞舟目不转睛地盯着前方打斗处，少顷，身边传来气喘吁吁的一声：“公子。”

朝天赶回来了。朝天四下望了一眼，见无人注意，低声跟江辞舟回禀：“没寻着人，碰到机关，办砸了。”

江辞舟的目光注视着前方，他淡淡地道：“没事。”

朝天立刻道：“是没事，公子放心，我中途碰上这个女贼，把闯扶夏馆的过失扔给她了，想必不会有人怀疑我。”

江辞舟愣了一下，不看青唯了，转过头来，看着朝天。不知道为什么，饶是隔着面具，朝天仍能感觉到主子的目光不善。

朝天以为江辞舟是在责备自己行事大意，解释道：“这个女贼的功夫极高，轻功极好，一直跟着我，我竟然丝毫没有觉察。这些人恐怕一时半会儿不是她的对手，待我去助他们一臂之力！”

说着，朝天扶了扶腰间的刀柄，正要冲过去，冷不防被江辞舟叫住：

“回来！”

朝天：“公子？”

江辞舟欲言又止，忍了忍，最后只问：“鱼来鲜呢？”

朝天一头雾水，公子什么珍馐没吃过，这等关头，管那鱼来鲜做什么，他感觉江辞舟这话有深意，正深思着，只听江辞舟吩咐：“先去把鱼来鲜取回来。”

朝天：“可是——”

江辞舟：“快去！”

朝天：“……是。”

何鸿云的扈从自四面朝青唯合围过来。青唯立刻警惕起来，单看姿态，这四个人的功夫远在庄子的其他护卫之上。若是就地与他们一搏，她未必会输，奈何她眼下没有兵器在手，加上她的目的是出庄，并非与这些人缠斗，拼个你死我活，对她没有好处。

青唯目光如炬，一一掠过四名扈从，巧了，其中一个人的兵器居然是九节鞭。九节鞭虽然不同于软玉剑，比起刀剑，对她来说已经算非常称手了。

时间紧迫，她只有一击的机会。青唯找准时机，在众人反应过来前，刹那间身影挪动。她将速度提到极致，几乎成了一个黑色的虚影，朝手握九节鞭的扈从突袭过去，屈指成爪，直取他的面门。

扈从被青唯这悍横异常的举动震慑住，一时间不敢迎击，双臂交错于前，做出格挡之姿。

岂知青唯突然袭到近前，掌风却没有如期而至。青唯的目标突然一变，握住他的手腕，反手一拧，随着扈从发出一声惨叫，九节鞭脱手而出。青唯立刻接住，抡空急出，在夜色里拉出数道银芒，将四周刚成阵势的护卫再次击退。

银芒吐芯，青唯毫不迟疑，见重围已经出现豁口，收鞭扑向余下的三名扈从，她并不直攻，到了近前，矮臂下行，九节鞭立刻变作在草野里盘游的毒蛇，缠绕住其中两个人的小腿。青唯借着巧力，纵跃而起，鞭子随之高提，伴着咔嚓两声，两名扈从往前跪倒，腿骨折裂。

青唯突出重围，心中却没有松快多少。她知道一人之力实在有限，随着赶来的护卫增多，她必将有体力不支的一刻，哪怕她成功劫马，逃出庄外，待会儿还要应付追兵。她不能在此缠斗，必须保存体力。而保存体力的最好办法——青唯的目光掠过筵席上的一干宾客——劫持人质！

庄子上的宾客见她悍然至斯，有的人甚至已经躲到了水池的台子上，庄门附近只剩了何鸿云、江辞舟与邹平等几个公子哥儿。

何鸿云的身边多是护卫，邹平的身边也有巡卫保护，几个公子哥神色慌张，在护卫的掩护下纷纷后撤，只有江辞舟站在原地。

青唯也不知道江辞舟为什么还站在那里。他看上去像是没反应过来，可夜风袭来，拂动他的薄氅，薄氅之下身姿如松，又觉得他不是不知道危险，只是并不惧怕罢了。

直到扶冬喊了声："江公子，快躲开——"

江辞舟似乎才回过神，啊了一声，后知后觉地朝后面退去。

然而，已经太晚了，青唯已经到了他的身边。她伸手握住江辞舟的右臂，反折至他的身后，同时整个人也掠到他的后方，紧贴他的后背，抬手扼住他的喉咙："都别过来！"

青唯刻意压低了嗓子，没有人听出她是谁。

夜风阵阵，宴席上的笙歌早就停了，所有人骇然色变，均望向前院的空地上劫持着人质与众人对峙的女贼。她穿着宽大的黑色斗篷，兜帽遮住大半张脸，身周似乎有腾腾杀气，将一众护卫逼迫得不敢逼近。

朝天取了"鱼来鲜"回来，瞧见的便是这个场景。青唯的功夫他是见识过的，眼下主子被人挟持，他不敢托大，悄然搁下食盒，避于人群后方，从怀里取出三枚梅花镖。

梅花镖还未掷出，江辞舟突然出声："朝天！"他的声音有些发抖，似乎是害怕，提醒道，"不要轻举妄动。"

青唯立刻警惕起来，挟着江辞舟更是后退数步，直至抵住庄门。

朝天失了先机，只能罢手。

何鸿云心知这样僵持下去不是办法，高声与青唯协商："阁下少安毋躁，只要阁下不伤人，其余的一概好说！"

青唯道："让你的人都撤开！给我备匹马！"

何鸿云应诺，看了周围的护卫一眼。护卫们立刻扔下手中的钢刀，往后撤了数步。

一旁的邹平却是十分不满，忍不住道：“区区一个女贼，谅她也不敢出手伤人性命，小何大人何必顾忌再三？就算她武艺高强，左不过孤身一个人，小何大人有百余护卫，我还有巡卫，跟她耗下去，还担心救不出人质吗？”

何鸿云根本不搭理邹平。邹平说得轻巧，近来太后与官家如何看重江辞舟，邹平不知道，何鸿云却是瞧在眼里的，万一这位江虞侯在他这儿受了伤，事情闹大了，指不定该怎么善后呢。

何鸿云只管照青唯说的吩咐：“给她牵匹马来。”

邹平见苦劝无果，一时间觉得十分难堪，他心中本来就对江辞舟有成见，愤愤不平之下，脑中忽然闪过一个念头，他恶向胆边生，高声吩咐：“巡检司！”

“在！”

邹平身边的十数巡卫列阵，只待一声令下。

邹平：“放弩箭！”

“是！”

箭矢上弓，霹雳弦惊，刹那间只闻破风之音，十数支箭矢飞快地朝青唯与江辞舟射去。

青唯见了这个场景，亦是错愕不已，她只当何鸿云礼待江辞舟，不会不顾他的性命，没想到这庄子上有人连何鸿云的面子都不给。她虽然挟持了江辞舟，却没想过要真正伤他，眼见飞矢破空而来，青唯立刻松开扼在江辞舟喉咙间的手，几乎是下意识的，把他往一旁推去。足尖在地上一挑，钩起一柄钢刀，青唯腾身接过，在庄门上借力，仰身而倒，堪堪避过迎面袭来的飞矢，将钢刀格挡在身前。

箭矢并不多，如果只有青唯一个人，一把刀在手，足以应付，可她刚才为了推开江辞舟，耽搁了一瞬间，眼下反应虽然迅速，还是露出破绽，第二轮箭矢袭来，青唯一个不慎，被一道飞矢割裂衣袍，在她的左臂划了一道血口子。左臂的疼痛还是其次，要命的是她已经失去人质了。

庄子中的护卫瞧准这个时机，联合邹平的巡卫，再次扑袭而上。

青唯往后看去，也是巧，庄子上的仆从正牵了马过来。她三两步掠出庄门，从地上捡了根飞矢，扎入马身，她才不放心何鸿云给她备的马，任骏马痛嘶，狂乱地挣脱仆从之手，奔入庄子中，冲散袭来的护卫。

青唯手提钢刀，随意找了辆马车，一刀斩断缰绳，劫了马，绝尘而去。

伤马踏过庄门，在庄子中四下冲撞，一众宾客纷纷躲避，何鸿云着恼至极，只觉得这帮护卫简直是一群酒囊饭袋，连匹马都驯不好。他的心中虽然生气，却并不表现出来，待扈从终于控制住伤马，连声下令："追！赶紧追！"

朝天抢到庄子门口，扶起江辞舟："公子，您没事吧？您怎么会——"他本想问凭公子的本事，哪怕他不在，怎么会任由那个女贼近身。

可不等朝天说完，江辞舟抬手打断了他的话。

江辞舟朝庄门处望去，片刻，伸手抚上自己的脖颈。脖颈火辣辣的，八成是留了指印，但他知道，刚才青唯用的力道十分巧妙，刚好拿捏在制住他与不伤他之间。

何鸿云提着袍子快步赶过来："子陵可有受伤？"

江辞舟摇了摇头，稍稍停顿了一下，随后一言不发地看向一旁的邹平。

明明隔着一张面具，邹平却感觉到那目光似乎异常冰冷。

江辞舟从前什么德行，纨绔子弟一个，邹平与他半斤八两，哪有不清楚的？然而此时此刻，邹平有了一种异样的感觉，他说不出这种感觉究竟是什么，只觉得自己刚才不该冲动地下令放箭。

此事到底发生在自己的庄子上，既然没伤着人，何鸿云愿做和事佬，呵斥了邹平几句，转头对江辞舟道："说起来，那个女贼急于劫马出逃，不敢伤人，怀忠虽然鲁莽，亏得他下令放箭，子陵才及时得以脱身，怀忠，还不向子陵赔罪？"

邹平自认理亏，眼下也放低姿态，从托盘上拿了酒，说："我这些巡卫从前乃卫尉寺弩箭库出身，放箭极有准头，刚才见虞侯被劫，我着急救人，下令时没过脑子，只当他们绝不会伤到虞侯，眼下想想，当真是冲动了，我自罚三杯，还望虞侯莫怪。"邹平说完，自饮三杯，又亲自斟了盏酒，递给江辞舟。

江辞舟接过酒，并不饮，反是看了候在何鸿云身边的扶冬一眼，笑着说道：

“我今夜过来，不为别的，只为一睹美人姿容。刚才邹公子说，我已做了第一个看花人，便不该做第一个摘花人，我想了想，这话有理，但花开在眼前，赏赏总是应该的。今夜我到庄子上，下马车时，隐约听见扶冬姑娘唱曲，甚是婉转悠扬。我是个俗人，平生只好风月，奈何今夜纷乱，没了赏曲的氛围，改日我另择地方摆席，不知请不请得动贵庄的扶冬姑娘？”

这话表面上说给扶冬听，实际上却是说给何鸿云听的。要外借扶冬，何鸿云原本不愿，然而今日江辞舟先是将梅娘等一干妓子舍了他，又在他的庄子上遭人挟持，他若不立刻应了，说不过去，于是痛快地道：“这是小事，子陵只管定日子，我差人把扶冬送去便是。”

一旁的扈从过来请示：“四公子，封翠院那边——”

何鸿云点了点头，此前追捕女贼时，他隐约听说这个女贼是混在梅娘等一干妓子中潜入庄子，然后才闯了扶夏馆的。扶夏馆被闯了不要紧，她来得这么早，就怕她还发现了庄子上的其他玄机。他必须尽快去后头看看，绝不能让这个女贼逃脱！

何鸿云见江辞舟吃了邹平的赔罪酒，正欲请辞离席，手已经抬了起来，手腕却被江辞舟握住了。

江辞舟道：“念昔不一起吃一杯吗？”

何鸿云：“实在是庄子上出了事，在下不得不先一步……”

“庄子上出了什么事？”江辞舟不等何鸿云说完，“不就是进了贼吗？”

江辞舟笑着道：“念昔家大业大，巍巍赫赫一座庄园，进个贼，很正常，看这个女贼两袖空空的样子，也没偷着什么，我一个被挟持的人还想留下吃酒呢，念昔却不作陪了，不知道的，还当是我败坏了念昔的兴致。”

何鸿云：“子陵哪里的话？”

江辞舟盯着何鸿云，见他仍然犹豫着，忽然问道：“刚才听人说那个女贼闯了扶夏馆，莫不是扶夏姑娘受了伤？念昔急着赶去后头，可是为这事？这却不好，我随念昔一起过去看看？”

那扶夏馆机关重重，岂是能轻易让人瞧见的？何鸿云心道一声罢了，这个女贼虽然狡诈，在他的庄子上任意来去，不怕没留下线索，改日再找也是一样的。在座的宾客谁都不是傻子，他的庄子进了贼，响了鸣镝，已经惹人生疑，如若他这就赶去后院，被人发现他庄子中的关窍，才是真正因小失大。

何鸿云一念及此，笑了笑，端起酒盏："子陵说得是，不过进个贼罢了，何至于大惊小怪。今夜良宵佳时，你我只当把酒共饮，不醉不归。"

青唯把马丢弃在附近的一个巷弄，徒步回到江府。

子时将近，城中的宵禁时间已经过了，府内静悄悄的。青唯绕府看了一圈，府后院的高墙上停着一只隼。青唯抬起胳膊，任隼落在自己的右臂上，从它脚边的小竹筒里取出字条。

字条上是曹昆德的字迹："已派人扮作你回到江府。"

青唯收好字条，放走隼，跃上后院的院墙，院中果然停着今早送她去玄鹰司的马车。她出行都戴着帷帽，曹昆德派来的人只要与她的身形相似，要瞒过驾车的厮役容易，瞒过驻云与留芳也不难，但是要瞒过江辞舟，几乎是不可能的。

青唯不敢掉以轻心，轻手轻脚地潜进自己的院中。院子里黑漆漆的一片，驻云、留芳的后罩房里熄了灯，大概早就歇下了，江辞舟还没回来。

青唯松了口气。她刚才疲于奔命，惊慌中，只在衣角撕了块布条，草草地止住伤口的血，颠簸了一路，左臂的伤处火辣辣地疼。她想检查一下自己的伤口，又担心吵醒后罩房的丫鬟，犹豫了一下，只点了一盏油灯，用铜签将灯火拨得极其微弱，在院中的水缸里打了一盆水，取了药粉与绷带。

借着灯火，青唯撤下左臂缠绕的布条，朝伤口看去。不出所料，她的伤势不轻，伤口虽然不长，足有近一寸深，皮肉翻卷绽开，周遭已经发白。

青唯用清水清洗了伤口，撬开药瓶，她本想直接上药，奈何药粉的气味太重，若是被人闻见，只怕要生疑。青唯想了想，目光落在腰间的牛皮囊上。当年岳鱼七爱喝烧刀子，逼着她尝，害得她小小年纪，便知此酒玄妙，这几年她到处找岳鱼七，总想着第一眼见到他，合该拿这酒孝敬，于是养成习惯，无论走到哪儿，都要装上满满一囊。

青唯将手撑在木盆里，用牙撬开牛皮囊的木塞，咬紧牙关，将酒水淋在伤口上。伤处本来就疼，被烧刀子一浇，顿时如针扎蚁噬，简直像被人活脱脱刮去皮肉。等青唯上好药，拿绷带把伤口包扎好，身上的衣裳已经里三层外三层，全被汗液浸湿了。所幸有了酒气遮掩，便闻不着药味了。

身上脏得很，青唯担心惊动旁人，不敢烧热水，取来凉水倒在浴桶里，用皂角粉将浑身上下清洗干净。然后她换上衣衫，坐在妆奁前，看着铜镜中干净的脸，从嫁妆箱子中取出一个胭脂盒，将左眼上的斑纹重新描上。这盒胭脂是用一种特殊的赭粉所致，所描的斑纹水洗不去，酒浇不去，除非遇到青灰，否则一直存在。

青唯随后将带血的衣物扔了，把屋中的浴桶、木桶一并清洗干净，找了个空酒壶，将牛皮囊中剩下的烧刀子倒了进去。做完这一切，青唯才在屋中静坐下来。往好了想，今日曹昆德帮她，也许帮她瞒过了江府上下，可她的破绽太多了，只怕是糊弄不住江辞舟。她眼下几乎确定江辞舟这个人不简单，不说别的，单论今夜朝天闯扶夏馆，必然是受江辞舟的指使。

青唯不知道江辞舟让朝天闯扶夏馆的目的是什么，但她能猜到，他将梅娘等一干妓子交给何鸿云，绝不是做个顺水人情那么简单。还有她今夜挟持江辞舟，彼时她无暇分神，若不是江辞舟出声阻止，险些被朝天出手偷袭。她甚至怀疑，他出声喝止，也许是故意的。他若出于好意，她自然领受，也无意探究江辞舟想做什么。

青唯这些年都是独来独往，一个人飘零久了，并不想与任何人牵扯过深。今夜之事她思来想去，还是觉得自己莽撞了。闯扶夏馆是朝天掉以轻心，可她以江府少夫人的身份擅自去玄鹰司衙署，引起江辞舟的怀疑，实在是平生经历还太少，思虑得也太少了。

有件事说来十分奇怪，她虽然是温阡之女，这几年并未如薛长兴那般遭到朝廷追杀。当年海捕文书下来，指明要缉捕温阡的所有亲眷，可她的名字上，早已被画了红圈。

青唯后来问过旁人，画上红圈的意思是这个人已经不在了。是朝中有人说，她早已死在了洗襟台下。

青唯不知道这个传言是出自谁人之口，然而正因为这个人的这句话，她这几年才得以安稳保命。她从前一个人独行，虽然走遍大江南北，但遇到最大的危机，不过是去城南暗牢劫狱。薛长兴乍然将她带上了这条路，洗襟台之难，于她却是两眼一抹黑，她循着一丝似有若无的线索往前摸索，甚至不知危险在何方。今夜涉足浅探，才隐约察觉前方是龙潭虎穴，远比她想象得凶险太多。凶险便凶险吧！她在断崖前立了誓，踏上此路，就不会再回头。

青唯想到这里，用铜签拨亮烛火，取了酒杯，提壶满上酒，等着江辞舟回来。

没一会儿，前院响起马车停驻的声音，“吱嘎”一声，府门开启，德荣的声音传来：“公子，哎，公子，您怎么又吃这么多酒？”

江辞舟醉得糊涂：“小何大人庄子上的……秋露白，酿得好！听说……出自扶冬姑娘之手，带着股异香，改日我……带你们尝尝去！”

“快拿醒酒汤来！”

夜已经很深了，前院一阵骚动，将江逐年也闹了起来，没一会儿，就听见江逐年在外头责骂：“才成亲第三天，就吃酒吃成这个样子，成什么体统？你的娘子还在屋中等着，你自去与她赔不是！”江逐年骂了一会儿，似乎觉得孺子不可教，扔下一句“懒得管了”，回了房中。

须臾，外间的脚步声渐近，青唯拢了拢衣衫，算准时机，迎出院中：“官人，回来了？”

江辞舟正在吃德荣端来的醒酒汤，一碗饮尽，醉醺醺地看向青唯，忽然笑了：“娘子又添新妆了？”

青唯只当江辞舟在说浑话，问朝天：“官人这是去哪儿了？”

成亲的第三日，就在外头狎妓吃酒，喝得烂醉如泥，虽然事出有因，这事儿怎么说怎么没理，朝天立刻打掩护：“今日公子公务繁忙，一直忙到晚间，夜里几个同僚来找他，被灌了几杯，少爷今日就在衙门里，哪儿也没去，因为赶着回府，连夜宵都没吃。”

青唯笑了笑，嗯了一声。

朝天感觉青唯笑得十分诡异，见她的目光落在自己手里的食盒上，连忙解释：“这是少爷回来路上买的夜宵，属下这就去为少爷热了吃。”

他正要走，被江辞舟一把握住手腕。江辞舟盯着朝天，嘴角噙着笑："热什么？鱼来鲜鱼来鲜，要紧的就是一个'鲜'，回过灶头，鲜味尽失，这会儿就吃。"

"这会儿吃？"朝天一愣。

鱼来鲜的确以鲜味著称，只是公子怕是醉糊涂了，眼下这食盒里的鱼来鲜哪还称得上鲜美，早被他扔在阁楼小院的墙根下受了一夜秋风，兼之一路骑马颠簸回来，恐怕已经败坏得不成样子，色、香、味尽失还是其次，这大半夜的吃了，必定要闹肚子。

江辞舟颔首："这会儿吃。"

朝天无奈，正预备将食盒送去江辞舟的屋里，只听江辞舟又道："回来。"

江辞舟："我说是我吃了吗？"

朝天："公子？"

江辞舟慢条斯理地道："今夜吃酒吃饱了，这碗鱼来鲜，赏你了。"

朝天："公子，可是——"

江辞舟抬手，拍了拍朝天的肩："鱼来鲜来之不易，你可要都吃了，一根鱼骨头都不许剩。"

驻云与留芳打好了热水，让江辞舟沐浴。江辞舟沐浴从不让人伺候，等他洗好，醉意已经散了许多。他换好衣衫出来，闻到一屋子酒气，目光落在桌上："娘子还备了酒？"

"是。"青唯道，"想着官人喜欢吃酒，今日便出门打了一壶，不承想官人已经吃过了。"她说着，站起身就要收酒盏。

"不忙。"江辞舟按住青唯的手腕，从她的手里拿过酒盏，举起来闻了闻，笑了，"烧刀子？"

江辞舟坐下来，盯着青唯："看不出，娘子喜欢烈酒？"

江辞舟这话的语气明显有异，青唯立刻警惕起来。她不动声色地道："妾身不懂什么酒，只是见官人喜欢，今日去衙门，还给官人带了一壶罗浮春。可官人刚才回来，又说喜欢什么秋露白，说那酒带着股异香，不知是哪家巧手酿的，官人不妨告诉妾身，妾身回头把烧刀子换了。"

江辞舟道："今日娘子送午膳来，我正在议事，没见着娘子，错过了，甚是可惜。后来追出来，却瞧见了府上的厮役，以为娘子在宫禁里迷了路，叫我一通好找。往后娘子要去哪儿，想去哪儿，哪怕只为买个酒，与我说一声，你我夫妻同心，何必你藏我追？”

青唯：“我在宫禁里迷了路，所幸最后找回来了。回来时碰到德荣，说朝天似乎是去哪家酒馆给官人取佳肴，可刚才朝天又说，那佳肴是回来的路上顺带买的，官人醉酒，莫不是朝天也跟官人一样醉糊涂了，去了哪儿，买了什么，在找什么，都被酒冲散了，通通不记得了？还是公公说得好，这酒该戒。”

江辞舟道：“娘子迷了路，今夜平安回家乃是大幸，眼下虽然是太平盛世，并非没有贼人，为夫今夜得了个经验，有的人看起来无害，实则危险至极。娘子夜路走多了，万一撞上哪家女贼，这般不设防，怕是被劫了都不知道。”

江辞舟说着，仰头将杯中的烧刀子一饮而尽：“酒虽烈，但很可口。”

江辞舟言语里的各种试探，青唯听明白了。但江辞舟借着醉意跟她打哑谜，她也懒得戳破这层窗户纸。她接过他手里的酒盏，放在桌上，径直吹熄灯：“睡吧。”说着，她就往榻的方向走。

“娘子。”江辞舟唤了青唯一声，见她似乎没反应，伸手抓住她的手腕。

青唯本来就防备着江辞舟，手腕被这么一抓，生怕他来试探自己的伤势，回过身，伸腿把他挡开。但江辞舟似乎并没有旁的意思，腿间被她这么一绊，反倒失去了平衡，朝前跌去，压着青唯倒向榻上。

江辞舟撑在青唯的上方，青唯在黑暗里愣了片刻，问：“你做什么？”

“娘子以为我要做什么？”江辞舟道，他的声音淡淡的，“今夜吃了太多酒，口渴，找不到茶水，想跟娘子讨杯茶罢了。”他离得很近，说话时，带着酒气的鼻息就喷在她的面颊上。看来他的确是吃了太多酒。

青唯立刻要起身：“我去给你拿。”

“不必了。”江辞舟往下稍一倾身。

江辞舟离得太近了，黑暗中，他的眸色晦明难辨。青唯又听他唤自己一声：“娘子。”

“娘子。”江辞舟的声音低沉而清冷，游荡在她的耳侧，近乎带着魅惑，“我已经想通了，天予不取，必受其咎，你我夫妻，及时行乐才是正经，此事妖鬼神仙都管不着，何必在乎那月老怎么想。”

江辞舟说着，伸手抚上青唯的左肩，顺着她的左臂就要往下滑。那里正接近她的伤处。她此前没有猜错，他果真是在试探她！

青唯当机立断，双手抵住江辞舟的双肩，伸腿绊住他，用力一个旋身，两个人的位置立刻掉转，青唯反压其上：“官人在衙门辛苦了一日，但凡有什么所求，也不该劳烦官人，妾身伺候官人如何？”

江辞舟不吭声。他似乎也没料到青唯竟来了这么一出，在黑暗里盯着她。他盯着青唯，青唯自然也盯着他。

三番四次接触下来，她若再信他是那个传闻中的纨绔子弟，她就是傻子。他送梅娘去祝宁庄，派朝天探扶夏馆，她都可以不予探究，但他倘若一再逼迫，她倒要看看这张面具下究竟藏着怎样一张脸孔。

青唯忽然伸手，无名指沿着面颊，伸入他的面具底下：“只是我们既然是夫妻，无论如何都该坦诚相见，此事无关神仙妖鬼，只关乎天地礼成，缘结此世，官人的样子让我看看如何？”

青唯的无名指微凉，慢慢滑过江辞舟面颊的肌肤，随后往上一挑。

面具刚被掀开了一条缝，青唯的手腕被握住：“夜深了，娘子不累吗？”

“官人不累，我就不累。”青唯的指尖探在江辞舟的面具底下，他的手反握住青唯受伤的胳膊。

青唯与江辞舟对视良久。黑暗中，他们只闻此起彼伏的呼吸声。不知道过了多久，也不知道是谁先败下阵来，两个人几乎是同时出声：

“娘子如果累了，不如先歇息。”

“官人辛苦一日，还是先睡吧。”

片刻之后，青唯与江辞舟一言不发地松开彼此，江辞舟把青唯让进卧榻里侧，两个人各自整理了被衾，平躺下，一起闭上眼睛。

天刚亮，德荣打着哈欠从屋里出来，抬眼一看，朝天正捂着肚子，一脸菜色地蹲在回廊下。

德荣愣了一下，走过去问道：“天儿，你怎么了？”

朝天有气无力地道："你忘了？公子昨夜赏了我一碗鱼来鲜，我吃完，闹了一宿肚子。"

朝天这么一提，德荣想起来了，但德荣觉得主子惯来是个赏罚分明的："你是不是哪里得罪公子了？"

朝天思前想后，觉得自己昨晚除了碰到扶夏馆的机关，表现堪称英勇无比，机敏无双，忠贞不贰，摇了摇头。

德荣长叹了一声，在朝天旁边蹲下来："我陪你一起等公子吧。"

江辞舟这几年不让人跟在房里伺候，德荣与朝天习惯了早起后在回廊下候着，然而今日候了一阵，没候来江辞舟，反是先等来了驻云与留芳。

德荣见驻云与留芳一路有说有笑的，不由得问："瞧见公子了吗？"

驻云道："公子早起身了，眼下恐怕已经在正堂里吃了小半个时辰茶了。"

朝天愕然，捂着肚子站起身："公子昨夜那么晚回来，这么早就起？都没睡足两个时辰。"

留芳与驻云听了这话，相视一笑。还说呢，公子哪是没睡够两个时辰？公子昨晚压根儿没怎么睡！

朝天与德荣不知道，但她们住在后罩房里，可是听得清清楚楚，公子那屋子一整夜时不时就有动静，一直到快天亮了才停止。

留芳掩着嘴唇，笑着说："公子与少夫人的感情好。"

朝天纳闷地挠挠头，心道公子睡没睡跟感情好不好有什么关系？但他没在这个问题上多纠缠，与德荣一起去正堂里找江辞舟去了。

江逐年今日上值，正堂里只有江辞舟一个人，他戴着面具，倒是瞧不出倦容，让人沏了盏浓茶，正坐在左上首的圈椅里慢慢地吃。

德荣过去，喊了声："公子。"

江辞舟嗯了一声，用茶碗盖拨着茶叶，慢条斯理地问："鱼来鲜吃完了？"

这话问的是朝天。

"吃完了。"朝天答道，想起德荣刚才的点拨，"公子，属下昨夜是做错了什么吗？"

江辞舟听了这话，看了朝天一眼。说错确实有错，但是——江辞舟想起自己昨晚与青唯斗法，彼此不肯放过，几乎折腾了一宿，到早上都没怎么合过眼，将茶碗盖合上，“嗒”的一声，往一旁的案几上放下：“没有，你做得很好。”

朝天觉得主子的语气简直有些诡异，正待反思，门口的阍人忽然来报：“少爷，外头来了个人，自称是宝刀斋的掌柜，说少爷日前在他的铺子上订了把刀，他给送来了。”

这话一出，江辞舟还没作答，朝天兴奋地道：“我的新刀到了！”他说着，三两步抢至院中，从掌柜的手里接过长匣打开，只见刀体流畅，刀鞘如墨，大巧不工，形态古拙，简直爱不释手。

朝天自小就被当成武卫培养，尤爱用刀，可惜这几年跟在江辞舟的身边，没拿过一把称手的好刀，便说手头上的这一把，还是他在江辞舟跟前软磨硬泡了小两个月才求来的。朝天将长匣交给德荣，取出刀，正欲拔刀出鞘一试刀锋，冷不防一旁忽然伸出来一只手，先他一步握住刀柄，径直将刀拔了出来。

青唯将刀举在手中，仔细瞧去，这刀的确不错，刀刃在日光下泛着水光，想必是吹发可断。她戴着帷帽，一副要出门的样子，脸掩在帽檐半透明的纱幔下，辨不清神色。

朝天不知道她这是要做什么，试探着喊了声：“少夫人？”

只听“当啷”一声，刀柄从青唯的手中脱掷而出，一下插入一旁的草坛子里，溅起许多泥。

青唯冷笑一声：“还以为是什么好刀，不过如此。”说完，她径直绕过照壁，往府门外走去。

朝天震惊地看着自己脏了的新刀，一时之间心痛如刀绞。德荣凑过来，在一旁悄声问：“你昨日除了招惹公子，是不是也招惹了少夫人？”

朝天还没答，只听江辞舟喊了声：“德荣。”

德荣：“唉。”

江辞舟：“问问她，出门干什么去。”

德荣唉了一声：“少夫人要去哪儿，没跟公子您打招呼？”说完，他见江辞舟一言不发，立刻意识到自己说错了话，“小的这就去问。”

青唯已经走出府外，听到德荣在后头唤她：“少夫人，少爷问您去哪儿。”

江辞舟站在正堂里，片刻，听到青唯的声音轻飘飘地传来：“官人嫌烧刀子太烈，不喜欢，我自责了一宿，出去给官人买入口甘醇的好酒。”

青唯并不算骗了德荣，她此行的确是前往酒馆。目的地正是梅娘提过的折枝居。

流水巷白日里人不多，青唯很小心，确定没人跟踪自己，才拐进东来顺附近的岔路口。她本来打算佯装买酒打探虚实，谁知到了折枝居跟前，只见铺门紧闭，上头的匾额甚至落了灰——似乎已经好些日子没人了。

青唯上前叩门，连唤几声：“有人卖酒吗？”

这边门没叩开，后头铺子倒是有人探出头来：“姑娘，你来这胡同里买酒啊？”

说话的人是个开糖人铺子的老妪，穿一身粗布衣裳：“这家酒馆早没人了，去别处买酒吧。”

青唯听了这话，感到有些意外。梅娘经营莳芳阁数年，对流水巷分外熟悉，倘若这家酒馆人去楼空，梅娘昨日为何不提，还是说，这家酒馆是近几日才没人的？

青唯到老妪的铺子前：“老人家，我家官人就喜欢吃这铺子卖的酒，您能不能告诉我，这家掌柜的去哪里了？”

“谁知道呢？”老妪道，“叫你家官人换家酒馆买酒吧，这家酒馆可邪乎着哩！”

青唯一愣：“怎么邪乎了？”

老妪似乎有些忌讳，摆摆手，不愿多说。

青唯拿一串铜板跟她买了糖人，信口编派江辞舟：“老人家，我家官人秋来染了风寒，一病不起，眼下浑身发冷，只道是这折枝居的酒才能驱寒，劳烦您跟我仔细说说掌柜的去哪儿了，我回头也好跟官人解释。”

老妪上下打量青唯一番，想了想，松了口：“要说邪乎，其实也就那么回事儿。姑娘，我瞧着你不是上京本地人吧？”

青唯道：“是，我是嫁过来的。”

老妪："流水巷这地儿呢，是上京最繁华的地方之一，寸土寸金，咱们这胡同，紧挨沿河大街不说，隔壁就是上京城最大的酒楼东来顺，照理应该是热热闹闹的，对不对？可你看咱们这儿，为什么这么冷清？"

青唯："为什么？"

"因为啊……"老妪觑了折枝居一眼，"五六年前吧，这家铺子，发生过一桩命案。一家上下九条人命呢，全死了！"天边的云层遮挡了日光，原地起了阵冷风，老妪压低声音，搓了搓手，"官府破案倒是破得快，不出七日，就找到了贼人。可你说，这铺子染上这么一场血光之灾，是不是就不祥了？后来果不其然，一两年时间，这铺子陆陆续续盘给了一些商户，生意都不好，听说夜里还有怪响，瘆人得很哩，所以慢慢就荒置了。直到差不多三个月前，这附近来了个寡妇，说是有些家财，也有夫家传下来的酿酒手艺，想开个酒水铺子。这本来是好事，可她一打听流水巷的铺面，都太贵，一个也盘不下来，怎么办？找来找去，"喏，"老妪朝折枝居努努嘴，"就找到了这里。"

青唯听到这里，跟老妪确认道："老人家是说，这间铺子自从出了命案后，此前三年都是荒置的，直到三个月前，来了个外地寡妇，盘下这间铺子，开了眼下这家叫作'折枝居'的酒馆？"

老妪："是。"

青唯疑惑地问道："照这么说，这家酒馆开张尚不足三个月，怎么就人去楼空了呢？"

老妪道："姑娘算是问到点子上了。所以说这地方邪门哩！两个多月前，这家酒馆刚开张，生意本来不怎么好，也许是这个寡妇酿酒的手艺的确好吧，慢慢的，就有客人到她这儿买酒，甚至连东来顺的掌柜也偶尔来跟她拿几壶，说有些达官贵人喜欢吃。本来以为这地方的邪乎劲儿过去了，你说我们这些做营生的，谁不指望自己周围的铺子太太平平呢？有回我家大儿媳妇说，人家既然在这里也开了铺子，就是跟咱们做了邻居，想要过去买壶酒，交个好。结果等她回来，你猜她说什么？她说啊，那个卖酒的寡妇，虽然遮着大半张脸，凑近了一看，分明是个美人儿，要多好看有多好看！一个妇道人家，这么貌美，独自开着一家酒馆，只怕招来祸事。真是怕什么来什么，十多天前，我夜里隐约听到一阵响动，第二天出来一看，折枝居的寡妇就不见了。”

“不见了？”青唯愕然道。

“不见了。”老妪点点头，“不光她不见了，一夜之间，她这个人，她酿的酒，消失得无影无踪，跟鬼怪似的。你说这事儿是不是邪乎？我们这些住在这条胡同里的，害怕得呀，那个寡妇那么貌美，眼下想想，谁知道她是不是人？你看挂在那个门口的铜锁，”老妪说着，给青唯一指，“这还是我们这条胡同里的人凑了银子从庙里请来的，说能镇住妖邪。”

青唯循着老妪指的方向看去，铜锁上镂着祥云之纹，的确像是开过光的。

老妪已经把知道的都说了，再问也问不出什么，青唯于是谢过老妪，往来路走去。她没走远，趁着老妪不注意，又绕了回来，纵身跃进折枝居的院子中。这院子不大，除了一些积灰，打扫得很干净，酒馆的空气里隐约残留着一股宜人的酒香。青唯四处看了看，一切确如老妪所说，什么都没留下。可人住过的地方，总该有痕迹，莫非还真是妖鬼不成？

青唯心中感到有些困惑，假借买酒，又跟东来顺的掌柜打听了一下，东来顺的掌柜说的与老妪说的一般无二。

见日近正午，青唯思索着往回家的路上走。她有些沮丧，本来以为打听到了折枝居，一切能有进展，没想到第一时间赶来，酒馆已经人去楼空。此前薛长兴将有关洗襟台真相的木匣交给梅娘保管，足以说明梅娘可以信任，梅娘既然知道薛长兴想来这家酒馆，说不定早在折枝居还开张的时候，就来打探过。眼下最好的法子，是她再见梅娘一面，问问清楚。

然而，有了昨夜的经历，青唯深知何鸿云的庄子不简单，万万不能贸然潜入了。何况昨日她是跟着莳芳阁的一干妓子混进去的，封翠院中的嬷嬷还见过她没有斑的模样，何鸿云一旦查起来，就算不怀疑梅娘，也会派人看紧了所有妓子。

青唯心中辗转深思，不知不觉间，江府已经近在眼前，巷口停着一辆马车，德荣坐在车凳上，一见青唯，跳下来道：“少夫人，您回来了。”

青唯左右看了看：“你在等我？”

“是，太后召少爷进宫，少爷没等着您，先去面见太后了，吩咐说等您回来了，让小的也送您去禁中。”

前日他们才进了宫，今日太后怎么又召见？青唯正迟疑着，德荣似乎看出她的疑惑，说道：“太后心疼少爷，听说少爷在小何大人的庄子上遇袭，这才要见的。”

青唯听了这话，点了点头，掀开车帘：“走吧。”

马车照例停在了西华门，青唯下了车，宫门口来迎的内宦竟然是曹昆德与墩子。

曹昆德见了青唯，笑意盈盈地道：“江小爷说少夫人要晚些时候到，咱家估摸着也就这会儿了，少夫人仔细脚下，有槛儿。”

青唯颔首：“多谢公公提醒。”

从西华门到西坤宫的路很长，曹昆德是大珰，有他带着路，便无须旁的人了。青唯与他错开两步，无声地跟着他走，到得一条甬道，见前后彻底无人了，才压低声音道：“昨晚多谢义父助我。”

“说什么谢呢。”曹昆德没回头，他的神色如常，只有嘴皮子在动，“你做得很好，居然想了替嫁这么一个法子接近江家。”

青唯道：“此前是我草木皆兵，担心玄鹰司怀疑我，想要离开上京城。仔细想想，其实我早就是海捕文书上画了红圈的人，还有哪里比藏在深宅府院里更稳妥呢？义父待我有恩，我不能只想着逃。”

曹昆德听青唯说完，慢悠悠地道：“你是个听话的孩子，义父一直知道。”

青唯见曹昆德似乎重新信任自己了，试探着道：“奈何青唯有负义父所托。此前义父让我刺探玄鹰司，我太心急，才成亲三日就去玄鹰司查探，那内衙防得厉害，我什么都没探出来，还因贸然混入了妓子当中，被送去何鸿云的庄子，昨夜险些被他揪出来。”

昨晚何鸿云庄子上的事，曹昆德亦有耳闻，否则太后怎么会传江辞舟进宫呢？

曹昆德：“眼下玄鹰司如何，倒不那么重要了，义父有桩更重要的事要交代你。”

青唯："义父只管吩咐。"

这件事似乎的确关乎紧要，曹昆德竟然停住了步子。他佝偻着脊背，一双狭长而苍老的眼注视着青唯："义父问你，你眼下的这个夫君，你可见过他的真面貌？"

青唯听了这个问题，微微一愣。曹昆德这是怀疑江辞舟？

青唯道："不曾，他说儿时被火燎过脸，不喜脱面具示人，我与他才做了几日夫妻，他尚解不开心结。"

曹昆德思忖一番，又问："那你这几日在江家，江辞舟、江逐年等人，可有什么异样？"

这可太多了，不提江辞舟看似糊涂，心思通透，单说江逐年，她分明是替嫁，江逐年竟然接受得十分容易，父子二人明面吵闹，私底下却是孝敬有余，亲近不足，还有府中的仆从，底下的一干仆从一律称江辞舟为"少爷"，可江辞舟贴身的几个，青唯不止一次听他们喊他"公子"。自然亲近的仆从对主子多几个称呼也没什么，但这一点不同与种种其他迹象放在一块儿，就很令人起疑了。

青唯道："我嫁过去这几日，只想着怎么去探查玄鹰司了，倒是没怎么在意这些，似乎……没什么异样？"

青唯说着，把先前的困惑问出口："怎么，义父怀疑江辞舟的身份有异？"她停顿了一下，"义父以为他是谁？"

第八章

道高一尺

曹昆德端着麈尾拂尘，悠闲地看着青唯。片刻后，他一笑："谁知道呢？"

曹昆德折回身，继续带路，语气不疾不徐地道："五年前，他在洗襟台下受了伤，抬回宫里医治，太后怜惜他，把他当亲外甥疼，这没什么。但是，江家的祖上说到底，耕读出身罢了，江逐年眼下也就是个六品编撰，这个江辞舟，没有功名在身，凭着祖上恩荫，照规矩最多给个闲差，但你看看他眼下在什么位置？玄鹰司都虞侯。"

曹昆德冷笑一声："玄鹰司是什么衙门？那可是天子近臣！纵使没落了，衰败了，想要起势，只要官家看重，花个几年也就起来了。这个江家小爷，即便得了太后偏爱，官家恩宠，坐到这个位子上，到底是不能服众的，原以为官家还要提一个都指挥使过去压着他，可这么久了，官家一点儿动静也没有，就任他做了玄鹰司的大当家。所以宫中就有人猜，这个江小爷，究竟是不是从前的那个江小爷？你想想，五年前，他都还没及冠，半大小子一个，五年的时间，想要在那张面具下换个人，不难。"

青唯听曹昆德说完，思忖一番，道："我嫁过去这几日，他每日都吃酒吃得烂醉如泥，昨日还没忍住去了何鸿云的庄子，好像瞧上了一个花魁，似乎与传闻中的纨绔子弟没什么两样。官家把他指去玄鹰司，也许只是怜他曾经在洗襟台下受伤。"

青唯紧接着又道："不过义父提点的，青唯都记下了。我近日会仔细盯着他，一旦他有异样，一定第一时间告知义父。"

曹昆德是入内省的都知，跟着皇帝的时候多一些，今日临时被调到西坤宫来当值，为防旁人起疑，路上不宜与青唯交流太多。

少时，西坤宫到了，曹昆德笑得和气，细沉着嗓子喊："江家少夫人到了。"

江辞舟正等在苑中栈桥上，闻言大步过来，很自然地牵过青唯的手，把她带到太后跟前行礼拜见。

太后今日又在观鲤亭中喂鱼，身边依旧跟着何鸿云，受了青唯的礼，她笑盈盈地道："子陵说你这两日身子不适，一直在家歇着，你可好些了吗？"

青唯受宠若惊，福了福身："回太后的话，妾身没有不适，只是昨夜受了点儿凉风，眼下已好多了，多谢太后挂怀。"

昨夜江辞舟吃酒夜归，太后哪有不知道的？青唯这话说出口，多少有点儿委屈的意味。太后心里头明镜似的，转头就责备江辞舟："你也是，都成了家的人了，做事也该顾念着你的娘子。"

江辞舟合袖道："太后垂训，子陵记得了。"

青唯也不知道太后把自己叫进宫做什么，按说昨晚在祝宁庄遭劫是江辞舟一个人的事，太后要关怀，也关怀不到她身上，总不至于要叮嘱她管束江辞舟吧？她瞧太后也没这个意思。

青唯得了赐座，在亭中一边听太后与何鸿云、江辞舟说往日闲事，一边在心中暗自琢磨。他们今日叙话竟叙得久，一直到月上梢头了，才见一名小黄门过来，唤了声："太后。"

小黄门道："禀太后，官家称今日要歇在文德殿中。"文德殿是当朝嘉宁帝的御书房。

太后问："他可说了原因？"

小黄门："官家只称是奏疏太多，要连夜批复。"

太后听后，慢悠悠地长叹了一声："知道了，你且去吧。"

太后的反应青唯看不明白了，何鸿云、江辞舟这样常来往宫中的倒是清楚。今日是九月初一，按例每逢初一、十五，皇帝都该去皇后的元德殿歇息。当今嘉宁帝与章皇后乃青梅竹马，长大后成了亲，照理应该姻缘和美，却不知怎么，渐渐疏离成了这样。太后明着暗着撮合了好几回，收效甚微。

不过帝后的家事，哪容得上外臣插嘴？何鸿云见太后着恼这事，先一步起身请辞，与江辞舟、青唯一起离开了。

走出西坤宫，何鸿云问江辞舟："对了，上回子陵说打算另设酒宴，要在我这里借几个唱曲的戏子，不知是哪日要借？"

江辞舟想了想，说："三日后吧，届时我在东来顺订一席。"

何鸿云道："好，我回头安排。"他嘴上说外借"戏子"，实际上借的是"妓子"，碍于青唯在一旁，改了称呼。

青唯听得明白，并不吭声。

深夜时分，甬道里吹来一阵寒风，何鸿云觉得有些冷，这才发现忘了披薄氅，问身旁跟着的扈从刘阊。刘阊道："出来时就没见四公子手里有氅衣，恐怕是忘在西坤宫了。"

何鸿云一扶脑门："瞧我这记性。子陵且先行，我还得回去一趟。"说着，他掉头往来路去了。

何鸿云回到了西坤宫，并没有在刚才的池苑逗留，而是由一名小黄门引着，进了西坤宫的内殿。内殿里已经点起小炉子，炉火驱散秋夜的寒意。何鸿云提着袍摆，快步来到翔凤方座榻前，对着太后拜下："姑母。"

太后手里拿着一幅画卷，正在灯下仔细看着，过了一会儿，她将画卷搁在一旁，慢条斯理地道："是有点儿像。"

画卷上画着一幅秀丽干净的女子画像，鼻峰高挺，眼梢微翘。

何鸿云道："这幅画是凭记忆画出来的，侄儿庄子上的嬷嬷说，昨日混入庄子里的女贼，要比这画上的还要好看许多。侄儿也是实在没法子了，才求到姑母这里。"

昨天混入庄子中的女贼，是跟着莳芳阁的妓子潜进来的，何鸿云让庄子上的人核对妓子名录，发现少的正是名字盖了桃花戳的那一个。这个女贼样貌清丽，封翠院的几个嬷嬷都对她有印象，所以有了何鸿云手上的这幅画。

莳芳阁的妓子在护送途中没有出过半点儿疏漏，也就是说，这个女贼只能是从玄鹰司里跟出来的。如果不是卫玦在铜窖子里关了其他女犯，那么只有一个可能，昨日玄鹰司的府衙，出现过其他女子。

何鸿云随后派人打听，果不其然，江家小爷的新妇昨日曾去玄鹰司送过午膳。何鸿云想见青唯一面，确定她究竟是不是昨天的女贼，可是一来，他的父亲再三提醒过他，不要招惹江府，他担心自己弄错了，反而唐突了江辞舟；二来，江辞舟的这位新妇患有面疾，平时总是戴着帷帽，如果不是上头的人召见，她不会轻易露出真容。何鸿云只道是这个女贼闯了扶夏馆，马虎不得，思来想去，到底是求到了太后这里。

太后道："你想见的人，哀家把她传来，你也见到了，如何，是她吗？"

何鸿云犹豫了半晌："她那斑纹太扎眼了，侄儿也不敢确定究竟是不是，恐怕只有庄子上的嬷嬷才能辨认，不过，侄儿是觉得像的。"

太后慢悠悠地道："那你且自去查吧。"她其实并不希望何鸿云把心思都花在那个庄子上，见何鸿云把画卷收了，说道，"转眼九月了，官家日前交给你的差事，你办得怎样了？"

何鸿云："侄儿已经联系了几名药商，一个月之内，必能凑齐药材。"

太后听了这话，稍感欣慰："当年宁州瘟疫，你办得很好，这才升了官，可五年了，你在工部这个位置上，一点儿长进也没有，眼下官家把同样的差事交给你，这是你的机会，你可莫要让官家失望。"

何鸿云道："侄儿省得。"他回来是为了取画，很快辞别了太后，出了西坤宫，再次展开画卷细看，越看越怀疑起青唯来。

扈从刘阊在一旁提着灯问："四公子，回去后要审问那个莳芳阁的老鸨吗？"梅娘是昨日唯一与女贼有过接触的人，想要知道女贼的身份，最快的法子就是审问梅娘。

何鸿云听后，却摇了摇头。江辞舟把梅娘交给他，言明今冬雪至，要看梅娘的"梅枝舞"，一旦用了刑，把人折腾得残缺不全，哪怕跳了"梅枝舞"，舞也不美了。何况梅娘为什么会进铜窖子，何鸿云心里清楚，铜窖子里的十八般酷刑，卫玦尚且没能从她的口中问出薛长兴的下落，可见这个老鸨是个硬骨头，想要她吐出什么东西，不能用刑，只能智取。

何鸿云一念及此，说道："江子陵三日后要在东来顺摆席，你们都安排了谁去？"

刘阊道："那位江小爷不是只点了扶冬姑娘一个人吗？"

"不。"何鸿云道，"挑几个莳芳阁的妓子，让梅娘带着她们与扶冬一起去。"

如果江辞舟的这位新妇当真是夜闯扶夏馆的女贼，一试不成，她必会再来。有了昨日的经历，她应该知道他的祝宁庄不是那么好进的。如今梅娘是她在祝宁庄的唯一线人，如果能见到梅娘，她不可能错过这个机会。引蛇出洞，一试便知。

刘阊也明白过来："属下知道了，属下会暗中派几个人盯紧梅娘。"

"记得不要给梅娘透露任何风声，只告诉她是带着妓子们陪酒去。"何鸿云叮嘱道，"另外，把这件事告诉扶冬，让扶冬也盯着她。"

刘阊："扶冬姑娘？"

何鸿云："她不远千里来到上京城，难道不是为了跟我表忠心？便给她一个机会。"

从西坤宫到西华门的路很长，兼之已至夜晚，秋露成霜，宫径很不好走，江辞舟牵着青唯，慢步徐行了近一个时辰才到宫门口。小黄门在前头引路，心道是新婚如蜜，古人诚不我欺，连平日最是浪荡的江小爷都能待发妻这般柔情款款，真是叫人歆羡。

德荣早在宫门口等着了，江辞舟先行上了马车，回过身来伸出手："娘子。"

青唯点了点头，扶上他的掌心："多谢官人。"

车帘一落下，两个人立刻撤开手。

江辞舟靠着车壁闭目养神。他昨晚压根儿没怎么合眼，今日又被太后传到宫里一通应付，简直筋疲力尽。

青唯昨晚亦没怎么睡，但她比江辞舟稍微好些，至少刚才坐在观鲤亭里神游多时，算是休息了。青唯神游不是白神游的，大概已经想明白自己为何会被太后召去宫里了。八成是何鸿云查莳芳阁的妓子时，怀疑上了她，兼之有人记住了她的样貌，所以传她前去一见。

青唯不知道何鸿云是否已经确定女贼是自己，她眼下最忧心的不是这个，她好不容易从梅娘那里拿到折枝居的线索，眼下折枝居人去楼空，她必须想办法再见梅娘一面。祝宁庄她是暂时不能去了，不过，三日后江辞舟在东来顺摆席，何鸿云称要送妓子来？

青唯四下望去，今天上午她去东来顺买的秋露白还搁在马车上，角落里有个柜阁，里头放着酒具。

青唯唤了声："官人。"

江辞舟闭着眼睛，嗯了一声。

青唯取了秋露白，斟满一杯酒："上回见官人喜欢这秋露白，我今日专程去买了一壶，官人整日没吃酒，馋酒了吧？"说着，她把手中的酒盏往前递去。

江辞舟睁开眼睛，盯着青唯，片刻后笑了："无事献殷勤，非奸即盗，你想跟我去东来顺？"

青唯的手顿在半空。见微知著，心思灵通，活该曹昆德疑心他。刚才离开西坤宫，他走得那样慢，不就是为了算何鸿云在太后宫里逗留了多久吗？太后今日为何召见他们，他恐怕也猜到了。但酒都递出去了，她断不能再撤回来，他看得这样透，她就更不能瞒着他，毕竟东来顺的酒席并不是没有危险的，那个何鸿云指不定怎么算计她呢？

青唯道："官人每回出去吃酒，必要喝得玉山颓倒，吃酒伤身，有我跟在官人的身边，不但能照顾官人，还能帮官人挡酒。"

江辞舟笑着道："不好吧，酒席上声色歌舞，百花齐放，娘子在身边，我束手束脚的，莫要说摘花，看花的心都不美了。"

青唯立刻道："官人不必在意我，看上了哪枝美人花，只管采摘便是，妾身绝不干涉。"

"娘子既然这么说了——"江辞舟伸手去接酒，指尖都要触到杯盏了，忽然朝后一探，径直握住青唯的手腕，把她往自己这边拽来。青唯有求于他，伸手挡慢了一步，江辞舟不知从哪里变出一把扇子，伸臂环到她身后，扇柄抵在她的背心，将她困在自己身前。

两个人之间只隔着一盏晃荡的秋露白。

江辞舟注视着青唯，声音很轻："东来顺的酒席，你倒是敢去？"

"不敢去也得去。"青唯道。

马车里很暗，可他的目光灼灼。青唯不能直视，移开视线："何况昨日官人不是说了吗？以后要去哪儿，想去哪儿，提前知会官人一声。我照官人说的做，出了事绝不牵连官人。”

秋露白令人迷醉的清香在两个人之间溢散开。

江辞舟道：“娘子的心意已决，看来我是拦不住了。”

青唯：“官人若打定主意要拦，便是把酒席撤了，我也没有旁的法子，能去与否全凭官人拿主意，还请官人给个准话。”

江辞舟：“我若把酒席撤了，你待如何？再闯一回虎穴吗？”

青唯不吭声。

江辞舟于是笑了笑，伸手扶上她的左臂：“娘子，还疼吗？”

青唯知道江辞舟是在问她的伤势。但她反应了一会儿，才反应过来这是交易。他带她去东来顺的酒席，可以，但江辞舟希望她能承认昨日闯祝宁庄的女贼正是她。

青唯心想，凭什么？他一而再，再而三地想拆穿她，却妄图把自己遮得严严实实的，哪有这么便宜的事？青唯不知道江辞舟对自己究竟了解多少，但他就没有把柄吗？要认一起认，要么就都不认。

夜深了，德荣在外头驱车，听到马车里传出轻飘飘的声音：“官人在说什么？妾身这几日都老实地待在家中，哪儿都没去，哪来的疼？”

江辞舟：“娘子还想去哪儿？娘子一连折腾数晚，为夫没一日能真正睡好了。”

青唯：“这不是官人犹抱琵琶，叫妾身好奇吗？再说妾身放过官人，官人放过妾身了吗？昨夜官人一宿没合眼，妾身不也一样吗？”

江辞舟：“娘子始终若即若离，为夫彻夜难眠，再这么下去，为夫若是熬不住了，与娘子两败俱伤，后果恐怕不堪设想……”

德荣的脑子里“轰”的一声，手一抖，他险些把马车赶进沟里。这……这……不过是晚回家了片刻，他们何至于要急成这样？都说新婚夫妻如胶似漆，不承想公子这样的清风朗月、不染风尘之人也不能免俗！

马车里，青唯的手肘抵在江辞舟的肩头上，江辞舟的扇柄撑在青唯的下颌上，两个人都被对方制得动弹不得。

青唯的耐心即将告罄：“官人究竟带不带我去？”

江辞舟的语气清冷："带你去有什么好处？"

青唯紧盯着江辞舟："今晚让你睡个好觉。"

江辞舟稍一思索，撒开手："成交。"

三日后。

"德荣，我埋在树下的十二年竹叶青呢？把竹叶青给我带上！"

"朝天，把我的扇子取来，不是这柄。这柄金镶玉，忒俗了，要那柄翠竹篾的。"

"这马车太素了，恁的扫我威风，换那辆宝顶的，马也换，通通换成玄鹰司的黑马！"

正是酉初，江辞舟站在院中，指点着府中一干下人准备出行。不一会儿，德荣提着一壶竹叶青，满头大汗地赶过来："公子，您小点儿声！"

江辞舟似乎不解："为何？"

德荣往东跨院那边望了一眼："少夫人还在里头呢。"满打满算，公子与少夫人成亲不到十日，他前阵子去何鸿云的庄子吃酒已是荒唐，今夜在东来顺摆席，谁不知道他是为了扶冬姑娘？既然这样，他还不知收敛，德荣真是为他捏了一把汗："今夜的事要是让少夫人知道了，指不定要动气。"

江辞舟听德荣这么说，只是笑了笑。

不多时，朝天也出来了，把折扇递给江辞舟，催促道："公子，快走吧。"

江辞舟问："马换了吗？"

"祁铭他们已经换好了。"

今夜跟江辞舟去东来顺的除了德荣与朝天，还有祁铭等三名玄鹰卫，原因无他，几日前江辞舟在何鸿云的庄子上遇袭，近日出行都调了玄鹰卫跟着。不过摆席是私事，江辞舟不好公然假公济私，让祁铭等人换了黑袍，戴了帷帽，对外只称是从镖局聘来的护卫。

几个人一起到了府门口，朝天见江辞舟又停住脚步，不由得问道："公子，还不走吗？"

朝天与德荣一般心思，生怕青唯发现江辞舟以摆酒的名义狎妓——自从上回青唯弄脏了他的新刀，朝天不知为何，对这位少夫人有点儿发怵，觉得她似乎并没有表面上那么好相与。

江辞舟道："不忙，再等等。"

"等什么？"

江辞舟："等个人。"

德荣和朝天正疑惑着还有什么人要跟来，只见前院过来一个身穿黑衣，头戴玄色帷帽的人，与祁铭等几个玄鹰卫一样的打扮。

待青唯走近了，江辞舟上下打量一眼，笑了声："还挺合身。"

青唯嗯了一声，将搭在腕间的黑袍披上："什么都瞧不出来吧？"

江辞舟："瞧不出来。"

青唯于是点了点头，率先往马车走去，说道："那走吧。"

德荣与朝天，包括几日前在玄鹰司见过青唯的祁铭一起傻眼了，公子这是……要带着少夫人去狎妓吗？

青唯走了几步，没听见身后的动静，回过头，发现德荣、朝天与一众玄鹰卫全神色诡异地僵在原地，不解地道："不是吃酒去吗？还不走？"

朝天与德荣一起咽了口唾沫，看向江辞舟。

江辞舟笑了笑："走啊。"

近日东来顺的生意好，九月一到，接连接了几回大席，今日更是巧了，小章大人与江家小爷一起在这儿摆宴，掌柜的一早就守在楼门外迎候宾客。

华灯初上，只见一辆阔身宝顶的马车驶来，马车前的灯笼上写着个"江"字，掌柜的连忙迎上去："江小爷总算到了。"

江辞舟来得有点儿晚，下了马车问道："客人都来了吗？"

"来了不少了，徐家的公子、曲家的小五爷，还有小何大人他们都到了！"掌柜的笑得很热情，"小何大人来得还早哩，一到就帮忙张罗，江小爷好大的颜面！"

江辞舟道："那是小何大人赏光。"

掌柜的连声道"是"，把人一起迎了进去。

青唯从前只在东来顺的前楼买过酒，跟江辞舟进到里院，才知道别有洞天。他们走过一条曲径，两侧竹林间各有几个岔路口，通往不同的院子。有曲苑风雅的，有富贵堂皇的，有蓬莱迷泽的，各色院落雅俗并存，不一而足。

掌柜的把江辞舟一行人引到一个唤作“风雅涧”的院子中，说：“就是这里了。”

这个院子不大，席次也并不是很多，各个席次间隔着竹屏，当中有小溪蜿蜒流淌而过，主桌设在一间竹舍内，还自带了一个隔间，应了它的名，十分雅致。

风雅涧内已经有不少宾客了，上回青唯撞洒江辞舟的酒，在一旁帮腔的蓝袍子也在。这个蓝袍子就是刚才掌柜的提到的曲家小五爷曲茂，与江辞舟一起声色酒肉有些年头了，见了江辞舟，也不寒暄，过来的头一句话是：“章兰若在隔壁的‘青玉案’摆席，你知道？”

江辞舟道：“听掌柜的说了。”

曲茂带着一脸讥诮：“我刚才撞见他，跟他打了声招呼，他那双眼睛，简直要搁在脑门顶上了，后来我过去一瞧，你猜怎么着？他那一桌，请的全是这一科新晋的士子。他这个人惯来这样，尤爱结交文人、寒士，瞧不起我们这些恩荫子弟。你说他神气什么呢？他能吃得这么开，还不是因为有个做皇后的妹妹，否则凭他的脾气，谁爱搭理他，这么敬重才士，有本事学小昭王考上进士！”

江辞舟笑道：“念昔呢？不是说他一早就到了吗？”

“子陵。”何鸿云正往这边走，听江辞舟问及自己，高声唤道。他今日穿着一身紫衣，显得十分清贵：“刚把邹平一席安顿好，就见你到了。”

江辞舟道：“我这个请客的来得晚，倒是你一个做客的忙着帮我张罗。”

何鸿云道：“日前你到我的庄子上，我没照顾周到，今日早到一些张罗妥当，只当是赔罪了。”

他说着，吩咐跟在一旁的扈从刘阊：“把扶冬她们带过来。”

刘阊应“是”，不一会儿便把扶冬、梅娘，与几个莳芳阁的妓子带到了江辞舟的跟前。

青唯见了梅娘，稍稍一愣。

按说何鸿云已经对她起疑，应该早就查到梅娘与她相识了，如今不审梅娘倒也罢了，怎么会任梅娘出现在这里？

青唯心知此事有异，不动声色地看了江辞舟一眼。

江辞舟的神色掩在面具之下，她瞧不出异样。他只道："不是说只来扶冬姑娘一个吗？怎么多送了几个过来。"

何鸿云一笑，并不回答他，而是对梅娘与另外几名妓子道："你们可瞧好了，这位就是江公子，玄鹰司的都虞侯，当初网开一面，把你们从铜窖子里放出来的人正是他。他不但是你们的救命恩人，从今往后也是祝宁庄的贵客，见了他，你们可得仔细伺候。"

梅娘与一众妓子柔声称是，一并对着江辞舟福身："奴家恩谢江公子。"

她们见完礼，何鸿云就打发她们跟着扶冬唱曲去了，正好德荣在门口将最后一拨宾客迎进来，这便开了席。

席间笙歌起，扶冬的歌声悠扬婉转，众人推杯换盏，不多时便酣畅半醉。

何鸿云与江辞舟、曲茂等几个人坐竹舍里的主桌。酒过三巡，何鸿云端着酒杯起身，有些为难地道："子陵先吃，我去去就来。"

江辞舟诧异地问道："怎么，念昔有事？"

何鸿云："兰若在隔壁摆席，你是知道的。我们两家有渊源，我不过去敬杯酒，始终说不过去。"

章、何二党相争，说到底是政务上的，私底下并没有彻底撕破脸。章庭为人孤高，平日对何鸿云没什么好颜色，但何鸿云惯来礼数周到，只觉得问候一声是应该的。

何鸿云又问："子陵与我一起过去吗？"

江辞舟笑道："章兰若惯来瞧不上我，我就不去了。念昔去了，帮我一起敬一杯就好。"

何鸿云笑了笑，没有立刻走，等扶冬一曲唱完，朝她招招手："你们几个过来。"随后他提点扶冬道，"今夜这席是江公子特地为你设的，我暂去隔壁'青玉案'敬酒，你可千万把江公子服侍好了。"

扶冬欠了欠身，柔柔地应了一声："是。"

何鸿云这话一出，曲茂等几个老风尘哪能听不出“服侍好”是何意，纷纷起身告辞说去隔壁敬酒，临走还顺带把竹舍的门掩上了。

门一掩，屋中除了江辞舟与一帮妓子，便只剩玄鹰卫、德荣、朝天，与扮作玄鹰卫的江家少夫人青唯了。

朝天与德荣站得笔直，心中的滋味难以言喻，豆大的汗珠从额头接连滑落。

江辞舟望了扶冬一眼，温和地道：“愣着做什么，还不坐过来？德荣，去把我的竹叶青取来。”

德荣啊了一声，咽了口唾沫道：“好。”

竹舍中很安静，扶冬携着几名妓子，左右各三人，在江辞舟的身边坐下。朝天抬手，擦了一把额头上的汗。

扶冬谨记何鸿云的吩咐，拿起德荣送来的竹叶青斟了盏酒，摘下面纱，声音低柔婉转：“江公子，奴家敬您。”

青唯看向扶冬，那日在祝宁庄她急着挟持江辞舟，没仔细瞧她，如今从这满室灯光中看过去，她果真很美，怪不得能做花魁。

扶冬握着酒盏的手白皙柔嫩，宛若无骨。江辞舟垂目看着，片刻，伸手裹着她的手握住酒盏，将杯中的竹叶青慢慢吃下，低声道：“这酒被扶冬姑娘的柔荑捧过，滋味都与以往不同了。”

德荣险些被自己的口水呛到，咳出声来。

扶冬忍不住掩唇笑道：“江公子不是刚成了亲？家中娘子斟的酒不好吃吗？”

江辞舟也一笑：“家花哪比野花香，几日就腻了……”

德荣弯腰咳嗽起来，越咳越大声。

扶冬似乎有些怅惘：“江公子这般喜新厌旧，过不了几日，也会腻了奴家的。”

江辞舟手里的折扇一挑，他抬起扶冬的下颌，目不转睛地注视着她：“你说得对，我腻你是迟早的，但我尝都还没尝过，眼下说什么腻呢？先尝了再说……”

德荣简直快要咳出眼泪，颤抖着手扶上江辞舟的椅背：“公子，公子，给……给杯清水……”

江辞舟似乎嫌德荣搅扰了气氛，着恼地看他一眼，又望向席间，满桌尽是酒，哪来的清水？

江辞舟的目光落在席间的汤碗上，他指了一下朝天：“你盛碗汤给德荣。”

朝天称“是”，顶着一脑门子汗给德荣盛汤去了。

那碗汤的位置离梅娘坐的地方很近。正是这个机会！青唯伺机而动，藏在袖囊里的石子儿落入掌心，不动声色地并指一掷。石子儿直中朝天的膝弯，朝天本来就恍惚，脚下一扭，手中一个不稳，一碗汤全泼在梅娘的身上。

江辞舟愠怒而起：“怎么回事？”

梅娘连拍了几下衣裳，她这样的人，哪值得玄鹰司都虞侯动气，连声道：“虞侯莫怒，是奴家不小心，奴家回去换了就是。”

江辞舟却道：“你是小何大人带来的人，倘怠慢了，反是我的不是。”

江辞舟看向自己身后侍立着的玄鹰卫，顺手一点青唯：“你过来，带梅娘去隔间换身干净衣裳。”

青唯应声而出，很快把梅娘带到隔间。她没有立刻表明身份，拿干净衣裳让梅娘换了，然后才揭开帷帽：“梅娘，是我。”

紫红色的斑纹覆在左眼之上，与那日精致、秀丽的女子判若两人。梅娘几乎是凭声音才认出她来：“你是……薛官人的那位小友？”

青唯意识到梅娘还不知道自己的名字，说道：“您称呼我阿野就好。”

江辞舟与扶冬还在外间说话，青唯单刀直入：“长话短说，您确定薛叔来上京城以后，跟您打听的酒馆是折枝居？”

梅娘点了点头：“我确定。他来上京城以后，行踪一直隐秘，连我的莳芳阁都不肯多留，后来却忽然出现在东来顺，在那儿附近被捕，如今回过头想想，或许他当时真正想去的地方是折枝居。”

青唯问：“您后来可曾去过折枝居？”

“去过，不过我那时以为薛官人只是想尝尝折枝居的酒，买了酒就离开了。”梅娘说着，仔细回忆了一番，说道，“我记得那家酒馆的掌柜是个遮着脸的寡妇，听声音应该十分年轻。”

青唯点点头，梅娘说的与她打听到的别无二致。她紧接着问：“折枝居没人了，你可知道？”

“没人了？你的意思是，那家酒馆关张了？”梅娘愕然道，“这怎么会？”

这十来日时间，梅娘先是被关在铜窖子，然后又被送去祝宁庄，早已与外界隔绝多时，便是听说折枝居关张，也不该如此意外。青唯感觉她的反应有异，说道：“不仅关了，而且人去楼空，我去里头看过，连酒都不剩一壶。有什么不对劲的地方吗？”

梅娘紧蹙眉心，斩钉截铁地道：“不可能，我昨日还在祝宁庄瞧见折枝居的酒，一闻便知是新酿的。那酒我尝过，有一股异香，很好辨认。折枝居如果没了，祝宁庄的酒从哪里……”

梅娘的话未说完，她便与青唯一块儿愣住了。是啊，折枝居没了，祝宁庄的酒从哪里来？

隐约之间，有一个念头在青唯的心中浮起——假设会酿这种香酒的只有折枝居的寡妇，祝宁庄出现新酿的香酒，是不是说明，这个寡妇眼下正在祝宁庄中？

祝宁庄近日，除了莳芳阁的妓子，新到了什么其他人吗？

正在这时，外间传来江辞舟与扶冬说笑的声音：“那日尝了扶冬姑娘的秋露白，心中思之不忘，扶冬姑娘今日过来，怎么没顺带捎上几坛，不吃上一盅，始终觉得少了些什么。”

扶冬：“奴家一个人一双手，哪酿得了那许多酒？江公子想吃，改日到庄子上来寻奴家便是，奴家一定亲手存上几坛，只管等着公子……”

青唯听着，刚才的念头渐渐清晰起来——寡妇貌美，扶冬正是祝宁庄的花魁；寡妇十来日前消失，扶冬正是近日新到何鸿云的庄子上；寡妇酿的酒有一股异香，那日江辞舟醉酒夜归，蒙眬间也说，扶冬的秋露白带异香。种种迹象证明，折枝居消失的寡妇，正是扶冬！

青唯一念及此，心中立刻泛起寒意。薛长兴投崖前，嘱托她查清洗襟台坍塌的真相，她为了寻找线索，找到了梅娘，误入何鸿云的祝宁庄，梅娘为她指路折枝居，折枝居的寡妇却莫名其妙地消失了，摇身一变，成了祝宁庄的花魁。

这世间哪有这样的巧合的事？

青唯如坠浓雾间，周身覆有砭骨之寒。她强迫自己冷静下来，有些事情表面看起来如一团乱麻，然而只要找到其中的关窍，必能迎刃而解。那么从梅娘，到折枝居，再到扶冬，能把他们串联起来的关窍在哪里呢？

青唯的脑海中一个念头闪过——薛长兴！

梅娘被抓进铜窖子里，正是因为薛长兴；而薛长兴来到上京城，正是为了寻找折枝居的扶冬。眼下薛长兴消失，梅娘与扶冬却一起出现在何鸿云的庄子上，这不可能是意外。

而将这些巧合拼凑起来的何鸿云，一定是有意为之。换言之，何鸿云的目的或许自始至终都不是为祝宁庄招揽妓子。他先雇用扶冬，再问江辞舟讨要梅娘，或许都与薛长兴有关。

何鸿云为什么要找薛长兴？他和洗襟台的案子，有什么关系吗？

青唯看向梅娘："何鸿云把你招去祝宁庄，这事不简单，恐怕和薛叔有关，你……"

"阿野姑娘不必为我担心。"梅娘似乎明白青唯想说什么，温和地笑道，"我半生沦落风尘，当年若不是得薛官人相救，这条命早该没了。薛官人想要做什么，我很清楚，在决定帮他的那一刻，便知是至死方休。"

青唯闻言，心中感佩，但时间紧迫，她不宜与梅娘多说，思忖一番，也不敢轻易做出承诺，只道："若我能想到法子，一定试着救你。"

两个人很快离开隔间，梅娘移步到江辞舟跟前："多谢江公子，奴家的衣裳已经换好了。"

江辞舟似乎没留意她，目光仍在扶冬的身上："怎么办？没有扶冬姑娘的酒，我这嘴里缺滋少味儿的，待会儿摘起花来都不美了，不如扶冬姑娘帮我去问问小何大人，能否派人回庄子上取一坛送过来，我就等在这里，多晚都候着。"

"这……"扶冬似乎有些犹豫，片刻后，点了点头，"好，那奴家问问四公子去。"说着，她带上妓子们一起退出去了。

门一掩上，青唯稍微停顿了片刻，说道："这个扶冬她——"

"她是何鸿云留在这里的线人，专门盯梢你跟梅娘的。"江辞舟回过身，看向青唯。事出紧急，他出乎意料地开门见山。

青唯愕然：“你知道？”她随即反应过来，“你是故意留下扶冬的？”

江辞舟道：“何鸿云这个人不是善茬，朝天闯了扶夏馆，这事就不可能善了，兼之……”江辞舟说着，看了一脸迷糊的朝天一眼，“他情急之下把过失扣给你，你又是我新娶的娘子，何鸿云更不会善罢甘休。他如果紧咬不放，周旋起来太耗精力，不如由着扶冬瞧出你与梅娘的蹊跷，做个了结也好。”

江辞舟这话说得直白，青唯也听得明白。他们二人前两日还在打哑谜试机锋，眼下危急关头，彼此只好捅破窗户纸，暂不能掩藏了。

“何况，”江辞舟停顿了一下，“你以为他就不曾怀疑我？”

青唯一听这话，愣了一下。是了，她当日在祝宁庄劫持江辞舟，有个名叫邹平的，竟不顾江辞舟的安危，下令底下的巡卫放了弩箭。眼下想想，这个邹平不过区区一名校尉，在小何大人的庄子上，若不是被默许，如何干得出威胁玄鹰司都虞侯性命的事？

曹昆德说，江辞舟凭借恩荫坐上玄鹰司都虞侯的位置，引得朝中不少人对他的身份起疑。

何鸿云这个人看似平和，实则敏锐至极，生疑才在情理之中。所以他任由邹平放箭，正是想要一试江辞舟的真正身份？

青唯不知道江辞舟派朝天探扶夏馆的目的是什么。她甚至无法确定江辞舟究竟是谁，想做什么。但她知道，在对付何鸿云这一点上，他们的目标暂且是一致的。思及此，她立刻问：“你打算怎么办？”

江辞舟道：“如果无法让他罢手，那就让他不敢再动手。”

青唯暗自思忖一番，问道：“你的意思是，将计就计？”

江辞舟笑了笑：“娘子伶俐，一点就透。”

扶冬离开竹舍，四下没寻着何鸿云，倒是在风雅涧的院门口瞧见何鸿云的扈从刘阊：“敢问刘护卫，四公子还没回来吗？”

刘阊道：“想是还在小章大人的青玉案，你有什么事吗？”

扶冬：“江公子称想吃奴家酿的酒，愿派人去庄子上取，多晚都等，奴家想请示四公子。”

刘阊想了想，颔首道：“那你随我去青玉案禀明四公子。”

刘阊领着扶冬离开风雅涧，到了青玉案门前。刘阊只是暂停一下，并没有往里去，而是沿着翠竹林中的岔路口去另一个院子。

何鸿云正在院子中的小亭里歇息，他的身边站着的人正是邹平。

邹平一脸愤愤不平的表情，他刚才在章庭那里碰了一鼻子灰，章庭这个人，与他结交的才子、寒士一副德行，自恃才高，谁的面子也不给。

刘阊引着扶冬过去，拜道：“四公子。”

何鸿云感到有些疲惫，伸手揉着眉心，没有睁开眼睛：“怎么样？”

扶冬屈了屈膝，轻声道：“回四公子，江公子与他身边的下人看上去并无异样，但是中途有一名下人不慎洒了汤水在梅娘的身上，被一名玄鹰卫带去隔间换了衣裳。”

何鸿云：“什么样的玄鹰卫？”

扶冬摇头：“戴着帷帽，奴家瞧不清那人的样貌。”

又是一个戴着帷帽的。江辞舟的那位少夫人，不也常戴着帷帽？他今日带梅娘过来，就是为了试一试江家的这位少夫人。眼下来看，那个潜入祝宁庄的女贼，倒真像是她。

邹平俯身在一旁献计道：“小何大人，照卑职看，不如立刻设计把那个女贼揪出来。”

何鸿云问：“你的人手已经埋伏好了？”

邹平：“埋伏好了，都藏在死胡同里，照小何大人的吩咐，都穿着黑衣，只装作寻常贼人。”

何鸿云：“没带弓弩吧？”

邹平：“这等暴露身份的兵器，卑职早吩咐他们收起来了。”

巡检司的巡卫通常是不配弩的，但邹平的情况有点儿特殊，他的父亲是卫尉寺卿。卫尉寺这个衙门，专管兵器、火药。他恩荫做官，下头无人可领。兵部那头图省事，从卫尉寺里拨了点儿人手给他，此事原本不合规矩，但朝廷办差嘛，只要明面上过得去，有些事睁一只眼闭一只眼便罢。

何鸿云问刘閶："那个女贼的功夫厉害得紧，你请的杀手都到了吧？"

刘閶："回四公子，早就埋伏好了。"

"好。"何鸿云道，"到时候速战速决，不要惊动旁人。"

何鸿云吩咐扶冬："你去告诉江辞舟，说你其实是折枝居的掌柜的，在折枝居院子中的树下埋了坛酒，让他跟你去取。"

扶冬听了这话，却有些犹豫："可是四公子也说了，江公子这个人，并没有看上去那么简单，恐怕未必愿意跟奴家去折枝居。"

何鸿云道："怕什么？他若真是江辞舟，美色当前，还能不跟着你去？他若不是江辞舟，这么费尽心机地接近你，绝不可能放过这个机会。你只管把藏酒的事告诉他，到时胡同里闹起来，你只当是进了贼，躲起来便是。"

第九章

前尘梦魇

不一会儿，竹舍外响起叩门声，扶冬柔媚的声音隔着门扉传来："江公子，是奴家。"

江辞舟让德荣给她开了门，问道："怎么说，有酒吗？"

扶冬柔柔地一笑，也不回话，径直坐到江辞舟的身边，掩手凑到他的耳畔，低语了几句。

江辞舟听着听着，唇边噙起轻笑："还有这等好事？"

扶冬声若银铃："是啊，江公子来吗？"

江辞舟起身，吩咐道："德荣，带上食盒，去装扶冬姑娘的新酿。"他握着翠竹扇比了个"请"的姿势，"那就烦请扶冬姑娘引路了。"

戌末，天早就暗透了，但是东来顺附近还很热闹。江辞舟等人一路跟着扶冬拐进沿河大街的岔口，到得折枝居跟前，只觉得这里隔绝了喧哗声，胡同里安静得古怪。

"就是这里了。"扶冬任朝天劈开铜锁，把门推开。

折枝居的小院青唯前几日来过，里头除了一个干涸的大水缸，什么都没有，可今日这个院子中的酒气比此前浓了许多，间或有阵阵馥郁的桂花香，简直诡异至极。

青唯屏住呼吸，四下望去，天太黑了，火把的光只照亮一小块地方，恶人都蛰伏在暗处，什么都看不见。

扶冬从铺子里取了一把小铲子，在院中的老槐树下挖出一坛酒，递给江辞舟："江公子。"

她的身姿一半掩在黑暗中，一半暴露在火光里，手中捧着一坛酒，显得柔美而热情，定力不好的，还未吃上一盅，人就该醉了。

江辞舟笑了笑，伸手去接酒，指尖还没触碰到坛身，暗夜中，忽然亮起一道雪光。

“公子当心！”朝天高喝一声，闪身到江辞舟的身前。江辞舟刚撤回手，只见一道飞刃当空掠过，径直击穿酒坛。

酒坛“啪”的一声碎裂在地，几乎是同时，十几个身穿黑衣的蒙面人从院墙上、铺楼顶跃下，朝江辞舟等人扑袭而来。

朝天早有防备，立刻拔刀而上。青唯的手在腰间一翻，倒抽云头刀，她回身横斩，将从铺门赶来的蒙面人一刀逼退。

祁铭等三名玄鹰卫护在江辞舟与德荣的周围，他们是从殿前司调过来的武卫，功夫本来就不错，加上朝廷的兵马训练有素，三人成阵，足以应付院子中攻来的蒙面人。

青唯见他们游刃有余，四下一望，见扶冬还瑟缩着躲在槐树后，当即提刀过去，一把握住她的手，保护她到院子中干涸的水缸里，叮嘱道：“你在这里躲好，待会儿我有事问——”

话未说完，忽然听身后的江辞舟低声提醒：“当心！”

青唯的耳朵微微一动，她尚未回头，刀身在身侧挽了个花儿，变刀为匕，刀背紧贴着手臂，朝后一个纵刺，贯穿偷袭杀手的胸膛。

青唯回头看去，原来正是她这一分神的工夫，院子中除了蒙面人，竟然又出现十几个身穿黑衣的杀手。

所谓杀手与一般的武者不同，他们可能功夫平平，但招招式式尽是杀机，他们总是蛰伏在暗处，一旦找准时机，甚至可以不顾自身安危以命换命。这样的杀手又被称为死士，哪怕是功夫再高的人，遇到他们，一个不慎也可能命丧黄泉。

十几个杀手目标明确，一起扑向青唯。青唯暗自一惊，立刻后撤。

“祁铭。”江辞舟唤道。

祁铭：“虞侯？”

江辞舟：“我这里无事，去帮她。”

祁铭立刻应“是”，带着两名玄鹰卫飞奔过去，与此同时，朝天逼退身边的蒙面人，也提着刀赶过来。

然而何鸿云雇的杀手竟然不止这几个，很快一批新的杀手拥入院中，越过祁铭的防卫，扑向青唯。

四面刀刃加身，青唯纵跃而起，云头刀脱手掷出，扎入最前头杀手的大腿。青唯落地，拔出的刀带出一道血光，上前一脚踩折杀手的脖子。

然而杀手解决了一个，后头还有无数个。青唯连连后退，江辞舟见状，立刻迎上前去，伸手扶住她的腰身。青唯借着这一股支撑力，仰身倒下，避开杀手新一轮的攻势，然后挺身而起，变守为攻，挥刀迎上杀手，顺道还说了声：“多谢。”

江辞舟没吱声，收手负于身后。指间残留着余温。他们成亲数日，她的身形始终掩藏在宽大的衣袍之下，他刚才在斗篷下扶住她，才知那腰身居然不盈一握，柔韧又有力。

杀手们无孔不入，简直像陋室里的耗子。青唯觉得冤枉，闯扶夏馆的人又不是她，忍不住回头问江辞舟：“你对何鸿云做什么了？他这么恨我？”

江辞舟道：“娘子是在见缝插针地套我的话？”

青唯懒得跟他打机锋：“你不出手？”

江辞舟道：“娘子看我像会功夫的人吗？”

江辞舟会不会功夫她不知道，此前确实听德荣说过，江辞舟在洗襟台下受过伤，身上留有旧伤。

舍不得孩子套不着狼，今夜想要事成，必须在刀锋上蹚过一遭，青唯正想辙，只听江辞舟在后头道：“娘子平日里不是用刀的吧，怎么不用自己的兵器？”她的兵器是软玉剑，不能用，一用身份就败露了。

青唯不知道江辞舟是否又在试探自己，只敷衍着道：“没银子，你给我打把兵器？”

江辞舟道：“朝天，听到了吗？把你的刀给她。”

朝天的头皮一麻，事到如今他算瞧明白了，那夜他在祝宁庄遇到的女贼正是少夫人。他把闯扶夏馆的过失扣在青唯的身上，被喂了一碗馊了的鱼来鲜，又被扔了新刀，实属不冤。

可新刀到手中还没用上几日，朝天心疼得紧，闷声劈砍，只觉得多用一会儿是一会儿，没准儿一会儿就被青唯抢走了，一时间竟把大半杀手逼到酒馆之外。

青唯借机撤回江辞舟的身边："扇子借我一用。"

江辞舟一笑，递给她："拿去。"

青唯没有伸手来接，将扇子套在云头刀尖，回旋展开，随后往地上狠狠一戳，扇柄下方的折合处立刻崩断，散开的竹篾扇骨被刀刃抛向高空。青唯伸手凌空揽过，将竹篾片通通拢于掌中，随后伸手一掷，竹篾如飞刃，一刹那间，击退余下的杀手。

江辞舟有些讶异："娘子好俊俏的身手。"

他这把扇子名贵，扇骨虽然毁了，翡翠扇坠子还落在地上。青唯随手用刀尖一挑，将扇坠子收入怀中，问江辞舟："你不是说要将计就计？打这么久了，事情早该闹大了，怎么没见东来顺那个吃席的小章大人过来？"

江辞舟也觉得时候差不多了，唤道："祁铭。"

祁铭："在。"

江辞舟："去高处看看。"

祁铭的个头高，轻功也好，闻声在朝天等人的掩护下跃上酒馆的楼顶，展目一望，当即蹙起了眉头。他跃下房顶，来到江辞舟的身边："虞侯，小章大人还有跟他一起吃席的士子已经被这边的动静引过来了，但是邹平让巡检司把他们拦在岔路口外头。"

德荣思忖一番，说道："公子挑在小章大人摆席的同一天摆酒，那个小何大人勘破玄机，早做了防备，恐怕邹平眼下只称是巷子里进了贼，并不让他们进来。"

祁铭也道："邹平的巡卫扮作贼人，一没配弩，又躲在杀手的身后，无法活捉。虞侯，如果不能让邹平坐实暗杀您的罪责，今夜的工夫恐怕就白费了，小何大人必是算准您会赴约，才出此下策的。"

青唯听他们说完，心中暗道不好，她知道何鸿云这个人不是善茬，没承想这么难对付。青唯回头问江辞舟："眼下怎么办？"

江辞舟的语气如常："德荣，我让你准备的火药呢？"

"在呢。"德荣说着，从手边的食盒里取出一小捆桐木扎，下头连着一根引绳，正是火药。德荣道："可是公子，我们出不去啊，外头都是杀手，巡检司的那帮人又拦在岔路口看戏，这火药就算炸了，也炸不到巡检司头上。"

"看戏不是正好？"江辞舟道，"谁说让你炸外头了，往这儿炸。"

德荣："这儿？"

江辞舟："别忘了，这个邹平的父亲，是卫尉寺卿。"

德荣还没明白，青唯已经先一步反应过来。卫尉寺是专管兵器、火药的衙门，而火药这样的管制之物，寻常人难以获得，如果出现意外，头一个被怀疑的就是卫尉寺。邹平的巡卫今夜经何鸿云的提醒，没有配弩，这不要紧，他们是兵部闭着眼睛从卫尉寺调出来的，接触到军库里的火药一点儿不难。自然单凭火药，要怀疑到邹平的身上还有些牵强，可是此前在何鸿云的庄子上，邹平已经让身边的巡卫放箭射杀过江辞舟一回，眼下他的巡检司又恰好堵在岔路口，如此一而再，再而三，火药一炸，前面的射杀就变成了有意为之，他想要赖过去便不可能了。

邹平凡事听命于何鸿云，邹平被坐实伏杀玄鹰司都虞侯的大罪，何鸿云就算能明面上洗脱关系，一时之间也不敢轻举妄动了。怪不得江辞舟说，他要让何鸿云不得不罢手。

德荣还在深思。青唯上前一步，一把夺过火药，问江辞舟："扔哪儿？"

江辞舟看向一旁两层高的酒馆，青唯点了点头。

顷刻之间，又有杀手冲入院子中。青唯高声道："祁铭，帮我断后！朝天，去门口，准备开路！"

朝天立刻答应"是"，身形一下子暴起，径直杀向折枝居的大门。

青唯的身法极快，她冲入酒馆中，取出怀里的火折子，引燃火绳，退出来时顺便从水缸里拎出来躲在里头的扶冬，携着她往门口奔去："快走！"

兵戈交织声中，隐约混杂着一丝"刺啦"声，空气里浮起一股呛人的烟味。

刚才青唯冲入酒馆，杀手们没瞧清她的手里拿了什么，直到闻到这股烟味，才知道大事不好，一时间或翻墙，或跃舍，纷纷逃出酒馆。

江辞舟一直在门口等青唯，直到看到她携着扶冬出来，拽了她的手，带着她快步往外走。

离火药引燃还有一瞬间。就在这一刻，变故发生了。暗夜中，亮起一道清光，一直跟在青唯身后的扶冬忽然自袖囊里摸出一支玉簪，举簪就向青唯的脖子刺去。

江辞舟只觉得眼角的寒光微闪，他先一步回头，伸手抓住扶冬的手腕，反手一折，震落玉簪。

玉簪落地，碎落成片。青唯的目光落在簪身上，她大惊——这支玉簪与薛长兴留给她的那支双飞燕玉簪一模一样。

扶冬见玉簪碎裂，脸色大变，立刻弯腰去捡，然而青唯却比她快一步，将玉簪捡起来。

正在这时，只闻一声轰鸣巨响，夜色中火光冲天而起，一股股热浪裹着砂石、尘土，朝他们席卷而来。只因为耽搁了一瞬间，他们没有及时撤离，离酒馆实在太近了。

青唯被巨响震得脑中一片空白，等反应过来，才发现自己竟然已经倒在地上，趴在……江辞舟的怀里。青唯愣了一下，她从未与人有过这样近的接触，而男人的胸膛温热，让她觉得万分不自在。她不由得抬头，对上江辞舟的目光。

江辞舟的身后是冲天的火光，而他的目光沉静如水，就好像成亲那天，江辞舟刚掀了她的盖头，看到是她时一样。

“你……”青唯一时间竟说不出话来，觉得莫名其妙，觉得江辞舟似乎不应该这样看着她。

江辞舟沉默了一下，撤开环在她腰间的手：“你没事吧？”

青唯摇了摇头，问：“你呢？”

江辞舟道：“我还好。”

青唯心中的困惑难解，她想了想，还是问出口：“你刚才……”

“我的扇坠子还在吧？”不等青唯说完，江辞舟便打断道，“这是我母亲留给我的，很重要。”

青唯又愣了一下，原来江辞舟刚才保护她，是为了这个？青唯点了点头，站起身，将扇坠子从怀中取出来，递给他：“多谢，可惜毁了你的扇子，改日赔你把新的。”

江辞舟看着青唯。平日只见她做事利落，雷厉风行，刚才形势那般危急，她还想着要把扶冬救出来，可见内心实在是难得的善良。

江辞舟接过扇坠子，正要说不用赔，青唯已经回过头，面无表情地把扶冬从地上拎起来，揪着扶冬的胳膊，把扶冬连拖数步，往墙上一抵，反手扼住扶冬的喉咙：“我问一句，你答一句，敢打一句马虎眼，我拧断你的脖子！”

江辞舟：“……”

扶冬惊恐地看着青唯，刚才火药爆炸，砂石擦过她的面颊，她受了伤，不敢抬手去抹，顺从地点了点头。

青唯道：“为什么想杀我？”

扶冬迟疑了一下，低声道：“四公子说，你是闯扶夏馆的女贼，不能放过你。我为四公子做事，有了机会，自然要杀你。”

青唯冷笑一声，根本不相信她：“就凭你？”她没有在这个问题上多纠缠，手掌摊开，露出刚才捡到的玉簪，“你的簪子哪儿来的？”

玉簪断成三截，簪头的双飞燕缺了一只翅膀。扶冬见到，立刻说道：“还给我！”

青唯的掌心一合，她收紧扼在扶冬喉咙间的手：“回答我的问题。”

扶冬几乎要被她勒得喘不过气来，艰难地道：“这支玉簪本来就是我的！”

青唯听了这话，心中感到十分困惑。她本想与扶冬周旋，可眼下巡检司撤离胡同口，章庭一行人就要赶来，她必须尽快问出结果。她犹豫了一下，侧过身，遮挡住江辞舟等人的视线，从腰囊里翻出一物：“那我这支是怎么回事？”青唯手里的玉簪，正是薛长兴留给她的那支，与扶冬用来刺杀她的一模一样。

扶冬的脸色大变：“你怎么会有这支簪子？”她又急忙问道，“你……你是在哪儿找到它的？”

酒馆里火光灼灼，将周遭照得如白昼一般。青唯仔细打量着扶冬，她目光里的错愕与急切不像是装出来的。这么说，这支双飞燕玉簪果真是她的？薛长兴冒死来上京城，当真是为了找她？

青唯试探着问："薛长兴，你认识吗？"

扶冬愣了一下："薛长兴是谁？"

不等青唯回答，她又焦急地道："姑娘，求你告诉我，这支玉簪对我很重要，你究竟是在哪里找到的？"

青唯正欲回答，只听那头的江辞舟唤了声"娘子"。青唯回头一看，何鸿云一行人已经往胡同这里寻过来了。

青唯道："最后一个问题，洗襟台和你有关系吗？"

扶冬听了这个问题，目光中的急切转为惊诧。她犹豫了一下，语气中的防备与敌意竟然散了许多，问道："姑娘究竟是什么人？"一时听见从巷口传来越来越近的脚步声，她又道："姑娘，我来上京城，正是为了那座洗襟台，姑娘手里既然有这支玉簪，想必你我是友非敌。今夜事出突然，无法与姑娘说太多，姑娘相信我，待改日寻到机会，我一定再来找姑娘。"

扶冬的语气诚挚至极，青唯听后，却不敢就这么信了。青唯细细思索，眼下除了放了扶冬也别无他法，章庭与何鸿云一行人都到了，她总不能当着人的面灭口吧。青唯松开扼在扶冬喉咙间的手。

扶冬的身上有伤，火药爆炸溅了她一身尘土，她见何鸿云过来，很快落了几滴泪。她拢住衣衫，低头快步朝何鸿云走去，楚楚可怜地唤了声："四公子……"

何鸿云没理她，反而大步来到江辞舟的跟前，惊讶地道："子陵，你怎么会在这儿？我听说此处招了贼，正四处寻你呢。"

江辞舟尚未回答，只听后方响起漠然的一声："怎么样了？"

青唯抬头看去，一干士子当中，站着一个身穿襕衫、气度威严之人。他长着一双飞眉，双目狭长，虽然不失俊朗，但因为颧骨太高，乍看上去有些孤冷。周遭的众人都以他马首是瞻，站在他跟前回话的居然是京兆府的推官。

"回小章大人，下官已经初步查清，胡同尽头的酒馆叫折枝居，刚才江虞侯在里面，后来有贼人闯入，大概……"推官抬袖擦了把汗，十分惶恐，"大概意图伏杀虞侯……”

青唯了悟，原来问话之人就是传闻中的小章大人。章庭与何鸿云齐名，乃当朝年轻一辈中的翘楚。他出身章氏名门，父亲章鹤书官拜知枢密院事，妹妹章元嘉更是贵为当今皇后。章庭比何鸿云还要小一岁，论官职与实权，比何鸿云还要高一些，年纪轻轻已经位居大理寺少卿。

上京城为防火患，重要的街巷间往往设有望火楼，刚才火光冲天而起，很快便有潜火队赶来。

章庭等一行人离开巷口，任潜火兵抬着唧筒、麻搭进去灭火，转头继续问推官：“查清是谁伏杀虞侯了吗？”

“尚没有。”推官支吾着道，“只知道是早有预谋，杀手都穿着黑衣，而且……”

章庭：“而且什么？”

推官又抬起袖子擦汗：“而且看样子像是死士，能跑的全跑了，留下的一个活口也没有，后槽牙里藏了毒药，全死了，加之折枝居里硝烟阵阵，应该是炸了火药，巡检司的人也没法追……”

在场的诸人都长了耳朵，刚才听到那一声巨响，都猜到是火药爆炸了，推官的这句话一说出来，一众人等都把目光投向邹平。

邹平素日里便傲慢，沉不住气，此刻更是没能稳住，先急了：“看我做什么？这……这火药与我没有任何关系！”

这话一说出来，何鸿云不着痕迹地皱了下眉。

跟着章庭的士子中，立刻有人笑出声来：“怪事，又没人说是邹校尉，邹校尉这么急着否认做什么？”

“是啊，莫不是做贼心虚？刚才胡同里那么大动静，你底下的巡卫非说只是进了贼，不让人进去瞧，眼下是怎么着？又变成伏杀朝廷命官的大案了？邹校尉的巡卫究竟是没长眼，把杀手错看成窃贼，还是贼喊捉贼呢？”

这话已经是在怀疑邹平的意思。

章庭听后，似乎并没有往心里去，而是问江辞舟：“听闻江虞侯今夜在东来顺摆席，可否告知为何又会出现在折枝居呢？”

江辞舟道：“我是在东来顺摆席，酒席吃到一半，想念扶冬姑娘的酒了，听闻扶冬姑娘曾经是折枝居的掌柜，在酒馆的树下还埋了一坛酒，跟着过来取酒，遇到了伏杀。”

章庭又问：“伏杀虞侯的大概有多少人？虞侯近日可有得罪什么人，或是与什么人起过冲突？”

“人数记不清了，待会儿小章大人可以问问我身边的护卫，至于近来得罪了谁嘛……”江辞舟思索着，随后笑了笑，“看不惯我的人多了去了，我哪能个个都记着，冲突嘛，似乎并没有……”

“怎么没有？”江辞舟的话未说完，便被曲茂打断。他与江辞舟酒肉声色，一向最为投契，一直将江辞舟引为知己，今夜见江辞舟遭伏杀，他心中不忿，早有猜测，指着邹平道：“此前小何大人的庄子上进贼，子陵被那个贼人挟持，邹怀忠不顾子陵的安危，竟然命令身边的巡卫放箭！事后狡辩说自己的巡卫乃卫尉寺弩箭库出身，放箭极有准头，不会伤了子陵，当时我还相信了，眼下想想，万一那个贼人凶狠，拿子陵挡了箭呢？邹怀忠的巡卫莫非这般神通广大，连贼人是否会拿人质挡箭都能预料到？”

曲茂越说越愤慨，越说越觉得自己的猜测没有错：“巡检司本来就不该配弩，自从他升了官，带着巡卫成日里招摇过市，他的这几个巡卫，谁不知道是从他父亲的衙门里出来的？卫尉寺是干什么的？管的就是兵器、火药！既然配了弩，如何不能拿火药？刚才还拼命地让巡检司拦着胡同口不让人进，我看他正是想置子陵于死地！”

今夜无论是江辞舟还是章庭都宴请了不少人，其中前几日去过何鸿云的庄子上的人也不少，曲茂这么一说，在场的诸人都想起来了——

江辞舟与邹平近日都是恩荫当官，邹平是巡检司校尉，江辞舟却高居玄鹰司都虞侯，官衔比邹平高出不少。不患寡而患不均，邹平的家世还比江辞舟好一些，他气不过江辞舟的官位比自己高，只觉得是江家趋炎附势，这一点他对不少人都说过。

再者，当日在何鸿云的庄子上，邹平瞧上了扶冬，还因为扶冬跟江辞舟起过争执，这件事许多人也记得，争风吃醋嘛，原本也没什么，然而联想到今日发生的种种，扶冬赴了江辞舟的宴，还暗自邀请他去折枝居。邹平看不过眼，一不做二不休，下了狠手，一切就说得过去了。

邹平自然知道今夜折枝居的伏杀是何人安排，却没想到事态竟然发展成了这样。他平日唯何鸿云马首是瞻，而章庭跟何鸿云最不对付，眼下小章大人在此，只怕是恨不得能捉住他的把柄，曲茂这么说下去，他都要觉得自己是元凶了。

伏杀当朝命官，这是什么罪名？

邹平的脸色一下子变得惨白，一双粗眉成了倒八字，他喊冤道："不是我，当真不是我……"

已经是深夜，在场的除了士子，就是贵胄子弟，这么大的案子，不是在这儿分说三两句就能辨析分明的，何况既然有朝廷命官牵涉在内，这个案子究竟要怎么审，谁来审，章庭虽然贵为大理寺少卿，也不敢下定论。

章庭没说什么，见前方火势式微，问胡同里出来的一名捕头："火灭了？"

"回小章大人，快灭干净了。"

捕头举着火把，正站在江辞舟的附近。何鸿云借着火光，似乎才瞧见江辞舟身后的青唯，惊讶地张了张嘴："这不是弟妹吗？弟妹怎么会在这里？"他上下打量了青唯一眼，再次诧异地道，"弟妹怎么穿着一身夜行衣？"

青唯的帷帽早在刚才打斗时掉了，她出来时也没遮着脸，何况就算她把脸遮住了，何鸿云知道她在这里，章庭要审案子，何鸿云迟早会拆穿她，要是当场被揭穿身份，岂非此地无银三百两，还不如就这么把脸露着。

何鸿云这话一出，章庭的目光立刻落在青唯的身上。片刻后，他又看向同样穿着黑衣的祁铭等人，认出他们是新近调任的玄鹰卫，声音冷冷地道："玄鹰卫乃天子近卫，虞侯把他们当自己的护卫用，不妥吧？"

江辞舟一笑："是不妥，今日几个手下休沐，被我招来使唤，多谢小章大人提醒，回头我写份请罪帖呈交御前。"

何鸿云道："兰若未免太严苛了，说到底此事全赖我，此前我的庄子上进贼，子陵险遭劫杀，近日身边多带几个护卫，应该的嘛！"他说着，停顿了一下，"就是子陵带着玄鹰卫倒也罢了，怎么竟然让弟妹也扮作玄鹰卫跟在身边？若是再遇到了贼人，伤到了弟妹，可怎么办才好？”

青唯一听这话，心下立刻一凛。何鸿云哪里是在关心她？他分明是在引着章庭去深思自己扮作玄鹰卫这件事！一旦章庭往这个方向追查，继而变作寻找何鸿云庄子上出现的女贼，邹平这个案子的重点就全变了。不愧是小何大人，一招四两拨千斤，用得出神入化。

青唯心道不好，她眼下必须找到借口，合理地解释她今夜扮作玄鹰卫出现在这里。青唯正想着，不由得看向江辞舟，江辞舟也正回头望向她。两个人的目光一对上，一个念头立刻在青唯的心底生起。

片刻后，江辞舟伸手过来，要牵青唯的手：“娘子。”

青唯低头不语，把江辞舟的手甩开。

江辞舟又道：“娘子，别闹了……”

青唯不看江辞舟：“你不是说只是请客吃席吗？眼下这算什么？吃席吃到带人去折枝居了？”她冷笑一声，“要不是我偷偷跟来，竟然没发现你背着我偷腥。”

江辞舟：“娘子，你听我说，确实是席上少了酒，我才跟着扶冬姑娘来折枝居取酒……”

“你觉得我会相信？”青唯转头盯着江辞舟，声音冷冷地道，“你前几日去那个什么庄子，便瞧上了一个花魁，今夜摆酒也是为她，你以为能瞒住我？”

江辞舟张了张嘴，露出十分诧异的表情，竟像是不解青唯为何会知道自己的行踪。

被自家娘子当着人揭穿，江辞舟十分不快，思来想去，沉声道：“朝天，是你跟娘子告我的黑状？”

朝天目瞪口呆地道：“少爷，我没——”

“亏我此前可怜你没有一把称手的兵器，自掏腰包给你打了把新刀，没想到你竟然是这等吃里爬外的东西！”他恼怒地道，“刀呢？”

朝天：“少爷？”

江辞舟：“我问你，刀呢？”

朝天颤巍巍地从腰间解下新刀，递给江辞舟。

江辞舟接过来，“啪”的一声砸在地上：“利器在庸人之手，扔了也罢！”

朝天后退两步，心几乎要裂成两半。

青唯不甘示弱：“你做错了事，怪什么朝天？要不是你收不住心，我何至于找到祁铭，让他带我整日跟着你？上回你去什么庄子，说要给我带‘鱼来鲜’。‘鱼来鲜’拿回来，早都馊了，这次来东来顺又说要给我带什么烧鹅，烧鹅呢？”她四下一看，目光落在德荣刚才装火药的食盒上，夺过来，一并往地上砸了，毁尸灭迹，“烧鹅呢？我看你的心早不知道飘到哪枝花上去了！”

“上回？”江辞舟见青唯砸了食盒，火气也涌上来了，负手来回快走几步，“你还有脸提上回？上回我不过是去朋友的庄子上吃个酒，要不是你进宫阴阳怪气地跟太后告状，我何至于受父亲一通训斥？”

青唯道：“太后与公公护着我，说明我有理，你不知悔改，变本加厉，倒还怪起我来了。父亲让你收敛心性，潜心上进，你收敛了吗？”

江辞舟：“旁人娶了新妇，只道是新婚如蜜，如胶似漆，我看我娶了你，简直是找罪受！”

青唯：“你以为我嫁过来便很痛快吗？”

“你——”江辞舟怒不可遏，一甩袖袍，“罢了，过得了便过，过不了便和——”

“和离”二字未出口，江辞舟一把被曲茂拽住，打断江辞舟道：“和气生财，和气生财。”他把江辞舟拉到一旁，悄声道：“这才成亲几日，你就说‘和离’，你想成为全上京的笑柄吗？”他又劝说道，“不过一个妇人，还能骑到你的头上去？瞧得顺眼便过，要是不顺眼，晾着她，以后她慢慢就习惯了。你堂堂玄鹰司都虞侯，还担心日后不能在后宅里开个花圃吗？”

江辞舟犹自气愤：“可我就是气不过，她凭什么这么管着我……”

曲茂又是好一通规劝。

两个人当街大吵一场，各自站在一边，互相不看对方。

章庭倒也听明白了，原来江辞舟日前去何鸿云的庄子上胡闹，被夫人抓住了把柄，然后他的夫人不但在太后面前告了一状，还因为不放心他，扮成护卫出来看他连日吃酒、摆宴，究竟在做什么。

江辞舟让玄鹰卫保护自己，虽然有假公济私之嫌，但……祁铭等人休沐不提，这件事归根结底是家事，他反倒不好插手了。

夜已深，几个人各执一词，审也审不出个结果，章庭见在场的嫌犯除了邹平都是平头百姓，对一旁的推官道："京兆府，你将扶冬及东来顺的掌柜等几个人带回府衙，暂时关押起来，待本官奏明朝廷，再行审问。"

"是。"

章庭随后命赶到的大理寺衙差扣押邹平，吩咐诸人散了。

何鸿云临走前，看了一眼江辞舟。江辞舟似乎还在与自家娘子赌气，站在巷子口不肯与青唯同上一辆马车。

何鸿云在心中冷笑，自然知道江辞舟的葫芦里卖的什么药，但是，今夜安排伏杀江辞舟的是他，眼下邹平被拿，他在这个时候为邹平强出头，岂非欲盖弥彰？罢了，反正真真假假，众人瞧着呢。

小章大人这个人，可不是个好对付的。

何鸿云依礼与章庭、江辞舟等人告辞，先一步离开。他一走，在场的一干贵胄子弟与文士也散了。

流水巷房屋密集，酒馆的火一旦没灭干净，很容易再次引起火灾，章庭留下，等潜火队过来回话，中途见江辞舟似乎消了气，往自家马车的方向走去，不由得唤道："虞侯留步。"

江辞舟回过身来："小章大人有事？"

章庭道："也没什么，只是想起刚才火药爆炸，虞侯似乎离酒馆很近，没伤着吧？"

江辞舟道："还好。"

章庭笑道："这就好，当年洗襟台坍塌，虞侯受伤不轻，听闻至今还留有旧疾，我是担心你的旧疾犯了。"他看着江辞舟，忽然间道，"荣华长公主近日要回上京了，虞侯听说了吗？"

荣华长公主正是先帝一母同胞的妹妹，当朝小昭王的母亲。说起来，江家跟天家走得这么近，并不是因为他们和太后是远亲，江逐年与小昭王之父同年科考，驸马爷投沧浪江前，与江逐年是莫逆之交。

“长公主近年每逢入夏都去大慈恩寺清修，秋来天寒，是该回上京了。”江辞舟道。

章庭道：“是，只是长公主今年回来得比以往几年早了些，我还道是出了什么事，想问问虞侯知不知道。”

江辞舟还没回答，那头潜火队彻底将火扑灭，卫队长过来回禀：“小章大人，火已灭干净了，那家酒馆烧得不成样子，需要拆除，可能动静会有点儿大。”

章庭听了这话，低头深思，过了一会儿，抬眼重新看向江辞舟，狭长的双眼里泛出歉意：“其实把虞侯留下，章某还有个不情之请。当年修筑洗襟台，虞侯跟着温筑匠与小昭王，应该学了不少东西。”他在黑夜里望了折枝居一眼，“这酒馆嘛，说大不大，说小也不小，眼下要被拆除，就怕压着周围的房屋，我是个学文断案的，在这事上没经验，而且回到大理寺，恐怕还要通宵写奏帖，所以想拜托虞侯在这里盯着，以防酒馆拆除时伤着人了。”

这话一说，江辞舟还未说什么，一旁的祁铭与德荣同时皱起了眉。

祁铭只觉得这事无论如何都该回绝，正欲开口，江辞舟却笑了笑：“好。”

章庭于是也一笑：“那这里就交给虞侯，章某先告辞了。”

子时过半，今夜流水巷发生了案子，连平时最热闹的东来顺都安静下来。暗夜中，只闻一声声清晰的砖瓦掉落声，间或伴着潜火兵之间的交涉：“在那根梁上拴绳子，对，避开后面的柱子。”

朝天看到章庭的马车远去，立刻道：“公子，您在这里歇一会儿，属下过去盯着就行。”

江辞舟却摇了摇头，转过身，往胡同里走去。

青唯今夜跟江辞舟“赌气”，一直站在巷口不愿上马车，眼下见江辞舟留下，还当他是想做戏做全套，直到他一言不发地路过她的身边，才惊觉他似乎有些不大对劲。似乎……与平时的他有些不一样。

青唯愣了一下，不由得跟了几步，朝胡同深处望去。

夜里太暗了，人撤了大半，照明的自然也撤了，整个胡同都浸在黑暗里，可折枝居那头很亮——潜火队要拆除酒馆，四周都点起了火把。这一团光亮在黑夜里突兀得像个梦境。

江辞舟到了折枝居跟前，看到眼前两层高的，烧得残破不全的楼架子，张了张嘴，没能说出话来。

其实拆除屋舍，这些潜火兵很有经验，并不需要有人在旁边盯着。但是，江辞舟的目光似乎被吸引到了酒馆上，他忍不住走得更近。

朝天与德荣对视一眼，心道不好，招来祁铭，想要一起架走他，说道："公子，别看了，我们回吧，这里不是——"

正在这时，只见一名潜火兵将绳索牢牢地绑在梁柱上，大喊着："让开，都让开——"随即他从酒馆里跑出来，与其他几名小兵一起拽住绳索的另一头说，"跟着我，一起使劲儿！"

酒馆快要坍塌，砖石瓦砾纷纷掉落，周遭的地面震动起来，一股久违的尘烟伴着嗡鸣声扑面袭来，潜火队的卫队长撤到江辞舟的跟前，急忙说道："虞侯，快往后撤，酒馆要拆了！"

——要拆了。

江辞舟听到这三个字，脑中"轰"的一下就乱了。

点燃的火光与尘埃交织，他仿佛回到了五年前那场滂沱的大雨中。

雨太大了，晨起几乎看不到太阳，有人撑着伞来到他的身边，问道："拆吗？"

"找不到温阡了，快拿个主意，拆吗？"

"定的是今日，不能不拆，拆吧！"

江辞舟愣愣地注视着前方，抬起手，忍不住喊："别拆……"

但这里不是柏杨山，也并非五年前，这里没有洗襟台，这里有的，不过是一个被烧空了的酒馆架子，本来就该拆毁的。

酒馆轰然一声在眼前坍塌。

朝天与祁铭架着江辞舟快速后撤。

可在江辞舟的眼里，却似乎只剩下了那一团火光与弥散的飞灰。

青唯站在胡同口，愣愣地看着江辞舟被祁铭等二人强行拽出酒馆附近的光亮处，看着他的眼神渐渐失焦，伏倒在地，捂住胸口一下一下大口地喘着气，剧烈地咳嗽起来。

青唯知道江辞舟在洗襟台下受过伤，也知道他有旧疾，但她不知道，他的旧疾原来是这样的。

德荣很快从马车里取了氅衣回来，披在江辞舟的身上，见青唯还站在巷口，看了祁铭一眼。

祁铭颔首，来到青唯的跟前："少夫人，虞侯的旧疾犯了，要进宫一趟，卑职送您回府。"

青唯的目光还在江辞舟的身上："为何要进宫？"

祁铭道："少夫人有所不知，当年虞侯在洗襟台下受伤，正是被送进宫医治的，眼下见屋舍坍塌，旧疾又犯了，要进宫寻治病的老医官。"

德荣将江辞舟扶到朝天的背上，朝天将他背起来，快步走向马车。

路过青唯的身边，江辞舟似乎闭上了眼睛，修长的手指低垂在身边，整个人没声息似的，没有如以往那般唤她一声"娘子"，也没有告诉她，他要去哪儿。

青唯没觉得什么。其实她本来也不是他的娘子。

青唯点了点头，对祁铭道："好，那我们走吧。"说着，她转过身，往街巷的另一头走去。

第十章 下乔入幽

三日后，高府。

引路的嬷嬷将青唯带到花厅，唤人来奉茶，随后行礼道："大表姑娘在此稍候，老奴这便去请表姑娘。"

青唯颔首："劳驾。"

这间花厅位于高府的西跨院，青唯此前住在这里时没来过。她嫁人了，如今再回来，便算是客，待客有道，把人带到偏院接待，算很失礼了。

青唯没计较，在圈椅里坐下。她在江府一连等了三日，不但江辞舟没回来，朝天与德荣也没回来。江逐年近日去附近的州县办差，她一个人住在偌大的府邸，竟像是又回到当初飘零的日子。她本想夜探京兆府，会会关在牢里的扶冬，但折枝居的案情牵涉重大，她贸然行动，只怕打草惊蛇，思来想去，想起高子瑜是京兆府的通判，便过来找崔芝芸帮忙。

青唯坐了没一会儿，只听身后传来一声："阿姐？"

青唯回头望去，崔芝芸面色苍白，弱不胜衣，竟比刚到上京城时显得更加憔悴。见到青唯，她却十分欣喜，快步走过来："阿姐，你来看我？"她握住青唯的手，"自从你嫁去江府，我一直想去探望你。"

崔芝芸瘦得太厉害了，连手指都显得瘦骨嶙峋的。

青唯猜到崔芝芸大约过得不好，想了想，到底还是关心了一句："你近日怎么样？"

崔芝芸低头笑了一下，撤开手，见青唯没动茶水，提起茶壶想为青唯倒茶，手触到茶壶，竟是凉的："惜霜这几日身子重了，吃什么都不合胃口，她肚子里的到底是高家的长孙，府上的人看重，多关怀一些也是应该的。我就那样吧，不过是个寄人篱下的表姑娘，可有可无的。”崔芝芸放下茶壶，回身道，“不说这个了，阿姐呢？阿姐在江府过得怎么样？”

青唯其实在哪儿都无所谓，只是说还好。她今日前来是有事相求，很快直奔主题：“芝芸，我有件事要托付你。”

崔芝芸道：“只要我帮得上的，阿姐尽管说来。”

青唯思量了一下：“我官人这个人，你也知道，成日里浪荡惯了，我嫁过去没几日，他瞧上一个花魁，前阵子还为了她在东来顺摆酒，结果被人做局，险些遭到伏杀。眼下这个花魁被当作嫌犯，关押在京兆府，你能不能帮我跟高子瑜打听打听，这个花魁究竟是不是凶犯？若她是，还望一定严惩，若不是，她何时放出来？还盼知会我一声，我拿些银子，把她打发了。”

崔芝芸听了这话，感到有些震惊。她知道江辞舟的德行不好，没承想只成亲数日，他便出去吃酒狎妓。

崔芝芸低头苦笑了一下：“是我对不住阿姐，早知如此，不如由我嫁去江家，反正我在哪儿都一样，阿姐有本事，却不至于被这高门深宅困住。”她看向青唯，“阿姐放心，这么一桩小事，我还是办得到的，等表哥回来，我跟他打听，到时候我想法子告诉你。”

有些日子没见，崔芝芸比之前沉稳了许多，青唯见她知道轻重，没多作提点。

青唯陪崔芝芸坐了一会儿，告辞说要回江家。崔芝芸十分不舍，一路把青唯送到府门外。青唯在府门口驻足，思量了一下，说道：“你在高家，好好照顾自己。你是你，旁人是旁人，旁人无论做什么，只要没碍着你，不必往心里去。”

崔芝芸听明白了，今日青唯能来看她，陪她说这一会儿话，她的心情已经舒缓许多，轻声道：“阿姐放心，您教我的，我都记着呢，总之谁都靠不住，人活到头来，只能靠自己，我只管把自己照顾好就是。”

青唯颔首，走到巷子口，又回头看了一眼。崔芝芸还站在高府的门口望着她，见她回头，还笑着跟她招了招手。崔芝芸一个人站在那儿，身边连个陪着的丫鬟都没有，孤零零的。

可是有什么办法呢？人本该是这样独行。她也一样。

快要到江府，青唯忽然听到上空有隼高声鸣叫，她绕到一条背巷，抬起手臂将隼接住，从隼的足边取出字条："今夜于东舍一叙。"

青唯回到宅子里，在屋子里等到暮色四合，换了夜行衣，披上黑袍，翻墙而出，很快到了紫霄城东侧的小角门。

墩子早就在角门旁候着了，任值守的禁卫把她放进来，带她到东舍的院中，推开门，唤了声："公公。"

屋中只点着一盏灯。曹昆德坐在屋子当中，闭着眼睛，抻手揉着额头："来了？"

青唯任墩子掩上门，说道："义父看上去十分疲惫。"

曹昆德慢条斯理地道："昨日荣华长公主回宫了，宫里好一通忙乱，入内省当班的没个歇息，全连轴转，早就想找你，今儿才得空。"他睁开眼睛，"听说几日前，你跟江家那位小爷当街吵了一通？"

青唯："是。义父嘱咐我盯着他，但他沉迷声色，平日里并不与我多相处，他连日摆酒吃席，我觉得可疑，便扮作玄鹰卫跟着他。"

曹昆德问："你可瞧出什么来了？"

青唯道："他似乎看上了小何大人庄子上的扶冬姑娘，还与一个名叫邹平的校尉争风吃醋。邹平心中嫉恨，设局伏杀他，雇了好些死士，后来还用了火药。"

"照你这么说，这火药确实是邹平备的？"曹昆德的声音又尖细又冷，他从木匣里取了根竹签，剔着指甲，漫不经心地问，"就不能是他江辞舟自己备的，贼喊捉贼，嫁祸邹平？"

青唯心中一冷，看了曹昆德一眼，很快低头："义父这个猜测，我也曾想过，但是，当时的死士太多了，我只顾着应付他们，没瞧清到底是谁扔的火药，后来听说这个邹平的父亲是卫尉寺卿，照常理推断，应该是他。"

"照常理推断？"曹昆德冷笑一声，看向青唯，"若凡事都能照常理推断，反倒简单了。照常理推断，江辞舟就是江辞舟，当不上什么玄鹰司都虞侯；照常理推断，你是温阡之女，早该命丧朝廷的刀兵之下；照常理推断，新帝年轻羸弱，朝政上有章、何压着，不能够力排众议起用玄鹰司；照常理推断，荣华长公主不会提早回上京，薛长兴也不会失踪；照常理推断，五年前那座洗襟台就不该建！”他说到后面，声音越来越急，森冷砭骨，手中竹签被折成两段。

青唯立刻屈膝半跪：“青唯办事不力，请义父责罚。”

曹昆德看着青唯，半晌才道：“你嫁给江辞舟有些日子了，总不能是与他做了夫妻，慢慢对他生了情愫，管不住自己的心，想要帮他瞒着义父吧？”曹昆德将断了的竹签扔进木匣子里，“你可莫要忘了，你是温阡之女，这事要是让朝廷知道了，没有义父护着，不但你要遭殃，便是那岳鱼七，说不定也要因此受牵连。”

青唯听出这话中的威胁之意，低垂着头：“义父说得是。只是我这些年走过来，无牵无挂，并没有把生死放在心上，朝廷想要我的命，拿去便是，我自己清白自己知道。还有义父提的师父，我找了他多年，无非就是为了尽一份孝道，我要是死了，一切就成了空谈，他受不受我的牵连，我也管不着了。”

曹昆德目光森冷地盯着青唯。他知道青唯倔强，就这么被她回敬了一记硬刀子，他心中还是着恼的。他稍微缓了缓，想到青唯的身上背负着重罪，前阵子还去城南劫狱，可眼下呢？她还不是苟且在江家。嘴上说什么“不惧死”，不惧是不惧，她还有没做完的事呢，想必是不愿死的。只要不愿，青唯就不会跟他撕破脸，相互利用的人嘛，谈什么真心？

曹昆德想到这里，眉头舒展，语气缓和下来：“瞧你，义父不过是提点你一句，你竟当起真来了？”他淡淡地道，“罢了，火药的事，义父自己着人去查吧。”他起身推开门，唤来墩子，“把你的风灯与斗篷给她。”

墩子很快取了来，曹昆德见青唯披好内侍的斗篷，说道：“夜深无眠，今夜陪义父在这深宫里走一走，说一会儿话吧。”

青唯颔首：“好。”

说是在深宫里走，其实也不过是走在三重宫门外的甬道院墙之下。

秋夜风来，寒虫蛰伏在墙根下惊惶地鸣叫。曹昆德的声音显得衰老而苍凉：“荣华长公主，你听说过她吗？”

“听说过。”青唯沉默片刻，“她是先昭化帝一母同胞的亲妹妹，听说很得先帝的恩宠。”

曹昆德："是。先帝在世时，先皇后去得早，当今何太后那会儿只不过是个妃，连'贵'字都没冠，所以很长一段时间，后宫的主理之权，都在荣华长公主的手上。这事本来不合规矩，但长公主的驸马，当年是投沧浪江死谏死的，他死了后，先帝做主，把她接回宫来长住……沧浪江、长渡河、洗襟台，这些事一桩接着一桩，在咱们这一辈人的心中，始终是过不去的一道坎儿。先帝怜惜荣华长公主因此丧夫，不但把她接回宫里，还把她与驸马爷的儿子带在身边教导，给他封了王，就是后来名动上京城的小昭王。"

青唯提着灯走在一旁，静静地听曹昆德说完，问道："义父与我说这些做什么？"

曹昆德："章鹤书此前拟书奏请重建洗襟台，朝中大员相争不休，昨日旨意下来，说此事官家恩准了。洗襟台要重建了，荣华长公主回上京了，玄鹰司也复用了，静水流深，下有暗涌。义父看着旋涡起，想喘口气，所以多说了几句。"

曹昆德的步子在甬道口的一扇小门外停住，他顺着小门望去，能够看到一截更深的甬道，似乎连接着一处巍峨的宫殿。

青唯不知道，在这深宫里，有这样一处楼阁，里面住的不是帝王，也不是宫妃，而是一对久居深宫的母子。

风很大，楼阁外的铁马在寒夜里叮当作响。

曹昆德收了步子，掉头往来路上走："义父这个人，或许不是什么好人，但终究不会害你。当年洗襟台坍塌，烟尘太大了，浸到了这深宫的水里，浑浊得很，所以陷在里头的人，不得不一个一个地戴上面具。"

铁马声太吵了，青唯跟着曹昆德往来路走，忍不住回过头，再次望向那座楼阁。

楼阁还掌着灯，似乎里头的人还未安睡。可是再往里，她便看不清了。

曹昆德："这深宫啊，义父也只带你在外围走上一遭，不会让你往内里涉。因为你不知道，那些面具底下，究竟藏着什么人。他们会对你好，还是会利用你，到头来终究会害了你。"

深夜，昭允宫灯火未歇，廊檐下的铁马在风中狂乱作响。

一名宫婢端着药走到宫门口，对门前的小黄门道："拿杆子把这檐铃取下来吧，省得搅扰了殿下歇息。”

小黄门称“是”，寻杆子去了。

宫婢于是端着药往里走，穿过主殿，到了内殿，将药搁在梨花木高几上。

内殿除了医官，还侍立着侍卫与厮役，里侧有一张床榻，榻上床幔高挂，一旁的柜子上搁着一张银色的面具。

江辞舟从混沌的梦境中清醒过来，闻见的是一股熟悉的、刺鼻的药味。他缓缓睁开眼睛，目光不再如几日前来时那般涣散，慢慢有了一点儿神采。

医官探身过来，试探着唤道：“殿下，殿下？”

江辞舟的喉结上下动了动，他嗯了一声。

医官立刻吩咐：“殿下醒了，快，快拿药来！”

朝天称“是”，大步取来药汤，与此同时，德荣快步走到内殿门口，对刚才的宫婢道：“殿下醒了，快去通禀长公主。”

宫女颔首，快步赶到昭允殿门口，声音散在深秋的夜风中：“快去通禀官家与长公主，小昭王殿下醒了——”

昭允殿的宫灯一盏接一盏地亮起来，不多时，荣华长公主就到了。

秋夜有些凉，下头早烧了炭炉，阿岑在前头为长公主打帘。荣华长公主快步来到榻前：“与儿，你怎么样？”

江辞舟靠着引枕坐起身，他的脸色还很苍白，没答话，只问：“母亲怎么回宫了？”

荣华长公主每年入夏都去大慈恩寺清修，要入冬了才回。

荣华长公主：“朝中闹得这样厉害，疏儿处境艰难，你也卷入其中，我怎能不回来？”

赵疏正是当今嘉宁帝的名字，嘉宁帝的母亲早逝，儿时一直被养在长公主的膝下。

“你怎么想到去玄鹰司了？”荣华长公主又问。

“……官家复用玄鹰司，希望能借机查清五年前宁州瘟疫一案与洗襟台的关联。他独木难支，我便答应了他去做都虞侯。”江辞舟停顿了一下，说道，“这也是舅舅过世前，唯一的嘱托。”

长公主却忧心忡忡地道：“你已经做了几年的江辞舟，如今应下这玄鹰司的差事，朝廷那些人，岂能不怀疑你？你不避锋芒倒罢了，章兰若让你留下拆除酒馆，摆明是为了试探，你怎么还……”

话未说完，江辞舟的眸光微微一动，他别开眼，看向搁在一旁的银色面具。

长公主知道自己是关心则乱，触及他的心事，抿了抿嘴唇，很快收住话头。

她在江辞舟的榻边沉默着坐了一会儿，转头问身旁的阿岑：“药煎好了吗？”

“好了，医官搁在小炉子上温着呢。”阿岑很快取了药汤回来，又说，“奴婢里里外外都打点过了，除了官家与昭允殿这边的，没人知道殿下回来。”

阿岑是这宫里的老人儿了，她办事，长公主一向是放心的。

长公主将药碗递给江辞舟，说道：“与儿，先把药吃下。”

汤药的气味浓烈刺鼻，江辞舟接到手里，一时没喝，半晌，只道：“我想试试。”

这句话乍听上去没头没尾的，可话音刚落，整个内殿一下子就安静下来了。殿中除了长公主，还侍立着阿岑、朝天、德荣，还有医官。他们看着江辞舟，谁也没能说出话来。

——“我想试试。”

五年前，洗襟台坍塌，人从陵川送回来，半条命都没了。长公主以泪洗面，阿岑等人在榻边衣不解带地照顾。江辞舟时而清醒，时而昏睡，可他醒着的时候，只睁着眼睛，沉默地躺在榻上，什么话都听不进去。

半个月后，大理寺有人来问案情，他才第一次出了声：“死了多少人？”

大理寺的官员似乎有些为难，说道：“殿下的伤势未愈，别的事不宜太往心里去，还是……”

江辞舟：“我问的是，究竟死了多少人？”

后来长公主才从旁人的口中听来只言片语——洗襟台建成那日，温阡不知怎么竟然不在，有根支撑楼台的木桩，本来就该在楼台建好时拆除的，工匠们的意思都是拆，于是便有人请小昭王拿主意。雨太大了，滂沱迷离，是小昭王站在柏杨山下，说："拆吧。"

大理寺的官员不敢抗命，只好道："死了许多人，有名字在册的，百余人吧，翰林的张正清、余嵩明，一个都没活下来，与殿下同去的江小爷，眼下也命悬一线，还有一些陷在山里，没法挖……怕有疫情，只好放了把火……"

江辞舟闭上眼睛。他在昭允殿养伤，伤势反反复复，直到一年后才略微好转。

这一年的时间里，他数次撑着踏出昭允殿，想去问问舅父怎样了？朝野怎样了？那些亡故的人怎样了？数次被殿外强烈的阳光逼退回来。他仿佛失了一半魂魄在洗襟台暗无天日的废墟里，抬眼不能见光。

后来有一日，他看到搁在柜子上的面具。这张面具是那个真正的江小爷给他的，当时江小爷还玩笑着说："殿下与我的年纪差不多，身形也这样像，戴上面具，殿下便成了我。"

真正的江辞舟，听说在三日前伤重不治，亡故了。

小昭王指着面具，对德荣道："把它给我。"

"我想试试。"他说。

当年的洗襟台下，谢容与和江辞舟，只活下来了一个人。

可一张面具戴久了，便摘不下来了，江辞舟死了，于是自那以后，谢容与就成了江辞舟。

而无论活下来的是谁，他想继续如常人一般活着，只能是江辞舟。

江辞舟将药饮尽，伸手拿回搁在柜子上的面具，没头没尾地又说："试过了，还是做江辞舟痛快。"

阿岑正取了亲王的玄色滚绛紫边大袖曲领朝服，听了这话，将朝服搁回去，换成他平日在外面行走的常服。

江辞舟起身更衣。朦胧的灯火里，他的脸一点儿瑕疵也没有，眸色清浅，沉静温柔，眼尾却是凛冽的，凌厉而不失锋芒。

先帝在时，阿岑在先皇后的身边伺候。先皇后去了，阿岑满了二十二岁，去了长公主的府上，后来又随长公主回到深宫。她兜兜转转数十年，宫里宫外的清贵人才，阿岑几乎见了个齐全，却没见过小昭王这样的。他长得这样好，这些年却活在一张面具之下，锦衣夜行，实在是可惜了。

江辞舟换好衣衫，跟荣华长公主请辞，说道："耽搁了三日，外头还有许多事务急需料理，机不可失，待过两日，清执再进宫跟母亲请安。"

长公主见他要走，唤道："与儿。"她端坐于内殿，问道，"你真的成亲了？"

其实江辞舟写信跟崔家议亲，是征求过长公主同意的。彼时章鹤书拟旨重建洗襟台，朝中风声不平，洗襟台之祸恐怕会殃及岳州的崔家。小昭王念及与崔原义的旧情，想借着江家的婚约，救崔氏族人一命——崔芝芸如果做了江家的儿媳，朝廷也不会枉杀崔弘义了。

而长公主之所以有此一问，乃是因为江辞舟承诺，待娶回崔芝芸，便跟她说明假夫妻的实情，并把她送去大慈恩寺，由长公主暂时庇护。可这么些日子过去了，竟未见他将人送来。

江辞舟沉默了一下，撩袍在殿中重新坐下："当年洗襟台坍塌，温阡与手下八名工匠皆是冤枉的，我的确没想着成亲，写信议亲，只是为了帮助故友亲人，没想到……"

长公主："没想到？"

江辞舟："没想到嫁过来的不是崔芝芸，是崔原义之女，崔青唯。"

江辞舟斟酌了一下道："崔原义有一小女，这我是知道的，可洗襟台快要建成时，他家小女病入膏肓，说是已没几日可活。崔原义后来没死在洗襟台下，正是因为回去为他的小女奔丧，按说他这个小女早该没了，眼下这个……"

长公主问："眼下这个是谁？"

"她应该是，"江辞舟的声音低沉，"温阡之女，温小野。"

当年朝廷下令缉拿温氏亲眷的海捕文书上，温氏女三个字，早已被画了红圈，可旁人不知道她活着，他却是知道的。

江辞舟道："我这几年也曾派人找过她，但因为养伤耽搁太久，反而失了音信。后来听说崔弘义收养了崔原义的小女，心中起过疑，一直不曾查证。一是因为这个崔青唯存在的痕迹确凿无疑，像是有人帮忙做过手脚，贸然查证，恐怕会打草惊蛇；二是觉得本来也非相识之人，她若有了落脚处，其实也好。"

“温阡之女……”荣华长公主咂摸着这四个字，“她可认出你了？”

“没有。”江辞舟道，笑了一下，“我认得她，她并不认得我。她眼下不知是效力于谁，城南暗牢把守重重，她能从中劫出薛长兴，此事不会简单，我介入得太晚，尚没能查清。我无法贸然袒露身份，试探过她几回，她很谨慎，一直对我多有防备。再者，她若当真知道我是谁，知道……我做的那些事，未必会肯信我。”

长公主看着江辞舟，最后问道：“你眼下娶了温氏女，又是怎么打算的？”

殿中灯光朦胧，江辞舟低着头：“我不知道。”良久，他又道，“我与温叔有旧谊，她既然是温青唯，那她……到底与旁人不同。”

曹昆德与青唯沿着深宫甬道走回东舍，最后一段路已经无话。

曹昆德的年纪大了，他走了一个来时辰，弓着脊背喘起气来，青唯搀着他回到院中，将内侍的斗篷还给墩子，披上黑袍：“义父，我先告辞了。”

“回江家去？”曹昆德盯着青唯的背影，问道。

青唯停住脚步：“是，我在上京城暂时没有别的落脚之处，只能回江家。”

“何鸿云的庄子上，有你要找的东西？”曹昆德慢悠悠地又问。

青唯一时没吭声。她近日行事里外瞒着曹昆德，俨然是不信任他，可曹昆德何许人也，岂能受她一个小丫头的蒙骗？他是这禁中入内省的都知，是第一大珰，宦官这等人物，旁的厉害没有，游走于深宫各处，周旋于君臣之间，最是耳目灵通。

“宁州孤山的断崖，薛长兴投崖前嘱托了你什么，咱家大概猜得到。你是咱家在宫外的手脚，咱家呢，不为难你，甚至还可以帮你。只有一个要求，”曹昆德细着声道，“何鸿云身上有桩旧案，你那个夫君盯着这件事儿呢，你如果能从江辞舟的嘴里套出线索，事无巨细，全告诉咱家。”

曹昆德将话说得这样直白，青唯思量了一下，也不绕弯子，直接问道：“义父说的旧案是什么？”

曹昆德：“五年前，宁州的一桩瘟疫案。巡检司的邹平意图杀害江辞舟，已经被大理寺缉拿，他的父亲卫尉寺卿受他的连累，一并被停了职。何鸿云一个水部司郎中，哪里养得起许多武卫？他那个庄子把守重重，多半是邹家两父子的功劳，如今邹平获罪，何鸿云担心受牵连，从庄子上撤走了邹家的人手，你如果想再去祝宁庄一探，眼下正是最好的时机。再者，咱家听闻何鸿云昨日从京兆府的牢里捞出一名唤作扶冬的花魁，送回了庄子上，你不是要找她？”

青唯听了这话，微微一愣。她早上还去崔府，托付崔芝芸帮忙打探扶冬的消息，没承想何鸿云的动作这么快，已经将扶冬接回去了。

曹昆德抱布贸丝，是想买卖公平，她听得明白，自然也不再敷衍：“多谢义父。若打听出宁州瘟疫的蹊跷，青唯一定第一时间禀明义父。”

马车停在东墙的角门外，江辞舟撩开帘子坐进去，已经将面具重新戴好了。

朝天等在马车中，见江辞舟进来，立刻禀报道：“一切正如公子设计，折枝居的火药炸了后，邹家父子二人一并被停了职，何鸿云被何拾青一通责骂，禁足在府中。他担心受邹家的牵连，命人将巡检司与卫尉寺的人马一并从庄子里撤出，虽然增加了暗哨，但，属下暗中去祝宁庄探过，防范已大不如前，眼下正是寻找扶夏姑娘的最佳时机。”

江辞舟道：“我此前让你们查扶冬，你查好了吗？”

“查了。”朝天道，停顿了一下，说道，“这个扶冬，是陵川崇阳县人士。”

江辞舟闻言有些惊讶，看了过来。

当年的洗襟台，就是建在陵川的崇阳县。

江辞舟：“说下去。”

朝天：“她原本是陵川一个私人园子里的歌姬，两三年前，她为自己赎了身，还托官府的熟人，冒用了一个寡妇的身份，辗转来到上京城，称是手边有些银子，想在流水巷开家酒馆。流水巷的铺面贵，她挑来挑去，挑了死过人的折枝居。酒馆刚开，她的生意本来不好，但因为她酿的酒有异香，给东来顺送过几坛，渐渐名声就传开了。听说她就是在东来顺认识何鸿云的，也不知怎么，后来摇身一变，成了何鸿云庄子上的花魁。”

朝天感到有些愧疚，低着头：“时间太仓促，属下只查到这么多。没办好公子交代的差事，还请公子责罚。”

江辞舟听了这话，却沉默下来。

祝宁庄当年有个花魁名唤扶夏，与五年前宁州的一桩瘟疫案有关。瘟疫案过后，这个扶夏却莫名其妙地病了，五年不曾露过面。

江辞舟原先百般接近扶冬，只不过是想找个去祝宁庄的借口，寻一寻扶夏罢了，没想到这个扶冬居然也有蹊跷。

江辞舟感觉扶冬出现在何鸿云的庄子上，没有这么简单。

当日折枝居的火药爆炸，温小野将扶冬提到一处墙根百般询问，分明是有事要查。温小野在查什么？

“公子？”朝天在一旁唤道，“属下要再去祝宁庄探探吗？”

江辞舟思量了一阵：“扶冬已经被何鸿云接回去了？”

朝天：“是，昨日已经被刘阊接回庄子上了。”

马车拐进江府的小巷，江辞舟握着折扇沉思。这仿佛是一张迷图裂成两半，他的手里握着一半，青唯的手里，握着他想要知道的另一半。可青唯对他防范得紧，当日在东来顺携手对付何鸿云不过是权宜之计，如今奸恶暂除，神仙妖鬼各归各位，如果他直接问青唯，她轻则含糊其词，重则斗法拳脚，半个字都不可能多说。他怎么才能从她的嘴里套出线索来呢？

马车到了江府跟前，江辞舟驻足在府门口。黑夜里，他缓缓地在手心里敲击着折扇，半晌，唤道：“朝天。”

朝天：“公子？”

江辞舟：“给我松松筋骨。”

青唯回到府上，备齐绳索、匕首，打算趁着夜晚再探一回祝宁庄，前院忽然传来车马停驻的声音，她愣了一下，侧耳一听，府外有人喊：“少爷。”

竟然是江辞舟回来了。

青唯心道不好，何鸿云不会任祝宁庄空置，今夜正是去寻扶冬的最佳时机，可江辞舟这个人不简单，他这个时候回来，不从她这里攫走三分利，她如何脱得开身？

少顷，脚步声已经绕过回廊，往跨院这边来了。

青唯见自己的一身夜行衣还未换，迅速将黑袍脱下，与绳索、匕首一起藏入嫁妆箱子里，心道无论如何都要把江辞舟困在府中，取了一支迷香藏入马尾髻下，披上外裳，迎了出去。

屋门“吱呀”一声打开，江辞舟正巧到了院中，一抬头，两个人的目光对上，稍稍一愣，竟然一同笑了。

江辞舟温和地唤了一句：“娘子。”

青唯柔声道：“官人回来了？”

江辞舟嗯了一声，进了屋：“娘子这么晚不睡，在等为夫？”

留芳与驻云听到动静也起来了，与朝天、德荣一起候在屋外。青唯先没答江辞舟的话，吩咐她们二人去为江辞舟打水沐浴，才说道：“官人去宫中养病，妾身一个人在家中，长日漫漫，无从打发，自然是在等官人。”说着，她回过身，看向坐在桌旁的江辞舟，“宫中不比家里，想必十分不自在，官人这几日辛苦了，今夜便由妾身伺候官人沐浴，如何？”

江辞舟盯着青唯，朦胧的烛光映出他唇边的笑：“好啊。”

第十一章

红尘素心

浴桶氤氲着热气，留芳与驻云退出屋里，把门掩上了。

屋中只点着两盏烛火，青唯端了一盏到浴房，搁在竹屏旁边的高台上。

江辞舟于是脱下薄氅，不紧不慢地来到浴桶前。

浴房很小，原本就是一个打通的耳房，被竹屏一隔，四处缭绕着水汽，更显得逼仄。青唯转过身："我为官人宽衣。"

江辞舟的身后就是灯台，等他进了浴桶，迷香在灯台上一烧，睡足一夜不是难事。

然而青唯的手刚触到江辞舟的腰封，便被他一把握住了。

"不着急。"江辞舟垂目看着青唯，"折枝居遇袭，你我夫妻患难一场，不该先说些私房话？"

青唯不动声色地道："官人想说什么私房话？"

江辞舟逼近一步："折枝居出事时，你尽心保护扶冬，不仅仅是出于好心吧？怎么，你的目标不是梅娘，这个扶冬才是你真正要找的人？"

青唯没想到江辞舟这么快就直入主题。她的身后是浴桶，右侧是竹屏，眼下被他圈在这方寸之地，竟有点儿被逼问的架势。青唯觉得不妙，却也不甘示弱："说起这个，官人又是为什么派朝天去探扶夏馆？何鸿云的庄子不简单，那扶夏馆里究竟有什么，值得官人这样冒险？"她说着，像要挣脱出来，"我不跟官人打听扶夏，礼尚往来，官人何必跟我打听扶冬？"

江辞舟却先她一步握住她的手腕，撑在浴桶之上，将她环在臂圈中，声音低沉："当日何鸿云在折枝居设下杀局，你我合作无间，为夫还道是经此一事，我们的夫妻之情更近一步，怎么为夫才走了三日，娘子就翻脸不认人了？"

江辞舟握得不牢，可用的力很巧，青唯挣扎了一下，竟然不能轻易地将手腕从他的掌中挣脱。

反而在这一震荡下，浴桶里头水波轻晃，热气再次弥散上来，在两个人之间氤氲开。

青唯看着江辞舟：“你可没说过你会功夫。”

江辞舟一笑：“我也没说过我不会。”

青唯不疾不徐地道：“当日在东来顺摆席，官人提前让德荣准备好火药，只怕没有看上去那么简单吧？你的目标一直是扶夏，苦于祝宁庄守卫严谨，无计可施。若不是我此前挟持你，让你瞧出邹平对你的杀机，你如何能够将计就计，用一包火药，拖邹家父子下水，令祝宁庄空置，你好借机再探扶夏馆？此事说到底是我帮了你，说翻脸不认人，究竟是谁翻脸不认人？”

江辞舟慢条斯理地道：“娘子受人之托去城南劫狱，假借撞洒我的酒，掩护薛长兴出逃，目的究竟是什么？我可以不予追究。但是，当日若不是我把梅娘从铜窖子里提出来，娘子如何能见到她？继而查到扶冬？眼下我不过是问问扶冬有什么蹊跷？娘子半个字都不肯透露，说心狠，还是娘子待为夫心狠。”

二人对视而立，一时间互不相让。

青唯心里清楚，这些事若一桩一件地掰扯起来，道理还是其次，只怕说到明天早上都说不完。而今夜是去祝宁庄见扶冬的最好机会，她不能把这个时机耽误了。罢了，唇枪舌剑不是上策，还是动手吧。青唯垂下眼，似乎思量了一阵，竟似示弱了：“如果……官人想问的只是扶冬这个人，妾身也没什么不可以说的。”

青唯从江辞舟掌中抽回手，再次扶上他的腰封，将玉扣轻轻一解，腰封落地，江辞舟的外袍一下子散开。灯台就在他的身后，只要把他哄去浴桶里，再把迷香一点，就大功告成了。

“只是此事说来话长。”青唯说着，抚上江辞舟的襟口，要为他解襟前内扣，“等久了，怕是水都凉了，还是妾身一边伺候官人沐浴，一边慢慢道来。”

青唯离江辞舟很近，说话的时候，清冽的鼻息就喷在他的脖颈间。江辞舟背光站着，喉结上下动了动，在一片昏暗的灯光里盯着她。她肯定想了法子要对付他，极有可能在身上藏了东西。但她眼下只着中衣，他刚才环住她时已略微探过，如果衣裳上没有，她会把东西放在哪儿呢？

“娘子。”江辞舟伸手钩住青唯的下颌，俯身仔细看着。不知道是因为离得太近，还是光线太暗，朦胧的夜色隐去了她左眼上的斑纹。入眼的这张脸是干净的，眸光是清澈的，微启的唇水光温润，无害且诱人。江辞舟伸手环住她的腰：“娘子说得是，如此良宵吉时，有什么话都该慢慢说，你我等了这么一会儿，水温正是适宜，依为夫之见，这么一浴桶水，浪费了可惜，不如你我鸳鸯共浴，促膝长谈，岂不美哉？”

江辞舟伸手抚上青唯的脊背，掠过她的后颈，然后探入她的发髻，欲摘下她的玉簪。

青唯心道不好，他定是猜到她在身上藏了东西！

江辞舟的手触到玉簪，青唯抵着浴桶，朝后一仰，立刻挣脱开他的束缚。

与此同时，玉簪脱落，青丝如缎子般散开，马尾髻不能藏物，迷香顺势下跌，落入水中。

安静的浴房里，“咕咚”一声，轻微的落水之声犹如石破天惊，仿佛刹那间金鼓齐鸣。

青唯并指为掌，朝前劈出。江辞舟后撤半步，折扇从袖口滑出，挡下这一势，然后变守为攻，欲捉回青唯。青唯再次闪身躲去，她真是灵巧得很，明明身后除了浴桶没有退路，腰身朝后仰下，反手撑在浴桶两边，当空一个回旋，借力踩上了竹屏，跃出了竹屏之外。

江辞舟也不客气，打蛇打七寸，她说这些日子天天待在府中，谁信？他知道青唯的夜行衣与斗篷必然藏在嫁妆箱子里，先一步出了浴房，欲掀她的箱子。青唯见势不好，一脚踹上竹屏。竹屏受力滑出，晃了晃，轰然倒在江辞舟的跟前。

身后疾风袭来，江辞舟并不回头，扇子在掌中一旋，钩住床幔的玉钩，随即下拽。纱幔脱落下来，当空成缠蛇，朝后卷来，青唯矮身避过，将圆桌往前蹬去，随即纵跃而起，凌空踩上圆桌，挥掌朝江辞舟劈去。

江辞舟见青唯来势汹汹，不得不撤了掀箱子的手，折扇抵住她的掌风，反剪住她的另一只手，伸手掀了桌布，心中只道是温小野果真应了“小野”二字，路子太野，他简直要招架不住，先捆住她再说。

青唯见桌布掀落，空出一只手来抓起一旁柜子上的青瓷瓶，心中恨得牙痒痒，此前他在折枝居当看客不出手，她还以为他的功夫不好。他哪里是功夫不好？他就是想拖到事情闹大了放火药！还亏得她慎之又慎，唯恐刀剑无眼，伤了他的性命！他既无情，她何必有义？不管了，反正她下手有轻重，砸晕了再说！

江辞舟手中握着布幔，朝青唯身上捆去，见她抓了青瓷瓶砸来，偏头一躲，瓷瓶碎在一旁的床柱子上，江辞舟“啧”了一声：“娘子要谋杀亲夫？”

青唯冷笑一声，她的一只手已经被布幔缚在了床头：“你也不看看自己在做什么。”说罢，她空出另一只手来将布幔拽回，起身再与他打斗。

地上尽是碎瓷片，江辞舟看了一眼，想叫她躲开，一时没防着她这一手，手中的布幔没松，被她这一拽，径直被她带去榻上，鬓边擦过她的颊边，恰好她转过脸来，耳后的一片肌肤被温凉柔软的花瓣轻轻一触。

江辞舟愣了一下，青唯也愣了一下。

青唯很快问道：“你这是做什么？”

江辞舟停顿了一下，稍微离开了寸许：“为夫还想问娘子这是要做什么？刚才说好了要共浴，为夫还当是娘子不愿意，眼下看来，竟不像是不愿？”他站起身，心知这么争下去不可能有结果，整理了一下凌乱的衣衫，“你我各退一步，一个人一个问题，只要不触及私隐，问过必答。”

青唯斟酌了一番，这是最快的法子了，点头道：“好。”

江辞舟盯着青唯：“你为什么要找扶冬？”

青唯想了想，避重就轻地道：“我也不知道，我在查一桩旧案，有人留了线索给我，线索指向的就是扶冬。”

江辞舟思量起她所谓的线索，过了一会儿，问：“那支簪子？”

“这是第二个问题了。”青唯道，“该我了。”

“你为什么要探扶夏馆？是不是与五年前宁州的瘟疫案有关？”

江辞舟没追问青唯是如何知道瘟疫案的，左右她背后的人连城南的暗牢都敢劫，有什么是她不能知道的？他道：“是。扶夏是祝宁庄五年前的花魁，当年宁州瘟疫案获罪的富商是她的恩客。这个富商的罪名来得蹊跷。富商死后，扶夏再也没露过面，想要查这个案子，自然该找扶夏。”

青唯道：“扶夏既然没再露过面，就可能死了，你为何确定她还活着？”

江辞舟一笑：“这是第二个问题了。”

两个人各自问完、答完，并肩在榻上沉默着，坐了一会儿，夜深了，不是不想睡，但两个人都是好干净的人，看着这一屋子凌乱，实在没法就这么睡过去。

江辞舟沉默了一会儿，起身道：“你今夜先这么将就吧，明早让驻云和留芳进来收拾。”说着，他就朝屋外走去。

青唯问：“你去哪儿？”

“书房。”江辞舟道，“此前新婚，朝廷给我的休沐只有七日，如今已经多耽搁了数日，我得写个请罪帖，明天一早呈去御案。”

青唯嗯了一声：“那你去吧。”

江辞舟掩上门，朝回廊走去，直至绕过东跨院，步子越来越快，见朝天迎上来，立刻道：“把斗篷与夜行衣给我，快！”

朝天早就听到打斗声，本想去问问是否进了贼，但德荣称那是公子与少夫人的私事，硬是拦住了他。他不敢入睡，听到江辞舟出屋，立刻赶了过来。

朝天：“公子，您要出去？”

江辞舟嗯了一声，走入书房，换好夜行衣：“我去祝宁庄见扶冬。”

朝天：“我们找的不是扶夏吗？公子为何要见扶冬姑娘？”

江辞舟整理着袖口，没回答这个问题。

刚才青唯含糊其词，说什么在查一桩旧案。她来上京城这么久，要紧的人物就见了薛长兴一个人，薛长兴留给她的线索，还能与什么旧案有关？

朝天见江辞舟不吱声，说道：“公子，由属下去吧。”

江辞舟看了朝天一眼：“你是温小野的什么人，扶冬肯相信你？”

朝天看似不解。

江辞舟道：“我好歹是她的夫君，借着这个身份，讹也能从扶冬的嘴里讹出线索。”他在书案上摊开《论语》，抹平一张纸，“我诓温小野说今夜要写奏帖，你坐在这儿扮成我，顺便抄几篇，等我回来。”

朝天一个武卫，平生最恨读书、写字，正犹豫着能否换德荣来。江辞舟已经推开门，遁入夜色之中。

青唯沉默地坐了一会儿，趿着鞋，悄悄来到书房前，见窗上剪影修长，正奋笔疾书，很快回到房间中。

江辞舟既然对扶冬起疑，不可能善罢甘休。他顶着玄鹰司都虞侯的身份，查起案来比她容易许多，为防止线索落入他人之手，今夜这祝宁庄，她不闯也得闯了。

青唯思及此，罩上黑袍，取了绳索，迅速跳窗而出。

祝宁庄的守卫果真比前一阵子松懈许多，庄子中厉害的护卫都不在，虽然增加了暗哨，因为是临时请来的，对庄子并不熟悉，很容易避开。

青唯熟门熟路地摸到了阁楼小院，藏身在一棵高大的树上。阁楼小院的守卫并没有减少，相反还有增多的趋势，青唯观察了一阵，这些守卫六人成队，一共三队，每隔一炷香的时间便会在院子中绕行一周，每半个时辰还会去每间院舍内部检视。

有了上回朝天闯扶夏馆的经历，青唯不敢贸然行事，一直等到子时正刻，守卫们从扶冬住的楼阁里出来，才无声无息地掠到小楼的二层，叩了叩门。

少顷，扶冬的声音从里头懒懒地传来：“谁？”

“巡视。”青唯压低声音。

一阵轻微的动静后，扶冬起身开了门：“不是刚来过嘛，怎么还——”她的话未说完，嘴被青唯一把捂住。青唯迈步进了屋，抬腿，掩上门扉，刚想摘下兜帽表明身份，不防一旁有劲风袭来。屋中居然还藏着别人！

青唯顿时警觉起来，松开扶冬立刻后撤，在黑暗里迎了一击。这一击并不重，更像是在试探，触碰在她的肘间，发出啪嚓一声，这兵器像……扇子？

青唯心中一个不妙的念头闪过，那个人却再次探身过来，他不攻不防，逼近她的身边，用扇子挡下她劈出的掌风，环臂在她的腰间揽了一下。腰身不盈一握，柔韧而有力。

江辞舟认出这腰，立刻后退半步："娘子？"虽然他想到过青唯会来，来得这么快，却是他没料到的，祝宁庄的守卫撤了大半，依旧不好闯，她没有快马，前阵子又吃过亏，今夜再来，必当慎之又慎，还是说，她的轻功这么好？

与此同时，扶冬点起烛火："姑娘、江公子，你们别打了，你们……不是一起的吗？"

青唯又一掌劈向江辞舟的面颊，听了扶冬的话，堪堪停住。她气愤地收起手掌："谁跟他是一起的？"

江辞舟淡淡地笑道："娘子不是睡了吗？是嫌屋中繁乱，长夜无眠？"

青唯盯着江辞舟，他身穿一身玄色长衫，箭袖收得紧，手边的扇子也是黑色的，站在那里，身姿修长挺拔，倒是与书房窗户上的剪影像得很："你不是写奏帖吗？写到这里来了？"

青唯问扶冬："你什么都没对他说吧？"

扶冬愣了许久，这才意识到眼前的两个人似乎并不是一路的："当日在折枝居，奴家见二位同仇敌忾，颇为恩爱，只道二位应该是亲密无间的夫妻，所以江公子问起奴家簪子的事，奴家便……什么都说了。"

青唯听了这话，看了看江辞舟，又看了看扶冬，几次欲言又止，半晌，却在桌子旁坐下，低声道："算了。"她倒没有多么生气，只是自责罢了。他们的目标都是祝宁庄，她棋差一着，慢人一步，不怪旁人比她先取得线索。只是，薛长兴把这么重要的簪子交给她，她查到一半，被人捷足先登，对不起薛叔还是其次，就怕这些线索被有心之人利用，反过来将她一军。

江辞舟看着青唯，见她眸中的郁色不散，也在桌子旁坐下，问："不开心了？"他提起茶壶倒了盏茶，推给青唯，"这样，我不占你的便宜，扶冬姑娘这里的线索我听了，待会儿我把扶夏的事说给你听。"

青唯转过头来看江辞舟："当真？"

"当真。"江辞舟不疾不徐地道，"你忽然跟我打听五年前宁州瘟疫的案子，难道不是你背后的人让你查的？我不多跟你透露一点儿，你怎么交差？"

青唯有点儿不相信江辞舟："你肯说？"

江辞舟颔首。

烛光朦胧，高大的柜子将两个人映在窗上的剪影遮去，屋中一片昏暗，江辞舟戴着面具，青唯甚至看不清他的目光，却在这一刻莫名其妙地相信了他。她点头道："好。"

江辞舟笑了笑，对扶冬道："那就劳烦扶冬姑娘，把刚才说到一半的故事从头再说一遍。"

扶冬点点头，说道："说之前，奴家有一言想问问二位，二位能找到奴家，想必都是为了五年前坍塌的洗襟台，不知二位与那座洗襟台究竟有何关系？"

然而这话一问出来，青唯与江辞舟都没吭声。

扶冬也没指望他们能立刻回答，这样的事，若不是在心中久酿成伤，难以言喻，又何必不顾生死追查多年不肯放过呢？她也一样。

扶冬继续说道："那妾身便从头说起吧。妾身眼下的这个身份是假的，扶冬这个名字，也是来了祝宁庄以后才取的，妾身原是陵川崇阳县人，因幼时家境贫寒，被卖到一处庄子上，由庄子上的嬷嬷教养长大。这样的庄子与祝宁庄一样，看起来是一所私人园子，实际上是供达官贵人狎妓享乐的场所，庄子上像奴家这样的小姑娘还有许多，自幼除了学习丝竹歌舞，就是如何取悦男人。"

"妾身从六岁进入了庄子，一直到及笄都没出过庄子。及笄后的第十日是庄子上每一个姑娘的大日子。庄子中的嬷嬷管这日叫'卸簪日'，私下管这日又叫'破瓜日'，毕竟庄子不可能白养我们这些姑娘，过了这一日，就该学会接客了。那年是昭化十二年，我的卸簪日，很意外，我的恩客不是高官，也非商贾，他是一个两袖清风的书生。这个书生，他叫徐述白。"

扶冬道："如果二位还记得洗襟台坍塌后朝廷的处置，就应该知道五年前，陵川崇阳县死了一家徐姓商户，一家二十七口，包括下人、马夫，无一生还。"

此事青唯只是略有耳闻，印象中，这家人似乎是畏罪自尽的。

江辞舟道："当年洗襟台坍塌，最直观的原因，是楼台第一层的木料有问题。朝廷拨了银子，下令用最好的铁梨木，因为柏杨山入夏多雨，铁梨木最是防潮、防水。但督办此事的工部郎中何忠良为了求利，与陵川州尹魏升勾结，联合商人徐途，以次充好，用一批受过潮，经过暴晒的铁梨木，换下原本的好木头，赚取银钱差价。”

青唯听了这话，愕然道：“可是，那座洗襟台是由温……筑匠督工的，他们这样换木料，他督工时没有察觉吗？”

江辞舟看了青唯一眼，寥落地笑了一下：“温筑匠去洗襟台督工时，已经是洗襟台二改图纸以后了，当时第一层楼台已经建成。要分辨木料好坏，靠的是香气、木纹、材质、材径、重量。这批木料的材径合适，嵌入楼阁中，重量已经无法估计，魏升称是为了美观，刷上清漆木汁后，又多刷了一层朱色大漆，直接掩去纹理与气味，莫要说温筑匠，除非把木头劈开，否则谁能知道他们以次充好？”

“江公子说得是，”扶冬道，“当时我就在陵川，直到洗襟台坍塌，那些次等木料才被人查出来，江公子刚才提的何忠良与魏升很快就被朝廷处斩了，贩售木料的徐途一家也畏罪自尽。不过这些都是后话了，说回徐途。这个徐途本来就不是什么好人，做的坏事太多，老天也看不过眼，年近不惑，纳了七房小妾，一个子嗣都没有。他心中焦急，主意打来打去，就打在了一脉同根的堂侄身上。”

青唯问：“就是你刚才提的书生，徐述白？”

扶冬颔首：“徐家上一辈早分了家。徐途是个奸商，徐述白与徐途不同，他是个家世清贫，刚过了乡试的秀才。徐途念在徐述白有功名，希望他能过继到自己名下当儿子，又嫌他迂腐，便将他带到了庄子上……”

那年的扶冬虽然还小，却已经是飘香庄的老人儿了。见惯了纸醉金迷、骄奢淫逸，她还是第一回看到这样的人。

筵席上，四处都是狎妓享乐的客人，那个穿着一身襕衫，戴着幞头的年轻书生一个人立在池台中央，被一众衣着清凉的舞姬围着，撩拨着，憋得脸都涨红了。

周围不少人起哄：“徐秀才，装什么正经呢？瞧中哪个，只管搂上去便是！”

“莫不是念书念坏了脑子，白花花的胸脯送到跟前，他还当是白面馒头不成！”

“就是，嬷嬷，待会儿挑个可人儿的花苞给他开，还真当自己是柳下惠了不成？”

徐述白听着这些污言秽语，手足无措地闭上眼睛，可闭上眼睛，又不能捂住耳朵，只好立在池子中央，大声背起书来：“子曰，恭而无礼则劳，慎而无礼则葸，勇而无礼则乱，直而无礼则绞。君子笃于亲，则民兴于仁；故旧不遗，则民不偷……足容重，手容恭，目容端，口容止，声容静，头容直，气容肃，立容德，色容庄，坐如尸……”

周围的众人哄堂大笑。

满堂吵闹声中，嬷嬷牵着扶冬的手，指着池子中的书生：“瞧见没有，这就是你今夜的恩客。这些年嬷嬷调教的姑娘里，你是学得最好的。待会儿你可要极尽所能，将他这一身迂腐劲儿给去了。”

“我那时没见过世面，以为男人都应该像庄子上惯常见的嫖客那般，给点儿甜头就穷奢极欲。”扶冬说到这里，寂寥地笑了笑，“甚至没有多想，这样一个清清白白的人，为何会出现在飘香庄？直至几年后，我才回过味来。那时徐途因为贩售木料，早已经攀上了魏升、何忠良这些权贵，他不甘心自己商贾出身始终低人一等，便打起徐述白的主意，他既希望这个当秀才的堂侄能帮自己与权贵周旋、打点，最好能混上个一官半职，这样连带着他也能出人头地，所以他把徐述白带到了这个权贵们常来的声色犬马之地。”

扶冬把徐述白带到自己的厢房，照着嬷嬷教的法子，对他百般引诱，可他闭着眼睛，笔直地站在那里，竟然动也不动。

到后来，扶冬也累了，往桌子前一坐，径直斟了盏酒：“好了，我不招你了就是，过来吃杯酒，免得待会儿嬷嬷进来，一点儿酒气都没闻着，要怪我没下功夫。”

徐述白睁开眼睛看了她一眼，收回目光：“不吃，谁知你在那酒里放了什么？”

扶冬“扑哧”一声笑了，觉得这个书生真是有意思极了，将酒杯推到一旁，拿过茶壶：“那吃杯茶可好？你看你，在池台里背了一晚上书，又出了一额头汗，早该渴了不是？”

徐述白的确渴了，看了一眼扶冬手里的茶盏，犹豫了一下，接到手里。

看着徐述白毫无防备地把茶水送到唇边，扶冬忍不住掩唇笑起来：“你以为单单酒水里下了药，茶里便没放吗？”

徐述白愣住，手指一抖，一盏茶立刻洒落在地。

扶冬看着徐述白这副迂腐的样子，乐不可支：“嬷嬷早提醒过了，对付你这样的榆木脑袋，那药不能下在酒里，要下在书页里，茶水里，要无色无味，这样你才能上当。”

徐述白听了这话，只觉自己被戏弄：“你——简直不可理喻！”他说着，负手到了门前，掀开门闩欲走，扶冬连忙去拦，委屈地道：“你要是走了我怎么办？今日是我的卸簪日，要是没成事，嬷嬷会责打我的。”她看着徐述白目露犹豫之色，接着道，“再说了，带你来的那位徐爷，准你就这样走了吗？”

扶冬伸手去拽徐述白的袖子，摇了摇：“今夜留在这里陪我好不好？”

徐述白气愤地将袖口从她的手里抽出来，回到屋中坐下，垂眸道：“那我就在这里坐一夜，什么也不吃，什么都不碰。”

“他被徐途逼着一连来了庄子上几日，每回到了筵席上便背书，到了我的房里就枯坐一夜，便像他自己说的，什么也不吃，什么也不碰，甚至连睡也不敢睡。”扶冬道，“嬷嬷和徐途都说要吊着他，等他熬不住了，该破的戒便会破的。可他白日里还要耕读，要照顾家中病重的母亲，这样下去，身子哪里熬得住？后来有一次，我看他脸色发白，直出虚汗，便将自己藏在卧榻底下的水囊给了他……”

“吃吧，这是我给自己留的，里头除了一点儿蜜，什么也没放。”扶冬将水囊递给徐述白。

徐述白只是看了扶冬一眼，将头转去一边。

扶冬也跟着绕去一边："你可知道我为何要藏水？因为庄子上的嬷嬷管得严，到了夜里，便不许我们喝水，怕早上起来脸上浮肿，不好看，客人不喜欢；也不许我们吃蜜，怕我们体态臃肿，跳起舞来就不美了。所以我才偷偷留了个水囊。"她将水囊再次递给徐述白，"我自己的，真的什么也没有，你还要照顾母亲，这么下去，要是自己先撑不住了怎么办？"

徐述白听了这话，到底还是信了她，将水囊接过去了。蜜水入喉，犹如甘霖，他很克制，只喝了几口便递还给扶冬："多谢。"

扶冬接过来，将水囊小心地收好："今夜让你睡一觉，到了明日，你又有的熬了。"

徐述白："为何？"

扶冬看了徐述白一眼："嬷嬷说我没本事，要给你换一个。"

"换谁都一样。"徐述白冷笑一声，"君子当洁身自好，堂堂男儿，一未成家立身，二未有功于社稷，便到勾栏酒庄沉迷声色，成何体统？"

徐述白看向扶冬，犹豫了一下道："我看你虽然沦落风尘，实则心地纯善，何必把自己困在这一隅之地，不如早日想个法子，离开这个庄子，以后出去做个良家妇人。"

扶冬听了这话，愣了一下，笑了："恩客果然是一心只读圣贤书的秀才，连话都说得这般不食人间烟火。恩客以为这庄子是想进就进，想出就出的吗？"

徐述白道："我自然不这么以为，但是书上说——"

"而且出去做良家妇人便很好吗？"扶冬道，"嬷嬷早教过我们，百姓多清贫，往往为了一两口吃食、一身冬衣白头搔断，哪能过得如我这般奢华？人生璀璨不过瞬息，当醉则醉，我虽然困在这里，便是舍身予人，换来常人没有的纸醉金迷，有何不好？"

"不是这样的，"徐述白道，"有的买卖可以做，有的买卖不能做。书上说，君子不立危墙之下……"

"他读了许多书，嘴却笨得很，榆木脑子一个。我问他怎么出飘香庄？他说'书上说'，我问他买卖该怎么做？他说'书上说'，我就和他说，你这么好为人师，那我以后认你做先生好不好？我说，‘左右你以后要常来，不如跟嬷嬷说，你喜欢我，就愿意来找我。在我这儿有水喝，有东西吃，我可以告诉你媚药都下在哪里。’其实我这么说，只是不想再受嬷嬷的责罚了，嬷嬷每天早上看到没落红的白绢，都要狠狠地打骂我一通。他竟然答应了，他割破了自己的手指，把血滴在白绢上，说，‘好，我明日再来。’……”

徐述白没当过先生，这是第一回有人喊他先生。他的同年里有人考中乡试就开了私塾，教半大的孩子念书，看着那些孩子围着同年喊“先生”，他很羡慕。他本来也想这么做的，可是徐途对他寄予厚望，盼着他能攀附上京城里来的大官，谋个一官半职，以后慢慢考举子，再考进士。

但他又这样如愿以偿地做了先生，虽然他唯一的弟子是个妓子。她认得字，可惜只会诵些淫词艳赋，他便教她《论语》《礼记》。她会唱曲，可惜只会哼唱调情的歌谣，他便教她《诗三百》，教她《楚辞》。她冰雪聪明，凡是学过的便不会再忘，还能举一反三。渐渐地，他竟然不排斥跟着徐途来飘香庄，也学会了跟着达官贵人们周旋。

直到半年后。

半年后的一日，徐述白查验完扶冬的功课，问她：“你想过要离开吗？”

扶冬看着徐述白，说道：“我以后本来就是要走的，庄子不可能养我一辈子，眼下我的恩客是你，等你跟着那些大官去了上京城里，我的恩客就要换人。等我的年纪再大一些，不能为庄子挣更多银钱了，庄子就会把我卖了，运气好呢，做个小妾、外室什么的，运气不好，也可能被主人家打发了，转手再卖，便是死在外头，终归不能再回庄子上了。”

徐述白道：“不是这样离开，是赎身，拿回你的卖身契，干干净净地走。”

扶冬怔怔地看着徐述白，片刻后笑了，摇了摇头：“你还是不懂这庄子的规矩，我的年纪还小，除非达官贵人出高价跟嬷嬷讨我，否则我是不可能赎身的。”

徐述白低垂着双眸，搁在桌子上的拳头反复握紧，又松开，许久，才说道：“我眼下有个机会。”

“洗襟台快要建好了。”徐述白说，“崇阳县这里，有两个士子可以登洗襟台，叔父为我……讨来一个名额。”

“登洗襟台？”青唯疑惑地道。

江辞舟道：“洗襟台最初并不是楼台，而是一座祠堂，只有一层，为纪念沧浪江投河的士子、长渡河一役身亡的将士而建，先帝企盼后人能承先人之志，便下令额外加盖一层，做成楼台，责令第二年的七月初九竣工，到时在各地甄选品德高尚的士子以登楼台，在高处拜祭十二年前投河的士子，与之后身亡的将士。”

第十二章

逆溯幽雾

江辞舟道："那个时候，人人都把登上洗襟台看作一种殊荣，被遴选登台的士子，之后入仕，亦会备受看重。徐述白年轻，以后还可以考举人，甚至考进士，当然是前途无量。"

扶冬道："是，先生若能登洗襟台，庄子上的嬷嬷必然会卖他一个情面，把我舍了予他，不过……我那时候关心的并不是他能否登台……"

飘香庄的厢房里靡香四溢，眼前一篇刚刚抄好的诗文却散发着干净的墨香味。

扶冬只管盯着徐述白："为什么要为我赎身？"

"我……"徐述白垂着眼，"我没有弟子，你是我唯一的弟子，一日为师，终身为父，我不能看你沦落风尘，只要有办法，我肯定要带你离开这里。"

扶冬道："可是我听庄子上的姐妹说，肯为我们赎身的人，必然是真心实意地喜欢我们的。你是当真把我当弟子，还是像姐妹们说的那样……喜欢我？"

不等徐述白回答，她又说："你如果喜欢我，那就不要为我赎身了，以后庄子把我卖了，在主子底下为奴为婢，为妾为仆，我都看得开，但我不愿做你的妾。"

然而徐述白听了这话，什么都没说。他只是道："赎身的事交给我去办，你只管等着便好。"

扶冬："那日他离开后，我到底在飘香庄等了多少日子呢？可能是十来日，可能是两个月，记不太清了。后来连徐途都来得少了，直到洗襟台快要建成的那一天，徐述白忽然来了，是一个人悄悄来的。他说，为我赎身的事，他只有容后再办，因为他要立刻去上京城……”

扶冬愣住了：“去上京城？可后日洗襟台就建成了，你不登台了吗？”

徐述白的目光萧肃，他拂袖道：“这个洗襟台，不登也罢！”他停顿了一下，还是对扶冬多解释了一句，“我此行为的就是洗襟台，是要敲登闻鼓告御状的！这个案子牵涉重大，刻不容缓……”

青唯愣道：“告御状？徐述白可说了为何要告御状？”

扶冬摇了摇头：“我问过徐述白，他却说事态太过严重，知道得太多，只怕一个不慎会引来杀身之祸，让我当作什么都不晓得才好。”

扶冬问他：“你这么急着去上京城，身上的盘缠够吗？”不等徐述白回答，她铺开一张绸缎，将妆奁里的环钗首饰一股脑儿地倒在上头，又去床榻里取来自己藏下的二十两银子，仔细包好，全给了徐述白，说，“你拿着。”

徐述白看着扶冬，却没接。半晌，他将缎囊重新放在桌上摊开，目光掠过那许多环钗，最后落在了双飞燕玉簪上。

玉簪是一对，他伸手取了一支，淡淡地笑了一下：“有它，够了。”说着，他停顿了一下，从腰间摘下一块牌符，递给扶冬，“我的家世清贫，身无长物，平生唯一的倚仗不过诗书经纶，这块牌符是我考中秀才那年官府赐的，我很喜欢，一直贴身带着。你把它收好，等我回来。”

可徐述白这一去，再也没有回来。

扶冬清楚地记得，徐述白离开的那日是七月初七。

昭化十三年七月初七，离洗襟台建成还有两日。

扶冬没有等回徐述白，等来的却是一个惊天噩耗。

洗襟台塌了，登台的士子，建造洗襟台的工匠，还有许多平头百姓死在了洗襟台下。

仿佛刹那间天就变了，陵川崇阳县一带哀鸿遍野，朝廷震动，昭化帝带着朝臣亲自赶来柏杨山，下令彻查坍塌的原因。

第一个被查出来的就是木料问题，工部郎中何忠良与州尹魏升以次充好的消息震惊四野，人还在柏杨山下就被昭化帝下令斩首了，贩售给他们次等铁梨木的徐途畏罪自尽，一家二十七口，一个活口都没留。

飘香庄也乱了。

庄子上的嬷嬷草木皆兵——在洗襟台出事前，何忠良、徐途一干人等可是庄子上的常客——她们唯恐大祸殃及己身，一个接着一个地把庄子中的妓子卖了出去，连夜出逃。

好在何忠良等人寻欢作乐的地方不止飘香庄一处，洗襟台之祸千头万绪，官府查不到这些下九流的妓子身上，于是扶冬就在一片兵荒马乱中离开飘香庄，到了大户人家的宅院。她最终没能如徐述白期望的那般留存自身洁净，而是回归了辗转承欢，风尘打滚的宿命。她在那些宅院里被百般娇宠，又渐渐被厌弃，最后如同物件儿一般，待价而沽，转手下家。

只是偶尔在月光都照不透的深夜，她还会想起当初徐述白对她说的话。那个青涩又年轻的书生，最开始说话的时候，总是涨红了脸："不是这样的，有的买卖可以做，有的买卖不能做。"

什么买卖不能做呢？经过这几年，扶冬多多少少想明白了。那几个瞬间的璀璨、浮华如果是靠出卖自己获得的，最后不过水中月罢了。

人之所以是一个人，正因为她不是一个可以待价而沽的物件儿。想明白这一点后，扶冬就存了一个念头，她要为自己赎身，然后去洗襟台下，为徐述白收尸。

扶冬不知道徐述白明明说要去上京城，最后为何死在了洗襟台下——在楼台坍塌的半年后，她在丧生的士子名录中找到了他的名字。

扶冬去柏杨山为徐述白收尸时，已经是嘉宁二年的春天了，说是收尸，实则在一场防止瘟疫的大火过后，留下的只有逝者的遗物。

扶冬看到徐述白的遗物，一下子就愣住了。

这是一个秀才牌符，上头刻着他的名字，他的籍贯，他的秀才功名。与当初徐述白送给她的那个一模一样。

扶冬很快反应过来，官府交给她的牌符是假的，真正的牌符在她这里。

回想起彼时徐述白离开陵川前的种种，扶冬刹那间觉得脊背发冷——

“这个洗襟台，不登也罢！”

“我此行为的就是洗襟台，是要敲登闻鼓告御状的！”

“这个案子牵涉重大，刻不容缓。”

“知道得太多，一个不慎只怕引来杀身之祸，你只当是什么都没听说，待事态平息前，不要告诉任何人你认识我。”

徐述白是个说一不二的人，他既然说了不愿登台，必然不会反悔。也就是说，徐述白消失在了去上京城的路上，而他死在洗襟台下的消息，是有心人刻意伪造出来的假象。

扶冬道：“我得了真假牌符，知道事情不简单，谁也没透露，一个人回了住处。回过头来想，或许这件事从头就透露着古怪。徐途这个人旁人不知道，我却清楚得很，他素来贪名逐利，贪生怕死，当时洗襟台坍塌，他不逃也就罢了，怎么会畏罪自尽呢？就算自尽，为何要拖上一家二十七口全部陪葬呢？而最重要的一点，却是我一直忽略的。”

“什么？”青唯问。

“做官。”江辞舟说道。

“是，做官。”扶冬颔首，“江公子是贵胄子弟，熟悉朝廷中的那一套，想必一眼就能看出这其中的蹊跷。而我彼时不过飘香庄的一名妓子，听那些恩客说先生不久后要去上京城里做官，并没有放在心上。后来仔细求教打听，在上京城中做官，如果不是世家出身能得荫补，必然要举子以上出身，先生彼时不过一名秀才，便是登了洗襟台，有何忠良、魏升这样的人物保举，不过是仕途会顺当许多，如何这么快就有京官做？还是说，朝中有更厉害的人物，能越过种种规矩仪制，将一名秀才提拔上来，任由他先做官，再慢慢考科举？”

扶冬查明白这一点，便找到当初庄子上的嬷嬷，跟她打听。

嬷嬷离开了庄子，过得很不好，短短几年重病缠身，已到了就木之际，或许是人之将死，其言也善吧。她说："你问那个书生啊。那个书生，是个好孩子。嬷嬷活了这些岁数，见的好人太少，他算一个。不过我劝你，莫要找他了，他不可能活着，徐途得罪的人物，那可厉害着哩。"

"是谁？"扶冬问。

嬷嬷道："我也不知道，只是有一回听他们提起，像是那个何什么……哦，何忠良，他的远亲。叫老何大人还是小何大人来着？说那人厉害得很，能给书生官做。"

朝中何姓的大臣不少，但是被称作老何大人与小何大人的只有两位——当朝中书令何拾青与工部郎中何鸿云。

青唯道："如果嬷嬷说的是真的，徐途通过次等铁梨木的买卖，真正搭上的人是何拾青与何鸿云，那么一切就说得通了。利用木料差价，贪墨银钱的是二何。何忠良、魏升只是为二何与徐途牵线的桥梁。二何允诺徐途，事成之后，让徐述白在上京城做官，没想到洗襟台坍塌，木料的内幕暴露，二何唯恐被大祸殃及，于是灭口杀害徐途一家，让魏升、何忠良做了罪羔羊。还有徐述白，他本来要登洗襟台，后来忽然反悔，或许正是因为从徐途的口中得知二何替换木料的内情，想要告御状。但这件事被二何洞悉，派人找到徐述白，加害于他，做成人已死在洗襟台下的假象。"

扶冬道："姑娘说得是，我也是这么怀疑的。我流落半生，被人视作足下尘，风中絮，只有先生一个人以真心待我，且不论情之一字，当初先生教我诗书，便是希望我能光明磊落，如今我孑然一身，无亲无故，既然知道先生为高官权贵所害，此事断不可以就这么揭过去。我没有先生那般志向高洁，想要以一己之力揭发何家父子的大罪，但我至少要知道先生人在哪里？是否被害？"

扶冬跟着一个酒商学来酿酒的手艺，冒用一个寡妇的身份来到了上京城。打听到上京城中的贵胄子弟常去东来顺摆席吃酒，她盘下折枝居，开了酒馆，借着去东来顺送酒，刻意接近何鸿云。

何鸿云有个私人的庄子，五年前扶夏病重，庄子上已经许久没来过可人的美人儿了。扶冬貌美，加之这二十年魅惑人的功夫不是白学的。他有所需，她有所求，两个人一拍即合。她于是一夜之间从折枝居消失无踪，改名为扶冬，摇身一变，成了祝宁庄新到的花魁。

扶冬说到这里，已是泪水涟涟："该说的，奴家知无不言，已经全说了，姑娘的手里既然有这支双飞燕玉簪，想必定是有了先生的下落，还望……"她抿抿嘴唇，竟伏身对青唯行了个大礼，"还希望姑娘无论如何都要告诉我……"

青唯连忙将扶冬扶起来。她将薛长兴留给她的玉簪与扶冬的断簪一并拿出来，实话实说道："对不住，这支玉簪是一个前辈留给我的，我并没有徐先生的消息，在你提起他之前，我甚至没有听说过这个人。不过你放心，等我找到前辈，我一定第一时间跟他打听徐先生的下落。"

扶冬听了这话，并没有感到失望。她抹干泪，浅浅地笑了一下："有人找到这支玉簪，对我来说已经是很好的消息了。应该说对不住的是奴家，那日在折枝居，奴家并不知道何鸿云为何要对付姑娘。佯作刺杀姑娘，是为了获取何鸿云的进一步信任，望姑娘千万见谅。"

青唯没多在意，把两支玉簪一并还给扶冬："物归原主，你留着当个念想。"

扶冬看着玉簪，眼泪又落下来。她很快抬起袖子拭干，低声说了句："多谢。"她取出一个锦盒，将簪子收好。

江辞舟见扶冬的心绪平复下来，他问道："你接近何鸿云的这些日子，可有查到什么？"

扶冬仔细想了想，摇头道："没有。有件事说来古怪，我虽然怀疑利用木料差价，真正贪墨银钱的是何家父子，但是五年前，洗襟台修建之初，无论是何拾青还是何鸿云都不在陵川。何拾青在上京城中养病，何鸿云接到圣命，去宁州治疫了。他治疫治得好，听说因为这件事，后来还升了官……"

五年前，何鸿云去宁州治疫？江辞舟眼下查扶夏，不正是为了五年前的瘟疫案吗？青唯正待细问，屋外忽然传来脚步声。

阁楼小院的巡卫每隔一炷香的时间便会巡视一圈，半个时辰一过，还会到院舍内部检视。一定是那些巡卫又到了！

扶冬警觉，掀了灯罩，立刻要吹灭烛火。

江辞舟拦住她："别灭！"

刚才还点着灯，眼下守卫刚到，灯就灭了，岂不是此地无银？

可这间屋子虽大，却一览无遗，他们活生生的两个人，究竟该怎么藏？

青唯的目光落在圆榻上，她三步并作两步便朝榻上奔去，江辞舟却在她的腰间一揽，低声道："这边。"他环臂抱着她，掠到竹屏后的浴桶，两个人齐齐没入水中。

水面刚平静下来，屋舍的门就被推开了。

"这么晚，怎么还点着灯？"

"梦魇了……不敢睡……"

巡卫与扶冬的声音隔着水模模糊糊地传来。

浴桶太小了，青唯陷在水下，紧挨着江辞舟的胸膛，眼前黑漆漆的，什么也瞧不见。

江辞舟也觉得挤，青唯的背实在太瘦了，那一对蝴蝶骨上皮肤简直薄如蝉翼，就这么抵在木桶上，他都担心会磨破。于是他只好在黑暗的水下环住她，将手隔在她的蝴蝶骨与木桶之间。身下也不舒服，她不知道在腰间揣了什么，硌得他实在难受。

江辞舟于是探手去她的腰间，居然摸到一个荷包。荷包里头装着一个硬物，似乎是一个小瓷瓶。

两个人离得太近，本来就有许多摩擦，兼之青唯正竖着耳朵听屋里的动静，江辞舟摘下她的荷包，她竟然没有觉察。

荷包的绳索一松开，瓷瓶就落出来。江辞舟伸手去接，堵在瓶口的布巾已经吸水脱出，里头无色无味的青灰全撒出来，溶在水中。

青唯左眼上的斑纹是用一种赭粉画的，水洗不去，酒擦不去，除非遇到青灰。

巡卫巡视一圈，见屋中并没有异样，很快离开了。

青唯屏息屏到极致，听到掩门声，立刻从水中站起来，抹了抹沾了满脸的水。

江辞舟也跨出浴桶，斟酌了一下，回头对青唯道："此地不能久留，你我先——"话说到一半，他看着青唯，忽然愣住了。

扶冬正拿了干净的衣裳过来，看清青唯的脸，惊讶地道："姑娘，你……"话未说完，对上江辞舟的眼色，她立刻会意，心道这也许是人家夫妻间的私事，她一个外人，哪好多说，于是改口道，"姑娘与公子的身上都湿了，秋夜寒凉，奴家这里有干净的衣裳，二位赶紧换上吧。"

青唯颔首道："多谢。"她从浴桶里出来，拿过扶冬手里的衣裳。

江辞舟的衣衫是庄子上专门为留宿的恩客准备的，他换得很快，目光落在手中的青瓷小瓶上，想了想，渐渐了悟，将瓷瓶收入怀中，等着青唯。

青唯从竹屏后出来，江辞舟又愣了一下。她穿的是扶冬的衣裳，一身玉白素裙，腰间系了一根丝绦，一头青丝因为湿了，全散开来，她擦得半干，怕不整洁，用木簪挽起鬓发缠在脑后，清透的颊边还坠着一两滴水珠子。

江辞舟收回目光，对扶冬说："今夜来得仓促，还有许多枝节无法详说，只待来日再叙。江某另有一件事要拜托扶冬姑娘。"

扶冬："公子只管说来。"

江辞舟道："实不相瞒，江某此前百般接近姑娘，实则是为了寻找祝宁庄五年前的花魁，扶夏姑娘。只是那扶夏馆机关重重，江某吃了一回亏，无法贸然再探。近日庄子上的守卫松懈，姑娘既然在庄子中，不知可否帮江某打听一二？"

扶冬道："奴家记住了，江公子放心，奴家一定帮忙打听。"

青唯缠好鬓发，问江辞舟："你的马在庄外吗？"

江辞舟嗯了一声，听青唯这么问，有些意外："你徒步过来的？"

事到如今，她也没什么好瞒着的了。青唯恼道："我那马，一直养在外头，离得远不说，又没养熟，昨日没去看它，它饿了两顿，今日对我爱搭不理的，跑到一半到路边吃草去了，死活不走，眼下可能自己回去了吧。"否则她也不会比他晚到一步。

青唯觉得自己不能白坐江辞舟的马回府，问扶冬："有绳索吗？长一点儿的缎子也行。"

扶冬点头说有，取来缎子递给青唯。青唯谢过，将缎子在腕间缠了缠，推开窗，往阁楼外的高树上抛去。缎子不像软玉剑那般有韧性，不过，又不是用来打斗，缠稳就够了。

青唯站在窗前回过头，朝江辞舟伸出手：“过来，我带你一起出庄。”

夜风从窗口灌进来，将青唯的发丝与衣裙吹得狂乱飞舞，而月光安静，流泻在她的身遭。

江辞舟看了一眼，没说什么，走过去，牵了青唯的手。他的功夫也好，青唯带着他，几乎不费吹灰之力，有了缎子做桥梁，他们在楼檐与树间几个纵跃，几乎没发出任何响动，出了庄，很快找到江辞舟的马。

江辞舟先行翻身上马，伸手一把将青唯捞上来，圈在身前，帮她理了理散在身后的头发，策马往江府奔去。

折腾了一夜，回到江家已是天色熹微，两个人没有走正门，从后院翻了墙。

房里还是很乱，留芳与驻云尚未起身，没有人过来收拾。江辞舟实在看不过眼，先一步进屋，把竹屏扶起来，一时听到身后的青唯也进了屋，正在房间里四处搜寻。他回身问：“在找东西？”

青唯没答。她装着青灰粉的小瓷瓶不见了，不知道丢在了哪里。她从来不是一个丢三落四的人。青唯在床榻前没找着，又去翻散落在地上的纱幔。

江辞舟走过来，在青唯的面前半蹲下身，看着她。

青唯被江辞舟看得有点儿久，忍不住问：“你看我做什么？”

江辞舟也没回答，一言不发地伸手入怀中，取出怀里的东西，搁在地上：“在找这个？”

地上搁着一个荷包和一只青瓷小瓶。可是，堵着瓶嘴的布巾不见了，里头的青灰……也不见了？

青唯怔怔地看着地上的青瓷小瓶，又抬起头，怔怔地看向江辞舟。她忽然起身，几乎是手忙脚乱地扑到柜子前，将妆奁打开。

铜镜中的一张脸干净异常，莫要说斑纹了，除了右眼角的两颗小痣，一点儿瑕疵也没有。

青唯又回头看向地上的荷包。荷包还有些湿。她这一夜除了泡过扶冬的浴桶，哪里还沾过水？

青唯一下子明白了是怎么回事，一言不发地走到江辞舟的跟前，抬手就去掀他脸上的半张面具。

江辞舟觉得青唯的这个反应又突兀又好笑，捉住她的手："你做什么？"

青唯："你让我跟你一起躲进浴桶，是不是就是为了趁乱取走我的小瓶？"

江辞舟道："不是，我此前并不知道你这小瓶。在水下，你挨我挨得太近，这个小瓶硌得我不舒服，我摘下来，本想出了浴桶就还给你，没想到荷包的绳索跟你的腰扣系在一起，荷包解下来，绳索就松了。"

江辞舟解释得合情合理，青唯听了虽然相信，但她不服气。

"不管。"青唯道，"出了浴桶，你见了我的样子，应该知道这个小瓶的蹊跷，你却丝毫不提醒我。"她有点儿着急，这些年她小心谨慎，不是没栽过跟头，却没栽过这样的跟头——她顶着假面孔、假身份嫁过来，这门亲事在她的心中是不能作数的，可一个月还没过去，她就这样被他撞见了自己的真容。青唯不知怎么，觉得心慌："扶冬本来要和我说，你也不让，你就是故意的！"

青唯挣脱开江辞舟的手，踮脚执意要摘他的面具："说好了一换一，你看了我，我不能吃这个亏！"

"一换一是说你拿扶冬的线索，换我这里扶夏的线索。"屋子中已经够乱了，昨晚才打过一场，今早总不至于又闹。江辞舟一边拦，一边笑着道："我不是说了嘛，我小时候脸上被火燎着过，不好看……"

"你以为我信？"青唯不管不顾，江辞舟根本躲不开她，一时觉得她像只急红眼的兔子，又像奓毛的、张牙舞爪的小狼，不得已只好与她缠斗在一块儿。

屋中激战正酣，屋门一下子被推开。德荣迈过门槛："公子，您回来了？朝天他——"

话未说完，见到屋内的场景，德荣愣住了。屋内一片凌乱，少夫人背对着他，正挂在公子的身上，少夫人似乎有些急，公子却一点儿也不恼，还笑得很温柔，生怕她摔了，一手托着她。不但如此，经过这一夜，两个人身上连衣裳都换过了。

德荣立刻噤声，谨慎地低下头，退出屋子，掩上门。一时记起朝天的惨状，德荣在屋外沉默地站了一会儿，忍不住还是多说了一句："公子，朝天不知道您回来了，还在书房里抄《论语》呢，他抄了一宿，实在有点儿熬不住了。公子眼下……也不知道要和少夫人忙到几时，不如暂免了朝天抄书，让他歇一会儿。”

江辞舟听了这话，这才想起朝天还在书房里假扮他呢。

青唯听出德荣“不知要忙到几时”的歧义，也发现自己这样实在不雅，从江辞舟的身上下来，坐在榻边不吭声了。

木已成舟，青唯闹了这么一阵，心绪已经平复下来了，她这些年甚少露出真容，眼下被江辞舟看去，执意要揭他的面具，说到底只是赌气罢了。其实她看不看他的样子，又有什么要紧呢？她其实……并不多关心他究竟是谁？与他面具下的样貌相比，还是扶夏这条线索更加重要。

江辞舟见青唯沉默不语，温和地道：“你若当真想看，等我了结一些事，自会……尽力把这面具摘了。”

青唯抬眼看江辞舟：“君子一诺？”

江辞舟：“决不食言。”

青唯颔首：“好，那你把扶夏的线索告诉我。”

江辞舟道：“先一起去书房看看朝天。”

青唯想了想，取了妆奁，在桌子前坐下：“你先去，我过会儿就来。”

朝天一宿没睡，如果练一夜的功夫倒也罢了，他一个武卫，平生最恨诗书，抄《论语》抄到蜡炬成灰，实在是熬不下去，看人都是重影儿的。他又听闻主子与少夫人今早是一起回的府，忍不住道：“公子要去那个庄子，少夫人恐怕早就知道，公子想用缓兵之计拖住她，还不如将她制住，让属下扮作公子抄书，瞒也没能瞒住。”

江辞舟坐在书案前，正一张一张地看朝天抄的《论语》，闻言看了朝天一眼：“是我打得过她，还是你打得过她？”

朝天不吭声。江辞舟将一沓宣纸往桌上一放：“你的字写成这样，抄一夜算便宜你了。”

朝天正要辩解，青唯过来了。

青唯的左眼上已经重新画了斑，目光落到桌上的宣纸上，料到这就是昨晚朝天扮成江辞舟诓她的杰作，拿起来看。前头几张抄得还算勉强，到后面，偏旁部首通通分家，横竖撇捺反目成仇。

青唯把宣纸放下，直言不讳地道："字真难看。"

江辞舟看向青唯，见她上了"新妆"，一身清爽："收拾好了？"他转头吩咐德荣，"你去帮少夫人取帷帽，朝天，你去套马车。"

"要出门？"青唯问。她看了一眼天色，还不到午时，立刻变得警惕起来："是不是又出什么事了？"

江辞舟起身："饿不饿？"

青唯愣了一下，此前不觉得，折腾了一夜，什么都没吃，他这么一提，倒是真的觉得饿了。

德荣很快取来帷帽。青唯戴上帷帽，跟着江辞舟上了马车："随便吃点儿，填饱肚子就行了，我想知道扶夏的事。"

"去东来顺说。"江辞舟在马车里坐好，德荣与朝天很快驱车。江辞舟对青唯道："此前你我在东来顺当街一通大吵，不少人都看出是做戏，做戏不要紧，不做全套才会落人口舌，眼下我悔过，跟你和好如初，自然要带你去吃烧鹅。"

"先说好，"青唯坐在"风雅涧"的竹舍内，经一番深思熟虑，对江辞舟道，"你此前说不占我的便宜，我也不会占你的便宜。我受人之托，所查旧案与洗襟台有关，十分凶险。眼下我既然知道加害徐述白，替换洗襟台木料的人是何家父子，那么我接下来必然会想尽一切办法查明此事。此前在折枝居，何鸿云已经对我起了杀心，对你却只是试探，你眼下知道了扶冬在此的缘由，不必涉险相帮于我。同样，待会儿我听了扶夏的线索，也不会干涉你行事。"

江辞舟问得直白："那个让你跟我打听宁州瘟疫案的人，你不肯告诉我他是谁？"

青唯不吭声。

江辞舟也没强求，又问："你要帮扶冬寻找徐述白吗？"

青唯思忖一番："如果能找到他，了却扶冬姑娘的心愿，自然最好。但我的本事有限，势单力薄，只能尽力去查，别的不敢多允诺。”

江辞舟笑了笑：“你怎么就知道你我的目标不一致？说不定我们是同路人呢？”他很快收起了笑容，平静地道，“说回瘟疫案，昨晚跟扶冬聊得仓促，如果你没忘，扶冬最后说，她虽然怀疑真正替换木料牟取暴利的人是何家父子，但五年前洗襟台初建，何拾青在上京城中养病，何鸿云去了宁州督办一桩瘟疫案，没有一个人在陵川。”

这正是青唯最挂心的。曹昆德这个人，面上不显，但被他盯上的案子，其中必有蹊跷。小小的一桩瘟疫案，究竟有什么内情？

青唯这么想，就这么问了：“这桩瘟疫案，与洗襟台有什么关系吗？”

“德荣。”江辞舟唤道。

德荣会意，提起一旁的桂花茶，给青唯添了一盏：“少夫人，您吃茶，容小的慢慢说。这瘟疫案说是‘案’，其实最开始，是一桩很小的小事……”

差不多是洗襟台刚修建那会儿，宁州一带的一个小镇上闹了瘟疫。疫症虽然厉害，好在症状非常好分辨，医书上也有治病的古方。有了方子，一切就好办了。只要把病患集中起来，及时隔离，尽早给药，病情很快就散了。

德荣：“唯一的难点，那药方子里有一味药材有点儿昂贵，宁州一带没有，官府也没囤，叫缠茎夜交藤，于是宁州官府便把这件事禀给了朝廷，希望朝廷帮忙筹集药材。”

当时正是昭化帝在位的第十二年。大周建国，起初羸弱，后来渐渐富强，关键在于民富，尤其昭化帝继位后，还商予民，朝廷除了把控盐与金银矿，许多物资买卖放给了民间，包括茶叶、瓷器、木料、药材等。民富了，征纳的税便足，国库便充盈了。

所以朝廷接到宁州的邸报，发现太医院的库存并不多，就选派了一个户部郎官，让他负责从民间药商那里以正常银价购买这种缠茎夜交藤，早点儿给宁州发去。这个差事好办得很，所以谁也没想到，正是这个郎官收购缠茎夜交藤时，出了事。

德荣：“当时市面上的缠茎夜交藤所剩无几，郎官里外忙了七八日，才收来十来斤。宁州那边为了治疫，等不及，只好先出高价跟其他的州府与药商收购。

虽然收得慢，价格高，好歹收到了一些。但耽搁了这么一阵，宁州的瘟疫也扩散了，宁州的府官不满，心道是郎官堂堂一个户部办事大员，身在上京城重地，怎么可能连点儿药材都收不到，一怒之下，一封奏疏把他告上朝廷。瘟疫这事，说小也小，要是闹大了，那可不得了，朝廷自然要彻查。就在这个时候，何鸿云请缨了。”

何鸿云那年刚入仕不久，领的也是个荫补闲差，太常寺七品奉礼郎。按说他的职位，与治疫这个差事八竿子打不着，但他爹何拾青是当朝中书令，他既然请缨，朝廷自然愿意给他一个机会。

第十三章

智破水牢

何鸿云领了差事，第一个查的就是药商。

“此前不是说，宁州府官等不及，以高价收了一些缠茎夜交藤吗？”

“宁州紧挨着上京城，宁州收的药材，多半来自附近几个州府。何鸿云从药商查起，拔出萝卜带出泥，发现兜售缠茎夜交藤的商贩，货源大都来自上京城的一家大药铺。这家药铺的东家姓林，叫作林叩春。上京城市面上为什么很难找到缠茎夜交藤？缠茎夜交藤的售价为什么一夜高涨？正是因为他提前斩断货源。他早就收到宁州瘟疫的消息，先一步囤药，打算以高价卖出，以此牟利。”

“于是何鸿云立刻将此事上奏朝廷。按照大周律法，所有商家是不得在战乱、时疫、饥荒、洪灾等时期哄抬相关银价，发国难财的。林叩春这么做，很显然触犯了条例。而且当时宁州的瘟疫因为耽搁用药，已经闹大了，附近几个镇、县都发生了疫情，甚至还死了人。昭化帝震怒，下令捉拿林叩春。林叩春或许是知道自己死罪难逃，连夜在药铺里放了一把火，畏罪自焚。”

“那家药铺正是林叩春囤缠茎夜交藤的地方。他这么一把火烧下去，烧了自己倒也罢了，要是把缠茎夜交藤烧没了，那才真的不得了。好在何鸿云一直派人盯着林叩春，火一起，何鸿云就带人赶到了，他带人冲入火中，不但将缠茎夜交藤抢了出来，还亲自将药材押送至宁州，与宁州府官一起祛除瘟疫。至于后来嘛，朝廷在林叩春的宅院里搜出两本账本，上头收购缠茎夜交藤的数目与何鸿云查出来的都对得上。宁州发生瘟疫之前，一共有五家药商直接售卖缠茎夜交藤给林叩春，这五家药商里，除了一家畏罪自尽，其他四家供认不讳。宁州的疫情本来不重，因为这缠茎夜交藤，死了一些人，下头民怨难平，朝廷为了安抚宁州百姓，只好将最早那个户部办事郎官革职查办。不过何鸿云倒是因为立功平步青云，不到半年，就被调入工部，成了今天的工部水部司郎中。”

德荣道：“少夫人听到这里，是不是觉得这个案子毫无漏洞？”

青唯没吭声。起初她觉得林叩春能先朝廷一步囤药，这事不合理。然而她转念一想，林叩春是那么大一间药行的东家，一定有自己的门路。瘟疫嘛，总是先在民间闹起来，而官府办事严谨，真正上报朝廷，总要等确定了以后。

德荣道：“不但少夫人觉得这个案子没漏洞，案子一结，朝廷上除了恭喜何鸿云升官，也没几个人记得这事了。”

那年是什么时候？是昭化帝在位的第十二年。朝中的头等大事可是修筑洗襟台，宫里宫外的一双双眼睛都盯着陵川呢，至于旁的事务，除了年前的一桩流放案一再被翰林提起，掀了点儿水花，旁的案子但凡是解决了，归档了，就跟泥牛入海似的，再没人多提一句了。直到一年多以后。

德荣：“一年多以后，有人给朝廷写了封信。”

“什么信？”青唯问。

“一封求救信。”德荣道，“信上说，死去的林叩春，只是一个替罪羊罢了。当初真正决定买断缠茎夜交藤，哄抬药价的人是何鸿云。是何鸿云提前获悉瘟疫发生的消息，让林叩春出面，帮自己做这笔买卖。他后来主动请缨彻查此案，不过是眼见东窗事发，贼喊捉贼罢了。”

“还有一点非常重要，”德荣停顿了一下，又说道，“这封揭发何鸿云的求救信，是……写给小昭王的。”

青唯愣了一下：“小昭王？”

德荣点点头：“不过小昭王当时并没有收到这封信。”

那时已经是昭化十三年的深冬了。昭化十三年七月初九，洗襟台坍塌，朝局一下子就乱了。昭化帝身子本来就不好，接到这个消息，心中大恸，夜不成寐。三日后，他御驾前往柏杨山，看到满目疮痍，人间地狱，更是一病不起。

德荣：“先帝是个英明的君主，他知道自己这一病，底下的人看着皇权更迭，必将兴风作浪，于是在上京城中的各个驿站暗中增派人手，想着只要言路没断，他就还能执政清明。也是多亏先帝慧达，这封写给小昭王的信，才没有被歹人半路拦截，而是平安地送进了宫中。”

只可惜，彼时小昭王伤重，到底没能看到这封信。这封信被长公主看过后，最终转呈至先帝的病榻前。有些话德荣没与青唯提，提来无用。

瘟疫案与洗襟台坍塌一事南辕北辙，谁能猜到它们之间竟有关联？

然而先帝看过信后，立刻就了悟了。其时已经是洗襟台坍塌的大半年后，先帝病入膏肓，已似风中秉烛。君王垂危，下头的储君却年轻、羸弱，深宫之下永远埋藏着汹涌的暗流，只待狂风一起，涛澜浪潮便会吞噬卷来。

朝中各党相争，尤以几位手握重兵的将军分裂成几派，先帝唯恐他们扶那位襁褓中的小皇子上位，挟天子以令诸侯，虽然知道了何家的肮脏、龌龊，仍晋何妃为贵妃，在玉牒上把她记为嘉宁帝生母，又亲自下令嘉宁帝迎娶章氏女，盼望着集合章、何二人之力，将动荡的朝局平复下去。

昭化帝临终前，把嘉宁帝招到榻前，握着他的手说："疏儿，留了这样一个烂摊子给你，满盘皆输，是朕这个做父亲的对不起你。"

嘉宁帝当时只有十七岁，他跪在龙榻前，垂泪摇头："父亲是最好的父亲，最好的皇帝，儿臣不能为父皇分忧，是儿臣无能。"

昭化帝看着嘉宁帝，缓缓地笑了笑："你虽然是皇帝，可双肩太单薄了，下头撑着你的臣子各怀心思，你看似坐拥江山，实际上不过在一个空中楼阁之上，以后父亲不在了，切记要韬光养晦。"

昭化帝颤巍巍地从龙枕下取出两封信，递给嘉宁帝："这两封信，其中一封是外头的人写给清执的，里头列了何家的罪状。你看过后，便将它们束之高阁，不等时机成熟，不要开启。"

嘉宁帝将信收好："儿臣记住了。"

"若是时机到了，"昭化帝看着自己最疼爱的儿子，"你也千万不要放过任何一个罪人，包括……你是朕最寄予厚望的儿子，双肩再薄，也要养出承担起这山川的力量。你要擅决断，有魄力，清明仁德，果决无畏，到那时，让清执帮你。朕还盼着你和清执，有朝一日，能够让所有被掩埋的真相，都重见天日……"

一代帝王故去，年轻的君主奉天命，登上陛台。可他高坐于陛台龙椅之上，下头却被架得空空如也，身边甚至没有可用之人。他不急，也不躁，始终记得昭化帝临终前的嘱托，他像一只蛰伏的、温煦的兽，在这深宫里挨过漫漫长日，一直到了嘉宁三年，章鹤书上书重建洗襟台，年轻的皇帝伺机而动，下旨复用玄鹰司。

而三个月后的一个深夜，当朝中大员正为了一桩劫狱案焦头烂额之际，嘉宁帝忽然一道旨意传江家公子入宫，将这封当初被先帝扣下来的求救信，交给面具之下的小昭王。

青唯问："这封求救信既然揭发的是宁州瘟疫案，为何要写给小昭王？瘟疫案发生之时，小昭王不是在修筑洗襟台吗？"

"少夫人说得是。"德荣道，"按说这个写信之人被何鸿云追杀，就是去敲登闻鼓，也比写信给小昭王强。但是信上有两条很重要的线索，是朝廷一直没有查出来的，或者说，是查不出来的。缠茎夜交藤名贵，少夫人可知道，要买下当时市面上所有的缠茎夜交藤，需要多少银子？"

青唯："多少？"

"二十万两银子。"德荣道，"林叩春虽然是巨贾，可一时间拿出二十万两银子，对他而言绝非易事。"

青唯道："事后账面上没查吗？"

"查了，但少夫人莫要忘了，这笔账是何鸿云查的，连账本都是何鸿云呈交上来的。"德荣道，"第二点，也是最重要的，写信的人称，林叩春当时没有这么多银子，何鸿云其实也没有，而何鸿云之所以能在短时间拿出二十万两白银，因为他前不久接到了一辆来自陵川方向的镖车，镖车里满是金银，正好二十万两。"

陵川方向……洗襟台，就在陵川。

德荣："说到这里，少夫人应该已经能猜到，这个写信给小昭王的人，究竟是谁了吧？"

青唯道："扶夏？"

"对，正是扶夏姑娘。"德荣道，"扶夏是祝宁庄五年前的花魁，而这个林叩春，那时正是祝宁庄的常客。扶夏称，当时疫情刚发生，正是她为何鸿云与林叩春牵线搭桥，才促成了缠茎夜交藤的买卖。后来林叩春的死，八成就是被何鸿云灭口，还有那五家兜售给林叩春缠茎夜交藤的药商，有一家畏罪自尽，也是何鸿云干的。那家药商的药铺原本开在东来顺附近，少夫人想必知道，正是后来的折枝居。洗襟台坍塌，扶夏因为知道内情，担心被灭口，连夜出逃，她在信上最后称，她为了保命，暗中留有何鸿云与林叩春之间的账本，便是何鸿云找到她，只要罪证在，暂时不敢杀她，还请小昭王尽快救她。”

扶冬和扶夏的名字为什么会这么像？不是巧合，因为扶夏是祝宁庄五年前的花魁，而扶冬是五年后的花魁。

扶冬开的酒馆为什么会在折枝居？也不是巧合，何鸿云当初灭口药商后，为了抹平罪证，买下了折枝居，扶冬本来就是为了接近何鸿云，自然要盘下何鸿云的铺子，所以她选了五年前，死过人的折枝居。

扶冬、扶夏的两条线索终于拼凑完整。青唯道：“也就是说，当初洗襟台初建，何鸿云得知了瘟疫可能暴发的消息，希望通过贩卖缠茎夜交藤发一笔横财，手上的银子不够，打起了洗襟台木料的主意。他通过何忠良与魏升，联系到贩卖木料的徐途，徐途以次充好，将利用差价赚取的银子凑给何鸿云，借此攀附上何家？”

江辞舟道：“此前我尚不确定，眼下有了扶冬的证实，极有可能是这样。”他沉默了一下，又道，“何鸿云这个人不简单，扶冬接近他的缘由，他未必不知道。”

青唯看着江辞舟：“最后一个问题。”

江辞舟：“你说。”

青唯：“当初扶夏的信是写给小昭王的，照理说非常机密，小昭王收到的信的内容，你怎么会知道？”

小二进来竹舍布菜，很快退了出去。

江辞舟看了一眼满桌的佳肴，没动筷子。他轻描淡写地道：“当初我跟小昭王同去洗襟台督工，很得他的信赖，眼下他在宫中养病，官家无人可用，将这个差事交给了我。”

“这么重要而且凶险的差事，官家交给了你？”青唯道。她继续追问，步步紧逼：“退一步说，官家当真无人可用，只好用了你，还让你担任玄鹰司都虞侯。可是玄鹰司里，卫玦与章禄之看似敬重你，实际上并不服你，官家对你委以重任，不会想看到一个一盘散沙的玄鹰司，何鸿云的案子迫在眉睫，在这么短的时间内，你要以一个什么样的身份，令玄鹰司上下信服？”

“我不需要让卫玦相信我。”江辞舟淡淡地道，“一盘散沙自有一盘散沙的好处，娘子很快就会明白。至于旁的问题——”他笑了笑，看向青唯，“娘子这么刨根问底，对我很好奇？”

青唯停顿了一下。是了，他们有言在先，交换线索，互不干涉，这还是她先提出来的，眼下这么再三地追问，倒是她自己先越界了。青唯抿抿嘴唇，收回自己莫名的好奇心，把话头拽回正题：“你方才说，何鸿云知道扶冬接近他的目的？”

江辞舟：“扶冬的底细，我查出来只用了三天，扶冬是三个多月前来到上京城的，她究竟是谁？何鸿云会不知道？既然知道她出身于飘香庄，是徐述白与徐途的旧识，何鸿云把她留在身边，让她做祝宁庄的花魁，必然有他的目的。”

青唯：“什么目的？”

“何拾青身居高位太久，想要动何家的，外头有的是人，那些才是何鸿云要找的大鱼。扶冬一个弱女子，对何鸿云能有什么威胁？钓鱼还要用鱼饵呢，将扶冬放在身边，正是最好的饵，譬如你我这样的鱼，不就上钩显形了吗？”江辞舟道。他站起身，揭开桌子上的一个瓷盖，鲜美的热气扑面而来，东来顺也有鱼来鲜，虽然不如祝宁庄的正宗，但这么一闻，就知道味道可口。江辞舟帮青唯盛了一碗，放在她的面前：“却也不必急，江中有鲟，海里有鲨，咬饵咬得紧，能将钓鱼人一起掀翻进水里，孰生孰死，且待风浪过后。”

“等等。”他捉住青唯拿筷子的手，温和地道，“还烫，晾温了吃。”

五日后，何府。

“嘭——”青瓷瓶摔在地上碎裂成几瓣，何拾青负手在厅里来回踱步：“这个江辞舟，他究竟是什么人你不知道吗？那是小昭王，小昭王！我再三告诫你不要去招惹江家，你倒好，背着我干出这么一件石破天惊的事！眼下痛快了？赔了夫人又折兵！”

何拾青难得发这么大的脾气。他此前不在上京城，接到邹平获罪，邹公阳被革职的消息，火急火燎地往上京城赶，从沥州回到家中，仅用了不到十日。

何鸿云的禁足刚解，早上他进宫跟太后请安，受了几句责骂，眼下回府撞上何拾青，当着人又是一通训斥，他的脸上也挂不住，忍不住道："江辞舟这几年在江府无所事事，谁能猜到江辞舟是小昭王，父亲不也是才知道吗？若不是官家忽然让江辞舟做了玄鹰司的当家，我们恐怕至今都被蒙在鼓里，起初儿子也只是起疑，跟邹平说找机会试试，不过是在宴席上放几根弩箭罢了，没想到被江辞舟抓住了机会……"

抓住机会，利用火药，反戈一击，把何家最倚仗的巡检司与卫尉寺全拖下水。

"当日章兰若让他拆除酒馆，不也是试探他？谢容与和江辞舟，判若云泥的两个人，说他们调换身份，不是眼见为实，谁敢下定论？"何鸿云道，"而且我也不明白，便是小昭王又怎么样？他都不姓赵！不过是驸马爷的儿子，得先帝看重，才封了王罢了。"

"小昭王又怎么样？这话亏你说得出口！"何拾青抬手指着外头，"当初修筑洗襟台，先帝为什么派他去？当年祭天大典，他的席次为什么仅次于太子之后，你不明白吗？大周重士重文，沧浪江投河的士子就是满朝士大夫胸口的一把诛心刀！小昭王被封王仅仅因为他有皇家血脉吗？不，因为他的父亲是当年的状元郎，是那几年最被看重又痛失的士子，是为大周国运兴衰甘愿陨落的一条命！小昭王的长成，承袭的是他父亲的遗泽、满朝文臣的厚望！不说小昭王，就说张家的二公子张远岫，祖上不过务农出身，因为他的父亲是沧浪江投河的张遇初，眼下比你们这些世家子弟还金贵！"

"后来先帝病危，朝纲紊乱，几个将军弄权，文士翰林不擅争权，又哀叹于洗襟台下丧生太多，尽皆息声自苦。可眼下官家复用玄鹰司，渐有抬头之象，朝局渐稳，那些文臣从伤痛中走出来，你还当他们会做喑声的马？你在这个时候，不低调行事罢了，还去招惹小昭王，叫我怎么说你才好？"

何鸿云听了何拾青的教诲，自觉有错。其实他并非不知道小昭王在文士心中的地位，刚才那么说，多半是赌气罢了，眼下回过神来，诚恳地道："父亲教训得是，儿子记住了。”

何拾青看了何鸿云一眼，他的子女众多，要说最聪慧，最像他的，还是何鸿云，虽然老四自小好生意经，凡事看重钱财，只消好好培养，日后的成就不在他之下。

“好在眼下的朝廷，和从前也大不一样了，不再是文士翰林的一家之言。派系多，分化得厉害，这样也好，谢容与尚未取信于玄鹰司，要动你，总得掂量着来，我们的时间足够。”何拾青道。他将话锋一转，问何鸿云：“你今日进宫见你姑母，她怎么说？”

何鸿云垂眸道：“还跟从前一样，话说半截，模棱两可的。”何鸿云犹豫了一下，忍不住问，“父亲，你说姑母在宫中，是不是早就知道江辞舟是小昭王，不然怎么对他这么恩宠呢？她早知道，却不告诉我们……”

“她必然也是猜的。”何拾青道，“官家是荣华长公主教养长大的，你姑母只不过是他玉牒上的母亲，母慈子孝，那是做给外人看的。就算官家知道小昭王顶了江辞舟的身份，也不可能告诉她。不过，她在宫里，能瞧出的东西总比外头的人多些，早就起了疑必然不假，至于从不对外泄露……”何拾青冷笑一声，“你还当眼下是前几年，你姑母事事都倚仗我们？早不一样了。”

当年先帝登位，朝纲动乱，何太后作为嘉宁帝的“生母”，要凭借着何拾青稳住朝局，才能稳坐西宫之位。可眼下不一样了，眼下朝局渐稳，嘉宁帝对何太后虽然没有几分真心，好歹愿意做样了，何太后一个平妃出身，有了今日的荣华地位，还企盼什么呢？人不为己天诛地灭，说句不好听的，就是何太后一心帮着何家，甚至帮着他们反了嘉宁帝，把何鸿云扶上皇帝的位置，她的地位，能比眼下这个西宫太后更高吗？所以她开始为自己打算，有些事，心里有数，里外都瞒着罢了。

何拾青冷冷地道：“你姑母那里，你这几日不必去了。张家的二公子快从宁州试守回来了，那是当年你督办瘟疫案的地方，莫要在这个时候被人拿住了把柄。”

“父亲提醒得是。”何鸿云俯首揖道。

何鸿云从正厅里出来，刚走到回廊，刘阊快步迎上来："四公子。"

"说。"何鸿云阴沉着脸，没止步，继续往后院走。

刘阊跟在身后："是扶冬，她这几日，总是有意无意地跟庄子上的人打听扶夏。"

何鸿云嗯了一声，此事他早有预料，只问："因由呢？"

"这……"刘阊有点儿犹豫，"庄子上的人说不知，可能……可能因为扶夏是五年前的花魁，而扶冬姑娘是眼下的……"

"不知？"何鸿云声音冷冷地道，"这个扶冬，千里迢迢地来到上京城，百般接近我，为的不就是徐家？她此前一直小心谨慎，说话滴水不漏，眼下忽然打听起扶夏，问因由，庄子上居然不知？"

刘阊连忙拱手赔罪道："四公子息怒，属下这就分派人手去查。"

"不必查了。"何鸿云拂袖道，"庄子上来过人了。"

"来过人？"何鸿云这话说得莫名其妙，刘阊反应了一会儿才明白过来，"四公子的意思是，那个'女贼'已经暗中接近过扶冬姑娘了？"

"否则扶冬是从哪儿知道的扶夏？必然是这个做贼的又来过，让她帮忙打听扶夏，她才照做的。"何鸿云道。

刘阊自责道："这个女贼的功夫太高，来这么一遭，庄子上居然没一个人发现。"

"也不全怪他们，"何鸿云稍稍平复了一下心情，"巡检司与卫尉寺的人撤走，庄子上本来就疏于防范，而且我提前把扶冬从京兆府里捞出来，扔在这个疏于防范的庄子里，就是为了钓鱼上钩。"他又问，"我让你去查崔青唯，你查好了吗？"

"查了。"刘阊道，"这个崔青唯似乎的确是崔原义之女。此前跟江家有婚约的其实是崔弘义之女崔芝芸，崔芝芸跟高家的二少爷有情，所以崔青唯替她嫁去了江家。只不过……"

何鸿云："只不过什么？"

"只不过属下打听到，崔原义的小女，从小身子就不好，后来找人学功夫，多是为了强身健体，崔青唯的功夫好成这样，实在匪夷所思。就像此前四公子怀疑的，江辞舟并非江辞舟，很可能是小昭王，属下怀疑，崔青唯也非崔青唯，而是旁的什么人，这两个人是机缘巧合，才凑成了一双。”

何鸿云问：“那你觉得她是什么人？”

“猜不出来。”刘阊道，“这些只是属下的猜测罢了，真相究竟如何，还得细查。”

“罢了。”何鸿云道，“她的身份藏得这么严实，必然有不小的人物暗中帮助她，不是一时半会儿弄得清的，你打发几个人去她的家乡问问，不必把心思都花在这上头。”

刘阊：“是。”

何鸿云过了垂花门，进了自己的院落，一掀袍摆在正堂上首坐下，接过仆从奉来的茶盏，拨着茶碗盖：“找扶夏……”

这个崔青唯，先是闯扶夏馆，然后又跟扶冬接头，托她打听扶夏，竟像要逮住他不放了。也罢，反正她跟谢容与是假夫妻，寻个干净的办法把人除掉，难不成谢容与还能闹到宣室殿上去？他倒是要想个法子把崔青唯骗来。

何鸿云把茶盏往手旁一搁：“扶冬不是要见扶夏吗？让她去见。”

“四公子的意思是，让扶冬去暗牢？”刘阊愣道，“可是扶夏的手里还握着当年药材买卖的账本，一旦她将账本的下落透露给扶冬，多一个人知道，就多一分危险。依属下的意思，见是可以见，随便找个妓子顶包……”

“怎么顶？扶夏长什么样，不少人知道，扶冬如果没有见到真人，崔青唯如何甘心来庄子上？舍不得孩子套不着狼，反正人已经半疯了，到时你派人在旁边盯着，不让扶夏多嘴便是。”何鸿云的声音慢悠悠的，“等扶冬见过扶夏，这个人便没大用了，到时候她把崔青唯引来，你将梅娘一并扔进暗牢，三个人一起——”

何鸿云并指比了个手势。

刘阊拱手称是：“属下知道了，属下这就去办。”

“看好了吗？”青唯将绳索缠在自己的手上，往对面的檐头抛去，往回一拽，见是缠稳了，原地一个纵跃，秋风鼓动衣衫，整个人像一只凌空的鸟，下一刻就落在了檐顶，一点儿响动也没有。

朝天点点头，握了握缠着绳索的手，心中回想着刚才青唯教自己的话：“你要用它，就要相信它，要把它想成有形之物。”他朝后面退了几步，同样往檐头抛了绳索，借着绳索飞跃上檐顶。檐上有秋霜，他站上去，稍微滑了几下，很快借着绳索稳住身形。

青唯一点头：“悟性不错。”

朝天得了夸奖，很高兴，正欲再试，江辞舟带着德荣从回廊那头过来，见朝天站在屋顶。德荣喊道：“天儿，在做什么？”

朝天跃下来：“少夫人说我的功夫太硬，如果遇上不是明刀明枪的，容易吃亏，少夫人的轻功极好，我跟少夫人讨教一二。”他是个实心眼，上回在祝宁庄坑了青唯，心中也感到过意不去，思前想后，觉得还是自己的轻功不好，不能逃得利落，便到青唯这里来求教了。

江辞舟看了一眼仍然站在屋檐上的青唯，对朝天道：“你是武卫，不是贼，我平时交给你的差事都是打家劫舍吗？学这么多软功夫做什么？”

朝天：“公子教训得是，属下只是觉得——”

“软功夫没意思，直来直去就有意思？”青唯收了绳索，从房檐上下来。江辞舟这话或许无所指，青唯却是听者有意：“之前刚做了贼，眼下又变成正人君子，自己守纲常，把我拘在府里大门不出二门不迈，什么意思？就这么等下去，黄花菜都等凉了。”

江辞舟道：“娘子这么喜欢上房翻墙，府上十七个屋檐，三十九道围墙，娘子尽可以翻个够，如果还不过瘾，上京城外二十里有座摘星塔，娘子这功夫，半盏茶就可以飞到塔顶摘月亮，为夫带你去？”

青唯冷笑一声：“免了，城外一来一去至少两个时辰，我摘月亮事小，耽误官人去东来顺吃席事大，官人守株待兔这么久，没有功劳也有苦劳，到时赖我摘月亮把兔子放跑了，再拘我七日，我可没这耐心。”

德荣愣了一下，听这夫妇二人你一言我一语的，问一旁的留芳、驻云：“公子与少夫人这是怎么了？昨日不是好好的吗？”

留芳与驻云对视一眼，掩唇偷偷笑了。留芳道：“少夫人夜里想出门，公子不让。”

驻云道：“少夫人昨晚都溜出去了，被公子半路捉了回来，少夫人不高兴，两个人折腾到了半夜……”

德荣了悟。少夫人和公子也不是头一回折腾了，比这打得厉害的时候他还见过呢。可甭管他们闹成什么样，之后还不是亲得跟什么似的，怪不得留芳和驻云偷笑呢。

德荣遂没再管这事，跟朝天招招手：“天儿，过来看公子给你带什么了。”

朝天这才注意到立在墙根边上的木匣子，三两步过去：“这是……公子给我打的新刀？”

青唯也注意到那个木匣子了，懒得再搭理江辞舟，此前江辞舟说什么何鸿云还会下饵，只需等着扶冬来找她即可，可她随江辞舟去东来顺吃了七日席，连扶冬的影儿都没瞧见。她做事不喜欢太被动，总想着出门再去打听打听消息，便是不去祝宁庄，去京兆府、大理寺也好，谁知道昨夜还没溜出巷子口，就被江辞舟半路拦了回来，说再等等。

自从青唯离开家，快六年了，就没过过这么安稳的日子。她成日除了去东来顺吃席，就是练武，再就是平安地睡大觉。她不习惯，越安稳感觉越心慌，恨不得能枕着匕首入眠，江辞舟却拖着她养耐心。

青唯把木匣子拿过来：“我看看。”匣子里是一柄环首刀，刃光如水，锋芒逼人。青唯握在手里试了试，她拎着稍微重了些，可对于朝天这种用惯钝刀的人应该刚刚好，可见江辞舟花了心思。

“刀不错。”青唯将刀抛给朝天。

朝天凌空接了，正欲道谢，只见江逐年一脸严肃地踱进院门。

他还没进院子，老远瞧见院子中的老树上挂了几根绳子，下头扎了梅花桩，进到院子里，一抬头，眼前飞过一把钢刀。

江逐年指着西边的院墙：“明天雇几个匠人，干脆把这道墙拆了，造个演武场，这么大点儿的地方，哪里够你们几个霍霍？到时候招点儿学徒，建派立帮，这样才够威风是不是？”

青唯平日里虽然我行我素惯了，江逐年到底是长辈，听到他训斥，把手上的绳索往身后藏了藏，垂头立在原地，不动了。

江逐年又指着江辞舟："你也是，前头新婚休沐，后头养病又休沐，眼下请罪帖递上去，官家体恤，让你养好病再上值，当真就是撑死胆大的，你一日都不去衙门？"

江辞舟道："父亲教训得是，儿子再休养几日就去了。"

江逐年板着脸，又看了江辞舟和青唯一眼，儿子虽然不是亲儿子，可江逐年与当年的驸马爷是至交，便是小昭王没顶着这张面具，他也把小昭王当半个亲生儿子看待的。

起初小昭王说想借用婚约，娶回崔氏女以保崔家，江逐年不同意，觉得江辞舟这样太委屈自己，百般阻挠，最后还是拗不过他。眼下人娶回来了，虽然此崔氏女非彼崔氏女，好在小两口看着恩爱，他也就不多说什么了。眼下他看看这鸡飞狗跳的院子，这像什么话？

到底隔了一层亲缘，江逐年不好多训斥，朝江辞舟招招手："你过来。"

江辞舟颔首，来到江逐年的跟前。江逐年犹豫了一下，思及青唯耳力非常，一直走到回廊的拐角处，才回头悄悄问江辞舟："我在后院栽了一片湘妃竹，里头有一根竹子被砍了，你知道是谁干的吗？"

"被砍了？"江辞舟愣了一下，"我不知道。什么时候被砍的？"

江逐年道："我此前不是去庆明府办差了吗？回来就发现竹子被砍了。"

江逐年去办差的那几日，江辞舟刚好在宫中养病，府里的主人家，只有青唯一个人在。

江逐年越过江辞舟的肩，看向院子中："会不会是……你这个娘子干的？"

"应当不是，她没事砍您的竹子做什么？"江辞舟顺着江逐年的目光，也朝院子中看了一眼。青唯还在院子中立规矩，或许是知道他们没走远，负手在身后，站得笔直，江辞舟收回目光："回头我问问她。"

"也不是大事。"江逐年点头，"要真是她，砍了就砍了，她从前总是寄人篱下，你问的时候温和点儿，别拿她当外人，别吓着她。"

江逐年一走，德荣很快套好了马车。

青唯虽然心急，但她其实认可江辞舟说的——等到何鸿云的禁足一解，必定会再下饵，到时候扶冬一定会来东来顺寻他们，只管耐心等着就好。

马车熟门熟路地到了酒楼，江辞舟刚掀开帘子，掌柜的就在外头迎着：“江小爷与少夫人到了。”

江辞舟就着他的手下了马车，回头扶青唯：“酒菜都备好了吗？”

“鱼来鲜、烧鹅、秋露白，其余荤素各配了点儿，终归苦不了二位的五脏庙。”掌柜的把人往风雅涧迎，笑盈盈的，“而且江小爷今日口福大了。”

江辞舟问：“怎么说？”

掌柜的在风雅涧的门口停住脚步，看了一旁的青唯一眼：“祝宁庄的扶冬姑娘来了，说是要为此前折枝居的意外赔罪，特地带了祝宁庄的菜肴和她亲自酿的酒水，今天开张时就到了，已经在里头等了一早上。”

第十四章

孤海扁舟

扶冬早已等在风雅涧内，见到江辞舟与青唯，立刻迎上来道："公子、姑娘。"

等到掌柜的脚步声彻底远去，她说道："我见到扶夏姑娘了。"

青唯看了江辞舟一眼，他说何鸿云十日内会下饵，果然如此。

"确定是她？"

扶冬点点头："她的样貌和江公子描述得一模一样，祝宁庄也有她的画像，我仔细看了，确定是她。"扶冬回想起扶夏如今的模样，觉得可怜，"她已经被折磨得不成样子，人也半疯了，身边虽说有一个照顾她的丫鬟，更像是盯着她的，我去的时候，她正在吃药，丫鬟说，她的身子早不行了，这药汤就是为了吊着她的命。扶夏姑娘不爱吃这药，一见我，扑上来就打翻了药汤，还拼命让我救她。我的身边跟着人，不敢和她多说，想着先问过江公子与姑娘的意思，好在眼下庄子上看得不严，我借口给东来顺送酒，他们就允许我来了。"

青唯问："扶夏被关在哪里？"

"就在扶夏馆。"扶冬道，"不过不在楼阁中，扶夏馆院子里的假山里有道暗门，通向一间暗牢。庄子上嬷嬷的说法是，扶夏姑娘五年前就疯了，何鸿云念旧情，一直派人照顾她，把她关在暗牢里，是怕她出去吓着人。"

青唯颔首："好，我知道了，改日我去找你，你带我会一会这个扶夏。"

"二位要去？"扶冬愣住了，看了江辞舟一眼，"可是，这么轻易地见到扶夏，我总觉得其中有诈，如果中了何鸿云的诱敌之计，岂不是等同于自投罗网？那个暗牢的位置隐秘，对外只有一扇门，陷在里头，犹如瓮中捉鳖，太危险了。"

青唯道："这你不必顾忌，届时我们自有应对之策。"

扶冬听了青唯的话，细一思索，暗牢的危险她都意识到了，江公子与青唯姑娘的本事过人，岂能没有察觉？明知山有虎，偏向虎山行，一定有他们的缘由。扶冬福了福身：“奴家知道了，二位既然决定要去见扶夏姑娘，奴家等在祝宁庄，随时恭候。”

桌上摊开着一张祝宁庄的地图，青唯与江辞舟从东来顺回来，隔桌而坐，从午过一直僵持到黄昏时分。

天边的鳞云覆上彤彩，像染着金辉的鲲翅，屋门敞着，片片烁光照在青唯清透的右颊，江辞舟看了她一眼，十分有耐心，再次跟她解释：“扶夏藏着何鸿云的账本，这是何鸿云的罪证，也是他至今没法杀扶夏的原因。因此，为防止账本落入他人之手，何鸿云不会轻易让外人见到扶夏，一定会将扶夏调包。我们的目标是扶夏，既然她人在祝宁庄的消息已经泄露，只要把人从庄子里逼出来，我们就有可能劫下她。眼下的难点是，想要把扶夏逼出来，必须有一个人假装中计，先进暗牢，迫使何鸿云调包。你我兵分两路，我去暗牢见调包后的‘扶夏’，之后吴曾和祁铭会带人到祝宁庄，以协查大理寺办案为由，查检庄子上卫尉寺的箭弩，进一步逼出扶夏，到时候我把朝天交给你，你带人去拦送扶夏出庄的马车。”

“不行。”青唯道，“上回朝天把闯扶夏馆的黑锅推给我，何鸿云一直以为想找扶夏的人是我，包括后来接近扶冬，他也认为我是为了扶夏。他虽然怀疑你，却并不确定你想做什么。眼下在他的计算中，见扶夏的人应该是我，只有我去暗牢，他才会卸下防备，才会放心地将扶夏送出庄子。如果去暗牢的人是你，他一旦起疑，很快就能猜到我们声东击西，去暗牢见‘扶夏’是假，把扶夏逼出庄子是真，以他的手段，说不定会立刻杀了扶夏。”

江辞舟道：“你一个人去暗牢太危险，何鸿云设下这个请君入瓮之计，就是为了诱你前去，甚至灭你的口。若去的是我，何鸿云好歹有所顾忌，不会随便取我的性命。”

“他是不会随便取你的性命，可是这个计划如果失败了，我们这一通排兵布阵又有何意义？”青唯直视着江辞舟，反问道，“其实你的心里很清楚，要救扶夏，只有这么一个办法，就是我下暗牢。那日我问你，你执掌玄鹰司，如何令卫玦与章禄之信服你，你说你不需要他们的信服，一盘散沙自有一盘散沙的好处，当时我不理解你这话的意思，眼下我想明白了，其实早在折枝居的火药爆炸时，甚至在朝天夜探扶夏馆失败时，你就想好怎么把扶夏逼出来了，是吗？”

江辞舟沉默不语。

青唯吐出三个字：“薛长兴。”之后，她又继续道，“城南暗牢劫狱，你知道是我干的，卫玦、章禄之为何对我耿耿于怀，你心中也有数。你自从担任玄鹰司都虞侯，故意玩忽职守，成日里不去上值，就是为了避开与卫、章二人接触，这样人人都能看出玄鹰司眼下分化成几派，一派以吴曾、祁铭为首，听命于你，一派是老玄鹰司的人马，听命于卫、章二人。也只有这样，卫、章二人的兵马才能成为一个奇招、一个制胜的关键。邹平的身家性命都系在何拾青的身上，他不可能招出藏在祝宁庄的弩箭，你刚才说要让吴曾、祁铭带人去祝宁庄，以协查大理寺办案，查检庄子上卫尉寺的箭弩，只是虚晃一招，先给何鸿云施压罢了，你真正的计谋在后头，是卫玦。你的确不需要取信于卫玦，因为你只要把那个劫囚的女贼的线索稍稍透露给卫玦，卫玦跟章禄之便会指哪儿打哪儿。”

“扶夏太重要了，你不能在这条线索上面失手。所以你起初的计划应该是，由我下暗牢，见调包的扶夏，让何鸿云把扶夏转移出来，然后吴曾、祁铭到庄子上，先一步给何鸿云带来压力，迫使何鸿云产生送扶夏出庄子的想法，然后卫玦与章禄之带着玄鹰卫大部人马赶到，以祝宁庄窝藏重犯为由，强制搜查庄子，这样何鸿云必然会把扶夏转移出庄子。而从头到尾，你只需要到庄子上做客，绊住何鸿云即可。”

“我认可你的计策，也认为眼下没有比这更好的法子。我甚至可以去高府寻我的妹妹芝芸帮忙，让她去玄鹰司揭发我。没有你的人插手，卫玦带人来祝宁庄搜庄，何鸿云一时之间很难把卫玦跟扶夏联想到一块儿。这一连串的计划，你明明早就想到了，为何眼下忽然改主意了呢？”

青唯说完这一番话，紧盯着江辞舟。时不我待，拖得越久，何鸿云越有可能看破他们的计划，他们一定要趁何鸿云反应过来之前行动，而最好的时机，就是今晚。她本来一回江府就打算去高府找崔芝芸，没承想却被江辞舟拦住了。

“这个计划，我的确早就想到了。”过了良久，江辞舟道，“但是……”

青唯凝神，等着他说“但是”后面的话。

江辞舟从桌上的地图上抬起眼睛，看向青唯。他也说不清自己是怎么了，明明很早就想好了对策，可是渐渐地，心中却有个不可名状的念头，总是拦着他，让他不要这么做。万般有道理，说来全是上上策，但是：“你是我娘子，我不能让你涉险。”

青唯愣了一下，没承想说到头来，江辞舟居然是这个理由。他们是假夫妻，她很清楚，他必然也清楚，既然是假的，实在不该为这些虚无缥缈的身份所累。但江辞舟这话到底是好意，她没多说什么，只是道：“这个暗牢，无论你我谁去，皆是涉险，其实没有分别。”

青唯见江辞舟不语，又道：“再说你也不必多担心，城南暗牢我都劫过的，还怕这庄子上一个暗牢吗？眼下邹家获罪，何鸿云被拔出巡检司、卫尉寺两颗毒牙，这么草木皆兵的时候，他为防止受牵连，必然不敢在自己的地盘上动用弩矢、火药。没了这些致命之物，一个暗牢，我想保命并不难。再有，其实我也不用撑太久，我只要下到暗牢，扶夏就已经被调包了，这时候你带人到庄子上，尽快逼出扶夏，我也就平安了。”

青唯看着江辞舟，最后道：“我虽然不知道你最终想做什么，单就何鸿云这件事上，你我的目的是一样的，皆是为了洗襟台。既然是为了洗襟台，当知此行凶险，不可能事事周全。当年洗襟台下丧生百余人，徐述白等一干士子杳无音信，洗襟台为何坍塌至今成谜，可何鸿云借着这座楼台，贪墨栽赃，扭转黑白，升官立功，眼下既然有这么一个机会揭发他的罪行，你我都知道，这个险，不犯也得犯。”

江辞舟移目看向屋外，只这么一会儿工夫，云端的霞彩就散了，暮色浮上来，流墨一般，将最后的日光一寸寸吞没。

“一个时辰。”江辞舟说。他握了握垂在身侧的手：“不是从你下暗牢时算起，从你进祝宁庄，到我看到你平安无恙，一共一个时辰。超过这个时间，无论事成与否，我会立刻派人去暗牢。”

青唯立刻点头："好。"她不愿意耽搁，随即便要出发，刚要收拾，一回头，却见江辞舟站在桌子前沉默地看着她。她知道江辞舟大概是在担心，想想也是，他们虽然互相不知道根底，好歹在折枝居同生共死过，今日下暗牢的换作是江辞舟，她应该也会担心。

青唯问江辞舟："你那个玉坠子，带在身上吗？"

江辞舟嗯了一声，起身拉开一旁多宝槅的抽屉，把坠子取出来。

青唯打开自己的嫁妆箱子，拿出一柄扇子。

"给你。"青唯道，"此前在折枝居毁了你一把扇子，赔给你。"

扇子是竹篾片做的，上头覆了白绢，很干净，也很简朴，不像是在外头买的。

江辞舟愣了许久："这是，你自己做的？"

青唯："你那几日不是去宫里了吗？我去外头逛了逛，你那把扇子名贵，差不多样子的，我都买不起。想着反正是把竹扇子，不如自己做一把。后院的竹子看起来不错，上头有点儿紫斑，韧劲也足，做扇子怪好看的，就砍了一根。早就做好了，一直忘了拿给你。"

青唯不认得什么湘妃竹，也不喜欢做东西。但她是温阡之女，她的父亲能平地起高楼，雕窗刻灵兽，她天生手巧，用心做出来的扇子，自然是外头比不上的。

青唯又回头收拾东西，把暗器揣好，解毒的药粉放进荷包里，绳索缠在腰间，匕首藏进靴子里，罩上黑袍，内兜里还有匕首，软玉剑用布囊捆在手腕上，塞入袖子。

青唯整理着袖口，跟江辞舟说道："我走了，我先去高府找我的妹妹，然后直接去祝宁庄，就不折回来了。"说着，她朝屋门口走去。

"等等。"江辞舟唤住青唯。

江辞舟将扇坠子递给青唯："大慈恩寺开过光。"这个扇坠在长明灯前供了三百个日夜，让他终于从洗襟台坍塌的暗无天日的梦魇里走出来，虽然最后戴上了面具。

青唯愣住了："这不是你母亲留给你的吗？不是很重要吗？"

扇坠是很重要，但也不是那么重要。

“你拿着，保平安。”江辞舟道。

青唯想了想，觉得江辞舟说得很有道理，那日在折枝居情况那般危急，这玉坠子落地不碎，而他们最后化险为夷，的确像能保平安，她伸手拿过玉坠子：“谢了，那我借它的光用用，回头还给你。”

青唯走进院中。院中暮色正起。薛长兴投崖那天，是个早晨，天色与眼下很像，她得了木匣子，被薛长兴催促着走上这样一条路，眼前迷雾障目，摸索许久也没辨出方向，可今日不一样了，今日如果事成，她能切切实实地往前迈出一步，哪怕要涉险，这一纵跃，便能看见高峰。

青唯想到这里，心中高兴。她这些年，数次离开原点，单枪匹马地往前走。她离家出走的那一日，洗襟台坍塌的那一日，拖着崔芝芸到上京城的那一日，劫囚后，被巡检司追杀的那一日，还有站在薛长兴跌落的断崖上，前往崖下的那一日。可这一回有点儿不一样。这一回，前头有希望，身后——

青唯一个纵身跃上墙头，回过身，跟江辞舟挥挥手：“走了！”

身后还有人可以道别。

戌时末，城中快要宵禁，街上的行人已渐稀少，崔芝芸拢紧氅衣，提着灯，快步往衙门走去。

自从来了上京城，她从没这么晚出过门，心中不是不害怕，一段路黑漆漆的，寒风砭骨，吹得她后颈的汗毛一根根地竖立起来。

这么久了，她什么都瞧明白了。自从父亲获罪，真心待她好的，只有阿姐，是阿姐保护她来上京城，替她嫁去江家，眼下她对高子瑜万念俱灰，惊觉身遭只剩下阿姐这一个亲人，所以只要是阿姐的托付，无论什么，她都会尽力去办。

崔芝芸谨记着青唯叮嘱她的话——

“玄鹰司在城西有个值所，你务必在亥初赶到那里，见到卫玦。”

崔芝芸到了值所前，深深地呼了口气，拍了拍门。

“什么人？”很快有玄鹰卫出来应门。

崔芝芸：“官爷，我有要案的线索要禀报，求见卫大人。”

玄鹰司在外的值所，与巡检司、京兆府等衙门不同，并不接报案。玄鹰卫上下打量崔芝芸一眼，指了一下钉在外墙上的铁皮桶："案帖写了吗？写好了就投进去，明日玄鹰司筛过信，帮你转给办事衙门。"

"不是的，官爷。"崔芝芸见玄鹰卫要关门，连忙扶住门扉，"我说的要案，是此前城南的劫狱案，线索很重要，我想亲自禀明卫大人。"

玄鹰卫听了这话，多看了崔芝芸一眼。玄鹰司自复用，所领的差事仅有一桩，正是城南的劫狱案。

"那你等等。"玄鹰卫把门掩上，等复完命出来，对崔芝芸道，"姑娘，卫大人让你进去。"

这间值所很小，统共只有一进，说是值所，实际上就是个歇脚的小院。崔芝芸到了值房，章禄之也在。

卫玦记得崔芝芸，将笔搁在案头，还没说话，章禄之先忍不住，急忙问道："你当真有劫犯的线索？"

崔芝芸点了点头，突然跪下："大人，请大人恕罪！"她哭泣着道，"当日……当日在京兆府的公堂上，民女太害怕了，所以对大人撒了谎。"

卫玦的一双鹰眼黑曜石似的："你撒什么谎了？"

崔芝芸："城南暗牢被劫那日，我的阿姐崔青唯她……她根本不是午时回来的，她回来的时候，已近深夜了。她也没有杀袁文光，袁文光是我刺伤的……"

不等崔芝芸说完，卫玦冷哼一声："可笑，当日在公堂，你二人振振有词，说那袁文光是崔青唯所伤。眼下风平浪静，你却忽然翻供，你可知戏弄朝廷命官是要承担罪责的？"

"公堂上的说辞是阿姐教我的，至于我为何翻供……"崔芝芸咬着嘴唇道，"我当时以为阿姐是出于好意，帮我顶罪，后来才发现，原来阿姐竟然是借着袁文光案，掩盖她在城南劫狱的事实。我眼看着她与贼人谋皮，误入歧途，想要阻拦却是不能，眼下她已经贵为玄鹰司都虞侯的夫人，我不得已，只好找到大人这里，请大人帮我！"

章禄之问："你说她和贼人谋皮，她背后的人是谁？"

当日城南暗牢被劫，杀入其中的死士足有数十名，要说那崔青唯没有同党，他压根儿不信。可他查了这么久了，这些同党竟然掩藏得好，半点儿蛛丝马迹都找不着。

“我……”崔芝芸犹豫着道，“我也不确定，不过阿姐近日总是暗中前往祝宁庄，听说，那是朝堂上一个何什么大人的庄子。阿姐此前也提过，她在为朝中的一位大人办事，我还以为她只是帮捕快、衙役什么的跑个腿，没承想是这么大一个人物。”崔芝芸见卫玦目露怀疑之色，说道，“大人如果不信，眼下便可前往祝宁庄一探，阿姐今夜来过高府，然后便去了祝宁庄。”

卫玦：“你怎么知道她去了祝宁庄？”

崔芝芸：“我们姐妹二人亲密无间，阿姐凡事不会瞒着我，她亲口说的，绝不会有假。”

“大人！”章禄之是个急脾气，听了这话，立刻对卫玦道，“属下请命带兵前往祝宁庄一查！”

卫玦盯着崔芝芸，语气平缓：“本官凭什么相信你说的话？”

崔芝芸：“民女所言，皆是事实。大人若不信，袁文光还在上京城中养伤，大人自可以寻他逼问，看看当日刺伤他的，究竟是民女还是阿姐？”

“大人，”章禄之也道，“您还犹豫什么？我们追查城南劫狱案，这是官家的圣命，有了这崔氏女的证词，就有了最好的证据。您不是一直都在怀疑这个崔青唯吗？她嫁给了江虞侯，我们不好去江府问话，眼下真是天上掉下来的机会，如果跟她合谋的当真是何家，我们正正当当地去搜查祝宁庄，拔出萝卜带出泥，说不定这个案子就破了！大人，机不可失，快走吧！”

卫玦没有吭声。章禄之的话自然有理，玄鹰司奉命办事，只要有证据，什么地方搜不得？祝宁庄虽然是何鸿云的地盘，到底不是何府。但他也不能就这么草率地相信崔芝芸。

卫玦唤来一名玄鹰卫，吩咐道：“你留在这里，让她把刚才的话再说一遍，写好供词让她画押。”

他又吩咐章禄之：“随我去寻袁文光，如果确定崔青唯在公堂上作假，再带人去缉拿她不迟。”

桌上的蜡烛燃了大半，渐渐只剩下短短的一截。

扶冬揪着手帕，在房间里来回走着，这根蜡烛是她日暮时分点上的，一根燃尽，统共要四个时辰。她不知道青唯与江辞舟何时会来，一直在心里算着时间。

窗口吹来一阵风，把烛火吹弱了些。扶冬心不在焉地拾起铜签，想要把烛火拨亮，身后忽然传来一声："扶冬姑娘。"

扶冬的手一抖，她乍然回身，屋中不知何时站了个罩着黑色斗篷的女子，若不是扶冬心中早有准备，只怕要将她当成精怪鬼魅："姑娘，只有您一个人？"

青唯嗯了一声："我跟他分头行动，时间紧迫，我们这就去暗牢。"

夜晚的庄子静悄悄的，虽然知道这是何鸿云的请君入瓮之计，为了争取更多撤离的时间，青唯还是带扶冬尽量避开庄子上的巡卫与暗哨。

上回来扶夏馆，青唯跟着朝天没走正路，一路顺着檐头直接落在扶夏馆外，今夜从阁楼小院绕过来，才发现扶夏馆与庄子中的诸多院落不同。它被一道围墙隔开，几乎是独立的，院子很大，楼阁也造得宏伟、宽敞，巡卫比起别处，多出三倍有余。

院子中有苑，苑里有假山奇石，草木扶疏。扶冬领着青唯，绕过一片小竹林，来到一座高大的假山前，低声道："就是这里了。"

假山看上去并没有什么奇特之处，她们进到里头，才发现别有洞天。假山的左侧有一个被藤蔓掩住的洞口，撩开藤蔓，顺着潮湿的甬道往下走，越走越宽敞。甬道的尽头有一扇铁门，两名守卫守在铁门口，他们早知道近日有人会闯暗牢，见到青唯与扶冬，仍然感到十分惊讶——院子中巡卫诸多，贼人都到门口了，刚才为何无人发现？

两名守卫正要出声警示，青唯快一步掠到这两个人的跟前，她有备而来，用斗篷掩住口鼻，手中的药粉往前一撒，两名守卫立刻晕倒在地。

青唯从他们身上摸出铜钥匙，打开暗牢的门，一个手刀劈晕里头看守的丫鬟，四下环顾。

这间暗牢不大，四面皆是石壁，铁门在南侧，上头开了一个很小的高窗，大约是平时送饭用的，牢中的药味很重，牢内的东北角有一张小榻，上头躺着一个人。

扶冬试探着喊："扶夏姑娘？"

榻上的人没有应声。

青唯唯恐有诈，将扶冬一拦："你在这里等着。"她独自上前掀开被衾，卧榻上的人云鬓散乱，双眼紧闭，耳后自颈处，隐约有一道鞭痕，竟然是梅娘。

青唯俯身轻声唤："梅娘？"

梅娘似乎听到了青唯的呼喊，眉头紧蹙，额头也渗出汗液，但她身上的伤太多，发起了高热，一时竟然睁不开眼睛。

榻头的小案上有清水，扶冬见状，立刻倒了一杯为梅娘递过去。

青唯喂梅娘吃下，又解下腰间的牛皮囊子，送到梅娘的唇边。牛皮囊子里装的都是烧刀子。木塞一打开，气味呛人得很，都不必吃，梅娘闻到这个气味，便已经醒转。她连咳了好几声，睁开眼睛，看清眼前的人："阿野姑娘？你怎么来了？"她又四下望去，"这是哪里？"

青唯道："这里是扶夏馆的一间暗牢，您不记得自己是怎么来的吗？"

梅娘摇了摇头："何鸿云命人将我禁足房中，日日逼问薛官人的下落，我撑了多日，此前……似乎晕了过去，等醒来就在这里了。"她又看向扶冬，"扶冬姑娘怎么也在这里？"

青唯明白了，何鸿云正是用梅娘跟扶夏掉的包。何鸿云担心她无声无息地潜入暗牢，连庄子上的人都没觉察就全身而退，放梅娘在此，便是算准她会花时间救人。眼下扶冬对何鸿云没了用处，梅娘又是一个什么都问不出的硬骨头，而她，她成日揪着何鸿云不放，把她们三个人一起困在这里，互相拖累，岂不是正好一网打尽？

青唯一个人离开暗牢不难，带着扶冬出去，可以试试，再带上一个伤重的梅娘，只怕就很困难了。

青唯只觉形势比她想象中严峻，对梅娘道："有什么话出去再说，这里太危险，恐怕很快就会有杀手过来，你身上的伤怎么样，还能走路吗？"

梅娘立刻点点头，她身上的鞭痕无数，下了榻，双足落地，腿都是软的，好在扶冬从旁扶住她。她咬紧牙，往前走了几步："阿野姑娘，我撑得住。"

青唯一点头，带着她们二人，还没走到暗牢门口，只听外头有人喊了一声：“扶夏馆有贼人闯入——”

甬道里随即响起密密麻麻的脚步声。她们到底还是被发现了。

青唯把梅娘交给扶冬：“刀剑无眼，你们两个躲好。”她拔出腰间的双刃，先一步朝暗牢的门口迎去。

暗牢的地势好，外高内低，甬道狭窄，杀手想坑杀她们，不能靠放箭，只能近身肉搏，刚才青唯已经观察过了，四面石壁都没有机关，她堵在门口，不必担心身后，一时间一夫当关，万夫莫开。但她不敢掉以轻心，虽然江辞舟说过了一个时辰必会派人来救她，但这暗牢三面皆无退路，等同于绝壁，多留一刻便多一分危险，谁知道何鸿云又会出什么幺蛾子？青唯想，饶是拖着扶冬和梅娘，她还是得杀出去。

双刃满是鲜血，青唯稍微退了一步，正预备变换守势，没想到面前的杀手似乎瞧出她的意图，忽然不要命地直扑过来。与此同时，外头的喊杀声更大，青唯借着甬道中的火光望去，外面不知道是巡卫还是杀手，一茬接着一茬，黑压压地往里面逼近，竟像是要把她们困在这座暗牢里。

青唯觉得不妙，这座暗牢一定不能待下去了！她回过身，对扶冬与梅娘道：“跟紧我。”

然而杀手们似乎看出她的软肋，一旦她杀出暗牢，他们困不住她，便趁机袭向梅娘与扶冬。青唯不能不管她们，不得已，又被逼退回来。

混乱中，青唯忽然听到一声轻微的脆响。

青唯的耳朵微微一动，目光随即落在响动处，门前的一名巡卫摸出了铜钥匙。青唯立刻猜到他要做什么，快步上前，举刃欲劈门锁，就在这时，两名杀手不顾她手中的双刃，径直扑上来，以肉躯拦下她。

牢门“嘭”的一声被关上，外头接连传来三声上锁的声音，两具尸体从青唯的刃前倒地，牢门一刹那间被关得严丝合缝。

“他们……他们这是要做什么？”扶冬愣着问道。

青唯抬袖擦了把脸上的血：“打不过我们，要困死我们。”

扶冬："那我们……眼下怎么办？"

青唯没说话，四下看去，暗牢中除了她们三个，有几具尸体，另外还有一个原先看守扶夏，刚才被她一个手刀劈晕的丫鬟。丫鬟早就醒了，似乎是因为目睹她方才杀敌的凶悍，惊恐地望着她。

青唯问："这间暗牢有何蹊跷？"

丫鬟抱着膝盖缩在墙角，摇摇头："我……我不知道……"罢了，她这样的人能知道什么。

青唯道："四处找找看，要是有机关，尽早拆了。"

梅娘与扶冬点点头，顺着石壁一寸寸检查起来。

暗牢中的陈设很简单，青唯检查过小榻与案几，来到东墙前，暗牢中只点着一盏烛火，光线太暗了，起先粗略望去没什么，眼下走近了，顺手摸去，墙根上布满一道道划痕。青唯一愣，从怀里取出火折子，凑近细看，墙上的划痕之多，大概算下来，竟有千余条。这些划痕不是没有章法的，或四竖一横成组，或三竖一横单独列出来，居然有规律可循。

青唯疑惑地问道："这是什么？"

扶冬与梅娘闻言，借着火光看清墙上的划痕。梅娘道："这……这应该是在计数。"

青唯："计数？"

"是。"梅娘数了数这面墙上的划痕，"应该是在记日了，可能是此前暗牢里的人被关得太久了，所以每过一日，便在墙上画一道痕迹，记了千余日。"

青唯听了这话反应过来，洗襟台坍塌距今已有近五年，扶夏被关在暗牢的日子的确有千余日之多。

青唯问："她要记日子，为什么不直接写字，这么一道一道划下来，回头还要数，岂不麻烦？"

梅娘道："识字的人终究是少数，便说莳芳阁，里头数十位妓子，能认得几个字的，不超过五人。"

"梅娘说得是。"扶冬道，"当初我在飘香庄，庄子上的嬷嬷教歌教舞，哪怕教诗词小曲儿，全以口授，若不是跟先生念了半年书，恐怕我至今都不能识文断字。扶夏姑娘用这些划痕来记日子，已经算很聪明了。”

扶冬这话说来寻常，可青唯听后，寒意遍生。好半晌，她抓住重点，问道：“你的意思是……扶夏她，不识字？”

江辞舟说，在洗襟台坍塌之后，宫中的小昭王收到过一封求救信。信上不但揭发了何鸿云是宁州瘟疫案的罪魁祸首，还称何鸿云利用木料差价，贪墨朝廷拨给洗襟台的官银，买断缠茎夜交藤，哄抬银价。最重要的是，这封条理分明、字句清晰的信的写信人，是祝宁庄彼时的花魁，扶夏。

可是，眼下看来，扶夏似乎是不识字的。一个不识字的人，怎么写信呢？

青唯快步转向丫鬟：“这几年，被关在这座暗牢里的，你确定是扶夏？”

丫鬟眼下连命都握在青唯的手里，青唯问话，丫鬟哪有不答的？她点点头道：“奴婢……奴婢很早就在庄子上伺候，起初只是个打杂的，但也是见过当年的花魁娘子的，暗牢里的这个，的确就是扶夏姑娘。”

青唯又问：“扶夏她可识字？”

丫鬟细细回想一番，摇了摇头：“奴婢不知，奴婢被派来照顾扶夏姑娘的这几年，从没见过她写字。”

青唯愣愣地撒开手。

江辞舟不可能骗她。那么问题只能出在当年的写信人上。如果那封信不是扶夏写的，写信人究竟是谁？

青唯心中迅速排除两个最危险的可能：何鸿云不可能写信揭发自己，所以这封信不会是另一个饵；这封信也不可能出自何家的政敌，因为写信的时候，正是朝廷彻查洗襟台坍塌的时候，政敌的手上握着这样的把柄，早该用了，何必写信给伤重的小昭王？

既然这封信不是来自朝中，那么必然来自民间。所以这封信，应该出自另一个落难的知情人。

照何鸿云这几年对扶夏的态度来看，信上称扶夏的手中握有何鸿云哄抬银价的账本，这件事极有可能是真的，否则何鸿云早就把扶夏灭口，不可能任她活这么多年，知道这件事的人，又有谁呢？换言之，当年的知情人，除了扶夏，还有谁呢？

青唯正在思索，身后的梅娘忽然问道："阿野姑娘，我听你的意思……这些年被关在这座暗牢里的，竟然是从前祝宁庄的花魁，扶夏姑娘？"

青唯来得仓促，没有和梅娘细说夜闯这座暗牢的原因，眼下落得如斯境地，她也不必瞒着了。青唯言简意赅地道："是，实不相瞒，扶夏姑娘的手上握有何鸿云的罪证，我此番前来，就是为了寻找这个罪证。"

"可是，"梅娘感到十分诧异，"扶夏姑娘不是应该住在旁边的楼阁里吗？"

"那座扶夏馆只是个机关遍布的幌子，我也是吃了一回亏才——"青唯的话说到一半，忽然意识到不对劲。错了。她好像，从头到尾，都猜错了。

当初朝天闯扶夏馆时，扶夏馆内机关重重，如果真正的扶夏一直在暗牢中，扶夏馆里，何必设这么多机关？

青唯抿了抿嘴唇，问梅娘："你为什么说扶夏应该住在扶夏馆的楼阁里？"

梅娘见青唯的神色异常紧张，仔细地回想了一番，开口说道："莳芳阁的姐妹们刚到祝宁庄的那几日有些散漫。阁楼小院这地儿，住的不都是红牌花魁吗？我的手底下有个小姑娘，叫彤奴，长得好看，也有野心，说想做这座庄子的红牌，所以到祝宁庄的隔日，她就离开封翠院，去阁楼小院逛了一遭。阁楼小院太大了，她无意中走到了扶夏馆的附近，回来后，她和我说，庄子上的主子对扶夏姑娘真好，她过去的时候，正好撞见有人往扶夏馆里送饭菜，那些菜式，恐怕三个人都吃不完。"

"这件事我本来没有放在心上。"梅娘说到这里，有些神伤，"可是彤奴说完这话的第二日，就不见了，再也没有找到。眼下想来，她应该是看到了不该看的，被灭口了吧……"

有人往扶夏馆里送菜肴？如果照青唯以前的想法，扶夏馆应该是一座空馆，那么那些菜肴，究竟是送给谁吃的？

青唯转头问丫鬟："扶夏馆里住着别人，是吗？"

丫鬟摇摇头："奴婢不知，但是……"片刻，她又道，"扶夏馆一直把守森严，里头似乎……的确住着什么人。"

青唯听了这话，心底一寒。她忽然生出了一个恐怖的猜测，而这个猜测，让所有的问题一下子迎刃而解。

扶夏明明被关在暗牢里，扶夏馆为什么机关遍布？

扶夏是一个掌握着何鸿云罪证的重要证人，何鸿云为什么肯用她下饵？

扶夏馆为什么跟阁楼小院分开修建，院中为什么加派三倍人马把守？

祝宁庄不过一个狎妓的私人庄子，何鸿云为什么冒着获罪的风险，不惜动用巡检司的人守庄，甚至配备卫尉寺的弩矢机关？

因为这里的扶夏馆根本不是一座馆阁，它真正的用途，或许是一座囚牢！

宁州瘟疫案，发生在洗襟台坍塌的一年前，当初就是一桩小案，若不是洗襟台的木料问题被翻了出来，根本不会有人去查。所以何鸿云在买卖缠茎夜交藤之初，一定没有那么小心的。出面替他抬高物价，收购缠茎夜交藤的是商贾林叩春，但何鸿云在东窗事发之前，就一点儿面都没露过吗？这么大的买卖，没有他这个当官的何家公子坐镇，那些药商，就真的肯把手上的缠茎夜交藤全部出售给林叩春？只要他露过面，必然会留下罪证，那么除了扶夏，说不定还有能证明他是巨贪的证人。

这件事至今一点儿风声没露，不过是因为这零星的几个证人，或碍于他的权势不敢出声，或被他藏起来了，就像扶夏一样。而这座扶夏馆，里头或许囚禁着的正是这些证人，其中或许就有当初真正的写信人。这个写信人，在写信时，不敢用自己的真实姓名，便冒用了扶夏之名。

这些人，才是何鸿云出于种种原因不能放，又不能杀的人。

而扶夏，却是最无足轻重的一个。她的手里有何鸿云的账本又怎么样，反正那账本她不说，谁也找不到，她的命都在何鸿云的手里，何鸿云随时可以杀她灭口。

扶夏馆不是幌子。扶夏这个人，才是扶夏馆这座囚牢的幌子。

何鸿云这些年之所以不杀扶夏，甚至对外宣称她只是在养病，不是因为她的手里握有他的账本，而是因为她是何鸿云用来试探危机的最好的探路石！

青唯一念及此，强迫自己冷静下来。

何鸿云此人，笑面虎一个，看似平易近人，实则心狠手辣，今夜以扶夏为饵，布下这一局，他一定还有更深层的目的。

青唯觉得懊恼，她和江辞舟都没有低估何鸿云，可是无论是洗襟台还是瘟疫案，对他们而言，都是一团迷雾，而何鸿云不是，何鸿云站在高处，俯瞰全局，清楚地知道证人在哪里，威胁又在哪里。所以他们凭什么认为能算得过何鸿云？

青唯明白任由事态这么发展下去，一定没法收拾，她必须立刻出去，把在这里发现的一切告诉江辞舟，甚至真正闯一次扶夏馆，看看自己的猜测是否属实，看看那座扶夏馆里，究竟关的是谁？她站起身，一言不发地朝牢门走去。

牢门关得严实，外头一共上了三道锁，小窗很窄，铁栅栏得从外面拉开，眼下挡在窗口，连一只手都伸不出去。

青唯正想辙，忽然听到“唰”的一声，似乎有什么东西被拉开了。

声音来自上方，青唯抬头望去，暗幽幽的牢顶不知何时开了一个洞口，一根空心的，阔大的木管从洞口探进暗牢中，悬在上方。不等青唯反应过来，下一刻，哗啦啦的流水声突然而至。木管里的水流急浇而下，流泻在暗牢中。

青唯、梅娘，还有扶冬都愣住了。

刚才青唯让人检查暗牢里的机关，却被墙脚的划痕打断，眼下看来，四壁的确没有机关，真正的机关在暗牢顶。

青唯立刻看向丫鬟。

丫鬟惊慌地摇头：“我……我不知道，我从没见过这个……”

牢门的地势很高，唯一的排水口是牢门上的小窗，可它太狭小了，根本排不了许多水。整个牢房是几乎密闭的，暗牢最终会被淹没，她们如果出不去，必然会被溺死在这里。

水流下来的速度很快，片刻后，已经没过青唯的脚背。眼下离与江辞舟定好的时间，还有半个时辰，她等不了江辞舟了。

青唯听了丫鬟的话，拖过小几，站到高处，仔细朝放木管的洞口看了看，泥土很新，是这两日才挖的，应该是知道她会来，特意修的放水口。

青唯简直咬牙切齿：“这个何鸿云，他是真的想弄死我。”

第十五章

初见青山

半个时辰前。

祝宁庄，凤瀛阁。何鸿云看完账本，靠在圈椅里闭目养神，刘阊推门而入，禀报道："四公子，那个女贼来了。"

何鸿云嗯了一声："动作倒是快。"

刘阊："她来得悄无声息，直到下了暗牢，我们的人才发现。属下已经吩咐下去了，让那些死士无论如何要把她困在牢里，门一关严实就开闸放水。"

"这件事你盯着就行了。"何鸿云推开手边的账本，"扶夏馆里的那几个人质，送走了吗？"

"送走了。那天大理寺那个孙什么的大人去药商家打探的时候，属下就开始安排了。今天早上送走的，都挤在一辆马车里，眼下想必已经到了阳坡校场。"

刘阊说到这里，迟疑着问道："四公子，待会儿那个小昭王，当真会带着大理寺的大人来咱们的庄子吗？"

"试试不就知道了？"何鸿云道，"谢容与可用的人就这么多，除了一个不怎么服他的玄鹰司，另外就是一个被先帝提拔起来的孙艾。待会儿他来了，瞧明白他要做什么，那些人质该不该留，你就知道了。"

刘阊道："四公子说得是，反正我们有扶夏做幌子，哪怕他是小昭王，也不可能这么快反应过来，人质杀不杀，全凭四公子的意思。"

刘阊想到一件事："属下还命阳坡校场的人准备了干草、柴火，今夜彻夜候着，只要四公子一到，阳坡校场开锅烧饭，权当是个意外。"

屋外传来叩门声，一名仆从在屋外禀道："四公子，玄鹰司都虞侯、大理寺的孙大人带着人到了。"

何鸿云起身，等了一夜，总算到了。他穿着绀紫色的常服，推开门，走入夜色之中，老远见到江辞舟，立刻换上一副笑脸，迎上去道：“子陵，这么晚，你怎么到我这座庄子上来了？”

江辞舟的身边除了朝天、祁铭与几名玄鹰卫，还跟着一名宽额阔鼻、年逾四十的官员，正是大理寺丞，孙艾。

孙艾是咸和年间的进士，早年因为脾气冲，不懂得官场的曲直，考评总是中下，外放了十年都没能提拔。到了昭化年间，他偶然一次回上京述职，被昭化帝看中，这才调入了大理寺。

昭化帝对孙艾有知遇之恩，他也对昭化帝忠贞不贰。这份忠贞，随着先帝的驾崩，转移到现在的嘉宁帝的身上，成为嘉宁帝为数不多可用的人之一。

七八日前，江辞舟猜到查瘟疫案可能需要大理寺的助力，跟嘉宁帝借来孙艾一用。

江辞舟笑道：“深夜接到消息，说邹平招了，称是在你这座庄子上存了弩，专门用来对付我。我和邹平的恩怨，他把你扯进来算什么？我怕你为难，就跟着大理寺一起过来了。”

何鸿云慨然道：“子陵，你真是，何必如此费心？这事说来原是我的不对，我若能早瞧出邹怀忠对你忌妒成疯，不惜雇杀手害你，当日在折枝居，你根本不至于陷入险境。我还担心你因为此事疏远我，总想要登门道歉，你却先来了，我真是惭愧。”

说着，他又把江辞舟和孙艾一起往凤瀛阁迎，问道：“孙大人这是得了邹怀忠的证词，前来查证的吧？”

孙艾合袖一揖：“正是。”

何鸿云唤来刘阊，吩咐道：“带孙大人到几间库房里一一看过。”

祝宁庄的前院是宴饮之地，没有正院，只因何鸿云平日宿在凤瀛阁，庄子中来了正经贵客，便往这里请。

何鸿云把江辞舟引进堂屋，两个人说了一会儿无关紧要的寒暄话，末了，何鸿云道：“眼下我刚解除禁足出来，被姑母、父亲狠狠地数落一通。姑母疼爱你，出了这事儿，她非说我结交不善，心不在正业，让我把这座庄子关了。我没法子，只能照着做，今晚我算了笔账，就这么几日，我亏了千余两。我能怎么办？只能把养不起的都打发了，眼下东西两院都封了，正在遣散人，庄子里乱糟糟的……”

何鸿云坐在灯光里，秾丽的眉眼有点儿艳，甚至有点儿女气，很好地掩饰住鹰钩鼻带来的精明。他稍微一皱眉，看上去分外真挚，似乎他的愁是真的愁，他的忧也是真的忧。

他们正说着，刘闾又引着孙艾回来了：“四公子，孙大人说还想去后院看过。”

后院就是何鸿云刚才说的东西两院，与前院以一片樟木林相隔。

何鸿云有些为难：“后院乱糟糟的，住的又都是些……怕污了孙大人的眼。”

“这不妨事。”江辞舟道，“来之前我已经与孙大人打过招呼，走个过场罢了，念昔不必顾虑。”

“好，既然子陵这么说了，”何鸿云将热茶放下，站起身，刚走到孙艾的身边，忽然一拍额头，“瞧我的这个记性！寺丞大人来查的是卫尉寺的弩矢？前几日已经查过了啊。”

“查过了？”孙艾愣了一下，不由得看向江辞舟。

江辞舟没作声。

何鸿云道：“孙大人有所不知，那个伏杀子陵的邹怀忠与我素来走得近，经常把他身边的巡卫往我的庄子上带，折枝居案发后，我一来自责，二来，也是担心被邹怀忠牵连，前几日去御史台自请查检。御史台的御史已经来过庄子上，还留下了一纸凭证，证明我的清白。刘闾，我的凭证呢？速速取来给孙大人看过。”

刘闾道：“四公子，您忘了？那凭证您自己收藏着，说改日去江府，要拿给江虞侯看的。”

何鸿云笑道：“是有这事。那便请孙大人随何某去书房一趟，何某把御史台的凭证交由大人过目。”

何鸿云与孙艾一走，江辞舟让不相干的人都下去了，问跟孙艾同来的胥吏：

“这是怎么回事？”他原来的计划是以邹平之案和玄鹰司搜庄双重施压，迫使何鸿云送扶夏出庄子。

眼下看来，何鸿云似乎早就知道大理寺的人会来，提前就跟御史台要了凭证。他是怎么料到的？

“回虞侯，这……小的也不知道。”

“不知道？”江辞舟问，“你们在大理寺，没有盯着邹平案子的动向吗？何鸿云跟御史台自请检查，你们怎么不知道？”

御史台与大理寺是兄弟衙门，倘是为了同一桩案子，相互之间通常会通个气，再说检查这等事，瞒又瞒不住。

胥吏道：“孙大人近日在跟当年瘟疫的案子，可能没注意御史台的动向。”

江辞舟停顿了一下，又问道：“你们去查瘟疫案了？”

胥吏听出江辞舟的责备之意，小心翼翼地问：“虞侯，这个案子不能查吗？”

大理寺的职责就是查案，宁州瘟疫案是官家交代给孙艾的，孙艾便以为应该追查。自然，官家也吩咐了，让孙艾一切听江辞舟的吩咐，不可以轻举妄动。孙艾哪里知道，不可以轻举妄动的意思，居然是碰都不能碰这个案子一下。

胥吏解释道：“官家交代了案子，大人等了好几日，虞侯您都没动静，大人也是着急，怕到时候虞侯过问起来，大人一问三不知，就带着小的去当年那几户药商家里打听了打听。”

江辞舟：“当年售卖缠茎夜交藤给林叩春的药商？”

“是。”

江辞舟闭了闭眼睛，他这段时间把青唯困在府中，哪儿也不让她去，就是担心打草惊蛇，没想到青唯倒是规矩，这个大理寺丞却先把蛇给惊了。当年何鸿云哄抬缠茎夜交藤的银价，让林叩春从五家药商手中收购缠茎夜交藤，大理寺在这种时候，贸然去这些药商家查探，何鸿云想不察觉都难。

木已成舟，江辞舟也来不及责备胥吏：“你们是哪天去药商家打听的？”

胥吏想了想：“初八、初九。虞侯放心，我们扮作寻常买家，只是稍微问了问缠茎夜交藤的买卖，这些药商似乎警觉得很，一提到五年前就……”

吏胥或许是因为自责，声音渐弱，江辞舟不等他说完，吩咐祁铭：“出去问问，何鸿云是哪一日去的御史台？”

祁铭得了令，很快去而复返：“虞侯，是初十。”他去御史台的时间和孙艾查案的日子刚好连着。

江辞舟的心中一沉。他知道何鸿云为什么准备得这么充分了。

江辞舟道：“朝天，你去庄子外看看，从玄鹰司到祝宁庄的路上，有没有人蹲守，速去速回，不要被任何人发现。”

朝天：“是。”

如果何鸿云派了人在路上蹲守卫玦的玄鹰卫，说明了什么？不但说明他料到江辞舟的计划，玄鹰司是天子近臣，他甚至会料到，那个真正想要查办他的人，正是当今天子。

江辞舟又吩咐祁铭：“你去书房问问，这么久了，孙艾的凭证还没看好吗？”

祁铭答应了，不一会儿回来：“虞侯，小何大人说凭证找不着了，孙大人正等着他找。”

这时，朝天也回来了，言简意赅地道：“公子，有。”

江辞舟的心中有一个非常不好的念头升了起来。不是因为何鸿云的澄思渺虑，而是……何鸿云在算到这一切后，仍然决定用扶夏下饵。倘若扶夏的手中当真握着那么重要的证据，他怎么敢把扶夏放出庄子？若换了是他，肯定得把证人藏得严严实实的。还是说，扶夏只是一片障目的叶子，一个掩人耳目的幌子？如果扶夏只是一个幌子，那么今夜，何鸿云的真正目的究竟是什么？青唯……温小野，她眼下怎么样了？

江辞舟手上的线索太少了，他甚至来不及多想，只知道如果按原计划走，今夜一定会一败涂地。他立刻起身：“祁铭。”

祁铭：“在。”

江辞舟：“你让吴曾把埋伏的人手撤了，送扶夏出庄的马车上，应该是一具尸体。再派一个人快马去堵卫玦，就说是我的吩咐，让他到了祝宁庄，直接来后庄，查什么案子不必对何鸿云交代，只需出示搜查令即可，一切后果由我承担。”

祁铭：“是。”

江辞舟："朝天。"

朝天："公子。"

江辞舟一掀袍摆，大步往后庄走去："随我去扶夏馆。"他眼下身边跟着的人太少，祁铭一走，除了朝天，能打的只有四名玄鹰卫。

祁铭见状，忍不住追上去："虞侯，您如果硬闯后庄，定然会跟小何大人撕破脸，庄子上的守卫太多，杀手也埋伏了不少，不如等属下和吴校尉回来。"

江辞舟的脚步没停："不必了，卫玦很快就会到，你和吴曾不要回来，我另有任务交给你们。"

祁铭："什么要务？"

江辞舟略一思索，低声交代了几句。

祁铭一愣，立刻拱手道："是。"

江辞舟刚走到樟木林外，身后忽然传来何鸿云的声音："子陵，你要去哪儿？"

他的声音仍然是和气的，甚至是温和的。

"不去哪儿。"江辞舟回过头，"只是想起很久没看到扶冬姑娘了，想过去一见。"

何鸿云听了这话，似乎感到意外，很快笑了起来："子陵想见扶冬，我差人把她唤来便是，子陵只管在前庄等着。"

江辞舟担心青唯，懒得再与何鸿云做面子功夫，吩咐道："朝天，开路！"

何鸿云的目光冷下来，刘阊立刻抬手一挥，数十个巡卫迅速自樟木林两侧拥出来，拦在江辞舟的前方。

"若是子陵执意要去后庄，便是不给我颜面了。"

江辞舟没吭声，只管往前走。

下一刻，朝天拔刀而出，刀光如水，立刻将眼前两名巡卫的刀一起斩断。他的功夫硬，但硬也有硬的好处，最不怕这种正面冲撞。刀身落在地上，其余数十个巡卫立刻亮出来了兵器。

就在这时，庄门处忽然火光大亮，密集的脚步声传来。卫玦与章禄之骑着马率先破庄而入，身后玄鹰卫如潮水般涌进庄子中。

卫玦半路得了令，到江辞舟跟前才下马，拱手行了个礼："虞侯。"

随后他拿出一份搜查令，对何鸿云道："小何大人，玄鹰司有要务在身，要立刻搜庄。"

"什么要务？"何鸿云问。

卫玦只道："这是玄鹰司的案子，还望小何大人莫要多过问。"

"不要多过问？"何鸿云道，"玄鹰司能有什么案子？不就是城南的劫囚案，怎么？敝人的庄子上竟然藏着什么劫匪吗？"

"不管什么案子，反正碍不着小何大人。"江辞舟的语气一冷，"搜庄！"

这一声令下，数百玄鹰卫如网一般，以樟木林为中心，迅速张开。火光下的夜色中，衣摆上的雄鹰怒目圆睁。庄子上的巡卫竟然被这气势震慑住，不敢再阻拦。

其实此刻离与青唯约定的时间还有小半个时辰，但江辞舟的心高高地悬着。他快步往扶夏馆赶去，一刻也不敢慢下来。

直到来到扶夏馆外，江辞舟听到令人心惊的水流声。

水源很好找，扶夏馆花苑的池塘下挖了渠，水流被引入假山之下的暗牢。江辞舟快步往假山走去，一名逻卒很快来报："虞侯，暗牢已经被水淹了大半，里头没有活人，只有几具尸体。"

江辞舟听到"尸体"二字，心狠狠地往下一沉，一丝沁凉浮上脊背。

可没见到青唯，他什么都不愿意相信，踩着漫到地面的水进入假山，刚要下暗牢，身后传来熟悉的一声："喂！"

江辞舟突然回头，青唯正站在扶夏馆外，她的脸庞被满院子的火把映得透亮，手里拎着一个被绑住手脚的守卫，梅娘和扶冬也跟着她。

看到江辞舟，青唯还有点儿感到意外："来这么早？"

江辞舟愣了一下，快步走过去，见她的脸上有血，伸手想为她擦，停顿了一下，把手又收了回去："你是怎么从暗牢出来的？"

青唯抬起袖子擦了一把脸，把血抹去，她没消气，大骂道："何鸿云这个狗东西，想放水淹死我，让人把牢门锁了，还好我父亲是工匠，当年我跟他学了一两招，那道门困不住我。”

说到底，还是铁门上的那一扇小窗救了青唯的命。

当年温阡带着崔原义等一众工匠筑高楼，千斤重的巨石，吊上铁架，一根绳子以一人之力就可以举到半空。那时工匠中流行一种绳结，原理和举石差不多，用绳结代替铁架，系在物件上，随后拧紧，别说挣断几道铜锁了，山口的巨石都能挪动。

青唯在铁门的小窗上系了同样的绳结，硬生生地把三道锁挣断。

青唯见玄鹰卫还在往水牢外打捞尸体，说道：“这些都是何鸿云请的死士，另外还有一个小丫鬟，是从前照顾扶夏的，被我绑在扶夏馆里头，很多人跑了，我就抓到一个守卫。”

青唯敏感得很，很快觉察到不对劲，问江辞舟：“你提前过来，是不是发现什么异常了？”

江辞舟嗯了一声：“大理寺的孙艾碰了瘟疫案，何鸿云反应过来，猜到朝中有人在查他。”

青唯道：“怪不得他拿梅娘拖住我，还把暗牢改成水牢，他是打定主意要灭我的口。”

“不止，”江辞舟道，“何鸿云是个谨慎的人，如果扶夏当真是当年瘟疫案的重要证人，他知道朝中有人要动他，不会拿扶夏下饵，这个扶夏，可能只是个幌子。”

青唯：“这我知道。”

江辞舟：“你知道？”

青唯弯下腰，将匕首塞进靴筒里：“我在暗牢里，发现了一点儿线索，扶夏其实不识字，当初写信给小昭王的并不是她。然后我逼问那个小丫鬟，才知道原来扶夏馆里还关着几个人。你想想，扶夏馆里机关重重，又跟其他地方隔绝开，派了这么多人把守，要说是一座空楼，这不合理。再说，当年那些卖缠茎夜交藤的药商，一个都不知道林叩春背后的何鸿云吗？东窗事发是后来的事儿，那会儿风平浪静的，何鸿云没必要藏得那么严实。这些药商如果知道，他们就是对何鸿云有威胁的证人。所以我从水牢里出来，立刻来了扶夏馆。”

“何鸿云的反应很快，该撤的人早就撤走了，我只逮住了一个守卫，就是那个，”青唯往墙根边，被她捆住手脚的人一指，“他说，扶夏馆里这几年关的几个人质，的确是那些药商家的。当年不是统共有五家药商卖缠茎夜交藤给林叩春吗？这五家药商里，一家死了，另外四家怕惹上灭门之祸，只好各出一个人质给何鸿云。所以，当初写信给小昭王的，应该是这几个人质中的一个人，也正因为他们是人质，担心这封信一旦落到何鸿云的手上，牵连家人，才冒用扶夏之名，平白害我们兜这么大的一个圈子。”

青唯恼火地道：“不过何鸿云今晚费了这么一番周折，究竟最后的目的是什么？我没问出来，这个守卫给你，你亲自审审。”

江辞舟静静地听青唯说完，略一思索：“我知道何鸿云要做什么。”他问青唯，“当初你查他，这对何鸿云来说没什么，他坏事做惯了，谁查他，他灭谁的口便是。可是朝中有人查他，这个人还是大理寺的孙艾，何鸿云会怎么办？”

单凭孙艾一个人，不可能忽然知道当年瘟疫案的蹊跷，所以孙艾的背后，一定另外有人要对付何鸿云。何鸿云的目的，就是要找到这个人是谁。所以何鸿云拿扶夏做饵，真正要试的是天子之意。

而今夜无论是孙艾、玄鹰司，还是小昭王的出现，都证实何鸿云的猜测没有错。

真正授意查瘟疫案的是当今的嘉宁帝。

何鸿云在这个当口，不可能选择弑君，所以他只有一个办法，就是消灭证据。而这些被关在扶夏馆里的药商家人，正是能置他于死地的证据。

青唯经江辞舟这么一点拨，道：“坏了，今夜玄鹰司一到，何鸿云必然知道官家要对付他，那些人质恐怕已经死了，我们还是中计了。”

“未必。”江辞舟道，“这些人质的手上握着把柄，何鸿云轻易不敢动他们，他如此谨慎，如果不是到了逼不得已的情况，他不会取他们的性命。”

而眼下孙艾与玄鹰司出现在这里，正是逼不得已的情况。

青唯：“可是，何鸿云早就把人质撤走，眼下那个守卫也不知道哪儿去了。”

江辞舟道：“我知道他们在哪里。”

青唯：“你知道？”

这时，只闻一阵马蹄声，一名玄鹰卫匆匆来到扶夏馆，向江辞舟禀报道："虞侯，小何大人的马车出城后，往西行了十多里，已经到了西郊驿站附近，没有要停的意思。"

原来，刚才祁铭离开时，江辞舟交给他的任务便是暗中跟着何鸿云。江辞舟虽然不知道何鸿云的目的是什么，但何鸿云今夜这么一番布局，事后一定有异动，派人跟着他，一定没错。

今夜还没结束，他们陷于迷雾，失了先机，然而后发制人，也是制胜之道！

青唯暗下去的眸色骤然亮起来："他要去哪里？"

玄鹰卫道："西郊驿站附近除了一片密林，顺着官道走，应该到庆明县了。"

何鸿云不可能去庆明县。而且照道理，何鸿云根本没必要把人质送得这么远，他往西走，一定有别的目的。

一个念头突然从江辞舟的脑海闪过："阳坡校场。"

"阳坡校场？"玄鹰卫道，"可是阳坡校场是巡检司的地方。"

江辞舟："正因为是巡检司的地方，何鸿云才要把人质放在那儿。"

邹平获罪，邹公阳革职，巡检司对于何鸿云来说，已经没有任何意义，反倒成了会牵连他的负累，如今何鸿云要杀人质，送到巡检司的地盘做成意外，不但能把自己撇干净，连带着别的后续罪名，也能一并推到邹家身上，反正邹平的罪重，左右都是个死，死前多担待些，也算为何家效忠了。

青唯听闻是校场，立刻跨上玄鹰卫的马，问江辞舟："怎么走？"

江辞舟很快也上了马，路过院子门口，看了一眼卫玦和章禄之，似乎没瞧见他们眼中的迟疑，只吩咐："都跟上。"

卫玦沉默了一下，正要折身牵马，章禄之一把拽住他。

章禄之气愤地道："你还看不出来吗？那个崔氏女忽然来跟我们报案，就是虞侯指使的！他是借擒贼之名，把我们当猴耍！"

卫玦说道："这件事他确实不对，但刚才你也听到了，阳坡校场那里关着人质，虞侯把我们找来，或许另有隐情。"卫玦上了马，看了章禄之一眼，"今夜先随他去，若他当真把查案当儿戏，事后我禀明官家，带着鸮部分开办案。"

黎明之前，天地昏暗，月亮隐在了云层之后，人几乎要靠着直觉才能在夜色里辨别方向。

秋夜的寒风吹过脸颊，如针芒一般，可青唯策马狂奔，一刻都不敢慢下来。

眼下被困在阳坡校场的，不仅仅是几条人命，那是事关瘟疫案，事关洗襟台坍塌的最有力的证据，只有救下他们，才能把何鸿云做下的坏事彻底揭开。

他们穿过密林，往西再走半个时辰，天际渐渐浮白，随着阳坡校场入目，遥遥只见一片火光，还有震天动地的拼杀声。

青唯正疑惑着，迎面一个人打马而来。祁铭见了江辞舟，根本来不及行礼："虞侯，何鸿云到了校场，没一会儿就起了火，我在高处看了看，火是从炊房那头烧起来的，可能是故意做成意外。吴校尉担心人质有危险，已经带人冲进去了，但巡检司不听我们解释，我们手上又没有文书，两边起了冲突。眼下何鸿云可能已经走了，人质还没救出来。"

青唯问："人质被关在哪里？"

"应该在西南角那座箭楼里。"祁铭道，他的眼力好，擅观察，盯准了就不会错，"箭楼外围守着的人不少，校场内更有几百巡检司兵卫，两边打起来，我们的人少，根本冲不进去。"

青唯立刻道："救人质重要，我试着冲进去。"

江辞舟吩咐祁铭："你留在这里，等卫玦的人到了，让章禄之去附近的望火楼借人手。"

两个人带着朝天和余下的玄鹰卫一起奔入巡检司，青唯根本懒得跟那些兵卫周旋，她的轻功好，纵身一跃，在围墙上借几步力，便上了门前的塔楼，随后借着准备好的绳索，又跃上另一座塔楼。吴曾在下头拼杀，见江辞舟等人到了，奋力绊住眼前的巡卫，所以青唯落到箭楼前方的草垛子上方，都没遇到多少阻力。

火势借着晨风，从炊房一路烧过来，只这么一会儿工夫，箭楼附近已经弥漫起呛人的烟味。

刘阊带着人守在箭楼前，见青唯落在草垛子上，握着剑柄的掌心立刻渗出了汗，然而他看到她身旁的江辞舟，随即强迫自己冷静下来。

何鸿云走之前，跟刘闾交代了几句很重要的话："当初在折枝居，章兰若试谢容与的法子提醒了我。谢容与这个人，心里有一个永远都过不去的坎，这个'坎'只要用好了，对付谢容与，无论何时都能立于不败之地。"

何鸿云走了，可是刘闾留了下来。小何大人这个人，无论旁人怎么看，对于刘闾来说，都是刘闾的主子，这些年厚待于他，对他有恩，今日成败在此一举，他甘愿留下为何鸿云卖命。

人质的呜咽声与求救声从箭楼顶传来，外头守着的兵卫太多，青唯和江辞舟被他们绊得脱不开身，恰好就是这时，卫玦的人马也到了，有了他们加入，吴曾与祁铭很快带着玄鹰卫支援江辞舟这里。

火势蔓延得太快，眼看就要燎着箭楼，青唯、江辞舟和朝天几乎同时跃上楼去。

下一刻，他们却愣住了。何鸿云就是何鸿云，不可能留活口给他们。箭楼的顶上，躺着四具人质的尸体，而刚才求救的，不过是两名扮作人质的祝宁庄的巡卫。

青唯简直恼怒至极，到了这最后一步，还是功亏一篑。她抬脚把两名巡卫踹下箭楼，正要转身就走，脚踝忽然被人握住。

"救……救我……"微弱的声音从身后传来，青唯突然回头看去，只见一个年轻的人质吃力地睁开眼睛，他的腹部有一道贯穿伤，也许因为玄鹰司来得太快，巡卫太着急，所以这道刀伤并没能立刻取走他的性命，让他支撑到现在。

江辞舟立刻吩咐："朝天，背他离开，寻大夫为他治伤。"

朝天答应下来，将人质扛在肩上，先一步下了箭楼。有了刚才的疏忽，青唯和江辞舟又一一检查过余下的人质，确定他们都没了气息，正要离开，就在这时，忽然一股热浪袭来，原来是烈火已经顺着木梁卷进楼里。

他们上箭楼上得太着急了，以至于两个人都没来得及仔细观察。那根支撑着箭楼的木梁早已木纹皲裂，颤巍巍地戳在楼底。木梁的最上方，还系了一根绳索，紧紧地连着楼外的木桩。

刘闾见烈火已经卷进楼里，心道时机到了。他不敢想象一败涂地的后果，只觉得如果这样，还不如牺牲他一个。

眼前的玄鹰卫太凶悍，吴曾还在殿前司时就是良将，刘闾拼不过他，千钧一发之刻，忽然撤了招，不防也不攻，而是迅速掠至箭楼的后方，一剑斩断系着木桩的绳索，与此同时，身后刀芒突进，“噗”的一声，吴曾的刀锋自刘闾的脊背扎入，从胸口出来。

早已朽坏的梁木失去了支撑，刹那间便断裂下折，青唯还没来得及跃出塔楼，便觉得脚下的地板往下陷去。

江辞舟却愣住了。巨木坠地，地动山摇，这是他这辈子最深的梦魇。他甚至能听到楼台快要坍塌前，熟悉的、悲怆的嗡鸣声。这是埋藏在他心中最深的恐惧。

他的一句“拆吧”，究竟葬送了多少条性命，他在梦里数也数不清。

足底往下陷落，火舌狂卷而来，箭楼的坍塌只在一刻，江辞舟的眼神却逐渐变得涣散起来，站在原地，动也不能动。

青唯回过头来，看到的便是这样一个江辞舟，没有一丝鲜活气，但她并不感到意外，她知道江辞舟怎么了，当日折枝居被拆毁，他是什么样的，她都看到了。

江辞舟的心中一片冰冷，他睁着眼睛，静待当年洗襟台的烟尘重新席卷他的视野，然而，就在下一刻，那些烟尘忽然不见了，他的眼前捂上了一只手。这只手紧紧地捂住他的眼睛，遮住屋梁上震落的灰，也似乎挡去了坍塌时的嗡鸣声。

时间太紧迫了，生死只在一瞬间，江辞舟几乎觉得青唯是往他的身上撞来，一只手覆在他的眼睛上，一只手扣在他的腰间，紧贴着他，把他撞下高台。

两个人都在半空中失去了重心，江辞舟下意识地伸手去捞她。

就在这时，失去梁柱的箭楼再也支撑不住，轰然坍塌，江辞舟在落地的一瞬间，感觉有什么东西也从高空中坠下，狠狠地砸落在伏在他上方的青唯身上。

江辞舟在黑暗中，听到青唯闷哼一声，紧紧捂在他眼睛上的手突然松开了，紧接着，似乎有什么黏腻的东西顺着她的脸颊，流淌进他的脖颈间。

在青唯松开的指缝中，江辞舟看到彻底亮起来的天。

江辞舟喊："娘子。"

没有人回应。

江辞舟又唤她："青唯。"

身上的人安静地趴着，没有动。

江辞舟的喉结上下动了动，他很快翻身坐起来，把青唯揽进怀里。砸下来的是一段木梁，她的耳后有伤，正在流血，可要命的不是这血，是后脑浓密的发间可以触摸到的肿胀。

江辞舟最后声音嘶哑地唤道："小野。"

温小野从没有这么安静过，像是没了气息。

这些年，江辞舟无数次在梦里回到昭化十三年的七月初九，每次从梦里醒来，伴着他的都是剧烈的咳嗽，溺水般的窒息感，还有之后长达数日的神思涣散，一如此前折枝居被拆毁时一样。而这一次，久违的咳嗽与窒息感都没能如期而至，有的只是一只能遮住他双眼的手。

江辞舟看着青唯，并没有觉得更好受一些，取而代之的是一种茫然的揪心之感和害怕失去的恐惧感。

江辞舟抱着青唯坐在这里，像是坐在孤岛之上。波涛拍岸，阳光被烟尘掩去，不肯落下，而他怀里的青唯，是这无妄海上终于驶来的一叶扁舟。

他不能失去青唯。

卷二

第十六章

水落石出

戌时，宫中点起灯火。荣华长公主从佛堂里出来，到了昭允殿，德荣已经候在殿外了。

殿中很冷清，长公主屏退了宫婢，免去德荣的礼，问道："与儿怎么样了？"

德荣站在下首，答道："回长公主的话，殿下从阳坡校场回来，两日了，几乎没怎么合眼，昨日医官一走，殿下守了少夫人一夜。"

长公主的眼中隐隐浮起忧色："那位姑娘，伤得这么重？"

德荣道："是，医官看过，说淤血在头颅里，没法药到病除，只能开些化瘀的药方，等着淤血自行化散。也有化不散的，据说有人就这么躺了一辈子。殿下听后，大约很难过，昨天夜里一句话也没说，医官安慰殿下，说少夫人身体底子好，人也年轻，指不定躺几日就醒了。今早殿下瞧着精神还好，午间还用了点儿粥，少夫人的三道药，都是殿下亲自煎，亲自喂着吃的。小的进宫前，殿下正传了祁铭到府上，问阳坡校场救回来的人质的情况。"

荣华长公主听后，眉头稍稍舒展，她的五官非常漂亮，只是稍稍有一点儿硬气，这点儿硬气放到女子的身上，或许不够柔美，但是被小昭王承袭，便是恰到好处的俊逸清朗。

"照你看，与儿这是当真把这个姑娘看作自己的结发妻？"

德荣低着头："当初殿下娶妻时，只说是想救崔家，娶回崔氏女，便把她送往大慈恩寺。可是……长公主也知道，当年洗襟台坍塌，在殿下心中烙下的阴影实在太深了，几年下来，殿下自责自苦，几乎从没有开心过。殿下本性内敛，并不常展露心绪，戴上面具后，又学得江小爷半副不羁的性情，有时候说话半假半真，连小的和朝天也猜不透。即便如此，有些事也是藏不住的，少夫人进府后，殿下比以往开朗了许多，两个人偶尔吵闹，但意气难得。小的不敢说殿下就把少夫人看作结发妻，但是少夫人，一定是被殿下放在心上的。”

长公主点点头：“那这事，温小野她知道吗？”

德荣：“应该不知。殿下惯于自苦，当年温筑匠去建洗襟台，说到底还是被殿下请出山的，后来温筑匠的定罪文书上，也有殿下的署名，虽然事出有因，殿下知道她是温阡之女，反而不会坦白了。”

当年洗襟台初建，正逢岳红英病逝，温阡回家为发妻守丧，所以洗襟台最初督工的筑匠并非温阡。直到后来改了图纸，温阡才被小昭王请去柏杨山。

长公主听了这话，悠悠一叹，这是容与的心结，诚如坍塌的洗襟台一般，单靠劝说，是解不开的。长公主于是不再过问此事，问德荣：“你和朝天近来可好？”

德荣听了这话，诚惶诚恐地拜下：“劳长公主挂念，奴才和朝天都好。”德荣知道长公主不止要问这个，停顿了一下，继续说道，“朝天近来学武成痴，殿下督促他习文，他不愿学，但练字还练得规矩，能在书房里坐足一夜。小的还跟以往一样，操持些琐碎之事。顾叔几日前来信了，朝天回的，殿下听说，还让人捎了身毛皮氅子过去，劼北酷寒，赶在入冬前，让顾叔穿上。”

顾叔名唤顾逢音，原本是往来劼北和中州的一名茶商。十七年前，长渡河一役虽胜，但战况惨烈，劼北一带遗留下许多无人抚养的孤儿。顾逢音天性善良，不忍见这些孩童流离失所，便从其中挑了二三十人，接回中州抚养，这件事后来一传十，十传百，甚至被朝廷听闻，一时引为佳话。后来中州一带的民间商人纷纷效仿，也从劼北收养孩童，大大地减轻了朝廷与地方州府的负担。

朝天和德荣就是当年跟着顾逢音，从劼北到中州的孤儿，他们长大后，被公主府挑去，转眼已经跟了江辞舟五年。

他们身世凄苦，又是长渡河遗孤，所以这些年，无论是长公主还是江辞舟，都没把他们当真正的奴仆看待。

他们正说着，外头有人来报：“长公主，官家到了。”

昭允殿的殿门本就敞开着，话音刚落，一名身着朱色冕袍，眉眼清秀的男子迈步走入殿中。

赵疏不等长公主行礼，先唤了声："姑姑。"随后他亲自扶起要行礼的德荣，对长公主道，"我听说德荣到了，过来问问表兄怎么样了？"他是长公主抚养长大的，在长公主面前从不自称"朕"。

德荣道："多谢官家挂怀，殿下一切都好，今日奴才进宫前，殿下让小的带话，说大理寺的孙大人虽然有点儿莽撞，难得忠心不贰，请官家不要多斥责。"

赵疏在朝中可用的人太少，知道江辞舟这是在为自己考虑，说道："朕明白，朝中的事朕会处理，你只管让他放心。"赵疏又问道，"从巡检司救回来的证人怎么样了？"

德荣："证人伤重，眼下尚未从昏迷中苏醒，殿下把他交给了玄鹰司的卫玦看顾。"

其实这件事赵疏已经知道了，再听德荣说一遍，他到底能放心些，卫玦、章禄之虽然不服江辞舟这个虞侯，对待差务却是一等一的认真、细致，把人质交给他们，就不可能出差错。

眼下江辞舟就是小昭王的秘密泄露，朝中真正知道他身份的人毕竟是少数，他不常回宫，也不怎么打发身边的人来宫里，今夜难得德荣到昭允殿，赵疏便把该交代的都交代了。

赵疏出来时居然下起夜雨，曹昆德早早带着墩子来接。曹昆德候在昭允殿外的甬道口，见了赵疏，为他披上厚氅，躬着身，把伞高举在赵疏的头顶，说道："官家，秋夜冷，这雨里带着寒气，仔细沾上了。"

赵疏平日里面对的都是朝中那些心思各异的大臣与堆积如山的奏帖，被压得透不过气来，今夜难得见到长公主和德荣，他心境疏阔，笑了笑，说："朕的身子没这么娇弱。"

"是，瞧奴才这嘴，官家龙体安康，便是在雨里淋上一场，隔日照样跟初升的朝阳似的，光芒万丈哩。"曹昆德假作掴嘴，要逗赵疏开怀，见赵疏果然又是一笑，他往后望一眼，说，"官家，刚才从昭允殿出来的那位，是江府小爷身边的厮役吧？"

江逐年与驸马爷是故交，江家跟长公主原本就走得近，当年江辞舟受伤，跟小昭王一起送来宫中养病，所以德荣出现在昭允殿，这没什么。

赵疏嗯了一声："江子陵的发妻病了，子陵也受了点儿伤，怕姑姑担心，派斯役进宫报平安。你见过他？"

曹昆德笑着说："见过，上回官家召见江小爷，宫门下钥了，是奴才去角门开的锁，除了这个斯役，奴才还瞧见一个细眼武卫。"细眼武卫就是朝天。

深宫的夜里本来就安静，下了夜雨就显得更安静了，似乎天地之间只余下这淅沥的雨声。赵疏任曹昆德举着伞，有一句没一句地和曹昆德说话解闷，快到会宁殿时，他抬眼一望，步子忽然慢下来。

会宁殿外，候着一名身着朱色宫装，眉眼端庄的女子。正是当朝皇后，章元嘉。

会宁殿是皇帝的寝殿，赵疏沉默了一下，走到殿门口，任章元嘉跟自己行过礼，问："你怎么过来了？"

章元嘉道："今夜天凉，臣妾煨了驱寒的姜汤，给官家送来。"

赵疏嗯了一声："进来吧。"

会宁殿早已烧起了取暖的小炉子，炉中的炭一点儿烟都没有，将里头烘得跟暖阁似的。赵疏一进内殿，便让墩子为他脱了氅衣。内殿宽阔，右侧靠窗是一个长榻，榻上搁着龙纹平头小案，上头堆放着许多奏疏，这是赵疏去昭允殿前，让人从御书房取回来的，无数个夜晚，他都卧在这个长榻上，独自看奏疏看到深夜，不知何时倒头睡去。

内殿最靠里还有一张四角雕龙的床，上头垂着明黄的帐幔。

赵疏在榻前坐下，几乎是习惯性地从手边拿起奏帖，还没翻开，见跟着章元嘉的宫婢把姜汤端了进来，才记起今夜是十五。每逢初一和十五，皇帝都该到皇后宫中歇息的。他失约这么多回，快忘了。

赵疏握着奏帖的手停顿了一下，半晌，他将奏帖放下。

曹昆德见状，左右看了一眼，殿里的侍婢除了更衣的宫女，皆无声地朝帝后二人拜了拜，退出殿外。

赵疏沉默着坐了一会儿，章元嘉就站在他身前不远处。其实两个人都知道她到会宁殿来，究竟是什么意思，但谁也没先张口。

赵疏又看了章元嘉一眼，他们一起长大，赵疏很熟悉她的样子，清淡若菊，端庄柔雅。但有日子不见，她又有些不一样了，灯光里，她垂着的双眸宛若梨花，皮肤非常非常白，远看如雪，近看似瓷。

赵疏道：“更衣吧。”这是决定要留下她的意思了。

更衣的宫女会意，很快打来水为二人洗漱，随后熄了两盏龙烛，退了出去，章元嘉在半昏半明的寝殿内为赵疏更衣。她仍垂着眸，解下他襟口的内扣。她说：“官家，臣妾备了些名贵药材与一颗夜明珠，明天想托人送出宫去。”

赵疏低头看她。他没怎么在意，只问：“送去章府为你的祖母祝寿？”

“不是。”章元嘉停顿了一下，这才抬头看赵疏一眼，“江家。”

那头一阵沉默。赵疏再开口时，语气已经比刚才冷了三分：“为何要送去江家？”

章元嘉：“臣妾听闻江虞侯的娘子病了，她是朝廷命官的发妻，臣妾想着……自己身为皇后，关心她，乃是分内应当的。”

赵疏却问道：“你听谁说的？”

章元嘉感到有些疑惑：“臣妾自然……”可她的话未说完，忽然明白赵疏为什么这么问了。她是简居深宫的皇后，江辞舟的发妻病了这件事，朝中都没什么人知道，她是怎么知道的？是她的哥哥章庭，抑或是她的父亲章鹤书托人捎信告诉她的？

赵疏在怀疑她。

章元嘉的心中微冷，语气平静地道：“今早仁毓到臣妾的宫里，说昨天官家忽然召了医官，臣妾担心官家病了，托人去太医院打听，听闻医官被官家派去了江府上，还带上了宫中的医婆，这才知道生病的是江家娘子。”她不知道青唯因何生病，只以为是受寒，想着这时节寒气重，他成日案牍操劳，担心他也病了。否则她今日何必冒雨送姜汤来？她也知道今日是十五，赵疏都不去她的宫里，她何必来讨嫌？

赵疏听了这话，也知道是自己误会了章元嘉，见她站在原地不动，伸手去解她的束腰，章元嘉却突然退后一步：“官家觉得臣妾管这事不好，那江家的礼便不送了。”她眼角的余光里有龙纹案上堆积如山的奏帖，太后敦促多回，他都当耳旁风，其实他本来就没想过要去她的宫中，“官家既然还有政务要忙，臣妾不该耽误官家。”她说，“臣妾告退了。”

赵疏站在那里，什么也没说。

章元嘉于是福了福身，退了出去。

“小昭王的动作很快，阳坡校场被烧的当日，他就派玄鹰司把那几户药商彻底保护起来，他的手上有证人，师出有名，我们安排的人不好阻拦，眼下那四户药商都落在了他手上。”

深夜，何鸿云坐在何府的书房里，听来人禀报。他统共有四个贴身扈从，刘阊死了，屋里站着的这个叫单连。四个扈从里，论功夫论才智，单连才是最高的，但刘阊的忠心，是没人能比的。

单连：“好在四公子早有防备，提前在这四户药商里埋了暗桩，眼下这四户人家的家主听说交给四公子的人质没了，本来想跟玄鹰司交代实情，被暗桩一搅和，倒是没声息了。”

何鸿云嗯了一声，这些他都料到了。

这四户药商正是当初售卖缠茎夜交藤给林叩春的商家。后来东窗事发，他们畏惧何家的权势，各出了一个人质给何鸿云，以保平安。这四家里，人口少的，十来口，人口多的，有近三十口。一大家子嘛，关系总有亲疏远近，有跟人质亲的，也有人跟人质的关系不那么亲的。五年前他们送人质给何鸿云，就是为了保平安，眼下人质死了，这平安就不保了吗？自然要保的。跟人质亲的豁出去想跟何家对着干，不那么亲的怕受拖累，就会跳出来阻拦，何鸿云早就想到了这一点，这五年派人盯着这四户人家，策反了其中几个，让他们在必要的时候，说些危言耸听的话，一点儿都不困难，譬如，“何家百足之虫，死而不僵，我们手里没实证，告了以后，最后何家还是找我们麻烦”，又譬如，“巡检司都没了，何家害怕守着我们的几个兵吗？谁敢出这个头，谁就是要把一大家子往死路上送”。人都是求生不求死的，为了一个五年没见的亲人拿命犯险，除了至亲，没人愿意。

单连：“可惜这两日的情况属下探不出来了，玄鹰司的吴曾是带兵出身的良将，后来又在殿前司领差，防我们很有一套。不过，这些药商应当不足为惧，他们只知道当年真正买药的是四公子您，别的证据一概没有，倘若他们一直内讧，不能形成一股势头来状告四公子，就是落在小昭王手上，也难以化腐朽为神奇。哪怕有一两个人跟玄鹰司招了，四公子您退一步，承认当初是您授意林叩春买药的，但您买药，不是为了牟利，而是为了早日筹集治疗瘟疫的药材，是林叩春瞒着您，私下抬高药价，这案子也说得通。说到底，有老爷在朝中为您撑着，只要案子没跟洗襟台扯上关系，后果就不会严重。关键还是那个被小昭王带走的证人，他究竟知道多少？知不知道那个遗落在外的账本？”

单连说的，何鸿云深以为然，可是谢容与太会用人了，他让卫玦看着证人，吴曾盯着药商，他一点儿可钻空子的地方都没有。

何鸿云揉了揉眉心，想想都头疼：“朝中呢？”

单连：“阳坡校场烧了以后，事情闹大了，邹平在牢里关了几日，眼下倒是想明白了，想着反正死他一个，邹家能活命，把所有罪名一概认下。眼下朝中的风向都在指责巡检司，加上老爷斡旋，几名大员帮腔，倒是没人提四公子您。”

何鸿云近日称病，没去上朝，听了单连的话，觉得不对劲，当夜大理寺的孙艾和玄鹰司先来了他的庄子，随后才赶去阳坡校场救人。就没人好奇这其中的关联？

何鸿云问：“大理寺也没提？我爹怎么说？”

“没有。”单连道，“老爷说，这可能是官家，或者……小昭王的授意。”

何鸿云紧紧地一皱眉：“我就知道是他。”

眼下人质和药商那里一点儿风声不露，何鸿云唯一的法子，就是从朝中忠直的大臣身上辨别动向，只要有动向，他就能瞧出机会，从容应对，可是这些人连提他都不提，这肯定是谢容与的主意！

何鸿云这几年都过得风平浪静，直到谢容与做了这个虞侯，他先是接近扶冬，又夜探扶夏馆，邹平不过放弩箭试他一试，他立刻将计就计，以火药炸毁折枝居，一己之力将何家最忠实的拥趸拖下水。短短不到一个月的时间，谢容与把何鸿云的生活搅得天翻地覆。

那夜在祝宁庄，何鸿云终于反应过来，虽然要对付他的是皇帝与玄鹰司，只要没有小昭王，赵疏就是没牙的老虎，卫玦、章禄之不过是锈剑，可有了小昭王，锈剑就成了利剑。他想斩草除根，除了杀证人，更要除去这个小昭王。所以他临时决定把人质放在箭楼，等着谢容与来，利用箭楼坍塌，置谢容与于死地。

可惜半路杀出一个崔青唯，把谢容与救了。

上回刘闾说这二人是假夫妻，眼下看来，何鸿云却不相信他们是假夫妻了：“此前我让刘闾追查崔青唯的身世，是你跟他一起追查的？”

单连道：“是，不过属下无能，至今没能查出任何蹊跷。”

“我给你一条线索。”何鸿云道，“谢容与没有跟卫玦透露身份，所以卫玦不知道他是小昭王，并不服他。当日卫玦以那么大阵仗到我的庄子上，应该是被小昭王诓来的。能诓住卫玦，让卫玦指哪儿打哪儿的，只有一件事，初秋城南暗牢的劫狱案。我这两日找人打听了一下这个案子，当时卫玦的确怀疑过崔青唯，但没拿着实证，而薛长兴出逃那夜，崔青唯也曾在流水巷附近现身。城南暗牢把守重重，有本事劫狱的人本来就少，崔青唯的功夫好，她算一个。暗牢里关着的要犯是薛长兴，肯不要命去救薛长兴的人，一定和洗襟台大有关联。所以你从这个方向查，和洗襟台有极深的渊源，崔原义、薛长兴等人的故人之女，十九岁上下的，都有谁。”

何鸿云十指相抵，慢悠悠地道：“我眼下有种直觉，拿到崔青唯的把柄，也许就能找到谢容与真正的症结所在。”

三日后，江府。

“公子看好了。”驻云抬起青唯的手臂，正先各屈伸六下，随后将手臂放平，一寸一寸地按压过去，“人躺久了不动，容易痉挛不适，公子可以像奴婢这样，每日为少夫人屈伸按压三回。”

今早医官又来看过青唯，说她的脉象已经平稳许多。前两日医官不让动，是怕伤着她，眼下却该多动动了。

江辞舟看得认真：“明白了。”

留芳听江辞舟的语气依旧低沉，安慰他道：“公子，您且放宽心，医官不是说了嘛，少夫人这两日总是皱眉、出汗，手指也常动，这是要醒过来的征兆，您耐心等着，指不定您明早起身，少夫人还先您一步起身了。”

江辞舟听了这话，紧皱的眉头微微舒展，嗯了一声。

等驻云为青唯做完屈伸，江辞舟俯下身一看，青唯的额头上果然又覆上一层细汗，不知怎么，明明天这么凉，她这两日却这么爱出汗，他以为这是盗汗，是身子不好的缘故，医官却说不是，青唯的身子很好，频繁出汗，可能因为梦魇。不知道她有什么梦魇。

江辞舟吩咐：“打水为她沐浴吧。”

为青唯沐浴很费工夫。天凉了，她又在病中，得先拿炭盆把屋子烘暖了，才敢为她宽衣。

江辞舟耐心地等屋子变热，把青唯抱去浴房。青唯沐浴的时候，他并不守在一旁，将青唯交给留芳和驻云，就退回屋中了。

浴房那头传来水声，黄昏的光顺着门的缝隙一寸寸地消退，等到天彻底暗下来，浴房那头传来一声：“好了。”

江辞舟拿着被衾去接，青唯已经穿好了中衣，他把青唯裹在被衾里，抱回榻上。青唯的头发还是湿的，江辞舟顺手捞了条布巾，让她靠在自己怀里，一点儿一点儿为她擦干。他是金尊玉贵的出身，这辈子还没照顾过人，近日学起来，觉得并不太困难。

青唯的头发非常多，密且柔韧，常言道青丝如瀑，大概就是她这个样子。但她这几日肉眼可见地瘦了，除了每日一小碗清粥，医官不让喂食，水也喂得少，说是怕病人噎着。江辞舟总担心她这样下去撑不住，等到夜里近旁无人了，他便要唤她小野，想把她喊醒。

头发擦干了，江辞舟让青唯靠坐在榻边，轻声唤道：“小野？”

青唯没反应。

江辞舟于是去打了盆水，温和地道：“你那小瓶，里头不知装了什么，我担心你这斑久了不洗，会伤着你的脸，今早医官过来，便请他看了看。”

江辞舟从榻子上把小瓶取来，将青灰倒在水里，随后拿布巾沾了水，一寸一寸地为她擦去，笑着说：“这个医官是这几年照顾我的，口风很紧，你放心，他不会把你的小秘密说出去。”

屋中只点着一盏灯，床边垂着纱幔，里头有些昏暗。

青唯一张干净的脸在这片昏暗里露出来，江辞舟安静地看着，笑容慢慢便收住了。

其实那回在东来顺外，她撞洒江辞舟的酒，并不是江辞舟第一回遇见她。江辞舟隐约记得青唯十三四岁的样子，干干净净的，就和眼下一样，好几年了，她竟没怎么变。

当时是昭化十二年的秋天，洗襟台刚改了图纸，他领差去辰阳请温阡出山。

说起洗襟台的选址，其实是有点儿由头的。

长渡河一役战亡的将军岳翀，出身草莽，一开始只是个山贼头子。咸和年间，他不忍见生民离乱，于是带着手下投了正规军。咸和十七年，苍驽十三部入侵，沧浪江士子死谏，岳翀请缨御敌于勐北长渡河外，最终以血肉之躯守住了山河。是故，昭化十二年要修的这座洗襟台，既然取了士子投江的“洗襟”二字，选址就选在了岳氏出身的柏杨山。

洗襟台最初并不是楼台，它唤作洗襟祠。昭化年间，国力日渐强盛，到处百废待兴，修一个祠堂，又不是造宫楼，朝廷便没把温阡往柏杨山派。

但是，没过多久，昭化帝改主意了。

自古文死谏，武死战，洗襟之祠寓意深远，昭化帝盼着后人能承先人遗志，决定在原先的屋架上加盖一层，将洗襟祠改作洗襟台，责令来年七月初九完工，到时还要在各地甄选士子，在楼台建好之日，以登高台。

有了士子登台这一说，洗襟台的修建一下子变得意义非凡，原先的筑匠不便用了，朝廷要另请高明。昭化帝于是将这个差事交给了一直以来给予厚望的小昭王。

那年，谢容与刚满十七岁，看了工部新改的图纸，第一个想到的人就是温阡。

彼时温阡正在中州督造一座行宫，谢容与给温阡去了亲笔信，可是久久没等来回音，派人一打听，才知温阡于数日前忽然请辞，回了辰阳故居。

从上京城去陵川，途中会路过辰阳，谢容与于是给辰阳去了一封拜帖，很快带齐人马上路。

温阡的家在辰阳近郊的一座小镇上，这是温氏出生的地方，镇上人多为匠人，镇子依山而建，跟青山融为一体，灵韵十足。

侍卫指着山腰上，一户门前有溪流的人家，对谢容与道：“殿下，就是这里了。”

听到叩门声，温阡是亲自出来应的门。温阡早就接到谢容与的拜帖，一直在等他，一见到他，立刻辨出他的身份。

等把人请进堂屋坐下，温阡搓着手站在堂屋中，几次想要开口，又几次把话头咽下。

谢容与于是温和地道：“温先生如果有难处，不妨与晚辈直说，说不定晚辈可以帮忙。”

“难处也说不上。”温阡有些迟疑，“殿下有所不知，拙荆四个月前病故了，温某此前在中州请辞，就是为了这个，眼下回家守丧尚不足一月，实在不好离开。”

谢容与愣住：“竟有这样的事？”

“是啊。”温阡满脸愧色，“拙荆一年前就病了，怕我在外面牵挂，一直让小女瞒着我。半年前她病危，小女才匆忙写信给我。只是中州行宫建在深山中，路不通，信在路上耽搁了许久，等我看到信时，拙荆已病逝多时。”

谢容与听了这话，起身对温阡一揖，自责地道：“此前不知温先生断弦，冒昧拜访，是晚辈唐突了。既然如此，晚辈便不多打扰，今日回到驿站，晚辈会急信禀明官家，请旨另择洗襟台筑匠。逝者已矣，生者如斯，还望温先生节哀。”

“不，殿下误会了。”温阡见谢容与要告辞，连忙阻拦道，“殿下误会温某的意思了。殿下有所不知，拙荆正是岳翀之女岳氏红英，诚如殿下所言，逝者已矣，温某身为生者，若能竭尽所能，为她尽些心，做些事，这是温某梦寐难求的。洗襟台既然是为了长渡河战亡的将士而建，温某自然愿意去督工。”

温阡朝屋后看了一眼，犹豫着道：“温某是担心小野难过。”

谢容与听到“小野”二字，愣了一下：“温先生是指令千金？”

“是，正是小女。”温阡道，“拙荆过世后，她跟着她的师父为拙荆下了葬，一个人在家里等了我三个月，我才赶回来。她当时对我说，她只有一个要求，我这些年奔忙在外，没怎么陪过拙荆，让我为拙荆守丧三个月，眼下三月之期尚未满……殿下，实不相瞒，早在听闻朝廷要将洗襟祠改为洗襟台时，温某就想过自请督工，那时温某与小女商量过这件事，她似乎十分失望，并不理解温某的决定。”

谢容与想了想，说：“或者把工期往后推两个月？”

“不行。”温阡斩钉截铁地道，“这座楼台建在山腰，本来就不好建，加之柏杨山入夏后雨水繁多，怎么挖渠，怎么排洪，都要重新丈量过，工期已经很赶了，如果往后推，一定来不及完工。”

他正左右为难，一名学徒忽然奔进屋中：“先生，不好了，小野听说朝廷的人来请您了，收拾了行囊，说是要离开这个家！”

温阡的脸色大变，他匆匆对谢容与道：“我过去看看。”

金尊玉贵的小昭王哪里遇到过这样的事？他总觉得父女二人的争执是因自己而起，在堂屋里如坐针毡。

过了一会儿，后院果然传来父女俩的争吵声——

“你去找你的师父？鱼七住在深山老林里，你一个人去，不知道危险吗？”

“那也好过这里！阿娘走了，你又要去修你的高台广厦，家不成家，我何必守着？”

身旁的侍卫唤了声：“殿下？”

谢容与立刻起身，跟去后院。

时值午后，秋日的阳光清淡地洒落而下，谢容与一到院门口，就看到温阡形单影只地站在院子中，院子的后门处还有一个十三四岁的姑娘背身立着，她穿着一身守孝的素衣，长发如瀑，梳着高高的马尾，身子明明纤细，却背着一柄宽大的重剑。

“你走！走了以后，你就再也不要回来！”温阡气恼地道。小野有执念，他也有执念，他错失了见红英的最后一面，心中悲痛，这座洗襟台，在他的心中，就是为红英建的。可是他的女儿不理解他。

青唯扭过头，语气涩然：“我也没想过要回来。”

“好。从今往后——”温阡感到又气愤又难过，“从今往后，你就再也不要认我这个父亲，从今往后，你就不再姓温！”

青唯听了这句话，转过身，抬起袖子擦了擦眼睛，头也不回地走了。

学徒见状，作势要去追，温阡却道：“让她走，不必追！”

可是学徒不追，谢容与不能不追，他总觉得这件事是因他而起，非常自责，追出门，喊了青唯一声：“姑娘！”

温家在山腰，青唯走得很快，这么一会儿工夫，已经快到山下的老榕树处了。她在碧水青山中回过头来。唤住她的少年很好看，但她不认得谢容与，所以她的目光没有在他的身上停留，而是越过他，望向他身后的山居。

谢容与的目光却停在了温小野的身上。这是一个非常美丽的小姑娘，五官的线条干干净净的，增一笔嫌多，减一笔嫌少。山风猎猎，吹拂着她的青丝、素衣。

谢容与想要开口与她说些什么，然而就在这一刻，谢容与看清她望着山居的目光，那是一种异常伶仃的寂寥与支离破碎的倔强。他忽然意识到，在母亲去世后，是这个小姑娘亲手为母亲下的葬，随后一个人在丧母的悲恸中，等了父亲三个月。所有到了嘴边的话一下子失声，谢容与忽然意识到，如果伤痛不曾亲身经历，所有的劝慰都是隔岸观火。

只是温小野的这个眼神，自此烙在了谢容与的心中，即便后来温阡劝他：“小野她只是看起来脾气倔，其实是个懂事、讲道理的孩子，等洗襟台建好，她一定很高兴，也会来看的。”但谢容与始终都无法释怀。

再后来，洗襟台塌了，他陷在楼台之下，心中想的也只是，那个小姑娘，可千万不要来啊，如果……她当真来了，我也只管和人说，我见过她，她已经死了……

江辞舟不知道是何时睡着的，他近日太累了，这一觉竟然睡得很沉，等早上醒来，外面天色大亮。

何鸿云的案子未结，江辞舟白日里还有许多事要处理，好在眼下青唯的药已经减到一日只吃一回，他不必一直守在榻边照顾。

他刚披好外衫，德荣在外间禀道：“公子，祁铭到了。”

江辞舟答应了一声，他今日起晚了，穿好衣衫，很快拿了木盆去外间打水。

他有点儿匆忙，以至于出门时没有回头看一眼，床榻上，青唯的长睫毛轻轻颤抖着。

江辞舟打水回来，俯身为青唯擦了脸，看她依旧安静地躺着，心中担心，忍不住又低声唤道：“小野？”可惜青唯没有任何反应。

江辞舟于是放下纱幔，出门去了。

门刚被掩上，青唯一下子坐起身，她躺久了，进食又少，猛地坐起来，禁不住一阵头晕眼花，随即又重重地躺下。然而比这个更头疼的是——江辞舟刚刚叫她什么？

青唯平躺着定了定神，等目眩的感觉过去，立刻翻身下榻，嫁妆箱子好好地锁着，挪都没挪过一寸，江辞舟应该没有动过。哪怕动了，单凭箱子里的东西，他不可能辨出她的身份。

青唯又预备去翻箱子暗格里的木匣，那是薛长兴留给她的，里头有洗襟台的图纸。她还没找到铜钥匙，院子里，忽然传来说话声，是江辞舟又折回来了，他正吩咐留芳和驻云：“床前落了纱帘，你们不要掀开，守在屋中就好。中午她还要吃一次药，药煎好了叫我，我亲自喂。”

青唯尚未病愈，耳力也不如从前，听说是驻云和留芳要来房中，她才匆忙回到榻上，将纱帘放下，平躺假寐。她其实昨天半夜就醒了，迷迷糊糊中，看到江辞舟躺在自己的身边，无奈她实在太乏、太累，很快又睡了过去。

青唯不知道究竟发生了什么，记忆还停留在箭楼坍塌的那一瞬间，直到今早被江辞舟的动静吵醒，还没来得及分辨今夕是何夕，就听到江辞舟喊她“小野”。

留芳和驻云到了房中，将屋子细细收拾了一遍，途中，驻云似乎想要敞开门为屋中透气，留芳将她拦住，说：“这个时节少夫人受不得凉，开扇小窗吧，万一少夫人染了风寒，公子担心，夫人就要跟着担心了。”

青唯心道，夫人是谁？

然而江辞舟似乎叮嘱过留芳和驻云不要吵着她，这两个婢子守在屋中，几乎不怎么说话。

青唯不知道江辞舟是怎么认出自己的，难不成他从前认识自己？可洗襟台坍塌后，她孤身流落，几乎不与人结交，就是在洗襟台坍塌前，她也不认得什么上京城里的人。

青唯知道，想要查明白这一点，眼下正是最好的时机，江辞舟并不知道她醒了，说话、做事几乎是不设防的，他今日就在家中处理公务，哪怕只言片语上有疏漏，她都能找到线索。

青唯这么想，便这么做了。她很快坐起身，唤道："留芳、驻云。"

留芳和驻云惊讶地转过头来："少夫人，您醒了？"她们两个人都欣喜至极，想着公子那样在意少夫人，少夫人醒了，公子一定很高兴。驻云随即道："奴婢这就去告诉公子！"

"等等。"青唯唤住她，"我有点儿渴，帮我倒杯水来，顺便把槅子上的紫檀小匣取来。"

两个人皆称"是"，很快取来水和小匣。留芳掀开帘子，还没把杯盏递到青唯的手上，一见她的脸，忽然愣住："少夫人，您……"

留芳的话未说完，青唯接过小匣的手突然一翻，匣子中的迷香粉顺着她的掌风，被推入驻云和留芳的鼻息之间。

下一刻，两个人就昏过去了。这种迷香粉末对人无害，只不过会睡足半日。

青唯旋即起身穿好衣裳，将留芳和驻云挪到桌子前趴好，很快出了屋。

江辞舟议事的地方应该在书房，青唯贴着墙出了东跨院，一个纵身跃上房顶，悄无声息地到了书房的上方，下头果然传来说话声：

"……关键还是我们从箭楼救回来的证人，卫玦那边的人传话说，他的伤势有好转之势，高热也在退了，人可能很快就醒。"

"官家的人没动作，孙艾这几日在朝上，连何鸿云的名字都没提。何家似乎有点儿急了，决定断臂自救，什么罪名都往巡检司的身上扣，邹公阳一样跑不了。可惜那四户药商没一户肯配合，否则何鸿云一定立不住。"

江辞舟道："未必，何鸿云这个人，没那么好扳倒。"

"公子，"德荣道，"官家派人带话了，说何鸿云也许会选择祸水东引，指不定还会拿您的身份，甚至过去的事做文章。”

“我的身份？”江辞舟的语气微凝，他似乎在思索。

青唯在房顶上，感觉听到紧要处，也屏住呼吸。

然而，正在这时，只见一名医官匆匆自东跨院赶来，还没叩书房的门，就在外头喊道：“公子，公子，不好了！少夫人不见了！”

青唯：“……”

江辞舟很快推门而出：“你说什么？”

“是这样，下官照旧午前到公子的房中为少夫人看诊，没想到叩门没人应，推门进去，留芳和驻云都昏倒在桌子前，榻上早已没了人！”

这话一说出来，不仅是江辞舟，书房里，祁铭和朝天等人也感到非常震惊。

祁铭立刻跟江辞舟拱手：“虞侯，属下这就带兵去府外找。”

江辞舟嗯了一声，随后一言不发地快步往东跨院去了。

青唯趴在屋顶上，感到一阵头疼，她并不知道这几日还有个医官日日来为她看病，早知道这样，她应该当心些的。他们这么尽心地照顾她，眼下闹大了，说到底是她理亏。

青唯左思右想，只能假装躺乏了，醒来后，出去转了一圈，等到找她的人都从东跨院撤走了，她再溜回屋中。

江辞舟回到屋里，青唯果然不在，朝天在院子中搜了一遭，很快来禀：“公子，院子里没人，属下去前院找。”

江辞舟心急如焚，好端端的怎么人就不见了，他嗯了一声，正要出屋，忽然意识到不对劲。看留芳和驻云呼吸平稳的样子，不像是中了毒，只是吸了些迷香。青唯身上的小玩意儿多，不乏迷香这样的东西，那日她去祝宁庄，还说要先用迷香迷晕巡卫，神不知鬼不觉地潜进去。

江辞舟又去床榻边看了看，他为青唯搁在床头的干净衣裳不见了，如果人是被劫走的，哪个劫匪这么好，还记得捎带衣裳？所以，青唯应该是自己离开的。

装烧刀子的牛皮囊子还在，嫁妆箱子也没有开启的痕迹，所以青唯应该没有走远，很快就会回来。江辞舟不急了，在屋中等着。

青唯紧贴着后墙的墙根，等到找她的人散了，院子中再没了动静，她悄无声息地来到屋前，正要推门，门一下子被拉开，江辞舟站在门前，一言不发地看着她。

青唯愣了一下："你怎么在这儿？"

江辞舟问："你去哪儿了？"

青唯："……刚醒，出去随便走了走。"

"走前顺便把人给放倒了？"江辞舟问。他没跟青唯计较这个，语气微沉："这么冷的天，你又病着，就这么出去？不怕染上病再躺个四五日？"

青唯又是一愣，捡了个重点："我都躺了四五日了？"她知道自己在箭楼上受了伤，但究竟是怎么受伤的，她不大记得了，印象中，她似乎把江辞舟撞下了箭楼。

江辞舟刚要开口，忽然听院外又传来脚步声，江逐年匆匆进到院子中："子陵，我听说……"

青唯不知道脸上的斑纹已经被擦去，听声音是江逐年到了，正要回头看，江辞舟一把拽住她，也来不及想别的，把她拉入自己的怀中，低头拥住她。

江逐年进到院子中，见青唯找到了，本来十分高兴，可撞见这一幕，一时间好不尴尬，咳了两声，将手中的扇子往前递去："那什么，我在书房里，看到你落下的扇子，给你送来。"

"多谢爹。"江辞舟仍然紧紧地揽着青唯。

青唯觉得到底在长辈面前，本来想挣开，但江辞舟把她按得死死的，她感觉江辞舟的此举有深意，慢慢地也就放弃了挣扎。

江逐年看了江辞舟一眼："你这把扇子不错，工艺严谨，扇骨是湘妃竹吧？怎么没题字？"

江辞舟停顿了一下，伸出一只手，面不改色地将扇子接过来："故友送的，还没想好要提什么。"

他们两个人这样，江逐年也不好多说，指了指青唯："你的娘子醒了，那什么，你好好照顾她，我先走了。"

江逐年一走，青唯立刻从江辞舟的怀里挣脱出来：“你做什么？”

江辞舟看着青唯：“你醒来没照镜子吗？”

青唯听了这话，似乎觉察到什么，立刻进屋打开妆奁。脸上的斑纹早被擦去了，铜镜里的脸非常干净：“你给我擦的？”

“我担心那斑留久了伤你的脸，只能擦了。”江辞舟道，“你放心，没人瞧见。”

江辞舟说着，看着青唯，她的脸色并不好，几日没进食，看上去消瘦、苍白，听说大病后不能立即大补，刚好医官在，待会儿问问他应该怎么为她调养。

青唯倒没在意斑纹的事，江辞舟都知道她是温小野了，见到她的真容又有什么关系？这么说，江辞舟是通过她的样子认出她的，她从前见过江辞舟吗？

青唯盯着江辞舟的面具，也不知这副面具底下，究竟藏的是谁？

两个人相互看了一会儿，忽然反应过来。

青唯道：“你这么盯着我做什么？”

江辞舟道：“你盯着我又是要做什么？”

青唯不是第一回想揭开江辞舟的面具，知道在他那里，来硬的不行，绕弯子也走不通，唯一没试过的，不知道他吃不吃软的。

青唯看着江辞舟，忽然笑了笑，唤了一声：“官人。”

江辞舟的心中微微一顿，他嗯了一声。

青唯靠近了些：“官人，我想看看你的样子，好不好？”

第十七章 宫宴纷争

江辞舟看着青唯。她很规矩，没有像上回那样张牙舞爪。江辞舟知道她在试探，在暗度陈仓，但看着她大病初愈的苍白的脸色，他没办法就这么拒绝她。

江辞舟问:“为什么？”

青唯道：“我们都成亲这么久了，我什么样子你见过，可我不知道你长什么样。”

他们就立在多宝槅前，秋日的阳光被窗纸过滤得很干净，落下一地辉华。

江辞舟没吭声。

青唯见江辞舟动摇，心中也有点儿诧异，没想到这一招竟然管用。她接着道:“以后你将这个面具摘了，我都不认得你，美也好，丑也罢，我就看看你长什么样，别的什么都不问，好不好？”

江辞舟仍旧没吭声，然而落在她身上的视线移开了，移向一旁的地面。这竟然是默许的意思。

青唯于是不再迟疑，慢慢靠得更近。指尖触及他的面具边缘，他没有阻拦，喉结上下动了动。屋中安静得落针可闻，青唯也觉得不自在，像是在做什么违禁之事。

他们明明是假夫妻，只要脸上有面具，你来我往，虚情假意，都可以不放在心上，可一旦将面具摘下，似乎就有什么不一样了。

系在耳后的绳索被解开，江辞舟把目光收回来。他注视着青唯。

当年在碧水青山里回头的小姑娘长大了，成了一个清丽动人的女子，阴错阳差，成了他的妻子。

青唯听到江辞舟低沉的呼吸声，随着面具下移，入目的是干净的额头，一对修长、好看的眉。眉下就是眼睛了。青唯的动作慢了些。不知怎么，她有点儿心慌，有一瞬间几乎忘记初衷，只想看清他的模样。

江辞舟是垂着眸的，映入眼帘的是长睫毛，温柔又凌厉的眼尾，青唯微微一愣，尚未将面具彻底拿下来，外间忽然传来一声："公子——"

德荣进入屋中，说道："公子，祁铭去外头找了一圈，没找到少夫人，小的打算让朝天……"一句话未说完，他忽然看到少夫人就在屋中，与主子几乎是贴身站着，立刻闭上嘴。

江辞舟如梦初醒，伸手扶住面具，将面具戴回脸上，青唯似乎也回过神来，第一反应居然是往后退了两步。

德荣见两位主子刹那间分开，只觉得自己又打扰了他们。他感到非常自责，立刻退了出去，咽了口唾沫道："少夫人醒了，那小的这就让朝天、祁铭他们不用找了。"

"回来。"江辞舟在屋中唤道。

德荣："公子？"

江辞舟："请吴医官过来，为……青唯看诊。"

吴医官："可能是从小习武的缘故，少夫人的身子底子很好，病痛散得也快，从这脉象上看，已经没什么事了。"

床前垂了纱帘，青唯倚在榻上，伸出一只手让吴医官诊脉。

吴医官撤了手枕，又问："少夫人可还觉得头晕？"

青唯想了想："刚醒来是有点儿晕，眼下已经好了。"

吴医官笑道："这个正常，少夫人躺久了，几乎没怎么进食，乍然下榻走动，必然会感觉头重脚轻。眼下少夫人虽然已经大好，饮食上还是要忌口，吃些清淡的粥食为上，待调理两日，再滋补不迟。"

吴医官这话是对着江辞舟说的，江辞舟颔首道："知道了，多谢！"

吴医官一揖，道："公子客气。"随即他收拾好药箱告辞了。

吴医官一走，德荣很快就把准备好的清粥和药汤送进房中，留芳和驻云已经被扶到自己的屋中休息了，等到德荣退出去，江辞舟对青唯道："过来吃点儿东西。”

青唯嗯了一声，掀了被衾，从榻上下来。

屋中搁了炉子，暖烘烘的，粥还有点儿烫，她安静地吃着，没有出声。其实她刚才并没有完全看清他的样子，只瞧见他的眉以及非常清冷的眼尾，很好看，几乎堪称惊鸿一瞥。可是不知道为何，有了方才那一出，那种不自在的感觉残留于心，她竟然觉得不好再揭他的面具了。

青唯心思辗转，最终落在了正经事上。粥吃到一半，她抬眼看向江辞舟，还没开口，江辞舟道：“我知道你想问什么。证人还活着，他的伤势重，前几日起了高热，一直昏迷不醒。我让卫玦照看他，人就在玄鹰司的衙门里。”

青唯点点头，心道交给卫玦好，卫玦这个人讲规矩，软硬不吃，谁的面子都不卖。她又问：“那几户药商呢？眼下何鸿云把人质杀了，他们没有状告何家吗？”

江辞舟道：“正是因为人质没了，他们反而什么都不敢说。”他没多解释，心知青唯一定能听明白，又道，“扶冬和梅娘我也安顿在玄鹰司的衙门里，她们都是证人，将来能够派上用场。我这几日尚没去衙署看过，想来那个人质的高热退了，应该快醒了。”

青唯愣道：“你没去衙门？那你近日都做什么了？”

江辞舟看着她。近日我都照顾你了。

江辞舟转过头：“邹平的刑期已定了，他的罪名重，三日后就要处斩。朝廷上没动静，何鸿云一定着急，未必没有行动，但越是这个时候，越要沉得住气。”

所谓朝廷上没动静，并不是真正的平静，巡检司的案子闹得沸沸扬扬的，邹平处斩的旨意一下来，卫尉寺的邹公阳立刻就病倒了。

可这些都是表面上的风浪。表面上的风浪不足为惧，令人心惊的是底下藏着的暗涌。

他们从阳坡校场救回来的人质，正在要卷起这股暗涌的水涡里。

江辞舟道：“眼下只等这个人质醒来。”

粥不烫了，青唯嫌一勺一勺舀着麻烦，捧着粥碗，闷头把粥吃完，随后将碗往桌上一放，不耐烦地道：“我的头被砸了那么重的一下，睡几日也就醒了，这个人质，不就是肚皮上被剖了道口子吗？居然睡得比我还久？”

江辞舟不由得笑了："他被何鸿云软禁了五年，身子骨哪赶得上你？"

也是巧了，两个人正说着，朝天忽然叩门："公子，卫玦派人来禀，说人质醒了，问您是否要去衙门问话。"

这话一出，江辞舟还没说什么，青唯立刻站起身："那我们立刻——"

"不行。"江辞舟打断她道，他从木衣架上取下玄鹰袍，"你就在家里等着，问完话，我回来与你详说。"

青唯："官人。"

他还没走到屏风后面，袖口就被人从后面拽住了。

江辞舟回过身，青唯就站在他的身后，目光楚楚可怜地道："官人，我就跟去看一眼。"

青唯尝到了甜头，知道这招好用，学会举一反三了。

江辞舟眼下却不吃这一套了："你的身子刚好，不能受风，要见证人改日再见，今日你就在家里歇着。"

青唯听江辞舟的语气坚决，回到屋中坐下，她也懒得装了，恼怒地道："你这人，怎么忽然就软硬不吃了？我就是去见个证人罢了，又不是要跟人动手，病不病的有什么要紧？瘟疫案这个案子，除了你，还有谁比我更清楚，待会儿你问话，有我在旁边兜着，也好防着疏漏不是？我跟这个案子跟了这么久，好几回和人拼命，好不容易从阳坡校场救回来一个证人，眼下临门一脚，你不让我迈了，你把我放在家中，我要是着急上火，仔细明天一大早，你还要请吴医官来为我瞧病。"

江辞舟从竹屏后出来，看到青唯气恼地坐在桌子前，一只手撑着下颌，一只手玩着一物。那是他的竹扇。那扇子在青唯灵巧的指间一开一合。是她砍了后院的湘妃竹，在他昏迷的那几日，做好送给他的。

江辞舟走到桌子前："去换衣裳。"

青唯只当江辞舟是让她换衣裳去榻上躺着，转过头："不换，都睡了好几日了，睡不着。"

"你就这么跟我去？"江辞舟的目光落在她的裙子上，"玄鹰司衙门重地，扮成厮役跟着我。"

青唯一愣，立刻展颜一笑，将扇子往江辞舟手里一塞：“行，等着！”

青唯的动作很快，不一会儿从她屏风后面出来，不但换好了衣裳，连左眼上的斑纹都画好了。江辞舟见她的斗篷单薄，为她挑了一件厚的披上。

外间天寒，秋日的阳光渐渐消退，高空积起云团子，德荣担心下雨，去后面取了伞，刚回到东院，看到青唯跟着江辞舟一块儿出了屋，迎上去问：“公子，少夫人也去？”

江辞舟嗯了一声。德荣十分乖觉，不待吩咐，立刻道：“那小的这就把暖炉抬到马车里。”

从阳坡校场救回来的人质被安顿在玄鹰司的内衙，这个地方青唯上回来过，只是她连正门都没摸着。他们到了衙门，卫玦过来向江辞舟禀告道：“人质醒过来后，属下已经问过他的姓名、籍贯，他姓王，名元敞，上京城人，家中是做药材生意的。”

江辞舟答应了一声，推开值房的门。

王元敞的身子还很虚弱，他吃过药，听说有大官要过来问话，也不敢睡，靠坐在榻上。

王元敞见江辞舟进来，眸色微微一亮，吃力地掀开被衾，作势就要拜见。

祁铭先一步上前拦住王元敞，说道：“你伤势未愈，不必行此大礼，这位是我们玄鹰司的江虞侯，他有事要问你。”

王元敞听说是虞侯，愣了一下，目光里有明显的失望。他等的不是江虞侯，他在等小昭王，此前见来人气度清华，极为不凡，还以为是小昭王到了。

王元敞在榻上向江辞舟一揖：“见过虞侯。”

屋中除了江辞舟一行人，再有就是卫玦、章禄之了。

青唯一进屋就把帷帽摘了，卫玦看到是她，并不好多说什么，她是虞侯带进来的，眼前这个人质能活着，也是她竭力救下来的。

在外人看来，如今的玄鹰司分化成两派，一派以卫玦为首，手下是玄鹰司旧部，另一派以江辞舟为首，手下是吴曾、祁铭等从殿前司并过来的新部。旧部人多，新部人少，所以卫玦的职衔虽然在江辞舟之下，玄鹰卫中，许多人还是以他马首是瞻的。

玄鹰司被雪藏了五年，眼下复用，站稳脚跟才是重中之重，其实在卫玦的心中，并没有要与江辞舟分庭抗礼的意思，但江辞舟恩荫做上都虞侯的位子，名不副实是事实，双方心中芥蒂难消，办起案来，难免束手束脚。

卫玦见江辞舟要问话，正预备退出去避嫌，这时，江辞舟出声唤道："章禄之。"

"在。"

江辞舟回头，看了他一眼："过去把门掩上。"

章禄之呆了一下，半晌，哦了一声。

江辞舟这才问王元敞："当年给小昭王写信的人就是你？"

王元敞戒备得很，并不回答，只问："小昭王殿下呢？他不愿见我？"王元敞被软禁多年，双耳不闻窗外事，并不知道洗襟台坍塌后，小昭王至今不曾在人前露面。

但江辞舟提到信，他脸上半点儿疑色不露，还问起小昭王，足以证明写信的人就是他。

祁铭道："当年洗襟台坍塌，小昭王殿下伤重未愈，你的信正是昭王殿下转交给江虞侯的，你放心，你的难处，虞侯都能体谅。你忘了，当日在箭楼上，正是虞侯救的你。"

是不是虞侯救的，王元敞不记得了，当时箭楼上有个姑娘，看身形，和虞侯身边的这位姑娘很像。

王元敞听祁铭这么说，果然卸下防备："写信的人是我，虞侯想知道什么，只管问来。"

江辞舟道："你的信上说，宁州发生瘟疫时，真正收购缠茎夜交藤的，不是林叩春，而是何鸿云。何鸿云本来拿不出这么多银子，他是连夜接到了来自陵川方向的镖车，才忽然有了二十万两白银？"

王元敞颔首："确有其事。因为数额巨大，一开始，林叩春找我们五家收购缠茎夜交藤，也是赊账的，我们本来不愿赊给他，但是何家的人出面，我们这些商贩，哪敢得罪当官的？这才答应了。林叩春给了我们一家一张字据，说是不日就会付银子给我们。果然没过几日，林叩春说银子到了，让我们带上字据，到林家的库房里取。数额太大了，为防止引人注意，一次只能拿走一小箱，拿了好多回。每拿一回，就要在林家的账本上画押，因为这笔银子本来是何鸿云的，所以何家有个扈从，叫刘，刘什么来着……”

青唯道：“刘閶。”

王元敞：“对，刘閶，他也在一旁守着，银子每出一回库，他还要在账本上头署名盖印。可能因为那时洗襟台还没出事，宁州的瘟疫也没扩散，何鸿云并不小心，所以留下了罪证。”

江辞舟道：“你在信上说，扶夏的手里有账本，能够证明何鸿云的罪行，就是这些银子出库的账本？”

王元敞：“是。出库的账本一共有三本，两本被烧了，余下就是被藏起来的这本。其实这本账本起先不是扶夏藏的，是林叩春藏的。林叩春是扶夏的恩客，对她情根深种，有一回醉酒，他跟扶夏说，他交给何鸿云的三本账本里，有一本是假的，真账本被他昧下来了，就是为了保命。何鸿云这个人，心狠手辣，后来瘟疫案东窗事发，林家起火起得突然，林叩春还没来得及拿账本跟何鸿云交涉，就被何鸿云灭口了。扶夏知道了这件事，心惊胆战，也起了自保的念头，这才藏起了账本。不过瘟疫案说到底，就是桩小案，何鸿云并不怎么放在心上。扶夏那会儿还是祝宁庄的花魁，何鸿云知道她不敢对外胡言乱语，还放任她接客，我嘛，”王元敞苦笑了一下，“因为缠茎夜交藤的买卖，手里有了些钱财，偶尔也去祝宁庄，与扶夏姑娘成了风月之交。直到后来，洗襟台塌了，才算真正出事了。洗襟台一塌，天也塌了，扶夏连夜找到我，说我们都会被何鸿云灭口。我那时还不知道她这句话的意思，没想到扶夏说，当年何鸿云买缠茎夜交藤的银子，是从洗襟台贪墨的，就在林叩春赊账的几日后，林家接到从陵川方向来的镖车，这趟镖说是运药材的，箱子一打开，里头全是真金白银。接镖的也不是林叩春，而是刘閶。扶夏亲耳听到刘閶提什么‘木材’，又说什么‘洗襟祠’，早先林叩春没死的时候，也跟扶夏说，何鸿云用来买药的银子不干净，是脏的。”

青唯道："你的意思是，当年何鸿云利用木料差价，从洗襟台昧下来的银子，是借用运送药材的名义，从陵川一路运去宁州的？"

王元敞："是。"

江辞舟看了祁铭一眼，祁铭立刻会意，走到门口，唤来一名玄鹰卫，吩咐他去查当年的这趟镖。

青唯又问："那账本现在何处？"

王元敞却一愣："你们没有救下扶夏吗？"

祁铭道："没有，扶夏姑娘已经不在了。"

那夜在祝宁庄，送扶夏出庄子的马车一出现，便被江辞舟的人截下来了。扶夏已经死了，被折磨得不成样子，何鸿云不会留这么一个活口给他们。

王元敞听了这句话，稍稍一愣，心中升起几许为时已晚的兔死狐悲之情："那本账本，眼下就在我的家中。扶夏是祝宁庄的人，她担心藏不住账本，当年带着账本找到我，是想跟我一起活命的。我把账本藏在家中祠堂的匾额后面，我的父亲是个孝子，无论出了什么事，一定不会让人动祠堂，只要何鸿云的人没有觉察，虞侯眼下派人去找，应该能够找到。"

青唯问完话，从值房里出来，心情并不见好。

眼下案情已经很清楚了，当初宁州瘟疫案发，何鸿云勾结商人林叩春，大肆收购缠茎夜交藤，哄抬药价，他苦于手上没有这么多现银，于是把从洗襟台昧下来的银子借用药材的名义运到上京城，付给药商。

只是，扶夏留下的账本是记录银子出库的，最多只能证明当年指使林叩春买药的是何鸿云。

而那趟运送白银的镖车，打的是药材买卖的旗号，除非找到当年的发镖人，否则，这趟镖很难跟洗襟台扯上关系。

当年的发镖人会是谁呢？除了与何鸿云勾结的魏升、何忠良，洗襟台的木料供应商徐途，不做他想。可是这三个人都已经死了。

何鸿云做事太干净了，时隔五年，他们能找到一个苟活下来的王元敞，已经堪称天意，除此之外，再没有别的活口。

王元敞能给出的证据只有这么多。他被软禁得太久，将人情看得很透，也许当初他被一大家子挑出来，送到祝宁庄当人质时，心就凉了，等江辞舟问完话，他也没打听自己何时能回家，只托付玄鹰卫给他的父亲带话，说自己尚好。

江辞舟多日没来衙门，还有点儿急务要处理，这边忙完，他很快赶去外衙，祁铭正要引着青唯去另一间值房里歇息，身后，章禄之忽然唤道："少……夫人，留步。"这一声"少夫人"，他喊得很不情愿，在他的眼中，青唯始终是个劫狱的女贼。但是在阳坡校场厮杀得那么厉害，虞侯信任他们，把后背交给他们，刚才询问证人，虞侯也没让他们避嫌。他章禄之绝非一个小肚鸡肠的人，至少在公事上，该怎么办就怎么办。

章禄之："那两个证人听说少夫人来了，说想见少夫人。"

青唯知道章禄之指的是扶冬和梅娘："她们在哪儿？"

"就在隔壁院子，"章禄之道，原地站了一会儿，"我带你过去。"

扶冬和梅娘住在一个单独的院落，青唯一到，她们听到动静，立刻迎了出来，青唯快步上前："梅娘，你的伤怎么样了？"

"玄鹰司请大夫看过，眼下已经大好了。"梅娘说着，便要与扶冬一起拜下去，"阿野姑娘侠肝义胆，祝宁庄一遭，多谢姑娘相救。"

青唯扶起她们："二位客气了，我闯祝宁庄，亦是有所求，谈不上一个救字，倒是二位助我良多，我尚未谢过。"

梅娘笑道："好在眼下平安了，我对扶冬说，何家的案子尚未完结，不知阿野姑娘近日可有闲暇？"

青唯："怎么？"

梅娘看了一眼不远处站着的章禄之，没将请求说出口，只福了福身。

青唯明白过来梅娘的意思。薛长兴投崖后，一直杳无音信，要说梅娘还牵挂谁，只能是他了，只是薛长兴这三个字，不能当着章禄之说。

青唯道："此事您不必多虑，我自会放在心上。"

扶冬见青唯与梅娘聊完，学着梅娘喊了声"阿野姑娘"，她问道，"今日阿野姑娘可是去见祝宁庄救回来的人质了？"

青唯点头，嗯了一声。

扶冬："那这些人质里，可有……可有先生？"她问的是徐述白。

青唯道："那些人质都是药商，多数已经死了，尸体玄鹰司已经辨认过，当中没有徐先生。"

青唯其实知道扶冬为何要这么问。徐述白的叔父徐途，就是当年帮何鸿云牟利的奸商，洗襟台坍塌后，徐途一家被灭口，徐述白去上京告御状，自此杳无音信，极有可能落在了何鸿云的手上。

起初得知扶夏馆关着人质，青唯第一时间想到的也是徐述白。可是，倘若徐述白落在了何鸿云的手里，怎么可能活着？

扶冬的眼中浮起明显的失望，她欠了欠身："我知道了，多谢姑娘。"

这里是衙门重地，青唯一个家眷，不好多留，正好外头传话说江辞舟的差务办好了，章禄之便引着她出去。

到了内衙门口，章禄之忽然又停住脚步。他生得五大三粗，一对浓眉，双目炯炯，瞪着人看时，有点儿露凶相，可他这会儿看着青唯，眼神有点儿飘忽，他咳了一声，一副不愿跟她说话，又不得不说的样子："你们……刚才提到的徐先生，是谁？"

徐述白的事，说来就话长了。青唯跟章禄之是敌非友，笼统地道："是扶冬姑娘从前的教书先生。"

章禄之心道，原来只是一个妓子的先生。他哦了一声，冷着一张脸，带青唯去见江辞舟了。

话分两头，却说江辞舟办理完公务，正等着青唯，祁铭过来道："虞侯，曹公公来了。"

江辞舟一愣："曹昆德？"

曹昆德是入内省的都知，他到的地儿，没有不相迎的。

江辞舟迎到院中，曹昆德端着拂尘，带着一脸笑容走进衙署里："虞侯，咱家给虞侯道喜了。"

江辞舟笑道："公公这话把我给说糊涂了，什么喜？"

“贵府的少夫人醒了，不是喜吗？”曹昆德也笑了，声音细沉，“午前儿太医院的吴医官来跟官家禀告的，说少夫人是一早就醒了，眼下康健着呢。他行医这么多年，就没见过身子底子这么好的。官家听了高兴，命人备礼，还有皇后前些日子备下的礼，一并送去府上了。”

江辞舟看了一眼天色，说：“那公公来得迟了，早点儿来，叫我知道官家这么看重我，我好到宣室殿叩谢去，眼下天晚了，不便去了。”

江辞舟这是一句玩笑话，曹昆德听得明白，笑着说：“不急，再等两日，虞侯不进宫也得进了。翰林诗会，虞侯忘了？”

小雪之日的翰林诗会，这在前朝是大日子。

昭化年间，受士子投江的影响，翰林文士在朝廷上的地位极高。每年小雪这日，昭化帝必要令翰林设宴，邀请年轻的士子及家眷以文会友，畅谈切磋。

赵疏孝顺，登基后，忆起先帝神思怅惘，所以这头两年，诗会没怎么办。但今年不一样，今年赵疏及冠了。

曹昆德：“……诗会的宴请是传统，今年不办说不过去，太后那边呢，也是该办的意思，不仅办，还要好好办，要将年轻一辈的翘楚都请来。”

江辞舟道：“这么说，小章大人和小何大人都会来？”

“且不止呢，”曹昆德笑道，“还有张二公子。”

江辞舟愣了一下：“张远岫回上京了？”

“是，本来说要等立春，可约莫半个月前，张二公子忽然请旨，说想提早回来。他试守的地方不远，就在宁州，官家觉得早一个月晚一个月，并不妨碍什么，就恩准了。昨儿晚上就到了，把老太傅高兴的，冬夜里掀了被衾，亲自赶去城门口迎接，听说小章大人也赶去了。早上张二公子进宫复命，也是小章大人陪着的，他们陪官家说话，还提起虞侯您呢。”

江辞舟笑问：“他们提我做什么？”

“也没什么，”曹昆德道，“中途吴医官来跟官家复命，说贵府的少夫人病好了，张二公子便问您是不是成亲了，娶的是哪家姑娘。”

曹昆德说完这话，那头，章禄之就引着青唯从内衙过来了。

青唯一身厮役的打扮，罩着绒氅，还戴着一顶黑纱帷帽，如果不是熟悉的人，很难看出她是谁。

曹昆德于是也只看了一眼，很快把目光收回来，继续笑着道：“左右再等几日吧，等几日就是诗会了，到时少夫人的病彻底好了，虞侯把她带来，该给官家叩谢，该给皇后引见，甭管什么事儿，凑一块儿能解决个齐全。”

青云台

沉筱之 著

下册

江苏凤凰文艺出版社
JIANGSU PHOENIX LITERATURE AND ART PUBLISHING

第十八章

因风意动

“张远岫，这是谁？”青唯坐在桌前拆礼匣，翻到一张帖子，上头“安平无疾”四个字写得工整锦绣。她这一病愈，短短几日，收到的礼帖如冬日雪花，礼箱、礼匣在屋中堆放不下，江辞舟把书斋腾了半边给她，方便她将礼单誊写成册。

送礼的人青唯大都识得，再不济也听说过，只这一张帖子名字生、字迹生，她全然不晓得来由。

江辞舟在书斋的另一侧看账本，听了这话，顺口答应她一句：“是张家的二公子。”

这句话等同于没说，德荣接过话头：“当年领着士子投江的士大夫张遇初，少夫人可听说过？”

青唯道：“听说过。”

“正是张远岫之父。”德荣道，“说起这个张远岫，其实是个苦命人。张遇初投江死谏那年，他尚是三岁稚儿，上头还有个兄长叫张正清。昭化十二年，先帝修筑洗襟台，张正清因为出身，被翰林钦点登台，后来洗襟台坍塌，张正清陷在残垣下没能救出来。张远岫的母亲早逝，他先后丧父丧兄，着实可怜，正因为此，翰林的老太傅觉得愧对他，把他接到身边教养。他也争气，嘉宁年间，朝廷就开过一次科考，他二甲登科，入翰林做了半年编修，之后被发去宁州试守，听说前几日刚回来。”

青唯点了点头，跟桌前执笔的留芳道：“记下吧。”那些人送她的礼她没细看，反正这些礼说是给她，实际上是借她的名义送给江辞舟的。巡检司的案子刚结，翰林诗会将近，朝中人盯着新风向，前几日帝后的礼一到，江府门前送礼的车就络绎不绝了。

青唯的心思在江辞舟手里的账本上，她对留芳和驻云道：“这礼单你们记就好了，不必再报给我。”随即她绕去书房的另一侧，问江辞舟：“怎么样？”

江辞舟手里的账本正是何鸿云买卖缠茎夜交藤的那本。他几日前就从药商王家拿到了，这几日翻来覆去地看了数遍，唯恐有遗漏，但无论怎么看，这本账本都只能证明何鸿云授意林叩春囤药，不能证明何鸿云从洗襟台昧银子。

江辞舟将账本放下，问朝天：“镖局那边怎么说？”

“还在查。”朝天道，“跑马到陵川要些时候，早上属下去找祁铭打听，说什么还要看当年何鸿云走的是明镖还是暗镖，不一样的镖，查法也不一样。”

江辞舟：“明镖、暗镖？”

“这我知道。”青唯道，“说白了，明镖的价格低一些，光明正大地发货，运镖人可以查验货物；暗镖的价格很高，运镖人也不能验货，货物一到，拿银子走人，从此封口，绝不对人提起此事。何鸿云发银子这趟镖，想都不用想，肯定是暗镖。不过他这暗镖，可能还有点儿不一样。”

明镖、暗镖是行话，外行人很少知道，但岳氏祖上草莽出身，做过各种营生。岳鱼七早年干过最正经的事就是帮人护镖。青唯拜他为师，从小耳濡目染，自然也通晓门道。

青唯拿过江辞舟的笔，在桌前抹平一张纸：“这事儿你们该早问我啊，省得兜圈子。”她在纸上写下一个“京”字，一个“徐”字，“你看，当初买木料的银子，是由上京城拨去陵川的，共计五十万两，这是买好木料的钱，是官银。但是徐途卖的是次等木料，他的木料可能只值一半价钱，所以他拿到五十万两，刨除盈利，把余下的二十万两给何鸿云，这是不是就等于帮何鸿云洗过一回银子了？”

朝天道：“这我们都知道啊。”

“不止呢。”青唯道，“只洗过一回的银子，太好查了，所以有的暗镖，还帮人做洗钱的生意。就是匀出的这二十万两，拿去别的买卖里搅和一通，等彻底干净了，才到镖局里装箱。暗镖通常都是些不干净的勾当，帮忙洗钱的和发镖的一般是同一个人，就是为了防止东窗事发，方便封口。何鸿云的这趟镖，肯定是暗镖，洗襟台这事儿这么大，当年的发镖人早就被灭口了。你们要想查出点儿什么，不能找镖局——”

“要去查那笔洗钱的买卖。”江辞舟听明白青唯的话，拿过她手中的笔，在纸上又写下一个“何”字，在“徐”与“何”之间连上一条线，将笔一搁，用指尖点了点这条线，“得找找这里头有什么。”

青唯道：“对。”

朝天感慨道：“少夫人懂得真多。”

江辞舟十指相抵，注视着纸上的线：“五年前的买卖，不好查啊。”

“是不好查。”青唯往江辞舟书桌的沿上一坐，“不过天网恢恢，只要做了，一定会留下痕迹，不说别的，何鸿云肯定清楚他自己究竟干了什么勾当。”

“少夫人。”青唯与江辞舟这边说完，那头的驻云唤道。

青唯跃下桌沿：“怎么？”

驻云打开两只礼箱，将里头的物件儿一样一样地取出来：“别的礼少夫人可以不放在心上，这两份是官家与皇后赏赐的，少夫人可一定记好了。今夜翰林诗会，少夫人是女眷，要跟皇后与诸位夫人另坐一席的。”

青唯愣了一下：“那些女眷，我一个都不认识，到时候席次在哪儿都找不着。”

留芳笑道：“少夫人不必担忧，少夫人到了曲池苑，自有宫婢相迎引路。”

驻云说：“是，奴婢帮少夫人打听过了，翰林诗会相邀的都是朝廷年轻一辈的官员与士子，家眷并不多，少夫人吃完席，如果觉得待不惯，是可以跟皇后先请辞的。”

青唯仍觉得不好，她肯跟着江辞舟去诗会，是因为在诗会上，她能够见到何鸿云。但是把她的席次分开，跟女眷们打交道，她既非出身名门，礼数、举止也不够端正，只怕要闹笑话。

江辞舟看了青唯一眼，对德荣道：“把宫里送来的赴宴名录拿给她看。”

德荣应“是”，不一会儿取了名录来。青唯一一看过，赴宴的女眷果然不多，宫里只有一个中宫，余下七八个人大都是官员、士人之妻。青唯指着最末一行，问驻云：“这怎么有个单独列出来的？”

最末一行写着两个字“佘氏”。

驻云一看这两个字，愣了一下，先看了江辞舟一眼，然后笑着说：“少夫人有所不知，这位佘氏是皇后的远房表姐，兵部尚书家的嫡出千金，眼下已经二十有三，早年她因为心气高，一心想要嫁给——”

一语未尽，那头江辞舟忽然将笔搁下。

驻云停顿了一下：“总之，后来是耽搁了，眼下她的年纪大了，家中正在为她和刑部高家的二少爷说亲，听说高家已经下了聘，今夜来，算是跟高家二少爷一块儿来的。”

青唯听了这句话，倒是没怎么在意驻云没说完的后半句。刑部高家的二少爷，还有哪个高家？青唯问道：“高子瑜要娶这个佘氏了？”

青唯这句话问完，驻云和留芳对视一眼，这才记起少夫人初到上京城时，是寄住在高家的。

这个高子瑜，似乎还与少夫人的表妹有些牵扯。

“佘氏的年纪大了，亲事艰难，所以……媒媪就把她说给了高二少爷。”

驻云和留芳都是正经出身的宫女，平素里非常规矩，等闲不说人闲话，只因为高子瑜与少夫人有瓜葛，所以多提一句。留芳的这句话虽然简单，隐含的意思却不少。

佘氏系尚书府千金，嫁给高子瑜算是下嫁。但是高子瑜家中还有个怀有身孕的通房，没过门就有个庶子，哪户高门贵女能忍下这口气？佘氏纵然年纪大了，也不至于要这样委曲求全，她愿意嫁给高子瑜，可能还有什么旁的原因吧？

青唯并不关心佘氏，只是想到了崔芝芸。嫁到江府后，她只见过崔芝芸两回，崔芝芸一回比一回瘦，性子一回比一回沉静，再也不是那个跟着她奔赴上京，懵懂、娇气的小堂妹了。

驻云见青唯的目光黯然，欲为她解忧，打开一只礼匣，笑着说：“奴婢瞧着少夫人没有随身佩戴的玉坠，正好曲家的小五爷送了一枚，羊脂玉的，少夫人看喜不喜欢？奴婢帮您打络子。”

青唯领她的好意，过去一看，说：“玉坠子，我有啊，这个看着没有我的好。”

驻云：“少夫人有？”

青唯嗯了一声，从腰囊里取出一物，当空一抛接在手里："这枚，你家公子给我的，我挺喜欢。"她是真的喜欢。当时江辞舟送给她的时候，就说这枚玉坠子在大慈恩寺开过光，能保平安。后来她被困在水牢里，被箭楼落下来的木梁砸了脑袋，最终都逢凶化吉。

前几日，青唯醒来，要把这枚玉坠子还给江辞舟，但他不要。江辞舟不要，她就留着，搁在身边，病好得也快！

待看清青唯手里的玉坠子，一屋子的人除了江辞舟都愣了。

殿下伤重的那一年，长公主从西域高僧手里祈来的稀世宝玉，供在大慈恩寺长明灯下三百个日夜，直到殿下从暗无天日的梦魇里走出来。

那日被江辞舟偶然当扇坠挂着，不过是担心做腰佩太引人注意罢了。

"怎么了？"青唯见屋中人神色各异，看了一眼手里的玉坠子，问道，"这枚玉当真很重要？"她想了想，把它递给江辞舟，"那我不能要，还给你。"

一屋子人眼观鼻、鼻观心，只有朝天立刻应道："好。"朝天快步上前，生怕青唯一个不小心把玉坠子摔了，捧了双手去接。这时，江辞舟道："不重要，你收好就是。"他走出书案后面，推开窗看了一眼天色，"不早了，我们该进宫了，你去更衣吧。朝天，你留下。"

留芳和驻云陪着青唯回房了，德荣低眉顺眼地退出书斋，顺道还掩上了门，看都不看朝天一眼。

朝天扶刀而立，问："公子，什么事？"

江辞舟把湘妃竹扇拿在手上，上下打量朝天一眼，目光最后落在朝天腰间的刀上，问："新刀好用吗？"

翰林诗会设在翰林的曲池苑中，日暮一至，江辞舟就带着青唯到了，宫门口很早就有小黄门来迎。他们来得早，曲池苑中除了几名士子，再有就是曲家的小五爷。

这些士子大都是各地的解元，送入上京城准备明年的春闱，对江辞舟而言，都是生面孔，倒是曲茂一见江辞舟，很快迎上来，说："子陵，你总算来了，我都快闷死了！"

曲茂仍穿着蓝袍子，有日子不见，人居然长胖了许多。

江辞舟见到曲茂，感到有点儿诧异："你怎么来诗会了？"

曲茂这个人，四体不勤，五谷不分，当酒桌上的狐朋狗友那是一等一的投契，要让他谈诗论文，不啻对牛弹琴。他也有自知之明，上回家里要给他谋个恩荫闲差，他给拒绝了，说自己大字都识不全，不白拿朝廷的俸禄，还是当个逍遥公子哥，散家中钱财就好。

"你以为我想来？"曲茂心里有气，"邹平那厮，上回在折枝居伏杀你，我不是仗义执言，帮你说了几句话吗？你也知道我爹那个人，最嫌我惹是生非，我一回家，他就呵斥我强出头，罚我跪了三日祠堂，还把我禁足了一个月，要不是赶上这个诗会，我只怕眼下都不能出来呢！"

曲茂说着，仔细打量了江辞舟一眼，关切地问："你怎么样？"

江辞舟觉得曲茂这话问得莫名其妙："我能怎么样？"

曲茂更来气了，说："我跟你说，你肯忍让那个章兰若，我曲停岚不怵他！不就是个国舅吗？还能不讲理了？你跟我说老实话，那日在折枝居，是不是他让你盯着拆酒馆的？他知道你在洗襟台下受过伤，根本就没安好心！我听说你被他害得大病一场，把我给气的，就差找他干仗了！但我被禁足，又出不来，半夜爬墙还给摔了，你说我今日为什么来这个诗会，我就是专门来找章兰若，给你出这口恶气的！"

青唯在一旁听曲茂说话，觉得他这个人又义气又好笑。

江辞舟听曲茂说完，展目一望，见几名后到的女眷已经被宫婢引着往西侧去了，温和地对青唯道："想是皇后到了，你先去皇后那边。"

青唯点头："好。"

曲茂沉浸在自己的侠肝义胆里，直到这时，才发现江辞舟身边的青唯，见青唯被宫婢引走，他犹自困惑地问："不是说你俩要闹和离吗？眼下怎么看着很恩爱？哎，我听说，前几日她病了，你日日贴身照顾，连衙门都没去，真的假的……"

青唯尚未走到西侧的席院，忽然听身后有人唤道："青唯表妹留步。"

青唯回身一看，假山后面走出一个人，正是高子瑜。

身旁的宫婢十分乖觉，立刻低眉垂手，退到十步开外去了。

青唯并不意外在这里见到高子瑜，德荣给她看过赴宴名录，她知道高子瑜会来。

高子瑜："表妹很久不见，近来可安好？"

"还好。"青唯道。

他们二人说起来并不相熟，高子瑜无事不登三宝殿，在这里等着，必然有事相商。

青唯道："有什么话？直说吧。"

高子瑜仍然有些踌躇，但青唯都开门见山了，他也不好遮掩："是这样，家父近日为我议了一门亲，女家是……"

青唯："是兵部尚书家的千金，我知道。"

"不错，正是兵部尚书家的。"高子瑜道，"这门亲事我其实是不愿意的，我心中一直只有芝芸一个人，但是父母之命，媒妁之言，聘礼都下了，我实在推拒不了。芝芸眼下知道了这件事，郁郁寡欢，这几日关在屋里，连见我都不愿。芝芸她一向最听表妹你的话，表妹你改日得闲，能不能帮我劝劝芝芸？"

青唯问："你让我劝芝芸什么？"

高子瑜道："我今早听母亲说，芝芸不想留在上京城，打算回岳州了。岳州那是什么地方？崔姨父获罪后，周遭亲邻没一个肯相帮的，人情凉薄至斯，芝芸一个弱女子，如何自处？还不如留在高家。"

"留在高家，你就能把她照顾得很好吗？"青唯问。这是别人的事，青唯本来不想多说，眼下却是忍不住："芝芸到上京后，你说你心里只有她一个，可你还是任惜霜大了肚子；芝芸为你悔了婚约，你说你心里只有她一个，可你任她留在高家，什么名分都不给她；眼下你家里边一个通房怀着身孕，外边一个即将进门的高门正妻，你还是说你心里只有她一个。你让我劝她，我劝她什么？劝她说你心里只有她一个人吗？你说岳州人情凉薄，但那些人，亲则亲，疏则疏，明明白白的都在丈量之间，哪里赶得上你凉薄？"

"青唯表妹，你这话实在是误会我了。"高子瑜听青唯说完，急忙说道，"其实这个佘氏心中本来也没有我，她早已心有……”

青唯却懒得听高子瑜的解释，看向等候在不远处的宫婢，径直道：“带路！”

女眷的席摆在西侧的竹影榭中，与曲池苑隔水相望。水榭四面垂着珠纱帘，并不避风，因而每一座下都搁着暖炉。

青唯到了竹影榭，身侧的小宫婢就退下了。栈桥边迎候的大宫女上来见礼，说：“奴婢是皇后娘娘身边的芷薇，虞侯夫人且随奴婢来。”

竹影榭中，皇后早就到了，席上还坐着几名女眷，听说青唯进来，纷纷移目望来。

青唯在芷薇的指引下，向章元嘉拜下。

章元嘉温和地道：“虞侯夫人不必多礼，今日翰林诗会，本宫能与诸位在此小聚，实在难得，夫人只当是自家吃席，不要拘束。”

青唯听章元嘉说话的声音柔和，不由得抬眼看她。章元嘉与青唯想象中的皇后不太一样，她非常年轻，端庄柔美，若不是身穿中宫袆衣，还当是哪家未出阁的姑娘。

章元嘉又问：“听闻虞侯夫人此前病了，眼下已康泰了吗？”

“已经好多了。”青唯道，想起留芳和驻云教她的，说道，“近日收到娘娘的礼，多谢娘娘厚爱。”

章元嘉笑了笑。

今天赴会的多是朝中的后起之秀，品阶大都不高，青唯是三品虞侯夫人，座次就设在章元嘉的左下首。青唯刚落座，只听外头有人来报：“娘娘，佘家大姑娘到了。”

一众女眷原本还在畅谈，听说是佘氏到了，齐齐息声，朝水榭外望去。

青唯循着她们的目光朝外看，见到来人，不由得一愣。

翰林诗会于她们这些女眷而言并非正经宫宴，可到底皇后在，便是像青唯这样不喜盛装的，也披衮着裳，戴环佩钗，没承想这个佘氏一身素服就到了诗会，云鬓上除了一根白玉簪，什么佩饰也无。她生得细眉长眼，神情十分孤冷，进到竹影榭，规规矩矩地朝章元嘉伏地拜下：“皇后。”这是个大礼。

青唯听德荣提过，佘氏是兵部尚书的千金，似乎还是皇后的远房表姐，照理今日这种场合，她不必如此行礼的。

堂上的其他妇人亦是神色各异。章元嘉道："表姐不必多礼，起身吧。"说着，她又温和地道，"冬夜寒凉，表姐穿得太单薄。芷薇，去把本宫的裘氅取来。"

"不必了。"佘氏道，"臣女多谢娘娘的美意，娘娘是知道臣女的，一年四季皆是如此着装，还望娘娘体谅臣女的执念。"

章元嘉听佘氏这么说，神情微顿，半晌，唤来芷薇："传人布菜吧。"

翰林诗会在曲池苑摆的是流觞席，日暮时分，酒水肴馔就顺着曲水流至了。竹影榭这里设的是正经筵席，要等皇后传令才开席。

在座的臣妇大都是名门贵女出身，席间清谈除了绣工花样，便是诗文名画。绣工青唯一窍不通，诗文画技从前温阡倒是教过她，但她不感兴趣，便也与她们说不到一块儿去，倒是章元嘉柔声问青唯："本宫听太后说，虞侯夫人并不是上京城人，嫁给虞侯，其实是平生头一回到上京？"

青唯放下玉箸回话："娘娘说得不错，臣妇的父亲是工匠，小时候臣妇随他去过许多地方，唯独没来过上京城。"

章元嘉笑着道："虞侯夫人去过的地方多，见识广博，实在叫本宫羡慕。"

下头又有宫婢上来布菜。佘氏掀开盅盖一看，见是鲙鱼羹，不禁蹙了眉。她唤来一名宫婢，声音冷冷地道："帮我把荤腥与酒水都撤了吧。"

话音刚落，几名妇人的目光都变得异样起来。

邻座一名穿着紫襦的年轻妇人不由得劝道："佘姐姐这又是何必，姐姐吃斋四年，算是尽了心意。"

"是啊。"另一名妇人附和道，"殿下他吉人自有天相，听闻姐姐与高家二少爷的亲事已定，喜事当前，何必耽于过往？"

这两名女眷说来都是出于好心，也许是她们的话太直接，佘氏听后，竟觉得不快。她握着玉箸的手微微收紧，她别过脸来："我的事，与你们何干？"

筵席上一时尴尬起来。青唯刚才听得"殿下"二字，正有所悟，这时，一名小黄门匆匆自曲池苑那头赶来："娘娘，不好了，曲家的小五爷和小章大人起了冲突，闹起来了！"

曲茂与章庭自幼不和，时常起争执，但今日到底是宫宴。

章元嘉一愣："为何竟起了冲突？"

"回娘娘的话，前一阵江虞侯病过一场，曲家小五爷执意称是小章大人害的，要找小章大人说理，他吃了酒，人不清醒，被小章大人几句堵了回去，就动了手。高家的二少爷要劝，不慎受了伤，眼下人分成两拨，吵得厉害。江虞侯、张二公子想拦，根本拦不住，好在官家还没到，娘娘快过去看看吧！"

章庭正是章元嘉的亲兄长，章元嘉听了这话，突然起身，径直便朝曲池苑那头去了。

青唯的眼力好，耳力也好，跟着章元嘉，还没到曲池苑，老远就见小桥的另一头乱哄哄的，人的确分成了两拨，周围有劝架的，有看戏的，章庭的襟口已经被扯开了，他强压着恼怒，指着曲茂道："曲停岚，我告诉你，今日是官家的诗会，我不和你计较，倘若你再这么胡搅蛮缠，明日我上书一封，将你的行止不端告到御前去！"

"我行止不端，好过你背后玩阴的！怎么？一个大理寺少卿金贵得很了，那酒馆你拆不得，非要指着子陵去拆！往人家的伤口上撒盐你挺在行啊？"曲茂说着，又要挽袖子，"都起开，我曲五爷别的不会，就会教训他这样的阴损竖子！"

"你——"曲茂的话说得太难听，章庭勃然大怒。

"不过一个撒酒疯的败家子，小章大人何必跟他置气？"身旁有人拉住章庭，劝道。

"说得是，小章大人要是理会他，那才是拉低了自己身份。"

章庭于是冷哼一声，负手道："曲停岚，你要在这儿与我分说道理，我便与你仔细分说分说。今秋八月，你在通合赌坊欠下三百两赌债，赌坊掌柜得罪不起曲侯爷，托人告到我这里来，这事儿你解决了吗？上个月，你瞧上了明月楼的画栋姑娘，许诺老鸨五百两银子买她一夜，老鸨得了你的银票，去钱庄一兑，银票是假的。老鸨先是告到京兆府，后来找到大理寺，只怕这个老鸨再这么被你坑下去，都快找御史台敲登闻鼓了。你一个劣迹斑斑的纨绔子弟，不过是仗着侯府的面子，才来了这翰林诗会，居然也好意思来找我的麻烦？我要是你，混到眼下这个境地，恨不能挖个坑把自己埋了，哪敢出来抛头露面？”

曲茂被章庭这么当众揭短，一时间气血上涌，大骂道：“章兰若，你瞧不起谁！你我都是凭老子，还给你凭出体面来了？我曲停岚败家好歹败得光明正大，你靠老子当了官，非要自诩文人雅士。士子赴考，你巴巴地摆席。几日前张远岫回上京，你马不停蹄地去接。怎么着，跟士人多打交道，就能掩饰你的才思平平吗？我还是那句话，要么，你就跟小昭王一样，别说考中进士，考个举人我都服你，要么你就跟我一样，省得面上清高，背地里尽干些龌龊事。哦，是了——”曲茂说到这里，冷冷地一笑，“我险些忘了，你章兰若不单靠老子，你还要靠妹妹——”

章庭听了这话，再也忍不住，掀开面前拦着的人，径直朝曲茂走去，两个人正要扭打在一块儿，只听小黄门扯着嗓子高唱：“皇后驾到——”

众人先前的注意力都在曲茂与章庭身上，没往竹影榭这边看，眼下听说是皇后到了，纷纷撒开手，朝后退去。

曲池苑顾名思义，池水弯曲围绕，此前众人为了劝架，拥簇在一块儿还不觉得什么，眼下散开，被挤在后方的难免脚下踩空。

青唯跟在章元嘉的身边，她手疾眼快，见一个书生模样的人一脚滑落池塘，顺手捞了身边小黄门的拂尘。尘丝握在手里，尘柄在书生的后背一推，帮助他站稳。

书生于是回过身来，见了青唯，他稍稍一愣，合袖拜下：“多谢夫人。”

青唯见了这个书生，也有点儿意外。

此人穿着襕衫，眉目清朗，气度淡雅悠远，气质温和，几乎是她平生仅见，如白云出岫间晨中之雾。

这是在筵席上，皇后在，诸多朝臣也在，青唯并不好出头，摇了摇头，将拂尘扔给小黄门，退回皇后的身边了。

第十九章

斩尽情丝

曲池苑的一众官员、士子退到小桥下，朝章元嘉行礼。

章元嘉声音冷冷地道："本宫执掌后宫，管不得你们什么，但今夜这诗会，是官家邀你们来的。你等若要争，若要闹，自去外头辩说分明，否则坏了官家的兴致事小，坏了诗会的礼制，你等自去跟官家请罪交代。"

这话一出，章庭先一步越众而出，作揖道："娘娘教训得是，刚才是臣等意气用事，不知道轻重了。"

章庭这话原意是息事宁人，但士子中有人恼怒未消，当即就要告曲茂的状："娘娘说得正是，今夜是官家登基后的第一场诗会，臣等受邀前来，诚惶诚恐，偏偏那曲停岚不知这个理！若非他先跟小章大人胡搅蛮缠，臣等何至于闹起来？他吃了酒，说不通还要动手，高大人想要拦他，竟被他打伤了。高大人好歹是京兆府的通判大人，他一介白衣，打伤朝廷命官，这说得过去吗？还请娘娘为此事评理！"

方才曲池苑这边乱哄哄的，青唯没瞧见高子瑜，眼下人散开了，才发现高子瑜被人搀着，捂着鼻子就站在章庭的身后，他鼻子的血刚止，脸上也有瘀青。

曲茂被告了这么一状，脸上一阵青一阵白。他今日来，就是为了找章庭的麻烦，但他没想到事情会闹得这么大。他做事本来就冲动，加之吃了酒，又被章兰若当众揭短，一时间气血上涌，冒犯的话冲口而出，行为也不怎么受控制。他打了高子瑜没什么，要命的是他似乎连带着骂了皇后。他眼下清醒过来，心里虽然感到懊悔，可是说出去的话如泼出去的水，往回找补已经来不及，不如破罐子破摔，还能占个直言不讳的理儿。

曲茂道："翰林诗会是怎么来的？当年沧浪江士子死谏投江，先帝感怀于心，于小雪之日敦促翰林筹办诗会，就是为了鼓励年轻文士畅所欲言，有什么说什么！我打高子瑜怎么了？我打的就是他！他那点儿破事儿，还当谁不知道吗？早年信誓旦旦地说要娶他的表妹，眼下表妹家获罪，一个弱女子，千里迢迢来投奔他，他担心影响仕途，出尔反尔，又不愿意娶了！他把人晾在一旁，这头一个通房大了肚子，那头更好，攀上兵部尚书家的千金了！我曲停岚再怎么荒唐，最多也就败家散财，好过这种背信弃义、道貌岸然的伪君子！”

曲茂梗着脖子：“娘娘，今夜草民吃了酒，做事冲动，有些话没过脑子，可能冒犯了，娘娘要罚，草民便认，绝不会有半句怨言，但娘娘要让草民跟高子瑜道歉，对不住，草民做不到，草民最瞧不上的就是这种人！”

曲茂这一番话说完，给了自己十足的台阶下，倒是把章元嘉等人给架住了。高子瑜被他说得颜面扫地，佘氏刚与高子瑜定了亲，眼下紧捏着手绢，羞愤难当，脸上是一点儿血色也没有了。

这时，江辞舟道：“娘娘，停岚找小章大人理论是为了臣。日前臣病过一场，他以为是拆除酒馆之故，所以与小章大人起了争执。他意气用事，这是不对，但起论初衷，却没什么可指摘的。今夜是翰林诗会，若为此等小事扰了诸位的兴致，岂非本末倒置？不如待事后，臣与停岚一起向官家请罪，娘娘看可行否？”

章元嘉听后，深以为是，正颔首，只听曲池苑口的小黄门唱道：“官家驾到——”

或许是为了诗会，赵疏没有着冕服，一身绀青云纹常服配着龙纹白玉佩，乍一看去，几乎不像皇帝，像个贵公子。他今日身边只跟着墩子一个人，信步走来，见众人聚在一处，问：“何事？”

章元嘉向赵疏福了福身：“回官家，刚才几位士子因见解不和，起了争端，眼下已经化干戈为玉帛了。”

赵疏颔首，他的目光在受伤的高子瑜身上掠过，没多作停留，声音十分温和：“能化解是好事，既然如此，你带着诸位臣眷先回竹影榭吧。”

章元嘉应“是”，带着人欲走，然而佘氏竟然不动。

青唯看了佘氏一眼，她似乎因为曲茂的话而感到难堪，脸色煞白，垂在身侧的手紧握成拳，双唇几乎抿成了一条线。

章元嘉感觉不好，低声唤了句：“表姐。”

佘氏恍若未闻，看着嘉宁帝，刹那间像是下定决心，上前几步，在嘉宁帝的身前跪下：“官家。”佘氏继续说道，“官家，臣女尝闻，翰林诗会，无论士子白衣，官员百姓，皆可畅所欲言，有疑答疑，有惑解惑。臣女心中有一惑，困扰多时，不知官家可否赐臣女一解？”

赵疏看着佘氏：“你且说来。”

“臣女近来听到一个传闻。”佘氏垂着眸，“说是昭王殿下早就病愈，眼下已康泰无恙，臣女想问官家，这则传闻是真是假，若是真的，殿下他为何至今不曾露面？”

这话一出，在场诸人的神色各异。青唯的心微微一沉，目光不由得落在佘氏身上的素衣上。

赵疏没吭声。

佘氏继而拜下：“官家，当年家父为殿下所救，臣女一直感念在心。洗襟台坍塌，殿下遇劫，臣女报恩无门，多年来难以释怀。如今臣女家中强为臣女与高府的二少爷定亲，臣女知道婚姻大事，父母之命，媒妁之言，由不得臣女反抗。臣女自知声名狼藉，并不求什么好的归宿，唯这一个心愿，还望官家成全！”

当年佘父做尚书前，被一桩案子缠身，辩说无门，佘氏是个烈脾气，情急之下写了血书，等在宫门口，拦下小昭王的轿子。

那是个雨天，小昭王撑伞站在雨里，看过佘氏的血书，说：“好，我帮你转呈给舅父。”

这件事对小昭王来说就是举手之劳，佘氏却记在心里。

事后，佘父平冤，佘氏一家登公主府致谢，便捎上了佘氏的庚帖。

庚帖长公主没有收，那年小昭王才十七岁，即将去洗襟台督工，长公主以一句：“容与年纪尚轻，且等他回来，问过他的心意。”她婉拒了佘氏。

佘氏听出了这话的婉拒之意，仍旧执意等小昭王回来，直到等来洗襟台坍塌的噩耗。

赵疏看着佘氏，沉默许久，说道："当年洗襟台坍塌，表兄伤重，你为他素衣斋戒，祈福四年，再大的恩情，也该偿清了。他今日若是没醒，那只能是天道不公，医术有失，绝非福泽不至；反之，他今日若是病愈，上天有道，庇佑苍生，那只能是人心殊途了。"

赵疏这话说得委婉，佘氏却听得明白。小昭王醒来与否，病愈与否，都与她无关。嘉宁帝与小昭王最是亲近，他的意思，便应该是小昭王的意思了。

佘氏的目光黯然下来，她朝赵疏拜下："多谢官家，臣女明白了。扰了诸位的兴致，臣女在这儿跟诸位赔不是了。"她行完大礼，又朝章元嘉福了福身，"娘娘，臣女今日不该来。"

佘氏请辞离去，章元嘉自然也不拦她，唤来一名宫婢为她引路，由着她往曲池苑外去了。

青唯看着佘氏的背影，目光不由得移向不远处的江辞舟。

江辞舟就站在人群当中，似乎并没有在意刚才发生了什么，唇角带笑，正低声与身旁的一个人说着话。

月光洒银一般，混在灯火里，流泻在他的身遭，将他的身姿衬得无瑕，似乎那张掩藏在面具下，传闻中被火燎着的脸，也该无瑕。

青唯想起来，那张脸本来就无瑕。

曲池苑的诗会章程繁复，听说席到一半，还要听士子畅谈策论。青唯跟章元嘉回到竹影榭，吃完席，想起留芳说过可以提前与皇后请辞，起身说要先走。

章元嘉并不留她，温和地道："虞侯夫人大病初愈，是应该早些回府。夫人病好后，若觉得烦闷，不拘着时辰日子，进宫来与本宫说话就是。"

青唯谢过章元嘉的好意，由宫婢引着到了曲池苑外，只见墩子迎上来道："虞侯夫人要走了？"

青唯称"是"。

墩子于是扫了扫拂尘，任引路的小宫婢退下，自行领着青唯往宫外去了。

曲池苑离曹昆德的东舍很近，拐过两条甬道就到了。

墩子引着青唯出了曲池苑，来到无人的甬道里低声问："姑娘的病可大好了？”

青唯：“好多了。”

“日前公公听闻姑娘病了，十分担忧，那日姑娘一醒，公公听闻姑娘去了玄鹰司，立刻借口过去探望。姑娘今日进宫也好，让公公仔细瞧一眼，他好放心。”墩子说着，见东院到了，上前叩了叩门：“公公，姑娘到了。”

门被推开，曹昆德一见青唯，声音仍是细沉悠缓：“可怜见儿的，瘦了这么多。”他指着一旁的椅子，“站着做什么，快坐吧。”

青唯谢过，自去椅子上坐下。曹昆德细细地打量着她，片刻后，笑道：“瘦是瘦了些，气色瞧着倒好，江府倒是不曾亏待你。”

青唯道：“是，江家上下把我照顾得很好。”

“可不，”曹昆德道，“咱家在宫里都听说了，什么名贵的药材都紧着你用，连宫里的太医都给你请了去。你可知道给你看病的吴医官，医术高明得很，他在宫里，只看疑难杂症，当年洗襟台下受伤的小昭王，就是他医治的。”

“义父。”青唯唤了曹昆德一声。她垂着眸，心中非常犹豫：“当年洗襟台坍塌，小昭王他，伤得重吗？”

“重？”曹昆德似乎感到意外，“你这话问的，陷在那楼台下，哪有伤得不重的？都是九死一生，能活下来，便是撞大运。不过要说身上的伤，小昭王不算最重的，他真正伤的地方，”曹昆德抬起一只手，抚在胸口，“在这儿呢。”

曹昆德盯着青唯，慢悠悠地道：“怎么问起他？”

青唯的语气平常：“没什么，只是在筵席上听佘氏提起他，以为是什么重要的人，所以问一句。”

“原来是这样。”曹昆德道，随即一笑，“说起这个小昭王，你应该是见过他的。当年你的父亲回去为你母亲守丧，不就是他亲自到辰阳，请你父亲出山的吗？你对他可有印象？”

“没什么印象了。”青唯沉默许久，说道。

曹昆德笑道：“你刚才提的那个佘氏，对小昭王倒是难得的一往情深，不过这不稀奇，当年上京城中，想嫁给小昭王的可不止她一个。咱家记得小昭王十五岁那年，跟着长公主去大慈恩寺诵经，寺中新到的住持见了他，觉得清恣如玉，恍如天人，还当是观音大士莲花座畔的侍立童子现了形，闹了一场笑话。多么难得的一个人物，可惜……”曹昆德扫了青唯一眼，“你竟然对他没印象。”

青唯没吭声。

曹昆德见青唯不愿接这个话头，另起了个话头：“宁州瘟疫的案子，你查得怎么样了？”

青唯起身，拱手禀道：“回义父的话，已经快水落石出了。”她停顿了一下，思及此前江辞舟主动把扶夏的线索告诉她，就是为了让她交差，便也不瞒着曹昆德，“当年林叩春囤药，是何鸿云授意的。何鸿云从五户药商手里收购缠茎夜交藤，后来东窗事发，何鸿云为防止消息走漏，灭了林叩春的口，又杀了一家药商震慑其他人。他从余下四户药商里各挑了一个人质软禁起来，祝宁庄的扶夏馆，就是他关押人质的地方。再后来，事情败露，他把人质转移到阳坡校场灭口，好在天网恢恢，四个人质中我们救下来了一个。这个人质的手里有本账本，似乎可以证明何鸿云囤药的恶行，不过瘟疫案明面上还是由玄鹰司追查，我是暗中跟的，至于玄鹰司眼下为何隐而不发，我就不知道了。”她隐去了账本与洗襟台的关联，这条线索事关重大，她不知道该不该告诉曹昆德。

然而曹昆德盯着青唯，径直问道：“那个账本上，用来囤药的银子，是当年何家从洗襟台昧下的吧？”

“你不必瞒着咱家。”曹昆德悠然地道，“咱家让你查瘟疫案，就是为了洗襟台。咱家也知道，如果这个案子不是跟洗襟台有瓜葛，你不会这么卖力。”

青唯解释道：“青唯不是瞒着义父，只因这银子由来不明，我也没找到实证，不敢贸然猜测。”她又问，“何家从洗襟台昧银子，这事义父是怎么知道的？”

他是怎么知道的？曹昆德笑了笑。原本他也不知道，但他在宫中这么多年，瞧不清旁人，难不成还瞧不清赵疏吗？嘉宁帝跟昭化帝一样，心中最大的结就是这个洗襟台。嘉宁帝韬光养晦了这么久，除了复用玄鹰司，就是任命小昭王为虞侯，能劳动小昭王查的案子，怎么可能与洗襟台无关？自然曹昆德还有别的门路，但他何须与青唯多提。

曹昆德对青唯道：“江辞舟将这个案子隐下不发是对的。区区一个瘟疫案，哪能制得住何家？就说此前折枝居、阳坡校场，闹得这么大，罪名不都一股脑儿地让巡检司担了吗？这是何家的本事，当年先帝病危，要靠何拾青辅政，眼下就得自食这个恶果。你不在朝堂，所以你没感觉，但你这个官人肯定知道，要是这会儿拿瘟疫案去治何鸿云的罪，何鸿云退一步，认个错，缓个小半年，这事儿就跟落入海中的石子儿，一点儿声响都听不到了。除非找到它与洗襟台的关联。”

青唯深以为然。何鸿云买药的银子通过一趟暗镖运来上京城，只有查到这趟暗镖是怎么洗的钱，才能真正治何鸿云的罪。

曹昆德不疾不徐地道：“要查银子的由来，太难了，五年过去，当初那些洗银子的人，谁知道活的死的？咱家呢，有个更快的法子。”

青唯一愣：“义父有办法？”

曹昆德含笑点了一下头：“过来，咱家教你。”

青唯依言凑得更近了些，曹昆德于是以手掩唇，低语了几句。

青唯听着听着，脸色随即一变。她退后几步，拱手道：“义父，此事不可，那些药商都是无辜之人。”

“不将事情闹得沸反盈天，何家哪这么好动？”曹昆德道，为青唯指点迷津，“欲成大事者，心得狠哪。”

曹昆德端详着青唯的神色，见她垂眸不语，目光落在她腰间的玉坠子上，竟然似乎有点意外：“你这个坠子哪儿来的？成色这样好，从前怎么不见你佩戴过？”

青唯没提江辞舟，只说：“记不清了，应该是这回受伤，别人送的。”

曹昆德道：“拿得出此等好玉，那该是个身份极尊极贵的人吧？”

青唯不便在东舍多留，与曹昆德一席话叙完，很快辞去。

青唯一走，墩子掩上门，问：“公公刚才为何不告诉姑娘，那江家小爷正是小昭王？”

屋中灯火昏暗，曹昆德脸上的笑意已经尽退了。他垂着头，目光浑浊又苍老，慢悠悠地掀开桌上的楠木匣子：“你以为她不知道？她不傻，凡事一点即通，否则她一个温氏女，怎么能安稳地活过这么多年？那都是她的本事。今夜佘氏在筵席上质问小昭王是否病愈，你当她瞧不出来这是谁设的局呢？她早瞧出来了，否则今夜她不会到我这儿来。”

小昭王的病情，这事在禁中一直是秘密，就算朝中有少数人猜到了江辞舟的身份，因为尚不确定，等闲不会对外言说。眼下秘密尚未流传开，佘氏一个闺中女忽然听闻小昭王病愈了，这不蹊跷吗？

青唯正是觉察到这点蹊跷，才到了曹昆德这里。

“她怀疑她夫君的身份，想到咱家这儿来试探究竟，可是咱家呢？”曹昆德捞起匣子里的糕石，剔了些碎末在金碟子里，“别的事可以帮她，只这一桩，要任她落在这江海里才好。”

小昭王想要起势，利用姻亲是最快的法子。佘氏是兵部尚书的千金，佘尚书一直记着当年小昭王的相救之恩。如果江辞舟能在此刻认下身份，拦下佘氏与高子瑜的亲事，并且迎娶佘氏，假以时日，以他的才智，必能把兵部大权统揽在怀。但他没有这么做，这说明什么？

这说明至少在谢容与的心中，他和温青唯，并不是假夫妻。

墩子道：“既然小昭王看重姑娘，何鸿云追查姑娘的身份，公公何必帮她隐下，将麻烦扔给小昭王不是更好？”

曹昆德冷笑一声：“咱家当年费这么大功夫保下她，岂是为了一时痛快？饵扔进江海里，是为了引大鱼上钩，不是什么虾蟹咱家都能瞧得上眼的？”曹昆德缓缓闭上眼睛，“你且去吧，官家今夜在诗会上待不长久，你还得伺候呢。”

青唯从东舍出来，到了宫门口，还没寻到自家马车，身后便传来一声：“去哪儿了？”她回头一看，江辞舟正站在不远处，身旁的德荣提着风灯。

“跟皇后请辞，在竹影榭西面的林子里迷路了。”青唯道，跟着江辞舟走到马车前，又问，“你怎么这么早就离席了？”

江辞舟没答，挑帘上了马车，伸出手将青唯拉上来，将准备好的汤婆子递给她暖手，等到马车辘辘行起来，才说：“何鸿云没来，诗会的意义不大，就先离席了。”他似乎有点儿累，靠在车壁上养神。

佘氏在诗会上询问嘉宁帝的那席话一石激起千层浪，自然有好事者来询问江辞舟小昭王的病情。

青唯想起曹昆德的话：说起这个小昭王，当年就是他请你父亲出山的，你对他可有印象？

玉坠子握在掌心温润、沁凉，要说她当真没印象吗？也不是。她记得离家的那日，她在山间看到过一个异常好看的少年，清姿如霜，像这玉一样。只是模样记不清了。

“江辞舟”不是江辞舟，青唯嫁到江府后几日后就知道了。她从前并不关心“江辞舟”是谁，所以不曾多想。那日江辞舟唤她小野，面具半摘，眉眼之间惊鸿初现，却由不得她不往深处想。

马车里烛火昏暗，颠簸了一路。江辞舟养好精神，睁开眼睛，入目的就是青唯一双灼亮的眸子：“看着我做什么？”

青唯迟疑了一下，还是问出口：“官人从前跟小昭王很熟悉吗？”

江辞舟的语气如常：“怎么提起这个？”

“今日在筵席上，佘氏说，小昭王的病已经好了。病既然好了，他不见佘氏，难道连外人也不见？”青唯道，“无端好奇，所以问问。”

“无端好奇？”江辞舟重复着这四个字，倚着车壁，“凡事有因就有果，哪来无端？”

江辞舟问道：“娘子与小昭王有渊源？”

青唯看着江辞舟，心想，他都知道她是温小野了。

“是有一点儿。”

然而江辞舟听了这话，竟然不吭声了。他似乎又在养神，马车里太昏暗，他戴着面具，她连江辞舟的目光都看不清。

很快，他们到了江府，江辞舟挑开帘子，拉着青唯下了马车。

这几日天寒，青唯刚病愈，江辞舟担心她受凉，命人在浴房里添了只浴桶。他二人夜间惯常不让人伺候，回到屋中，炉子已经将室内熏得如暖春一般，两桶沐浴的水也准备好了。

青唯站在妆奁前解发饰。她今夜的发饰看似简单，实则十分繁复，留芳为了帮她掩饰左眼的斑纹，在额前挽了小髻。青唯解不好，到后来几乎是胡乱拉扯一通。

江辞舟看她这样，觉得好笑，说："过来，我帮你。"

青唯点了点头，抱着妆奁在桌前坐下。江辞舟立在她的身后，帮她将髻中的发针一支一支摘出来。其实要解这发饰并不困难，只是需要点儿耐心，青唯对她这一头长发惯来没有耐心，如非必要，平日里只草草梳一个马尾。可她的头发竟然这样多。

可能这世上的事便是如此，越是无心插柳，越能碧树成荫。

江辞舟握着青唯的头发，问道："你和小昭王，有什么渊源？"

青唯在铜镜中看着自己的头发一点儿一点儿散下来，说："一面之缘。"

江辞舟："何时见过？"

青唯："……好几年前吧。"

江辞舟嗯了一声："那你如今见了他，能认得他吗？"

青唯仔细想了想，记忆中只残存一抹青山中的玉影，要说模样，实在记不清了。青唯如实地道："不认得。"

他就知道。

江辞舟解开青唯的头发："去沐浴吧，仔细一会儿水凉了。"

两只浴桶下都支了铜板，底下还熏着暖炉。浴桶里的水分明热气腾腾的，哪这么容易凉？江辞舟分明是为了打发她。江辞舟瞧出了她的心思，明摆着不愿意多提。

青唯答应了一声，径直去了浴房，江辞舟不愿提，她也不能硬问，本来可以揭下他的面具看看，但上回揭了一半，心中便觉得不自在，眼下要再揭，竟有点儿束手束脚了。青唯左思右想，忽然记起曹昆德说"陷在那楼台下，哪有伤得不重的"。是了，倘若她不揭面具，看看身上是否有伤也是可行的。

青唯沐浴完，很快出来，江辞舟正要去浴房，这时，青唯唤道："官人。"

江辞舟嗯了一声。

青唯道："官人，我伺候你沐浴吧。"

江辞舟的动作停顿了一下，他回过头来："你要做什么？"

上回为了夜探祝宁庄，她也说过要伺候江辞舟沐浴，但青唯今日的语气，明显与上回的虚情假意不一样。

江辞舟的外衫解到一半，他撤开手：“那你过来。”

浴房比屋中还要热些，四下都氤氲着水汽。青唯只着中衣，半干的头发就披散在肩头。她镇定自若地为江辞舟取下腰封，宽去外衣，指尖刚触及他的内衫，忽然闻到一股酒香。今夜翰林诗会，他在筵席上吃了点儿酒，这很正常。

青唯记得刚嫁来江府时，江辞舟也是日日喝得酩酊大醉，身上的酒气终日不曾消散。要让酗酒的人戒酒，其实是很难的，但江辞舟这酒，几乎是说不嗜就不嗜了，今夜他只是浅酌了几口，身上的酒味非常淡，融在他周身原有的清冽里，像霜雪一般。

这样隐约的，几乎带着克制的酒气，让青唯忽然觉得不自在。她刚才说要伺候江辞舟沐浴，根本就没多想，眼下才发觉自己真是糊涂。

哪怕江辞舟身上有伤，又能说明什么呢？小昭王在洗襟台下受过伤，江辞舟就不曾受过吗？那么多人受过伤，她褪下他的衣衫，又能辨明什么？

浴房里安静得落针可闻，江辞舟一直没吭声，低头看着青唯，她的手就停在他襟前的内扣上。浴房很热，所以她穿得单薄，青丝也没擦干，几缕鬓发粘在颊边。透过氤氲的水雾，他从她的目光里，看出她辗转的心思。

江辞舟于是握住青唯的手，从自己的襟口撤开：“不会伺候沐浴，伺候出浴会吗？”他顺手从木架上取下一块布巾，罩在青唯的肩头，“去外头等着。”

青唯转身就走。

江辞舟没让青唯伺候出浴。他从浴房出来，中衣已经穿好了。青唯擦干了头发，早已歇在榻上，见他掀开纱帐进来，又闻到很淡的酒气。

房中留着一盏灯，阑珊的灯光泼洒进帐中，显得虚无又朦胧。

青唯一点儿也不困，她这几日休息得很好，等江辞舟在身边躺实了，她转过身，在昏暗的光线里看着他的侧影。她有点儿后悔，说来说去该怪德荣，若不是那日他进屋打扰，她一鼓作气就把江辞舟的面具揭了。她也说不清自己是怎么了，这么裹足不前，实在不像平日的她。

青唯悄无声息地撑起身，凑近了些，见江辞舟似乎已经睡沉了，心中又道，不就是揭个面具认个身份吗？有什么大不了的？

青唯的手刚伸到半空，忽然就被江辞舟握住了。

江辞舟睁开眼睛，突然翻身撑在她上方，语气几乎是不耐烦的：“你到底要做什么？”

青唯：“嗯？”

江辞舟紧盯着她。这一夜，从坐上回府的马车起，她就开始意图不轨，刚才躺在他的身边，像只屏息凝神、蓄势待发的猫一样，这让他怎么睡？他受不了。

“要揭面具还是脱我的衣裳？”江辞舟道，“选一个。”

青唯也看着江辞舟：“你选。”

江辞舟沉默片刻，一只手撑在她的身侧，另一只手径直扶上自己的襟口，扯开一枚内扣。他身上的酒气明明很淡，眼下忽然萦绕过来，泼霜撒雪一般，青唯却觉得这酒气是热的。

青唯觉得这不对劲，究竟哪里不对劲，她又说不上来，她忽然感觉有点儿慌乱，见江辞舟襟前三枚内扣全解，锁骨乍然间袒露在眼前，她突然想起自己早先嫁过来，是打算寻到簪子的线索就立刻离开的。她怎么留下了呢？她还跟这个人夜里同榻了这么久呢？

青唯十九年来，脑子从没有这么糊涂过，见江辞舟衣衫已经要褪下，她想也不想便坐起身，拽住他的手：“还是算了。”

江辞舟注视着青唯：“真算了？”

青唯：“算了。”

江辞舟问：“为什么？”

青唯也不知道为什么，想了想：“眼下这个时机不对，改日咱们另挑时候。”

江辞舟沉默不语地看了她许久，随后躺下，语气居然有点儿冷：“还要择吉时。”

青唯的话就是信口糊弄他的，被江辞舟这么一说，反倒像成亲要挑好日子一样。

或许因为佘氏对小昭王的余情，今夜两个人多少有些不自在，经过这么一番折腾，反倒放松了许多。

青唯沉默地躺了一会儿，转过身，问江辞舟："今夜何鸿云没来诗会，我们接下来怎么办？"

江辞舟道："你可知道他为何没来？"

青唯："为何？"

江辞舟道："倒不是他不想来。"

眼下几乎药商都被玄鹰司守着，人质也在江辞舟的手中，何鸿云巴不得能借着诗会从江辞舟这里打探消息。但他不来，不是因为不想，是因为张远岫回上京了。

江辞舟："你还记得当年宁州瘟疫初发，朝廷起先让户部的一个郎官收购缠茎夜交藤吗？后来因为这个郎官没有把差事办好，宁州的府官状告他，郎官就被革了职。"

青唯嗯了一声。

江辞舟道："说来也巧，这个郎官后来去宁州的一个县城成了一名主簿，而宁州的府官因为误判一桩案子，被下放成了当地的县令，两个人凑在一块儿把当年的事一说，才知道是误会了对方，他们二人冰释前嫌，因此结成莫逆之交。此前张远岫不是在宁州试守吗？他此番回上京前，县令找到他，说想帮自己的好友翻案，还辞了官，随张远岫一块儿回上京。张远岫昨日将这个案子报给了京兆府，京兆府是故重新彻查瘟疫案。瘟疫案本来就与何鸿云有瓜葛，京兆府接了案子，自然要传何鸿云，所以何鸿云今夜没来，是被传去问话了。"

青唯道："这不是很好？眼下我们正愁没合适的契机重提瘟疫案，那张二公子把这案子一报，我们就可以正大光明地重翻旧案了。"

江辞舟嗯了一声："不止，我夜里已经派人去何府，邀何鸿云明早在京兆府一叙。"

青唯一愣："为何？"

江辞舟道："把账本的线索告诉他。"

账本这个证据固然重要，但是单靠这一个账本，朝廷治不了何鸿云的罪。还是那句话，除非找到账本上的银两与洗襟台的关联。

何鸿云当年从洗襟台昧下来的银子是靠暗镖运到上京城的。时隔经年，线索几乎都被抹干净了，如果顺着源头一点儿一点儿查，未必能有结果，时间也来不及。但是银子究竟怎么洗的，别人不知道，何鸿云难道也不知道吗?

何鸿云得知江辞舟手里有了这么一个账本，一定会有动作。纵虎归山虽然冒险，如果能顺藤摸瓜，却是最快见成效的办法。

江辞舟道："明早京兆府一叙，你与我同去？"

青唯的眼睛一亮："好！"

江辞舟看着青唯，赭粉说到底还是伤害皮肤的，自从被他见了真容，她夜里便会将斑纹卸了。躺在他身边的女子很好看，太好看了，所以这些日子她瘦了些，又没了斑纹掩饰，他便会觉得她单薄易碎。

江辞舟知道她没那么娇弱。可江辞舟一想起那日她躺在自己怀里，没有气息的样子，心中便是空芜的。

江辞舟拉过被衾，仔细地为她掖好，伸手很轻地摸了摸她的脑后，说："这里还疼吗？"

"不疼。"青唯道。吴医官的医术高明，她病中被人照顾得很好，醒来后就没疼过。

江辞舟嗯了一声，声音也很轻："睡吧。"

第二十章

有时争春

早上，德荣端着碗汤食，往院外走去。

他刚到府门口，看到朝天一脸神伤地站在马车前，问道：“天儿，怎么了？”

朝天道：“我的刀没了。”

德荣往他的腰间一看，佩刀果然不见了：“刀呢？”

朝天心痛地道：“老爷在后院栽了一片湘妃竹，也不知怎么，日前被砍了一根，老爷让公子查，公子懒得查，打发我去跟老爷认错，说是我得了新刀，高兴忘形，失手砍了一根。老爷听了，二话不说，把我的刀扔到后院的枯井里去了。”

德荣眨了眨眼睛：“昨天公子把你留在书斋，就说这事？”

朝天点了点头。

德荣觉得他活该，嘴上敷衍着安慰道：“没事，公子你还不知道吗？何曾亏待过你，过几天你又有新刀了。”

话虽然是这么说，刀用得久了，也是有感情的，他有点儿神伤。

巷子外近日来了几只野猫，冬天来了，它们找不着吃的，瞧着怪可怜的，德荣发现后，每天早晚端着汤食来喂。他将汤碗搁在府门口，不一会儿，野猫就寻着味来了。德荣看它们吃完，摸了摸其中一只黑猫的脑袋，收了碗，温和地说：“去吧。”

他正往府里走，迎面看到江辞舟从东院过来了。

主子今早要去京兆府，德荣知道。他瞧见江辞舟的身边，罩着厚氅，戴着帷帽的青唯，德荣见怪不怪。反正主子自从成亲后，上哪儿都要带着少夫人，少夫人也黏着主子，两个人像是一刻都不能离分似的。德荣擦了手，很快过来，对江辞舟道："公子，汤婆子已经给少夫人准备好，搁在马车里了。"

江辞舟嗯了一声："走吧。"

京兆府在城西，与江府隔着大半个上京城。他们到了府衙，已经快辰时了。青唯下了马车，老远瞧见京兆府尹迎着一名穿着襕衫的书生从衙门里出来。

待书生转过脸来，眉眼温和，如远山之雾。青唯愣了一下，竟然是昨夜她在诗会上扶过的那个人。

初见是在夜里，眼下再看去，他倒不尽然像个书生，神情里没有书生的青涩，与京兆府的齐府尹并行，举止十分稳重。

齐府尹与书生也看到江辞舟了，两个人一同作揖道："虞侯。"

江辞舟回了个礼，问书生："张二公子到京兆府来，是为了宁州的案子？"

原来这就是张远岫。

张远岫道："是，证人另外写了供状，下官拿过来给齐大人过目。"

张远岫在宁州时，任的是地方节度推官，眼下提前结束试守，朝廷尚没来得及给他安排差事。他近日不挂职，由老太傅带着在翰林修书，因此朝中人见了他，便称一声张二公子。

江辞舟问："跟张二公子回上京的两位大人，住处已经安排好了？"

张远岫说："好了，那主簿本来就是上京城人，有自己的住所。"

江辞舟颔首，待迈入衙署，张远岫又唤道："虞侯。"

张远岫站在衙门口的冬日清冷的阳光里，目光微微落在青唯的身上，很快移开："下官回上京是仓促间的决定，听闻令夫人生病，备礼匆匆，礼不周，还望莫怪。"

江辞舟道："张二公子客气了。"

江辞舟带着青唯在公堂里稍微等了片刻，齐府尹送完张远岫，很快回来了。近日京兆府诸事繁杂，齐府尹也忙得焦头烂额，只这么一会儿工夫，他的额头就出了一层薄汗，提着袍子，引着江辞舟往衙门里走："今日虞侯过来，也是为了宁州的案子吧？"

江辞舟："是的，我约了小何大人在此相见。"

"小何大人一早就到了。"齐府尹说，"下官让景泰，就是高子瑜在偏堂陪着。他是通判，行走各个衙门到底方便些。宁州瘟疫的案子，涉及从前的朝官、府官，最后不一定就是京兆府审，此前张二公子把诉状递来衙门，下官也是让高通判接的。虞侯不是在阳坡校场找到一个证人吗？要有什么想知道的，尽可以问高通判，到时两边把证据一整合，一起奏到御前。"

江辞舟道："齐大人说得是，就是玄鹰司地方敏感，江某想找小何大人问话，只能借用贵宝地了。"

齐府尹连忙拱手："虞侯客气。"

偏堂的门是敞着的，高子瑜正在里头陪何鸿云说话。他昨夜刚被曲茂打过，脸上还有瘀青，见了江辞舟，想到江辞舟是崔芝芸的姐夫，不免有点儿难堪。

江辞舟要跟何鸿云叙话，高子瑜自知不便多留，说道："下官先出去了，虞侯待会儿要过问案情，差人唤下官一声便是。"

高子瑜一走，何鸿云搁下茶盏走上前来："子陵，别来无恙。"他穿着浅紫色常服，衬得他的眉眼有些清淡。数日不见，他身旁的扈从换了一个方脸短眉的，这个人青唯知道，叫单连，她跟单连交过手，是何鸿云一众扈从里功夫最好的一个。

何鸿云对江辞舟道："日前祝宁庄那点儿摩擦，在我的心里早就过去了，我担心你因此与我生了嫌隙，心中正在懊悔！玄鹰司要搜查庄子，说到底是为了办差，我不该意气用事，将你拦着的。昨夜接到你的口信，我实在高兴，一宿没怎么睡，早上竟然还很精神。"

江辞舟道："念昔这话实在言重了，公是公，私是私，何况玄鹰司后来也没查出什么，真要论过错，应该我跟你赔不是。"

他们二人你一言我一语，十分和睦，仿佛何鸿云没有设计将青唯困在水牢里，江辞舟也没有去阳坡校场抢夺过人质。

何鸿云关心地问："听说弟妹日前病了，她眼下身子可好？"

"已经好多了。"江辞舟道，"言归正传，我今日约念昔到此，是有要事与你相谈。"

何鸿云比了个“请”的姿势，撩袍先一步在左首坐下：“子陵且快快说来。”

江辞舟道：“我日前在阳坡校场救下一个人质，念昔可曾听闻？”

何鸿云点了一下头。

江辞舟：“五年前，宁州有一场瘟疫案，正是念昔督办的。这个案子中，有个巨贾叫林叩春，他哄抬药价，耽误遏制瘟疫的时机，事后畏罪自焚。我后来查到，林叩春的缠茎夜交藤是从上京城的几户药商手里收购的，我此前在阳坡校场找到的人质，就来自其中的一户。不过这些都不重要，要紧的是，这个人质向我招供，说手里有一本账本，正是当年囤药时，银子的出库记录。”

何鸿云吃茶的动作停顿了一下：“子陵找到了账本？”

江辞舟道：“瘟疫案是陈年旧案，一本旧案的账本，我原本也没当一回事。前日一翻，才知道不得了，这个账本明明是林叩春的，可每次银子出库，上头署名的都是刘阊。上京城中的诸人，谁不知道刘阊是念昔你的扈从，而且刘阊的署名旁边，还有何家的私印！”

江辞舟说到这里，语气沉了下去：“念昔，你与我说实话，这是怎么回事？”

何鸿云垂下眼睛，没回答。

江辞舟又继续道：“总不至于当初授意囤缠茎夜交藤，哄抬药价的人是念昔你吧？我粗略算了一下，要囤那些缠茎夜交藤，至少要二十万两银子，这么一大笔银子，林叩春这样的巨贾都难以拿出，念昔你是怎么弄到的？”

何鸿云沉默许久，问江辞舟：“那这个案子，子陵眼下预备怎么办？”

“正是不知道怎么办，才来问念昔。”江辞舟道，“念昔的人品，我向来是信得过的，哪怕这个案子眼下指向你，我绝不相信是你做的。我原想暂且压下去，待细查过后再说，但是张远岫回上京，从宁州带回来了当年被冤枉的户部郎官，上报给了朝廷。瘟疫案眼看就要重审，我正在着急，才坏了规矩，先来问一问念昔你。”

何鸿云听了这话，将茶盏放下：“子陵你真是——你待我这样诚心，叫我以后该如何报答才好！”他突然起身，负着手，来回踱了几步，像是下了很大的决心，长叹一声，“事到如今，子陵，我也不瞒你了，我与你说实话！当初囤药材，的确是我授意林叩春干的。我那会儿初入仕，年轻气盛，听闻宁州镇上闹了瘟疫，授意林叩春囤药，其一，是因为我想升官，其二，也是为国为民，想做点儿实事。囤药的银子，我掏空家底，凑了大概五万两，全部交给了林叩春。我原本想着宁州市面上缠茎夜交藤稀缺，让林叩春早日收购了，给宁州发去，后来朝廷将这个案子交给了户部的贺郎中，我以为林叩春会跟贺郎中接洽，就没管这件事了。没想到这个林叩春，掉进钱眼子里了！不但没把缠茎夜交藤给贺郎中，还暗自哄抬物价，高价出售。我事后得知这事，懊悔不已，只觉得是自己错信了人，这才向朝廷请旨，督办此案，以便亡羊补牢。”

“子陵，我与你说实话，那时为了将这个案子办好，我成宿成宿地睡不好觉，投进去的几万两，我一个铜板儿没要回来，正是因为于心有愧！我觉得纵然囤药的是林叩春，纵然是他与邹家勾结，牟取暴利，但这事的起因在我。这个案子藏在我的心中，这么多年了一直是个结，没承想天网恢恢，疏而不漏，眼下竟然被翻出来了。翻出来了也好，真相大白，我也能得以解脱。既然如此，子陵，那你这就将你找到的证据上报朝廷吧。”

江辞舟听了何鸿云的话，为他不平：“念昔当初既然是好意，这件事的过错不在你，朝廷问起来，把事情说清楚不就行了？”

何鸿云道：“你说得容易，这个案子我当年没说实话，有隐瞒之过，再者，我拿给林叩春买药的银子，是从我的私库里出的，我那时极其信任林叩春，字据、账本一概没留，朝廷如果问起银子是怎么来的？我作何解释？”

江辞舟安慰道：“你不必急，反正这事急也急不来。当年瘟疫一发生，朝廷让户部的贺郎中买药，他没买到药，被宁州的府官一纸诉状告到御前，眼下这个案子重审，旨在为贺郎中平冤，并不在银子的由来上。这样，账本在我的手里，我帮你压一阵，你趁这些日子，赶紧去找能证明清白的证据。”

何鸿云感慨万千：“子陵，你是真心为我着想！”

这里到底是京兆府的地盘，不是说话的好地方，两个人把事情捋清楚，何鸿云便与江辞舟告辞，赶着“自证清白”去了。

高子瑜就等候在公堂里，见江辞舟出来，知道他还要过问案情，把他引到自己的值房，从镇纸下取出一份诉状，递给江辞舟：“当年那位宁州府官姓常，后来在宁州宿县做县令，贺郎中被革职后，不能入流，就成了常县令的主簿。

两个人说起来都是好官，因为瘟疫案，这两年他们一起走访了被这个案子波及的百姓与药商，请求他们的原谅。常县令送来的诉状里，后头也附上了这些百姓的供词，另外，有一些宁州的百姓愿意出面为两位大人做证，虞侯稍后可以传问。”

高子瑜见江辞舟看状子看得认真，又道：“当年朝廷革贺郎中的职，本来就是为了平息民怨，他到底有没有罪，状纸上其实很清楚。眼下要为贺郎中申冤，不难，只要把案情重新梳理一遍即可，只是下官听说，虞侯在阳坡校场救下来的证人，手里似乎有新的线索，不知……”

高子瑜的话未说完，忽听外头有衙役叩门：“高大人，您的家里似乎出了点儿事，府上来人，说是——”

一语未尽，门被推开，一名高府厮役几乎是摔进来的：“二少爷，府上出事了，您快回去看看吧！”

高家近来乱作一团，江辞舟与青唯都有耳闻，府上的厮役这么闯进值房中，若是寻常倒也罢了，今日恰好有高官在，高子瑜的神色难堪，他呵斥道：“慌慌张张的不成体统，什么大不了的事竟然找来衙门？”

厮役急忙回道：“早上大夫来为小夫人诊脉，说她动了胎气，腹中的胎儿有恙，后来也不知怎么，小夫人就与表姑娘吵了起来，眼下越吵越厉害，一个闹着要上吊自尽，一个收拾了行囊，说要搬去尼姑庵住，大娘子根本拦不住。二少爷，您快回去看看吧，要是再惊动了老爷，事情可就了不得了！”

高子瑜一听这话，脸色也变了。他不好请辞，看向江辞舟。江辞舟搁下诉状：“家事要紧，案子择日再议。”

高子瑜遂点点头，对江辞舟拱了拱手，快步走出了值房。

高子瑜一走，青唯径直跟了几步。她担心崔芝芸，回头对江辞舟道：“我也得去看看。”

江辞舟嗯了一声，看她一身厮役的打扮，走过来，把她身上的素氅脱了，将自己的绒氅裹在她的肩头：“让德荣把马卸了给你。”

青唯上马跑了没几步，看到街口高府的马车，纵马奔过去，鞭子挑开马车的侧帘，呵斥道："家里都闹成这样了，还乘什么马车？换马啊！"说着，她也不等高子瑜，打马扬鞭，朝高府的方向奔去。

高府里果然闹得厉害，府门口居然没人守着。青唯还没下马，就听见府中传来惜霜的哭诉声："自从表姑娘住进府中，妾身何时不忍？何时不让？妾身母子二人，自知身份低微，一直委曲求全，可我自己委屈便罢了，这事关系到妾身腹中孩儿的安危，叫妾身如何咽得下这口气？昨晚那碗羹汤，分明是表姑娘端给妾身的。妾身吃过后，就觉得不舒服，早上大夫来看，才知……才知那羹汤有异，或许是伤到了胎儿，眼下妾身不过是问问表姑娘加害妾身的缘由，要真是妾身哪里做错了，妾身日后再忍让便是，表姑娘却恶人先告状……"

"那羹汤是我要端给你的吗？"崔芝芸道，她的声音哽咽着，带着泪意，"这些日子，我哪日不是避着你走？昨晚你离那膳房只有几步，非说身子不适，让我帮你取羹汤，我若不是见你身子沉，不好走路，何须理会你！"

罗氏道："好了，事情还没闹清楚，你何必责怪芝芸？那羹汤若是真有异，找厨子来一问便是，你是有身子的人，最忌心绪起伏！"

或许因为惜霜腹中有子，又或许因为惜霜是罗氏自幼养在身边的丫鬟，罗氏并不像从前那般向着崔芝芸。

惜霜道："大娘子这话说得正是了。日前大娘子领妾身上庙宇，那庙中住持便说，妾身腹中的孩子，是个小福人儿，若仔细养大，必能助少爷平步青云，仕途亨通。我得知此事，哪一日不在精心照顾这孩子，我平日里吃的、用的，都是贴身的萍如精心准备的，昨晚那碗羹汤也不例外，萍如会害我吗？只能是旁的人动了这羹汤。"

青唯听了一阵，惜霜说到这里，她只觉得没法忍了，刚要进门，高子瑜也到了。他一把推开府门，大步来到堂中，将崔芝芸掩在身后，对惜霜道："没有凭据的事，你少在这里胡搅蛮缠，芝芸的人品如何，我最清楚明白，芝芸不可能害你腹中的孩子！"

罗氏一见高子瑜，愣住了："子瑜，你怎么回来了？"

高子瑜的目光带着难堪："你们在家中闹成这样，我不回来，难道让爹回来？"

崔芝芸瞧见高子瑜身后的青唯，黯淡的目光稍稍有了些神采，唤了声：“阿姐。”

青唯这才将高府堂中的乱象尽收眼底，地上摊着一条白绫，一旁还有踩翻的小杌子。惜霜被好几个丫鬟搀着立在左首。她有了身子，多日不见，体态丰腴了许多，衣饰也不是从前的丫鬟样子了，反倒是崔芝芸提着行囊，形销骨立，看上去十分憔悴。

惜霜听了高子瑜的话，抽噎着道：“少爷说这是我腹中的孩子，难道这个孩子就不是少爷的吗？他若有恙，少爷就一点儿也不心疼吗？再说表姑娘是主子，妾身一个下人，哪敢冤枉了她，早上大夫为妾身诊过脉，原话是妾身昨晚吃坏了肚子。妾身昨日不适，一整日，只吃了一碗羹汤，若不是那碗羹汤出了问题，还能是什么？”

惜霜说到这里，声音又缓下来，拿手绢擦了擦泪：“而且眼下是妾身在吵吗？是妾身在胡搅蛮缠吗？妾身不过是问了表姑娘几句，表姑娘便说这家容不下她，收拾了行囊要走。”

惜霜看向罗氏，突然跪下，泪水涟涟地道：“大娘子，你得为妾身做主啊，妾身追到这前堂来，都是为了拦下表姑娘，少爷刚回来，不知情，还当是妾身在逼着表姑娘走！”

罗氏听了惜霜的话，只道是事实如此。

这件事的确是崔芝芸先闹起来的，眼下不肯息事宁人的也是崔芝芸。

自然罗氏也知道惜霜未必安了多少好心，途中因为争执，也说了气话，甚至闹过自尽，到底家丑不可外扬。

罗氏对崔芝芸道：“芝芸，算了，她一个下人，又有了身子，你何必与她斤斤计较？”

崔芝芸看着罗氏，眼中尽是失望：“姨母也觉得我是在跟她计较？”

惜霜抹着眼泪：“眼下二少爷已经与兵部的千金定了亲，表姑娘这么三天两头地闹着离家出走，等真正的少夫人过了门，家宅岂有——”

惜霜的话未说完，她突然发出一声尖叫，青唯几步上前，抓住她的手腕，将她往一旁的倚凳上一带，让她几乎是跌坐在凳子上。

青唯将惜霜的手腕牢牢地按在案几上，俯下身："羹汤伤了你的肚子，是吗？"

不待惜霜回答，青唯高声道："高子瑜！找大夫来给她诊脉！一个不行找十个，十个不行，把上京城中所有的大夫都找来！只要一个能诊出毛病，我立刻让芝芸给她赔不是！"青唯盯着惜霜，"要是你的肚子没毛病，你现在跪下跟芝芸道歉，你敢吗？"

"你不敢。"青唯道，"因为这个孩子是你在高府安身立命的根本，你不敢让他有任何闪失。那碗羹汤有无异样，你拿它做了多少文章，又或者给为你看诊的大夫塞没塞银子，你心里最清楚！你知道我妹妹早生了离开高家的心思，想拿这个孩子做压死骆驼的最后一根稻草，我也奉劝你一句，多行不义必自毙！你府上的人紧着你肚子里的孩子，由着你折腾，但对不住，我妹妹不是高府的人，不伺候了！"

当初青唯住在高府，便整治过惜霜一回，惜霜一直怵她。眼下看她这副凶神恶煞的样子，脸色一下子变得惨白，泪珠断线似的滑落而下，凄楚地唤了声："二少爷……"

青唯见惜霜这副模样，只觉得厌恶，松开她的手，看向崔芝芸："愣着做什么，还想留在这儿跟这样的人周旋吗？"

崔芝芸含泪点了点头，追着青唯，径直往府外走去。

快到府门口，她停住脚步，唤了声："阿姐，等等。"

崔芝芸垂着眼，快步回到廊下，摊开手里的行囊，也不知道是对罗氏说，还是对高子瑜说："当初来上京，一路坎坷，身上几无长物，来到高府后，承蒙姨母与表哥照顾，这行囊里，多半是二位所赠。眼下芝芸想明白了，既然要走，就该走得干净，二位所赠，芝芸尽数归还，收留之恩，还待来日再报。"

崔芝芸从行囊里拣了一枚香囊，这枚香囊是崔弘义给她的，其余的物件一概没动，随后她垂泪朝高子瑜与罗氏福了福身，回到青唯的身边，低声说："阿姐，走吧。"

高子瑜听崔芝芸的语气坚决，心一下子慌了。他匆匆走到府门口，抬手拦在崔芝芸的面前："芝芸，你要去哪儿？你……你总不能跟着她去江家！"

当初要嫁去江府的本来应该是崔芝芸，青唯是替嫁，这件事无论是江逐年还是江辞舟，都心知肚明。眼下崔芝芸在高府待不下去，又要跟着青唯去江府，那江家父子岂能情愿？

崔芝芸听明白高子瑜话中的深意，含泪愤然地看着他："天大地大，难道还没有我的去处吗？我便是寄住在尼姑庵，也好过待在你府上！"

"你——"她要住到尼姑庵，难不成要剃头成姑子？高子瑜觉得自己的心里是真有崔芝芸，也是真的为她着想，他拂袖道："不行，你哪儿也不能去，你若在高府住不惯，我为你另找住处，总之……"

高子瑜的话未说完，街口忽然传来车马声。他抬眼望去，只见德荣赶着一辆马车往这里赶来，后头跟着的几匹骏马上，居然是祁铭等人。

到了近前，德荣下了马车，朝青唯行礼："少夫人，公子听闻堂姑娘在高府受了委屈，少夫人要带她回家，特地让小的与祁大人来接。"

祁铭道："是，属下今日休沐，听闻表姑娘要回府，不知可有行装，属下可以代为搬运。"

青唯道："她没什么行装。"青唯带着崔芝芸走下了府前的石阶，脚步停顿了一下，回过头，看向高子瑜，"高大人，今日一走，来日你我恐怕再无交集了。当初承蒙收留，容我提醒你一句，上京城中的公子、少爷里，家中有三妻四妾的，不止您一户，有的人外室、通房齐全，也不见得闹出什么幺蛾子，怎么独独您一家这么鸡飞狗跳呢？问题究竟出在哪儿，您追本溯源，一桩一件仔细想清楚了，否则来日您的千金娘子进了门，日子只怕更不安生。"

说完这话，青唯将崔芝芸拽上马车，落了帘："我们走！"

夜深，书斋里点着一盏灯。

何鸿云坐在桌案前，听单连回话。

单连："……已经查清了，小昭王的话不假，玄鹰司此前的确从药商王家取走一本账本，正是扶夏这几年的保命符。"

何鸿云冷笑一声："还真有这本账本。"

单连："是。这本账本原是由林叩春昧下来的。林叩春对扶夏用情至深，死前将账本的下落告诉了她。后来洗襟台事发，扶夏带着账本去找王元敞，王元敞将它藏在了自家的祠堂里。如果属下记得不错，账本上，除了刘阆的署名，还盖着何家的私印，这是铁证，一旦小昭王将它呈递朝廷，囤积药材的罪名，四公子必然跑不了。属下不明白，小昭王的手上已经有了这样的证据，怎么都能压四公子一头，为何按下不提？还要将线索透露给四公子。”

“为何将线索透露给我？”何鸿云的语气冷冷的，“你刚才不也说了，他眼下将证据呈递朝廷，只能压我一头，但他要的不止于此。他是要我伏诛，他是想要我死。”

“死”之一字说出口，何鸿云的神情无波无澜，他继续说道：“把线索告诉我，是因为时间过去得太久了，他不好查买药的银子和洗襟台的关联，故意卖个破绽给我，等着我亲自去抹除证据。他的人正盯着我呢，只要我一有异动，他立刻闻风而至。”

单连：“照四公子这么说，我们眼下按兵不动岂不是最好？”

“如何按兵不动？”何鸿云反问道。

倘若银子的由来被查清楚，等着他的只有“伏诛”二字。阳坡校场的一场火烧得旺盛，似乎烧干净了他与谢容与之间的所有争端，但他的心里清楚，风平浪静只是假象，暗涌已似离弦之箭，只待一声鸣金，就要振风而发。他按兵不动，谢容与也能按兵不动吗？玄鹰司的人恐怕早已奔赴在去往陵川的路上。

“查，必须查。”何鸿云道。

那趟暗镖由魏升与何忠良所发，运送了整整二十万两白银，便是五年过去，就能确保万无一失？何鸿云赌不起，任何一个疏漏被抓住，他都万劫不复。

何鸿云：“就从当年的暗镖查起，只要碰过这趟镖的人，但凡有活口，你知道当怎么做。”

单连拱手称“是”。

书斋里安静了片刻，何鸿云倚在椅背上，十指相抵，忽然问道：“崔青唯的身世，你查明白了吗？”

“回四公子的话，属下无能，仅仅查到崔青唯是今秋八月，城南暗牢的劫匪。至于她的身世，她背后似乎有大人物，属下每每查到紧要处，线索便被抹去了。”

单连道，“不过属下已经找到昔日尾随崔青唯上京的袁文光，他能证明崔青唯初到上京城，在京兆府公堂上说了谎。只要他做证，崔青唯是劫匪的罪名跑不了。”单连说到这里，想到日前何鸿云拿佘氏试谢容与，“四公子，小昭王不愿与兵部联姻，足以说明崔青唯在小昭王的心中是有分量的，既然如此，何不将崔青唯的罪证呈报朝廷，打乱小昭王的阵脚？”

“不急。”何鸿云慢悠悠地说道，“我听说，今年夏天朝廷在各地捕获的洗襟台嫌犯快被押送回上京了。”

今年开春，章鹤书提出重建洗襟台，得到嘉宁帝应允。朝廷为防重蹈覆辙，重启洗襟台卷宗，命钦差奔赴各地，将与案件相关的一应漏网之鱼通通抓获审查。

“薛长兴是当年洗襟台的工匠，崔青唯费这么大功夫救他，定然也是只漏网之鱼。反正这些嫌犯快到上京了，过几日等他们到了，再把证据拿出来，顺道找几个垫背的，这样才能让谢容与内外交困。”

崔芝芸在江府住了几日。少了惜霜的打扰，少了许多闲言碎语，她的心情平静下来了，吃、睡也都好，气色养好了许多。

这日一早，天地间落了雪，雪很细，落地即化。崔芝芸站在廊下，伸手去接雪。青唯路过，见她有这样的闲情逸致，知道她已经缓过来，说道：“芝芸，你跟我来一趟。”

青唯将崔芝芸带到东院的花厅，掩上门，在上首坐下：“我问你几句话，你老实回答。”

崔芝芸眼下十分敬重这位阿姐，见她的神色严肃，立刻道：“阿姐只管问。”

青唯：“当日你离开高府，究竟是自己情愿，还是厌烦惜霜，与高子瑜赌气？”

崔芝芸听了这话，苦笑了一下，说道：“我不比阿姐，感情上到底有些优柔寡断，阿姐这话若问的是我对表哥还有没有情意，我一时间恐怕难以回答，但阿姐问我是否还想回到高府，阿姐放心，我早就想走了，眼下既然已经离开，绝没有想过回去。”

青唯颔首。她遇事不会拐弯抹角，虽然知道接下来的话有些残忍，但利害关系，她还是得趁早说清楚："既然如此，以后要怎么办，你得自己打算好。江家不是你的久留之地，可以收留你一时，不可能任你长居于此。"

其实当日青唯带崔芝芸离开高府，是打算为她另寻住处的，最后会带着她回江家，只因为江辞舟派了德荣来接。

江府上下待青唯无微不至，青唯感念在心，但她与江辞舟这一对夫妻是真是假，彼此心中都很清楚，有一天她会离开，江辞舟……应该也会离开，所以她没有立场，也没有资格为他增添这么一个负担。

崔芝芸听了青唯的话，只当是江家介意替嫁的事，连忙起身回道："这一点不需要阿姐说，我也明白的。阿姐出嫁的那日，教过我一句话，我一直铭记在心。阿姐说，未能自立前，擅自依附于人，那人反会成为我的附骨之疽。如今我食髓知味，是再不敢靠他人而活了。不瞒阿姐，早在高家跟那佘氏提亲前，我就动了回岳州的念头。我在心中算过，纵然家里被查封，但爹爹的老铺子还是在的，我回去学着打理铺子，再不济也能养活自己。后来留在高家，只因为听说爹爹被押解回上京了，想着再等一等，等爹爹的案子审结了，指不定能与爹爹一起回呢。"

青唯听了这话一愣："叔父被押解回上京了？"如果她记得不错，崔弘义被怀疑的罪名纵是与洗襟台有关，但一点儿也不重，为何竟会被押解到上京审查？

崔芝芸点了点头："我初闻这事，也是不解。阿爹是个老实人，洗襟台坍塌之前，他只是河道码头的工长，连大字都不识几个，后来到岳州做买卖，发了家，那也是因为本分，不贪便宜。他这么一个人，能犯下什么罪？值得被押到上京审问呢？"

崔原义和崔弘义是两兄弟，都是陵川人。崔原义是木匠，后来跟着温阡 在各地务工。崔弘义是工长，因为不识几个字，带着人蹲在河道码头，帮人跑腿卸货。

要问崔弘义为什么会获罪？说起来实在是冤。当年徐途采买的那批次等木料运到陵川时，是崔弘义帮忙从船上卸的。洗襟台坍塌后，朝廷还找崔弘义问过此事，但他就是跑个腿，卸个货，别说徐途了，连徐家管事的都不认得，朝廷知道他清白，也就放了他。

如今洗襟台风波再起，钦差赶到岳州，重新缉拿了崔弘义倒也罢了，如今是审出了什么，竟要押解来上京城？

青唯问崔芝芸："你知道叔父为何会被押送到上京吗？"

崔芝芸摇摇头："不知，我此前托表哥去问过，表哥倒是问到了一些，说爹爹在招供时，招出了一个魏什么的大人。"

青唯心中一凝："魏升？"

魏升是当年的陵川州尹。利用木料差价贪墨银子，就是魏升与何忠良的手笔。

崔芝芸道："那位大人叫什么名字，我并不知道，我的印象中，爹爹并不认得什么朝廷命官，不知道他究竟招了这个魏大人什么。"

青唯听了崔芝芸的话，心绪难平。她在崔家好歹寄住了两年，与崔弘义称得上熟识。崔弘义不过是一个普通商人，连字都不识几个，怎么会认得魏升这样的人物？而且当年洗襟台坍塌，朝廷就传崔弘义问过话，怎么那时平安无事，眼下就被押解到上京了呢？

青唯感觉此事有异，想找江辞舟商量，但江辞舟这几日都去衙门上值，最早要申末才回来。青唯不愿寻曹昆德，强迫自己有耐心，一直等到戌正，远天暮色渐起，江辞舟连影子都不见。

青唯去前院，正要打发人去衙门问问，府门口忽然传来马车声。

马车是空的，青唯问跃下前座的德荣："官人呢？"

德荣道："公子今夜被曲家的小五爷拽去东来顺吃酒了，特意让小的回来对少夫人说一声。"

青唯愣了一下，折枝居一事后，江辞舟几乎不怎么出去吃酒，怎么今日破例了？

德荣瞧出青唯的心思，解释道："曲侯爷为小五爷谋了份差事，今日是小五爷的莺迁之喜，只请了公子一个，公子推不掉，这才去的。"

青唯道："好，那过会儿你到了东来顺，告诉你家公子，别吃得太醉，多晚我都等他。"

德荣听了这话，想起公子今日去东来顺前，千叮咛万嘱咐让他早点儿去接，不就是担心少夫人等久了吗？

东来顺，又不是什么乱七八糟的地儿，若少夫人肯亲自去接，指不定公子还高兴呢。

德荣看了一眼天色，说道："少夫人若是急着见公子，不如跟小的一并前去，等到了那儿，公子大约已经吃好了。"

青唯想了想，觉得自己等在家中也是消磨耐心，遂点头道："也好。"

马车走了小半个时辰，很快到了东来顺。此时天已经黑透了，越发显得酒楼里灯火通明，喧嚣声不绝于耳。

东来顺的掌柜的对德荣十分熟悉，眼下见他引着青唯前来，面色有些奇怪，似乎想拦，又不怎么敢拦。

青唯不曾在意他，径直到了江辞舟常去的风雅涧，刚要叩门，忽然听到里头传来靡靡丝竹之音，间或夹杂着娇滴滴的一声："公子，你掐疼奴家了……"

青唯手上的动作停顿了一下，脸色突然冷下来，几乎是下意识地并指为掌，"砰"的一声把门震开。

第二十一章

叶落蝉出

管弦声戛然而止，四下望去，竹舍里岂止曲茂与江辞舟两个人？左下首坐着两名怀抱琵琶的歌姬，曲茂环臂，左右各揽着一名衣着清凉的女子，江辞舟的身边也有一个姑娘，正在为他斟酒。

江辞舟看到青唯，稍稍愣了一下。

曲茂吃酒吃得酩酊大醉，见来了人，端着酒盏，摇摇晃晃地走过来，凑近细看一阵，乍然笑了："哟，这不是弟妹吗？"他回头看了江辞舟一眼，含糊不清地说醉话，"弟妹——弟妹这是捉奸来了？"

青唯刚才拍门拍得急，几乎用了蛮力，眼下站在门前，意识到自己是不请自来，竟然觉得困窘。她握了握火辣辣的手掌，目光落在江辞舟的身上，见他身边的妓子还在给他递酒，想起曲茂的"捉奸"二字，心中没由来地着恼，转身就走。

江辞舟追出竹舍，在后头唤了一声："娘子。"

青唯不为所动。

江辞舟又唤："青唯。"

江辞舟很少叫她的名字，青唯听到这一声，顿了一下，停下脚步。

江辞舟问："青唯，你怎么来了？"

青唯回过身，冷眼看着江辞舟："我不能来吗？这东来顺许你来，就不许我来？我来吃饭不成吗？"

青唯心中窝火，却不知这火气从何而来，仿佛是为了证明自己说的话，她突然越过江辞舟，折返竹舍里，在江辞舟刚才的位子上坐下，对一旁的妓子道："倒酒！"

青唯这一声掷地铿锵。

一旁的妓子吓了一跳，握着酒壶的手一抖，酒水洒出来几滴。

青唯冷冷地道："怎么，刚才斟酒斟得娴熟，眼下换个人，连奉酒都不会了？"

妓子低声道："姑娘哪里的话。"她心惊胆战地为青唯满上杯盏。

青唯又看向角落里的两名琵琶女："愣着做什么，不是要唱曲吗？什么仙曲旁人听得，我听不得？"她一副凶神恶煞的样子，两名琵琶女怵她怵得紧，喏喏应是，拨弹琵琶，声音颤抖着唱起来。

德荣拴好马车，赶到风雅涧，看到公子立在院中，竹舍席上已经换了少夫人，顿时傻了。他怯生生地走到江辞舟的身边，喊了声："公子。"他又解释道，"少夫人在家中等了您一整日，小的回家时，她正着急寻您，小的想着，反正您近日去哪儿都带着她，所以……"

"所以你就把她带到这儿来了？"江辞舟问。

德荣自知有错，将头垂得很低，如果不是在外面，他恨不得能立刻跪下，把头磕进地缝里："公子，殿下——小的错了。"

"去备马吧。"江辞舟吩咐道。

德荣啊了一声，指着一屋子衣香鬓影，美食肴馔："公子不吃酒了？"

这还怎么吃？他原本也没想着吃！

江辞舟无言以对地看了德荣一眼。德荣心知自己又说错话了，低垂着头，不敢再多嘴："小的知道了，小的这就去。"他脚底抹油，一溜烟跑了。

江辞舟回到竹舍，酩酊大醉的曲茂已经跟青唯攀谈上了："弟妹，这就是你的不是了，你管子陵管得也太严了！就说今日，他死活不肯跟我去明月楼，非得我把人请到这东来顺来！你是不知道，当年的江小爷，也是纵横流水巷的一匹野马，打从沿河大道上一过，香粉帕子不知要被砸多少条！后来他去了那什么……洗襟台，回来后受了点儿伤，不知怎么好起了洁净，但也不是不近女色啊！就说两年前，他跟我去明月楼，面具都不用摘，明月楼的画栋姑娘，光听他的声音，光看他的身姿，就喜欢上他了。那姑娘我买一夜，还得花五百两银子，可你猜怎么着？画栋姑娘放话，说只要恩客是你家江小爷，一个铜子儿不用出！你说说，这是多大的艳福，常人做梦都不敢想！常言道，哪家少年不风流，哪家公子不好色，你不能这么……”

不待曲茂说完，江辞舟大步走过来，拽着曲茂的后领，径直将他拎去一边，对青唯道：“娘子，回家吧。”

青唯听了曲茂的话，心中正是不快。但眼下是在外头，江辞舟又是三品虞侯，她纵然不痛快，也得给他留些颜面，她不看江辞舟，嗯了一声，站起身就往外走。

江辞舟将氅衣搭在手腕上，正要走，袖口忽然被曲茂拽住了：“子陵，你要回家了？”

曲茂吃醉酒便是这样，忽喜忽悲，话也多，一个不慎就闹脾气。他生得一张圆脸，眼睛也圆，双眼皮很宽，此刻瞪大眼睛，目光显得又凄楚又迷离：“说好了今夜要和我不醉不归，你怎么扔下我不管了？”

江辞舟觉得头疼，问赶来风雅涧的掌柜：“派人去侯府通禀了吗？赶紧让人来把他接走。”

掌柜的为难地道：“去是去了，不过江公子，曲侯爷在营中，回不来，小五爷的脾气您是知道的，除了侯爷，谁也管不住他。他打定主意要缠着您，就算侯府的人来了，未必弄得走他。”

曲茂在一旁迷迷糊糊地听了一阵，明白江辞舟这是要打发自己走，彻底犯了浑，指着江辞舟道：“江子陵，你变了！有了娘子，你彻底变了！”他说着，忽然觉得委屈起来，“几年前我们说好都不做官，一辈子一起浪荡。你说话不算话，当上了什么玄鹰司虞侯。这事我不怪你，你有个好前程，我也高兴。可我眼下痛下决心，做了这个校尉，一半都是因为你，你却连一顿酒都不陪我吃完。”他拽着江辞舟的袖子不撒手，“我不管，你要回家，要么带上我一起回，否则我就上街上闹去——”

曲茂见江辞舟不说话，直愣愣地就往外冲，刚走到门口，后领又被青唯拽住。

青唯把曲茂扔给赶过来的德荣：“把他塞马车里去。”

曲茂吃醉了，嘴上没个把门的，任他这么上街上闹去，一晚上什么都能说出来。

曲茂上了马车，醉意丝毫不减，被车轱辘颠得一会儿乐，一会儿悲，喋喋不休，说什么他平生最看不惯章兰若，眼下巡检司几个掌事的被革职问罪，他趁机补缺，当上这个校尉，就是为了假公济私，他要在巡街时，专找章兰若的麻烦，他要气死章兰若。

青唯被曲茂吵得脑仁疼，下了马车，江辞舟便也没把他往东院带，吩咐人在西跨院收拾出一间厢房。

曲茂到了西院，拽着江辞舟的袖子，四下张望，觉得此地陌生得很："不是要带我回江府吗？你又骗我！"

江辞舟将曲茂扶到屋中榻上坐下，唤跟着的德荣、朝天去打水为他擦脸，说道："没骗你，这是江家的西院。"

曲茂呆了一下，忽然间想到了什么："我知道了，这是你金屋藏娇的地方！"

江辞舟："……"

曲茂提醒他："你忘了，你去修那个台子前，在沿河大道边放过话，等你回来，你要纳十八房小妾，全安置在西院里，反正西院空着！"

青唯听了这话，转身就走。

江辞舟把曲茂扔给德荣，说："给我盯紧了。"随即他跟出去，唤了声："娘子。"他也不知道说什么才好，金屋藏娇这事，他今日也是头一次听闻。半晌，他只道："娘子，你要回房了？"

"不回房又怎么，这是你藏娇的地方，我怎么好多留？"青唯回过头来，看着江辞舟，"哪家少年不风流，哪家公子不好色？"

江辞舟："……"

青唯："还有明月楼的画栋姑娘——"

"朝天。"不待青唯说完，江辞舟唤道。

朝天扶刀而立："公子？"

江辞舟吩咐："明早请匠人来，把西院拆了。"

青唯道：“你拆院子做什么？”

江辞舟淡淡地道：“为夫没什么本事，成亲这么久了，金屋没修成，娇也没藏进来半个。这西院要来，有什么用处，不如拆了，给我娘子修个演武场。”

留芳和驻云给曲茂送了醒酒汤来。曲茂吃过，精神又好了许多，在屋中嚷嚷道：“他们俩在外头说什么悄悄话呢？德荣，你起开，我必须去看看，今夜我语重心长地劝你家主子，说兄弟是手足，女人如衣服，问他手足和衣服，哪个重要？你猜他怎么回答我的，他说他的娘子重要，你摁着我做什么？走开走开，我必须得敲打敲打他！”

曲茂说着，挣扎起来，德荣死命摁住他：“祖宗，求您了，给小的一条活路吧！”

曲茂的话落到青唯的耳朵里，青唯稍稍一愣。她与江辞舟在外人面前一贯恩爱，纵然知道江辞舟说这话，大约是为了敷衍曲茂，心头的无名火竟消去许多。

江辞舟见青唯的神色和缓，没说话，淡淡地笑了笑。

月亮悄悄地从云层里探出头。驻云、留芳无声地退回房中，朝天笔挺地立在一旁，等候拆院的吩咐，被德荣一个拖拽，拽进房中，“吱呀”一声掩上门。

院子中本来冬意萧瑟，几乎是一夜之间，枝头的红梅竟然绽开一朵。

院子里只剩了江辞舟与青唯两个人，江辞舟走到青唯的面前，温和地道：“让我看看你的手。”

青唯的手是习武人的手，不似一般女子的柔嫩，手指纤长，指腹和掌心却有厚厚的茧。掌心早不疼了，但手掌还是微微发红，这一路上握拳握出来的。

江辞舟道：“以后我都不出去吃酒了，好不好？”

青唯眼下也冷静下来了，其实江辞舟的身上并没有什么酒味，她知道江辞舟是被曲茂硬拽去的。她一本正经地道：“倒也不必。曲茂待你诚心，数次为你出头，是个讲义气的人，他若邀你吃酒，你偶尔也是该去的。只一点，你眼下有正经差事，吃酒就去正经地方，做正经事，不要带什么不正经的人。”

江辞舟险些被青唯这一连串的正经、不正经绕进去，片刻后，笑了笑：“好，听娘子的。”

江辞舟低着头看青唯，唤她："青唯。"

青唯停顿了一下，嗯了一声。

"最后一个问题。"江辞舟道，"你老实回答我。"

青唯："你问。"

"你今夜，为什么这么生气？是不是——"江辞舟的唇角噙着一个很淡的笑，笑意在月光下流转，"吃味了？"

——你是不是吃味了？

青唯的脑子蒙了一下，她回过神来，想也不想就道："不是，你想错了。"

吃味？她吃什么味？她才不会吃味，他们又不是真夫妻。

青唯思索了一番缘由，非常认真地解释："我有很要紧的事找你，在家中等了你大半日，到了东来顺，你却招了妓子吃酒，我这才生气的。"

"真的？"江辞舟问。

青唯："真的，是我叔父的事，我听芝芸说的。你知道的，我这人性子急，遇到大事，一刻都等不得。"

江辞舟听青唯说完，没说什么，又去牵她的手。

青唯下意识地往回一缩，警惕地看着江辞舟："你做什么？"

"带你回房。"江辞舟温和地道："不是有事要与我商量？"

青唯："……哦。"

"……事情就是这样，我叔父早年就是陵川河道码头的一个工长，大字不识几个，怎么可能认识什么高官？他眼下招供，却招出了一个魏大人，这不奇怪吗？当年的陵川除了魏升，还有哪个魏大人？"

青唯随江辞舟回到房中，洗漱完，盘腿坐在床上，把崔弘义被押解回上京的事与江辞舟说了。

江辞舟也洗好了，他留了一盏烛火，掀帐进了床中，见青唯的中衣单薄，将一件干净的袄衫披在她的肩头："崔弘义的案子，我此前派人问过，徐途那批次等木料运到陵川，是他带着人搬运到洗襟台的。后来台子塌了，木料的问题暴露，朝廷很快传审了他。审他的原因有二，其一，那批木料是他搬运的，朝廷找他问事情的细节；其二，他和工匠崔原义是兄弟，朝廷怀疑，崔弘义、崔原义，还有徐途三个人勾结，偷换木料。不过后来，魏升与何忠良的罪证很快被找到，当即被先帝斩首，朝廷也就放了崔弘义。至于眼下崔弘义为何获罪——”江辞舟靠着引枕，略微沉吟，“今春章鹤书提出重建洗襟台，朝廷担心覆车继轨，所以将此前案子的遗漏之处重新审查。偷换木料这桩案子中，崔原义不在了，魏升、何忠良，还有徐途也伏诛了，所以没人能证明崔弘义与这个案子无关。我和你一样，都相信他的清白，不过有一件事，你可能不曾听闻。”

青唯：“什么？”

江辞舟道：“崔弘义认识魏升，这不奇怪。当年木料运到陵川，是魏升让崔弘义搬运的。”

江辞舟说着，见青唯有些困惑，解释道：“那批木料虽然是徐途的，朝廷当时已经跟徐途订下了怎么搬运，自然由朝廷说了算。魏升那时是陵川州尹，职责所在，他督办此事。崔弘义未必见过他本人，一定见过他的手下，应该是魏升命他的手下，雇崔弘义搬运木料的。”

崔弘义常年在码头跑腿、卸货，哪条路好走，怎么运送东西，他很有经验，魏升出钱雇他，这在情理之中。

然而江辞舟说着，语气不由得迟疑起来：“照道理，钦差去岳州提审崔弘义，应该是知道魏升雇崔弘义搬运木料这件事的，眼下忽然要把崔弘义押解回上京，应该不仅仅为此。”

“还能因为什么？”青唯连忙问。

江辞舟摇了摇头：“我也不知道。洗襟台的案宗是由大理寺与御史台重启的，钦差办案，等闲不会对外透露，明早我让孙艾去打听。”

青唯点点头，说：“多谢。”

江辞舟看着青唯。她眼下乖乖地坐着，已经没有刚才张牙舞爪的样子了，或许是因为心中装着事，她此刻显得很安静，洗去了斑纹的脸在这幽暗的夜色里显得格外明净。

江辞舟温和地问：“在想什么？”

青唯抬头看江辞舟，过了一会儿，才问：“你当初为什么要娶芝芸？”

崔弘义的案子江辞舟这么清楚，他一定不是眼下才查的，早在章鹤书提出重建洗襟台的时候，他就知道崔家会出事。那不正是他写信给崔家议亲的时候？

青唯又问："我嫁过来，和芝芸嫁过来，有什么不一样吗？"

江辞舟听了这个问题，停顿了一下，稍稍倾身，靠近了青唯一些，在幽暗的夜色里注视着她的双眼："你想知道？"

青唯："你会说？"青唯记起成亲那日，挑盖头时，他手里那个犹豫不决的玉如意。涉及他的身份，他一直讳莫如深。

江辞舟道："如果你真想知道，我就告诉你。"他沉默许久，似乎不知道该从何说起，好半晌，才道，"我……"

青唯一下子伸手掩住江辞舟的口。安静的夜里，青唯离他很近，借着房中的残灯，能看清他清浅的眸色。其实此前对他的身份有诸多猜测，青唯也大概知道他是何人。然而这一刻，青唯忽然不想知道答案了。

虽然不想承认，洗襟台坍塌后，她寄住过好几户人家，在江家的这段日子虽然短暂，却是她最开心的，有一天他做回那个高高在上的王，她也应该离开了。一个人自由自在的，没什么不好，可她的私心里，希望这段日子能长一些。

青唯："别说了，我不听了。"

江辞舟低头看她："真不听了？"

青唯撤开手，摇了摇头："不听了。"

江辞舟仔细看着青唯，过了一会儿，声音很轻地问："又吃味了？这回是因为你妹妹？"

青唯："……"

江辞舟："娘子，你怎么总是吃味？"他的语气带着半分调侃，青唯知道江辞舟是在逗她。

青唯张嘴要分辩，算了，辩什么，辩多了他也不听，直接动手吧。反正温小野就是这样，嘴上要是讨不着便宜，那就靠拳头！

几乎是一瞬间，江辞舟就看见青唯朝自己扑来，抬手去挡已经晚了，堪堪捉住她一只手腕，就被她扑倒在榻上。青唯一手揪着江辞舟襟口，跨坐在他的身上，居高临下，声音冷冷地道："我最后告诫你一次，以后不许说我吃味。"

江辞舟不由得笑起来，笑声很温柔："我这不是见你不开心，想要让你开心些吗？"他又道，"好，不提了。"

"记住了？"青唯俯下身，揪在江辞舟襟口的手不放，语气狠厉，像个女土匪。

"……记住了。"江辞舟最后这三个字带着一丝喑哑。青唯紧盯着他，总觉得他的语气有异。

两个人对着看了那么一会儿，江辞舟忽然开口："娘子，你……是不打算下去了吗？"

青唯经他这么一提醒，忽然发现自己正跨坐在江辞舟的小腹上，刚才她扑江辞舟扑得急，江辞舟为防止她摔了，有只手还揽在她的后腰上。

青唯立刻翻身下去，拉过被衾，径直盖住自己的头："睡觉！"

翌日，江辞舟起得很早，天不亮便亲自赶到大理寺，询问崔弘义的案子。他没让青唯等太久，不到午时便回到家中，还带回了祁铭。

祁铭立在书斋中，向青唯禀道："当年崔弘义是怎么在岳州做的生意，少夫人还记得吗？"

青唯道："没什么印象了，我只记得叔父开的是渠茶铺子。"

"正是。"祁铭道，"渠茶这种茶，生长在劼北，中州一带有的人很喜欢，愿意出高价钱买，所以只要有门路，卖渠茶发家，一点儿不难。什么是门路呢？说白了，就是进货的渠道与商路。徐途当年的买卖做得大，各地都有熟人，崔弘义当时不过是一个工长，他能发家，能到岳州做渠茶生意，最初用的正是徐途的门路。"

青唯愣了一下："可我叔父并不认识徐途。"

"是，崔弘义也是这么说的。"祁铭道，"今日属下跟随虞侯去大理寺询问案情，大理寺称，崔弘义招供，当年介绍给他商路的人，是魏升的手下。"

青唯听了这话，先是一愣，旋即明白过来。徐途那批木料到陵川时，是魏升雇崔弘义搬运的。崔弘义因此结识了魏升的手下，后来正是这个手下，把渠茶的门路介绍给崔弘义，崔弘义于是迁居到岳州，做起了买卖。

祁铭："崔弘义这么一招供，朝廷自然要怀疑他是否与魏升、徐途，甚至崔原义勾结，一起替换洗襟台的木料，毕竟他从中得了好处不是？这个案子钦差在岳州审不下来，故而把崔弘义押解到上京。"

青唯听祁铭说完，问道："我叔父哪日到上京城？"

"应该就在这一两日了。"祁铭道，"等他到了，少夫人若想见他，大理寺那边……"

祁铭的话未说完，只听外头一阵喧哗，曲茂一路从西院过来，嘴上念叨着："坏了，坏了，坏了！"他径直推开书斋的门，问，"子陵，这都日上三竿了，你怎么不叫我起身？"

江辞舟道："你哪一日不是睡到日上三竿才起？"

"可是今日与往日不同了！"曲茂急得团团转，"你忘了，我有了官职，眼下已经是巡检司的新任校尉了！"

江辞舟问："你今日有差事在身？"

"正是！"曲茂道。他一拍脑门："也怪我，吃酒吃糊涂了，忘了跟你提这茬！"他走过来几步，说道，"早前老章说要重建洗襟台，朝廷不是在各地捕了一批犯人吗？眼下这批犯人里，有几个要被押解至上京，昨日枢密院将差事交给我，让我今天一早去校场点兵，准备这两日带人出城，去接这些犯人！"

曲茂的话说完，一屋子的人全部转头看他。

曲茂愣着问道："怎……怎么了？"

江辞舟道："为何让你去？"

曲茂："我哪儿知道？我昨日到衙门点卯，他们就跟我交代了这件事。哦，有个叫吴什么的掌事说，他请示过官家，官家的意思就是让我去。"

江辞舟明白了。

赵疏知道崔弘义是青唯的叔父，顺口行的方便。再说洗襟台的嫌犯到了上京地界，押送是由大理寺负责的，巡检司跟去，主要起个护卫作用，这差事简单，交给曲茂，也是看在曲侯爷的颜面上。

曲茂着急地道："不说了，德荣，你去套马车，快快把我送去校场，要让我爹知道我误了差事，能扒下我一层皮！”

曲茂提起袍子要走，江辞舟在他的身后道：“你眼下去校场已经晚了，军中法纪严苛，说几时点兵就几时点兵，难不成还会等你？再者你初到任，便是去了校场，那些兵你也不认识，交给你，你能点出个丁卯？上头把这个差事给你，说白了，是看在你父亲的面子上，你今日没到，兵肯定有人帮你点好了，过两日你带兵出城，仔细护卫着就是。”

曲茂听江辞舟说完，眨眨眼睛：“那……那我现在怎么办？继续歇个午觉去？”

江辞舟道：“去巡检司衙门。祁铭，你陪他一起去，到了以后，跟他们掌事的说，昨夜停岚吃完酒，受了点儿寒，歇在我这里，早上我给他请大夫看病，他因此误了点兵。”

“好好好，这样好！”曲茂搓着手，“你眼下是玄鹰司虞侯，有你帮我打马虎眼，巡检司那帮孙子不敢找我的麻烦！”

曲茂说着，催促祁铭快走。江辞舟把曲茂唤住，道：“你到了衙门，哪一日出城接人，接的犯人是谁，还有接人的章程，弄清楚后与我说一声。”

曲茂满口答应。他觉得江子陵简直救了自己的命，感激之情溢于言表，一时间想起自己昨夜邀子陵吃酒，立刻就要报恩。

“弟妹。”曲茂唤住青唯，说道，“昨晚我吃醉了，没说什么胡话吧？我这个人，一吃醉，话尤其多，但是，半句都不能当真！我跟你说，子陵自幼就是一个上进好学的人，两耳不闻窗外事，我往常叫他吃酒，叫十回，他能来一回就很不错了！他这样的人，从流水巷路过，不穿官袍，还当是哪家的清白书生，明月楼外提起江家小爷，那些姑娘却要奇怪，这是谁呀？听都没听说过！”

青唯：“……”

江辞舟：“……你快走吧。”

曲茂到了衙门，诚如江辞舟所言，底下的人已经帮他点好兵了。点兵的人叫史凉，是一名巡卫长，在巡检司干了十年，十分有经验。除此之外，曲茂还自带一名贴身护卫，叫尤绍，尤绍出身正经军营，从前在曲侯爷麾下，很能打。

史凉将士兵名录呈给曲茂看："属下一共点了一百二十人，明天傍晚整兵，后天天不亮就出城，届时，大理寺有高官领行，我们随行，首要的职责是护卫。另外，交接犯人时，为防止地方州府调换嫌犯，我们还要比对犯人的指印、模样。待会儿大理寺会把犯人的画像与指印送来，出城当日，大人记得带上就行。接犯人的地方不远，就在上京郊外五十里外，吉蒲镇驿站。"

曲茂靠在官椅上，稀里糊涂地听史凉说着，半晌，只抓住了一个重点："大理寺有高官领行？谁啊？"

史凉："正是章庭章大人。"

"章兰若？"曲茂一下清醒了，坐直身子，有点儿气恼，"怎么让我跟他一起？"

史凉："校尉大人有所不知，洗襟台案重启后，本来就是由大理寺主审的，眼下嫌犯到上京城，小章大人是大理寺少卿，自然应该由他领人去接。"

曲茂听了这话，非常不快，什么叫由章庭领人去接，难不成他还成了给章庭打下手的了？可他早上已经误了点兵，眼下要是撂挑子不干了，说不过去。曲茂烦闷地摆摆手，将史凉打发走，在椅子上沉默地坐了一会儿，忽然灵机一动，是了，他当这个巡检司校尉，不就是为了借着巡查之责，假公济私，找章庭麻烦的吗？

曲茂朝身旁的尤绍招招手，让他附耳过来，低声道："你去找几个地痞流氓，随便塞点儿银子，到时候我们出城了……"

尤绍听完，说道："五爷，这样不大好吧……"

"怕什么，吓他一吓罢了！等把他吓住了，我们就把那些地痞流氓打发走，指不定到时我爹还夸我护卫有功呢！"曲茂一想到章庭惊慌落马的模样，心里头美滋滋的，催促尤绍，"快走快走，把这事办好，到时候爷赏你个大的！"

尤绍走了没多久，史凉便把交接嫌犯的章程送来了。曲茂惯来不学无术，平生看得最多的书就是暗坊里卖的春宫册子，眼下密密麻麻的字一下子铺开在眼前，他读了两行就觉得头晕眼花，靠着椅背，将章程往脸上一罩，心道子陵不是想知道这个案子的枝节吗？到时候自已将这些玩意儿拿给子陵看就是。

长日漫漫，无酒无花，曲茂在公堂里坐了没一会儿，又瞌睡上了。

曲茂说睡就睡，一梦白云间，画栋姑娘拉着他的手，正要与他共进春帐，外头忽然有人叩门："校尉，校尉大人——"

曲茂陡然惊醒，勃然大怒："谁啊？谁坏了老子的好梦？"

外头史凉的声音小了些："校尉大人，是属下。刑部来了位大人，说是有要事要见您。"

曲茂抬袖擦了一把哈喇子，自行消了会儿气："让他进来吧。"

来人是张熟面孔，应该是哪回吃酒见过，自称是刑部的底下典隶，姓刘。

刘典隶拿出一张指印，说道："是这样，刑部清查旧案，在一份案宗里，找到这样几枚指印，与今春的案子一比对，发现这枚指印似乎属于被押解回上京的嫌犯，劳烦校尉大人帮忙分辨分辨，看看是哪个嫌犯的？"

曲茂觉得麻烦，不想帮这个忙："你们刑部怎么不去找大理寺啊？"

刘典隶赔笑道："大理寺说，嫌犯的指印与画像已经送到巡检司了，纵然他们那里留了底，但是小章大人不在，他们不好随意拿出来。校尉大人您是知道的，小章大人这个人，办事非常刻板，半点儿都不通融。"

曲茂深以为然地点头。他在公事上没概念，反正谁骂章兰若，他就跟谁投契。他指着史凉："你去把嫌犯的画像和指印取来，这是小事，给人行个方便。"

史凉道："大人，大理寺的文书还没到，应该还在路上。"

曲茂愣了一下，正想大骂章兰若的动作怎么这么慢，一旁的刘典隶连忙作揖："哦，不急的，那下官便去衙门外等着，等过会儿文书到了，下官再来就好。"

史凉一路把刘典隶送到衙门外，刘典隶对他千恩万谢，称先去附近的茶楼，径直拐入一旁的岔路口了。绕过一条暗巷，他左右一看，见四周无人，提袍上了一辆无人驱赶的马车。

马车里坐着一个方脸短眉的武卫，正是何鸿云身边扈从，单连。

单连一见刘典隶，立刻问："怎么样？"

"那曲五爷厌恶章庭厌恶得厉害，小的一提章庭，他立刻就答应帮忙验指印了。只是指印眼下还没送到，单护卫恐怕要再等等。”

刘典隶说到这里，不由得问道：“单护卫，小何大人为何这么急着要验这枚指印，这枚指印的嫌犯……是牵扯了什么了不得的案子吗？”

第二十二章

眉目初现

单连没吭声。

刘典隶见单连这副模样，知道此事不小，在马车里稍坐了一会儿，很快出去了。

单连沉在马车的暗色里，眉头渐渐皱起来。

当年何鸿云从洗襟台昧下银子运来上京城，打的是运药的名义。那是林叩春从陵川的一家大药铺子采买了药材，雇镖局运到上京城。那么照道理，这趟镖明面上的发镖人就应该是这家大药铺子的掌柜。

何鸿云的手上有张单据，正是当年这趟镖的凭证，上头还有发镖人的指印。何鸿云当年没在意这张单据，留下它，只是因为他谨慎惯了，为防事出有异，以备不患。

眼下单连重新查这趟暗镖，一一比对指印，才发现这枚指印竟然不属于大药铺子的任何一个人！彼时他还不着急，毕竟这趟镖在发镖前，镖箱里的药材被魏升替换成了纹银，真正的发镖人应该是魏升。可是魏升本人，包括他当年所有的手下与家眷，也没有这样的指印。

后来单连是在哪儿找到这枚指印的呢?

在当年洗襟台案发后，一本审问名录上。洗襟台坍塌，朝廷审问过的人实在太多了，所以这本名录上翻到后面，名字与手印对不上号。换个说法，当年暗镖的真正发镖人，是一个与魏升、大药铺子皆无关，却在洗襟台坍塌后，被朝廷审问过的人。

眼下朝廷重启洗襟台案，将当年有疑问的人、有疑问的地方重新审查，单连于是起了意，决定先从即将被押解上京的几个犯人查起，如果找不到，再去地方州府。毕竟这个发镖人若活着，那么他手里极可能握着何鸿云最大的罪证。

单连在马车里等了一会儿，忽然听到外头急匆匆的脚步声。

刘典隶一下子掀起了车帘，还没坐进马车中，气喘吁吁地就说道：“知道了，知道了！”

真有这么一个人？

“谁？”单连紧盯着刘典隶，问道。

“叫崔……崔什么来着？”刘典隶一拍脑门，“哎，我这一着急，把名字给忘了！”

单连：“……崔弘义？”

刘典隶：“对对对，就是他！崔弘义！”

单连：“你确定？”

“确定！”刘典隶点头道，“曲五爷派他身边的史巡卫跟我一起查的，那个巡卫做事细致，我俩一起比对了好几遍呢！”

单连的脑子空白了一瞬间。崔弘义？怎么会是崔弘义？崔弘义与替换木料的案子没有任何瓜葛，魏升怎么会让崔弘义发镖？单连的心中感到又困惑又慌乱，他只知道，崔弘义一旦到了上京，那么不光是何鸿云，连他也要死无葬身之地。

刘典隶见单连的脸色苍白，小心翼翼地问：“单护卫，您怎么了？”

单连一摇头，说：“你下去吧，我今日还有要事，就不送你了。”

何鸿云今夜在会云庐摆席。他惯来长袖善舞，此前事出有因，没去成翰林诗会，得知张二公子已经回上京城几日了，便在会云庐设宴，邀请了张远岫与数名文士。

单连驾车疾行，到了会云庐，已是暮色四合时分，他匆匆上了二楼雅间，也顾不得合适不合适，推门而入，拜道：“四公子，老爷有要紧事交代。”

何鸿云搁箸，对张远岫等人笑道：“诸位，我去去就来。”

两个人一起走出酒楼，到了一条四下无人的暗巷。何鸿云问：“查到了？”

“查到了。”单连道，“四公子，那发镖人的确还活着。正是……崔弘义。”

暗巷里极静，好半晌，只听何鸿云道："怎么回事？"他将声音压得极低，却不难听出语气里隐含的怒火。

何鸿云负手，来回走了几步："不是说都杀完了吗？木料是徐途换的，银子是暗镖洗的，镖是魏升发的，收银子的是林叩春！"灭口灭得无隙可乘，何家择得干干净净，怎么会凭空出现一个崔弘义？

单连也着急，拱手躬身："是，属下也觉得奇怪，照道理，崔弘义跟运银子、换木料，毫无关系，这镖怎么可能是他发的呢？不过，属下在来时的路上倒是想起些枝节，不知道与这事有没有关系。"

何鸿云："快说！"

"四公子此前不是让属下查崔青唯吗？这个崔弘义，是崔青唯的叔父，属下就顺道查了查他。崔弘义最初只是陵川河道码头的一个工长，帮人跑腿、搬货。他勤快，路也熟，所以无论商船、官船，都爱雇他。但是洗襟台修筑后，他就不做工长了，去了岳州做买卖。他卖的是渠茶，起初很艰难，好在有些门路，过了一两年，到底还是发家了。属下查了查他的门路，发现……原来他用的是徐途留下来的人脉。"单连说到这里，看了何鸿云一眼，见何鸿云沉着脸，似乎在思索，继续道，"至于他眼下被押解回上京的原因——崔弘义跟朝廷承认，他做买卖的门路，最初是魏升的手下介绍的，所以朝廷怀疑他与魏升、徐途等人勾结，一起替换洗襟台的木料，毕竟他从中拿了好处，又是崔原义的弟弟。"

单连抿抿嘴唇："其实五年前，洗襟台坍塌那会儿，官府也怀疑过崔氏兄弟，不过，当时崔弘义还没发家，魏升的手下给他介绍买卖这事被揭过去了。"

何鸿云听单连说完，咂摸着"崔原义"这三个字。

温阡是洗襟台的图纸修改以后，被小昭王请去当总督工的，但崔原义一开始就在。

何鸿云来回走了几步，忽然站住，振袖一拂，压低声音恶狠狠地道："这个魏升，我着了他的道了！"

单连听了这话，感到十分莫名其妙。魏升都死了快五年了，而且还是帮四公子背罪死的，四公子怎么会着他的道？

何鸿云一时间按捺不住怒火，再没了在人前言笑晏晏的模样："我为什么不知道崔弘义参与其中？当年，从魏升帮我替换木料开始，他压根儿就没打算让我知道这个人！这个崔弘义，是魏升的替罪羊！”

单连听了这话，原本有些不明白，可“替罪羊”三个字一入耳，他突然恍然大悟。

这事说白了非常可笑。魏升与何忠良两名官员，只是何鸿云与商人徐途之间的桥梁罢了，银子明明不是他们贪的，他们为什么会死？

因为他们是何鸿云的替罪羊。木料被替换的内情被爆出来，何家把官商勾结的罪名往他们二人的身上一推，何家就能择得干干净净。魏升与何忠良当年为什么那么快被处斩？背后正是何家在推波助澜。

同理，何鸿云会找替罪羊，魏升难道不会找吗？

那时的何家如日中天，几乎是一人之下万人之上，在何鸿云、何拾青的眼里，魏升与何忠良这样的人是蝼蚁，死不足惜。但是在魏升的眼中呢？在他的眼里，崔弘义这样的平头百姓，就成了蝼蚁。

魏升的主意，是一旦事发，就把替换木料、贪昧钱财的罪行全推到徐途与崔弘义的身上——贪银子的是徐途，是他拿次等木料欺瞒官府，他与洗襟台的工匠崔原义勾结，崔弘义从中斡旋，官府也是被他们骗了——只要这么说，魏升就能保住自己。

魏升给自己留了这么一手，他从一开始就筹划好了。所以次等木料一到陵川，他故意让崔弘义搬运，不是因为崔弘义勤快，而是因为崔弘义跟崔原义的兄弟关系；不仅如此，崔弘义不识字，他便打发崔弘义去发镖，随后把徐途的商路介绍给崔弘义，让崔弘义去岳州做买卖，这一切的一切，都是为了有朝一日东窗事发，拿出来作为证据，保住自己一命。

到那时，魏升可以辩称，你看，崔弘义与徐途是认识的，徐途还给崔弘义介绍生意呢？你们看，镖银的事我根本不知道；发镖的又不是我，一定是徐途把银子交给崔弘义的；崔弘义的哥哥不就是修筑洗襟台的工匠吗？他们三人勾结，替换个木料，很容易的。他把自己择得干干净净。

单连想到这里，一时间觉得心里凉飕飕的。

魏升最终死在了这一场强弱角逐里。在魏升不把崔弘义的命当作一回事的时候，上头自然也有人看轻他的命。

螳螂捕蝉，黄雀在后，洗襟台坍塌得太突然，突然到魏升与何忠良还没来得及抬出崔弘义，便被赶来的何家推到明面上，当场斩首。

而崔弘义，竟然就这么隐匿又不自知地逃过大劫，活了下来。崔弘义是被螳螂保下来的蝉，是螳螂藏在一片叶子下的盘中餐，黄雀目视太高，灭了螳螂的口，没有看到他。

如今叶落蝉出，黄雀惊枝而起，竟然要防着被蝉咬了尾巴。

暗巷中安静得几乎没有声音，过了许久，何鸿云似乎终于冷静下来，问道："这个崔弘义眼下在什么地方？"

"回上京的路上，这一两日应该就到了。"单连道，"四公子，我们可要立刻——"

何鸿云不等单连说完，问："这件事还有多少人知情？"

单连："除了属下与四公子，应该没有任何人知道，崔弘义恐怕也被蒙在鼓里。只是今日属下为查此事，托刘典隶去曲五爷那里比对了指印，这个曲五爷是个不省事的，应该不至于到小昭王那里胡言乱语，哪怕说了，小昭王也不至于联想到这么多。"

何鸿云冷哼一声："你可别小看了谢容与，如果不是他，巡检司还是邹家的，我们在巡检司打听个消息，何至于费这么多周折？"何鸿云思忖着道，"谢容与把账本的线索告诉我，就是为了盯着我的动向，你动得太明显，反而会引起他的警觉。"何鸿云停顿了一下，"不过崔弘义不能不杀，你去安排，先打听出巡检司接人的章程，只要躲过谢容与的耳目，即刻派杀手出城。"

单连："是。"

"还有一点。"何鸿云道，"袁文光不是在你的手上吗？你明日一早，便去刑部告发崔青唯，说她正是此前城南劫狱的在逃劫匪。一旦朝廷派人拿她，告诉我，我亲自——"

话未说完，身后忽然传来温和的一声："念昔。"

何鸿云突然回头望去，只见巷子口站着一个白衣襴衫、眉眼温和的人。何鸿云停顿了一下，刚才眼中的肃杀一扫而空，笑盈盈走过去："忘尘，你怎么到这儿来了？”

张远岫道：“没什么，念昔出来得太久，有些担心罢了，如何？家中没什么事吧？”他说话的语气温和，听之让人如沐春风，说到末了，还看了单连一眼。

单连不比何鸿云，压抑不住心事，满目郁色被张远岫瞧见，突然低下头。

何鸿云笑道：“没什么，一些琐碎的小事罢了，走，继续吃酒去。”

入夜时分，江辞舟坐在书斋里，听祁铭禀事，青唯也在一旁。

“那几户药商，还是不愿意揭发何鸿云扣押人质的恶行，其中有一户姓祝的人家，反对得十分厉害，应该是拿过何家的好处。我们的人在宅子附近守着，何鸿云的手下就扮作小贩，流连在街口，他们并不滋事，我们也不好捉拿。”

江辞舟思忖一番，吩咐道：“明天一早，让章禄之把王元敞送回家。”

王元敞是他们闯火场，好不容易救下来的人质。

祁铭听了这话，愣道：“王元敞太重要了，他是何鸿云案子的关键证人，就这么让他回家，只怕……”

话未说完，外头德荣禀道：“公子，曲五爷来了。”

江辞舟抬手截住祁铭的话头。

几个人在书斋里等了一会儿，曲茂很快进来了，把几份文书搁在江辞舟的书案上，往圈椅里一瘫：“你看着，我先补个觉。”

这些文书是巡检司接犯人的章程，白天曲茂去衙门，江辞舟问过他这件事，曲茂懒得翻看，连带着嫌犯的案录一并送来了。

江辞舟看了文书一眼，问道：“你怎么把案录带出衙门了？”

曲茂啊了一声：“你不是想知道吗？”

洗襟台是大案，嫌犯案录是最机密的卷宗，便是江辞舟亲自去大理寺过问，孙艾也只敢口述案情，断不敢直接将文书拿给江辞舟看的。

祁铭问：“小五爷把案宗带出衙门，有谁知道吗？”

“没谁啊，就一个跟我办事的巡卫长，叫史……史什么来着……”曲茂靠在椅背上，有些气恼，“都怪那个章兰若，说好了后日去接嫌犯，他非要改成明天一早，明日接，后日接，不都一样吗？凭什么多跑三十里路。我眼下睡不了多久了，过会儿要去营里，天不亮就得出城。”

曲茂这话说完，江辞舟等人竟然没有吱声。曲茂觉出不对劲来了：“怎么了？这……这文书，真不能带出衙门？”

祁铭道：“小五爷有所不知，这是大案案录，与案情无关的人，等闲是不能翻阅的。”

曲茂：“这不对啊。下午刑部来了个人，还找我比对嫌犯指印呢，他也没说不能看文书。”

青唯在一旁听到这里，突然警觉起来，刑部的人又不负责这个案子，她问：“谁？”

“……好像姓刘。”曲茂敲敲头，“哎，记不清了，这事我让史凉办的，要不你们找他问问去？”

江辞舟看了祁铭一眼。祁铭会意，立刻离开书斋。

曲茂见江辞舟没发话，只道是自己没犯错，他心大，闭上眼瞌睡起来，没一会儿就打起呼噜。

江辞舟把崔弘义的案录挑出来，单独拿给青唯看。案录上，崔弘义被押解回上京的原因大致与江辞舟说的差不多，只是细节更详尽一些。

青唯还没看完，外头德荣又在叩门：“公子、少夫人，高家的二少爷来了。”

高子瑜来了？

青唯拉开门：“他来做什么？”

“称堂姑娘遗留了一个十分重要的东西在高家，他专程送来，顺便还有几句话。”德荣看了江辞舟一眼，对青唯道：“他想单独跟少夫人说。”

江辞舟没阻拦，青唯想了想，她和高子瑜之间没什么深仇大怨，并不到登门不见的地步，便问：“他人呢？”

德荣：“就等在府外，小的请过，但是高二少爷说不进府。”

青唯一点头：“行，我去会会他。”

亥时近末，夜色很深，青唯出了府，见高子瑜正等在巷子口，独自提着灯笼走过去，开门见山地道：“什么事？说吧。”

高子瑜的手上拿着一只匣子，他踌躇半天才道：“敢问青唯表妹，芝芸她……近日可好？”

青唯如实答道：“你不在身边，她好多了。”

高子瑜苦笑了一下，把手中的匣子递给青唯：“还请表妹代为转交。”他停顿了一下又说，“表妹，借一步说话。”

青唯皱了下眉，这巷口四下无人，有什么话大可以在这里说，她本想拒绝，见高子瑜神色严肃，似乎话里有话，稍一思忖，跟了过去。

两个人到了一条背巷，高子瑜回过身，忽然跟青唯一揖，他没说话，默不作声地朝巷末退去，与此同时，巷子的另一端传来很轻的脚步声。

青唯没动，提着灯，紧盯着另一端巷口，夜色里，慢慢走来一个身影，离得近了，只见来人身着襕衫，温润清朗，正是张远岫。

“姑娘。”张远岫唤青唯，“事出突然，不得不以这样的方式请姑娘相见，还请姑娘恕在下冒昧。”

青唯皱了皱眉。她明白了，什么芝芸落了东西在高府，那都是幌子。今夜不是高子瑜找芝芸，是张远岫托了高子瑜，来江府找她。她盯着张远岫：“你见我做什么？”

张远岫道：“敢问姑娘，近日可是在追查何鸿云的案子？”

青唯没吭声。

张远岫继续说道：“在下知道这个案子牵扯重大，眼下手上有条线索，不知对姑娘是否有用。今夜在下与何鸿云同在会云庐吃席，途中，何鸿云身边的扈从单连来找他，像是有非常要紧的事。在下担心惊动何鸿云，没能听到他们二人说了什么，事后，在下让人去查了查单连，发现他似乎是从巡检司的方向过来的。”

青唯听张远岫说完，沉默半晌，却问道：“这么重要的线索，你为何要告诉我？”她并不认得张远岫，阳坡校场大火过后，瘟疫案明面上是玄鹰司在跟，张远岫有任何线索，都应该去找江辞舟，而不是她。何况，听张远岫这话的意思，他竟像是知道瘟疫案与洗襟台的关系的。

张远岫没回答，笑了笑，只问：“日前听说姑娘在阳坡校场受伤，不知伤势可好些了？”

青唯道：“……好多了。”

张远岫道：“在下回上京回得突然，听闻这事，匆匆备礼，礼不周，还请姑娘莫怪。”说完这话，他朝青唯又作了一揖，“太晚了，今日不便多叨扰，改日再叙。”

青唯回到书斋，曲茂已经离开了，他还要去营里，再过一个时辰就得带兵出城。

江辞舟见青唯面色阴沉，温和地问：“怎么了？”

青唯摇了摇头，倒不是不想与江辞舟提张远岫，只是眼下有更重要的事，没必要将精力放在旁人的身上，她只问：“你让人去查单连了吗？”

江辞舟道：“吴曾的人盯着他，他有异动，玄鹰司应该会来回禀。”

正说着，祁铭很快回来了，他的眼中有急色，再没了素日的温和，一进书斋，便向江辞舟禀道：“虞侯，属下已经去问过巡检司的史凉，他说，今日去对比指印的是刑部的刘典隶，他查的指印……是崔弘义的。”

江辞舟与青唯的脸色同时一变。有人去比对崔弘义的指印？

祁铭接着道：“回来的路上，属下还碰到了吴校尉，吴校尉说，今日申末，单连曾在巡检司附近出现过。属下粗略算了算，单连出现的时间与刘典隶离开的时间差不多。”

青唯心中一愣，张远岫没骗她，单连今日果然有异动。如果刘典隶与单连出现在同一地点不是巧合，也就是说，比对崔弘义的指印，是何鸿云授意的。

何鸿云做事一贯谨慎，能让他这么冒险的，必然与洗襟台有关。

可崔弘义的身上，还有什么事与洗襟台有关呢？江辞舟只能想到一桩案子。他看向青唯，还没开口，青唯已经知道江辞舟要说什么，立刻道：“我去唤我妹妹过来。”

崔芝芸到了书斋，见里头除了青唯，还有江辞舟与几名玄鹰卫，被这个阵仗吓到，过了半晌，怯生生地唤了声：“阿姐、姐夫……”

江辞舟道："我有事要问你，你如实说，莫要害怕。"

崔芝芸点了点头："姐夫只管问就是。"

江辞舟："我听青唯说，当年叔父本来是陵川河道码头的工长，后来才迁居到岳州，做起了渠茶买卖，你可记得他为何忽然做起了买卖？"

崔弘义迁去岳州时，崔芝芸十一二岁，已经是记事的年纪。她道："记得，爹爹说，他受了高官的指点。"

"那个高官是谁？"青唯问，"可是魏升？"

"不，不是。"崔芝芸竟然知道魏升是谁，"魏大人是陵川州尹，爹爹怎么会认识这样的人物？我记得，似乎是……魏大人手下的一名吏胥。"

江辞舟顺着崔芝芸的话往下问："魏升手下的吏胥为何愿意把商路介绍给叔父？"

崔芝芸道："因为爹爹帮他跑过腿，搬运过货物，他感激在心，所以指点爹爹做买卖。"

案宗上也是这么说的，钦差问崔弘义，魏升为何给他介绍买卖，崔弘义也说，因为他帮魏升的手下跑过腿。

崔芝芸见青唯与江辞舟的表情严肃，意识到自己交代的话十分重要，眼下爹爹就要被押解回上京，指不定阿姐和姐夫能够救他呢？她仔细回想，一点儿细节都不敢漏掉："我记得……当时爹爹，好像帮那名吏胥搬运的是一批……一批药材。"

"你说什么？"青唯惊讶地问，"叔父搬的是药材？"她停顿了一下，又问，"不应该是木料吗？"

崔芝芸听了这话也有点儿诧异，想明白以后说道："阿姐弄混了，木料是官府让爹爹去搬运的，洗襟台刚修建那会儿，有一批木料送来陵川，爹爹接了这个活，因此才结识了魏大人的吏胥。后来这个吏胥似乎有什么事走不开，托爹爹帮忙运了一批药材。"她绞尽脑汁地回想，"好多箱呢，每一箱都很沉，那个吏胥告诉爹爹，那是因为药铺子担心药材不新鲜，在箱子里装了泥。"

青唯愣住了。她没有弄混，只是不知还有这一层因果罢了。正如她千算万算都想不到，何鸿云这个案子的症结，到最后竟然在崔弘义的身上。

江辞舟问：“当时叔父可是把那些药材送去了镖局？”

“姐夫怎么知道？”崔芝芸点点头，“正是镖局，因为这些药材似乎是上京城中的商人买的，镖局收了药材，还要送来上京城里呢。”

江辞舟心下一沉。原来何鸿云从洗襟台贪墨的银子，在洗干净以后，竟然是经崔弘义之手，送到镖局手上的。

崔芝芸见江辞舟不吭声了，不由得问青唯：“阿姐，是不是爹爹他出什么事了？”

青唯也不知道说什么好。崔弘义摊上的事太大了，她总不能骗崔芝芸。

崔芝芸看青唯的神情复杂，一下子也急了，眼泪涌上眼眶，她突然给青唯跪下：“阿姐、姐夫，求求你们救救爹爹，爹爹他就是个老实人，什么都不知道，后来做买卖发家，靠的也是诚信。”

崔芝芸说着，一咬牙，解下腰间的香囊，递给青唯：“我眼下身无长物，这枚香囊是母亲临终前给我的，可以保平安，给人带来好运，还请阿姐收下，一定……一定帮我救救爹爹。”

青唯原本不想收，但不收崔芝芸便不能放心。崔弘义待她有恩，加之崔弘义眼下是何鸿云贪墨银子最重要的证人，她不可能不管崔弘义。

青唯接过香囊，对崔芝芸道：“你安心，我一定会救叔父的。”

江辞舟吩咐道：“德荣，让留芳和驻云送堂姑娘回房歇息。”

子时已经过了大半，但是青唯丝毫没有睡意，崔芝芸一走，她立刻问：“那批镖银为何竟然是我叔父发的？”

江辞舟闭了一下眼睛：“这个崔弘义，他是魏升的替罪羊。”

青唯不懂官场那一套，然而“替罪羊”三个字入耳，她突然明白过来。诚如何鸿云的替罪羊是魏升一样，魏升也给自己拉了个垫背的。

青唯急忙问道：“那何鸿云他——”

正在这时，朝天忽然进入书斋：“公子，吴校尉底下来人了，说有急事要禀报。”

话音刚落，只见一名玄鹰卫紧跟着朝天进屋：“虞侯，属下是从药商家里过来的，何家安插在街口的眼线，今夜换班时，忽然少了一小部分人，吴校尉称此事不对劲，让属下来禀明虞侯。”

换班调人，这其实是一个微乎其微的变化，但吴曾从前是带兵的良将，在调度、用兵上非常敏感，可以管中窥豹。邹家没了以后，何鸿云能用的人马少了大半。眼下在药商家附近盯梢的人虽然撤走了一小部分，说明——

江辞舟的语气一凝：“何鸿云动了。”他回过身，从木架上取过绒氅，径直推门而出，一看天色，丑时了，曲茂应该已经带兵出城了。

“朝天，你去找吴曾，让他从大营调一半人手回衙门，守好王元敞与扶冬、梅娘等几名证人。”

“祁铭，你立刻去玄鹰司，调卫玦、章禄之及鸮部手下随我出城，人不必多，都要精锐，一个时辰之内跟我在城南驿站会合，快，何鸿云要劫囚车！”

“怎么还不来啊？”子时末，曲茂坐在城南的官驿外，吃下第三杯浓茶，“说好了丑时正刻，你瞧瞧，眼下都什么时辰了？改日子的是他，眼下晚到的又是他。”

曲茂气不打一处来，从来都是旁人等他曲五爷，哪有曲五爷等别人的？

一旁的尤绍道：“五爷，丑时还没到呢，小章大人应该快来了。”

史凉也道：“是，小的跟小章大人办过几回差，大人他向来守时，等闲不会迟到的。”

他们正说着，不远处传来马蹄声，曲茂打眼望去，章庭果然到了。

夜色很暗，曲茂身后的巡卫高举火把，来人除了章庭，还有两个大理寺的办事大员。

提早一日出城接人，是因为除了崔弘义，他们还要到近郊的驿馆接另一名犯人，章庭只道干脆多走三十里，把崔弘义一并接了。

章庭一副公事公办的样子，扫了曲茂一眼，并不理会他，问旁边跟着的史凉：“兵点好了吗？”

史凉：“回小章大人，已经点好了。”

章庭点点头，高声对一众巡卫道：“诸位，我等今日要接的嫌犯一共两名，分别来自陵川与岳州。岳州的这个，与洗襟台重犯有牵扯，待会儿你们比对嫌犯的画像与指印，必须瞧仔细了。”

一众巡卫称是，章庭于是吩咐道：“起行吧。”他很快翻身上马。

冬夜很黑，从城南官驿走到第一个驿站，要一个来时辰。

曲茂没吃过苦，平常出行都是乘马车，眼下掐着时辰赶路，众人几乎是跑马前行。他在马背上颠久了，发觉原来骑马是桩苦差事，走到半程，夜空还飘起雪来，雪很细，几粒雪落入他的后襟，让他直哆嗦。

他都这么辛苦了，到了地方，还不能闲着。押送嫌犯的囚车已经等在驿馆外了，章庭立刻带着办事大员交接、审查，又吩咐巡检司比对指印，章程十分烦琐。

好在有史凉这个老巡卫在，这些都不用曲茂操心。

曲茂下了马，连连叫苦：“曲爷爷我这辈子都不想骑马了。”

尤绍连忙解下腰间的水囊子，递给曲茂：“五爷，您喝点儿水。”

曲茂唉了一声，扶着腰在驿馆外坐下，喝了几口水，抬头看天。天色乌漆麻黑的，雪粒子像是从一个偌大的黑洞里撒下来，曲茂一想到眼下寅时才过半，往常这个时候，他不是在睡大觉，就是在春帐里登人间极乐，觉得后悔极了，闲着没事，做什么官呢？这会儿他又累又困，骨头都快散架了。

曲茂叫来尤绍：“我吃不消了，你去跟章兰若说，让大伙儿歇一会儿。”

尤绍是曲茂的贴身护卫，章庭见尤绍来请示，便知道这是谁的主意。

章庭的目光落在曲茂的身上，他见曲茂一副没骨头的样子，十分不齿，别过脸问史凉：“指印比对好了吗？”

史凉：“回小章大人，比对好了。”

章庭甩袖往回走：“比对好就上马。既然想要享乐，何必出来带兵，跑个十几里路就要歇着，不如趁早回家去！”

章庭这话明眼人一听就知道在骂谁。曲茂登时恼火起来，站起身，将水囊子扔给尤绍：“怎么着？你五爷大半夜送你出城，还给你脸了，你以为——”

话未说完，尤绍就劝道：“五爷，算了，这是您头一份差事，要是办砸了，仔细老爷责罚。”

史凉也道：“校尉大人，小章大人急着赶路，是为了能早点儿回去，这雪一看就没个消歇的意思，要是路上慢了，回程的时候雪大了，在外头耗一日，人都得冻坏喽。”

这话曲茂虽然听进去了，但他并不能消气，他还不明白了，歇一会儿怎么了？能耽误多久？他看了章庭一眼，翻身上马，心道罢了，先忍章庭一时，尤绍不是找了几个地痞流氓吗？待会儿有章庭好受的。

雪一落，天亮得也比寻常晚，接到头一个嫌犯，章庭让一名办事大员与数名巡卫先送囚车回上京城里了。

交接崔弘义的地方，原定在上京郊外五十里的吉蒲镇驿站，眼下提早了一日，要顺着官道，往岳州方向再走三十里，一直到樊州的界碑处。这是一片开阔地带，遥遥望去，官道两旁，零星分布着几个土丘与矮山。

他们到了界碑，已经是早上了，冬日的清晨，四下里没什么人，雪大了些，天际浮白，因为头顶上坠着一团厚厚的云霾，天地间是很暗的水蓝色。

这一路上虽然很赶，章庭却把时间掐得很准，一到界碑，官道的另一头也出现了押解犯人的囚车。

曲茂这回倒是没瞌睡，等章庭审查嫌犯，立刻亲自上去比对指印。

崔弘义就在囚车里。他年近不惑，穿着单薄的袄袄，戴着颈枷，或许是遭受牢狱之灾，人很瘦，单看眉眼，倒是十分端正。曲茂仔细瞧了瞧他，眼上也没斑啊。也不知道弟妹那斑是怎么长的？可惜了子陵喽。

曲茂眼下已经知道崔弘义是青唯的叔父。他这个人，有一点好，就是绝不拜高踩低，上至高官望族，下至平头百姓，他既不阿谀奉承，也不摆贵公子的架子，只要投契就结交，反之，像章庭这样自恃清高的，他就讨厌。

曲茂一面比对着指印，一面跟崔弘义搭腔：“冷吗？上京城里这天儿就这样，说冷就冷了。你放心，也就野外这么冷，等回了上京城，我让人给你的囚室里送个炉子去。”

崔弘义反应了半晌，才惊觉眼前这个高官是在跟自己说话。他惶恐得很，且惊且疑地问：“官……官爷，小的是又犯了什么事吗？”

曲茂摆摆手，只道是这会儿不宜跟崔弘义多说。他心里头的主意厉害着呢，看那头章庭马不停蹄地催促着返程，一刻也不让人多歇，他也不恼火，看了尤绍一眼，示意是时候了。

少顷，官道一头走来几个衣衫褴褛的流民，看到这里有一行官兵，顷刻拥过来，说："官爷，行行好吧！"

"官爷，草民是从劼北来的，家乡遭了灾，一路流落到上京城，还望官爷行行好，给点儿吃的。"

章庭身边的吏胥道："大人，这几个流民不对劲，哪有流民大早上走官道赶路的？"

史凉也警觉起来，正要喝令巡检司拦人，曲茂将手一抬，说："不就是几个要饭的吗？让他们过来，天寒地冻的，行个好嘛。尤绍，我的包袱里有点儿干粮，你去拿出来分给他们。"

今日出城虽然是章庭领行，但曲茂才是这帮巡卫的头，他这么吩咐了，底下的人也不敢阻拦，只好放这几个"流民"到曲茂的身前。

"流民"搁着手，一副讨吃的模样，就在尤绍取出干粮的时候，他们的目光忽然一转，居然同时不要命地向一侧的章庭撞去。

这个变化来得突然，以至于连最近的史凉都来不及反应，章庭与他身边的吏胥被一起撞倒在地，衣摆上登时沾上了脏泥。

曲茂见状，幸灾乐祸的同时又有点儿遗憾，这几个地痞的时机把握得不够精准，要是等章庭上了马再出现就更好了。他面上做惊讶状，吩咐道："愣着做什么？快保护小章大人！"

可旁人岂是没长眼的，离得近的史凉瞧出曲茂这是在拿小章大人寻开心，心中感到十分气恼，但他不能表现出来，匆匆带着人把章庭扶起来，又吩咐人去追那几个"流民"。

这头正是一团忙乱，只见附近的几个土丘上，忽然蹿出来数十道穿黑衣的身影。

曲茂只道这是尤绍的布置，惊讶地挑眉，低声道，"你安排得还挺周到，人分成两拨来，只怕要吓坏了章兰若。回去五爷有的赏！"

尤绍的脸色却变了，他张了张嘴，说："五爷，这……这些人不是小的安排的，小的请的，只有刚才那一拨。”

曲茂还没听明白这话的意思，只见黑衣人的速度极快，从四面八方掠到官道上，手中的刀光一闪，顷刻割断了当先一个人的喉咙。

曲茂就站在这个人的身后，鲜血迸溅出来，直接溅了他一身。他看着面前倒下的人，脑中一片空白。这人……死了？他这是……真遇上劫匪了？

曲茂立刻跌坐在地，与此同时，尤绍拔刀飞扑上来，格挡开黑衣人的下一招，拽着曲茂的胳膊，径直把他往后拖了十几步，将他扔在章庭的身边，再次飞身而上。

史凉摘下长矛，高声吩咐：“快！保护两位大人，保护嫌犯——”

巡检司今日来的人不多，刚才送第一名嫌犯回城，人已经跟去小半，余下不足百人，还要分神保护崔弘义与曲茂、章庭，而杀手尽管只有数十人，他们只管攻，不必守，巡检司与他们交手，很快落了下风。

尤绍杀了此前突袭的杀手，很快回到曲茂的身边，他军营出身，功夫好，见曲茂这里有人保护，观察了一下局势，只道不好：“五爷，我去帮他们！”

曲茂哪里见过这个阵仗，先讷讷地点点头，等反应过来，惊慌失措地道：“不……不行！你不能走。你走了，我怎么办？我……我又打不过这些杀手……”

“尤护卫。”这时，章庭出声提醒。他和曲茂一样，脸色已经被吓得煞白，但他到底比曲茂冷静一些，说道：“这里有巡卫，这些杀手看样子是冲着嫌犯来的，还请尤护卫一定帮忙保护嫌犯。”

尤绍一切以大局为重，立刻点头：“好。”

巡检司的巡卫在囚车周围列阵，形成一道道盾墙，可惜他们并非久经沙场的兵将，这道盾墙并不坚实，饶是有尤绍的加入，很快被杀手的利刃破开。

这些杀手似乎深知此地不宜久留，他们分出一小部分人去突袭曲茂与章庭，分散巡检司的兵力，余下的人专攻囚车车头。尤绍看出他们的目的——巡检司的人墙再不坚实，人数到底放在那里，他们不如夺了车头的马，让囚车跑起来，这样这些杀手才有机会对嫌犯下杀手。

杀手招招致命，不多时，已经在车头撕出一道口子，尤绍要拦却来不及，眼见着一名杀手在同伴的掩护下跃上马背，正在这时，远处忽然传来奔马之声。

尤绍突然转头望去，漫天雪粒子里，数十人策着骏马狂奔而来，身上的玄鹰袍在这暗白色的世界里格外醒目，明明隔得很远，尤绍似乎瞧见了他们衣摆上的雄鹰暗纹，在玄鹰司鼎盛之时，雄鹰的怒视足以令任何一个人望而生畏。

祁铭的眼力好，他最擅长观察，遥遥瞧见一名杀手已经攀上囚车的马背，高声道："卫掌使！"

卫玦点头，在马背上张弓搭箭，隔着纷纷扬扬的雪，箭矢破风而出，一下子射入杀手的胸口。

杀手闷哼一声，当即摔落马下。

巡检司见玄鹰司到了，气势大振，趁着空当，重新补上车前缺漏，可惜黑衣杀手的动作更快，见形势突变，立刻更改对策，几乎不顾防守，以血躯开路，从四面八方直袭囚车。

青唯带着朝天打马，还没到近前，手中的软剑挥掷而出，当先缠住一个杀手的脖子，她借着这股力道，腾空跃起，拔出腰间的弯刀，身形快如一道残影，掠至马车前，斩断一条袭向崔弘义的胳膊。与此同时，朝天单手扼住马前一名杀手的咽喉，径直将他抛了出去，撞开再次袭来的一干杀手。

江辞舟见局势已经得到控制，在曲茂的边上停下马，提剑顺手帮他挡去杀手挥来的一刀，调度道："卫玦，你带人去保护嫌犯，章禄之，今日劫杀囚车对何鸿云太重要，他不可能任这些杀手单独前来，单连一定在附近，你带着几名逻卒去附近找一找。"

两个人同时应道："是。"

雪越下越大，玄鹰司到来，杀手顷刻间落了下风，兼之江辞舟调度有方，崔弘义很快被保护好，杀手们见劫杀无望，撤退的撤退，撤退不了的，咬破后槽牙里的毒自尽。

今日玄鹰司虽然来得及时，巡检司还是有少许伤亡。祁铭领着一众玄鹰卫打扫战场。青唯来到囚车前，将兜帽掀了："叔父，是我，您没事吧？"

崔弘义历经一场生死之劫，心中慌乱难平，见是青唯，怔然道："青唯，怎么……怎么是你？"

崔弘义知道青唯会功夫，没承想功夫好成了这样，好在他只是个普通商人，看不出她本事真正的高低，只问：“你在这儿，那芝芸呢？”

“芝芸在家，这里太危险，我没让她跟来。”青唯道。

青唯语焉不详，崔弘义听不出个所以然，但他知道此处不是叙旧的地方，随即问：“怎么来了这么多杀手？”

“此事说来话长。”青唯道，“我们先回上京城，我还有许多事要跟叔父求证。”

崔弘义连连点头：“好。”

见了青唯，崔弘义到底放心了些，这个小丫头虽然只在崔府住了两年，话也少，但崔弘义看得出来，她很有主意，关键时刻十分可靠，否则彼时钦差上门，他也不会将崔芝芸托付给她。

玄鹰司很快打扫完战场，与巡检司一起匀出几匹马来驮尸体。不多时，章禄之也回来了，向江辞舟回禀道：“虞侯，属下带人在四处找了找，附近果然有人监视这些杀手的行动，这个人警惕得很，见杀手失手，早跑了，不知道是不是单连。”

江辞舟颔首，回身走到章庭的面前：“小章大人，此地不宜久留，既然接到囚犯，还请速回上京。”

章庭沉默了一下，没过问玄鹰司为何能预知危险，及时赶来。反正玄鹰司这个衙门只听天子一人之命，有些内情，也不是他该问的。他合袖朝江辞舟俯身一揖：“今日多谢虞侯了。”

曲茂这会儿已经缓过来些许了，被尤绍搀着，灰头土脸地站在一旁，听江辞舟与章庭说完话，咽了口唾沫：“子陵，我刚刚看你……”他的目光落在江辞舟腰间的剑上。这是玄鹰司都虞侯的佩剑，他知道。

可是，在曲茂的印象中，江子陵和他一样不学无术，既不会文，也不会武，更不会调度用兵，可是刚才，江辞舟策马到他身前，从容地帮他挡开杀手的一招，绝不是一个不会功夫的人使得出的。曲茂自认在武学上是个废物，但他出身将门世家，他看得出来。

江辞舟停顿了一下，只道：“这件事回头再说。”

这会儿天已经彻底亮了，雪粒子纷扬不止，一行人上了马，沿着官道刚走了一程，忽然齐齐停住。

只见官道上，迎面一行官兵，当先一人竟然是刑部郎中，而他的身边除了何鸿云，还跟着左骁卫的中郎将即左骁卫轻骑。

他们到了近前，刑部郎中下马，先跟江辞舟与章庭行了个礼："江虞侯、小章大人。"

章庭也下了马："不知梁大人到此有何贵干？"

"是这样，刑部一大早接到报案，称是……"梁郎中犹豫着看了江辞舟一眼，"称江虞侯的夫人崔氏，是日前城南劫狱案的劫匪。眼下刑部已经查实，崔氏确系劫匪无疑，而且有证人袁文光的供状证词，小何大人也提供了崔氏日前闯祝宁庄的证据。因为事关朝廷命官的家眷，此事在下已经请示三司，奏明朝廷，朝廷怀疑玄鹰司与崔氏有勾结，又听闻玄鹰司异动，着令左骁卫中郎将率轻骑，与在下一起出城，缉捕崔氏。"

江辞舟握着缰绳的手微微收紧。他知道何鸿云不好对付，今日来救崔弘义前，他就猜到何鸿云准备了后招，原来在这儿等着他呢。

可是青唯劫囚是事实，谁都无法帮她抹去罪证。

这时，祁铭道："城南的劫囚案一向是由玄鹰司负责的，刑部既然要管，也该与卫掌使交接，就这么把人带走，不合适吧？"

左骁卫的中郎将是个直脾气："祁护卫这话说得很是，那么就请卫掌使解释解释，明明嫌犯就在跟前，玄鹰司为何就是不拿？莫不是看在是自家人，故意袒护？"

"不拿嫌犯，是因为没有实证，绝非玄鹰司故意袒护。"卫玦道。卫玦经历了阳坡校场一场大火，看得出何鸿云一行人的目的绝非带走青唯这么简单："梁大人既然称有了罪证，敢问梁大人可知，这个袁文光在公堂上再三更改证词，他的供状，朝廷可用？再者，梁大人说，手上还有小何大人提供的崔氏闯祝宁庄的证据？敢问崔氏闯祝宁庄，说明了什么？到底是她的功夫好，足以劫狱，还是说明祝宁庄本身有异，梁大人查实了吗？既然是三司的意思，刑部要管劫狱的案子，不是不行，但是要把袒护嫌犯的罪名扣在玄鹰司身上，还等回上京后，请刑部到玄鹰司把事由说清楚。”

中郎将被卫玦堵得哑口无言。何鸿云看了中郎将一眼，缓缓地道：“卫掌使说得是，没有实证，谁都不好贸然拿人。”何鸿云的目光掠至青唯与她身边的囚车，他忽然诧异地道，“这不是弟妹吗？这可奇怪了，今日本该是巡检司出城接人，玄鹰司莫名出现倒也罢了，怎么连弟妹也跟着？”

何鸿云的目光最后停在马匹上驮着的尸体上：“怎么还死了人？诸位莫不是与人起了冲突，还是又有人劫囚车？”

“正是！”左骁卫中郎将接过话头，“还请玄鹰司解释解释，这些尸体是怎么回事？”

章庭停顿了一下，先行答道：“是这样，刚才的确有杀手劫囚车，巡检司兵力不足，嫌犯险些被杀手所杀，好在玄鹰司及时赶到，助我等转危为安。”

“及时赶到？”左骁卫中郎将道，“怎么会这么巧？莫不是贼喊捉贼？有人跟杀手是一起的吧？倒也是，反正劫囚这事，一回生，二回熟嘛。诸位也不是第一次做了，怎么，如果我等没来，玄鹰司预备在哪儿把人放了？”这话一出，俨然是把青唯一个人的罪过推到整个玄鹰司身上。

章禄之感到十分气愤，立刻道：“为何这么巧？小何大人不如问问自己，你当初到底做了什么？又是为何要雇杀手杀掉嫌犯？分明是你——”不待他说完，江辞舟抬手，截住了他的话头。

眼下崔弘义尚未审过，一切事由都是他们的推测，虽然八九不离十，但是没有实证，说得越多，暴露得越多，反倒会给何鸿云可乘之机。而且他也看出来了，何鸿云是打定主意用青唯挟制玄鹰司，绝不可能将崔弘义交到他们的手中。他盯着何鸿云：“小何大人想要做什么？”

“不做什么？”何鸿云一笑，“我只是随行前来，至于捉贼拿人，那是刑部与中郎将的差事。”

梁郎中再次朝江辞舟拜道：“虞侯。下官此番缉拿劫匪，是奉命行事，还望虞侯莫要阻拦。”

与之同时，中郎将下令：“拿人！”

江辞舟策马在青唯跟前一拦，齿间冷冷地吐出两个字：“不行。”

左骁卫中郎将："虞侯再三阻止，只能说明玄鹰司袒护嫌犯，甚至当初劫狱，指不定就是玄鹰司与崔氏共同所为！"

江辞舟道："我不管你们怎么想，要带走她，我便要阻拦。"青唯如果落到何鸿云的手上，他不敢想会发生什么。何鸿云这个人心狠手辣，手上人命无数，不在乎多添一条，更会利用她，挟制她，看看最后被折磨得不成人形的扶夏就知道了。

左骁卫中郎将动了怒："玄鹰司便是替天子行事，可天子头上还有天理，你们这么枉顾王法，当真无法无天了吗？难道你们还当玄鹰司是从前的玄鹰司？"他一挥手，径直下令，"轻骑兵！"

"在——"身后数百骑兵同时拔剑，荒野之上，只闻铿锵一声剑鸣。

江辞舟也道："玄鹰司！"

"在！"

玄鹰司毫不退缩，同时拔剑，纵然他们人数少，气势不输，冬雪纷扬，朔风猎猎，扬起雄鹰袍摆。

梁郎中一见双方竟然要打起来，连忙下了马，到两方中间阻拦道："虞侯，当初洗襟台下，多少人伤亡？这个崔氏，她劫走的是洗襟台下的重犯，倘若不审，朝廷上定然异声难平，还望虞侯让下官把人带走，下官向您保证，只要崔氏无罪，下官定然将她完好无损地还给虞侯。"

到了这时，青唯也看出此间利害了。如果她不跟着刑部走，那么何鸿云必然会将袒护嫌犯，甚至共谋劫狱的罪名扣在玄鹰司身上。倘若这样，玄鹰司今日就没了一同押送崔弘义回上京的资格，这不正是何鸿云想要的吗？她怎么样不重要，事情到了这一步，只要叔父在江辞舟的手上，何鸿云的罪行迟早都能昭示天下，她这一路艰难走来，要的不正是这个结果吗？当初薛长兴投崖，她在断崖前立下誓言，早已做好了付出一切的准备。

青唯翻身下马，在江辞舟面前说道："我可以……"

江辞舟似乎知道青唯要说什么，也下了马："不行。"

左骁卫中郎将见此情形，在一旁讥诮地道："江虞侯，看来你的娘子倒是比你识大体，大局如此，人证俱在，你拦不住——"

一语未尽，江辞舟突然转头看向他。

隔了茫茫大雪，隔了一张面具，左骁卫中郎将竟然被这一侧目的气势震慑住，到了嘴边的话全部咽回喉咙里。

江辞舟沉默了许久，随后转过身，面向何鸿云等众人："你们说得对，江辞舟是拦不住。"

他的声音很冷，他久立在荒原上，抬起手，慢慢扶上自己的面具。这一刻天地间很安静，似乎只余落雪声。

这张面具是怎么戴上的，江辞舟已经快忘了。他只记得洗襟台坍塌那日的漭漭急雨，与残垣之下的暗无天日。在伤重回宫的一年时间里，他无论是清醒还是昏睡，每一日都反复陷在铺天盖地的烟尘里，耳畔不断地回响着自己的那一声"拆吧"，那是这世上最深重的诅咒。他无法踏出昭允殿，甚至不能站在这朗朗乾坤之下。直到一年后，他戴上了这张面具，作为另一个人而活，才头一回站在这白日青天里。但这也不是他，至少不是从前的谢容与。

江辞舟以为他会终生藏在这张面具之下，收敛起自己的性情与锋芒，活得不再那么像自己，可是，世事真是难料啊。

落雪无声，谢容与此刻的心情也很平静。平静得像成亲那日，他拿玉如意掀去青唯的盖头；像阳坡校场的大火里，青唯在箭楼坍塌时，抬手遮住他的眼睛，他抱着青唯，一起跌下高台。青唯像一束光穿透暗无天日的烟尘，抵达残垣断壁之下的深渊，驱散他心底的阴霾。

从此，他的生命里就有了更重要的人。

他知道，江辞舟拦不住兵马，可是，如果——

谢容与伸手，扶住面具，缓缓摘下来。纷扬的大雪洗去天地间的尘烟，日光刺破云层，他也该试着自深渊中挣脱而出。

时隔五年，眉目初现。

"如果是本王呢？"

第二十三章

旧疾复发

雪纷纷而下，天地间在这一刻几乎是寂静的。

所有人，无论是左骁卫还是巡检司，甚至玄鹰司都愣住了。他们当中，不是没有人知道江辞舟就是谢容与。翰林诗会以后，朝廷上多多少少有些流言，但是谁都没想到，这张小昭王戴了五年的面具，竟然这样摘了下来。

片刻后，还是章庭先反应过来，下了马，朝谢容与躬身揖下：“见过昭王殿下。”

其余人等随即下马，在雪天的荒原里，齐齐地向谢容与拜下：“见过昭王殿下。”

所有人，除了青唯。

青唯看着谢容与。那日青唯摘下他的面具，依稀见过他的眉眼，可惜她没看清，只记得他低眸时的温柔，如今再见，才发现他的眼尾是清冷的，甚至有些凛冽，像霜雪。

这一刻，青唯竟想起一些不相干的。

十七年前，士大夫张遇初带着一众士子投河死谏，小昭王之父谢桢也在其中。谢桢过世后，昭化帝就把谢容与接回宫中，放在身边亲自教养，是故在之后的许多年里，禁中的宗室中，最尊贵的既非公主，也非皇子，甚至不是当今官家，而是这个自小就被赐予王衔的昭王殿下。

青唯看着他，他的五官没有丝毫瑕疵，像误入人间的谪仙，却又不尽然，因为仙人是出世的，而他周身的清贵之气，只有那座巍峨的深宫才能蕴养得出。他是这样的人，这样的出身。

风扬起青唯的发丝，虽然早有预料，直到此刻，青唯才真的意识到他究竟是谁。

谢容与道："梁大人，敢问今早刑部接到报案后，除了袁文光的证词，还有什么其他证据吗？"

"这……"梁郎中有些犹豫，"回殿下，要说有力证据，刑部除了证词，确实没有别的了。只是，这份证词不是寻常证词，它证明了崔氏在公堂上说谎，不惜以杀人罪来掩饰劫狱罪，十分可疑。何况崔氏是崔原义之女，她救薛长兴的动机是有的，劫狱当日，也确实行踪不明，单是这些，足够刑部缉捕崔氏了。不瞒殿下，刑部在来之前，已经传审了在府上寄住的崔芝芸，之后只要把袁文光的证词与崔芝芸的比对，真相如何，自然明了。"

一旁的左骁卫中郎将也朝谢容与拱了拱手："殿下，下官心眼子直，刚才说话多有冒犯，还望殿下勿怪。只是下官今日出来，乃是奉了三司、中书与枢密院的命令，这是今早廷议的结果，官家也应允了的，还请殿下行个方便。"

左骁卫中郎将这话倒是不假，他此前怀疑玄鹰司，无非是因为江辞舟一介纨绔子弟做了玄鹰司都虞侯，又多次不按规矩办事。眼下发现都虞侯原来是小昭王，便没什么可质疑的了。

谢容与听他提及中书，明白过来，青唯这个案子，必然是何拾青在廷议上发难，以玄鹰司办案不利为由，当众要求三司接手。赵疏势单力薄，无力相争，调梁郎中与左骁卫中郎将这两名纯臣过来，已经是他能争取到的极致了。

这是此消彼长的弄权之术，谢容与很清楚。如今他的软肋被敌方勘破，一味求进不是上策，但他可以退而求其次。

谢容与道："二位大人所述确系事实，本王不是不理解。但是——"他停顿了一下，话锋一转，"城南劫狱案是事实，今日崔姓嫌犯险些被刺杀，难道不是事实？如果二位记得，本王日前在阳坡校场救回了一名人质，掌握了当年瘟疫案的重要证据，这名崔姓嫌犯与瘟疫案息息相关，本王不愿将嫌犯假手与案情无关的人，谁知道你们是否被人利用，声东击西呢？"

谢容与这话意有所指，梁郎中等二人听得明白，皆垂下视线。

"本王不愿意将崔氏交给任何人，也是这个原因，她与崔姓嫌犯有亲缘，被人利用的可能性很大，一旦本王因此失去了证人，你们拿什么赔？难道劫狱案要审，瘟疫案就不审了吗？”

最后一句掷地铿锵，梁郎中等人齐称不敢。

谢容与继续道：“你们不信任本王，本王也不信任你们，那么只剩一个办法。”

谢容与的目光落在何鸿云的身上。他的软肋被何鸿云用计试了出来，难道何家的把柄没有握在他的手上？此时此刻落于下风，濒临深渊的人又不是他！

“朝廷既然派了小章大人与曲校尉来接嫌犯，必是对他二人深信不疑。本王提议，此番护送嫌犯回上京的差事就交回他二人手中。待到了上京城里，从各个执法衙门，即大理寺、御史台、刑部，与各个禁中军司，各抽出三个人看管嫌犯，相互监督，以确保嫌犯安全。至于崔氏的劫狱案，此事梁大人不必管，回宫后，本王自会给朝廷一个交代，届时如果朝廷要令玄鹰司停职待审，本王自甘认罚。二位以为如何？”

梁郎中与中郎将互相看一眼，片刻后，一同向谢容与作揖：“就按殿下的意思办。”

从樊州回到上京，要走大半日，他们到了城门口，已近申时了。

小昭王在上京郊外出现，左骁卫早派了人回宫禀报。城门口有御史官相迎，见了谢容与，快步赶上来：“午前听闻殿下办完差，今日回上京，官家高兴得很，命下官早早来迎，可算把殿下盼回来了。”

他们这话说得很漂亮，既没提谢容与扮作江辞舟的秘闻，也没提玄鹰司出城的因果，只当是寻常办差，把人迎回来就是。

“殿下有所不知，早上廷议上议了桩案子，与殿下的身边人有关，虽然下官等已向官家禀明殿下回宫的喜讯，但中书那头还是坚持请——”御史官的目光移向青唯，他竟不知称呼什么才好，说是王妃吧，可一介工匠之女，哪能做昭王妃呢？这二人明摆着是假夫妻，“请姑娘入刑部受……”

“她哪里都不去。”不等他说完，谢容与打断他道，“她回江府。刑部与中书有任何疑虑，让他们来昭允殿寻本王。”说完，谢容与看向青唯：“你先回家，最迟明日，我让人把你妹妹从刑部放出来。”

青唯也看着谢容与，她的眼神非常清澈，目光里透露着一丝不肯躲在任何人身后的倔强。但她最终什么都没说，点了点头。

谢容与笑了一下，她这副样子，就像多年前，他在山间初见的那个小姑娘。她怎么一直都没变？不像他。他说道：“回吧。我把朝天留给你。”说完，他没再多说什么，径直走向停在城门口的马车。

谢容与坐上马车，德荣早已等在马车内，身边还有昭允殿的姑姑阿岑与吴医官。

马车辘辘起行，谢容与靠上车壁，缓缓闭上眼睛，一口一口地吸气、吐气。渐渐的，他的呼吸一次比一次急促，明明是寒冬，豆大的汗珠不断地从他的额头滑落。

旧伤易解，深影难消，五年岁月，足以将深渊拓成天堑，这是时隔经年，他第一回摘下面具，以谢容与的身份站在青天白日里，说是要释怀，可是哪儿这么容易释怀？

德荣拧干帕子，为谢容与擦去额头的汗，轻声唤道：“殿下？”

半晌，谢容与才嗯了一声。

吴医官松了一口气，忍不住责备道：“殿下也太心急了，便是想要摘面具，何必挑在这样的时候。眼下宫中一团乱，殿下还把案子独自揽下来，只怕回了宫，几日都没的歇，对殿下的病情百害而无一利。”

谢容与闭着眼睛，声音嘶哑地回答道：“我是心急了些，但那时……”他停顿了一下，没说下去，反而道，“左右我知道，我的病在心里。”

“哪怕病在心里，病了五年想要根治也是难上加难！”吴医官轻声呵斥道，见他的额头与手背已是细汗淋漓，沉默了一下，自药箱里取出半碗药，“殿下把这药吃了，好歹能安神。”

极苦的药味扑鼻而来，谢容与微微睁开眼睛，看了药汤一眼，半晌，抬手挡开了：“不了，我得自己好起来。”

青唯回到家中，天色已经暗了。

江府安静极了，明明朝天在，驻云、留芳也在，她就是觉得府里显得很空旷。

“昨晚公子临行前交代过，少夫人只管安心住在江府，别的什么都不必担心。”驻云把晚膳送入房中，说道，“奴婢与留芳也留在这儿陪着少夫人呢。”

青唯嗯了一声，埋头吃东西。

原来他昨晚出城前，就把什么都安排好了，青唯想。

其实不用解释太多。谢容与待她怎么样，她是知道的，哪怕不是夫妻了，她要住在江府，没人会赶她走。他们在阳坡校场共同经历生死，今日是谢容与保她，但是，若换他陷于这样的境地，她也会想尽办法救他的。

青唯用完晚膳，很快停了箸。驻云知道她有心事，本想留下陪她说话，见她一副不愿开口的样子，将碟碗收了，福了福身：“少夫人，那奴婢出去了。”

青唯倒不是不愿多说，只是她想打听的事，驻云并不知道。

眼下谢容与虽然保下了崔弘义，何拾青一党拿住她的把柄，必将利用这一点打压玄鹰司，两方相持不下，反倒会给何鸿云可乘之机。瘟疫案这个案子，拖得越久，能钻的空子就越多，怕就怕崔弘义一个不慎死在牢里。

青唯不是朝廷里的人，谢容与这一回宫，她两眼一抹黑，什么局势都看不清，虽然可以找曹昆德问问，但她并不那么信任他。她眼下是嫌犯的身份，更不能接触玄鹰司中的任何人。除此之外，青唯就只认识一个高子瑜了。

想到高子瑜，青唯突然想到一点，是了，还有一个人。

青唯推开门，唤来留芳：“此前我受伤，那些人给我送的礼呢？”

留芳道：“回少夫人，奴婢帮少夫人收去后院的库房了。”

青唯：“带我过去，顺便把礼单拿给我。”

青唯到了库房，屏退了留芳，对照礼单，翻出张远岫送的那一份。

张远岫回上京后，她跟张远岫一共见了三回，抛开翰林诗会的初遇不提，余下两回他都说自己备礼匆匆，还望莫怪。他这样的人，一看就是细致沉稳的，凡事提过一次，若非有异，应该不会再提第二次，何况他昨夜为了何鸿云的案子，特意来找她，言语间称呼她为“姑娘”，难不成张远岫知道她和谢容与是假成亲？

张远岫的礼箱里，除了一些名贵药材，还搁着一只木匣。青唯拨亮灯光，将木匣取出来看了看，没什么异处。她将木匣打开，里头有一个锦囊。锦囊里的东西摸着有些硌手，像是……簪子？

青唯飞快地打开锦囊，里头竟然是一支双飞燕玉簪。

当初薛长兴投崖，将这些年查得的线索留给了她，断崖下的木匣中，除了几张洗襟台的图纸，余下的便是一支双飞燕玉簪。后来，青唯就是凭着这支玉簪找到了扶冬，查到了洗襟台与瘟疫案的关联。

眼前张远岫所赠的这支玉簪，与薛长兴留给她的十分相似。这不可能是巧合。

青唯根本来不及多想，快步出门，拿了斗篷与帷帽，唤道："朝天，备马车，我要去会云庐！"

昨晚张远岫离开前，最后说了一句"改日再叙"，她跟张远岫不熟，几乎堪称是陌生人，寥寥几句话中，他只提过一个地点，便是会云庐，所以"再叙"还能在哪里叙？只能是会云庐。

天色已经很晚了，好在会云庐通宵挂牌，到了这会儿，正是客似云来。青唯下了马车，罩上帷帽，叮嘱朝天在外面等着，独自进了楼中，对堂前掌柜的道："掌柜的，我来赴张二公子的宴。"

掌柜的拨算盘的手停顿了一下，他从堂后绕出来，跟青唯拱了拱手："客官，这边请。"他把青唯带到酒楼二层的一间雅舍前，"客官，就是这里了。"

青唯推开门。

雅舍里很宽敞，当中以一道竹帘相隔，分成里外两间。张远岫正坐在外间的棋盘前跟自己对弈，见青唯来了，他起了身，十分有礼地一揖："姑娘。"

青唯盯着张远岫，从斗篷的内兜里取出木匣，摊开放在桌上："这是怎么回事？"

张远岫微微一笑："姑娘果然聪慧。"

话音刚落，只听雅舍里间传来一阵动静，竹帘一下子被掀开，薛长兴拄着拐杖，快步走出来："小野。"

青唯一愣，立刻上前搀住他：“薛叔？”

青唯的目光落在薛长兴跛了的腿上：“薛叔，您怎么在这儿？你这腿，是落崖时伤的？”

他们二人说话间，张远岫已经收起了棋盘，倒上三杯清茶，温和地道：“二位久别重逢，不如坐下来一叙。”

薛长兴：“……事情就是这样，我这几年能这么顺利地逃脱朝廷的追捕，全赖忘尘相助。那日我的行踪被玄鹰司发现，我选择在孤山跳崖，也是因为忘尘在宁州试守，他听说我从狱中逃出来，应该会派人接应我。”

张远岫道：“薛工匠说得是，我一听闻薛工匠被玄鹰司追捕，便派人在宁州与上京城的交界地带等待，好在有惊无险。”

薛长兴：“到了宁州后，我告诉忘尘，我把洗襟台的线索留给你了，他派人去打听，发现你居然嫁去了江家。我当时就想了，你瞧着也没个嫁人的意思，所以忘尘跟我说，那个江辞舟，是新任的玄鹰司都虞侯，我就明白了，你应该是为了洗襟台的线索，嫁过去与江辞舟做假夫妻的，反正天大地大，你的本事大，想要走，没什么人拦得住你。其实那时忘尘就跟朝廷递了帖子，想要提前结束试守，早些回上京，可惜我的伤没好，暂时没法上路，直到阳坡校场起火的消息传来，我们才发现你在查瘟疫案。何家势大，你不可能无缘无故地找他们的麻烦，那么只有一个可能，瘟疫案与洗襟台有关。”

张远岫道：“当初的瘟疫案就发生在宁州，想要把这个案子掀到台面上，必须得有个站得住脚的理由，恰好我在宁州当差，便寻到了当年被瘟疫案祸及的户部郎官。”

青唯听了这话，愣了一下：“所以那个郎官与府官，是张二公子故意带回上京城的？”她当时还道怎么这么巧，他们一找到人质，当年因为瘟疫案被革职的户部郎官便到上京申冤来了。

“倒也不是。”张远岫笑了笑，“这个郎官确实无辜，五年前，宁州府尹冤枉了他是事实，如今想要昭雪，也是他们自己的意思，我做的，只不过是在这个时候说服他们随我回上京。”张远岫说着，站起身，再次向青唯深揖一礼，“其实一回到上京，在下便想去寻姑娘，奈何姑娘明面上已经嫁了人，在下不好叨扰，只得备礼一份，暗示姑娘相见。昨晚事出突然，在下不得不托高兄相邀，实在是冒昧了。”

青唯摇了摇头，思忖片刻，道：“我知道薛叔十分信任你，否则不会把我的真正身份与洗襟台的线索告诉你。我有一个问题，可能说出口有点儿无礼，但是我这个人谨慎，如果存有疑虑，我便不能对公子放心。”

张远岫：“温姑娘只管问。”

青唯手握茶盏，注视着张远岫，分毫不移：“当年洗襟台坍塌，公子的兄长张正清丧生在楼台之下，而朝廷的海捕文书上，我的父亲与薛叔皆是重犯，我也是总督工之女，身上有牵连之罪，按照文书，我们就是害了你兄长的人，你为何如此信任我们，不遗余力地出手相助？”

哪怕张远岫眼下知道了何鸿云的恶行，在此之前呢？薛长兴说了，他这些年能够顺利逃脱追捕，离不开张二公子的帮忙。

张远岫道：“姑娘也说了，按照海捕文书，温督工与薛工匠才是害了我兄长的人，是故在下也有一问，那份海捕文书，真的值得相信吗？”他说到这里，低下头，样子很平静，整个人像浸在一片月光里，“姑娘不是朝中人，所以不知道当年发生的事。先帝大病以后，朝廷繁乱，余后定罪，多半是为了给那时义愤填膺的士子与百姓一个交代。但是我们这些局中人，谁不知道洗襟台修成前，雨水急浇三天三夜，温督工不止一次喊停；洗襟台建成那日，温督工莫名其妙地不在，那根支撑的木桩，最后是小昭王下令拆除的。种种疑点，究竟查清与否，尚未有解，我怎么能这么轻易地怀疑他人？”

“自然我知道，单是这一点，不足以让我相助薛工匠。我相助诸位的原因还有一个。”张远岫说着，安静地一笑，“老太傅。”

他说的老太傅即前东宫的太傅，昭化帝的恩师，当年士子投江时的翰林掌院。此人在士人心中的地位极高，几乎是一言九鼎。

“老太傅？”青唯问。

“我儿时丧父，后来丧兄，是老太傅教养长大的。洗襟台坍塌时，老太傅对我说，他相信洗襟台坍塌，绝非令尊与诸位工匠之过。昭化年间，百废待兴，令尊在上京城时，老太傅曾见过一面，称令尊举止儒雅，清谈畅和，谦恭有礼，乃当世大筑匠之风。”

青唯愣了一下。印象中，父亲只是个会念书的工匠，常年在外奔波，不承想他竟有这样的名望。她道：“我知道了，多谢张二公子。”

既然她都弄明白了，那么就没什么好隐瞒的了。青唯道：“不瞒张二公子，我今日前来，除了见薛叔，另外还有两个目的，其中之一……我想问问，小昭王怎么样了？当初劫狱的人是我，罪过也是我犯下的，他将案子揽下，把我保下来，回宫后，必然会受人挟制。我生在民间，朝中没什么可以信赖的人，所以不得已，只能跟张二公子打听。”

张远岫听了这话，走到门前，唤道：“白泉，你进来。”

不一会儿，雅舍里进来一个扎着方巾，身穿短袄的人，看样子，应该是张远岫的书童。

张远岫吩咐道：“把朝廷的情况告诉温姑娘。”

白泉称“是”，对青唯道：“小昭王回宫后，崔弘义已经按照他的意思关押起来，由各个衙门调人看守。因为小昭王揽下了城南劫狱案，中书令何大人在朝堂上发难，要求彻查玄鹰司。尽管朝中有人深信小昭王绝非劫狱案的主使，但……温姑娘劫狱的证据摆在那儿，玄鹰司必然会因此受到牵连，整个衙门可能会被搁浅彻查。”

青唯问：“搁浅彻查会怎么样？”

张远岫道：“倘若单论玄鹰司这个衙门，应该不会怎么样，小昭王保得住它。但姑娘是知道的，何家的目的并不在此，他们想要的，只是崔弘义罢了。眼下崔弘义由各个衙门看守，何家暂时动不了他，可是玄鹰司负责的案件全部搁浅，不能接触任何嫌犯，也就意味着他们无法从崔弘义的手上取得证据。朝廷每个衙门都有自己的差事，不可能一直这么费时费力地守着一个犯人，短则三日，长则七日，如果崔弘义什么都招不出来，又或是只有供词，没有证据，朝廷必然会将崔弘义转移去普通大牢看守，那时，就是何家的灭口之机。”

薛长兴听了这话，着急地道：“那怎么办？我们辛苦地追查了这么久，到了最后这一步，如果证人被灭口，前头的工夫不都白费了吗？”薛长兴知道青唯已经找到瘟疫案相关的证人、证据，然而只有崔弘义能把瘟疫案与洗襟台联系起来，他是整个案子最后，也是最关键的一环。

张远岫道："我也在想办法，只是我刚回上京，尚且没有正经官职，便是寻人通融，暂时进到牢中，崔弘义没见过我，未必肯信任我，我没有把握从他的口中问出事由，浪费了有且仅有一次的机会还是其次，就怕打草惊蛇。"

青唯略一沉吟，说道："让我去。"

"温姑娘？"

青唯道："张二公子说得很是，我叔父这个人十分小心谨慎，这一点，公子从钦差的案宗上便可窥得一二，他意识到是因为招出魏升才被押解到上京，余下的枝节，他怎么都不肯详细说了。何况昨日杀手劫囚车，他受到了惊吓，如果见他的人不是他信任的人，这么短的时间内，他恐怕一个字都不会吐露。再者，城南的劫狱案，本来就是我做的，若我此行成功，从叔父那里取得证据，这是最好的结果；若我此行失败，大不了两桩案子一起招了，把玄鹰司彻底择出来，这样小昭王就不必受何家挟制，有充分的时间接触嫌犯、寻找证据。我成败与否，于大局而言都是有利的，我去见叔父，是当下唯一稳妥的决定。"

张远岫道："可是这样一来，姑娘冒的风险太大，一旦被发现，两桩大案缠身，姑娘怕是死罪难逃。"

青唯道："当年朝廷的海捕文书，早就给我定了死罪。我这几年可以说是从刀尖上捡回来的命。我若想苟活，便不会去碰洗襟台这个案子，既然碰了，做什么值得什么不值得，我心里自有衡量。"

青唯这话说得十分平静，张远岫听了，心头却是微微一震。他看着青唯，灯光里，她左眼上斑纹显得十分狰狞。他不知道这块斑纹是不是她用来掩饰身份的，但这一刻，他似乎能略过这块斑纹，看清她真正的样子。

张远岫退后一步，朝青唯一揖："温姑娘放心，两日之内，在下一定为姑娘安排妥当。"他停顿了一下，声音轻了些，"也请姑娘相信在下，在下虽然力量微薄，定然会竭力保护姑娘周全。"

夜深时分，青唯回到江府，才发现自己忘了跟薛长兴打听徐述白的下落了。

事情千丝万缕，她心神不宁，独自躺在榻上，竟然觉得这个屋子显得十分空旷。后来她闭上眼睛，也不知何时睡去，隔日醒来，只记得梦里荒原落雪纷纷。

天还很早，屋外的雪积了三寸厚。青唯踩着雪，去正堂跟江逐年请安，到了才发现，江逐年已经早早上值去了，正堂伺候的厮役说："小昭王回宫，今晚宫中设宴为他洗尘，老爷被邀在列，所以一早就去衙门了。"

宫宴这事青唯知道，昨日张远岫跟她提过。

小昭王回宫，宫中隐下了他这些年扮作江辞舟的秘闻，只称他年初病愈，随后外出办案，近日方归，是故为他设了接风宴。

青唯一面着急去见崔弘义，一面又说服自己要有耐心，反正张远岫已经去安排，越是这样的时候，越应该静下心来养精蓄锐。

到了下午，她正倚着榻边小憩，忽然听到外间有动静。

留芳很快来禀告："少夫人，堂姑娘回来了。"

青唯立刻从榻上翻身而下，拉开门，迎面见驻云将崔芝芸扶入院中。

谢容与说，最迟一日，便把崔芝芸从刑部放出来，竟然做到了。

崔芝芸见了青唯，哽咽着唤了声："阿姐。"

青唯快步上前："刑部没为难你吧？"

崔芝芸摇了摇头："刑部把我带去，问的是阿姐的事。"她的眼眶已经红了，却是拼命忍着泪没有落下，末了，还竭力笑了笑，"阿姐，我什么都没说，真的，我这回撑住了。他们无论问我什么，我都说不知道。问我伤没伤袁文光，我说我太害怕了，不记得了，问我你是何时回来的，我说我晕过去了，醒来就见到了你，我这回什么都没说错，对吗？"

青唯嗯了一声："多谢。"

雪只停了半日，这会儿又细细地落下来了。留芳在一旁温和地道："外头冷，少夫人与堂姑娘不如回屋里说话，奴婢给堂姑娘备了参汤，这就端来。"

自从青唯在阳坡校场受伤，她屋中的暖炉一日都不曾断过。崔芝芸随青唯回到屋里，没来得及吃参汤，便急忙问道："阿姐，我爹爹眼下怎么样了？"

青唯将汤婆子递给崔芝芸暖手，只道："叔父尚好，你不必担心。"她问，"今日刑部是哪位大人放你出来的？"

青唯这一问，原本没期待崔芝芸能回答，只是抱着一试的心态。没想到崔芝芸竟然知道答案："是刑部一位姓梁的郎中。"

梁郎中，那就是出城缉捕她的那位了。

青唯立刻问："这位梁郎中可跟你提过为何要放你出来吗？"

崔芝芸点了点头："我也正疑惑呢，他说，放我离开，是小昭王的意思。小昭王称这个案子与我和阿姐都无关，让他们去找他。哦，对了，梁郎中还说，刑部因为要去审查玄鹰司的案宗，很缺人手，所以不审我了。"

崔芝芸道："阿姐，玄鹰司不是此前拿我的衙门吗？眼下怎么要被审查了？姐夫呢？他知道这件事吗？还有小昭王，平白无故为何要帮我们？"

青唯听了这话，却沉吟起来。这个梁郎中无端与芝芸说这许多，恐怕不单单是试探，还有怀疑之意。他们还是认为她是真正的劫匪。

梁郎中的话，未必全然可信，然而可以确信的是，崔芝芸被放了出来，玄鹰司必然已经陷了进去，诚如张远岫所说，玄鹰司的职能被搁浅，这正是何家想要的，不能再拖了，她必须尽快见到崔弘义。

青唯打发崔芝芸回房，换好夜行衣罩上斗篷，正预备直接去会云庐等消息，这时，朝天在外面叩了叩门，说："少夫人，有您的信。"

信是张远岫写的，上头只写着一句话："今夜宫宴，时机正好，望姑娘于戌时之前来会云庐一叙。"

青唯看了一眼天色，回屋将信函烧了，快步往外走："朝天，送我去会云庐。"

朝天应"是"，把青唯送至楼馆。青唯下了马车，抛下一句："你回吧。"她快步走入楼中。

朝天没回，在纷纷大雪中扶刀而立，一脸困惑地望着眼前的楼馆。

会云庐究竟是什么地方？青唯不知道，但朝天是知道的，如果说东来顺是流水巷最大的酒楼，那么会云庐就是上京城文人雅士最爱聚集的地方，楼里雅舍分布，宽敞清静，士子们若有余钱，在此订下一间，邀三五旧友清谈畅饮，也是人间美事一桩。早年曲茂附庸过一阵风雅，邀江辞舟前来，朝天是跟着来过的。后来曲茂烦了，原因无他，只因雅舍里不能招待流水巷的姑娘。

换个说法，雅舍里多是男子。这样的地方，少夫人昨晚来了一回，眼下又来一回。她回回都去雅舍，这是怎么回事？

朝天在雪中站了两个时辰，见少夫人一直没出来，心中一个诡异的念头浮出水面，越来越清晰。他低头，在望向新刀的那个瞬间，一个念头在脑中轰然炸开。

第二十四章

深宫子衿

青唯到了雅舍，张远岫已经等候在内了。他一改平日的清雅模样，穿着士大夫的宽袍，脚踏白靴，发髻高束，整个人显得十分轩朗。

见到青唯，张远岫略作一揖："温姑娘，今夜戌时正刻，刑部囚牢由御史台看守，负责的郑监察，正是在下的同年，待会儿姑娘扮作斷役，随在下进宫，郑监察会安排姑娘与崔弘义相见。"

青唯道："今夜宫中不是摆宴吗？张二公子不必赴宴？"

张远岫："要赴的，不过去晚一些应该无妨。姑娘到了刑牢，在下会等在外间，方便接应姑娘。"

青唯想了想，摇头道："不必，张二公子把我带入宫门，自去赴宴，千万不要一同来刑部。我如果落难，谁都救不了。公子不如撇清关系，保全自己，这样才能与何鸿云周旋到底。"

青唯这话将利害说得清晰明了，张远岫听了，只能默允。

少顷，青唯在隔间换好斷役服出来，她擦去了斑纹，穿着一身男装，显得非常利落，明丽的五官带着一丝冷意，微翘的眼尾却似桃花。

张远岫稍微愣了一下。原来没了那块斑纹遮掩，她看上去只是一个涉世未深的姑娘罢了。

他很快移开视线，走到门前："温姑娘，请。"

冬日的天暗得很早，两个人从会云庐的后院离开，由白泉驱车，途中在一座府邸稍停，接上郑监察，往紫霄城驶去。

外面落雪茫茫，马车内，郑监察对青唯道："崔弘义是重要的嫌犯，眼下单独关押在刑部西牢，待会儿到了刑部，姑娘需再换一身杂役服，以送牢饭的名义去见他。本官届时会支开牢房前的看守，姑娘见到崔弘义，要问什么尽快问，切记，你只有半炷香的时间，半炷香后，左骁卫的中郎将就该回来了。”

青唯颔首：“知道了，多谢郑大人。”

今夜紫霄城西侧门十分繁忙，这个时辰，多是上下值与前来赴宴的。守卫见来人是张二公子与郑监察，验过鱼袋，很快放他们入内。青唯到了刑部，照计划扮作杂役，等郑监察把看守支走，立刻下了甬道。

西牢不大，两侧的囚室已经空置了，只有尽头的一间还掌着烛火。

青唯来到囚室前，搁下食盒，低声唤道：“叔父，是我。”

崔弘义正蜷在牢门边，听到这个声音，立刻回过身来，“……青唯，怎么会是你？你……你脸上的斑怎么……”

“这个日后再说。”青唯深知时间紧迫，打断他道，“叔父，我有要事问你，当年你帮魏升搬运过一批药材是吗？”

“这件事你怎么知道？”崔弘义一愣，警觉地朝四周望去，见四下无人，扶着木栏杆急切地道，“青唯，你在上京城里是不是打听到什么了？我正是因为招出了魏大人，才被押送回上京的。他这样的大官，我怎么可能认得？我是受他底下的师爷所托去搬运药材的，那批药材搁在木箱里，我都没掀开看过，我……我是冤枉的啊！”

青唯道：“叔父，您先别着急，您还记得让您送药材的师爷叫什么名字吗？”

崔弘义摇了摇头：“我只记得他姓刘。”崔弘义又问，“青唯，是不是这批药材有问题？我当时只负责把药箱从药铺搬到镖局，别的什么都没做，真的。你不是认得上京城里的官爷吗？你帮我跟他们解释解释，好不好？你说叔父是个老实人，从不做伤天害理的事……”

郑监察只给了青唯半炷香的时间，青唯心中着急，不得不直言不讳：“叔父，我实话告诉您，当初您帮那个师爷搬运的不是药材，而是一批赃银。这是滔天大案，倘若不能昭雪，结果您应该猜得到，我眼下有而且仅有这一次机会来见您，这会儿只剩下一盏茶的时间，所以我问什么，您答什么，别的什么都不必多说，行吗？”

崔弘义听得“赃银”二字，脸色一下变白了。他咽了口唾沫：“你……你问……”

青唯道：“您说让您搬运药材的师爷姓刘，后来您去岳州做渠茶生意，那生意门路也是刘师爷介绍给您的，对不对？”

崔弘义点点头：“对，是他。他说是为了答谢我搬运药材。”

“您还拿过他别的什么好处没有？又或者有别的证据，能够证明那些药材是他指使您搬运的。”

“没有，我什么好处都没拿。”崔弘义说到这里，停顿了一下，眼眶一下子变红了，“青唯，你的意思是，这批赃银是刘师爷故意让我搬运的？他们是不是一开始就打定主意要冤枉我，让我帮他们背黑锅？这么大的罪，全推到我身上，会不会……会不会牵连芝芸……”

青唯安慰道：“叔父，您冷静下来仔细想想，您手上究竟有没有证据？信函、银票、字据，再不济您当年回过他什么礼没有？”

崔弘义道：“真没有了，迁去岳州前，我的确想要回礼给他，但他不收，我只好作罢。字据、信函就更不可能了，你是知道的，我连字都不识几个。”

青唯道：“又或者不是刘师爷，镖局、药铺，其他行商，他们可曾给过你任何凭证？”

崔弘义正在冥思苦想，外间忽然传来一声动静。

郑监察迎出院外，高声道：“中郎将，这么快就吃完席了？”

青唯暗道不好，左骁卫的中郎将提前回来了！

罢了，半炷香的工夫，原本也问不出什么，今夜是她没把握好时机，还是回去另外想法子吧。

青唯拿佩巾遮住口鼻，正欲提了食盒离开，崔弘义突然道：“有、有！”

青唯的脚步停顿了一下，她回身急忙问道：“什么？”

“有一个东西，我也不知道算不算得上证据，当初我帮忙搬运药材，卖药的掌柜不想看我白辛苦，给我另外结了一份工钱，还留给我一张存根。我觉得这个掌柜的做事厚道、仔细，后来迁去岳州，时时引他为楷模，加上我是因为搬运药材才发了家，那张存根被我留了下来，当作发财符，送给芝芸的母亲。我记得芝芸的母亲把存根收藏在一个香囊里，她去世的那年，转赠给了芝芸……”

青唯听到后面，只觉得无比震惊。香囊？崔芝芸前几日不是刚送了自己一个香囊，她说那个香囊是她的母亲留给她的，求青唯救她的父亲。

青唯立刻从袖囊里取出一个香囊：“可是这个？”不等崔弘义回答，她立刻扯开绸绳，将香囊中的东西全部倒在手心，里头果然有一张叠得小小的存根。

崔弘义不认识字，所以这张存根，他这些年没怎么看过。

借着昏黄的烛光，青唯展开存根一看，上头的内容很少，只说明了崔弘义的工钱几何，为何要拿工钱，还有他搬运的这批药材，是由上京城中的林叩春采买，于昭化十二年二月，装箱百余，一路从陵川送往上京城。但是，够了，足够了。加上他们此前找到的账本，足以证明这批药材正是何鸿云贪墨的官银！

原来，一直以来，最重要的证据竟然就在青唯的身边。

郑监察拦不住中郎将，身后，中郎将带着骁卫巡视的脚步已经渐渐走近，青唯默不作声地将香囊收好，提起食盒，低垂着头转身，与中郎将擦肩而过。就在她快走到牢门口时，身后忽然传来一声：“站住。”

中郎将转过身，声音如有实质，直直地击在青唯的后背：“怎么瞧着面生得很？你过来。”

青唯只道不好，眼下虽然作杂役打扮，因为时间紧迫，并未过多修饰，只要摘了佩巾，这个中郎将一眼就能瞧出蹊跷。她的身上还有重要的证据，这是深宫，如果被困在这四方牢里，她不知道还有没有机会见到谢容与。可是除了谢容与，她不敢将证据交给任何人。她要离开只有趁现在！

中郎将见“杂役”的步子停顿了一下，“杂役”没有回头，反是快步往牢门走去，他立刻反应过来：“左骁卫，给我擒住那人！”

刑牢门口，两名左骁卫手持长矛直面来袭，青唯一个偏身避开矛锋，踩着矛头往下一压，矛尾直直地弹起，她顺手夺了长矛，左右横扫，将另外赶来的三名左骁卫击退。她用不惯矛，除了软玉鞭与一柄短匕，身上也没有称手的兵器，好在囚牢外的左骁卫尚未成势，青唯很快突围成功，径直掠上宫墙。

可惜前来围捕她的左骁卫只是最少的一拨，刑牢进入匪徒的消息很快在这深衙宫院里传开，几乎是顷刻之间，两重宫门外，数十条甬道齐齐亮起火把，火光将漫天纷扬的雪粒子照得清晰毕现，无数禁卫朝刑部这里拥来。

青唯站在高墙上，见到这一幕，心中冰凉一片。她不是没来过这里，但她所能到的地方，仅限于第三重宫门外的东舍小院。眼下她的行踪暴露，凭她的本事再高，绝不可能逃出去了。

青唯的目光从宫外移向禁中。也罢，既然她逃不去，就往里走，今夜不是有宫宴吗？大不了她在路上劫个人，逼被劫的人带她去宫宴，只要能把这个证据交到谢容与的手中，她怎么样都行。青唯说做就做，借着雪夜的掩护，飞快地往宫禁内掠去。她不敢走甬道，担心腹背受敌，只能落足于高墙与宫檐之上，这样一来，她的行踪更容易暴露不说，这深宫越往里走，道路越是曲折迂回，她甚至辨不清方向。

短短的时间，青唯都不知道自己的身后多了几拨追兵，抬头往前看，不远处有几个岔路口，还有禁卫过来拦截她。

身后的喝令声肃杀冷凛，青唯想，她今夜可能见不到谢容与了。她正预备将腕间的软玉鞭摘下，与香囊一起藏在某一个地方，待来日他去发现，正在这时，她眼角的余光里忽然出现一个人影。

青唯微愣，侧目一看，宫檐下快步走来一个人。夜色混着纷扬的雪，太昏暗，她看不清的他的样子，依稀只分辨出他的衣饰十分清贵，看起来应该地位不低。

就是他了。她劫了他，然后逼他带自己去宫宴，见小昭王一面。

青唯匍匐在宫檐上，一动不动，等着猎物逼近。直到他近得足以入网，短匕出鞘，青唯突然从高檐上跃下，就在这时，猎物也似乎有所察觉，突然退后一步，抬眼看向她。

四目相对，青唯愣了一下，他也愣了一下。

青唯在半空中将短匕一收："官人？"

谢容与几乎没有犹豫，抬手接住青唯，任她撞入自己的怀中，随后握住她的手腕，带她转入宫墙后，压低声音道："你的胆子也太大了！"他的语气没有半分意外，他似乎早已预料到她会出现在这里。

追兵已经迫近，这里的宫墙后是死角，青唯根本来不及问他是怎么找到这里的，立刻将香囊塞给他："拿好。"

谢容与："什么？"

青唯："何鸿云贪银子的罪证。"

谢容与感到有些意外，朝天来向他禀报时，他只猜到青唯去见了崔弘义，没想到这么短的时间内，她真的找到了证据。

青唯见谢容与将香囊收起来了，借着雪光，看了他一眼，转身便往宫墙外走，谢容与立刻拽住她："你做什么？"

"我听说玄鹰司被彻查，你动不了。"青唯道，"我去认罪，把你择出来，你一定要让何鸿云去九泉之下跟我爹磕头赔罪。"

这个案子拖得越久越不利，青唯束手就擒，这是最简单的解决办法。何况她这一身杂役打扮解释不清，若被人发现与谢容与在一起，还会牵连他。

然而，谢容与执意不肯让青唯走，追兵的脚步声就在宫墙后面，似乎下一刻就要拐入死角，另一侧的甬道口也出现一列身着锁子甲的殿前司禁卫。

火光蔓延、逼近，谢容与看着青唯，说："别乱动，也别反抗。"

青唯不知道谢容与要做什么，下意识地嗯了一声。

谢容与抬手，摘下青唯束发的方巾，让长发披散下来，随后握住她的襟口，微微停顿了一下，狠狠地一撕，他的动作几乎堪称粗暴，外衫被撕开，连中衣的襟口都被拽开了些，隐约可见她单薄的锁骨。

谢容与任撕碎的衣衫落在地上，被落雪掩埋，钳住青唯的手腕，把她抵在宫墙上，垂下视线看她。

火光逼近的前一刻，天地都沉浸在一片昏暗的夜色中，青唯抬头对上他的眼睛，他的目光清浅，也像盛着半碗清冷的雪。她听见谢容与沉重的呼吸声。

听见有人喊："找到了，在这儿——"

然而下一刻，青唯忽然什么都听不见了。

火光终于袭来，谢容与抬手钩起她的下颔，闭上眼睛，俯下身来。

感到嘴唇上贴上一片柔软，青唯睁着眼睛，只能看见谢容与高挺的鼻梁和长睫毛，火光映在他清冷的眼尾，像缀着月光。

“这里有人——”

“中郎将，在这边——”

脚步声在耳边停下，谢容与停顿了一下，稍离了寸许。谢容与看着她，目光似月下的波涛，可惜还不待青唯看清，那波涛已经停止，覆上从容。

他转过头，眉心微蹙：“你们做什么？”

中郎将认出谢容与，立刻后退三步：“昭王殿下。”

跟来的左骁卫与不远处的殿前司听到这一声称呼，齐齐地停住脚步，拱手拜下：“殿下——”

谢容与没吭声，脱下自己的绒氅为青唯裹上，这才问：“怎么回事？”他的语气凛然，带着一丝被打扰的责备之意。

中郎将自知撞破小昭王的好事，感到十分困窘，但是贼人的确是往这里跑了，此处除了小昭王，只有一个被他护在身后的女子，单是这一幕，并不能打消中郎将的怀疑。

“回殿下，刚才有人扮作送饭的杂役，接近囚在刑部西牢的嫌犯，下官发现后，联合殿前司禁卫，追到了这里。”中郎将道，停顿了一下，说，“殿下，下官职责所在，不知殿下能否让下官认一认您的身边人？”

这个请求合情合理，小昭王如果拒绝，便是欲盖弥彰。

谢容与没应声，让了一步。中郎将立刻手持火把上前，待看清眼前的人，他竟然愣了一下。眼前的女子长发如瀑，明丽、干净得像这霜雪一般，若不是日前见过一回，中郎将险些认不出她。

小昭王回宫，其他人只道谢容与是外出办案，近日方归。中郎将却是知道内情的——那日他跟着刑部去缉捕城南劫狱案的嫌犯，小昭王为了保住崔青唯，亲自摘了面具。

中郎将后退一步，将火把交给身旁兵卫，拱手赔罪：“原来是夫人，下官冒犯了。”

谢容与道：“既然知道冒犯，还不赶紧退下？”

中郎将犹豫了一下，却道：“殿下恕罪，只是那个送饭的杂役，下官并不知道是男是女，倘若那个杂役是夫人，未尝没有这个可能，夫人的功夫过人，从刑牢的卫兵手中突围不在话下。”他随即揖得更深，言语中虽有歉意，却分毫不让，“下官实在罪过，能否请夫人脱去氅衣，让下官看看夫人是否穿着杂役服，又或是在这附近找找有无碎衣、藏衣的佐证。下官记得，今夜宫宴，夫人并没有被邀请在列，忽然出现在宫中，未免可疑……”

“中郎将想要的凭证，明日一早，长公主会命人送到左骁卫衙门。”这时，甬道那头传来一个持重、沉稳的声音。

中郎将循声望去，只见此人一副宫中姑姑的打扮，四十岁上下的年纪，正是长公主身边的阿岑。

阿岑早先是伺候先皇后的，先皇后过世后，又到了长公主的身边。她在宫婢中的地位极高，底下的宫人见了她，无不尊称一声“阿岑姑姑”。

阿岑身后跟了数名内侍，到了近前，她先与中郎将行了个礼，随后双手交叠而垂，不紧不慢地道：“今夜的宫宴，被邀在列的都是朝中大员。中郎将要查夫人为何进宫，难道不该问后宫？实不相瞒，夫人是受长公主的邀请进宫的，中郎将要查，明早长公主会差人将昭允殿的来客访录亲自送到您的手上。”

中郎将道：“多谢姑姑，只是在下循着贼人的踪迹一路追到这里，再往里就是禁中。禁中把守森严，贼人没有别的地方可逃，还请——”他停顿了一下，朝谢容与作揖，“殿下行个方便。”

阿岑道：“中郎将既然知道再往里就是禁中，便该晓得哪怕眼下这个地方，也是左骁卫不该来的。宫中明令，两重宫门内，皆有禁卫把守，除殿前司，其余卫兵不得出现在禁中。奴婢一个后宫中人，今日见到左骁卫已是逾矩，不过奴婢老了，从前又随长公主出过宫，见了便见了，回头跟皇后请个罪即可。但中郎将一个男子，口口声声要查验长公主贵客的衣衫，究竟是不把昭允殿放在眼里，还是不把你眼前的昭王殿下放在眼里？”

中郎将被她说得浑身一震，立刻朝谢容与拱手：“殿下，下官绝非这个意思。”

阿岑道：“再者，夫人虽然是受长公主的邀请来到宫里，后宫女眷的出入，皇后那里都是知道的，中郎将信不过昭允殿，难道连皇后都信不过？”

中郎将："在下不敢。"

话说到这个份上，中郎将要查青唯就是得罪长公主，得罪当朝皇后。虽然心中疑虑未除，只得作罢。他赔罪道，"殿下，下官今夜冒犯，实乃职责所致，还望殿下勿怪。"说完，他带着左骁卫往外宫撤走了。

左骁卫一离开，被他们请来帮忙的殿前司亦去别处搜寻了。

阿岑待他们走远，唤来几名跟着的内侍："把这里收拾了吧。"随即她对谢容与福了福身，"殿下，长公主已经帮殿下在宫宴上请了辞，眼下正等在昭允殿，说想见一见——"阿岑看了青唯一眼，"姑娘。"

此处离昭允殿很近，走过去，不到一刻钟便至。

他们到了正殿前，谢容与停住脚步，对青唯道："我陪你把衣裳换了，再一起见过母亲。"

青唯看了谢容与一眼。其实直到中郎将找到他们，她都有些没反应过来，他稍触即分，可那柔软的感觉一直留存着，让她感到很不自在。眼下她在雪里走了一段路，倒是冷静些了。

青唯道："不必，别让长公主等久了，你先过去，我换好衣裳很快就来。"他们利用假夫妻的身份不是一回两回了，比个武还时时有摩擦呢，这没什么。

对，没什么。

阿岑早已经把衣裳准备好了，她在青唯的两侧鬓边挑了几缕头发，挽了一个很简单的发饰。这是未嫁女的发饰，青唯在铜镜中看得很明白。

昭允殿很大，宫室内，荣华长公主早已屏退了侍婢。

青唯四下望去，只见长公主端坐于一面山海屏风前，右侧的七星宫灯将整座大殿照得通明透彻。

她不知道为什么，莫名感到有些紧张，见阿岑跟长公主行礼，也跟着见礼："拜见长公主。"

荣华长公主没吭声，看着青唯。青唯是好看，若仔细打扮了，应该是个少有的美人，可要论倾国绝色，谈不上。

青唯被看得有些无措，谢容与见状，起身道："母亲，小野第一回进宫，对宫中的礼数不熟悉，母亲勿怪。"

长公主看了谢容与一眼，这才悠悠地道："坐吧。"

"听说你出生在辰阳？"待阿岑为青唯沏好茶，长公主问道。

"是。"青唯道。谢容与早就知道她是温小野了，她没必要在长公主面前隐瞒自己的身份："我生在辰阳的一个小镇上，那里的人大都姓温，多是匠人出身。"

长公主道："本宫知道，你父亲正是其中的翘楚。本宫听闻他年轻时其实考中过举人，但因志不在仕，放弃春闱，一心钻研营造之术。"

青唯道："是，父亲既是匠人，也是读书人。"

"你呢？"长公主问，"你念过书吗？"

青唯握着杯盏，低头道："念过，就是念得很少。儿时只学了《论语》与《诗三百》，《孟子》仅会诵几篇，我……不爱念书，父亲便不逼着我学，他说只要读过这几本，通晓事理，便足够用了。后来……"青唯抿抿嘴唇，"后来我喜欢练武，父亲便由着我跟师父和母亲学武去了。"

长公主："小野这个小名，就是岳红英给你取的？"

青唯："是我师父取的，就是岳鱼七。因为我很小的时候，挠坏过他的脸，他便叫我小野。"

长公主点点头，话锋突然一转："你可知道眼下无论是温阡、岳红英，还是岳鱼七，都是海捕文书上的重犯？"

"我知道。"青唯道，"可是我相信他们是清白的。"

"单是你相信没有用。"长公主道，"你能让天下人相信吗？"

"母亲。"这时，谢容与道，"此事错不在她，让天下人相信，也不应该是她的责任。"

长公主又看了谢容与一眼。她端起茶盏，收回刚才的话头，问青唯："在上京城里还住得惯吗？"

青唯："住得惯。"

长公主："以后呢？打算在上京城长住下去吗？"

青唯沉默了一下，行了个礼："回长公主，我到上京城来，一是为了寻找师父，其二，也是为了洗襟台的案子。待一切尘埃落定，我应该会继续寻找师父，上京城繁华、肃穆，不适合我，我生于江野，也只属于江野。"

长公主看着青唯："不忘初心，倒是难得。"她继续说道，"你二人且去吧。今晚夜闯刑牢，本宫虽然帮助你们瞒过一时，来日左骁卫上奏朝廷，朝中当有人借此发难，该怎么应对，与儿，你要未雨绸缪才是。"

谢容与起身称"是"，作了个揖："今夜多谢母亲为小野解围。"说完，他带青唯离开殿中。

谢容与一走，一旁的阿岑将长公主扶起来，两个人一起往内殿走："那温小野好不容易到昭允殿来，长公主怎么只问了几句？"

荣华长公主摇了摇头："你且看看与儿都把她护成什么样了？生怕本宫为难了温小野，本宫还能说什么？"

"这倒是。"阿岑听了这话，搀扶着长公主在妆奁前坐下，笑了笑，"奴婢从未见过殿下这么在乎一个人。"

长公主沉默须臾："这样也好，有了在乎的人，才有了真性情。当年士子投江后，皇兄将他养在身边，对他给予厚望，让他习文学武，到底太严苛了些。其实他的父亲本来不是这么拘束的人，他父亲是个逍遥的性子，为与儿取名容与，也是希望他长大后能逍遥自在。"

"乘舟辞江去，容与翩然。"阿岑念道，"连奴婢都记得驸马爷高中那年，在酒楼上凭栏写下的唱词。可惜先帝把殿下教得束心束情，洗襟台出事以后，殿下太过自苦，哪怕扮作江辞舟这几年，也不过是表面逍遥，心中冷寂，如今遇上这个温小野，终于放开了些，倒是有些驸马爷希望的样子了。"

长公主叹道："不是本宫非要提洗襟台这案子，有的警钟，必须敲在前面，真相一日未明，温小野便仍是重犯，但是这个真相，真的那么好找吗？楼台坍塌了，烟尘太大，掩埋的东西太多太多，容与应该知道，他与温小野之间，横着一道天堑。"

阿岑也道："殿下的心病未愈，近来执意不肯用药，病势时好时坏，这温小野若是个普通姑娘倒也罢了，接来宫里，陪着殿下也好，偏生她这么与众不同，奴婢看她的性子，与这深宫真是南辕北辙。”

“罢了。”长公主道，“且看他们自己的造化吧。”

昭允殿很大，除了正殿，还有东西偏殿。

谢容与住在东偏殿，青唯一路跟着他走下台阶，穿过回廊，起先各处还有值守的侍婢与护卫，入得东偏殿院中，竟瞧不见什么人了。

“今夜你……”谢容与回过身，欲问青唯夜闯刑牢的事，见她正左顾右盼，不由得疑惑起来，“你在看什么？”

青唯问：“这里怎么没人？正殿那边不是有很多人守着吗？”

谢容与道：“这是我住的地方，我……不太想见外人，所以禁卫都在殿外。”

青唯点点头，嗯了一声，把目光收回来，突然出了手。

谢容与根本没防着青唯，见她欺身过来，后退两步，下一刻便被她横臂抵在廊柱上：“说！”

谢容与：“……”

谢容与：“说什么？”

“说你是什么时候认出我的？”青唯问。谢容与在长公主面前那么自然地唤她小野，一定早就知道她是谁了，近来诸事繁杂，她险些忘了跟谢容与算这笔账，“是不是那日在扶冬的浴桶里，你故意取走我的小瓶，就是为了洗掉我的斑纹，确定我的身份？”

谢容与听了这话，不由得失笑。她怎么还觉得那件事是他故意的？

“不是。”谢容与停顿了一下，又道，“在那之前。”

还在那之前？青唯的语气冷厉：“什么时候？”

谢容与：“洗襟台修成之前，崔原义的小女突发急病，他为了赶回家见他的女儿最后一面，跟你的父亲请辞，这件事旁人不知道，我却是知道的。而且我一直知道你还活着，所以……”

青唯：“所以早在我到上京之前，你就知道我是谁了，对吗？”

“这倒不是。”谢容与道，“此前我并不确定你是谁，你是不是忘了，那日你为了躲避玄鹰司的追查，故意撞洒我的酒，我揭开你的斗篷，看过一眼。”

青唯的脑子里嗡鸣一声。那夜的长街深巷，带着一身醉意的贵公子挑扇掀起她的兜帽。

——“几个铜板是不值钱，加上这一眼，够了。”

——“银货两讫，放人吧。”

难怪他当时那么轻易地放了她！

青唯：“那就是你骗我！”

谢容与又失笑：“我什么时候骗你了？”

“你……你明知道我是谁，故意不揭穿我，还和我相互试探，”青唯道。她心中的滋味复杂难言，一时间感到又困窘又无措：“你分明什么都知道！”

谢容与道：“我知道你是谁，却不知道你来上京城的目的，最初的确对你有所试探。”他低头看着青唯，“后来我想和你说实话，不是你不让我说的吗？”他的声音一旦放低，像清泉淌过山间，带着一点儿连他自己都不曾觉察的温柔。青唯愣了一下，这才意识到自己离他很近，近到能感受到他清冽的气息。

宫墙边火光里轻柔的一触，那种不自在的感觉回潮似的，一下子涌到她的心间。青唯突然后退一步，不说话了。

谢容与温和地问：“生气了？”

青唯看了谢容与一眼，“你今夜是怎么找到我的？”

“是朝天。”谢容与道，“他今夜忽然进宫……与我说了些有的没的，我猜到你若有异动，只能是见崔弘义，便往刑部的方向寻找，后来就碰见你了。”他说到这里，想起青唯辛苦找来的证据，将香囊从袖囊里取出来，翻出存根看过，随即一愣，“这么重要的证物，你是怎么找到的？”

“说来真是凑巧。”青唯有点儿自得，“当年魏升让叔父搬运药材，没给他结工钱，就是为了事后作为答谢，把徐途的商路介绍给他。但那个大药铺子的掌柜是个老实人，见叔父辛苦，自掏腰包，不但给了叔父辛苦费，还给了他这张存根。叔父后来发家，把这张存根当作发财符，送给芝芸的母亲，被芝芸一路带到上京城中。”

眼下有了这张存根，加上此前的账本以及王元敞、扶冬和崔弘义三名证人，已经足以证明何鸿云的罪行了。

青唯问："我听说玄鹰司被停职了，那几户售卖缠茎夜交藤的药商，还由玄鹰司保护吗？"

"已经换成巡检司了。"谢容与道，"眼下这个时机，何鸿云应该不会妄动，崔弘义被押解到上京城，他的命门被套牢在这一步，如果这时对药商下手，事情闹得太大，对他不会有好处。今夜我便将奏疏写好，明天一早呈奏朝廷。"

两个人说着话，转眼已经到了东偏殿。青唯见德荣带着几个侍婢迎出殿外，对谢容与道："行，那你忙着，我先走了。"

谢容与一愣，拽住青唯的手："你去哪里？"

青唯道："这是宫里，我一个宫外人，总不好待在这儿。"

"你刚闯了刑部，你忘了？眼下出宫，是不要命了吗？"谢容与道，又停顿了一下，温和地说，"今夜留在我身边，哪里都不许去。"

德荣刚走过来，听到这一句，突然退后三步，做眼观鼻、鼻观心状。

青唯倒是不曾多想，知道自己留在宫里于礼不合，但比起小命，别的都不重要，指不定明早谢容与就把何鸿云参了一本，她有取证之功，还能将功补过呢。青唯点点头："也行。"

昭允殿寝殿的陈设与他们在江家的寝屋差不多，只是格外轩敞、清冷些。青唯沐完浴回来，谢容与已经坐在矮几前，执笔写奏帖了。

谢容与披着外衣，宫灯映照着他的侧颜，如月一般，分外好看。可是，他的脸色却不大好，隐约可见病色，青唯知道他的宿疾在心里，没多问。她走过去，在他身边的蒲团上屈膝坐下，问道："这就是明早要呈给官家的奏帖？"

谢容与嗯了一声。

青唯问："这奏帖呈上去，朝廷便可以定何鸿云的罪了吗？"

谢容与手中的笔停顿了一下："难说，纵使人证、物证俱全，一层一层彻查下来，当中还会遇到许多阻碍，何家的势力不是说说而已，何况无论是洗襟台还是瘟疫案，距今已经过去了数年，当中有许多地方可以辩白。"

青唯道："可是何鸿云的罪行不是明摆着吗？朝廷为何还要给他机会？"

"倒不是给他机会。"谢容与转过头来，温和地对她解释，"认真彻查，正反兼听，也是为了执法清明。昭化年间先帝勤勉图治，朝廷的底子好，三个法司中多是纯臣，还是值得信赖的。再者，像何家这样的世家，如果要定罪，不能只看一桩案子，昔年官家继位，他们有辅政之功，这两年也有政绩，虽然功过不能相抵，办他们的案子，朝廷会尤其慎重。”

青唯明白了。此前曹昆德也说过，何家势大，不将事情闹得沸反盈天，哪那么好动？

青唯道：“何鸿云这个狗贼做事一点儿底线都没有，身上一定背着其他罪名，要不我们再找几个证人，一起参？”

谢容与没吭声，看着青唯。说起来可笑，他们相识这么久了，这还是他们两个人第一回彼此都以真容相见，宫灯融融将他们包围，菱格窗外落雪纷纷。

红泥暖炉，静夜霜雪，只差一壶新醅酒了。

青唯被谢容与看得莫名，道：“怎么了？你是不是想到别的证人了？是谁？要是时间来不及，我先去捆了他。”

谢容与不禁笑了：“是，反正旁人是债多不压身，你是罪多不压身。”

重犯之女、城南劫狱、夜闯刑牢，她也不在乎多绑个人回来了。都道是红袖添香，她在身旁，大约只能添一泓刀光。

谢容与的笑容在灯光下漾开，青唯看着，觉得有点儿晃眼，揉了揉眼睛。谢容与于是低声问：“困了？”他停下笔，站起身，“困了先去睡。”

青唯的确有些犯困，但她的心思还在何鸿云这个狗贼的身上，见谢容与也上了榻，落下帘子，靠坐在她身边的引枕上，不由得问道：“你呢？那奏帖你不写了吗？”

谢容与：“看你睡着了我再写。”她第一回来宫里，谢容与担心她住不惯。

青唯停顿了一下，刚想说不用，这时，殿外忽然传来急促的叩门声：“殿下，殿下您已经歇了吗？”

那是德荣的声音。他不敢进屋，却不得不打扰：“殿下，不好了，出事了——”

第二十五章

雪夜血光

谢容与披衣下榻，拉开门："出什么事了？"

"是药商。"德荣道，"那几户药商里，有几个人被杀了。"

谢容与一愣。

王元敞被救出来后，几户药商为了自保，一直不肯状告何鸿云囤积药材的恶行，玄鹰司费了许多工夫，没能说动他们，眼下玄鹰司被停职，差事交接给了巡检司，怎么才一日就出事了？

谢容与快步回到房中，拿了外袍，一边穿一边问道："什么时候的事？"

"就是今夜。"德荣道，"巡检司那边，守着这帮药商的正是曲五爷。眼下死了人，曲五爷阵脚大乱，除了跟京兆府报案，只派人给殿下您送了消息。殿下可是要立刻赶去？"

谢容与嗯了一声，吩咐道："叫上祁铭。"他与青唯一起出了殿门。

夜里大雪纷扬，药商被杀的地方在城郊。谢容与赶到时，曲茂正披着衣服，脸色苍白地坐在临时搭建的棚子里，他的身边就是停放尸体的草席。

京兆府的齐府尹带人在附近搜查了一圈，见到谢容与，迎上前来："殿下，您怎么过来了？"

谢容与翻身下马，从衙差的手里接过火把，在尸体前蹲下来："怎么死的？"

"割喉。"一旁的仵作道，"应该是在出逃的路上，被人从后方一刀毙命。"

谢容与抬眼望去，统共四具尸体，颈前的刀伤如出一辙，的确是杀手所为。他问曲茂："巡检司不是看着这些药商吗？"

曲茂这是第二次看见这么血腥的场面，整个人像丢了魂儿一样，被谢容与这么一问，他艰难地回过神来："看……看着，是看着啊……"

齐府尹急忙问道："小五爷，您既然看着，这几个人怎么会出现在城外呢？"

曲茂道："……我怎么知道？"他看了谢容与一眼，心中的滋味复杂难言。他的莫逆之交摇身一变，成了高高在上的王，他被蒙在鼓里好几年，感到又气恼又彷徨，可偏偏，他摊上事了只能找谢容与。上回去接崔弘义，他闯了祸，朝廷正是看在小昭王的颜面才没有重惩他的。

"……是真的，"曲茂道，"我为了看着这些药商，夜里都没敢睡……"

一旁的史凉看曲茂解释不清楚，拱了拱手："殿下、齐大人，卑职姓史，是曲校尉麾下的巡卫长，校尉大人的话不假，巡检司今夜确实不曾玩忽职守。只是这几户药商并非嫌犯，而是证人，卑职等奉命保护他们，却不能如犯人一般严加看管，这几个人是从背巷溜走的，卑职等夜巡时，发现搭在墙根的木梯，循踪追出城外，他们已经被杀了。"

谢容与问道："尸体辨认了吗？"

史凉道："回殿下，死的这几个人姓祝，乃宝芝药铺大房一家，卑职记得大房还有一个小女儿，不在其中。"

这时，一名捕头来报："殿下、大人，巡检司已经将祝家人与余下的药商带来了，可要安排认人？"

齐府尹抬眼一看，只见几户药商黑压压的来了一大群人，登时皱起了眉头。这是案发地点，哪怕要认尸体，在祝姓里挑两个人即可，这位曲五爷真是不会办差，找这么多人，也不怕闹起来。

齐府尹本欲发作，见小昭王都没说什么，将火气压了下去。

谢容与问道："祝家人来了吗？"

"祝家只来了老太爷与一个小姑娘。"捕头说着，招手示意，让衙差把这两个人带过来。

青唯看过去，心中突然一紧。

老叟双鬓斑白，脊背佝偻，他身边的小姑娘才十一二岁，牵着她阿翁的手，站在远处惊慌地看着他们——她还不知道发生了什么。

谢容与也感到不忍心，然而人死如灯灭，还能怎么办呢："让他们去跟亲人道个别，脖子上的伤就不必露给他们看了。”

谢容与沉默片刻，对齐府尹道：“齐大人，今夜这事十分蹊跷，几名药商为何忽然出城，出城之后何以被杀，一定得查个分明。巡检司既然已经把其他药商带来了，依本王看，不如眼下就审。”

齐府尹立刻道：“就照殿下的意思办。”

一众药商被京兆府拦在外围，他们瞧不清这边的情形，正在着急，见祁铭引着两名衣饰清贵的大人过来，其中有个身穿褐袄的问：“祁护卫，祝家大哥他们……他们真的死了吗？”

早前玄鹰司奉命保护药商，正是由吴曾与祁铭带兵轮班，所以这些药商认得祁铭。

祁铭沉默片刻，点了一下头。

药商们的脸色一下变了：“他们……他们怎么死的？”

“是不是……被人杀了？”

祁铭虽然没吭声，众人已经从他的沉默中得到了答案。

几个时辰前还活生生的人，眼下忽然成了尸体，其中一个蓄着短须、头戴棉帽的绷不住：“我就说了，我早就说了，五年前，他灭口林叩春的时候就没安好心！我们是把缠茎夜交藤卖给林叩春的人，他怎么可能留我们的命？阳坡校场，他把人质一杀，我们就应该去告他的，早就该去告他的！”

“叶家大哥，你眼下说这些有什么用？当初阳坡校场出事，王家要去敲登闻鼓，不是你第一个畏惧何家的权势，打退堂鼓的吗？”

“王家为什么愿意去告？那是因为他们只有王元敞这一个独子！王元敞活了下来！可我们叶家，上上下下三十口人，我赌不起啊！”被唤作叶家大哥的戴棉帽的男子急忙说道。

“几位不要吵了。”起先那名身穿褐袄的人说道，“祁护卫带着大人过来，一定是为了给我等做主，你们在这里吵嚷不休，让大人们怎么断案？”他朝祁铭拱了拱手：“祁护卫，敢问这二人是？”

祁铭道：“我身边这位乃京兆府尹齐大人，眼下宁州瘟疫案已经重审，正是由齐大人经手，你们有什么冤情，都可以向他说明。”祁铭停顿了一下，“至于另外这位，正是此前阳坡校场，涉险救出王元敞的昭王殿下。”

这话一说出来，一众药商都愣住了。

“昭王殿下？”

“真的是小昭王？”

然而看谢容与伫立在雪夜中，恍若天人的眉眼，除了那个名动上京城的小昭王，再不可能是旁人了。

“殿下——”叶家大哥先一步在雪地里跪下，紧接着余下药商纷纷跪倒在地，“殿下，求殿下为我等做主啊！”

谢容与道：“关于你等贩售缠茎夜交藤的枝节，本王已经知晓，证据也拿到了，本王眼下有一个问题，还希望你们如实道来。”

“殿下尽管问。”

谢容与：“你们来到城郊，问祁护卫的第一个问题，不是官府为何会带你们来此，你们甚至不曾对死者的身份起疑，而是直接问，祝家的人是不是死了，可见他们出现在城外，你们并不感到意外，你们甚至预料到他们会遭遇毒手。”谢容与的声音有些冷，“怎么，祝家今夜的行为，是你们一起计划好的吗？”

谢容与这一问来势缓缓，收势却锋芒毕露。

一众药商听后，面面相觑，竟然谁也不敢接话。

过了半晌，还是此前身穿褐袄的男子长叹了一声：“还是草民来说吧。”他朝谢容与拜了拜，“殿下，草民姓王，正是王元敞之父。殿下是知道的，当年卖缠茎夜交藤给何家的人，就是我们，何家担心我们把这件事说出去，就从我们各家各挑了一个人质软禁起来。前阵子阳坡校场出事，除了元敞，其他人质都死了，我们几家人，为了要不要状告何家，一直争论不休。不告吧，亲人死了，实在咽不下这口气；可是告吧，何家势大，我等如何得罪得起？眼下死的只是一个人，往后要是死的人更多，我等岂不是没活路了？

“说来惭愧，我们权衡利弊，最终还是决定不告。可是昨日，一直保护我们的玄鹰司忽然撤走了，换成了巡检司。草民自然不是说巡检司不好，只是这样的调换，让草民意识到一个问题，朝廷不可能一直派兵保护我们，有朝一日，风声过去了，这些兵撤了，我们这样的人活着，对何家而言，始终是一个威胁，到那时候，何家要对我们下手，便轻而易举了。所以我们思来想去，还是决定离开上京城，从此隐姓埋名。

“既然决定要离开，那么越早离开越好，我们人太多，一起行动，太容易被人发现，于是决定分成几拨出城。顺序……是我们抓阄选出来的，祝家大哥抓了‘一’。临行前，他担心遇到危险，把小女与祝家老太爷留给我们照顾，没想到，没想到……”

话未说完，只听草棚子那边，忽然传来凄厉的一声：“娘亲——”

青唯循声望去，竟是刚才的那个小姑娘伏倒在一具尸体前，流着泪喊出声。小姑娘的身影在这暗夜里单薄似飘零的雪片，而她身后的阿翁早已跌坐在地，不断地抬手擦泪。青唯见了这一幕，不知为什么心中感到一阵荒芜，握着剑的手渐渐收紧。

王元敞的父亲见状，他一咬牙，对谢容与道：“殿下，我们知道错了，从一开始，我们就不应该畏惧何家的权势！为虎作伥，最后只能被虎反噬！我们愿意敲登闻鼓，联合起来状告何鸿云的恶行，求殿下为我们做主！”

“殿下！”余下的药商也道，“明日一早，我们就到宫门口状告何家，求殿下为我们做主！”

“求殿下为我们做主——”

谢容与站在雪里，听到这声震四野的恳请，却是一动不动。好半晌，他说道：“本王还有一个问题。”

“殿下尽管问。”

“你们……”谢容与的声音比方才还要冷一些，“除了何家……还有什么别的仇家吗？”

一众药商面面相觑，身穿褐袄的男子接话道：“殿下，草民都是做买卖的老实人，从不曾与人结仇结怨，若不是五年前卖了缠茎夜交藤给何家，何至于有今天？除了何家，不会有人想要杀我们灭口。”

是，他们的手里有何家的把柄，除了何家，不会有人想杀他们。可是，今夜这场惨案，真的是何鸿云做的吗？

看看今夜的结果——所有的药商被逼得走投无路，不得不选择铤而走险，将何家状告到御前。这是何鸿云想要的吗？

眼下这个时候，崔弘义被小昭王保下来关在刑部，但凡他供出一点儿枝节，对何鸿云而言都是莫大的威胁，幸而何家势大，他们可以从容不迫地应对以后漫长的审讯，找准每一个机会化险为夷。但这一切，都必须在暗中进行，在平静无波的海面下，以暗涌抚平暗涌，所以他们最害怕的是什么？他们怕万丈波澜，怕掀天海浪；怕小心渡舟，一夕倾覆；怕涉水而行，水聚成涡，而所有的民怨、闹事，对他们而言，正是一发不可收拾的风浪。几个祝家人死了，药商之怒凝结成怨，涌至御前，这是何鸿云最不想看到的。所以，这个时候，最不可能杀这些药商的，就是何鸿云。

青唯在小姑娘跟前蹲下来，半晌后，低声劝道："小姑娘，别哭了……"他们已经死了，哭也哭不回来的。

可是那个小姑娘恍若未闻，反而抽噎得更加厉害。也是，年少丧父、丧母的悲恸，哪是一两句安慰能够缓解的。她明白的。

青唯看着小姑娘伏在母亲身上的身影，忽然觉得这个身影似曾相识，似乎在记忆中的某一处看到过。她突然一下子握紧手中的剑，站起身，在谢容与发现之前，快步遁入夜色中。

半夜的雪已经小了很多，青唯在寒夜里打马而行，觉得非常冷，刺骨的冷，寒风如刀刮过她的面颊，她的耳畔浮响起翰林诗会那一夜，她去见曹昆德时，曹昆德对她说的话——

"要拿瘟疫案去治何鸿云，何鸿云退一步，认个错，缓个小半年，这事儿就跟落入海中的石子儿，一点儿声响都听不到了。"

"咱家呢，有个更快的法子。过来，咱家教你。"

"不将事情闹得沸反盈天，何家哪这么好动？心得狠哪。"

青唯到了东舍小院，几乎没有停顿，快步走入院中。墩子正守在院门口，见青唯不知道从何处而来，震惊地道："姑娘，您今夜怎么过来了？"

青唯没理墩子，到了屋舍前，一把推开门扉，冷冷地注视着曹昆德。

风雪在这一刻灌入屋中，她的长发与斗篷在风中狂卷翻飞："那些药商，是不是你杀的？"

雪粒飘洒入户，几乎扑灭桌上的灯，冷风刀子似的，一寸寸割在面颊上。

曹昆德却不在意，漫不经心地吩咐："墩子，把门掩上。"随后，他从木匣里取出一只剔指甲的锉子，连眼皮都没掀，"怎么？药商死了？"

"不是你派人做的吗？"青唯道，"翰林诗会当夜，你说何家势大，难以连根拔起，除非民怨沸腾，人人得而诛之。你叫我杀几个药商，迫使他们闹起来、告御状，今夜发生的一切，不正如你预期的一般？"

"法子是咱家教你的，可你为什么认为是咱家做的呢？"曹昆德慢条斯理地道，"再说了，百余药商状告何家，这不是好事吗？何家偷梁换柱，牟取暴利，何拾青、何鸿云父子行事心狠手辣，视人命如草芥，早就该有此下场了。药商不死，你想等朝廷慢慢查，慢慢审？不知道要等到猴年马月呢。"

青唯："何家视人命如草芥，今夜滥杀药商之所为，难道不是视人命如草芥？药商何其无辜，为达目的不择手段，这样与何家有什么分别？"

"可是人死都死了，你眼下来找咱家，有什么用呢？咱家又没有起死回生之术。"曹昆德道，"不过你说得对，这几个药商，死得确实可惜了，尸体怎么先被巡检司发现了呢？若换了咱家，咱家可不这么干。"

青唯听了这话，沉默片刻："义父的意思，今夜药商之死，确实不是您做的？"

"若是咱家做的，咱家可不在那荒郊野外动手，咱家会命人把药商们堵在流水巷，将尸体抛在最繁华的沿河大道，待明早天一亮，千百人一起发现惨案，岂不更好？既然要把事情闹大，何必局限于药商，不如将整个上京城搅得人心惶惶。"曹昆德道。他看了青唯一眼，语气和缓："虽然你误会了咱家，咱家呢，不会怨你。你出身江野，朝中的局势看不分明，何家在高处站得太久了，难免不把下头的人当人看，到了何拾青、何鸿云这两辈，寡义狠性几乎是刻在骨子里的，朝中有人看不惯他们，自然会在恰当的时机出手。那些都是老狐狸，想法嘛，难免会跟咱家不谋而合。"

青唯听曹昆德说完，一时沉默下来。她不相信曹昆德与药商的死全然无关，但有一句话他说得对，做事做绝，这案子若换他做主谋，手段必然更狠。

青唯问："如果不是义父，那么是谁？"

这一问掷于深夜的幽暗里，无人回答。

青唯与曹昆德之间的信任本来就脆如薄冰，在几年岁月里寸寸皲裂，刚才她推开门的那一瞬间，薄冰破碎，她知道，曹昆德什么都不会告诉她。青唯低下头："我先走了。"

"等等。"曹昆德唤住青唯，翻开两个茶盏，提起瓷壶，"茶还温，坐下来，陪义父再说几句话吧。"

"……咱家捡到你时，你才十四岁，半大的小姑娘，在废墟的碎瓦砾里翻了一夜，脸上全是脏灰，咱家走过去，问，'小姑娘，你找什么呀'，你说你找你爹，他被埋在下面了。咱家当时看着你，那么单薄的一个小人儿，眼眶通红，十根手指挖出了血，那是真心疼哪。咱家把你捡回去，让你唤咱家'义父'，你就乖乖地喊了一声，你说咱家救了你的命，你会跟着咱家，咱家那时只当你乖巧，后来才知道，温小野就是温小野，一直有自己的主意，其实你哪里是想跟着咱家呢？你知道咱家是朝中人，想跟着咱家找鱼七。"

冬夜太冷了，茶放在桌上，搁了一会儿就凉了，青唯没喝，只说："我的确是想找师父，可那时义父救下我，帮我隐去身份，我说跟着义父，想要报答义父，亦是出于真心。"

"罢了，过去的事了，不提了，或许这就是你我的缘分吧。"曹昆德道，"缘分这东西，谁说得准呢？当年小昭王亲赴辰阳，请你父亲出山修筑洗襟台，你不也没想到多年以后，你与小昭王会相逢在上京吗？"曹昆德说到这里，话锋一转，"说起来，温阡赶回辰阳，是给你母亲守丧的。若不是小昭王相邀，他后来恐怕不会死在洗襟台下，如今义父瞧着……你竟不怎么记恨这位小昭王？"

青唯沉默片刻："我父亲是什么样的人，我很清楚，前去修筑洗襟台，如果不是他心中所愿，谁都请不走他。我少时天真，总把自己的想法加诸他人身上，以为父亲就应该留在辰阳为母亲守丧，殊不知我有我的执念，父亲也有父亲的执念，他错失了见母亲的最后一面，心中悲悔，这座楼台，在他的心里，或许就是为母亲而建的。父亲前去修筑洗襟台，这是他自己的选择，怪不到小昭王身上，我这些年，亦从未因此事怨过小昭王。"

"难得你能想得透彻。"曹昆德长叹一声，"既然如此，有件事，义父也不瞒着你了。其实洗襟台修成前，温阡因为连日暴雨，屡屡喊停，楼台修成前夜，他被玄鹰司掳走，一开始是不在的。所以后来洗襟台坍塌，玄鹰司的指挥使、都点检均被问斩，朝廷对于温阡是否有罪，却争论不休。最终，你能猜到温阡的罪名是怎么定下来的吗？是小昭王。是他，亲自在温阡的定罪文书上署了名。”

“义父的意思，”青唯问，“是想告诉我，我的父亲背负罪名，是小昭王的过错？义父此前有句话说得不错，我出身江野，朝中的局势看不分明。可我身为温阡之女，查洗襟台这个案子这么久了，当年上至朝堂，下至民间，究竟是什么样的，我却是清楚的。当年洗襟台坍塌，死伤的士子、百姓数以百计，先帝一病不起，皇位即将更迭，朝局动荡不稳，民间更是怨声四起，甚至有人聚众于宫门前，以请降罪参与修筑洗襟台的所有工匠。这样的情况下，总督工如果不定罪，难以平众怒。换任何一个人在小昭王的位置上，恐怕都没有别的选择。是小昭王让我的父亲背负罪名的吗？他只是不得不在定罪文书上署名罢了。真正让我父亲背负罪名的，是那些让真相掩埋在烟尘下的人，是何鸿云、何拾青、魏升、徐途，还有我尚未揪出来的，将来一定会揪出来的罪人。”

青唯说着，低下头，沉默良久：“话既然说到这里了，有一件事，我心中一直好奇，想跟义父打听。当年海捕文书下来，我的名字上被打了红圈，后来我去打听，那是因为朝中有人说，我已经死在洗襟台下了。我想问义父，这个人，”青唯抿了抿嘴唇，“是不是就是谢容与？”

屋外夜雪声声。

曹昆德听到这个问题，倒是想起来一些无关紧要的枝节。

说起来，海捕文书拟好那日，还是他拿去昭允殿给小昭王过目的。

那时谢容与身上的伤好了些，可惜心疾成灾，几乎是不能见外人的。

殿外下着雨，曹昆德躬身在榻前，将海捕文书呈上。

年轻的小昭王倚在引枕上，面色苍白如纸，神情寂然地掠过文书上一个又一个名字，直至在某一处停下，他的目光稍稍一动。片刻，他提起一支朱笔，在海捕文书“温氏女”三个字上画了一个圈，低声道：“这个小姑娘，洗襟台坍塌那天，我见过她，她……已经死在洗襟台下了……”

…………

曹昆德慢悠悠地笑了笑："正是呢，说起来，那份文书还是咱家呈给小昭王的，亲眼瞧见他在你的名字上画了红圈，只是，他到底是给温阡定罪的人，这事咱家便没与你提。"

曹昆德在烛光下端详着青唯的神色，忽然另外提起一个话头："对了，等何家定了罪，崔弘义也该平冤了，你的妹妹，今后是个什么打算呢？"

青唯道："这是芝芸的事，我尚不曾过问。"

曹昆德："叫咱家说，她一个弱女子，最终还是要嫁人的，她是貌美，可这天底下，貌美的女子不止她一个，哪有那么多如意郎君让她挑呢？不如跟了高子瑜。反正佘氏已经跟高家解亲了，崔芝芸嫁过去，指不定能做正妻。"

青唯愣住了："佘氏解亲了？"

曹昆德："可不是吗？佘氏是兵部尚书家的嫡出千金，五年前，她的庚帖可是递到了荣华长公主的手上，若不是小昭王在洗襟台出了事，这门亲指不定成了呢？高家什么门户，哪配得上她？再说了，眼下小昭王执掌玄鹰司，他想干什么？朝中那些老狐狸都观望着呢。嘉宁朝到底不比昭化朝，小昭王能走到什么地步，尚没有定数，好在他年轻，也没有真的成亲，还是有捷径可走的，若是跟哪家高门大户强强联姻，这朝中的格局，很快就要改写了。你说，是不是这个理儿？"

青唯沉默许久："……这是小昭王的事，义父与我提来做什么？"

"人老了，闲谈嘛，难免扯得远了些。"曹昆德一叹，"刚才与你说话，恍惚觉得你还是当年那个小姑娘，可你到底已经长大了，风霜雨雪，都想自己去闯。罢了，再说下去，天都快亮了，你且去吧，仔细天黑路滑……"

青唯离开后不久，墩子推门进屋。他将洗脚水搁在榻前，将烛火拨亮了些许，俯下身为曹昆德脱靴："姑娘是个聪明人，公公刚才离间她与小昭王，她看得出来。"

曹昆德慢悠悠地道："咱家为何要离间她跟小昭王？咱家只不过是想试试温小野和谢容与之间的羁绊有多深罢了。"

墩子："可是姑娘对小昭王十分信任，往后只怕不会真心实意地为公公办差了。"

"她几时真心为咱家办过差？"曹昆德道，双足浸到水里，他长叹一声，"从咱家捡到她，她一直有自己的主意。她愿意跟着咱家，一方面，是念及咱家救了她，另一方面，是想从咱家这里打听消息，她清醒着哩，在心里把账算得明明白白。不过呢，咱家眼下也不需要她事事听从咱家了。人嘛，这样可以用，那样也可以用，只要有弱点，不一定非得攥在手里。你瞧瞧，温小野、谢容与，多聪慧澄明的两个人，可他们太在乎洗襟台，太在乎真相本身，反而忽略了他们周围的神神鬼鬼，人心鬼蜮啊，他们今夜不就中计了吗？"

墩子道："公公的意思，去缉拿温氏女的兵卫，已经出动了？"

"温小野在左骁卫跟前露了脸，谢容与以为只要把青唯留在身边，就护得住她。他想得不错，只是他们一个是王，一个是重犯，久而久之，只能相互拖累彼此。咱家呢，从前的确是盼着温氏女能查清洗襟台的真相，盼着她能告诉世人，这座楼台，根本就不该建，如今时移世易，小昭王总算露面了，要查洗襟台，还有比这位殿下更合适的人选吗？咱家今夜把温氏女的画像递去刑部，正是为了帮小昭王一把，毕竟留这么一个牵绊在身边，束手束脚的，不如就此割舍了。"

海捕文书上，对温氏女的判决只有四个字：格杀勿论。

墩子道："公公把姑娘的画像递去刑部，朝廷那些人伺机而动，姑娘恐怕自身难保了。小昭王宿疾未愈，如今摘下面具，不过勉力支撑，倘若得知姑娘出事，只怕会心病复发。"

"正是因为他宿疾未愈，才该来一剂猛药。心病在心，爱恨悲欢皆是良药。"曹昆德道，"朝中那几个人啊，贪心不足蛇吞象。看着何家倒了，又不想看小昭王起势，利用药商之死把温小野逼出宫，打算擒住她，往小昭王的身上泼脏水？未免心急了些。咱家呢，多留温小野这么一会儿，让她赶不及去城西，不至于牵连昭王殿下，算是全了我们所有人的心愿。而且咱家不是没提醒过她，如果是为了扳倒何家，这些药商最好是死在流水巷，如今死在城外，那么杀人者的目标，究竟仅仅是何家，还是包括了她？是死是活，且看她的造化了。"

破晓时分，天色还很昏暗，青唯骑了马，正往城外走，忽然觉得不对劲。四周太安静了，除了落雪声，几乎什么都听不到。

眼下接近卯初，寻常这个时候，哪怕落着雪，也应该有早食铺子张罗着做买卖了，而她眼下驱马走在大道上，四下里铺门紧闭，楼舍里连一点儿晨起的光亮都没有。

青唯几乎本能地勒停了马，朝周遭望去。骏马不耐烦地在雪地里蹭了蹭蹄子，呼出几口热气。下一刻，她掉转马头，往一旁的深巷中走去。她的心是悬着的，就在她停下马的瞬间，听见了缓慢的拔刀声，声音极其细微，近乎要与簌簌落雪混在一起，但是瞒不过她的耳朵。有人跟着她。为什么？

青唯耳畔忽然浮响起曹昆德刚才说的话："你且去吧，仔细天黑路滑。"

"刚才与你说话，恍惚觉得你还是当年那个小姑娘，可你到底已经长大了，风霜雨雪，都想自己去闯。"

"若换了咱家，咱家可不在那荒郊野地里动手……要将事情闹大，将上京城搅得人心惶惶才好。"

是啊，如果仅仅是为了对付何鸿云，大可不必将药商杀死在城郊，这一点曹昆德能想到，朝中那些老狐狸难道想不到吗？既然想到了，他们依旧决定让巡检司第一时间发现尸体的目的是什么？

青唯想到这里，心中突然感到一寒。药商之死事发突然，她看见那个丧失双亲的小姑娘，不管不顾地闯来东舍，却忘了多想想，自己如今处于何种境地。是的，哪怕她露了脸，时隔经年，朝廷想要查出她的真正身份，多少要些日子。可她怎么忘了呢？在这座上京城中，还有一个人，可以随时随地置她于死地。

那就是曹昆德。

或许是因为五年前，她在洗襟台下被曹昆德所救，五年的时间，曹昆德尽心尽力地帮她隐瞒身份，让她误以为曹昆德不会轻易害她。所以，她忘了，她在曹昆德的手中，自始至终只是一枚棋子，一枚只要有更好的选择，就可以随时抛弃的棋子。

青唯的第一反应是往城外赶，驱马没跑两步，她立刻停住。来不及了，曹昆德既然决定绊住她，不可能留时间让她寻求庇护。而她与谢容与相识的时间太短，她念及曹昆德的救命之恩，甚至没在谢容与的面前提及过曹昆德。

今夜这一关，只能靠自己。

青唯若无其事地从深巷里打马而过，走到巷角的盲区，她以迅雷之势飞身下马，折入墙后的草棚之下。

青唯并指拈着一枚石子，往街头另一端的高窗掷去。石子击在窗棂上，发出一声闷响。刹那间，青唯只闻长矢如破风，几乎是同一时间射向窗棂处。

埋伏在街巷中的兵卫一起拔刀。青唯立刻就向巷子的另一头奔去。她将身法提到极致，盼望着黎明前的黑暗能掩去身形，腕间缠绕着的布囊已经解下，软玉剑握在手中，蓄势待发。

然而，就在青唯逃出深巷的那一瞬间，前方火光乍然亮起，几乎要灼透天光。左骁卫轻骑在巷口列阵，中郎将高坐于骏马上，目光冷冷地注视着她：“原来足下竟然是温阡之女，久仰。”

第二十六章

忧心如焚

半个时辰前，城门外，西郊。

药商在荒野里跪了满地，伴着祝家小女一声接着一声的啜泣，义愤填膺地道：“殿下、齐大人，今日死的是祝家，来日死的就是我们，何家人心狠手辣，五年前的林叩春就是被他们灭口的，他们不会放过我们的！我们豁出去了，现下就去宫门口跪着，哪怕冻死在这雪天里，也好过死在何家的手上！”

齐府尹见局势难以控制，劝解道：“诸位，诸位听本官一言，你们若想告御状，不可如此莽撞，你等推选出一个人，将冤情写成状书，明日卯时到紫霄城外敲登闻鼓即可，届时会有御史带你们到宣室殿上，官家问什么，你们答什么。”

“我们到了宣室殿，官家便能治何家的罪吗？”

“倘若官家不定何家的罪，何家事后报复我们，我们的安危如何保证？”

“今夜祝家人的死了，殿下与齐大人乃亲眼所见，明早我们到了殿上，二位会帮我们说话吗？”

齐府尹道：“诸位放心，倘若何家真是罪大恶极，朝廷一定会派人保护你们，本官与昭王殿下也会站在你们这边。”

药商们还有问题要问，一时间吵嚷不休。祁铭站在一旁，见谢容与的脸色十分不好，上前低声说道：“殿下，这里有齐大人，您去草棚下歇一会儿吧。”

今日出宫出得急，谢容与没带什么人，眼下身边可以信赖的只有祁铭一个人。他嗯了一声，到了草棚里，说：“帮我找点儿水。”

雪天的荒郊野地里，找点儿水并不容易，兵卫们的身上倒是带着水囊子，但那是粗鄙之物，哪配给昭王殿下用呢？祁铭正预备打马去附近的驿站取水，一旁的史凉心明眼亮，摘下腰间的扁铜壶，呈给谢容与：“殿下，这铜壶里的水是小的为曲校尉备的，壶也是新的，殿下若不嫌弃，将就着先吃一些。”

谢容与接过来，道了声“多谢”。他自从摘下面具回到禁中，几日下来几乎是连轴转，寻常人都撑不住，何况他有宿疾。

宿疾虽然在心里，病了五年，到底十分伤身，况且他乍然停了药，整个人难免感到不适，今夜惊闻药商之死，雪夜里跑上这么一段路，到了这会儿，浑身上下已是细汗涔涔，连呼吸都变得粗重起来。

几口凉水并不能缓解多少，谢容与叹了口气：“青唯呢？”

祁铭念及青唯独来独往惯了，没多想：“属下刚才见少夫人打马离开，兴许过会儿就回来了。”

谢容与稍微蹙了蹙眉，不知怎么，他心中的感觉有些不好，正想吩咐祁铭去找青唯，一张口，禁不住一阵咳嗽。

咳嗽声沉闷、迟缓，一声接着一声，像没个歇止，连一旁的曲茂都忍不住问：“你……你怎么了？”他见谢容与的面色苍白如纸，“你……这是病了？”

谢容与还没回答，正在这时，一名巡卫过来禀道：“校尉大人，左骁卫卫队长求见。”

曲茂忍不住皱眉：“左骁卫来这里做什么？”他这人最烦公务，今夜摊上药商这事儿已经够折腾的了，左骁卫过来搅和什么？

“听说是巡逻到此，瞧这边像是出了事，过来看看。”

史凉道：“校尉大人，左骁卫这个衙门没有巡逻之责，他们如果出巡，通常是配合六部三司办案，既然到了城西，兴许是有要事，还是当见上一见的。”

曲茂只好道：“哦，那就让他们过来吧。”

不一会儿，巡卫便引着左骁卫的卫队长过来了。卫队长见到谢容与和曲茂，解释道：“下官带逻卒巡逻到此，听到吵嚷不止，担心出乱子，所以过来看看，没想到昭王殿下与齐大人已经在此主持大局，下官这就退下了。”

曲茂困惑地问道：“你们左骁卫不是来办案的吗？”

“……校尉大人误会了，没什么案了。”卫队长停顿了一下，目光似不经意地在周遭搜寻一圈，“不过是近日大案频发，中郎将担心上京城的治安，给底下各卫队添了夜巡的任务。”说完，他朝谢容与和曲茂拜了拜，后退几步便要离开。

“等等。”谢容与道。他将铜壶递给祁铭，站起身：“你们当真只是夜巡至此？”

卫队长：“回殿下，小的不敢欺瞒殿下。”

谢容与道：“若是担心上京城的治安，左骁卫大可以禀明朝廷，由巡检司、京兆府等衙门加强防卫，再不济武德司、殿前司也比你们合适，你们中郎将是个做事守规矩的人，他把底下的人手调来夜巡，就不怕六部三司突发急案，左骁卫中无人可用吗？”他说着，语气一冷，“你们到此，究竟想查什么案子？”

“……回殿下，小的当真不是为查案而来。”

谢容与冷冷地注视着卫队长，他今夜心中一直有不好的预感，或许是因为药商吵嚷不休，或许是宿疾复发，直到眼下，他都分不出神去思考这种感觉缘何而来。刚才剧烈的咳嗽伤及肺腑，每一下呼吸都粗重而迟缓，出的汗太多，铜壶里的水只是杯水车薪，晕眩与耳鸣姗姗来迟，谢容与甚至开始后悔自己那么仓促地停了药，吴医官说得对，饶是病在心里，病了五年也难以根治，他不该那么急于求成的。他不欲再与卫队长纠缠下去：“你想瞒着本王？”

卫队长垂首不言。

谢容与一拂袖，动了怒：“本王命你说！”

这一声如金石掷地，连曲茂都吓了一跳。雪夜骤然安静下来，巡检司巡卫与京兆府衙差通通拜下。卫队长伏倒在地，半晌，道：“殿下恕罪，不是小的不愿透露，实在是……实在是左骁卫所办之案与殿下有关，不能透露……”

这话一出，谢容与就愣住了。与他有关？有什么案子能与他有关？他这五年都藏在一张面具之下，身边之人皆十分清白，除了……小野。

这个念头闪过，谢容与的心中突然一空。他终于意识到在他心头上盘桓不去的阴霾是什么了——她是温阡之女，罪名缠身，他为了保护她，无论走到哪里，都把她带在身边，可他们太执着于洗襟台的真相，今夜药商之死事发突然，他匆匆带她来此，却忘了多想想他们今夜为何会出现在这里？

是啊！如果仅仅是为了扳倒何家，作案之人何必将这些药商杀死在城外呢？他们死得昭然若揭些不是更好？

谢容与回过身，问曲茂："你们今夜，是怎么找到这里的？"他的声音虚弱而沙哑，带着一丝连他自己都不曾觉察的惶然，脸上连一点儿血色都没有了。曲茂不由得问道："你……你究竟怎么了？是不是病了？不然我请大夫帮你看看——"

谢容与："回答我！"

"我……"不待曲茂开口，史凉道："回殿下，巡检司得知药商出逃，一路循踪找到城西的。"他说到这里，也回过味来了，"药商出逃得这样隐秘，怎么就轻易被人发现了踪迹呢？殿下，是不是有什么不对？"

谢容与刚开口，冷风涌入肺腑，激起又一阵剧烈的咳嗽，曲茂在旁边扶住他，才发现他浑身上下几乎要被汗水浸湿了，可寻常出汗，额头也罢，后颈也罢，哪有手背出汗的？

"你……怎么会病成这样？"曲茂呆了片刻，随即吩咐："史凉，快去请大夫——"

然而不等史凉应声，谢容与一把推开曲茂，折身便往拴马桩的方向走去。他卸马的时候，手指几乎在颤抖着，但他的动作很快，匆匆上了马，扬鞭便往城里奔去。

曲茂并不知道谢容与在担心什么，见了这个情形，只能凭直觉吩咐："快，带齐人手，追上他！"

谢容与不知道青唯去了哪儿，直到眼下，他才后知后觉地想起来，她一直以来都跟一名朝中人有往来的，而那个人，当初既然可以救她，如今也可以害她。否则今夜，左骁卫怎么会忽然出动呢？

城南劫狱案被他揽下来了，但是她是温阡之女的牵连之罪，他揽不下来。

五年前，海捕文书上的一道红圈，已经是他能做到的极致了。

而今夜，左骁卫找的已经不是城南劫狱案的劫匪，而是早已定下格杀勿论的温氏女。

天色已经浮白，青唯的踪迹并不难找，钦犯出现，城中各街道戒严，每个路口都有兵卫把守。

快到紫霄城时，谢容与看见一处深巷守备重重，似乎还有逻卒在附近搜寻，他的心头突然一紧，他立刻下了马，快步上前。

周遭的兵卫见了他，纷纷拜下，唤道：“殿下。”

谢容与恍若未闻，只管往深巷里走。

深巷里没有青唯的踪迹，只有数摊血迹与打斗过的痕迹。

巷子中的中郎将与几名刑部大员回过头来，见了谢容与，皆是一愣：“昭王殿下。”

谢容与的目光落在雪地上最黏稠的一摊血上，声音嘶哑地问道：“她人呢？”

几名大员面面相觑，均不敢作答。不知道内情的，只当是大案不能透露，知道内情的，小昭王与温氏女的渊源摆在那里，这个时候，哪能多嘴半句？

半晌，还是中郎将道：“回殿下，刑部接到线索，发现今秋到上京的崔氏女其实是多年前出逃的温阡之女，朝廷已经派重兵追捕钦犯，无奈她的功夫高强，逃脱重围，好在……”

谢容与的目光仍在那摊血上，平静地问道：“好在什么……”

中郎将：“好在她身受重伤，难以支撑，一时半刻定然跑不远，下官等已经下令全城戒严，一定能将钦犯缉捕归案。”

“你胡说八道！”曲茂好不容易挤进巷子，听到这里，忍不住道，“弟妹她分明姓崔，功夫高是高了些，但她定然不是……定然不是什么钦犯！”

中郎将：“曲校尉有所不知，刚才温氏女为了逃脱追捕，祭出了软玉剑。软玉剑原本是岳鱼七的兵器，十分特别，虽为剑，软韧如蛇，我等习武之人一见便知。岳鱼七是温氏女的舅父，也是她的师父，倘要在这世间寻一个软玉剑传人，只能是……”

“殿下——”话未说完，只听祁铭一声惊呼。

谢容与注视着那摊血，再也支撑不住，跌跪在地，空茫的寒意灌入心肺，丝丝抽出最后的气力，耳畔再次浮响起坍塌时的嗡鸣声，一声比一声震耳欲聋，可这一次，他不知道坍塌的是什么，他明明在繁华无恙的上京城中。

雪在膝下融成水，渗入肌肤，砭肤如刺骨一般，宿疾彻底复发，他在这片雪里闭上眼睛，往前倒去。

“……登闻鼓一响，何家囤积药材的恶行想不传开都难。眼下上京城中的药商闹得沸沸扬扬的，昨日上街游行，打油诗写了好几首，连小儿都会传唱。加之明年开春就是科考，到上京城的贡生听闻瘟疫案与洗襟台有关，十分气愤，昨日他们中已经有人撰写檄文，请求朝廷全面彻查何氏一党。”

宣室殿上，刑部尚书一面擦着额头上的汗一面禀道：“外头闹成这样，压都压不下去，如今之计，只能防着不出乱子，今日廷议过后，臣跟枢密院商量，看能否调兵严守上京城中的大小街巷。不过调兵是大事，臣所以偕同章大人、曲侯一起来请示官家。”

赵疏听了刑部的禀报，抬手往下压了压，示意他少安毋躁，随后问章庭：“何家的案子，大理寺查得如何了？”

章庭道：“回官家，臣这几日已经连续传审了证人崔弘义、扶冬、梅娘与王元敞，加上昭王殿下早先查到的证据，已经足以给何鸿云定罪。只是，何家所涉罪名之重，一旦昭示天下，定会引起轩然大波，臣不敢这么轻易地拟定罪书，只好暂时将何鸿云关押起来，一切还待御史台复核过案件，再行回禀官家。”

赵疏点了点头：“那就催促御史台快些办吧。洗襟台下死伤无数，明明白白地给天下百姓一个交代，才是朝廷应该做的。你等查明事由，拟好告示，即可将何家的罪行如实张贴于城门口，切记不可遮遮掩掩，不可因担心生乱而畏首畏尾。”

一众臣子作揖称“是”。

赵疏继续说道：“不过刑部担心得很是，如今上京城中群情沸腾，增兵戒严势在必行。”他看向章鹤书与曲不惟：“章卿、曲侯随刑部一同前来，是已有应对之策了吗？”

章鹤书道：“回官家，五年前，洗襟台坍塌，上京城中也闹过这么一回，当时先帝把戒严的差事交给了曲侯爷。自然曲侯爷所率征西军乃沙场精锐，放在今日这种场合，难免大材小用，但刚才大理寺说了，待告示张贴出来，上京城中恐怕还会乱一阵儿，能者多劳，未雨绸缪，枢密院的意思，仍希望曲侯爷能接手此事。”

赵疏问：“曲侯以为呢？”

曲不惟道：“官家，末将一介武夫，放在哪儿不是用？只要是为朝廷办事，末将甘之如饴。”

“那便这样定下吧。”赵疏道，“近日数案并行，诸事繁杂，辛苦诸位了。”

下列臣子皆称不敢，俯身作揖：“是官家辛苦。”

待一干臣子退出殿外，赵疏倚上椅背，长长地舒了口气。

自从药商敲了登闻鼓，连着好几日了，廷议一结束，前来禀事的官员一茬接着一茬，赵疏连个喘气的机会都没有。今日结束得算早的，他从殿门的缝隙望出去，天竟然还没暗。赵疏闭目养了会儿神，唤来曹昆德，问：“外头还候着人吗？”

“回官家，没人了。”曹昆德道，跟赵疏打趣，“今儿可真早，太阳才落山，他们就各忙各的去了，官家回会宁殿，能赶上口热乎饭。”

赵疏笑了笑，说：“回吧。”

天的确还没暗，不过太阳落山是瞧不见的，雪下了好几日，上京城的阴云也不见散，昼夜的分割只能靠天光晦明分辨，有时候不知怎么的，一个转身就入夜了。赵疏在一片昏暗的天色里迈入会宁殿，瞧见殿中站着的身影，愣了一下：“你来了？”

章元嘉已经在殿中等候了一会儿，上前来福了福身：“官家近日辛苦，臣妾为官家送参汤。”

赵疏微微颔首：“外殿冷，到里面说话。”

进到内殿，赵疏任墩子为自己去了龙氅。他在长榻前坐下，双手撑着膝头，迟疑了一会儿才问：“你近日……去看过母后吗？”

章元嘉正将参汤搁在龙纹小案上，听了这话，退后两步，欠身道：“去过。母后她听闻何家出事，很伤心，何家……到底是她的母家，小何大人更是她最疼爱的侄子。臣妾瞧着，母后似乎有话想亲自对官家说，可官家近日总也不去西坤宫。”

赵疏沉默了一会儿，道：“不是朕不愿去，何家罪重，即便朕是皇帝，也无法网开一面。你近日得空，多去西坤宫陪母后，帮朕劝解劝解她。”

章元嘉点了点头：“臣妾知道的。”她见赵疏的目光沉郁，疲态尽显，知道他近日操劳，于是将话锋一转，温和地道，“官家，臣妾午后去昭允殿探望姑母，表兄已经醒过来了。”

赵疏听了这话，眸中染上一抹神采：“表兄眼下怎么样？”

“臣妾不曾亲眼探望，不敢确定，但是臣妾离开前，姑母让臣妾带话，称官家辛苦，许多事，她知道官家已经尽了心。”章元嘉说到这里，笑了笑，“反正官家今夜得闲，不如亲自去昭允殿看看，也算散心了。”

然而赵疏闻言，眸中刚浮起的神采又隐去了。他垂眸坐着，手仍然撑在膝头，过了半晌，安静地道：“不了，朕就不去了。”

赵疏心中其实是感到愧疚的。赵疏知道洗襟台在谢容与的心头上烙下的阴影有多深，可他虽然高坐于九霄之上，力量实在太薄弱了，以至于他想要查一个瘟疫案，都不得不假手于小昭王，把一个残缺不全的玄鹰司交给小昭王，任小昭王在外出生入死。

那夜刑部发现温氏女踪迹的奏禀来得太突然，各部衙司震动，当年的海捕文书急调而出，赵疏甚至来不及多说一句什么，眼睁睁地看着左骁卫出了兵——虽然他知道，他说什么都没用。

小昭王的宿疾复发得突然，赵疏却清楚这宿疾是因何复发的。责任在他。他身为九五至尊，三年了，他忍辱负重，勤勉克己，本来以为一切都在好起来，到头来，竟然一点儿长进都没有。

章元嘉站在一旁，将赵疏眼中的愧色尽收眼底。她有点儿心疼，都道是高处不胜寒，但他们一起长大，她这些年，只看到他独立云端的无助。

章元嘉轻声道：“今夜，臣妾陪着官家吧。”

赵疏听了这话，愕然抬头。章元嘉是个极其自矜的人，很少说出这样的话。

章元嘉知道赵疏会误会，别过脸，也不看他，只道：“臣妾知道官家政务繁忙，陪着官家，不必做什么，官家要看奏章，看就是。”

赵疏没吭声，顺手拿过头一份奏疏，目光停顿了一下，竟然是章鹤书的。他又看向章元嘉，迟疑了一下，本想说“不必了”，然而话到了嘴边，竟然变成温和的一句："过来坐吧。"

章元嘉听了这话似乎也感到意外，半晌，她才挪了步子，在龙纹小案的另一侧坐下，垂眸时，眸底竟闪过一丝难以觉察的悦色。

赵疏瞧见这抹悦色，心一下子就软了。他笑了笑："朕看奏疏通常要看到天际浮白，只怕你要熬不住。"

"官家怎么知道臣妾熬不住？"章元嘉道，"官家忘了，小时候我们在角楼顶上等日出，官家总是比臣妾先睡着，等官家醒来，臣妾的云纹帕都绣好了。"

章元嘉说着，吩咐道："芷薇，把本宫的绣绷取来。"

更晚一些，谢容与的第二道药煎好了。

吴医官亲自端着药，往东偏殿走，还未进到殿中，隐约听到里头传来说话声，他皱了眉头，问等候在外间的小宫婢："怎么回事？"

不是说了要静养吗？

小宫婢怯怯地答："回医官，刚才您一走，殿下执意要传祁护卫，殿里的人拗不过，只得应了，眼下祁护卫刚到。"

吴医官的目光冷下来："我看殿下是不想好了！"

吴医官板着脸走入内殿。祁铭一见他，立刻闭上嘴。吴医官将药碗递给德荣，声音冷冷地道："老夫老了，劝不动殿下，连这大殿里的人都把老夫的话当耳旁风。刚才老夫去煎药，都是怎么叮嘱你们的？"他这话看似在斥责德荣等人，但句句指向谢容与。

谢容与听得明白，低声道："医官莫怪，人是本王让传的。"他刚清醒不久，气色很不好，这会儿倚在引枕上说话，姿态倒是放得很低。

吴医官见谢容与这副样子，火气慢慢散了，他在病榻边坐下，为谢容与把了脉，语重心长地道："老夫知道殿下忧心，但事已至此，急是急不来的，上回殿下执意停药，亏了身子，眼下宿疾复发，耐心将养才是最要紧的。"他说着，看谢容与低垂着眼睛不吭声，终于还是让了步，"便是殿下真想打听什么，好歹把药吃过再说。"

那药一闻便知极苦，但谢容与吃得急，药汤过喉，几乎没尝出滋味。用完药，他对祁铭道："继续说吧。"

祁铭："是。眼下可以确定的是，药商死在城外，是有心人设的局。他们见何家倒了，担心殿下起势，想利用少夫人打压殿下。"

青唯是温氏女，若她被擒，小昭王只要相帮，便会惹上包庇重犯的嫌疑。

祁铭："那些人的计划，应该是趁殿下不备，当着殿下的面擒下少夫人。不过，也不知道是巧合还是有人刻意插手，少夫人当夜落单，殿下反而独善其身。"

"……那她呢？"谢容与听完，安静地问，"你们找到她了吗？"

这话他刚醒来就问过一遍，德荣告诉他不曾。可他想着德荣在宫中，消息或许没那么灵通，祁铭在外面奔波了几日，说不定有她的消息。

"不曾。"祁铭道，"少夫人自逃脱后，一点儿踪迹也没有，朝廷的人马四处搜寻，什么都没搜到。"

谢容与握着药碗的手微微收紧。

吴医官道："没消息就是好消息，那温氏女是钦犯，如果被找着了，是生是死，朝廷怎么都得有个说法，那些人还想利用这一点来拿捏殿下呢。"

谢容与低声问道："那日她逃脱重围，受了重伤，你……可去左骁卫问过她是怎么受伤的？"

"……问了。"祁铭看了吴医官一眼，有些犹豫，"听闻是寡不敌众，追逃时受伤的，左臂、后背中了几刀，腰间还中了箭，照理应该跑不远，除非有人相救……"

谢容与闭上眼睛，脸色比刚才更白了三分，握着药碗的指节收紧、发白。

祁铭立刻拜下："殿下，属下与吴校尉已经在暗中追寻少夫人的踪迹，朝天这几日也去会云庐查访了，只是此前与少夫人在会云庐相见的人手脚太干净，朝天暂时没查出他的身份，相信假以时日……"

"不要查了。"不等祁铭说完，谢容与道。他仍然闭着眼睛，说话却分外清晰。吴医官说得对，就眼下的局势而言，没消息才是好消息，有人想用她拿捏他，必然会派人盯着玄鹰司与朝天。他在明，那些人在暗，他已经吃过一次亏，痛定思痛，只能狠下心做利弊权衡。

"哪怕要找，也只能暗中找，万不可让人看出端倪。"谢容与吩咐道。

祁铭："是。"

谢容与再问："三日后，是不是就是冬祭了？"

德荣道："回殿下，正是，不过冬祭在大慈恩寺，距上京有大半日路程，殿下病势未愈，长公主已经帮殿下请了辞。"

"不，你去告诉官家，今年大慈恩寺的冬祭，本王会去。"谢容与道，"从今以后，昭允殿要做什么，想做什么，通通来请示本王，绝不可再让任何人看出昭允殿的意图。"

得了谢容与的吩咐，祁铭当夜回到衙门值守，哪儿也没去，隔日一早打马回营，路过宫门口，溅起一地雪粒子。

宫门口正好站着几个人，雪粒子飞溅起来，拂脏了一个人的衣摆。

另一个人拉着他后退几步，瞥了一眼祁铭的背影，冷冷地说："那是祁护卫，早年跟着吴曾在殿前司当差，眼下调去玄鹰司，听说很得小昭王的重用，年纪轻轻，升了一等护卫，连张二公子都不放在眼里了。"

张远岫笑了笑："瘟疫案的大半证据都是玄鹰司递上去的，祁护卫行色匆匆，或许有急事吧。"

刚才说话的人是翰林的一名编撰，姓刘，他见张远岫并不计较，便不多提祁铭，后退两步，对张远岫与高子瑜俯身作揖："这两日真是多谢忘尘兄与景泰兄了。"

他们三个人是嘉宁元年春闱的同年，交情非同一般，眼下何家的罪行败露，到上京城的贡生群情激昂，檄文递到刑部，刑部忙不过来，转交给翰林。士子需要安抚，翰林让刘编撰写回函，可檄文太多了，刘编撰一个人难以应付，便拉来高子瑜与张远岫帮忙。

高子瑜道："客气什么，瘟疫案本来是京兆府的，眼下转交给大理寺，我反倒清闲。"

张远岫道："我与景泰一样，闲人一个，眼下上京城里闹成这样，总不好白拿朝廷的俸禄，能帮得上忙，我反而心安。"

刘编撰称是二位高义，又说府上备了薄酒，请两个人过府一叙。高子瑜答应下来了，张远岫却道："刘兄的好意，忘尘心领了，今日是初五，我还得回城西草庐一趟。"

城西草庐是老太傅的旧邸，不大，统共只有两进院子，现如今虽然空置了，张远岫若在上京城，每旬都会回去打扫。

刘编撰听张远岫要回草庐，便不再相邀。张远岫与他作了别，很快上了马车。

马车跑了小半个时辰，在城西一处僻巷里停下。白泉听到动静，迎出来道："二公子回来了？"

张远岫嗯了一声。待他进到府内，门口的阍人也不需要他吩咐，匆匆把府门掩上。

冬日天寒，紧闭府门也正常。

张远岫往里院走，这才问："怎么样了？"

白泉道："姑娘的高热退得很快，昨日清早醒来，大夫为她把脉，说她身体的底子十分好，身上的伤看着虽然重，没有伤及要害，只要养上两个月，就能痊愈了。"

张远岫听了这话，稍稍松了口气。

那夜缉捕温氏女的命令下得太急，若非他擅作主张，驱赶着老太傅的马车找过去，只怕无法帮她避开追兵。她的后背、手臂都中了刀，流了许多血，为防止行迹败露，后腰的长矢还是被她自己折断的，饶是这样，她上了马车，都不曾吭一声，知道危机尚未解除，连草庐都是她自己走进去的，直到看到薛长兴，她才闭上眼睛，昏过去。

张远岫道："我去看看她。"

第二十七章

红烛天涯

张远岫到了里间，没有直接进屋，叩了叩门："温姑娘，是我。"

"张公子进来吧。"青唯很快应了声。

张远岫进到屋中，却是一愣，青唯倚在榻边，已经穿戴齐整了。她刚到草庐时还伤重虚弱，将养了几日，脸色竟不算难看，看来大夫说得不错，她的身体底子果真很好。

见张远岫有点儿诧异，青唯解释道："我眼下是朝廷的钦犯，在哪儿都不安全，收拾好，随时能够离开，这样不会给张公子招来麻烦。"

张远岫道："姑娘不必担心，这间宅子是老太傅的旧邸。老太傅德高望重，朝廷的人马等闲不会找来此处。"

青唯嗯了一声："张公子有心了。"她道，"外间的事，薛叔已经跟我说了，听闻上京城中的药商闹得厉害，朝廷已经下令彻查瘟疫案与洗襟台的关联，敢问张公子，何鸿云已经被拿了吗？"

张远岫在桌子边坐下："几名药商死得无辜，眼下不单是上京城中的药商，连士子、贡生也闹了起来，大势所趋，何家不查也得查了。"

薛长兴叹道："这样也好，我本来还担心哪怕证据递上去，凭何家的本事，想要为何鸿云洗脱死罪不难，照眼下的情形看，药商之死蹊跷，何家经此，也要彻底败落了。"

可是药商的死何止蹊跷？原本就是有人刻意为之。青唯一念及此，问张远岫："敢问张公子，小昭王眼下怎么样了？他可曾因我受牵连？"

张远岫摇了摇头："倒是不曾。昭王殿下旧疾复发，这几日都不曾露面，他身边的人似乎在找姑娘，那名叫朝天的护卫还去会云庐打听过几回，不过……

在下并未把姑娘的行踪透露给朝天。”

至于张远岫为什么不透露，青唯没问。各人有各人的因果缘由，张远岫犯险救她，她已经欠下一份恩情，哪能要求他做得更多？何况，她眼下背着钦犯之名，见不得光，任何人沾上她，只会惹上麻烦，这样的关头还是不要与谢容与扯上关系好。

张远岫道：“有件事，在下想问一问姑娘的意思。”

青唯道：“张公子尽管问。”

张远岫：“姑娘可曾想过离开上京城？”

青唯一愣：“离开？”

张远岫道：“近日上京城中到处都是闹事的人，兼之几桩大案并发，朝廷一时间应接不暇，只能将姑娘的案子往后压。街巷中虽然张贴着姑娘的通缉画像，朝中追捕姑娘的人马暂时只有左骁卫，恕在下直言，姑娘要逃，眼下正是最好的时机，倘若错过这几日，上京城中平定下来，瘟疫案审结，三司中，至少刑部的主要精力便会回到姑娘身上，姑娘那时再想离开，怕是难上加难了。”

青唯听了这话，沉默下来。

薛长兴看青唯不接话，说道：“忘尘这话有理，反正何家已经落网，偷换木料这案子，总算真相大白，你保住自己才是要紧。即便你还想往更深一步追查，想为你父亲洗清冤屈，也不能急于一时，反正上京城中还有忘尘，还有我，宫中还有小昭王，我们都不会善罢甘休的。”

张远岫看着青唯：“温姑娘是有什么顾虑吗？”

青唯不知道该怎么回答。就在张远岫说出“离开”的瞬间，她的心中竟没由来地感到一阵空茫。

大概是她在江家过得太好了吧？驻云、留芳待她好，朝天、德荣待她好，江逐年也待她好，还有谢容与，谢容与待她很好，所以她险些忘了，从洗襟台坍塌的那一日起，她就该是漂泊无依的。她走到一处，轻轻地扎下根，随时准备连根拔起。只是这一次，根扎得稍微深了一些，拔起时，也要用力一些罢了。

青唯道：“……我没什么顾虑，敢问张二公子，我该如何出城？”

张远岫道：“两日后是朝廷的冬祭大典，宗亲朝臣们会跟着皇辇去大慈恩寺行祭天礼，我眼下暂无官职在身，这个祭天礼是可以不去的，届时我可以用送辇之名，免去城门武卫搜查，将姑娘平安送到城外。”他说着，稍微停顿了一下，“我知道姑娘伤势未愈，眼下出城十分勉强，我会为姑娘备好马车，打点好行装，沿途请大夫照顾，定然将姑娘送到安全之所。”

青唯却道：“不必。我此行是去逃命的，跟着的人越少越好，张公子只需帮我备一匹马即可。若说一定要麻烦公子什么，”青唯垂着眸，手不自觉地抚上垂在腰间的玉坠子，“我想见一个人一面。”

张远岫：“是谁？”

玉坠子裹在掌心，温凉清润。青唯松开手：“我的妹妹，芝芸。”

张远岫：“好，我为姑娘安排。”

青唯的伤势不轻，此后两日，她没再打听外头的事，甚至不再过问何鸿云的案子，好好休养，直到第三日天色未明，张远岫一到，她很快跟张远岫上了送辇的马车。

“崔姑娘等在城外二十里的驿站，我不得已，只能托景泰将她约出来。为姑娘备好的马也拴在附近。姑娘离开驿站，看形势挑方向走，这份名录，姑娘收着。”张远岫递给青唯一张白笺，“名录上的人，都是我这些年结交的可信赖之人，姑娘路上若遇上困难，尽可以找他们相帮。”

青唯将白笺收好，点头道：“多谢。”

张远岫：“待会儿马车到了朱雀大道，会稍停片刻。这是冬祭的规矩，当年太祖皇帝定都上京，朱雀大道的中段，他是亲自下马在雪中走过的，所以每年冬祭皇辇出城，到了朱雀大道中段，天子、宗室都需下马步行。届时我们的马车从街巷里绕行即可，等官家重新上了辇，我们就可以出城了。”

青唯点点头。

马车很快到了朱雀大道，跟随皇辇行了一程，及至中段，车夫掉转车头，往一旁的深巷驶去。

青唯原本倚着车壁闭目养神，正在这时，忽然听到车外有看热闹的百姓道：“跟在御辇后的那个，是小昭王的辇车吗？”

“小昭王来了？小昭王不是好几年都不去冬祭了吗？”

“正是呢，正是小昭王的辇车！”

青唯突然睁开眼睛，撩开马车的后帘，朝街口望去。朱红色的御辇后，跟着一辆玄色的宽阔辇乘，她出身江野，不认得车马的规格仪制，可她凭直觉，觉得那辆辇车就是他的。他不是病了吗？他怎么会来？

青唯缓缓放下车帘，垂眸端坐回马车内。心中的一个念头犹如浪潮翻涌而至，她坐得笔直，牵扯到后背的刀伤，垂在身体两侧的手不断地握紧，松开，可这个念头扶风而上，惊涛拍岸，怎么都压不下去。

下一刻，青唯动了。她忽然离开座位，掀开车帘便往下跳。

张远岫道：“温姑娘？”

薛长兴伸手就拦：“丫头，你做什么？”

可青唯的动作太快了，简直不像一个受伤的人，薛长兴根本拦不住她，眼睁睁地看她跳下马车，在雪地里踉跄着走了几步，顺着人群就往巷口奔去。

薛长兴急得大喊：“丫头，回来！你要干什么？”你不要命了吗？

冬祭是一年一回的祭天礼，御辇出行，百姓们争相到街口瞻仰天颜，加之近日药商、士子闹得沸沸扬扬，人心难免浮躁，今年朱雀街的人格外多。

青唯挤在人群里，被人群推攘着浑浑噩噩地往前走，伤处被牵动，觉得浑身上下哪里都疼。她知道薛长兴追着她下了马车，张远岫也下了马车。他们想问她到底要做什么。

她不做什么，道个别不成吗？

她要走了，他不知道。

好歹……好歹他们假夫妻一场。

朱雀大道十分宽阔，御辇已经在中段停下了。

殿前司禁卫先行，在长道两旁列阵，挡开前来瞻仰天颜的百姓。青唯藏在人群里，天色未明，四下熙攘、拥挤，禁卫并没有发现她。

不远处有人喊了声“官家”，青唯循声望去，赵疏与章元嘉已经下了御辇。

谢容与就跟在他们的身后，他披着绒氅，发束玉冠，不苟言笑的样子显得有些冷淡，但那姿容依旧如玉似霜。

“过长街”并没有什么特别的礼制，宗亲们下了辇车，侍从驱车跟随其后。青唯看清为谢容与驱辇的正是朝天，握紧手中的碎石，趁殿前司不备，并指一掷。碎石击中轮轴，发出细微的“喀嚓”一声。

朝天愣了一下，立刻勒停了辇车。前方，谢容与的眉心微微一蹙，他竟然在鼎沸的人声中分辨出这声异响，向人群看过来。

就是这一刻了。青唯抬手要掀兜帽，只听一旁激昂的一声：“官家！”

十数名身着襕衫的贡生不知何时聚在了一起，七嘴八舌地问道：

“敢问官家，何家偷换洗襟台的木料，贪墨官银的传闻确系属实吗？”

“洗襟台坍塌，是否何氏才是罪魁？”

“当年洗襟台下死伤无数，朝廷何时会治何氏的罪？”

贡生们诘问声声，带动周遭的百姓一起往长街上拥，禁卫们见此处群情激奋，集合兵力朝这里赶来，层层阻隔在百姓与宗室之间。青唯见状，握住帽檐的手一松，兜帽重新垂下来。

禁卫们人高马大，青唯被推攘着阻在后方，她的视线被遮挡，刹那间望不见长街，但她没有立刻离开，拨开人群，又欲往前方人少的地方去。

身后的巷口忽然传来低声询问：“见过这个人吗？”

“十九岁，姓温。”

青唯的心中一寒，她回头望去，居然是左骁卫拿着她的画像正在人群里搜寻。

是了，她怎么忘了呢？左骁卫是知道她和小昭王的关系的，今日小昭王出现在长街，左骁卫算准她会来，必然会在此守株待兔。

那日药商死在城外，那些人打的就是当着谢容与的面擒下她的主意。

今日的朱雀大道，宗室在，朝臣也在，更有为了洗襟台愤慨难安的士子、药商，她若被擒，谢容与一旦保她就会惹上包庇之嫌，脏水沾上就洗不掉了，她不敢想到时会发生什么。

青唯一念及此，心中只恨自己冲动，她立刻后撤，所幸张远岫就跟在身后不远处，她借着他的掩护，避开左骁卫的搜寻，重新回到马车上。

薛长兴一见她，气不打一处来："你是欺负你薛叔跛了腿，追不上你！今日这场合，你要是被拿住，九条命都活不下来！"

青唯自知理亏："对不住，我……"她不知道应当怎么解释，半晌后才道，"给张二公子添麻烦了。"

张远岫看着青唯，温和地道："姑娘伤势未愈，刚才人群拥挤，姑娘可有再受伤？"

青唯垂下眼，摇了摇头。

张远岫于是没再说什么。青唯跳下马车究竟想要做什么，刚才他跟在青唯的身后，看得很明白。他撩开车帘，朝外面望去，快到城门了："虽然姑娘再三说什么都不要，在下还是给姑娘备了行囊，里面除了衣物与盘缠，另外搁了些伤药，姑娘此去天涯，养好身上的伤固然重要，"他说着停顿了一下，放下帘子，看向青唯，"万望心安。"

近日城中戒严，城门口也增派了人手，并不是所有的送辇马车都不搜，只不过张远岫乘坐的这一辆马车挂着老太傅的牌子，城门的守卫是故轻易放行。

很快到了二十里外的驿站，崔芝芸与高子瑜已经等在官道外了。

青唯与张远岫、薛长兴作别，来到驿站外。崔芝芸立刻迎上来唤道："阿姐。"

高子瑜对青唯作了个揖："表妹的马就在驿站的马厩里，在下已经与驿丞打过招呼了，他不会向任何人透露表妹的行踪。"

青唯颔首："多谢。"

高子瑜摇了摇头，对崔芝芸道："我回马车上等你。"说着，他先行一步离开了。

青唯看着高子瑜的背影，回过头来与崔芝芸道："抱歉，我眼下是钦犯，想见你一面，只能通过高子瑜的名义将你约到此处。"

崔芝芸低下头，安静地笑了笑："……刚才表哥与我说，佘氏与他解亲了。他说，惜霜这小半年折腾得厉害，背地里……做了许多腌臜事，眼下无论是他，还是姨母、姨父，都十分厌弃她。他说他的心里只有我，仍希望我能嫁给他，他会让我做正妻，待惜霜的孩子生下来，也只会认我这一个母亲。”

青唯看着崔芝芸。说起来，崔芝芸比她小一岁，眼下还不到十八。

“不过我拒绝了。”崔芝芸说道，“阿姐，我这几日在江府等你，看明白了许多事，我知道了你究竟是谁。小昭王究竟是谁。我爹爹为何获罪。去年江家一封状书递到御前让钦差来岳州捉拿爹爹，不过是为了先一步保住崔家。我才知道许多事的好坏，并不是表面上看到的那般简单，而我之前被这些表象蒙蔽了太久，以为他人许诺我的，便会是真的。我若答应了表哥，嫁给他，或许会安乐个一两年，可是今后，谁知道会不会有第二个惜霜呢？我出身低微，不过是商户之女，以后表哥若仕途鹏程，谁知会不会有第二个佘氏呢？”

她寄住在高家的数月，或许在外人看起来没什么，于崔芝芸而言，却是铭心刻骨的。

崔芝芸：“我不想再过那样的日子了。我想像阿姐一样，无论走到哪里，都能靠自己站稳。我已经打算好了，等案子审结，我就和爹爹一起回岳州，跟着他学着做买卖，打理铺子，等我能撑住家业，到那时再寻一个良人不迟。”

崔芝芸说着，抬手挽了一下鬓发，她生得美，模样还和初上京时是一般明艳，但她看上去又有些不一样了，或许是那份从小娇养的柔弱终于在这一路风霜里洗去了吧。人就是这样长大的。每一个人都一样。

崔芝芸：“我之前一直害怕见到表哥，我喜欢他，我担心见到他就动摇了，就不想回岳州了。可是我今日看到他，发现其实释然以后，割舍并没有那么难，所以我要多谢阿姐，多谢阿姐一路带着我这个负累到了上京，又替我嫁去江家，多谢阿姐把我从高家接出来，让我见高子瑜最后一面，明白原来我也可以这么坚定。”

青唯道：“你不应该感谢我，你应该多谢你自己。”

青唯这么一说，崔芝芸就笑了：“嗯，还有我自己。”

青唯道：“你既然决定彻底离开高家，当初我嫁去江府，罗姨母给我准备了一箱嫁妆，你把它还了吧。那份嫁妆我没动过，不过箱子的暗格里，有个小木匣，里面有几张图纸，那是我自己的东西，你把它收好。”

崔芝芸点了点头：“好。”

“还有，”青唯说着，从斗篷的内兜里取出一封信，“何鸿云的案子里，有个叫扶冬的证人，她这些年一直在寻找她的教书先生。那个先生唤作徐述白，关于他的下落，我已经跟人打听分明写在信里了，你收好，来日转交给她。”

崔芝芸接过信：“我是要把这封信交给玄鹰司吗？”

“不是玄鹰司。”青唯道，“交给小昭王。那只木匣，还有信，等你见到小昭王，都给他。”

“还有……”青唯沉默许久，解下腰间的玉坠，递出去，“还有这块玉。”玉的水色很好，被青唯小心地握在指间，触手生温。深宫波云诡谲，步步机锋，一封信、一只木匣，未必能取信谢容与，加上这枚玉，应该够了。

谢容与知道青唯喜欢这块玉，总是带在身边。

青唯：“你告诉他，我一切都好，记得帮我跟他道别，跟他说，我走了。”

崔芝芸点点头，伸手接过玉。

玉坠离手，指间只余下荒芜的风。颊边覆上点点寒意，青唯仰头一看，竟然又落雪了。就这样吧。再耽搁一会儿，雪变大了，她怕今天赶不到下一个镇子了。

青唯于是去马厩里卸了马，牵着马，最后跟崔芝芸道：“我走了，你多保重。”

“阿姐。”崔芝芸追了两步，“阿姐，不管你姓崔还是姓温，你永远都是我的阿姐。我……我一定会在岳州立住脚跟，岳州的崔宅，一直都是你的家。”

青唯听了这话，淡淡地笑了一下。她回头望去，目光从崔芝芸，移向不远处的上京城。

雪突然间就变大了，上京城在这雪中只余下一个寥落的轮廓。

青唯看不清，于是牵着马，往前走。

家吗？这个字于她而言已经有些陌生了。

辰阳故居是梦中的旧景，洗襟台坍塌后，成了她再也回不去的地方。

刚才芝芸提到家，她第一个想到的竟然是江府。

红烛满眼，他挑开盖头——

“所以我嫁过来，实在是天上月老牵线，没有别的路可走了。”

“你我这哪里是月老牵线？你我简直是月老拿捆仙绳绑在了一起，外还加了十二道姻缘锁，借来蓬莱的昆吾刀都斩不断……就怕到了阴曹地府，十殿阎罗也把你我的名字写在三生石上……”

虚情假意，两厢试探，到后来竟成了她风雨兼程这一路的片刻皈依。可惜那样的日子太短了。

红烛褪色，过往斑驳，他是高高在上的王，她是无法见光的重犯，那座巍峨的深宫，她永远也进不去，诚如人群熙攘里，她被层层阻隔，他独立远街却看不见她。这才是被烛光掩去的真相。

风声苍茫，青唯往前走。一如她从前辗转漂泊的每一回一样。一个人，罩着斗篷，遮着脸，向着天涯，不再回头。

深夜，宣室殿中灯火通明。

赵疏倚在龙椅上，伸手揉着眉心：“何鸿云怎么说？”

“大理寺草拟的罪条，臣已经一一念给何鸿云听了。”刑部尚书道，“何鸿云没有抵赖，但他不肯画押，直言要见小昭王，不过……”刑部尚书停顿了一下，“官家交代过的，何鸿云的一切要求，先行禀明官家，小昭王在病中，等闲不可叨扰，臣尚未去昭允殿请示。”

赵疏听了这话，道：“既然罪状何鸿云都认了，事已至此，不必再给何氏任何优待，案子该怎么办怎么办吧。”

清晨，冬祭的路上，士子的声声诘问言犹在耳。赵疏回到宫中，立刻催促六部三司加紧办案，眼下各衙门点灯熬油，都快子时了，竟没几个回家的。

见赵疏往殿外走去，章鹤书等几名大员立刻跟上，低声道：“官家，何大人还在雪地里跪着呢。”

何拾青已经在拂衣台跪了一整日。他的发须被雪染得苍白，人似乎一夕间就老了，见赵疏逐级而下，他高声道：“官家，官家！请听老臣说两句吧！老臣自知犬子罪大恶极，不求官家宽恕犬子，但求官家看在老臣这么些年尽心辅政的分上，哪怕把犬子剥皮抽筋，好歹留犬子一条性命！”

“官家！陛下！”看着赵疏走近，何拾青在雪地里膝行数步，佝偻着背去抓他的袍摆，“再不济，求您看在太后的颜面上，太后与官家母子一场，官家知道的，念昔是太后最疼爱的侄子啊！”何拾青的老泪浑浊，“念昔是有过，被贪欲蒙眼，一步错，步步错，可他的初衷，绝非令洗襟台坍塌。官家让他游街、受刑，老臣都认了。何家历经数朝，也曾为朝廷立下汗马功劳，出过多少文臣良将，那么多桩功绩，难道在官家的眼里一文不值吗？”

赵疏沉默着站在雪地里，听到这儿，垂眼去看何拾青。这个在朝廷屹立多年的中书令，如今脱下官袍，摘去发冠，看上去只是个寻常老叟罢了。

“天子犯法，与庶民同罪。”赵疏轻声道，“何念昔手上的血债太多，只能以命偿命。何大人既然与朕论功绩，便应该知道，自古功过不相抵。”

说完，赵疏不再停留，吩咐道：“来人，拂衣台上不为十恶不赦的人鸣冤，把何大人请下去。”

小黄门听令上前，扶起何拾青，搀扶着他往宫门去了。

章鹤书在雪里看着何拾青的背影，唤来一名提灯的内侍，也往小角门走去。

夜很静，章府的驾车厮役在角门外等候，马车内明灯已经搁好了，章鹤书养了片刻神，很快就着明灯，翻开一页书。这是他的习惯，章氏虽然也是名门望族，章鹤书却是正儿八经考功名升上来的官，早年念书风檐寸晷，如今做了重臣也不敢懈怠。章府离皇城远，大半个时辰的路途，他多半用来苦读，直到马车停下，车外的厮役低声喊了句：“老爷。”章鹤书才将书搁下。

夜深了，府外十分安静，章鹤书绕过照壁，却见正堂里掌着灯。

“兰若回来了？”章鹤书问。

“哪能呢？大理寺公务繁忙，大少爷一早就让人捎信儿，说近几日都宿在衙门。”跟在身旁的老仆道，“是张二公子。”

“忘尘？”章鹤书稍微停顿了一下，不动声色地让老仆退下了。他独自走入堂中，带进来一身寒露：“忘尘，你怎么等到这时？”

张远岫起身作揖：“傍晚听说先生有事寻我，反正闲着，便过府来了，静夜听雪，闲茶佐月，谈不上等。”

早年张远岫入仕前，受章鹤书指点过文章，故而私下称他一声先生。

正堂里焚着炉子，章鹤书脱了外氅，他虽然已经年逾不惑，鬓发微霜，看上去仍是个清瘦书生："是有个好消息要告诉你，洗襟台，官家已经定好重建的日子了。"

张远岫拨着茶盖的手停顿了一下："果真？"

章鹤书颔首："眼下天寒地冻，尚不是时候，待明年开春，官家便要派工匠去柏杨山。"

张远岫垂眸看着茶水，半晌，缓缓地道："能重建就好。"

"是啊，能重建，便不枉费你这么一番工夫。"章鹤书道，"千辛万苦地救下薛长兴，又说动当年的宁州府官到京申冤，要求彻查瘟疫案，眼下何家这么快被问罪，也与上京、宁州的药商以及士子联名上书脱不开关系。"

张远岫起身，对着章鹤书又是一揖："朝廷能这么快定下重建洗襟台，忘尘实在没想到，此番还得多谢先生筹谋了。"

"忘尘何必多礼？"章鹤书道，"这是顺理成章的事，洗襟台本就为士人而建，何氏偷换木料的罪行被揭露，士人定然不忿，朝廷为了安抚他们，自然会答应重建楼台。"章鹤书笑了笑，"当年你父亲率士子投身沧浪江，如今楼台既然重建，后世都会铭记他们的英魂，你也能安心了。"

然而张远岫听了这话，不由得沉默下来。半晌，他撩起眼皮看向章鹤书："有件事，忘尘心中一直困惑，不知先生这里可有答案？"

张远岫生得白净，眼睑十分单薄，这么乍然盯着人，仿佛淡淡的春光里藏了细芒，让人觉得不安生。

章鹤书似乎无所觉："你问。"

张远岫："几日前，上京西郊那几名药商死得蹊跷，先生可知道，这事——究竟是谁做的？"

"不知。"章鹤书悠悠然地道，"朝廷不是正着人查吗？怎么，你觉得这个案子不对劲？"

张远岫道："太巧了。祝姓药商不死，那些被何鸿云胁迫的药商未必会敲登闻鼓，登闻鼓不响，何家的罪行不至于败露，上京城中的贡生、士子便闹不起来，他们不闹，朝廷便不会为了安抚士人的情绪，这么快应下重建洗襟台。我担心此事因我而起，故而有此一问。”他说着，不等章鹤书回答，“不过这些只是忘尘私底下的揣度，先生当玩笑听听便罢，不必当真。今夜太晚了，忘尘不叨扰，这便告辞了。”

“忘尘留步。”见张远岫走到门口，章鹤书唤道。

“忘尘近日，可有见过那温氏女？”

张远岫微微皱了皱眉，回过身：“不曾，先生怎么会这么问？”

章鹤书：“没什么，想着你既然出手救了薛长兴，保住温氏女只怕不是什么难事。老太傅视你如子，连太傅府的马车都任你驱使，那辆马车，谁敢去搜呢？你说可是？”

张远岫道：“先生想多了，温氏女是钦犯，朝廷查得紧，借忘尘一百个胆子，也不敢保她。”说完，他再次一揖，推开堂门，往外走去。

第二十八章

天地自鉴

雪一停，天地间就起了雾，清晨的天亮得缓慢。谢容与撩开冷雾，匆匆往正殿走去。

崔芝芸等在殿中，见谢容与到了，怯生生地喊了句："姐夫。"这是她第一回来宫里，心中惶恐得紧，"姐夫"喊出声，才意识到称呼错了，想改口，谢容与已经嗯了一声，应下了。谢容与示意她坐，温和地道："近日在江府怎么样？"

崔芝芸道："多谢姐夫，江家上下很照顾我。"她迟疑片刻，"姐夫，我昨日……见到阿姐了。"

谢容与听了这话，并不感到意外。他与崔芝芸之间谈不上熟识，崔芝芸能进宫来见他，只能是为了青唯。

谢容与："……她还好吗？"

崔芝芸："阿姐一切都好，虽然受了伤，看上去已经无恙，只是，上京城危机重重，阿姐她不能多留。"

谢容与嗯了一声，好半晌后才道："她走了？"

崔芝芸点了点头。她拿过手边的布囊："阿姐有东西让我转交给姐夫。"

布囊打开，入眼的是一枚水色通透的玉。谢容与的目光微微一滞："她……没有话带给我吗？"

"阿姐只说，等见到您，代她跟您道别。"崔芝芸道，"何家的案子里，有个证人叫扶冬，阿姐帮扶冬打听到了徐先生的下落，写在信中。阿姐说，让我把信、木匣里的图纸，还有玉，一并交给姐夫。"

谢容与道："多谢。"

深殿寂然，崔芝芸办完青唯交代的事，又显得局促起来。她很快请辞，谢容与没多留她，差人将她送回江府。

日光穿过薄雾照进殿中，谢容与在案前静坐良久，修长的手指捞起玉，收入掌心。上京城大雪数天，追兵重重，她应该是一个人走的吧？眼下离开是最正确的决定，温小野辗转经年，遇事从来果决利落。所以，谢容与没问她去了哪里。也许连她自己都不知道该去哪里，她这些年，不就是这么过来的吗？

谢容与看过洗襟台的图纸，收入木匣，随后拿起信。信是青唯写给扶冬的，都是白话，就像她平时闲谈时的口吻。

扶冬：

关于徐先生的下落，我近日略有所获。我有位薛姓叔父，这些年一直在追查洗襟台坍塌的真相，他对照丧生的士子名录，暗中造访过许多人家。徐先生的双飞燕玉簪，他是在庆明府一户冯姓老夫妇家中寻到的。

这对老夫妇有个举人儿子，五年前被选中登洗襟台。洗襟台坍塌后，老夫妇惊闻噩耗，赶赴陵川。路上，他们遇到一名书生。这名书生自称姓徐，应该正是徐述白。他听闻老夫妇有亲人丧生洗襟台下，称自己此行到上京，正是为告御状而去，他要揭发修筑洗襟台的真相，让事实大白于天下。徐述白说，自己此行艰险，恐会遭遇不测，身上有一珍贵之物无人托付，希望老夫妇代为保管，即薛叔后来在老夫妇家中找到的双飞燕玉簪。

依照老夫妇的说法，徐先生最后出现的地方是上京附近，这与扶冬姑娘此前的说法不谋而合，可见徐先生并没有死在洗襟台下，他会出现在洗襟台丧生士子名录之上，定是有人故意弄虚作假。

薛叔这些年汲汲追查洗襟台坍塌的真相，得知徐先生或知晓内情，他苦寻徐先生的下落，可惜一无所获。后来他到了陵川，辗转打听到徐先生与姑娘熟识，循着姑娘的踪迹，于几个月前找来上京，彼时姑娘为接近何鸿云，刚在流水巷开了折枝居酒馆。薛叔后来遇险，无奈藏匿行踪，将双飞燕玉簪转交给我，这正是我凭玉簪找到姑娘的缘由。

对不住，关于徐先生的下落，所述已是我能打听到的全部，恕我直言，时隔经年，先生只怕凶多吉少。万望你勿要耽于过往旧事，前路漫漫，但请珍重。

勿念。

青唯

嘉宁三年十一月廿八

谢容与看完信，唤来德荣，吩咐道："把这封信带去玄鹰司，交给扶冬。"

德荣称"是"，接了信正要走，身后的谢容与忽然道："等等。"他像是想到了什么关键的节点，起身离开案前，从德荣的手里拿回信，将其中一行反复看了数遍——

"这名书生自称姓徐，应该正是徐述白……称自己此行至上京，正是为告御状而去，他要揭发修筑洗襟台的真相，让事实大白于天下……"

他要揭发修筑洗襟台的真相，让事实大白于天下。

修筑洗襟台的真相？

什么叫……修筑的真相？

徐途贩卖次等木料，何鸿云从中牟取暴利，致使洗襟台坍塌。

这不该是洗襟台坍塌的真相吗？

而修筑洗襟台，是昭化帝提议，朝廷明令颁布，臣工士子乃至天下人拥护的决策，这其中，能有什么真相？

修筑在前，坍塌在后，短短几字之差微乎其微，说不定只是青唯的笔误，也可能是老夫妇或者薛长兴在转述时的口误，但不知道为什么，谢容与就是觉得这几笔看似谬误的措辞事关重大。他握紧信纸，吩咐德荣："帮我传祁铭。"

不一会儿，祁铭便到了昭允殿。谢容与问："何鸿云可曾画押？"

"尚不曾。"祁铭道。他迟疑了一会儿，又说："属下今早去刑部打听，何鸿云此前请见过殿下，但是官家念及殿下在病中，没让刑部转达。”

“何鸿云要见我？”谢容与愣道。

如今何鸿云的罪名铁证如山，他认与不认，结果不会不同，可他在这个时候拒不画押，究竟是为什么呢？还是说，刑部写成的供状上，有某条罪名的确冤枉了何鸿云？

谢容与想到一种可能。如果……只是如果，徐述白会不会不是何鸿云杀的呢？徐述白上京要告的御状，不是针对何家呢？

徐述白是徐途的侄子，徐途就是贩卖次等木料的人，所以所有人都会理所当然地想到，徐述白到上京告御状，是为了揭发何鸿云偷梁换柱，牟取暴利的恶行。可是徐述白决定去上京是在洗襟台修成之前，他若在那时得知木料被换，是来得及阻止士子登台的，他为什么不阻止呢？

还是说，他另有要事，才不得不马不停蹄地赶赴上京？

思绪仿佛打开了闸门，谢容与突然记起徐述白在临行前，对扶冬说的话——

“这个洗襟台，不登也罢！”

“我到上京为的就是洗襟台！是要敲登闻鼓告御状的！”

洗襟台是为士子而建的，在天底下每一个士子的心中，都象征着尊荣，哪怕徐途换了木料，徐述白恨的也应该是徐途，是利用洗襟台立功升官的何鸿云，而不是洗襟台本身，可当他说出“洗襟台不登也罢”时，分明是带着对这座楼台的憎恶的。

徐述白一个士人，为何会憎恶洗襟台？他到上京要告的御状，究竟是何家，还是另有其人？他最后对冯姓老夫妇说，揭发修筑洗襟台的真相，“修筑”二字，指的到底是被偷换的木料，还是楼台修筑的缘由？

谢容与将信函一收，一刻不停地往天牢走：“让刑部把洗襟台的重审案宗拿给本王，本王要见何鸿云，快！”

如果当年徐述白到上京，不是为了状告何家，那么何家哪怕杀了徐述白，大可以说他是畏罪失踪，何必做出他死在洗襟台下的假象？

还是说，何家当年并没有杀徐述白。徐述白的失踪，也与何家无关？

三司定罪，要将草拟的罪条一一念给嫌犯听过，包括所有被害人的名录，何鸿云迟迟不肯画押，是因为这个徐述白吗？

何鸿云在这生死关头直言要见自己，是在这短短的三个字中听出了什么被掩埋在尘埃下的真相吗？

“调玄鹰司所有在衙兵马到刑部天牢！何鸿云可能有危险！”

长道上深雪未扫，晨雾被日光冲淡，谢容与穿廊过径，一路从昭允殿赶往刑部，走得又急又快，玄鹰司的动作亦快，谢容与赶到时，卫玦与章禄之也带着鸮部赶到了。

然而，他们还是来晚了。

刑部尚书脸色惨白地站在天牢前，见了谢容与，怯怯地喊了声：“殿下。”

天牢外还站着许多禁卫，所有人，都沉默着。

谢容与愣了片刻，心冷下来：“……他死了？”

“半刻钟前死的。”刑部尚书咽了口唾沫，“不知怎么回事，何鸿云是重犯，这里明明……明明有禁卫严加看管的，老夫……”他脱下官帽，颤抖着手抱在怀里，“老夫这便去向官家磕头认罪。”

半刻钟前死的，那就是谢容与决定来天牢之后。刚才在赶来的路上，谢容与恨自己错过了与何鸿云相见的最后机会。哪怕赵疏顾及他的病情，不让人打扰他，他不会在刑部多放些眼线吗？

他明明知道的，那些被烟尘掩埋的真相，远不是几根被替换的梁柱那么简单。又或者说，早在一切的伊始，在朝廷决定要重新彻查洗襟台案的时候，早在昭化帝病故，赵嘉宁继位的时候，就有人一直蛰伏在暗处。他们伺机而动，静观其变，否则何鸿云怎么会死得这么巧呢？

“我……去里面看看他。”谢容与道。

重犯骤亡，本来幽暗的天牢被火把照得通明，将里头照得如白昼一般。吏胥将谢容与引到最深处的一间，何鸿云的尸体就在地上。

何鸿云是被一名守卫强行灌下毒药身亡的，身上有受刑后的鞭伤，在牢里苦挨了几日，原本秾丽的眉眼竟没什么变化，甚至嘴角还残留着一抹嘲弄的笑。也不知道他在嘲笑什么。是在笑自己聪明一世，最后却落得如此荒唐又潦草的下场吗？又或是在嘲笑世人眼盲，皆被浮眼云烟遮去真相？

谢容与问："这间牢房，你们搜过了吗？"

"搜过了。"牢外候着的刑部郎官答道，"灌毒的守卫已经自尽了，什么都没留下，牢里除了一份小何大人自己誊抄的罪书，其他什么都没有。"

谢容与："罪书？"

"是这样，小何大人看了大理寺草拟的罪条，不愿画押，称要将罪书自行誊抄一遍，仔细斟酌后再做决定。尚书大人……念他是何氏之人，便应了，小何大人将誊抄后的罪书搁在草席后的墙缝之中，下官也是刚才才搜到。"郎官说完，立刻将罪书呈给谢容与过目。

罪书誊抄得一丝不苟，上头除了几滴血，甚至堪称干净。何鸿云受刑后受了伤，罪书上有血很正常。

一条一条的罪状过后，便是受害人的名录。

而那几滴血，似乎是不经意，恰好滴在了"徐述白"三个字上，将这个名字，染得触目惊心。

重犯死在天牢，这是大过，刑部尚书去宣室殿请罪了。

一旁的郎官再次看了一眼谢容与，想着官家与小昭王是兄弟，昭王的意思，多多少少就是官家的意思了。

郎官于是问："殿下，何鸿云的死因已经验明，眼下可要安排收尸？"

谢容与没应声。深牢阴寂，他不知怎么，想到了些别的——

他还是江辞舟的时候，与何鸿云走得很近，有一回二人一起吃酒，酒过三巡，何鸿云握着杯盏，漫不经心地说了句话："我们世家子弟，也有世家子弟的辛苦，同辈中那么多人，想要出类拔萃，总要牺牲点儿什么。"

谢容与于是问，牺牲什么？

何鸿云笑了，看着杯盏里水波流转的佳酿："子陵，你儿时可偷尝过烈酒？还记得那滋味吗？"

那滋味，辛辣浓烈，入喉如同火烧。

"可酒这东西，吃一口甘烈，吃多了成瘾，年岁一久，千杯下肚，反而没滋味了。”何鸿云轻轻笑了一声，“别的事，也一样。”

他是何家行四的公子，母亲是平妻，故而他既非长子也非嫡子，可他到最后，竟成了何拾青最得意的儿子，牺牲掉的是什么呢？

那是何鸿云唯一一回跟谢容与说真心话。

一路杀伐养成冷硬肝肠，或许第一回害人尚且心虚，到后来，血见得太多，诚如他所说，反而没了滋味。他是这么清醒自知地视人命如草芥。

谢容与问：“为何要收尸？”死囚哪怕枉死，也是死囚，他的尸体，是应该扔到乱葬岗一把火烧了的。

郎官道：“照理是不该收的，但老中书令为了小何大人，听说在拂衣台上跪了一日夜，何鸿云到底姓何……”

“姓何如何？”谢容与问。

巨舰入海，亦有倾覆之日，树生千年，也会一夕枯败。何拾青在拂衣台上跪的是何鸿云吗？他跪的是他自己，是大厦将倾的何氏。

谢容与道：“不必收尸，扔去乱葬岗吧。”

谢容与离开天牢。

何鸿云死了，最后只留下一张罪书，与染着血的“徐述白”的名字。他是个早已剔除了悲悯心肠的人，最后要见谢容与，未必出于对真相的探究抑或善意的提醒，他只是想过这一个名字，与名字背后藏着的线索，为自己与何氏博取一线生机罢了。他不值得丝毫同情。只可惜线索断在这里。

谢容与见卫玦、章禄之仍率领玄鹰卫等在天牢外，说道：“你们回衙门吧，这里已经无事了。”

然而卫、章二人竟没听他的吩咐，一路跟着谢容与来到刑部外的回廊，两个人拱手拜道：“殿下，属下有事要禀。”

“敢问殿下，您可是在查一个叫徐述白的秀才？殿下想要的线索……玄鹰司或许知道。”

谢容与突然回过身来。他没出声，抬眼看向后头跟着的玄鹰卫。玄鹰卫们会意，立刻把守住回廊前后的出入口。

谢容与问："你们知道徐述白？"

卫玦道："知道，他是陵川木商徐途的侄子，秀才出身，洗襟台修成之前，他被遴选为登台士子，后来洗襟台坍塌，他……失踪在了来上京城的路上。"

谢容与的眉心微蹙。徐述白的出身、籍贯并不难查，但他来上京一事是个秘密，玄鹰司是怎么知道的？

谢容与不动声色地在廊椅上坐下："说吧。"

"是。"卫玦拱手道，"殿下应该有印象，洗襟台最初只是洗襟祠，改为楼台，是因为先帝决定在昭化十三年的七月初九，遴选士子登台，以纪念当年投身沧浪江的士子。改建楼台的圣令一下，殿下前往辰阳，请温工匠出山督建楼台。七个月后，即昭化十三年的二月，玄鹰司接到调令，由指挥使、都点检带领隼部前往陵川，执行楼台建成前后的护卫之责。"

谢容与颔首："这些事本王记得。"

卫玦："玄鹰司到陵川，是昭化十三年的三月，此后近四个月的时间里，除了最后连日暴雨，温督工喊过几次停工，几乎没出什么岔子。但是在昭化十三年的七月初八，即洗襟台建成的前一天，出了一个意外。"

谢容与："什么意外？"

卫玦："柏杨山，来了一名书生。"

那时洗襟台已经快建成，第二日士子就要登台，柏杨山中有书生到来很正常，甚至有士人为了一睹登台祭先烈的风采，于当年五月就到了崇阳县上等候。

然而这名书生不是别人，正是徐述白。

卫玦："指挥使大人负责洗襟台周遭的护卫，所以有士人来柏杨山，都是由都点检接待的。徐述白到了以后，直言要见温督工，因为当时连日暴雨，温督工正忙着查验排水渠道，点检大人便回绝了他，跟他说明日登台后再见也是一样，没想到徐述白却说自己不登台了，他称自己另有要事要往上京城里去，又问能否求见殿下。如今回过头来想，或许正是这个求见殿下的请求令点检大人起了疑，点检大人告诉徐述白，殿下眼下不在山中，而是去崇阳县主理登台事宜了，点检大人还说，'你有什么要事，不如写成信函，等温督工回来，我一定代为转交'，徐述白的心思单纯，当时便相信了点检大人，他匆匆写了信，很快动身去上京城。点检大人得了信，大概是因为隼部老掌使与几个校尉都在，他没有立刻拆开看，直到当夜温督工回来，玄鹰司轮班了，老掌使与校尉们撤去，他才将信交给温督工。后来的事，殿下都知道了，温督工被点检大人软禁一夜，直到七月初九清晨，士子们在洗襟台下等候登台，温督工都不曾出现。”

直到士子登上楼台，隼部的老掌使才带着卫玦、章禄之等几个人在后山的值房里找到温阡，他听闻士子已经登台，脸色顿时变得煞白，根本来不及多解释什么，只颤抖着声音道：“不能登，会塌的……会塌的！”他一路奔到洗襟台下。可惜他到得太晚了，仰头看去，天地嗡鸣，烟尘砾石伴着暴雨落下，扑面来袭。

谢容与听到这里，神情几乎是寂然的。他问：“你们都点检，当时为何要软禁温督工？”

玄鹰司后来被问罪，自然是因为护卫失职，至于都点检软禁温阡一事，因为两个人都死在了洗襟台下，无可追查。而事实上，知道些许内情的老掌使与卫玦、章禄之等人一直三缄其口，对外只称不知。

章禄之道：“回殿下，我们当时确实不知，只猜测与徐述白留下的信函有关。直到多日后，朝廷彻查洗襟台坍塌的缘由，发现木料的问题，斩了魏升、何忠良，我们才想到，徐述白是徐途的侄子，也许他留给温阡的信中，揭发的正是木料的问题。”

早在洗襟台建成之前，因为连日暴雨，赶工、排洪等问题，温阡就不止一次地喊过停工。如果他得知在洗襟祠修建之初，支撑楼台的上等铁梨木是次品，无论如何都会阻止士子登台。

章禄之：“都点检或许希望士子们能顺利登台，而温督工意图阻止此事，这才软禁了温督工吧。至于他为何如此希望士子们登台，我们至今未能查明。”

“你们没查明的不止于此。”谢容与道，“如果徐述白在洗襟台修成的前一日，已经将替换木料的内情写信告诉了温督工，那么他后来急赶着去上京是为什么呢？”倘他只是为了揭发何家的恶行，大可以留在柏杨山，等温阡、小昭王回来，一起查明木料的问题，拿到证据再行到上京，可他没有这么做，他甚至没有在柏杨山多留一晚。

卫玦与章禄之的话，证实了谢容与此前的猜测——徐述白到上京要状告的并非何家，而是另有其人，另有其案。

"回殿下，这正是属下要向殿下禀报的最重要的一点。"卫玦道，"洗襟台坍塌后，老掌使也有过同样的困惑，如果徐述白留下信函是为了揭发徐途替换木料，那么他到上京又是为何呢？是故就在魏升与何忠良被问斩的几日后，老掌使为属下与禄之作保，令我二人平安脱罪，随后我们循着徐述白的踪迹追往上京城。"

谢容与："你们……找到他了吗？"

卫玦与章禄之沉默许久："找到了……但也可以说，没有找到。"

"徐述白消失在了去上京的路上。后来……我们多方打听，在庆明府附近听闻了一桩焚尸案，据说死者是一名年轻书生，死前，像是要往上京城去的，种种线索表明，他应该就是徐述白。"

虽然早有预料，谢容与听到这里，心中仍是沁凉一片："徐述白真的死了？"

卫玦嗯了一声："洗襟台下丧生的人太多了，玄鹰司护卫失责，当时被推上了风口浪尖，先帝彻查玄鹰司，都点检已经死在了楼台之下，老指挥使见满目疮痍的人间地狱，自责不已，甘愿枭首谢罪，为属下与禄之脱罪的老掌使被处以杖刑，玄鹰司自此被朝廷雪藏。故而属下与禄之也不能在外面逗留太久，很快回到了上京城中。没想到……"

"没想到半年后，洗襟台案审结，属下与卫掌使再次前往庆明府，当初那桩焚尸案竟然从官府的案录上抹去了，抹得一干二净，什么都不剩，而徐述白这个人，反而出现在了洗襟台丧生的士子名录中。"章禄之接过话头，握紧拳头说道，"属下不甘心，本想立刻上报朝廷，但是卫掌使拦住属下，称无凭无证，消息泄露出去，反而会令有心人再次警惕起来。也正因为如此，我们明白了徐述白这个人身上大有文章。他清清白白的一个秀才，查来查去就那么些东西，太干净了。故而我们又回头查起了徐途，徐途这个人，拜高踩低，生意人，势利眼一个，说实在，也没什么好查的，只有一个疑点。"

谢容与："什么？"

章禄之："跟徐途来往的人，往往非富即贵，但在洗襟台修建的那一年，他跟陵川的一个山匪寨子来往过许多回。自然这也不是什么异事，可能是山匪的寨子要新修楼舍，跟他买木头呢？属下与卫掌使之所以会起疑，是因为在洗襟台坍塌不久后，这个山匪寨子忽然就被官府剿了。”

谢容与道：“陵川早年山匪横行，多地都闹过匪患，尤其洗襟台坍塌后，民生不安，一个匪寨被剿，这没什么。”

章禄之道：“是，可是山匪生在山里，长在山里，朝廷的兵来了，总有那么几个漏网之鱼。这个山匪寨子被剿得太干净了，属下与卫掌使想往下查，竟然没找到什么活口。后来我们回到上京城中，将这件事禀给老掌使，想要带些兵马前往陵川，老掌使却阻止了我们。”

卫玦垂眸道：“老掌使说，这个案子太大了，我们不应该再查下去，便是查得真相，事已至此，未必能扭转乾坤，反而会招来杀身之祸。老掌使还说，他希望我们能把所知道的一切藏在心里，再也不要对外说，与坍塌的洗襟台一起，尘归尘，土归土。彼时先帝病重，朝纲不稳，老掌使也因为受过刑，养了一年，仍是病入膏肓，我们不忍看他担忧，只能听从他的叮嘱，再也没对任何人提过彼时洗襟台下的种种。”

“殿下——”卫玦说到这里，唤道，与章禄之一起拱手单膝向谢容与拜下，与此同时，守在回廊内外的玄鹰卫尽皆拜下，“殿下，今秋您初任玄鹰司都虞侯，属下等不知道您的身份，不知道您为彻查洗襟台的真相用心良苦，一直对您多有猜疑，请殿下恕罪。然而昔年洗襟台坍塌，都点检大人纵然有过不假，指挥使大人、老掌使、各部校尉及隶下玄鹰卫，未曾有过半分擅离职守。楼台坍塌，丧生无数，指挥使担罪身死，玄鹰折翅徜司雪藏，我们认了，可要论甘心与否，我等绝不甘心！是故哪怕老掌使临终时叮咛再三，我们亦愿将所知一切线索告诉殿下，唯愿殿下带领玄鹰司诸位令真相大白于天下，有朝一日若能见雄鹰再次翱翔天际，玄鹰司列下当肝脑涂地，在所不惜！”

长风拂过回廊，谢容与沉默良久，想起何鸿云的罪书上，染着血的“徐述白”三个字，问道：“徐述白的线索，你们除了我，确实不曾对任何人提过？”

卫玦与章禄之对视一眼：“回殿下，除了殿下，此前官家问起洗襟台，我二人不敢欺瞒圣听，与官家提过徐述白这个人。”

“官家？”谢容与的眉心微微一蹙，“什么时候？”

“年初章大人提出要重建洗襟台，朝中有人说，重建可以，但是要将洗襟台坍塌的疑点通通查明，以免重蹈覆辙。彼时官家单独召见过玄鹰司一回，问我们的意见。因为老掌使的叮嘱，我们不敢细说徐述白的案子，只提议说，朝廷可以从当年被遴选登台的士子身上开始查，毕竟洗襟台坍塌得突然，许多士子的尸体没找到，其中有个叫徐述白的，当日似乎没有登台。但官家并没有采纳我们的意见，还提醒我们暂时不要对任何人提起此人，此后不久，鉴于朝中诸臣建议，官家最终还是决定从当年的在逃工匠、可疑人员查起，派钦差去各地重新审查崔弘义等人。”

谢容与听了这话，不由得愣住了。换句话说，早在年初决定重审洗襟台案伊始，赵疏就有两个选择：一是直接从士子，甚至徐述白的身上查起；二是按照当初查案的步骤，依旧去查工匠、查与木料相关的崔弘义等人。赵疏选择了后者。

他选择后者无可厚非，当初王元敞写信到宫中，揭发何鸿云囤积缠茎夜交藤的罪行，赵疏是知情的，他猜到何鸿云种种罪行或许与洗襟台有关，想要揪出这个罪魁祸首，这没什么好质疑的。

可为什么？在谢容与和青唯找到徐述白的线索后，这位年轻的皇帝依旧对所知的一切按下不表，不曾过问玄鹰司一句徐述白究竟去了哪里？甚至不愿意派上一两个暗卫去寻找一下这名士子的踪迹，反而全力支持玄鹰司将何家查到底呢？

为什么？在何鸿云发现徐述白这一疑点直言要见小昭王时，赵疏以一句小昭王养病，叮嘱刑部按下此事，让谢容与错过了与何鸿云相见的最后一面呢？

谢容与沉默片刻，说道：“我知道了，你们回衙门吧。”

待一干玄鹰卫撤去，谢容与在回廊里静坐良久，忽然站起身，快步往宣室殿走去。

今日没有廷议，奈何政务繁多，晨间面圣的人依旧络绎不绝，谢容与到的时候，刑部尚书躬身从宣室殿里退出来。

天牢里意外死了人，这是大过，但赵疏似乎并没有怪罪这位老尚书。刑部尚书的眼中带有愧色，官帽倒是重新戴上了，见了谢容与，拱手作揖："殿下。"

谢容与没应声，径直迈入宣室殿。

赵疏正在问翰林贡生闹事的事，见谢容与一脸霜色地走进来，稍稍一愣，摆摆手，让殿中诸人都退下了。

赵疏道："表兄是从刑部过来的？"

"臣是从哪里过来的，官家难道不知？"谢容与冷冷地道，"官家没有治刑部的罪，是因为你早就料到何鸿云会死，是吗？"

赵疏垂下眼不吭声。

"洗襟台丧生的士子名录中，有一个叫徐述白的书生，官家早就知道他的死有蹊跷，可当臣查到徐述白时，官家不但不告诉臣此事背后另有隐情，为何还叮嘱玄鹰司将线索按下不表？"谢容与继续说道，"让臣来猜一猜好了。何家屹立朝堂太久，朝中早就有人看他们不顺眼，章鹤书提出重建洗襟台，只是一个契机，官家利用这个契机，顺势而为，心照不宣地做了一个或许能够对付何家的决策，即借用瘟疫案，重查木料问题。这个决策，天知、地知、你知——毕竟那封写给我揭发何鸿云哄抬药价的信，那时只有你看过。是故在最开始，众朝臣包括何家都没有觉察到官家的真正目的。而作为顺势而为的酬劳，官家换取了一部分大臣的支持，借机复用玄鹰司。"

赵疏静坐在龙椅上："这一点表兄早就猜到了，不是吗？否则这半年来，表兄如非必要，绝不面圣。初秋你进宫养病，朕原本要去昭允殿探望，你养好病后匆匆离去，不正是对朕避而不见？"

以至于日前青唯重伤脱逃，谢容与旧疾复发，章元嘉提议赵疏探望，赵疏犹豫再三却没去，真的是因为没有保住温小野心中有愧吗？他是知道表兄不愿见他。

"我是猜到了，但我没想到官家能把这笔交易做得这么纯粹。徐述白之死官家按下不表，不正是为了让玄鹰司全力彻查瘟疫案，直至将何氏彻底连根拔起吗？官家要的何止是复用玄鹰司？官家要的是没有何家以后，那个残缺不全的朝廷！何氏如巨木，巨木枯倒却能滋润大地，荒野上养出一个个肥沃的空槽，何家没了，邹家没了，许许多多依附何家的大小官职通通出缺，官家尽可以把自己的人填进去，今日何鸿云之死，不正是官家想要的结果，官家满意了吗？”谢容与看着赵疏，声音冷下来，“可官家这么做的时候，可曾想过几日前无辜枉死的药商？官家不把这条线索隐下来，起码我会知道徐述白之死背后另有其人，起码在药商死的时候，我们不会这么被动，不会来不及阻止。”

赵疏听谢容与提起药商，眼眶不由得慢慢红了，他声音嘶哑地问道：“三年了，三年……朕高坐于这个龙椅上，下头空空如也，这个龙椅，朕哪里是坐上来的，朕是被人硬架上来的。双手被缚，足不能行，张口无声，身边连个说真心话的人都没有。好不容易等到这么一个机会，朕……不得不伺机而动，药商之死朕亦不曾想到，近日想到他们被害有我之过，也曾夜夜梦魇。表兄是觉得这权术肮脏吗？朕也觉得脏，但是朕……没有办法……”

“我憎恶的不是权术。”谢容与看着赵疏，“权术在这朝堂之中本就是司空见惯的东西，我长在深宫，谈何憎恶？”他穿着玄色亲王服饰站在殿中，浑身侵染着风霜。

“官家要我说实话吗？”谢容与的声音是寂寥的，“那座楼台，是为投身江河、战死边疆的英烈而建，它本该是无垢的。所以——”谢容与笑了笑，“所有拿洗襟台做文章的人，都不是东西。”

“何鸿云不是东西，章鹤书不是东西，如今看来，”谢容与望着赵疏，“官家，也不是个东西。”

赵疏听了这话，愕然地抬头看向谢容与。

谢容与的嘴角挂着一抹极淡的、嘲弄的笑，清冷的眼尾微微上挑，目光竟似不羁。这么看上去，他竟然不像谢容与了，反而做回了那个未曾摘下面具的江辞舟。

可是真正的谢容与又是怎样的呢？只有赵疏还依稀记得，在士子投江之前，那个常常陪在自己身边的表兄是如何逍遥自在，便如他那个醉意栏杆，写下“乘舟辞江去，容与翩然”的父亲一样。

只可惜谢桢故去，谢容与被接到深宫，自此肩负重担，不得不承载所有人的希冀长大。

戴上面具后，谢容与做江辞舟做得淋漓尽致，昭允殿的人都感叹，小昭王是心疾未愈，可赵疏觉得，或许这样，才是谢容与真正的样子，他误入深宫，将那份天生的自在收进骨子里，所以忽逢劫难堕入深渊，也许只有做回自己，才能真的治愈心疾。摘下面具的不是他，戴上面具的才是他。

谢容与这副讥诮的语气，忽然把赵疏拽回了两兄弟时时吵闹的儿时，他忍不住道："表兄说不要拿洗襟台做文章，朕可愿拿洗襟台做文章？洗襟台除了是表兄的心结，亦是父皇的心结，朕的心结！但朕没有办法，朕不能一直这么无能为力，朕除了是皇帝，也是个人，朕除了天下苍生，也有想要完成的心愿，想要实践的诺言，想要守住的初心，想要保护的人……"他突然站起身，清秀的颊边透着一丝苍白。他看向谢容与，一字一句地道："朕之心，天地可鉴。"

谢容与看着赵疏，片刻后低下头："臣不是不理解官家，臣或许只是……"或许，对于洗襟台，他总是草木皆兵。

谢容与笑了笑，低声道："有件事，官家不觉得不合规矩吗？我不姓赵，我姓谢，深宫应该是帝王的居所，可我一个异姓王，却在这宫里住了二十年。"这话听上去不过一句喟叹，若往深处忖度，其中的寓意令人感到不寒而栗。

赵疏愣了一下："朕并不觉得不合规矩，也从未怀疑过什么，时势所致，你我兄弟一同长大，对朕而言，任何揣度都是无稽之谈。"

谢容与道："我知道官家至今未曾怀疑什么，只是——"他停顿了一下，没再说下去，合袖朝赵疏一揖，往殿外退去。

赵疏见状，不由得追了两步："表兄这样说，是不愿再追查洗襟台的真相了吗？"

谢容与的脚步停顿了一下："查，怎么不查？查得明明白白、清清楚楚的才好。"这个楼台，有人欲建，有人欲毁，有人在烟尘下苦心经营，有人立于尘嚣独看风浪。

谢容与道："这半年来，我看明白了一件事，在这场灾难里，没有一个人能独善其身，每个人都有自己的目的，我自然也有。我还盼着有朝一日，官家能答应我一个请求呢。"

赵疏："表兄的请求是什么？"

谢容与却没回答，笑了笑，迎着淡淡的日光，转身离开："等真相大白的那天再说。"

谢容与离开后，赵疏一个人在宣室殿中独坐良久，随后站起身，出了殿。

正午已过，雪停雾散，冬晖刺目。曹昆德端着拂尘迎上来，唤了声："官家。"

赵疏却摆了摆手："你退下吧，朕独自走走。"

他往后宫走，却在通往会宁殿的第一个甬道停下脚步，半晌后，他转头，走入甬道头的岔路口，穿过回廊，沿着花苑走进一条无人打理的荒芜小径，来到一座宫所门口。

宫所名叫"听春"，早年是昭化帝时一位贵人的居所。贵人早逝，宫所就此荒芜，已经许多年无人打理。

然而，当年轻的皇帝推开宫所的门，荒凉的院子中竟然站立着数名披甲执锐的禁卫，他们见了赵疏，尽皆拜道："官家。"

赵疏嗯了一声，吩咐道："把门敞开吧。"

"听春"的宫门其实没上锁，或许是久住其内的人僻居惯了，终日掩扉而已。

禁卫听命上前，把门推开，一股辛辣的酒气立刻飘出来，覆过荒凉的宫院。

那是烧刀子的气味。

日光鲜亮极了，将浮在半空中的尘埃照得粒粒可见。赵疏没进屋，站在门扉外，对里头倾壶而饮的人说道："温小野已经平安离开上京城了，前辈可以放心。"

那人吃酒吃得正酣，听了这话，含糊地答应了一声。

赵疏又道："前辈如果想离开，朕也可以安排。"

屋中人听了这话，笑了笑问："官家掌权了？"

赵疏低下头，嗯了一声："朕为了拔除何家，让满朝同仇敌忾，隐下了一条线索，暂时将洗襟台的过错，全推到何家身上，何家倾覆，朕大概……可以掌一点儿权了。"

"官家这么做，只怕有朝一日，您的亲近之人会恨您吧？"

赵疏沉默了好半晌："朕只知道，朕尚有诺言要践，尚有真相要寻。朕将永远记得当初在父皇病榻前立下的誓言，永远记得为何会做这个皇帝。朕之心，无须向任何人证明——”

他转过身，抬眼看向天地。

风雪退潮，远处却有云层奔涌，似乎天边还在积蓄着更大的霾，但有什么要紧呢？待到春来雪化，流风自散。

赵疏轻声道：“朕之心，天地自鉴。”

卷三

第二十九章

山雨急路

五个月后。

傍晚，暴雨急浇而下，前方一段山路在滂沱的雨水中模糊不清，虽然太阳才落山，四下里已经暗得如夜晚一般了。

绣绣赶着驴车，缀在人群后方艰难前行。山路是泥石铺就的，平日走着还好，这会儿一脚深一脚浅地踩下去，冷不防就是一个水洼。隐约间，她听见喝止声，抬眼望去，前方山驿外似乎立着许多官兵，火把的光在暮色里漫开几丈，被大雨截断。

"是不是出什么事了？"

"是啊，怎么这么多官差呢？"

人群里，有人窃窃私语。

"都停一停——"见状，前方领路的皂衣汉子道，"我先过去问问。"

这一行同路的上山人，都是陵川上溪县人。陵川多山，尤以上溪为最。上溪这个地方，就坐落在群山之中。闭塞注定了它的穷苦，尤其在纷乱的咸和年间，上溪几乎人人落草为寇，后来昭化帝继位，大力整治匪患，上溪才还田予民，有了县城的模样。可惜那时匪患并未得到根治，六年前，洗襟台坍塌，陵川一带人心惶惶，上溪山匪趁机作恶，下山洗劫了几户人家，朝廷于是痛定思痛，出兵围剿山匪。

当时死的山匪可太多了，听说那座山寨的大火烧了三天三夜才歇，太多血流进深山中，后来县城里还闹过一阵鬼，搅得人心不宁。上溪人自此有了习惯，不管是出山还是进山，总要在山脚下等一等，等到十来人结成伴了，才一起上路——活人多，就不怕鬼了。

绣绣这一行人，正是一道回乡的上溪人。

不一会儿，去山驿打听的皂衣汉子回来了，他的神情有点儿异样，他对众人道："官爷封路了，这里过不去，驿站也住满了，大伙儿往回走吧，到十里外的旧庙凑合一夜，等明早再回来山驿。"

有人问："出了什么事要封路啊？"

汉子犹豫了一下，只含混地道："好像是命案，跟山匪有关。"

众人听说是山匪，脸色皆是一变，很快噤声，掉头往来路的旧庙走。

绣绣也赶着驴车掉头，那头倔驴拉了一日的车，没吃东西，净淋雨了，这会儿居然有点儿撂挑子不干的意思。驴车上还坐着绣绣的跛腿祖父，被驴带着在原地转了几圈，险些摔下去。他拿起木拐，哀叹一声："罢了罢了，我自己下来走。"

正在这时，刚才的皂衣大汉看他们没跟上来，逆着人群往这里来了。他从绣绣的手里拿过鞭子，三鞭将驴打服了，说："绣妹子，你去车上坐着，这驴车我来赶。"

绣绣道："刘大哥，多谢您，雨太大了，大伙儿还等着您领路呢，这驴车我自己能赶，再说还有阿姐呢。"

刘大栓听到这话，朝驴车边，搀扶着叶老伯的女子看了一眼。风横雨斜，这个女子身穿黑衣黑袍，罩着一顶黑纱帷帽，几乎要与零落的夜色融在一起。

大伙儿都是上溪人，虽然只同行了三两日，彼此之间还是亲切的，唯独这个女子跟他们格格不入——虽然绣绣说，她阿姐患有宿疾，平日见不得风，总不至于一路下来一句话都不说吧。

刘大栓犹豫了一下，抬眼一望，只见前方一行人都停下步子等他，只好道："行吧。"

所幸旧庙不远，沿山路往回走七八里，顺着岔路口的小径拐进去就到。旧庙统共只有一间，因为在深山，受不到什么香火，守庙的和尚早就跑了。瓦梁经年失修，甚至还有点儿漏雨。这样的破庙，深夜住进来，难免有些瘆人。不过刘大栓他们倒不怕，他们人多，足足二十来人呢，阳气很足。

众人到了庙里，刘大栓很快帮绣绣等三个人找了块干燥地方，其余人生火的生火，整行装的整行装，他们都带了干粮，倒是不用额外找吃的，待篝火燃起来，众人围着火光坐下，有人就问了："刘大哥，你刚才说山里是因为命案封路，究竟什么命案啊？"

"是啊，还说与山匪有关，上溪的山匪不是五年前就杀尽了吗？眼下怎么又闹匪患了？"

刘大栓啃了一口手里的窝头，就着水咽下："其实……也不是真的山匪。"

"不是真的山匪，那是什么？"

刘大栓有点儿犹豫，好一会儿才说道："……是鬼。闹鬼了。"

庙里一下子安静下来。片刻之间，众人只能听见急雨山风的呼啸声。

刘大栓："十来日前，山里似乎出现了鬼影。没过多久，山下就死人了，死相太惨，都说是鬼杀的……官差们查得紧，所以在山驿设了关卡，不是不让人走，只是进出山里要严查，到了晚上有宵禁，说是等案子破了再说。"

众人听了这话，面面相觑，半晌，一人怯生生地道："这怎么……又闹鬼了？"

"又"之一字心照不宣——五年前朝廷出兵剿匪，杀戮太多，山上也闹过鬼，不过不到半年，这事就不了了之了。上溪人只道这鬼已经消失了，没承想竟出了鬼杀人的案子。

众人心中都有些发毛，围着篝火，再没心思说其他的。他们这些人，多数是大户人家的扈从。上溪闭塞，并非没有富户，有些物件儿上溪买不到，主子们便要打发下头的人去东安府城采买。这些下人遇到祸事都得自己扛，听说是上溪山里又闹鬼，只觉得是泥菩萨过河。

赶了一天的路，一行人也累了，没了说话的心思，各自安顿下来。

绣绣安顿好叶老伯，见那位阿姐不在身边，轻手轻脚地起了身，来到旧庙外。

庙檐下倚墙站着一个戴着黑纱帷帽的女子，绣绣见了她，轻声唤了句："阿姐。"

女子转过头看她一眼，抬手在唇上比了个噤声的手势，将她带到庙外矮墙的边上，问："怎么了？"女子的声音出乎意料的年轻，似乎并不比绣绣大多少。

绣绣很快改了称呼，说道：“江姑娘，阿翁让我来问问您，看是要今夜留宿寺庙，明早跟着刘大哥他们过山驿进上溪，还是……还是辛苦一些，走附近的一条山径小路，绕回上溪？”

女子听了这话，沉默了一会儿：“上溪我不熟，你们的意思呢？”

她们两个人说起话来，彼此之间还有些疏远，似乎刚认识没几天，并非姐妹。

而事实的确如此，因为这个女子不是别人，正是青唯。

却说青唯离开上京城后，辗转来到陵川。数日前，她在东安府逗留，遇到叶绣儿被一位富家公子刁难，于是出手相助。

事后，青唯为掩藏自己的身份，假称自己姓江名唯，是陵川崇阳县人。她说她被家中人逼着嫁入东安一户殷实人家，因这家的少爷是个浑不吝，她被迫逃婚，想去闭塞的上溪躲上一阵。

叶绣儿正巧就是上溪人，她得青唯相救，于是决定暂时以姐妹相称，帮青唯掩藏身份，躲过“夫家”的追踪。

叶绣儿抬眼看了一眼滂沱的雨势，说道：“我跟阿翁觉得，我们还是走小路绕回上溪最好，一来江姑娘您说过，您的夫家认识官府的人，若您的行踪被官府发现，指不定会告诉您的夫家；二来……”叶绣儿犹豫了一下，“鬼神之说本来就是以讹传讹的邪说，我跟阿翁都是不信的，眼下山驿那边守着那么多官差，进山、出山要一个一个地盘查，指不定要拖到什么时候。我此番下山是帮家中的女主子采买胭脂水粉的，她是个急脾气，多等一日，往后都有我好受的。”

青唯颔首道：“那好，你先回去睡，等后半夜，大家都睡沉了，我们再离开不迟。”

叶绣儿问：“江姑娘不睡吗？”

青唯摇了摇头。她是朝廷海捕文书上的重犯，这半年来，她的画像虽然不至于被张贴出来，但左骁卫擒她未果，捉拿她的文书包括她的人像画必然传到了各个地方的衙门，孤身在外赶路，附近就有官差，比起小命，睡觉太奢侈了，倚墙闭目养半宿神即可。

青唯在墙根边靠着坐到了后半夜，确定庙中的众人都睡熟了，悄无声息地进了庙中，拍醒叶绣儿与叶老伯，悄悄说道：“我们走。”

山间的小径是被人踩出来的，崎岖难行，所幸到了后半夜，雨势渐小，三个人走了一个来时辰，望见不远处星星点点的光亮，知道这就进县城了。

叶绣儿驱赶着驴车，正欲朝那边光亮的方向走。青唯忽然觉得不对，眼下子时已过，山郊县城，怎么可能点着这么多火把？

夜色太暗了，雨丝如雾，她仔细看去，那些举着火把的人一个个身穿盔甲，更远处还有一个临时搭建的草棚——此处俨然是另一个关卡！

看这些官兵整顿有素的样子，俨然像是朝廷派来的。朝廷怎么会派兵来这样的地方？

青唯感觉不好，正欲掉头隐去山林间，正在这时，身后传来杂乱的脚步声，居然是刘大栓等一行人。

叶绣儿一愣：“刘大哥，你……你们，怎么到这里来了？”

刘大栓责备道：“后半夜醒来，你们两姊妹和叶老伯都不在，叫大伙儿一通好找！”还好这条山径他也知道，一路循着驴车的踪迹过来，眼下见到人，总算放心了。

说话间，几名关卡的官兵也到了近前。青唯看清其中一个人的脸，立刻隐到刘大栓等一行人的身后——这是左骁卫中郎将身边的武卫，曾经在上京城追捕过她！

武卫高举火把，目光掠过众人，声音冷冷地问道：“你们是回乡的上溪人？怎么走这条路？”

刘大栓拱了拱手：“回官爷的话，草民等正是上溪人，因着急赶着回家，山驿封路，所以走小径回上溪。”他早年往来陵川各地，见过世面，稍微停顿了一下，又问道，“敢问官爷，你们是上京城里来的吧？上溪……这是出了什么事吗？怎么把上京城中的官兵都惊动了？”

刘大栓的这个问题武卫本来可以不答，但见他姿态恭谦，武卫想了想，言简意赅地道：“上溪又闹匪患，我等绕道过来看看。”

青唯明白了。今年初春，洗襟台重建动工，朝廷从各军司抽调兵马发往陵川崇阳县，是故武卫口中的绕道，不是从上京城里绕道，而是从崇阳县绕道至上溪。毕竟当年上溪的匪患是因洗襟台坍塌而起，后来也是由朝廷出兵平定的。只是拨来陵川的这一批官兵中，居然有左骁卫的人，不知道是不是巧合。

眼下再逃已经来不及了，青唯只能跟随着人群，由刚才的武卫引着，到关卡处查验身份。

“叫什么？”

“姓江……江氏，家里没起大名。”

“籍贯？”

“陵川崇阳县。”

“崇阳县人？”草棚下，持笔的官兵不由得抬眼看向青唯，洗襟台正是建在崇阳县，“外乡人？来上溪做什么？”

一旁的叶绣儿看了青唯一眼，帮忙答道：“官爷，她是我的表姐，来上溪投奔民女和阿翁。”

官兵点点头，指了指青唯的帷帽：“摘了。”

黑纱之下，青唯也是易了容的，但她不能画斑，只是将脸色涂得蜡黄，再扑上脏灰，饶是如此，见过她本人的左骁卫很容易认出她。而此刻，那名左骁卫武卫正站在官兵的身后，目如鹰隼地盯着她。

青唯低声说道：“好。”她似乎是不经意，扶上自己的左腕。左腕布囊里缠绕着的软玉剑在这一刻积蓄足了力量。

今时不同往日，她已经不再是海捕文书中“死去”的温氏女，她是朝廷的通缉重犯，任何一次露面，于她而言都是生死关头。

事已至此，只能一搏，青唯正要出手，这时，只闻马蹄声由远及近，一名衙差翻身下马，对左骁卫武卫禀告道：“校尉大人，县衙的人巡山时发现了‘鬼影’，请您过去看看！”

那个武卫的脸色立刻一变，他扔下一句：“去客舍请曲校尉到关卡来。”他匆匆翻身上马，打马而去。

左骁卫武卫一走，青唯暗自松了口气，余下的官兵查验过她的模样，似乎并未发现异常之处，很快放行。

上溪县说是县城，因占地广，人家稀稀落落，看上去更像是一个大镇。刘大栓离开关卡，听说叶绣儿的家在城西靠山的地方，本欲送他们，被叶绣儿婉拒了。

叶绣儿赶着驴车在夜中慢行，等到同路人都散了，这才对青唯道："江姑娘，我此前没对你说实话。我之前说，我和阿翁是一家大户人家的下人。其实不是，我们是在城西庄子上伺候的，那庄子里……住着的是，县令大人的小夫人。"

青唯听了这话，有点儿没反应过来："小夫人？"她上一个听说被人唤作小夫人的，还是上京城高家的丫鬟惜霜。不过话一出口，青唯就明白了，说白了就是当地县令养的外室。

"江姑娘于我和阿翁有恩，我们本该为您另寻落脚处，不过……"小夫人的庄子说到底见不得光，叶绣儿觉得难以启齿，"一时找不着地方，只能委屈江姑娘了。"

青唯却觉得这个庄子很好。眼下上溪闹鬼，又发生了命案，到处都是官兵搜查，她住在客栈未必能平安，若能藏身在县令小夫人的庄子上，倒是免了她一通麻烦。

"不委屈，倒是麻烦你了。"青唯应道。

他们回到庄子上已经是丑时，天地间最暗的时刻，庄子上居然还点着灯火，似乎所有人都未安歇。叶绣儿的驴车在侧门一停，立刻就有人来应门，来人唤作吴婶儿，一见叶绣儿便埋怨道："三更半夜的回来，仔细惊着小夫人。"说着，她又打量了青唯两眼。

叶绣儿道："这是我的远房表姐，过来投奔我，想在庄子上谋个差事。"她又问，"夫人还没睡呢？"

然而这话一出，吴婶儿却讳莫如深地看她一眼，抛下一句："出事了，你自己去正屋里瞧瞧吧。"

正屋里亮着灯火，青唯跟着叶绣儿一到，只见屋子里环立着七八名下人，当中有一个身着绫罗绣衣的女子，手里握着一块绢帕，正捂着胸口来回地走，似乎惊魂未定。她生得其实很好看，眉如新月，一双吊梢眼，媚中带了点儿嗔，只可惜脸上的粉抹了大概有半寸厚，唇色过艳，倒像是台子上的戏子似的。

见到叶绣儿，余菡快步走过来，抬起手指狠狠地一点她的额头：“死丫头，半夜里敲门，也不怕惊着你家姑奶奶！”说着，她也上下打量了青唯一眼，见青唯面色蜡黄发灰，俨然一脸病色，“啧”了一声，嫌弃地道，“这谁啊？怎么什么人都往庄子上带？”

“这是我的远房表姐，崇阳县过来的，姓江。夫人不是嫌伺候您的人少吗？我在东安遇着她，好不容易才说动她到庄子上来。”叶绣儿惯来伺候这位，熟知这位的脾气，停顿了一下，又道，“夫人，我这个表姐会功夫，根底也干净，您可以打发人去查。”

余菡睨了叶绣儿一眼，一甩绢帕，扭身往正屋里走：“查什么根底，姑奶奶哪有这份闲心？罢了，你带回来的人，我信得过。”她在上首坐下，“反正是个会喘气儿的就行，给这庄子上添点儿活人气。”她把这话说完，刚才被拍门声惊扰的怒火也就压下去了，可惜余悸未退，她很快叮嘱下人将正屋的门掩上，门闩插紧。

叶绣儿上前，提着茶壶为余菡倒了盏热茶：“夫人，出了什么事？您怎么这么晚不睡？”

余菡没接茶，往一旁扫了一眼，示意叶绣儿将茶搁在案几上，随后紧紧地握住她的手腕，把她拉近，“我跟你说，我刚才——撞见鬼了！”

“撞见鬼了？”叶绣儿愣了一下，“在庄子上？”

“可不就是在庄子上吗？”余菡甩开叶绣儿的手，“那鬼杀人哩！”

余菡是戏子出身，得县令老爷看中，到庄子上当了主子，但她这个主子，只有众星拱月的骄纵，却没有高人一等的自觉。庄子上的几个下人里，她最信任的就是叶绣儿，这个姑娘虽然年纪不大，样貌也平平，胜在伶俐、稳妥，所以她有什么事，都爱交给叶绣儿办，有什么话，也爱与她说。

叶绣儿劝道：“夫人莫要怕，上溪这几年偶尔也闹鬼，从不曾听说鬼杀人，这雨夜风大，指不定是夫人看走眼，将树影看成鬼影了呢。”

“怎么不杀人？你知道近日为什么封山吗？就是因为鬼杀人！”余菡的声音尖细，“而且你知道死的是谁吗？家里府上的绸绸！你家小姐身边的大丫鬟，杀人杀到了县令老爷的身边上！”

余菡口中的家里，倒不是眼下这个庄子，而是上溪县令的正经家里。县令夫人不待见她，不允许她进门，不妨碍她将县令府当作自个儿家。

“死相可惨哩！肚子被剖开，肠子被扒出来，眼珠子也被挖走了，不是鬼做的是什么？”余菡道，“你说这鬼，前脚去了家里，后脚就来庄子上，它是怎么着？死盯着一户下手吗？我这是招了谁？”

余菡的目光里惊惧交加，她已经熬半宿了，眼下脑子昏沉沉的，却不敢睡，端起浓茶一口饮尽，示意叶绣儿再倒。

叶绣儿劝道：“夫人，去睡吧，这么坐着，难不成要等天亮吗？”

“等天亮怎么着？我打的就是等天亮的主意，戏文里都唱呢，‘待天明，枯骨化尽，红尘葬黄泉’，鬼怕大天亮，太阳下一晒，它就化成气儿了。”余菡说着，看了叶绣儿一眼，“罢了，你赶了几日路，先去睡会儿，带你这个表姐也下去。”她盯着青唯，“我告诉你，到了庄子上可不兴偷懒，你会功夫，今日歇好了，待明晚，你可要守夜盯鬼的！”

庄子上的屋子多，叶绣儿给青唯在正屋后的菜园子边找了一间屋子，说是庄子上的下人都住在园子附近。

到了后院，青唯才发现这个庄子并不能真正称为庄子，庄子中几间屋舍零星分布，中间菜畦、花圃错落有致。看来此处早先是山脚下几家散户的住处，后来人去屋空，几份地契被县令老爷一并买下，拆了屋子间的栅栏，在最外围修一圈墙，权且充作庄子。

青唯冒雨赶了半宿的路，到了眼下，确实有些累了。她洗漱完，和衣躺在榻上，却有些睡不着。闹鬼的上溪，山径外守着的朝廷官兵，还有庄子上惊魂未定的人们，都让青唯觉得怪异。诚然，不是因为这一点怪异，她也不会到上溪来。

却说几个月前，青唯离开上京城，本来想去富庶的中州暂避，都走到半路了，却忽然掉头折往陵川，原因无他，只因她也意识到徐述白到上京告御状另有其因。

青唯到了陵川，先是在崇阳与东安两地徘徊，反复打听徐述白与徐途二人的生平。徐述白就是一个清白书生，没什么好查的，反而是徐途的身上有一个疑点——洗襟台修成之前，跟徐途频繁接触的人中有一个山匪，而这个山匪，正是上溪县竹固山上的大当家。

外乡人或许觉得这一点没什么好怀疑的，徐途，生意人嘛，必然三教九流都有结交。然而青唯到了陵川，亲自体会到上溪的闭塞，才知道其中的蹊跷。兼之洗襟台坍塌，竹固山的山匪紧接着被剿，一个活口也不剩，青唯心中疑云渐深，便生了来上溪的心思。

青唯在东安逗留了几日，往来各家有上溪人常去的商铺，挑中了叶绣儿与叶老伯接近。

她为何接近这两个人？一是有富家公子刁难叶绣儿，便于青唯出手相助；其二，叶绣儿分明是来帮主子采买胭脂水粉的，可她买到货物后，没有立刻离开，而是频繁地，甚至谨慎地出入几间药铺，可见她有事瞒着她家主子。这么一个人，行事会更加小心不提，万一以后出事，青唯的行迹败露，也拿得住她的把柄，不怕她说出去。

只是……此刻让青唯感到不安的，不是叶绣儿，也不是余菡，甚至不是那些在上溪徘徊的朝廷官兵。

青唯不怕鬼，在她的心中，鬼神之说都是无稽之谈，可自从进入上溪，似乎处处都透着诡异——人人都觉得，这里真的有鬼，人人都认为，真的是鬼在杀人，是鬼在作恶。这一点实在是太古怪了。

青唯闭上眼睛，将睡未睡时，屋外忽然传来一声刺耳的尖叫。

青唯陡然翻身坐起，循着尖叫声绕过菜畦，正屋的廊外，惊魂不定的余菡由三四个下人搀扶着，不断地抚着胸口。更远处的花圃边站着叶绣儿与叶老伯等几个人，叶绣儿鬓发微乱，手里的风灯光亮太弱，瞧不清神情，只能听见她的喘气声。

“怎么了？”青唯问。

“……鬼。”好半晌，余菡身边的一个小丫鬟答，“那鬼又来了……”

“岂止又来了！”余菡跺脚道，“它还要杀人，它要杀绣儿！”

青唯闻言，朝叶绣儿走近："你见到那个鬼了？"

叶绣儿的脸色苍白，她似乎说不出话来，一旁的吴婵儿道："刚才夫人要在正屋里等天亮，绣儿帮夫人去取褥子，刚走到廊边，就看到那鬼又来了，要掐绣儿的脖子。"

青唯闻言，朝叶绣儿的脖间一看，果然有一圈红痕。她又往四下看去："鬼呢？"

余菡抬手，往几间屋舍后的荒院一指："往……往那边去了……"似乎就为了证实她的说法似的，正在这时，荒院传来一阵微弱的"沙沙"声。

雨早已停了，周围一点儿风也没有，这样寂静的夜里，莫名的"沙沙"声让院子中所有人的汗毛竖立。

青唯纵然不信鬼神，此刻心中也有些发紧。

余菡望向青唯："你……不是会功夫吗？那你……会抓鬼吗？"

青唯回头看了余菡一眼。

当年上溪山匪被剿杀后，闹过一回鬼，那时人人都说那个鬼是山匪所化。而青唯来到上溪，就是为了查这些山匪，查那名与徐途有过往来的竹固山大当家。

眼下上溪有朝廷的官兵，青唯不能逗留太久，必须尽快确定当年山匪之死与洗襟台到底有没有关系。是故哪怕整个上溪都透着诡异，山匪再现，她也不能错过这条线索。

青唯没应声，抬手拿过一名下人手中的风灯，一言不发地就往屋舍后的荒院走去。

这个庄子里的人本来就少，加上杂役，统共只有七八个人，眼下全部聚在正屋外不敢跟来，加之荒院常年无人打理，草木茂盛，在夜色里，像张牙舞爪的鬼影，一点儿人气也没有。

青唯提着灯刚绕进荒院，刚才的"沙沙"声就停了。四周安静得一点儿声音也没有，风灯的光照出来的几尺光亮，似乎反倒把她暴露在重重黑暗之中。

青唯握着风灯木柄的手稍微紧了紧，她微一思忖，没有扔开风灯。她屏住呼吸，一步一步地往更深处走，算着自己与围墙、屋舍、菜畦之间的距离，以便真出了意外可以躲藏。

正在这时，身旁高大的槐树下传来窸窣声。青唯立刻提着灯往旁边一照，一个虚虚的影子一闪而过，除了草木，什么都没有。

青唯停顿了一下，她相信自己的眼力，确定自己绝没有看错。她提着灯，朝虚影掠过的方向照去，半丈之内除了荒草什么都没有。

然而，青唯把灯举得再高一些，直到靠近院墙的地方——只见一片昏暗里，有一个穿着灰白色长袍，长发遮住半张脸的“鬼”静静地立着，他的目光掩藏在发丝间，正目不转睛地盯着她。

第三十章

荒镇鬼影

见青唯看过来，几乎是一瞬间，那“鬼”便消失在了这片微弱的光亮里。

青唯愣了一下。刚才的一瞬间虽然极为短暂，她确定自己看到了鬼的影子。这鬼不是鬼，是人！

下一刻，青唯立即循着鬼遁去的方向追去。

雨已经停了，月光十分明亮，那人翻墙而出，逃跑的速度极快，几乎要与有功夫在身的青唯不相上下。青唯原本紧随其后，无奈她对上溪太过陌生，渐渐还是被他落下一段距离。

上溪说大也大，说小也小——因为四面环山，城镇统共也就那么一丁点儿地方。这鬼不知道在忌惮什么，并不敢贸然进山，见甩不掉青唯，他一咬牙，竟然往出城的山间小径狂奔。他并不知道那条小径外已经设了严查关卡，待看到前方隐隐有亮光，才猛地停住脚。

时机正好，青唯正欲上前擒住他，就在这时，身后传来马蹄声。青唯立刻隐到暗处，朝后面一看，竟然是一辆马车正朝关卡这边驶来。

与此同时，那人飞身往道边一扑，避去山道的另一侧。他晚了一步，马车的光亮捕捉到他转瞬即逝的身影。

“什么人——”车前当即有人喝问。

山道安静极了，青唯不敢动，那人似乎也不敢动。

借着车前的灯笼，青唯看清驱车人穿着的锁子甲——朝廷的官兵。

官兵将马车停下，拎着风灯往这边照了照，没照着人。他下了马车，欲往山道边搜寻，这时，车帘被人一掀，一个不耐烦的声音问道：“干什么啊？怎么不走了？”

青唯一愣，这个声音，怎么听着这么耳熟？她朝马车望去，在灯笼的映照下，掀开帘子的人圆脸圆眼，一副纨绔公子哥的模样，不是曲茂又是谁？

此前她过关卡，听那个左骁卫吩咐唤曲校尉过来轮值，没承想这曲校尉还真是曲茂。

官兵禀道："回校尉大人的话，属下刚才瞧见山间掠过一道虚影，恐怕是官府要捉拿的凶鬼，想过去查探一番。"

"凶……凶鬼？"曲茂一听这话，声音就越发犹豫起来，"可……可刚才你们不是传话说，那个鬼影在竹固山吗？"

竹固山在城西，离这儿二三十里呢，怎么这鬼一会儿在山上，一会儿在山外，总不至于上溪有两个鬼吧？

"正是因为不确定，属下才想过去看看。"

与曲茂说话的官兵是左骁卫的人，除了他，马车后面还跟着曲茂的几名护卫。

深山老林，闹鬼的城镇，曲茂身边少一个人都不愿意，但他没办法，他跟左骁卫那名姓伍的校尉被调过来，就是为了捉鬼的，只有早日捉到鬼，他才能早日脱身。

也不知道为什么，这个倒霉的差事，怎么就落到他的头上了呢？他爹也不帮他说说话。

曲茂咽了口唾沫："那……那你去看看吧。"

"唉——"官兵刚走了没几步，曲茂又唤住他："那个关卡，是不是就在前面不远了？"

"是，顺着这条道直走，前面有光亮的地方便是，刚才伍校尉离开，县令大人应该已经到关卡轮值了。"

曲茂哦了一声，随便点了身边的一名护卫："你去关卡找他们县老爷，让他多派几个兵过来接我。"

官兵渐渐逼近，在刚才虚影消失的地方停下。

若是白日从高空看去，官兵的两侧都有人。

青唯藏身于左侧的一个草垛子后面，那个人正藏在右侧山道的草木间。

他的位置并不好，稍微一动，足下的碎枝就会发出声响，所以直到此时，他都未曾挪动半寸。

官兵记得虚影消失的方向，没有思考，很快朝山道边的树林里寻去。

下一刻，山间一个灰影忽然暴起，伸手成爪，直接袭向官兵的脖颈。官兵心中一慌，立刻后撤，无奈这个灰影的动作太凌厉，刹那间便将官兵打倒在地。

曲茂身边的几个护卫见状，急忙赶来帮忙，然而鬼影打倒官兵后，一刻也没有停留，很快往林间逃去。

不多时，县令听闻此间的异状，也带着官差们赶来了。这个县令看上去年近不惑，身形干瘦，蓄着一对八字胡，身边还跟着一个慈眉善目的师爷。

师爷检查了一下官兵的伤势，看着不重，吩咐随行的官差去追鬼。县令提着官袍来到马车前，对曲茂拱了拱手："五爷，您受惊了。"

曲茂的确受惊了。他瘫坐在马车上，额头上全是细汗，张了几次嘴，没能说出一句完整的话来："找……找几个人……保护我。你们这个地方，到处都是鬼。我……那个关卡，我不守了……回客栈。"

"这……"县令感到十分为难。

山径外的关卡是伍校尉亲自设下的，只因为几日前，有人走这条捷径入城，随后便消失得无影无踪。伍校尉于是明令示下，这个关卡只由他和曲校尉轮班看守，其余人一概不能插手。

眼下伍校尉赶去竹固山了，曲校尉又撂挑子不干了，这个关卡难道要弃守一夜吗？不过话又说回来，谁不知道曲茂的官职虽然不高，但他爹可是当朝堂堂三品侯爷，县令哪敢得罪他，当即道："曲校尉受惊，是应该回去歇着，这个关卡，不如就由在下帮校尉守着。"说着，县令让人送曲茂回客栈去了。

待青唯回到庄子，天已经大亮了。

余菡这会儿困劲儿早过去了，听人叩门，带着一干丫鬟、仆从迎到屋门口，就见青唯只身朝正屋这里走来。

余菡惊讶极了，拈着手帕指她："你……你没被那鬼害死啊？"

青唯没应这话，径直进了屋中坐下：“有水吗？”

余菡点点头，忙让绣儿给青唯倒水。

青唯连吃了两盏，才说：“我把那‘鬼’追丢了。”

这话一说出来，一屋子的人面面相觑。

昨晚他们听到荒院有异动，猜到青唯遇着鬼了，谁也不敢过去帮忙。今天早晨鼓足勇气到荒院一看，只见青唯的风灯掉落在地上，人消失无踪，还当是她被鬼卷跑了。没想到，不是鬼卷跑她，是她追鬼。

常人看到鬼都是会吓跑的，哪有直接追上去的？真是人不可貌相，这姑娘的胆子也忒大了！

余菡矮下身去看青唯，问：“你真瞧见那鬼了？”

青唯点了下头，将茶盏往手边搁了：“灰袍，长发，瞧不清楚脸，应该是个男的，但个头不高，和我差不多。”

余菡一愣，当即拍手：“是了是了，就是这一个，我这几日在庄子上瞧见的，就是这个老鬼！”

青唯听得“老鬼”二字，一时又想起昨晚曲茂说山上还另外出现过鬼影，不由得问道：“你们上溪，是不是不止一个鬼？”

除了“老鬼”，还有“新鬼”。

“是啊。”余菡道，“本来是只有一个的，就是你昨晚看到的那个。但最近也不知道为什么，另外又来了两个鬼。一个是最近常出现在山里的，穿着红衣服的鬼，另一个是前几日来的，他们管那个鬼叫作‘鬼公子’，听说邪乎得很哩，眼下我们夜里都不敢出门呢。”余菡说着，又遗憾地道，“不出门，鬼还找上门来！你说昨晚找上门来的，怎么是灰的这个呢？要是那‘鬼公子’，我就是死在‘鬼公子’手里也甘愿啊！”

青唯听余菡说完，有点儿糊涂了。怎么这么多鬼？她问道：“那鬼杀人又是怎么回事？”

余菡这个人，有点儿我行我素，这几年又被县令老爷惯坏了，不是你问什么余菡就答什么的，但青唯不一样，她敢追鬼，余菡就佩服她！

余菡笑眯眯地道：“厨房里有蜜饯儿，你吃不吃？我叫人去拿？”

青唯摇了摇头。

余菡瞪了青唯一眼，高声吩咐："绣儿，去拿蜜饯儿。"说完她一甩绢帕，扭身往正屋外走："跟我过来，我全须全尾地说给你听。"

"这事儿呀，得从头说起。"到了自己屋里，余菡往妆奁前一坐，语气跟唱戏似的，拖着长长的调子。

"上溪这地儿呢，山多，闭塞，早年是很穷的，大伙儿吃不饱、穿不暖，走投无路了，怎么办呢？难保就要落草为寇。当时上溪出了这么个人，他叫耿常。他年少时父母早亡，靠着小偷小摸混日子，咸和年间，世道不是乱吗？他就跟上溪那些日子过不下去的人说，只要大伙儿愿意跟他上山，他保管大伙儿今后饿不着。"

当时还真有不少人相信了耿常，跟着他，先将竹固山那些七零八落的匪寨逐一吞并，然后在山上建起自己的寨子，时间一久，渐渐成了气候。

"这个耿常，打的是劫富济贫的旗号。在最困苦的时候，什么叫劫富济贫呢？就是有余粮的人家就抢。但他有一点好，讲究万事留一线，抢了别人，多少还给人家留一点儿口粮，而且他的脑子好使，后来到了昭化年间，日子好过了起来，他就不干这种营生了，他从劫人家，变成了劫道。"

竹固山的位置好，山脚下，有条商家、镖局常走的路。耿常带人劫道，倒也不把事情做绝，最初抢货物，跟过路的商家熟一些了，就收点儿买路钱，等更熟一些了，偶尔他还会大手一挥，说这回过路钱就免了。

余菡道："人哪，都是贱坯子！一开始他抢你的货物，你恨他恨得牙痒痒，后来他不抢货物了，说给你行方便，收点儿银子当过路钱就好，你便觉得他没那么讨厌了，到再后来，他偶尔免了你的过路钱，还说什么'这回的路钱，权当洒家给你们买酒了'，什么'出来做营生都不容易，今儿你们打这道上过，洒家只当没瞧见'，你就会觉得他不但不坏，还是大好人一个！"

加上耿常为人豪爽，与谁结交都分外投契，久而久之，他不但没被这些过道的商贾恨上，反而还跟陵川一带的不少商贾结下交情。

陵川的匪患由来已久，今日灭了东山头，明日还有西山头，简直就像山上的荒草，野火烧不尽，春风吹又生。所以像竹固山耿常这样的，官府也就睁一只眼闭一只眼。

而朝廷真正下令剿除匪患是什么时候呢？是昭化十二年。

昭化十二年初，朝廷决定修筑洗襟台。因为昭化帝格外看重这座楼台，这在当时，俨然是当朝第一要务。洗襟台修在陵川，朝廷自然要剿当地的匪。不过剿匪虽然是“剿”，并不是指诛杀。

昭化帝是个励精图治的盛世君主，对敌手腕铁血，治世堪称柔仁。所以朝廷的意思还是以劝服为主。

“规劝能起什么作用？”余菡对着镜子摘下一对耳环，回身看着青唯，“咱们这位县令老爷，跟那个竹固山的耿常可熟了，那会儿我还没嫁给这个冤家做小，有几次，我们戏班子被请去山上唱戏，我还见他来吃酒呢。让他劝耿常？只怕耿常三两杯酒就能把他堵回去。”

青唯问：“那时竹固山的县令，就是眼下这位？”

“是呀。”余菡道，“这么穷的地方，谁爱来当官？只有我这冤家。”

后来是什么时候出的事？余菡记不大清楚了，只记得洗襟台塌了以后，整个陵川都乱了，朝廷大军入驻，匪患四起，恍惚间像是又回到咸和年间的离乱日子，甚至就连闭塞的上溪也人心惶惶。

余菡：“上溪虽然穷，背靠大山好吃饭，不是没有商户的。后来有一天，有个姓蒋的商人着急忙慌地跑去县衙告状——他们家做什么买卖来着……我忘了——总之他们说，他们运去东安的二十多箱货物，到了竹固山的山脚下，被耿常带人劫了，而且那个耿常不但劫了货，还杀了他们的人！”

青唯听到这里，皱眉道：“你不是说这个耿常做事留一线，不害人性命吗？”

“是呀，所以这事才奇怪啊。”余菡道，“不过凡事有例外，山匪就是匪，你还指望着他们都能像柏杨山的岳氏？山匪要立住脚跟，多少都得伤人，当时乱成那样，杀几个人，也是有可能的。”

“官府将信将疑，刚想查，”余菡双手一摊，“又出事了。”

耿常有个义弟，叫寇唤山，是竹固山的二当家。蒋姓商人报官还没一日，这个寇唤山也带着十数山匪下了山，一连劫了三户人家，也杀了人。

这样的事一而再地发生，官府自然不能坐视不理，加之朝廷早就说要剿匪，洗襟台修建期间，已经派有官兵驻守山外，县令老爷见死了人，唯恐再生乱，快马将事由禀给了几十里外的驻军将领。

将领于是连夜带着官兵赶到，上山剿匪。

余菡：“杀得可狠哩！半夜都能听到鬼哭狼嚎的声音，有住得近的，胆儿大的，半夜把头探出窗去望，说整座竹固山都是红的，血染红的！”

耿常虽然在竹固山上吃得开，手下左不过数百人，都是草寇，怎么能跟训练有素的朝廷官兵较量?

从蒋姓商人报官，到二当家下山抢劫，再到县衙将案子报给驻军，最后到驻军赶来，统共也就一日光景。

一日过后，天亮了，竹固山上便再也没有山匪了。

“人杀干净，尸体堆在一起，跟寨子一起烧了。”余菡道，“事情发生得太突然，大伙儿都蒙了，有人还可怜起那些山匪来。不过官府说了，山匪可怜，那些因为山匪死去的人不是更可怜吗？他们已经犯下了杀孽，以后行事会更加肆无忌惮，县城里这么多人，难道要日日生活在提心吊胆之中，随时随地等着被作恶的山匪害死？官府不是没给过这些山匪机会的。我后来想了想，觉得官府说得也有道理。我觉得有道理，旁人未必觉得有道理。朝廷的官兵撤去不久，竹固山就闹鬼了。就是你昨夜去追的那个灰袍鬼，县上的人都说，灰袍鬼是竹固山的山匪，还有个说法——”余菡说到这里，压低声音，以手掩唇地对青唯道，“有人说啊，竹固山山匪的死，其实和洗襟台有关。”

青唯的心底一紧：“为何有这样的说法？”

“不知道。照我猜呀——”余菡的声音神神秘秘的，“是洗襟台下的人死得太冤了，想要回魂，就得拉人间的生魂来替代，所以朝廷杀了这些作恶的山匪，就是想让阎王爷改一改生死簿，以命换命，让洗襟台下的那些重回阳间呢。”

青唯：“……”算了，她是真的不知道。

“哎，你知道吗？”余菡笑道，“我能嫁给县令老爷，还亏得朝廷剿杀这些山匪呢。山匪没了，戏班子的生意也少了，人太多，养不活，当家的就打算把我卖了。结果你猜怎么着？早在耿常请戏班子上山唱戏，县令老爷就瞧上我了。

这冤家，听说我要被卖，火急火燎地拿着银子来给我赎身。他的夫人瞧不上我，不让我进门，他就给我找了这套宅子，还把绣儿打发来伺候我。”

余菡说着，突然意识到什么，一抚额头：“哎呀，扯远了。我这人除了唱戏，就爱说点儿话，我们该说什么来着？鬼杀人。你怎么不提醒我？”

青唯道：“没事，你接着说。”

余菡：“刚才说到哪儿了？哦，县城闹鬼。自从闹了那灰袍鬼，官府铁定得抓呀，可是呢？没抓着。”

青唯的眉头不着痕迹地一皱：“没抓着？”那鬼分明是人，官府怎么会抓不着？

“鬼消失了。官兵山上山下能搜的地方都搜过了，就是找不着。”余菡道，“鬼嘛，又不是自由身，都是给阎王爷当差的，指不定阎王爷有差使，把鬼招回去，等事儿办完了，又能回到老地方转悠。所以这几年，这鬼也不是完全消失，出现过几回，每回都是在坟头附近，就你瞧见的那个灰影，一下子就不见了。”

青唯道：“既然这几年都是同一个灰鬼，眼下上溪怎么这么多鬼呢？”

“这我就不知道了。可能是地府改朝换代了，眼下这个阎王爷是个庸碌的，不爱办正事，把今年鬼节提早了吧？”余菡又说，“鬼节提早了，鬼不就都出来了吗？上溪这地儿，冤魂聚集，本来就招鬼，也就半个月前，有好几个人到官府报案，说在山中撞见了鬼，穿一身红衣，样子可吓人哩，接着不到一日，县城就死人了，死相太惨，都说是鬼杀的。还有那个鬼公子——”

余菡凑近，悄声问：“我听绣儿说，你们回上溪，走的是山里的那条捷径吧？你知道那捷径的关卡是怎么设下的吗？”

青唯没答，等着余菡往下说。

余菡：“几日前，上溪有人回乡，为了赶时间，走了山间的捷径，半道上遇到一个公子。跟他打听进上溪的路。这个公子，怎么说呢？虽说拿帽纱遮着脸，听说单看身姿，单听声音，那简直是天人下凡，整个人间寻不着第二个了。他给了乡人点儿银钱，请乡人带他进上溪，乡人自然答应了，谁知刚走出那条山径，一个转身的工夫，这个公子便消失得无影无踪，乡人再也找不着了，你说这事奇不奇怪？乡人也觉得奇怪！乡人回到家，听闻上溪近日闹鬼，越想越不安生，隔日就到官府报了官，说夜里在山间遇到了一个鬼公子，转眼就不见了。官府就是接到了乡人的报官，才在捷径外另设关卡的。”

青唯问："这事你怎么知道的？"

余菡得意扬扬地道："我那冤家告诉我的。我那冤家的夫人是只母老虎，他成日在府里憋得慌，有什么话，就爱与我说。"

余菡说到这里，再次遗憾地道："昨晚找上门来的，怎么不是那个鬼公子呢？你说，他会不会不是鬼，不然他怎么遮着脸呢？听说有的山精与常人不一样，一眼就能瞧出异样，看得久了，还能摄人魂魄，能陷进去，被山精迷得五迷三道。要真是鬼公子，我就把我那冤家踹了，今夜敞着门，撩着床帘等他来！"

青唯听完余菡的话，若有所思。照这么看，上溪这几年出没的只有一个鬼，余下的无论红衣鬼还是鬼公子，都是最近一个月之内出现的。

尤其是那个红衣鬼，他出现以后，朝廷的官兵就到了，竹固山也封了山。

这整件事，倒像一个有意为之的局。

追本溯源，症结应该就在她昨晚见过的灰袍鬼身上。

青唯觉得自己有必要再见这个灰袍鬼一面。

从洗襟台坍塌，到山匪被剿，再到灰袍鬼的出现，这些事冥冥之中一定有缘由。

眼下正值辰初，青唯这边低头思索，那边余菡便好奇地盯着青唯。晨光鲜亮，青唯的肤色虽然暗沉发黄，肤质其实很好，在日光下堪称润泽，五官像是画师画出来的，乍一看秀丽，细看去，才发现每一笔都耐人寻味，尤其是那双眼睛，眸子干净得像用春水洗过似的。

余菡不禁道："昨儿怎么没发现，你还挺好看的。"她又问，"哎，你嫁人了吗？我听绣儿说，你其实许过人家，可惜不登对，夫家待你也不好，所以你自己跑了？"

青唯听了这话，没吭声。她这张脸在官府有通缉画像，不习惯被人这么盯着。她很快起身："夫人一夜未睡，眼下想必累了，我也去歇一会儿，养足精神夜里帮夫人抓鬼。”

余菡听青唯这么说，一时间果真困意来袭，挥了挥手：“去吧去吧。”

青唯洗漱完，回到屋中，在榻前坐下。她已经很倦了，却没有立刻睡着，心中不知怎么，想起余菡刚才问她的话。

“哎，你嫁人了吗？”

“我听绣儿说，你许过人家，不登对，夫家对你不好，自己跑了。”

陵川这里的姑娘嫁人都早，她要是连人家都没许过，说不过去，她遇到绣儿时，假称自己是逃婚出来的，绣儿用同样的说法应付余菡，这没什么。何况，她也不算骗人。她应该……算是许过人家。他们的身份天差地别，的确不登对。后来她走了，甚至来不及跟他道别。这些都是真的，除了对她不好这一点。

离开上京城后，青唯其实辗转打听过上京城里的事。何鸿云死在牢里，何家很快被降罪，何拾青虽然仍领中书令的衔，已久不居朝野之上。瘟疫案告破，朝廷没有迟疑，立即将洗襟台替换木料的真相昭告天下，在各地士人之间引起轩然大波。及至今年开春，朝廷一纸令下，决定重建洗襟台，召集工匠，并派张远岫、章庭等人前往督工，才平息士人之怒。

这么多消息里，有关小昭王的只有一条，说他为查清何氏的罪行不辞辛劳，以致旧疾复发，从开春至今都在宫中养病。青唯知道他病了，深冬那次，她闯深宫遇到他，他已经是一脸病色。

其实在离开上京城的很长一段日子里，青唯夜里总是难以入眠，反复想起在江家的短暂时光，除了最初相互试探的日子，她一直能睡得安稳，到后来，甚至连辰阳的旧事都不入梦了，如今再次漂泊，日日枕戈待旦。

回忆无用，青唯从不是个拖泥带水的人。

随着离上京城越来越远，在江家的时光，便如辰阳故居一样，变得如梦一样，她很快再次适应这种没有根的日子，往来奔走，十分利落。

青唯是被一阵急促的脚步声吵醒的。

外间天色大亮，已经将近正午了，奴仆们都在往前院赶，似乎正屋那边来了人，急着过去伺候。

青唯寄居在庄子上，不敢怠慢，匆匆起了身，等她赶到前院，还没进正屋，就听里头传来娇嗔的一声：“真是冤家！”

正屋里除了余菡，上首还坐着一个蓄着八字胡，穿着官袍的男子，正是青唯昨晚见过的县令孙谊年。

青唯站在门口，她没做过下人，见叶绣儿已经在里间伺候，不知道该不该进去，所幸余菡已经看到她了，冲她招招手：“哎，你进来。”

余菡有些得意地对孙谊年道：“这是我昨儿刚招的，还会功夫哩，你瞧瞧，可人不？”

孙谊年粗略地扫了青唯一眼，没怎么在意。余菡是在戏班子里长大的，自小身边就热热闹闹的，来了庄子上，她嫌人丁单薄，总琢磨着给自己招人，所以庄子上除了叶绣儿祖孙与吴婶，其余都是她自己雇的。

见孙谊年没接这茬儿，余菡提起茶壶，为他把茶水满上，娇声细气地说：“来都来了，午间这顿就提早在这儿用吧，前几天他们捉了条肥鱼，我叫人养在水缸里，就等着你来。”

孙谊年却摆摆手：“鱼留着你自己吃吧，衙门里忙，我待不了多久。”

余菡听了这话，不高兴了。她扭身在侧首坐下：“老爷往常有差事，不都交给秦师爷办吗？眼下好不容易来了，却拿衙门忙来敷衍，分明是故意冷落人家！”

孙谊年道：“往常是往常，近日能跟往常比吗？那个曲——”话未说完，他似乎意识到什么，摆了摆手，对周遭侍立的人道：“你们都下去吧。”

青唯出了正屋，没有立刻离开。

孙谊年刚才提到“曲”，指的应该是曲茂。朝廷官兵来上溪这件事蹊跷，如果有线索，她不能错过。她趁人不注意，跃上正屋的屋顶，借着屋后的大树掩藏住身形，悄无声息地揭开一片瓦。

“……你是不知道这个曲五爷有多难伺候。他来了，我给他在府上安排得好好儿的，他住了几日，忽然不住了，说我的府上死了人，他害怕，硬要搬去客栈住。绸绸是在家里死的吗？她分明死在外头！东边的客栈他住得不满意，要搬去西边，西边的客栈住了两日，又说吵，非要把城中的云去楼包下来。那么大一个云去楼，他一个人住，倒是住舒坦了，可眼下城中闹鬼呢！官府要捉鬼，这两日得在城中布置，你知道我有什么差事？我得去云去楼一趟，劝他明晚前从那家客栈里搬出来！”孙谊年负着手，一边来回踱步，一边抱怨道。

余菡道：“奇怪了，他住他的客栈，官府捉官府的鬼，非要他搬出来做什么？”

孙谊年道：“这是衙门的事，跟你无关。”

余菡心道怎么无关？昨晚那个灰袍鬼可是在她庄子的荒院里出现了。这事孙谊年一来，她就跟他提过，但他似乎觉得这只是意外，当耳旁风了。余菡于是另起了个话头：“我听说那曲五爷可是上京城中的贵公子，他爹是当朝军侯，还认得官家！”

孙谊年听余菡的语气里有向往之意，冷哼一声：“是认得，那又怎么样？等你见了他就知道了，凡夫俗子一个！”孙谊年说着，觉得留得够久了，站起身往外走，“你不是说昨晚在庄子上瞧见鬼了吗？我带了几个衙差来给你守庄子。外面捉鬼呢，这两日你跟你府上的下人甭管听到什么动静，都不许出去。”

余菡听了这话，挡在屋门前把孙谊年拦下来：“你什么意思？你这是要禁我的足？”

余菡的语气本来着恼，到末了，她瞧见孙谊年的面色不悦，猜到他是吃那句“贵公子”的醋，脸上跟变天儿似的，先时阴，一下子就晴了。她捏着手帕，手指在孙谊年的心口一点，柔声细气地说：“冤家，你禁我的足，好歹给点儿好处呀？我这么苦等着你来，你也不多留一会儿。”

孙谊年就吃余菡这一套，当下骨头软了三分，回到屋中坐下：“禁你的足，也是为了你着想，等到捉起鬼来，谁知外头有多乱呢？”他长叹一声，“是有几日不见了，好吧，我就再留一会儿。”

余菡听了这话，喜上眉梢。屋门掩着，屋里也没旁人，她扭身过去，径直往他的腿上一坐，蹬掉绣鞋，拿净袜去蹭他，在他耳畔悄悄说道：“一会儿是多长一会儿呀？”

孙谊年受不了余菡这样，稍微停顿了一下，撩开她的衣摆，把她往自己身上摁。

余菡被孙谊年的胡须蹭得发痒，笑着说：“刚才还说要走，冤家，怎么不走了？”

孙谊年不管了：“衙门里还有秦师爷守着，让他去跟那个姓曲的打交道！反正衙门那档子事，他比我熟。”

余菡笑得更欢了：“什么脏活累活你都交给他干，也不怕累坏了他！”她说着，忽然推开孙谊年些许，“我知道了，你知道我喜欢俊俏的哥儿，这几日捉鬼，你叫衙差守着庄子，是担心我跟那个鬼公子互通有无吧？”

余菡望着孙谊年，笑盈盈的，眼波如水，嗔道：“冤家，我的心里只有你！”

孙谊年一时间觉得俗世纷扰皆可抛却，只愿溺在情海里，喘着气扑了上去。

青唯伏在房顶上，本想再听一听官府究竟打算如何擒下灰袍鬼，可到末了，屋子里只剩绵绵密密的喘息声，无奈之下，只得将瓦片遮回，跃下屋檐。

红尘浪里翻云覆雨一番，再在美人怀里睡一小会儿，孙谊年餍足地系紧裤带，神清气爽地往外走。

暮色四合，刚到庄门口，孙谊年便看到一个穿着长袍，清瘦儒雅的身影，正是秦师爷。

暮春入夏的时节，虽然是傍晚，天儿还有点儿热。秦师爷似乎刚到不久，正拿着帕子擦拭额头上的汗。孙谊年见他如此，多少感到有点儿愧疚，咳了一声：“过来了？”

秦师爷一听这个声音，连忙走过来，一脸愧色地道：“大人，景山没能劝动曲校尉，校尉他说什么都要住在云去楼。”

“为何没劝动？”孙谊年怀疑地问道。

昨晚在山道上，曲茂分明被那个灰袍鬼吓得魂飞魄散，怎么眼下一回客栈，又成了天不怕、地不怕的浑不吝了呢？整个县城都在闹鬼，难不成那云去楼还有特殊之处？

孙谊年上了马车：“我去看看。”

余菡的庄子虽然在城郊，上溪统共就那么大，去县城里也快。孙谊年很快到了云去楼，楼外守着的官兵见是县令，没拦。

整个云去楼都被曲茂包下来了，一楼住官兵，他独自一人住在二层。二层屋外，另有两个官兵在门前把守。

曲茂刚打发走秦师爷，不知道孙县令紧接着就到了，所以没防备。他在屋中来回踱步，跟桌前坐着的另一个人道："我跟你说，这个上溪实在太古怪了，我觉得他们让我搬到县令府上，这话还是得听，你是不知道，昨晚在山道上——"

桌前坐着的人不等曲茂说完，修长的手指竖在唇间，做了个噤声的手势，目光微微一动，往屋门扫去。

片刻，屋外果然传来清晰的脚步声。县令一边上楼一边唤："曲校尉，曲校尉？"

第三十一章

夤夜寻幽

孙谊年走到楼梯的拐角处，被曲茂屋门口的护卫拦下来："县令大人且稍候。"

好一会儿，曲茂的声音才从屋门里传出来："又有什么事啊？"

孙谊年的语气十分客气："是这样，敝人听说曲校尉不愿搬出云去楼，特来问问缘由。"他隔着半截楼梯和一道门与曲茂说话，有点儿费嗓子，解释了一通，等了良久，屋里才传来哦的一声。

片刻后，门开了，曲茂站在屋门口整理了一下袍子，往一楼走："下去说。"

"在下已经让秦师爷回衙门请伍校尉与邱护卫了。"到了一楼，孙谊年给曲茂斟上茶，小心翼翼地看曲茂的脸色，"捉鬼的计划，是他们二人拟的，还是让他们来跟曲校尉解释更好。"

秦师爷此前已经来当过一回说客，孙谊年生怕再来一回，曲茂会不快，没想到这位爷不但不怪罪，看上去还挺有耐心的。

没过一会儿，秦师爷就把伍校尉、邱护卫请到了。伍校尉就是左骁卫的武卫。

朝廷重建洗襟台，从各军衙抽调百人卫队派往陵川，左骁卫的百人队由伍聪率领，巡检司的就由曲茂率领。

各卫队加在一起，统共五千余人，这样的兵力对洗襟台来说绰绰有余，正好上溪这边缺人捉"鬼"，曲茂与左骁卫这两支队伍就被调了过来。

曲茂是个四体不勤的公子哥，半年下来没什么长进。曲不惟担心他应付不了差事，从下头提了一个能干的护卫跟着他，就是眼下过来的邱茗。曲茂也没有愧对自己纨绔公子的名声，到了上溪，双手一摊，除了偶尔守一守关卡，捉鬼的差事全交给邱茗奔波。

几个人一到，伍校尉先问道：“在下听秦师爷说，曲校尉想知道明晚捉鬼的布置？”

曲茂点了点头，回忆了一下刚才屋中人教自己的话：“你们让我搬出去，多少得有个说法，此前孙大人提到要在云去楼附近捉鬼，这鬼到底怎么捉？谁来捉？难道连个章程都没有？”

曲茂难得关心一回公务，几个人听了这话都是一愣。

伍校尉也不含糊，在桌上摊开一张上溪县的地图，地图上有三个黑圈。曲茂定睛一看，圈出来的全是药铺子。

“眼下城里的鬼中，红衣鬼、灰袍鬼出没最频繁，曲校尉如果还记得，这两处，”伍校尉点了点地图上的两间药铺，“就是此前灰袍鬼出现过的地方。在下这几日与邱护卫、孙大人多番查证，发现一个疑点——灰袍鬼每回出现，都是药铺采买回药材的后一日，在下由此推断，这个灰袍鬼，或许是在寻找某一味药材，又或是会被某一种药香所吸引。”

伍校尉的手指在地图上平移，移到离云去楼最近的月禾药铺，他敲了敲：“如果在下的推断没错，这间铺子采买了同样的药材，应该就是灰袍鬼下一个出现的地方。”

曲茂道：“我明白了，所以你们让这间药铺也采买药材，引那个鬼过来？”

“曲校尉说得正是。”伍校尉颔首，“只是引鬼的法子简单，捉鬼却很难。一来，我们都是凡夫俗子，谁也没捉过鬼，只能倚仗道士；二来，眼下我们捉的个是灰鬼，红鬼尚无法缉拿，镇上已经出现了‘鬼杀人’事件，常言道，请神容易送神难，谁也不知道把鬼招来，这事到最后是好是坏。”

“敝人请曲校尉回敝府上住也是这个理。”孙谊年接过伍校尉的话头，劝说曲茂，“这家月禾药铺离云去楼实在太近，若到时真的招了鬼，只怕凭几个护卫难以保护曲校尉，这是其一；其二，月禾药铺只是其中一个捉鬼的地点，为防止鬼逃脱，附近各个街口还得埋伏官兵，县衙眼下想征用云去楼，作为调度指挥的地点，可如果曲校尉住在这里……”孙谊年迟疑了一下，“总不大方便……”

曲茂听他们两个人说完，咽了一口唾沫。其实早在秦师爷第一次来劝他时，他就动摇了。云去楼说到底就是一家客栈，冷冷清清的，哪比得上县令府的人气旺呢？可县令府上什么都好，只有一点，藏不了人。

曲茂眼角的余光扫了一眼二楼，他再次回忆了一下屋中人教自己的话，对孙谊年道：“不行，你的府上我不去住，我好歹是当朝堂堂七品校尉，哦，你们都去捉鬼逞英雄了，叫我躲在你家，这叫什么道理？”他清了清嗓子，手指在地图上一点，“这样，我搬去县衙。”

“县衙？”其余几个人面面相觑。地方衙门可不比上京城里，县衙十分简陋，曲校尉堂堂侯府公子，哪里住得惯？

曲茂大言不惭地道：“我搬去县衙住有两个好处，其一，明晚捉鬼，临时有什么调度，你们方便请示我；其二，县衙与月禾药铺隔着两条街，后面就是城隍庙，那一带鬼从不敢去，我听说你们明晚捉鬼的道士，就是从城隍庙请的。”他说着，看向孙谊年等四人，“我搬去县衙，你们答不答应？不答应我就继续住在云去楼了。”他把话说到这个份上，旁人哪有不答应的余地？

邱护卫道：“既然校尉大人的心意已决，我等自然遵从。”

一时话毕，孙谊年等几个人衙门还有差事，匆匆告辞去了。伍校尉在楼门口略停了停：“曲校尉，借一步说话。”

“敢问曲校尉，前夜山外关卡有祖孙三人走小径回上溪，曲校尉可派人去查过了？”伍聪把曲茂引至一旁，问道。

曲茂啊了一声：“哪三个人啊？”那晚走小径回上溪的，不是一大批人吗？

“是一户叶姓人家，老翁叶纺，孙女叶氏，还有跟他们一同回乡的表姐江氏。”伍聪道。

当夜山间出现鬼影，他被临时叫去了城东，临走前唤曲茂过来轮班，听说这位爷半夜起不来身，到关卡的时候，那批乡人早就回家了。

伍聪又问道：“我后来让身边的人传话，请曲校尉查一下这三个人，尤其是那个表姐江氏，她是个外乡人，不知道为何居然在这个时候来上溪，不知道这事曲校尉办了没？”

伍聪这么一说，曲茂想起来了。今早的确有个官差找他，说什么那夜回上溪的乡人里，只有这三个人是自发走的山径，其余的人都是为找他们而来，而且这三个人一看到山径外面有官兵，踌躇不前，行为十分可疑。

曲茂道：“哦……就是那几个在城郊一个什么庄子里当差的下人吧？我还没查呢，这差事这么着急吗？”

伍聪看着曲茂，没吭声。这种时候县城里来了外人，您说着不着急呢？叶氏等三个人在县令的小夫人身边当差，他让曲茂去查，是盼着他能动用曲侯的关系，绕过县衙这一层，直接以军衙的名义调户籍，眼下看曲茂这一副不上心的样儿，罢了，就不该指望曲茂。

伍聪道：“不着急，曲校尉若有别的要务要忙，这个差事还是在下去办吧。”

曲茂应付完伍聪，回到房中，天已经黑透了。

二楼的天字号房左右各有隔间，眼下两个隔间的门都敞着，屋中除了先前坐着的公子，又多出两个穿黑衣的。

曲茂见怪不怪，站在窗前看伍聪走远了，回到屋里：“殿下，祖宗！求您了，明儿一早就搬吧？”

屋里坐着的公子青衫玉带，手持竹扇，正是谢容与。而他身边侍立的两个黑衣人曲茂也十分熟悉，一个是朝天，另一个乃是玄鹰司鸦部校尉章禄之。

谢容与听了这话，不置可否，手中的竹扇缓缓敲击着掌心：“他们怎么说？同意去县衙了？”

“同意了，怎么能不同意啊？”曲茂道。就上楼这么一会儿工夫，他已经在心里盘算明白了，“这个县城闹鬼闹成这样，再不捉，指不定还要死更多的人，就此前县令府上的那个绸绸，那死相，听着都让人胆寒！您让我死乞白赖地住在这儿，不就是为了临了临了，让他们在县衙腾屋子给咱们住吗？眼下他们终于应下了，咱们明儿就搬吧。”

谢容与究竟是怎么到上溪的？曲茂也说不清。

数日前，他在孙谊年的府上住得好好的，有天夜里回房，谢容与忽然就出现在他的房间里了。

谢容与说他是为查案而来的，让曲茂帮忙里外瞒着。要不是为了这个，曲茂才不来这个劳什子的客栈呢，东边、西边住了两回，这个云去楼，寒碜得跟什么似的，和上京城里的东来顺、会云庐，根本没法比！

谢容与听了这话，不置可否，却问："刚才左骁卫的伍聪留下，与你说什么？"

"谁知道呢？"曲茂道，"他好像想查那个孙县令的家里人，不大方便，找我帮忙，我问他急不急，他又说不急，不急我就不管了呗。"

谢容与嗯了一声，又问了问明晚捉鬼的布置，最后道："行，明早搬，今夜早点儿睡。"

曲茂见谢容与终于答应下来，长舒一口气。他在上京城当了二十余年的公子哥，从来没干过这样的苦差事，吃不好、睡不好，半夜被拎起来还是其次，要命的是得时时提着心，出门防鬼，回屋防人，眼下总算能睡个好觉，来不及洗漱，往床榻上一倒，不出一会儿就鼾声如雷。

朝天隔着竹扉听了一阵，确定曲茂已经睡熟，回到对面的隔间掩上门。

章禄之的性子急，他立刻就问："虞侯，明日我们可要将计就计，擒住那个灰袍鬼？"

谢容与问："城隍庙已经布置好了？"

"布置好了。"章禄之道，"我们的人早已潜进庙中，只要那个灰袍鬼发现月禾药铺有异，必然往相反的方向逃，一旦他逃到城隍庙的附近，我们立刻先下手为强。"

这小半年时间，无论是玄鹰司还是谢容与都没闲着。他们顺着当年与徐途往来的竹固山山匪往下查，发现一条重要线索——竹固山的山匪之死，极有可能与洗襟台有关，而这几年徘徊在上溪的灰袍鬼，很可能就是山匪中唯一的幸存者。

谢容与吩咐道："朝天，明晚县衙在月禾药铺布好局后，你一定要在灰袍鬼被引过来前，在药铺附近制造混乱。"

朝天："是。"

谢容与："章禄之，你带上两个人，在县衙附近巡视，一旦灰鬼被逼到城隍庙附近，按照计划，把他擒住。"

章禄之："是！"

谢容道："明晚我们若能生擒灰鬼最好，若不能，哪怕把他放了，绝不能让他落入除我们以外的第三个人的手里，包括县衙与朝廷官兵。切记，我要的是活口。"

朝天与章禄之同时揖下："殿下放心，我等谨记在心。"

翌日傍晚，城郊庄园。

"怎么样，找着了吗？"余菡在正屋里来回踱步，一见吴婶儿进来，急忙上去问道。

吴婶儿道："没有，前院、后院、各个屋里都找过了，连人影都没瞧见。"

余菡听了这话，紧捏绢帕狠狠地一跺脚："这个绣儿真是，怎么偏生这时候不见了！就是要买胭脂，也不必赶着今日出去，那冤家又不是日日都来，我这脸，一日不涂有什么要紧？"

今日一早，叶绣儿伺候余菡起身，不慎将她的胭脂盒给摔坏了。绣儿内疚得很，提了好几回要出门买一盒作赔。余菡虽然不快，但也没与她计较，哪里知道绣儿这个倔脾气，竟然偷偷溜出去了。

今夜捉鬼，外头不安生得很，庄子外也有官兵守着呢！

不多时，青唯也从荒院回来了，递给余菡一个贝壳做的珠串："在老槐树下捡到的，绣儿应该是钻荒院墙根下的狗洞溜出去的。"那个狗洞小，也只有叶绣儿这样瘦弱的身材能往外钻。

余菡一看那个珠串，不是叶绣儿的又是谁的？她更着急了，在侧首坐下，又坐不住，突然站起身："罢了！我去跟庄子门口的衙差说，让他们去告诉老爷，叫老爷派兵把这个死丫头逮回来！"

一旁的叶老伯一听这话，拄着拐杖连忙上前几步，将余菡拦住："算了，你去跟官兵多什么嘴？仔细老爷知道了这件事，不让绣儿伺候你了，怎么办？"

余菡听了这话却恼了，捏着手帕指着他："那可是你的亲孙女，今夜外头闹鬼，姑奶奶这么着急找她，你却不急！我告诉你，她要出了事，我可不收尸！”

屋子里没外人，余菡与叶老伯你一言我一语地吵着。青唯看了眼天色，这么一会儿工夫，太阳已经快落到山下头去了。

其实叶绣儿的异样，青唯昨晚就觉察到了。昨天，孙谊年一走，绣儿见庄子门口站了衙差，接连打听了两回能否出庄，今早她摔坏余菡的胭脂盒，不知道是不是故意的。

外面要捉鬼。青唯心中感到十分不安。自从余菡跟她说了竹固山耿常的事情后，她怀疑当年的山匪之死，与坍塌的洗襟台有关，而种种线索表明，这几年在上溪游荡的灰袍鬼，也许就是山匪的唯一幸存者。

青唯很想出去看看，可是一来，她不知道官府的计划，担心误中陷阱；二来，她是逃犯，除非确定此行能取得重要线索，任何一次露面，于她而言都是生死博弈。

余菡嘴毒，吵到末了，激得叶老伯心里头一团火，他连连拄杖：“一个小丫头片子，不过溜出去这么一会儿，小夫人就要咒她死，还说糟老头子不心疼她！”叶老伯长叹一声，径直往屋门口走去，“罢了，老奴亲自出去找，等把这个丫头片子揪回来，小夫人要打要罚，看着办吧！”

“你去！你且快去！”余菡的声音又尖又细，“我可告诉你，那山里头的鬼都是冤鬼！冤鬼到人间来，那是要跟人索命的，前晚绣儿刚被那个灰袍鬼掐了脖子，你们是一个也不长记性！眼下好了，上赶着送命去，快些去，大不了姑奶奶多备两口棺材！”

叶老伯回过头来：“什么冤鬼索命！小夫人要咒我们爷孙死在外头就直说！”

余菡叉着腰，声音冷冷地说道：“这话我还真不是咒你，消息真真儿的，只有我知道！鬼是冤鬼，死是枉死，当年竹固山的山匪被杀，里头另有内情！泼天的血从上溪这么巴掌大的地方渗进十八层地狱，整个阎罗殿里挤的都是冤魂，你现在出去，就是要从这血上蹚过去，神仙下凡都救不了你！”她是戏班子出身，吊高了嗓子说这些鬼鬼神神的话，一字一句都冷进人的骨子里。外间暮色昏暗，屋中的几个人听她说完，全没了声音，连叶老伯都哑了嗓子没敢挪步子。

半晌，还是青唯问："什么内情？"此前余菡提起竹固山的山匪，可没怎么提他们是冤死的。

余菡意识到自己说漏嘴了，一甩帕子在侧边的椅子上坐下："你们别管，反正，是我那冤家告诉我的。"然而她的这句话并不能搪塞屋中的几个人。

竹固山的山匪之死，对外人来说，只是朝廷的一次剿匪，可对土生土长的上溪人来说，他们中，有些人的亲人、故友，也许就死在那次剿匪中。

屋子中静悄悄的，众人都等着余菡往下说。余菡也憋不住，环顾周遭，伺候的丫鬟、吴婶儿、叶老伯，除了一个江唯，都是自家人，江唯是绣儿的表姐，也算半个自家人。罢了，这又不是什么了不起的秘密。

余菡不打算瞒着了："我从前不是跟你们说，洗襟台下的人死得太冤了，所以朝廷杀了山匪，想要以命换命，请阎王爷改一改生死簿，让洗襟台死的那些士子重回阳间吗？"

青唯点了一下头，这话她记得。

"这话可不是空穴来风，是我那冤家早几年告诉我的。"余菡道，"昨儿那冤家不是来瞧我吗？我听说外头要捉鬼，就顺道问了问这事，结果你们猜怎么着？"其实余菡问起这事，也就图个新鲜好奇，然而孙谊年情到浓时，什么都顾不得了，听余菡这么一问，他就把什么都说了。

余菡问："当年朝廷修建洗襟台，在各地遴选士子登台，这件事你们知道吗？"

这事没人不知道。

余菡接着问："那你们可知道，咱们上溪，也有读书人被选中登台了？"

这话一说出来，众人面面相觑，半晌，还是吴婶儿道："这事我好像听说过，是不是……一个商户的儿子？"

"正是了！"余菡的双手一拍，"登上洗襟台，这是多大的荣光？每个地方的名额就那么些，要是家中有人被选中登台，那可是祖坟上冒了青烟，要敲锣打鼓摆宴庆贺的！可咱们上溪，就这么悄不声地出了个登台士子，你们说这事奇不奇？还有更奇的呢！你们知道那个士子姓什么？他姓蒋！"

青唯听到这个蒋姓，心中诧异不已。她刚跟余菡打听了竹固山山匪的事，记忆清晰得很——当年洗襟台坍塌，山匪之所以被剿，是因为有人向官府揭发他们劫取货物，杀害平民。而头一个将山匪告到官府的，就是一个姓蒋的商人。

吴婶儿也想起来了："城东头有个做买卖的蒋家，前几年他们家大儿子死了，后来都不怎么跟外人来往。敢情他们家大儿子，是死在洗襟台下了？"

青唯道："这户蒋家人，就是当年把竹固山山匪告到官府的蒋家人？"

余菡捏着帕子指她："你可问到点子上了！昨儿老爷跟我提起这件事，我也是这么问的。"

彼时孙谊年刚从余菡身上下来，敞着袍子餍足地躺在床上，听余菡这么问。孙谊年直勾勾地看着顶梁，哼了一声："这个蒋家，谁知道他们说的是不是实话呢？那耿常擅结交，讲义气，当年那些常在竹固山下往来的商家，哪个跟耿常不是拜把子的兄弟？洗襟台坍塌前，蒋家老爷还上山跟耿常吃过几回酒呢，结果洗襟台一塌，蒋家人翻脸不认人，转头就把耿常告到官府了。他说耿常劫了他的货物，杀了他的家丁，其实官府根本没找到确凿的证据。不过呢，他家儿子不是死在洗襟台下了吗？洗襟台坍塌，这在当时跟天塌了似的，连先帝爷都亲自到了陵川，所以官府对这些伤亡的士子家眷，难免偏听偏信一些，加上后来竹固山的二当家下山作乱是真的，县衙就去禀了驻在附近的官兵……"孙谊年说到这里，连声音都变得飘忽起来，"没请诛杀，真的，只是请他们帮忙管管。不知道为什么，黑压压的官兵一夜之间就来了，我到现在都记得耿常当时死不瞑目，耿常好像在告诉我，自己是冤枉的……"

青唯听完余菡的转述，心中感到越来越沉重。

蒋家人的儿子被遴选登洗襟台，徐述白当年也被选上登洗襟台。洗襟台修成前，蒋家人常上竹固山吃酒，徐途在生前，也与耿常往来甚密。两个登台士子的家人，都跟竹固山的大当家有交情。

青唯虽然不确定这些线索都指向什么，但她知道，蒋、徐两家这几个雷同的地方，绝不可能是巧合。她眼下几乎可以确定，竹固山的山匪之死，确实与洗襟台坍塌有关。她来上溪，没有来错地方。

余菡道："眼下你们知道了吧，今夜官府要捉的鬼，那可都是冤鬼、厉鬼，一旦绣儿撞见鬼，有命回来必然是路上遇到了菩萨，可这深更半夜的，哪儿有这么多菩萨！不说了，吴婶儿，你这就把绣儿失踪的事告诉门口的官差，让他们去找，回头老爷要罚——”余菡狠狠地一咬牙，“活该她挨板子！”

吴婶儿唉了一声，还没走到门口，青唯道：“我出去找她。”

余菡一愣：“你说什么？”

青唯的话说出口，心思也定了：“我刚才在荒院附近仔细看过，脚印很新，她应该刚出去不久，我的脚程快，我出去找她，一个时辰内，必定能把她寻回来。”说完，青唯不等余菡答应，离开正屋，径直回了后院自己的屋里。

余菡跟屋中的几个人面面相觑，跟到青唯的屋门前：“你找她？天这么黑，你怎么找她啊？”

青唯很快从屋里出来。她换了一身男装，茂密的长发束成髻，腕间还搭着一件黑色的斗篷：“我有我的办法。”

余菡不是不相信她，那日灰袍鬼出现，这个青唯不但去追了，隔日一早还能平平安安地回来，是个有本事的人。她能去找绣儿最好了，她把叶绣儿找回来，叶绣儿不但不用受罚，等这封山的禁令一解，还能立刻去东安府帮自己挑新到的布匹和首饰，叶绣儿的眼光，余菡最信得过。

余菡又问：“门口守着官差，你怎么出去啊？”

青唯将斗篷罩在身上，只道是没有称手的兵器，伸手将门前挂着的桃木剑摘下来，压低帽檐往荒院走，扔下一句：“翻墙。”

天还没全黑，但暮色已经很浓了。

青唯借着风灯的光，在荒道上辨认叶绣儿的脚印。其实她此番出来，并不是为了叶绣儿，而是为了灰袍鬼。官府布下天罗地网要抓他，青唯不知道他能不能逃脱，一旦他被捕获甚至被杀，那么她好不容易找到的线索就断了。

青唯并不盼着今晚就能从灰袍鬼的嘴里套出山匪之死的真相，只要阻止官府抓住他，一切就能从长计议。虽然这样做冒险，但很值得。

庄子后的山道只有一条，绣儿的足迹在山道上一直有迹可循，上溪除去环立的深山，统共就那么大一丁点儿地方。青唯循着叶绣儿的踪迹，不多时就到了县城中。

上溪近日设了宵禁，到了这个时辰，许多铺子关张了，街上静悄悄的。青唯唯恐引来巡逻的官兵，扔了风灯，跃上一处屋顶，朝四下望去。

这里是城中偏西的地方，县衙就在不远处。

叶绣儿出来前，自称是摔坏了余菡的胭脂，心里愧疚，不买盒胭脂回去，她没法交差。

青唯很快找到胭脂铺子，跃下屋檐，尚未靠近，果然看到叶绣儿拎着一只竹篮，从胭脂铺子里出来。青唯想了想，没有立刻上前，而是放轻步子，悄无声息地跟了上去。

第三十二章

山外惊见

天已经很暗了，天上云层蓄积。胭脂铺子一关，街上又少了一盏灯火。

叶绣儿的风灯在夜色里明明灭灭，她没有立刻回庄子，而是往相反的方向走去。

这里是上溪县城的中心地带，青唯刚才在高处观察过，县衙在西侧，如果往东走，楼舍比较密集，上溪的客栈与大商铺大多在那里。

叶绣儿哪儿也没去，在街口的一棵老槐树前停住脚步。她四下看去，见四周无人，在地上捡了块石头，俯身在树皮上刻了几道印记。她看上去古怪极了，似乎整个人都显得阴森森的。

叶绣儿刻完印记，从一旁的竹篮里取出一个香囊，想要挂在树上。她似乎想要将它挂高一些，无奈个头矮，原地跳了几次，才够着一根高枝。

一时传来梆子声，对面街上巡逻的脚步渐近了，叶绣儿匆匆将香囊系好，提起竹篮，刚走了没几步，身后传来一声："站住。"

两名官兵举着火把走近："你是哪家的？怎么这个时辰还在街上，不知道城里近日宵禁吗？"

叶绣儿神色赧然："官爷，草民是城西庄子上伺候的下人，家里的女主子姓余，今早主子的胭脂盒摔了，打发草民出来买一个。"她说着，似乎想证明自己的话不假，从竹篮子取出胭脂给官差看。

城西的庄子，女主子姓余，除了孙县令的那位外室，还能是谁？

两名官差对视一眼，打发叶绣儿："买好了别磨蹭，赶紧回去，近日城中闹鬼没听说吗？"

叶绣儿连声应"是"，很快顺着街道离开了。

等到绣儿与官差都走了，青唯从暗巷里绕出来，来到槐树前，仔细辨别叶绣儿刚才刻下的印记。印记非字非图，两横一折，有点儿像指引方向。

站在槐树下，青唯闻到一股异香。她皱了皱眉，纵身将高枝上系着的香囊拽下来一闻，异香果真是从这个香囊里传出来的。

青唯不明所以，略一思索，将香囊系回原处。

天际云团未散，夜色并不明朗，青唯不知道该上哪儿去找那灰袍鬼，想了想，仍然跃上附近的一处屋檐，决定在高处再观察观察形势。

只这么一会儿工夫，四下里更暗了，街上除了有例行巡逻的官差，唯一有动静的地方就是两条街外的药铺。

这家药铺似乎刚采买了药材，掌柜的一边拿帕子擦拭着额头上的汗，一边指使着厮役们把药材一篮一篮地往药仓里抬。

青唯趴着的这个地方视野并不好，只能瞧见厮役们把药材从铺子的侧门抬入，天井后的药仓被更高的屋舍遮住，她看不见了。青唯凭直觉认为这家药铺怪异，心中正思索缘由，忽然间，背后感到一阵恶寒。她突然转头看去，只见刚才空无一人的老槐树上，眼下正伏着一个灰影。他的四肢如野兽一般，蓄势待发地撑在枝丫上，瞳孔掩藏在发丝间，充满敌意地盯着她。正是那只灰袍鬼！

青唯一愣，她不知道这个灰鬼是如何出现的。这么乍然与他对上，饶是胆大如她，身上也感到一股凉意。夜风送来阵阵异香，青唯的目光移向灰鬼的左手，他手心里握着的，不是绣儿此前留下的香囊又是什么？

青唯似有所悟，正要开口，只听这时，不远处的药铺忽然一人尖叫："鬼啊——"

"鬼……鬼来了——"

药篮子翻倒在地，几名正搬药材的厮役连滚带爬地从药仓里逃出来。

尖叫声如鸣镝刺破夜空，月禾药铺的周围，立刻变得灯火通明，各条街巡视的官兵立刻往药铺奔去，连带着附近的民舍也有人惊醒。

青唯愣了一下，灰袍鬼分明藏在老槐树上，眼下出现在药铺的鬼又是谁？然而她还没来得及仔细思索，下一刻，灰袍鬼也意识到了前方的危险，飞身蹿下树，往相反的方向逃去。青唯今夜出来就是为找这个灰袍鬼，见他逃窜，毫不迟疑地追了上去。

两个人此前有过一番追逃，青唯没追上他，并不是因为他的速度快，而是因为他对上溪更加熟悉。这会儿两个人都被拘在这县城里做困兽之斗，青唯借着轻功，在楼檐间纵跃，很快跟上了他。

灰袍鬼眼下只能往县衙的方向逃，只是县衙并非安全之所，隔街捉鬼，县衙里灯火通明，青唯在高处，甚至能看见近街巡视的官兵。

不过，如果从小巷绕行，县衙背后的城隍庙倒像是可以藏身。

灰袍鬼似乎也做如此打算，一个闪身进入了小巷。

青唯也欲落在小巷中，正在这时，她忽然听到奔马声。她回头一看，也是奇怪了，药铺那边捉鬼，眼下的官兵都是从县衙往药铺那边去，左骁卫的伍聪却独自带着一列官兵，往城隍庙这里狂奔而来。

城中统共就几条街巷，步行恐怕要些时候，如果骑马很快就能到达各处。

左骁卫转瞬即至，灰袍鬼尚没反应过来，刚蹿出小巷，立刻就暴露在了左骁卫的灯火里。伍聪高喝："什么人？"

灰袍鬼立刻退回小巷。此刻的小巷已经不如刚才安全了，听到伍聪的高喝，县衙那边很快也有官兵从小巷的另一头寻进来。

青唯在高处看得一清二楚，如果灰袍鬼再往前走，必然是进退维谷。她立即从屋檐上跃下，一把抓住灰袍鬼的肩："跟我来！"

县衙后面闹得沸反盈天，县衙的侧门外，有一辆马车却静静地停着，似乎外面的一切纷争都与它无关。

不多时巷子口出现一名衙役，他左右一看，见四周无人，迅速来到马车前，低声道："虞侯，不好了。"此人正是假扮衙役的章禄之。

马车里没有动静，章禄之继续道："刚才不知为何，朝天还没把药铺附近的官差引走，灰袍鬼就往县衙这边来了，他被赶来的左骁卫发现，刚才忽然消失在了巷子中。"

谢容与听了这话，用竹扇将车帘一挑："消失？怎么消失的？"

“说不清。刚才左骁卫分明瞧见他往巷子里躲了，眼下衙差与左骁卫把巷子搜了个遍，却没找着他。”章禄之道，“还有左骁卫，他们来得也很古怪，朝天扮鬼在药铺那头出现，左骁卫本来应该被朝天引走，那个伍聪忽然接到消息，说刚才县令府上的什么人在街上出现了，不管不顾地就带着人往这边找来了。”

谢容与听了这话，想起昨日曲茂也提过，伍聪似乎想查孙县令家里的什么人。照这么看，伍聪过来应该不是为查鬼，而是为查人。

谢容与问：“眼下左骁卫来了多少人？”

“三四十人，加上县衙的官兵，统共有近百人，人数远在玄鹰司之上。”城隍庙里的玄鹰卫，统共只有十来个人。章禄之道：“就算伍聪不是为了灰袍鬼而来，可他见了灰袍鬼，必定是要抓的。虞侯，我们眼下该怎么办？”

玄鹰司潜藏在上溪的人终究太少了，灰袍鬼的踪迹已经暴露，十有八九会被抓住。当年竹固山的山匪就是被灭口的，如果灰袍鬼当真是山匪遗余，眼下上溪必定有不少人想灭灰袍鬼的口，因此谢容与一定要做唯一抓住灰袍鬼的人，否则他的一切布置将功亏一篑。

谢容与朝县衙背后的深巷看了一眼，那里四面屋楼林立，不过片刻，官兵数量几乎增加了一倍，火把的光将四下照得如白昼一般。这样的重重搜索下，哪怕灰袍鬼有本事逃出小巷，也必然会被封锁在这四方街巷中。他必然就在附近，跑不了。

谢容与当机立断：“你立刻放信号给朝天，让他引着追他的官兵往这边来。”

几方官兵目的不一，撞在一起，必然会引起混乱。

他们人少，浑水摸鱼，才有胜算。

章禄之立刻道：“是。”

青唯挟住灰袍鬼躲在草棚子下，看着门外，搜寻的官兵来来去去。

这里是县衙后的马厩，正所谓最危险的地方就是最安全的地方，刚才青唯眼看灰袍鬼就要被抓住，千钧一发之际，带着他从县衙的后门掠进了马厩。

可惜附近搜寻的官兵突然增加了一倍，黑夜被火把照得如白昼一般，她不能再上房顶，哪儿也不能去了。

马厩里的马早就被牵走了，身边传来粗重的喘息声。灰袍鬼在害怕，似乎十分抗拒与生人接触，眼下被青唯控制住，整个身体几乎是僵直的。

青唯借着门外时时掠过的灯火，发现这个灰袍鬼并非面目狰狞，而是一个模样年轻，身形瘦弱的少年。她压低声音问："你是竹固山的山匪吗？"

灰袍鬼根本不理她，听她问话，瞪着她的目光变得更加凶狠，龇牙发出"咝——咝——"声，似乎下一刻就要袭向她。

青唯冷冷地提醒："引来官兵你我都会没命！"

灰袍鬼竟像是听得懂人言，青唯这话一说出来，他犹豫了一下，闭上了嘴，只是目光依旧不友善。

青唯本来想跟他打听打听竹固山山匪之死的真相，然而今夜明显不是好时机，她于是不再理会灰袍鬼，独自想逃出生天的办法。

上溪就是这点不好，太闭塞了，困在这巴掌大的地方，周围全是官兵，简直叫天天不应，叫地地不灵。

自然，她也可以先行逃走引开官兵，可那些官兵并不知道她在这里，便是瞧见她，最多分些兵力追捕她，不可能放弃搜查灰袍鬼。

怎么才能让官兵放弃搜查灰袍鬼呢？

这时，马厩外面忽然传来巡逻的官兵的声音："县衙重新搜了吗？"

"还没有？"

"怎么搞的？立刻派人搜查县衙，那个灰袍鬼狡猾得很，难保他不会藏进去。柴房、马厩，任何一处都不能放过！"

青唯听了这话，心头突然感到一紧。形势急转直下，困守此处已是画地为牢，如果被左骁卫发现，灰袍鬼还好说，她这个重犯只怕是第一个把命交出去的。

搜寻的官兵的脚步声在木扉外响起，青唯的目光落在灰袍鬼的身上，灵光忽然一现！是的，她跟灰袍鬼的身高一样，身形也差不多，而且她今夜为防止被官兵认出来，穿的是男装，斗篷下也是一身粗布袍子，如果就地一滚，八成跟灰袍鬼身上的灰袍差不多。

无论如何，一个遇险总比两个都死强！

青唯一念及此，当机立断，她将发髻松开，拨了几缕到面颊，将斗篷与桃木剑一并塞到灰袍鬼的手里，声音冷冷地道：“记住了，你欠我一个人情。”说着，她转眼间掠出马厩，逼近门扉，在官兵们推门而入的一刻，飞一般地冲了出去。

夜间灯火彻亮，四方巷口都是前来追堵的官兵。

突围还不是最难的，难的是她眼下不能用太多功夫，一旦她的身手暴露，官兵们发现她是假的灰袍鬼，掉头又返回县衙，她真是赔了夫人又折兵。

好在她这么被一群官兵追捕已经不是一回两回了，逃命堪称熟手。数月前，她在上京城被左骁卫百余精兵围捕，形势比眼下还危急百倍。

青唯临危不乱，出了县衙，迅速分析形势。上溪是山城，这里的马匹应该很少，刚才躲在马厩，为数不多的马早就被牵走了，因此眼下左骁卫轻骑座下，应该就是上溪几乎所有的马。没有什么能比马快，只要她抢到马，就能在官兵放箭前，以最快的速度逃走。

青唯想到这里，当即朝离她最近的一名士兵奔去。她将身法提到极致，几乎成了一道鬼影，以至于那名士兵甚至没能反应过来，就被青唯夺去了腰间的刀。青唯得了刀，立刻掉头朝离她最近的左骁卫轻骑袭去。

众人都被她这东奔西顾的逃法搅得一头雾水，一时间连伍聪都停止了调度。

其实青唯的目的很简单，抢兵器夺马而已。

只是人抢马容易想到，青唯眼下是灰袍鬼，鬼会抢马，这就有些离奇了。

青唯尚未逼近左骁卫轻骑，正在这时，只听一声鸣镝冲上天空，夜空中突然炸开一团斑斓的华彩。

说时迟、那时快，趁眼前的左骁卫分神之际，青唯已经掠到近前，一刀斩去他手里的缰绳，径直翻身上马，策马狂奔而逃。

鸣镝不知道是谁放的，但这一声鸣镝提醒了青唯——眼下在上溪，混乱的不只是县衙这里，几条街外的药铺，也有官兵在捉鬼。

上溪一共三个鬼。

眼下灰袍鬼是她，那么那边的官兵追的不是红衣鬼就是鬼公子。青唯立刻有了决定，双腿一夹马肚子，朝药铺那边奔去。

既然这些官兵都是想捉鬼，那么红衣鬼、灰袍鬼，捉哪个不是一样的呢？眼下她有马，红衣鬼没马，把官兵们都引向红衣鬼那处，等他们都去捉红衣鬼了，她就反其道而行之，趁乱往竹固山跑。

青唯还没到药铺，只见对街居然掠过来一个红色的身影。正是那红衣鬼。

青唯一愣，定睛一看，这红衣鬼的面颊也被青丝遮着，额前束着一根血色额带，单看身形，一点儿鬼气没有，在灯光的映照下，显得人高马大。

他二人身后都是追兵，青唯不想理会红衣鬼，驱马绕开他欲逃，没想到红衣鬼不打算放过她，就在她掠过他身边的一刻，他抬手揪住马鬃，翻身就要上她的马。

青唯的反应很快，红衣鬼上来的一刹那，她的身姿如一只轻盈的飞鸟，除了左手还握着缰绳，整个身体几乎腾空而起，借着红衣鬼上马的这股气势，借力打力，把他狠狠地往马下踹去。

红衣鬼也很灵活，虽然被青唯踹到了马下，握着马鬃的手却不放，足尖在地上微微停顿了一下，再次飞身而上。

两个人在马上缠斗一番，倒是给了四周追捕的官兵可乘之机。左骁卫轻骑很快赶了上来，两侧亦有衙差持刀袭来。

青唯与红衣鬼也不含糊，同时逼退衙差，正以为危机化解，下一刻，她忽然听到张弓搭弦的声音。

原来是左骁卫轻骑为了逼她下马，已经从兵械库里调来长弓了。

青唯见势不好，一咬牙，只能对跟她抢马的红衣鬼下了狠手。她握着长刀的手腕一抖，刀刃铮铮出鞘。青唯挽刀如月，径直袭向红衣鬼的脖间。红衣鬼一愣，闪身退避，正是他这一退避，给了青唯可乘之机。青唯当即握住他的右腕反手一折，抬脚再次将他踹下马去。

红衣鬼虽然被青唯踹下了马，可这匹马到底不能再骑了——马背上的目标太大，左骁卫训练有素，要取她的命，太容易了。

好在竹固山山口的关卡已经近在眼前，今夜城中捉鬼，上山口反倒少了许多人把守。

就在利箭离弦的一刻，青唯勒转马头，弃马而下，手中的长刀在马背儿狠狠一刺，任马匹疯了一般，朝后方的左骁卫轻骑奔去。

左骁卫轻骑一时间被疯马拦住，可刚才被青唯扔下马的红衣鬼陷入官兵的围捕，正在这时，长街巷口一辆马车疾驰而来，到得近前，马车内坐着的人掀开帘，朝红衣鬼伸出手："上来！"

红衣鬼就势而起，借力一下子跃进马车，对着车中的人唤了声："公子。"

这个红衣鬼不是别人，正是朝天。

谢容与借着车外的火光看了朝天一眼，见他的嘴角擦破，腕间似乎有伤："怎么回事？"

朝天："公子，属下无能，没抓住那个灰袍鬼，灰袍鬼的路子太野了，把我痛打了一通，直接踹下马，属下都来不及跟灰袍鬼交涉！"

谢容与愣了一下："你都不是灰袍鬼的对手？"

朝天："不知道，总之灰袍鬼招招下狠手制我，公子说要生擒灰袍鬼，我也不敢以牙还牙，一来二去十分吃亏。"

谢容与听了朝天的话，没多说什么，他朝后面看了一眼，此前被疯马冲乱的左骁卫已经重新追上来了。他此番用的马车是曲茂的，半个时辰前，章禄之已经以玄鹰司的名义去县衙请曲茂了往这边赶了。

可单凭一个曲茂，未必能拦得住这些心思各异的官兵，如果让官兵追上来，与他一起抓捕灰袍鬼，那么更不妥——除了自己，他不能让这么重要的证人落在任何人的手里。再者说，今夜的这个灰袍鬼……谢容与不知为何，总觉得哪里有些古怪。

谢容与对朝天道："你下马车，等曲茂过来，也不必瞒着身份了，帮他一起尽量拖住所有的官兵。"

"那这灰袍鬼……"

谢容与道："我去追。"

青唯从竹固山的关卡很快突围，拼了命地往山上跑。

她还没跑到半山腰，忽然听到身后传来车马之声，她回头一看，马车前挂着一只灯笼，上书一个“曲”字。那是曲茂的马车。

青唯简直有些恼了。这还有完没完？县衙官兵擒她，左骁卫擒她，红衣鬼也擒她，怎么连曲茂这个酒囊饭袋也派人来捉她了？

双腿快不过四蹄，天亮以后不知道还会不会有更多的追兵，竹固山之深，也不知逃到哪里才能真正平安，她必须保存体力。既然这样，她就不客气了。

听着身后的马车渐渐逼近，青唯忽然停住脚步，随后一个折身突然跃上马车，在驾车的玄鹰卫反应过来前，径直将她踹下山道，随后掀开车帘，

深山里黑黢黢的，灯笼的光太微弱，什么都照不清。车帘一落下，整个马车里陷入更深的黑暗中。

青唯一个掌风劈出去，欲把里面的人也扔下马车，车里坐着的人反应竟然出乎意料的快，就在青唯的掌风袭来时，他横手为刃，挡去她这一招的凌厉。

青唯一招不成，很快变化招数。她除了软玉剑，没带别的兵器，屈指成爪，再次袭向车里人的脖子。

马车里暗极了，没了驾车的玄鹰卫，车前的骏马不辨方向，在山野中横冲直撞。

车里人的身法如风，一个侧身四两拨千斤，避开青唯再次袭来的一招，颠簸之间，马车的车帘微微扬起，漏进来一缕月光。青唯借着月光，只见马车里坐着的人戴着帷帽，青衫翩然，身姿如玉一样。

青唯愣了一下，曲茂什么时候养了这样的手下？

车里人与她过了几招，似乎也迟疑起来，招式里收了锋芒，反倒多了试探之意。

青唯觉察出他对自己没有杀意，正欲直接与他交涉，这时，山野里忽然响起奔马声，远处隐隐可见火光——竟然是追兵快赶到了！

青唯再不敢犹豫，拨开腕间囊扣，半尺软玉剑头顺着她的手背直直地斩向车中人的脖颈间，在离他喉骨的一寸前停住。青唯的膝盖抵着他的双腿，几乎强压在他身上，恶狠狠地说：“敢反抗，当心自己的性命！”

车里人本来就没想伤她，然而她的话一说出来，他一下子便愣住了。

青唯觉得他的反应怪异，刚想再开口，这时，马车外忽然传来破风之音。

十数支箭矢擦破夜色飞袭而来，青唯矮身躲避，车里人的反应比她更快，拨开她抵在自己喉间的软玉剑，立刻将她掩在自己身下。

下一刻，两道箭矢穿过车窗，径直扎在车壁上。

两个人堪堪避过一次，不料车外很快又有飞矢袭来，直直地射中车前的骏马。这匹马原本就不辨方向，眼下受了惊，居然在山间陡坡失了前蹄，要将两个人甩飞出去。

车里的人似乎早有准备，在马车倾向陡坡的瞬间，揽着青唯飞身掠出，顺着山坡翻滚而下，撑在她的上方，看着她。

天上的乌云不知何时散了，月光明亮极了，透过树林的间隙漏下来。

两个人之间隔着一层帷帽的纱，他背着光，青唯明明看不清他的模样，但这目光她太熟悉了。像新婚那夜他的目光，像静夜的海一样。

青唯的心头像是被什么撞了一下，她突然伸出手，揭开他的帷帽，甚至来不及看清他的模样便脱口而出："官人？"

谢容与看着青唯。

月光照在他的眼尾，似薄霜，清冷的眼眸里却掺了夜色，搅动着他望着青唯的目光流转。

片刻后，他的唇边漾开一丝笑，声音微沉："嗯，娘子。"

青唯听得这一声"娘子"，才意识到自己刚才的称呼似乎错了。他们之间假夫妻的日子早就结束了，他重返深宫做回了高高在上的王，她也回到江野四海为家。她张了张嘴，想解释自己不是故意喊他"官人"的，因为……因为他们从相识以来，她从没称呼过他别的，她只是习惯这么唤他了。

谢容与将青唯颊边的发丝拂去耳后，安静地看着她。虽然她稍微易了容，但她的憔悴是肉眼可见的，气色也不大好，这小半年，真不知道她是怎么照顾自己的，搂在怀里的身体也比之前瘦了。

谢容与问："怎么把自己弄成这副样子？"

青唯以为谢容与在说自己扮灰袍鬼弄得满脸脏污，抬袖擦了两把脸："干净点儿了没？"

谢容与一下子笑了。

青唯的眼眸浸在月光里，像清泉一样。她哪里有什么不干净的？太干净了。干净得让他总是后悔离别匆匆，他没能保护好她。

谢容与低声问道：“你离开上京城后，我让人到处找过你，这么久了，你都去哪儿了？”

青唯愣了一下，她能去哪儿？她一个逃犯，不就是走到哪儿便算哪儿吗？后来查到竹固山山匪的异样，又听说上溪闹了鬼，她就过来看看。此前她还觉得巧，怎么她刚想查竹固山的山匪，上溪这边就再次闹鬼了，一念及此，她终于明白过来了：“这城里闹鬼，是你撒的网？”

谢容与刚要回答，山间忽然传来搜寻的脚步声。

官兵早就追到了山野，他们落下陡坡避了一时，然而马车的痕迹很好寻，山道上已经亮起火光。

谢容与立刻将青唯拉起身，四下望去，见伤马就匍匐在不远处，它身后的马车尚完好，拉着青唯走过去，让她躲入马车中，声音温和地道：“藏好，别走，这里交给我。”

青唯嗯了一声。

谢容与放下车帘，刚走了没两步，忽然折回身，重新撩开帘子。

火光与月光交织在他的身后，他背着光，青唯看不清他的神色，只能看见他在车前非常安静地站了片刻，然后唤她：“小野。”他又继续说道，“别再走了。”

青唯不明白为什么同样的话谢容与要交代两回，点了下头：“好。”

陡坡下的山林并不茂密，官兵很快寻来，火把将四野照得彻亮。

伍聪与章禄之等人率兵在前，看清坡下站着的人，上前一步拜道：“昭王殿下。”

孙谊年跟在其后，听到这一声“昭王殿下”，吓了一大跳，急匆匆地下了陡坡，躬身拜道：“昭……昭王殿下，下官不知殿下竟然真的屈尊来了上溪，接待不周，还望殿下莫要怪罪。”

他岂止接待不周？今日之前，他不知道谢容与在上溪便罢了，刚才曲茂为了拦住追兵，都跟他说了眼下山中追灰袍鬼的是小昭王的马车，他犹自不信，甚至不曾派人去山里各哨所知会一声。

听闻刚才山里有人为了拦下马车，不惜放了箭，孙谊年简直想给谢容与磕头。放箭这事可大可小，稍微不慎，一个谋害亲王的罪名安上来，赔上他一家的性命都担待不起。

谢容与倒是没跟孙谊年计较放箭这事，只道：“不知者不怪，孙大人，起吧。”

孙谊年在秦师爷的搀扶下起了身，抬手擦了擦额头上的汗：“不知殿下屈尊到上溪来所为何事，若有下官可以效劳的，还请殿下吩咐。”

孙谊年说这话纯属出于礼数，自己区区一个县令，小昭王哪能瞧得上？

不承想谢容与道：“本王还真有差事要交给孙大人。”他停顿了一下，“不过诸位捉了一夜的鬼，眼下想必十分疲惫，别的事稍候再说不迟。”

说完，谢容与看了马车一眼，唤道：“章禄之。”

章禄之会意，上前将马车的伤马卸下，换上一匹好马，左骁卫的伍聪忽然道：“慢着。”

伍聪朝谢容与一拱手：“殿下，您到这山野，可是为追那灰袍鬼？敢问殿下，灰袍鬼呢？”

谢容与道：“没追上，灰袍鬼往深山里逃了。”

伍聪并不退让，竹固山之深，各处为捕捉厉鬼早就安插哨所，而且经今夜的一番缠斗，他早已看清了，那灰袍鬼绝对不是鬼，而是人，而且……似乎是一个他熟悉的在逃钦犯。有本事只身从重重围剿中突围的人太少，他此前在上京与这么一个人交过手。既然是人，双腿快不过四蹄，绝不可能逃出他们搜捕的范围。

伍聪四下看去。他在来的路上，早已把附近的密林搜得底朝天，若说漏了哪里——伍聪的目光落在了挂着“曲”字灯笼的马车上：“不知殿下可否让末将看一看您的马车？”

第三十三章

相逢即安

这话乍一听有些无礼。然而左骁卫来上溪捉鬼，奉的是圣命，往大了说，他们领的是钦差之名，眼下鬼跑了，不过看一眼马车确定一下鬼的踪迹罢了。

伍聪说完，示意左骁卫上前验查马车。谢容与的目光冷下来："怎么，伍校尉是在怀疑本王吗？"

伍聪连忙拱手："末将不敢，末将不过是职责所在……"

"你的职责，是协同上溪官府捉拿近年盘桓在当地杀人作恶的恶鬼，而非一意孤行，肆意妄为。本王问你，若那灰袍鬼真的在本王的马车里，你待如何？立刻缉拿灰袍鬼奏明朝廷的差事已成？"

"这……"伍聪犹豫着道，"若是能拿住这鬼，自然当上奏朝廷。"

"若是没拿住呢？鬼不在马车里呢？是不是还要让本王派玄鹰卫帮你搜山？"谢容与一拂袖，声音严厉，"鬼都让本王帮你捉了，朝廷还养着你做什么？这点儿差事都办不好，谈何职责所在？不如趁早卸甲还刀，何必留在上溪？"

小昭王在深宫二十余年，很少如此疾言厉色，这话一说出来，周遭众人的心头都是一颤，孙谊年刚直起来的膝盖立刻又弯下去了。

伍聪其实并没有请小昭王代劳差事的意思，然而回头想想，他赶到山野，跟谢容与打听的第一件事就是灰袍鬼的去向，得知灰袍鬼逃脱，紧接着就要搜小昭王的马车，这番举动，不但有些以逸待劳，坐享其成，更有怀疑小昭王的意思。

被扣了这顶帽子，伍聪再不敢要求搜马车，立刻请罪："殿下恕罪，今夜灰袍鬼逃脱系末将疏忽之过，末将会增兵严查，亡羊补牢。殿下远赴上溪，必有要务要办，末将不敢逾越，刚才言语冒失，还请殿下责罚。”

谢容与没理他，上了马车，落下帘：“回云去楼。”

云去楼此前是由曲茂包下的，眼下谢容与既然暴露了身份，县衙的人就是再傻，也猜到了此前真正要住云去楼的不是曲校尉，而是小昭王。

埋伏在上溪的玄鹰卫有十余人，个个都是精锐，守一个云去楼足够了，所以一回到上溪，孙诒年便十分乖觉地让衙差们从附近撤走，随后与伍聪、邱茗等人一并回了衙门，等候小昭王的传见。

青唯跟谢容与回到天字号房，朝天与章禄之已经等候在内了。

朝天一见青唯，立刻上前：“少夫人，当真是您！”

青唯这会儿反应过来了：“昨晚那个跟我抢马的红衣鬼就是你？”她在桌前坐下，想想还是解释了一下，“你怎么都不出个声？要知道是你，我下手就不那么重了，那匹马养得不好，山里的路也不好跑，衙门那帮人一直追我，我担心那匹马驮两个人跑不快，只能把你扔下去。不过这小半年，你的功夫倒是精进了不少。”她逃了一夜的命，有些口干，说话时声音微哑，谢容与看了她一眼，倒了盏水递给她。

青唯吃了一半，又问朝天：“这儿怎么只有你，德荣呢？”

朝天很兴奋，去年在江家，他请青唯指点过功夫，那时青唯说他的身手太硬，容易吃亏，他这半年苦练不怠，得了这句夸奖，比什么都值了。他说：“德荣去中州了，就是为了寻找少夫人，眼下少夫人终于找到了，德荣也能来陵川了。”

朝天和德荣都是长渡河一役的遗孤，后来被中州一名叫顾逢音的商人收养，这件事谢容与跟青唯提过。谢容与想找青唯，不能明着找，让德荣去中州，大概是想动用顾逢音商路上的关系。

青唯道：“我的确打算去中州的，走到一半，越想越不对劲，总觉得徐述白到上京告御状不是告的何家，所以临时改道，来了陵川，想再查一查徐途。你们来陵川也是为这事？”

青唯本来不是一个话多的人，然而今日见到了谢容与和朝天，实在有些高兴，她飘零经年，一直伶仃一人，这还是第一回体会到他乡遇故人的喜悦。朝天也很高兴，那几年住在江府，公子虽然面上不显，一直自苦自责，直到少夫人嫁进来，公子似乎放下了许多，心头上的阴霾渐散，与以往实在是不一样了。是故少夫人一走，他们这些公子的身边人比谁都盼着她能回来。

朝天道："公子看过少夫人的信，很快想到徐述白告御状有异，赶到牢里，想问何鸿云，可惜晚了一步，好在玄鹰司一早就查过徐述白，手上有线索，少夫人可以问问章兄弟。"

章禄之看了谢容与一眼，见他没有阻拦的意思，便接着朝天的话头说道："少夫人既然来了上溪一段时间了，听说过一户姓蒋的商户吗？"

青唯颔首："这户蒋姓人家有个儿子，当年正是死在洗襟台下。后来竹固山山匪被剿，正是蒋家人把他们告到了官府。"若不是觉得这件事有蹊跷，她昨夜不会犯险去救那个灰袍鬼。

章禄之道："是。不过这个蒋家老爷，年轻的时候是个赘婿，他那个登洗襟台的大儿子并不跟着他姓蒋，而是姓方，唤作方留。"

后来蒋家老爷的原配过世，蒋家老爷另立家业，方留的姓名与户籍却没有改过来，这也是为何当年玄鹰司明明发现了竹固山山匪的异样，却没能发现那个状告山匪的蒋家老爷，实际上是一名登台士子的父亲。

章禄之："好在虞侯细致，从大理寺的案库里，调出了伤亡的士子名录，又从户部与地方官府调族谱，这样挨个排查，才找出这条线索。"

找出线索后，谢容与立刻派了两名玄鹰卫来上溪，扮作生意人，暗中查访蒋家。无奈这两名玄鹰卫并没查出更多的线索，蒋家似乎早有防备，尤其对竹固山闹鬼一事讳莫如深。

两名玄鹰卫担心打草惊蛇，先行回上京，将在上溪查到的线索告诉谢容与。谢容与凭直觉认为上溪当年闹鬼有异，借着洗襟台重建的时机，从玄鹰司调了十余精锐，潜入上溪，然后让朝天扮红衣鬼，埋伏在竹固山，试着引蛇出洞。

"每个地方或多或少有些异闻，闹鬼什么的并不稀奇，不过，有些人心里有鬼，别人一查'鬼'，他们自然露出端倪。"章禄之道，"就是朝天扮红衣鬼的第二天，县城上忽然死了人，随后县衙封山，当年的那个灰袍鬼随后出现。我们认为症结就在那个灰袍鬼身上，本来打算趁着县衙捉捕灰袍鬼，先一步擒获他，没想到竟把少夫人引了过来。”

章禄之这么一说，青唯就明白了。

去年冬天，她和谢容与先后发现徐述白到上京告御状的蹊跷，只不过谢容与快她一步，先派人来上溪查证。他借着闹鬼的事在上溪布了局，撒了网，而她，正是被这张网引来的有心人。

朝天听到兴头上，心中灵光一现：“少夫人昨晚既然扮作那个灰鬼，是不是已经……”

一语未尽，谢容与手里的一盏茶饮完，“嗒”的一声，不轻不重地搁在桌上。

章禄之的脾气虽然急躁，到底会看脸色，他立即拱手道：“虞侯奔波了一夜，眼下想必累了，属下等这便不打扰了。”说着，他拽着朝天退出去，掩上了门。

朝天的话虽然未说完，青唯知道朝天要问什么，倒是提醒她了。青唯起身推开窗四下看了一眼，正想回头跟谢容与交代一句，谢容与已经先她一步把窗掩上：“你要做什么？”

青唯道：“我住的地方，有个小丫头应该认得那个灰袍鬼，我得赶紧回去，借她把灰袍鬼引出来。”

谢容与看着青唯：“你晚一刻回去，她能跑了？”

青唯不明所以。小丫头跑是不能跑的，上溪上下都封禁了，换成她都难以逃出去，更别提叶绣儿了。只是她的脾气急，她想到什么就要立刻去做，生怕晚一刻耽误事。青唯道：“我早点儿回去，我们也能早点儿查明这竹固山的蹊跷不是？”

谢容与道：“官府刚捉了鬼，外间风声正紧，你眼下回去，那个小姑娘谁都提防，你做什么她都不会上当。”

青唯听了这话，觉得谢容与说得在理，叶绣儿是个机灵的丫头，昨夜出门已经十分莽撞，为不惹人生疑，今日叶绣儿必定会老实地待在庄子里。不如稍等一日，等风头过去，她再设计将灰鬼引出来。

谢容与看了一眼天色，再有一个时辰就天亮了：“饿不饿？”

青唯刚才不觉得，谢容与这么一问，想起自己大半日没吃东西，顿时感到饥肠辘辘。

见青唯点头，谢容与又问："想吃什么？"

青唯道："都行，我不挑的。"她是不挑，经年流离，她几乎从不在吃上讲究，果腹就行。

不过论起出身，青唯其实谈不上贫寒，甚至远在寻常人之上，她的外祖父乃是将军岳翀，父亲更是当朝第一大筑匠，她有些自幼时植根的习惯，可能她自己都不知道，但在江家时，谢容与仔细观察过。她不喜咸，喜欢鲜香，东来顺的鱼来鲜不如祝宁庄的味道好，胜在鲜美，那羹汤她能喝足三大碗。她也不嗜甜，留芳做的莲子羹本来是一绝，加了蜜端给她，她只能勉强吃小半碗，后来驻云把蜜去了，撒了些浸过蜜的桂花瓣，她早上吃过一碗，夜里若再端给她，她还愿意吃。有件事青唯不知道，去年深秋，上京城里的桂花几乎开败了，德荣一夜间领了自家公子的命，驱赶着马车满城收桂花瓣。

谢容与推开门，唤来朝天："让厨房去备菜，烩鱼鲜、桃子羹、时蔬，食材你亲自盯着，不新鲜的不要，鱼要活鱼，没活鱼就换别的。"

朝天哦了一声，答应下来了，犹豫着站在门口没走。

他早在跟谢容与来陵川前，德荣就叮嘱他要学会看公子的脸色："手里敲扇子是深思，搁茶盏是耐心告罄，凡事如果等公子自己开口，那你的刀就不保了。"

德荣还说："出门在外，不好换刀，要实在惹恼了公子，往回找补也行，想想公子最关心什么。"

刚才朝天见到青唯，一时高兴过头，只顾着与她攀谈，等到公子都搁茶盏了，才后知后觉地退出去。

谢容与见朝天不走："愣着做什么？"

朝天伸手小心翼翼地扶上自己的刀。好在眼下公子最关心什么，他就是瞎了也能瞧出来。朝天道："公子，等备好了菜，属下去柴房给少夫人烧沐浴的水？"

谢容与挑眉，意外地看了朝天一眼，嗯了一声。

云去楼的厨房被曲茂挑三拣四了几日，备菜备得既快又好，不一会儿菜就送来了。青唯看着满桌琳琅的菜色，没承想这深山里县城的菜肴，竟出乎意料地合她的胃口。她奔波了一夜，又累又饿，当下不说二话，立即动了筷子。

肚子里填了点儿东西，悬着的心也就慢慢放下去一些。叶绣儿昨晚贸然出庄，今日就算不被孙县令禁足，也会被余菡禁足。她眼下回去也做不了什么，不如留在云去楼歇半日，最好能小憩一会儿，养精蓄锐。她自从来了上溪，就没怎么踏实地睡过。

想明白这一点，青唯便不那么着急了，一时用完饭，她四下望去，隔间盆架的木盆里倒是有水，还很干净，但这屋里似乎没有镜子。

谢容与让朝天收了碗筷，听到隔间里的响动，回身看去："在找什么？"

"找面镜子，把我脸上的黄粉给抹了。"青唯道。她担心被人认出来，脸上的妆自来了上溪就不曾卸过，黄粉不比她从前用的赭粉，不能在脸上敷太久。

谢容与看着青唯。抹了黄粉的脸显得有点儿暗沉，鼻梁两旁刻意点上的几粒白麻子却很俏皮，她这会儿不装鬼了，茂密的头发在脑后束了个简单的马尾，奇怪，她明明在易容扮丑，他却觉得她这样也很好看。

"这黄粉拿什么卸？"谢容与问。

青唯："皂角粉就行。"

皂角粉倒是有，就搁在盆架上的木匣里。谢容与取了布巾，沾了皂角粉，浸水拧干，在盆架前的椅子前："我这儿没镜子，过来，我帮你卸。"

青唯没觉得什么，依言在他对面的椅子上坐下。

谢容与看了青唯一眼，手指沾水勾住她的下颌，倾身靠近。

屋子里安静极了，天色未明，连灯火都是晦暗的。青唯听到谢容与极轻的呼吸声，他在很认真地帮她擦拭着黄粉，可不知怎么，她忽然觉得有一丝异样，异样得让她的手心一下渗出了汗。

青唯正沉默着，谢容与忽然开口，声音低沉："来上溪几日了？"

青唯："三日。三日前的夜里来的。"

谢容与："身上的伤都养好了吗？"

青唯正道是什么伤，然后反应过来，谢容与问的是她离开上京城前，逃脱左骁卫追捕时受的伤。

"都好了，我的伤看着重，其实没伤到要害，冬天没过就好齐全了。"青唯道，微微抿了抿嘴唇，"我离开上京城前，想去找你，可是江府被人守着，深宫……我也进不去，后来我还……”她本来想说，后来他随圣驾去大慈恩寺祭天，她还试着去朱雀长街与他道别。

可不知为何，青唯一想到那日在街上，他们之间层层相隔的兵马、人群，她骑马离京，隔雪回望的邈远深宫，她的心中就莫名有点儿难过。

谢容与问：“后来怎么？”

青唯：“后来见回不去江府，我就走了。”

谢容与嗯了一声，一边的脸颊擦完了，他将布帕重新浸水拧干，勾住她的下颌，微微停顿了一下，声音温和地道：“其实我没在昭允殿住多久。”甚至连冬天都没有过去，待到病势稍好一些，他就回了江府。他总觉得……谢容与看了青唯一眼，总觉得说不定一觉醒来，你就会回来。

青唯没听出谢容与后半截话里的意思，问：“为什么没住太久？是不是宫里太大了，太冷清了，住不习惯？”

谢容与笑了笑：“嗯，不习惯。”

青唯道：“我也觉得那里冷清。”

谢容与又看了青唯一眼，低声提醒：“闭眼，当心皂角水弄进眼睛里。”奇怪，他分明没做过这样的事，卸起黄粉来，比她自己还要细致许多，先擦去两颊的大片，眼周与嘴角留到最后，指间的力道适宜，而且温柔，可能他天生就是这样做事认真的人。

眼尾的力道撤去，青唯的心头微微一动，她不由得抬眼看谢容与。他养了半年病，气色明显比在上京城时好多了。谢容与其实不是很温和的长相，而是清冷的，尤其是他稍长微挑的眼尾，不笑的时候显得有些凌厉，鼻梁很高，十分英俊，若穿上铠甲，八成就是个年轻将军，但他其实不算习武之人，他的父亲是士人，是不羁的才子，是当年名动上京城、惊才绝艳的状元郎，眸里盛满雪，一笑有微霜。

似乎觉察到青唯的视线，谢容与微微抬眸，两个人的目光就撞了个正着。他的目光如水一样，注视着她，眸色明明清浅，越往里看，越深不见底。

青唯不知怎么，被这目光吸引住，想往最深处探个究竟，却听到他在静夜里，渐渐变沉的呼吸声。扶在她下颌的手指微湿微凉，忽然变得微烫。青唯的心像是被什么狠狠地撞了一下，她正不知所措，这时，门外忽然传来叩门声：“公子？”

来人是朝天。

“公子，沐浴的水备好了。”

谢容与沉默许久，站起身，一言不发地拉开门。

朝天分外殷勤地拎了几桶热水进来，哗啦啦地将浴桶填满，退出去的时候还说：“公子，属下就候在楼道口，有事您唤我。”

云去楼天字号房的布局与他们江家的寝屋差不多，两侧隔间与正屋是打通的，曲茂一走，谢容与也没客气，将他住的隔间改作浴房。

浴桶里的水温正好，青唯昨晚逃命，一身脏汗湿了又干，早就想洗澡了，然而一入浴房，她忽然意识到什么，拉开浴房的门。

谢容与正在看竹固山的地形图，听到声音转过头来：“怎么？”

“我……”青唯稍微迟疑一下，“我没换洗的衣裳。”

这话一说，谢容与愣了一下。片刻后，他径直去柜阁中取了自己的中衣，搁在浴房的竹架上：“穿我的。”

这会儿已经近卯时了，云端微微泛白，青唯沐浴完出来，总觉得哪里不对劲。她的计划是在云去楼歇到辰时，跟谢容与商量一个引出灰袍鬼的法子，等到天大亮了，街上巡逻的官兵撤去，她就回到庄子，依计行事。这个计划没错，可是……

青唯看了看自己身上穿着的谢容与的中衣，又看了一看眼前铺好的床榻，终于意识到哪里不妥了。她怎么就这么理所应当地留在这里了呢？

他们是故人，是旧识，她留在这里叙会儿旧，用顿饭，这没什么，可他们早就不是夫妻了，她穿谢容与的衣裳，睡他的床榻，还用他的浴桶沐浴，这算什么？

谢容与见青唯坐在榻上发呆，倾身过来，为她盖上被衾，然后在榻边坐下：“在想什么？”

青唯看了谢容与一眼。她太习惯这样和他相处了，以至于突然间重逢，忘了拿他当外人。他也真是，怎么都不提醒她？总不至于他也习惯了吧？

床榻很大，青唯看了眼身边空出的大片，试探着问："你……不睡吗？"

谢容与停顿了一下，看着她："要我陪你？"

青唯连忙摇头。不知怎么，她有点儿害怕谢容与陪着她睡。但这种害怕，又不是恐惧，因为她并不抗拒，她只是心慌，就好像刚才他忽然倾身过来为她盖被子，她闻到谢容与身上清冽的气息，心跳险些漏了一拍。青唯觉得谢容与如果睡在她的身边，她可能会整宿睡不着。

真是奇了怪了，去年在江家，他们夜夜同榻而眠，她也不曾有过这样的感觉，那时她也没真把他当成自己的夫君啊。眼下不过回归真正的身份相处，她怎么会这么不适应？

谢容与看着青唯："说说吧。"

青唯："……说什么？"

谢容与笑了笑，只觉得青唯可能是累糊涂了，声音温和地提醒道："你不是说你住的地方有个小丫头，可能认识灰袍鬼。这个小丫头你是怎么碰上的？"

青唯听了这话，想起叶绣儿，莫名悬着的心往下一落："在东安府碰上的。我到了陵川，听说徐途认识竹固山的山匪，本来想直接来上溪，上溪不是因为闹鬼封山了吗？我在东安府等了几日，打算找几个上溪本地人，带我避开山驿，走捷径进上溪。叶绣儿跟叶老伯，就是这么碰上的。他们伺候的主子叫余菡，是孙县令养在城西庄子里的外室，他们到东安府，本来是采买胭脂水粉的，但他们买好东西，并不离开，反而在药铺子附近逗留了好几日。

"其实我一开始并没有怀疑他们，后来发生的事实在太巧了，我到上溪的当夜，灰袍鬼就在庄子里出现了，第一个找的就是绣儿。还有昨晚，城中明明在捉鬼，这个叶绣儿，溜出庄子不说，还在城中的一棵老槐树上挂了香囊，刻下记号。昨晚我撞见灰袍鬼时，他就趴在那棵槐树上。我眼下怀疑，香囊的异香正是为了吸引灰袍鬼，树下留下的记号，则是为了告诉灰袍鬼快跑，叶绣儿与叶老伯认识灰袍鬼不是一日两日了，指不定这五年来，都是他们在帮着灰袍鬼躲藏，否则凭那个灰袍鬼，一个心智不全的少年，不可能藏得这么好。"

谢容与听了青唯的话，微一思量："叶家祖孙认得灰袍鬼，这事你有几分确定？"

青唯想了想："九分。我不相信巧合，灰袍鬼一而再地因为叶绣儿出现，其间必然有因果。还有一点很重要，官府昨晚在药铺设局，是因为灰袍鬼数次出现在药铺附近，而此前在东安，叶绣儿与叶老伯也在频繁地寻找一种药材。我猜测真正想找药材的不是叶家祖孙，而是灰袍鬼，叶家祖孙只是在帮他罢了。"

谢容与问："你可知道他们在找什么药材？"

青唯摇了摇头。她此前不想惹叶绣儿与叶老伯生疑，并没有多打听他们的事。

谢容与听了青唯的话，无声地沉吟着。他与青唯都发现了竹固山山匪的线索，入手点却又不同。青唯是直接从山中闹鬼事件查起的。而他则是在上京城中查了当年带兵剿杀山匪的将军，查了将山匪告到官府的蒋家，最后才把矛头对准这些年在山中偶尔出现的鬼影，让朝天扮鬼引蛇出洞。

当年剿杀山匪的将军，几年前因为一起强抢民女的案子，在流放的途中忽然暴亡；状告山匪、害得山匪被剿杀的商户蒋家，似乎早被人打过招呼，什么都不肯透露，他们逼得急了，说不定还会打草惊蛇。

也就是说，这个被谢容与千方百计引出来的灰袍鬼，是眼下他唯一能直接取得的线索。

而他在上溪隐匿的这几日，不正是为了赶在所有人之前，将灰袍鬼抓到手吗？

一念及此，谢容与道："无妨，上溪离东安不远，快马半日就到，你还记得此前叶家祖孙往来的都是哪几家药铺吗？"然而他的话音刚落，那头却没有回答。

谢容与转头一看，青唯竟然已经歪倒在软枕上，睡着了。

青唯太累了，这小半年就没怎么睡好过，茂密的黑发散在枕头周围，将她的脸颊衬得十分苍白，他的中衣穿在她的身上显得十分宽大，襟口露出一点儿瘦骨嶙峋的锁骨。

谢容与看着青唯，不由得又在心中问：你怎么把自己弄成这副样子？

天已经亮了，不过下着雨，阴沉沉的，并不会搅扰了人的好眠。谢容与于是抱着青唯在榻上躺好，掩上窗，落下帘，守在榻边，不再出声。

一觉不知云深几何，一点儿梦都没做，以至于青唯迷迷糊糊地睁开眼睛，竟然不辨晨昏，看着窗纸上的光亮，恍惚间以为自己是回到江家了。

她还没坐起身，身边传来低沉、温和的一声："醒了？"

青唯转过头，谢容与就坐在榻边，他似乎出过门，身上换了云色长衫，手里拿着上京城里送来的信，正在拆看。

青唯还没完全清醒，懵懵懂懂地点点头。

谢容与笑了笑："睡好了吗？"

青唯又点头："什么时辰了？"

谢容与端了盏清水递给她："刚戌时。"

青唯一口水喝进去，听到是戌时，差点儿没呛出来。她刚才瞧见窗纸上的霞光，还以为天刚亮，没承想转眼竟然日暮了。她怎么会睡了五个多时辰？她这些年飘零在外，心中自有刻漏，说几时起就几时起的。青唯突然翻身下榻，将马尾粗略一束，四下看去，见自己昨晚换下来的粗布袍子就搭在竹架上，匆匆换上。

谢容与见青唯这副匆忙的样子，愣了一下："你做什么？"

青唯在百忙之中看了谢容与一眼，十分自责："我坏事了，我得赶紧回庄子上。"

谢容与觉得好笑："你坏什么事了？"

青唯往脸上抹黄粉，借着黄昏的光，打了盆水，照着水往鼻侧点白麻子："我今早不是跟你说，叶绣儿去东安，是为了寻找一种药材吗？我当时还想着要早点儿回去问清楚她要什么药材，尽快把灰袍鬼引出来。这事拖不得。县城这么多捉鬼的，谁知道哪个没安好心，要让旁人抢了先机，我们之前的工夫就白费了。我怎么就睡过去了？"

谢容与却道："不急，叶绣儿要找的药材，我已经让章禄之取回来了。"

第三十四章

山野设伏

青唯："取回来了？"

谢容与在桌上打开一只木匣，里头搁着几节白色的片状之物。

"海螵蛸。"谢容与道，"专治血疾或外伤。药材不算太名贵，因为是海里之物，陵川这边很少，所以叶绣儿一直没买到。"

青唯虽然没见过海螵蛸，听是听过的。诚如谢容与所说，这药是治外伤血疾的，叶绣儿与那个灰袍鬼都很健康，用不上这药，叶老伯有老寒腿，也不必拿这药配方子，他们千方百计地寻找海螵蛸，究竟是要做什么呢？难道是另外有人急需这味药材？

青唯问谢容与："你是怎么知道叶绣儿要找海螵蛸的？"

谢容与道："上溪人常去的药铺只有那么几家，派人过去一打听便知。"

青唯点了点头，拿过药匣："那个小丫头非常机灵，待我想想法子，一定把那个灰袍鬼引出来！"她将药匣往怀里一揣，心道是抓住灰袍鬼刻不容缓，三两步掠到窗前，推窗便要跳出去。

谢容与跟过来，捉住青唯的手腕："等等。"他似乎笑了一声，"你就这么光着脚回去？"

青唯一听这话，目光顺势落在自己搭在窗上的脚背上，她刚才起身起得太急，别说鞋了，连净袜都忘了套。她愣了一下，不知怎么，第一个反应就是转头去看谢容与，见他眸中带笑，目光刚从她的脚背上收回来，青唯的脑中空白了一瞬间。他们又不是陌生人，从前还是假夫妻，不就是被看了脚，这有什么？她从前从不在意这些的。

可青唯越这么想，心中越感觉不自在，睡前那一丝无措的慌乱感又回来了，怎么驱也驱不走，青唯闹不明白自己是怎么了，她抿着嘴唇，匆匆回屋，把靴袜套上，一时间又听谢容与道：“我陪你一起回去？”声音又低又沉，非常好听。

青唯连忙摇头：“不必了，那个庄子就在城西山脚下，很好认，到时我把绣儿和叶老伯骗出来，你们配合就是。”说完，她不再看谢容与，身形如一只灵巧的飞鸟，在窗口翩跹跃出，一下子就不见了。

青唯回到庄子上已是戌末，门口守庄的衙差已经撤了。

青唯并没有从正门进，而是从东侧翻墙而入，还没靠近正屋，就听到里头有说话声，似乎是吴婶儿正在低声劝说余菡。

没过一会儿，余菡尖细的声音就传了出来：“……买了胭脂？买个胭脂就能将功补过？那我昨晚还让她好好歇了一宿呢！她的表姐出门找她，眼下都不曾回来，不过是罚她跪一日柴房怎么了？能饿死她不成？”

吴婶道：“那江表姐看着是个有本事的人，绣儿不是说她是逃婚出来的吗？夫家好像还认得官府的人。她一天没回来，兴许是躲官府的人呢？外头的风声紧，等天彻底黑了，她指不定就回来了。”

“她回不回来可不干我的事，又不是我的表姐！”余菡声音冷冷地道，“但若是闹出了人命，姑奶奶头一个就将绣儿那个死丫头撵出去，真是晦气死了！”

青唯听了两个人说话，知道叶绣儿昨晚一回家就被关入柴房禁足，心中松了口气。她没有惊动余菡，先将海螵蛸搁回屋内，在屋中静坐了一会儿，待到余菡终于被吴婶劝动，到后院来解了叶绣儿的禁足，才推门出去。

柴房的门一开，叶绣儿一个骨碌就从草堆上爬起来，上前去拉余菡的袖口：“姑奶奶，好夫人，奴婢知错了，昨晚奴婢不该擅自出府，可奴婢这不是怕夫人没了胭脂，清丽有余明艳不足了吗？下回奴婢去东安，就是倒贴银子也要把胭脂铺的百合香脂买回来。”

叶绣儿的嘴甜，句句说到余菡的心坎上。余菡本来就喜欢她，被她这么一哄，十分的气也消了七分，伸指在她的额间一点：“死丫头，姑奶奶是穷得发慌，花得着你那几个塞牙缝的铜子儿！”

几个人说着话，回过身来，迎面撞着从屋里过来的青唯，吓了一跳。

余菡抚着心口，朱唇微张：“你……你是什么时候回来的？你没被那鬼捉去啊？”

青唯摇了摇头，说的倒是实话：“刚回来，以为庄子上还有官兵守着，从东面矮墙翻进来的。”青唯的目光落在绣儿身上，她佯作意外，“你是何时回来的？我昨晚出去找了你一夜。”

“她呀。”余菡冷哼一声，扭身往正屋里走，“你昨晚出去没两个时辰，她就被官差送回来了，买胭脂的路上被人撞见了呗。”

暮夜春风，正是宜人，可自从灰袍鬼来过庄子，天稍微一暗，余菡就不爱在院子里待着，连带着庄子中的一干下人，她也要一并招进正屋里充人气儿。

“倒是你，你没找着人，怎么也不知道回来，大伙儿还当你是……”余菡到正屋里坐下，挥了挥手绢，示意吴婶掩上门，没把后半截话说出来——还当你是死在外头了。

青唯道：“我躲起来了。”

“我逃婚出来的，外头的官兵太多了，我不敢露面，只好到城隍庙里躲了一夜。”青唯道，“不过在城隍庙里，我撞见了一桩怪事。”

“怪事”二字一说出来，屋中的众人都屏住呼吸，眼下上溪的怪事实在太多了，十桩里八桩都和闹鬼有关。

果然，青唯道：“我又撞见那灰袍鬼了。”

“你在庙里撞见鬼了？”余菡一愣，似乎觉得匪夷所思，“这怎么可能？那城隍庙的道士就是镇山捉鬼的，那鬼哪儿都会去，就是不会去城隍庙。”

“所以我才说这事儿奇怪。而且我发现，”青唯的目光不着痕迹地扫过叶绣儿，“这灰袍鬼不是鬼，而是人。昨晚我本来在城中找绣儿，听到官兵喊‘捉鬼’，便到城隍庙躲了起来。说来也奇怪，那些官兵本来在一间药铺子附近设局抓鬼，但他们失手了，让灰袍鬼趁乱躲到了城隍庙。上溪总共就这么大地方，官兵在别的地方没找着人，最后当然就到城隍庙来了。我就是这样才发现灰袍鬼是人的，他被官兵发现，逃跑的时候受了伤，流了很多血，鬼哪会流血呢？只有人才会流血。”

叶绣儿起初听青唯提起昨夜的经历，神情没有丝毫异样，直到听说灰袍鬼受了伤，她的目光才微微一滞：“他受伤了？那……官府的人捉到他了吗？”

青唯摇了摇头：“没有，他应该很年轻，逃得也很快，官府的人没追上他。不过眼下他有没有被捉住，我就不知道了。”

叶绣儿昨晚到县城中，只来得及往树梢上挂一只带有异香的香囊，没等到灰袍鬼来就被官兵发现了。然后她被强令回庄，又被余菡关了一天一夜的柴房，府中的所有人，包括叶老伯在此期间都不曾出庄半步，因此对于外面的情况，他们都是不知情的，只凭青唯一人说。

青唯知道叶绣儿机灵，她说什么，叶绣儿未必会信，可接下来的话，就由不得叶绣儿不往心里去了：“其实官府的人，也没觉得这个灰袍鬼是鬼。我昨夜躲在城隍庙，听到一个官爷说，若真是鬼，反倒不必捉了，任他上下来去，自有阎王爷管，眼下之所以封山，是因为官府怀疑这个鬼是当年竹固山山匪的遗余。当年竹固山上的山匪，没死干净！”

余菡听了这话，吓了一跳，连忙掩住青唯的口：“这话你可别胡说。”

“我没有胡说。”青唯道，“小夫人知道的，我一个外乡人，上溪的事，和我有什么关系？当年竹固山的山匪死得惨，我恁地无事说他们闲话，难道不知祸从口出吗？我不过是念在小夫人收留我，心怀感激，想借着这么一点儿听来的消息，告诉小夫人，竹固山的血如果没流干净，官府封山捉鬼，必然是不抓住那鬼誓不罢休。鬼受了伤，官府趁势追击，这两日间应该有大动作，这几日，我们谁都不要出庄子，以免惹祸上身。”

“对对对，你说得对。”余菡听了青唯的话，惊疑不定地道，“不但不能出庄，夜里还要派人守夜，总之管他是鬼是人，等这一茬过去了再说！”

一时说完，天也彻底暗下来了，提起竹固山的山匪，众人再没了闲话的心思，吃过晚饭，困意上头，便回屋各自睡去。余菡被青唯的一番话说得心里发毛，担心夜里睡不着，拉着叶绣儿陪自己。青唯白日里虽然睡得很足，却没有自告奋勇地守夜。她回到屋中闭目养神，待小半个时辰过去，院子中果真传来脚步声。脚步声极轻微，踩在院子中的草上，不知道的还以为是蛙跳虫鸣，但这点儿声响瞒不过青唯。

青唯悄无声息地推开门，绕去荒院，叶绣儿果然又顺着荒院的狗洞钻出去了。

青唯没有立刻跟上去，狗洞外连着山道，无论是往上走还是往下走统共只有一条路，踪迹很好辨别，而且叶绣儿的脚程不快，远比不过青唯，她待会儿再跟也是一样的。

确定叶绣儿已经离开，青唯回到屋里，拿出谢容与交给自己的海螵蛸，叩开叶老伯的门，说道："叶伯，我闯祸了，我可能拿了官府的东西，请叶伯帮我。"

山道上黑黢黢的，叶绣儿顺着林间的路往山上走。

黑夜的风声遮住她的脚步声，她手里拎着的风灯如同冥火，重重树影在灯光的映照下，一如凶厉的鬼爪，她一个小姑娘走在这荒郊野外，竟然一点儿也不怕，她仿佛已经走惯了这条路，脚步急匆匆的，似乎正担忧着什么。

青唯无声无息地跟在她的身后，直到走了大半个时辰，叶绣儿才稍微慢下脚步。她似乎走累了，靠在一块山石上稍微歇了一会儿，俯身揉了揉腿，随后重新拎起灯，再次上山。

仔细论起来，她们眼下所在的深山，算是竹固山的西段，封山不封这里，只封东面那一带，因为当年山匪的寨子建在东面，西面这边的山上又住着不少猎户。上溪环山，总有人靠山糊口，要是把四面山全封了，这些人还怎么过活？

叶绣儿歇过后，脚步明显比刚才慢了许多。青唯跟在她的身后，正感到疑惑，忽然看见叶绣儿的脚步停顿了一下，声音不高也不低地道："江姑娘，出来吧。"

青唯一愣。她藏身于黑暗中，自问没有曝露一点儿行踪，叶绣儿是怎么发现她的？

叶绣儿见四周没动静，拎着灯回过身来，看着空无一人的山道："江姑娘，我知道你就在这里，你借口灰袍鬼受伤，千方百计地把我骗出来，不就是想利用我找到那个灰袍鬼吗？"

叶绣儿的语气非常笃定。青唯心知再藏下去毫无意义，从树后面绕出来："你是怎么知道我跟着你的？"

然而叶绣儿并不答这话，而是道："江姑娘到上溪来，只怕不是因为逃婚这么简单吧？你在东安，是故意接近我与阿翁的？”叶绣儿只有十七岁，个头十分瘦小，貌不惊人，可说起话来，眼神十分坚定。

叶绣儿：“江姑娘，你在东安帮了我，我心怀感激，不管你出于何种目的接近我们，我睁一只眼闭一只眼便罢。我不知道是哪里让江姑娘产生误会，觉得我可能认识那个灰袍鬼，但我实话告诉姑娘，不管是我，还是阿翁，或是小夫人，我们都与上溪闹鬼这件事没有丝毫关系，还请江姑娘不要再做无谓的试探。”

青唯看着叶绣儿：“你既然说你与灰袍鬼毫无关系，为何今夜我一提他受伤，你便独自到这深山里来了呢？”

“我到这山里来，不是为了灰袍鬼，是因为江姑娘。”叶绣儿道，“江姑娘自从来了庄子上，无论是对这山里的鬼，还是对当年死在山里的山匪都十分好奇，我与阿翁是县令家庄子上的下人不假，但这并不代表我们知道的比旁人多。那个灰袍鬼昨晚分明没有受伤，而且早就逃脱了官兵的追捕，可是今晚江姑娘回来，偏偏要编一个他受伤流血的谎话来试探庄子上的人，不就是为了看看这座庄子上有没有人与灰袍鬼串通一气？庄子上人多眼杂，我今夜之所以到深山里来，就是想跟姑娘把一切挑明。城西庄子上的人，就是普通人家，庄子上装不下姑娘这尊大佛，你在东安帮了我，我也如你所愿带你来了上溪，你我如此算是两清，还请姑娘明早天亮后，另谋高就吧。”

青唯道：“我是故意骗了你不假，你说你不曾上当，半夜到这深山来，只是为了把一切与我说清挑明，我不是不愿相信，但你怎么解释昨天晚上，你买完胭脂，在街口的槐树上挂的香囊呢？”

叶绣儿听了这话，眉心一蹙，知道青唯昨晚寻到她了。但她并不慌乱，说道：“不过是往树上挂一枚香囊罢了，这有什么好稀奇的？陵川人逢年过节，遇大事，都会在树梢挂香囊祈福，江姑娘不是自称是崇阳县人吗？连这都不知道？”

青唯并不理会她的讥诮，再次问：“你是怎么发现我跟着你的？”

不等叶绣儿吭声，青唯笑了笑：“其实你根本没有发现我跟着你。昨晚你在树上挂了香囊，很快被官差送回庄子，随后你家主子把你关在柴房，直到今天天黑才放出来，这一天一夜里，外面发生了什么，你一点儿都不知道。你被我骗，就是实实在在的被骗，你是真以为灰袍鬼受了伤，半夜到这深山来，也是为了看看他的安危。只不过你能帮这个灰袍鬼潜藏深山五年，你与他之间必有一套不为人知的、互通消息的法子。”青唯说着，朝来路的林间瞥了一眼，“怎么，刚才你歇脚的那块巨石边，是有人留了什么消息给你吗？”

被青唯跟踪，身手高妙如朝天都难以发现，叶绣儿一个半点儿功夫没有的小姑娘，又是怎么看破她的行踪呢？

叶绣儿是猜到的。诚如青唯所说，叶绣儿帮灰袍鬼潜藏五年，彼此之间自有互通消息的办法。得知灰鬼受伤，叶绣儿半夜出庄，急于确认他的平安，直至路过刚才的巨岩，在岩下发现标明“一切平安”的印记，叶绣儿才意识到自己被青唯骗了，也猜到了自己这一路上山，青唯必然跟着自己。她很聪明，假称自己上山只是为了请青唯离开庄子，先发制人，来掩藏自己的真正目的，可惜，没能糊弄住青唯。

叶绣儿咬了咬嘴唇，拎着风灯径直往山下走：“我言尽于此，江姑娘爱信不信。”

青唯抬手将叶绣儿一拦：“急着走做什么？我们要等的人还没出现呢。”

叶绣儿：“我们要等的是谁？难不成江姑娘真以为那个灰袍鬼——”

话未说完，叶绣儿的脸色忽然一变。夜风渐大，送来一阵阵异香。而这个香味，正是叶绣儿昨晚系在槐树上的香囊的香味。怎么回事？叶绣儿分明提醒过灰袍鬼，每回见到香囊，一定要把香囊取下来毁掉的，他此前一次都没有失手过。这是她与灰袍鬼之间最隐秘，也是最重要的信号，制香的法子只有她知道，而且灰袍鬼的鼻子灵得很，必然会闻香而至。

叶绣儿突然抬眼看向青唯：“你——”

青唯提醒叶绣儿道：“身上有这个香囊的，只有你一个人吗？”

叶绣儿立刻反应过来：“你……你还骗了阿翁！你把阿翁也骗上山了！”意识到自己上当，叶绣儿立刻嘬住三指。

一个鸟哨还未出口，青唯已经捉住叶绣儿的手腕，随即掩住她的口，避去一棵大树之后。

夜风渐渐变大，空气里的异香越来越浓。

没过一会儿，静谧无声的林间就有了动静。这个动静像野兽，似乎是夜里的孤狼，屏息凝神地感受着这周遭林间可能匍匐着的猎人，一步一步地悄悄地逼近自己的目标。他的目标是山腰一棵槐树上高悬着的香囊。

其实一刻钟之前，他就闻到风里的异香了，他有些迟疑，叶绣儿明明说过的，若非是最紧急的情况，她轻易不会用这个香囊。可他又想了，近日这么多人追他、抓他，这几年躲躲藏藏，还有什么时候比眼下更紧急呢？

所以，他还是来了。他想，万一是绣儿出了什么事呢？

灰袍鬼的感觉太敏锐了，敏锐到四下分明寂静无声，但他不曾像从前的每一次那样果断地蹿上树，将香囊摘下来，他像是在与周遭的安静进行对峙，在原地徘徊着，始终不肯走入感觉中似乎存在的陷阱。

灰袍鬼的感觉并没有错。

夜晚的树林安静无声，然而重重树影之下，潜藏着的不止一个人。

他的左边有一株大树，青唯与叶绣儿就隐于其后，而他前方不远处，十余名玄鹰卫伏在深草间，目不转睛地盯着他。

叶老伯被朝天拿布巾堵了嘴，被捆在更远处的树下，谢容与就安静无声地站在他的身后。

听见灰袍鬼靠近，叶老伯目眦欲裂，奈何发不出一点儿声音。他懊悔极了，他上了那个姓江的丫头的当！他被骗了！

入夜的时候，他本来都要睡了，那个丫头忽然拿着一盒药材来找他，说：“叶伯，我闯祸了，我可能拿了官府的东西，请叶伯帮我。”

叶老伯的目光落在青唯手里的药匣上，这里头装着的不是他们一直在找的海螵蛸又是什么？

青唯道：“昨晚我不是在城隍庙撞见那个灰袍鬼了吗？后来官府的人来搜查城隍庙，我看到灰袍鬼把这匣东西藏了起来，我感觉有点儿好奇，见他受伤逃走，就把这匣东西收了起来。我……逃婚离家，身上很缺银子，以为是什么名贵之物，想拿去当铺卖掉，结果当铺的人说匣子里的东西是药材，他们不收。”

“我也是事后才想起来，”青唯的目光十分惊慌，“昨晚官府在一间药铺设局捉灰袍鬼，这盒药材八成就是饵，灰袍鬼为了取这盒药材，这才被官差撞破行踪。叶伯，要是早知道这药匣是官府的东西，我说什么都不敢碰的。我想把它还回去，可您知道的，我逃婚出来，夫家认得官府的人，我不好在官差前露面，您……能不能帮个忙，就说这盒药材您是在山道边捡到的，尽早拿给官府？”

海螵蛸是海中之物，在陵川极其少见。叶老伯他们已经找了这味药材多日，听青唯说官府昨晚是拿海螵蛸引灰袍鬼上钩，不疑有他，当即相信了青唯。

眼下想想，他们找这种药材找得隐秘，官府怎么可能轻易得知呢？怪只怪那个姓江的小丫头说话的时候眼睛干干净净的，一点儿杂质都没有，他怎么能知道她这么会骗人！

这事也赖他，见着海螵蛸好不容易到手，没有半分迟疑，当即就驱赶着驴车上了山，在约定好的树上挂上香囊，引着灰袍鬼来取，全然不知自己的身后早就跟着人。

灰袍鬼在原地徘徊了良久，直至半炷香的时间过去，夜里仍然除了风声，什么都没有。他终于放松警惕，原地一跃，整个身子几乎是腾空而起，张臂如猱，朝树上攀去。

正是灰袍鬼这猱身一动，四下潜伏的玄鹰卫立刻拽下手里的绳索，夜色里，一张巨网当空撒下。

与此同时，叶绣儿终于挣脱青唯的束缚，大喊道：“葛娃，快跑！”

其实在巨网撒下的一刻，灰袍鬼已经意识到不对劲了，足尖在树干上一点，当空倒转身子，随后揽住一根枝条，朝旁边的树梢荡去。

可惜还是晚了，绣儿这一声叫喊，让他的动作停顿了一下，大网没能罩住他，余下的玄鹰卫已经将他团团围住。

林间一下子火光通明，叶绣儿竭力挣扎着要逃，却被青唯扼住喉间重新控制住，另一侧，朝天拽着叶老伯，跟谢容与一起走入火光中。

灰袍鬼见绣儿与叶伯都被控制住，显得极其愤怒，龇牙发出“咝——咝——”的怒吟声。

在火光的映照下，众人都看清了他的脸。他不是鬼，当真是人，除了左颊一道寸长的刀疤，眉眼堪称清秀，年纪跟叶绣儿差不多。

叶老伯嘴里塞着的布巾已经被拿掉了，他目光惊慌地看着众人：“你……你们究竟想做什么？”

“不做什么。”章禄之大马金刀地将长刀往地上一插，开门见山地道，“我们到这山里来，就是想知道当年竹固山的山匪究竟是怎么死的？还望几位如实相告。”他的声音粗，身形五大三粗，看上去比朝天还壮一圈，就这么站着说几句话，俨然是一副逼迫人的姿势。

灰袍鬼看着他，目光一下变得阴鸷，微弓身，伸手成爪，足尖陷在泥地里。

叶绣儿连忙提醒：“葛娃，别动！”她随后道，“什么山匪？我们不认得，也不知道他们是怎么死的。我看足下并非一般人，既然是冲着竹固山的山匪而来，为何不去跟官府打听，欺负我们几个平头百姓算什么？”她帮灰袍鬼潜藏了五年行踪，心智岂是寻常人可比，章禄之见她顾左右而言他，懒得周旋，撩起袖子就要把她揪过来。

叶绣儿立刻道：“江姑娘！我算是瞧出来了，你跟这些人是一伙儿的吧！日前在山里装神弄鬼，把葛娃引出来的人就是你们！”

灰袍鬼是怎么被引出来的，常人不知道，叶绣儿却是知道的。要不是竹固山上莫名其妙来了个身法高妙的红衣鬼，逼得官府封山，灰袍鬼何至于暴露行踪？

章禄之道：“你既然都瞧出来了，知道什么不如赶紧交代，在这里耗着，对你有什么好处？”

叶绣儿：“该说的我已经说了，这几年竹固山之所以闹鬼，正是因为葛娃。葛娃的样子你们也看到了，他生在山里，长在山里，与普通人不一样。非我族类，其心必异，官府把他当成鬼，想要捉他，但我和阿翁知道，葛娃他心地纯良，绝无害人之意，这才帮他藏了几年。至于你们问的什么山匪，我不知道他们怎么死的！”

章禄之的耐心用完，他“啧”了一声，回身阔步走向叶老伯。

灰袍鬼只道是章禄之要伤叶老伯，“嗞”了一声，一个上蹿，飞身扑向章禄之。

章禄之早有防备，侧身闪过灰袍鬼的扑袭，抽刀回挡，与此同时，青唯收紧扼在叶绣儿脖间的手，她高声道：“我知道你听得懂人话，你若再胡来，当心绣儿的性命！”

叶绣儿却道：“葛娃，莫怕，你只管逃就是，他们不敢真伤了我和阿翁！”她说着，冷笑一声，“他们这么费尽周折把我们引出来，就这么把我们杀了，岂不可惜？葛娃，你只管走，他们拦你，你就往他们的刀口上撞，他们还指望着从你的嘴里套东西出来呢，只怕比你还着紧你的性命！”

“至于我和阿翁嘛，”叶绣儿的声音清脆，字字清晰，“就陪诸位在这儿耗着，等到天亮了，我家夫人找不着人，官府的人自会寻来，我看届时究竟是我怕见到官差，还是诸位更怕见到官差。你们也瞧见了，葛娃不过是一个野生野长的孩子，他能和竹固山的山匪有什么关系？倒是江姑娘，你出门在外避走官兵，独行深山，夜不敢眠，只怕不是逃婚出来这么简单吧？”

话音刚落，章禄之的脸色就变了。不承想这个姓叶的小丫头竟是出人意料地机灵，说的话句句都在点子上。是了，这个葛娃看上去不过是一个心智不全的少年，只怕与竹固山的山匪没有直接关系，反是少夫人……她是温氏女，身上背负重罪，如今左骁卫入驻县城，一旦身份暴露，殿下哪怕保得住她，也会因她处处掣肘了。

这时，谢容与冷冷地开口：“你们是不怕官差，这个葛娃，也未必是竹固山的山匪，但是，”他停顿了一下，“那个真正被你们藏起来的人呢？”

这话一说出来，叶绣儿的目光微微一滞：“什么真正藏起来的人？恕我不知道阁下究竟在说什么。”

谢容与淡淡地道：“海螵蛸，你们是给谁用的？左骁卫与巡检司入驻上溪前，你们明明有机会出城，又知道山中的捷径，明明性命攸关为何不逃？这个葛娃既非山匪遗余，这几年为何又要隐姓埋名地活着，仅仅因为他心智不全？”

谢容与一连三问，叶绣儿听着，脸色渐渐白了。然而谢容与并不给她辩驳的机会，接着道：“这座山里藏了第四个人。你们不走，并不是不想走，而是因为走不了。如果我猜得不错，红衣鬼的出现，官兵封山，或多或少阻挠了你们，因为这第四个人忽发疾病，行动不便，急需海螵蛸根治，所以你们此前去东安，频繁地出入药铺，正是为寻找这味药材。还有葛娃，他不是山匪，如果这座山中仅仅藏了他一个人，你们把他接下山去又何妨？但你们不能，因为这座山中还有人需要他照顾。五年以来，山中闹鬼皆是因为葛娃时不时露面，不过葛娃露面无妨，一个野生野长的孩子，官差们并不会往心里去。而因为他露面引起的闹鬼传言，正巧合了你们的心意，常人畏惧鬼神，闹鬼之说引得上溪人无事不敢往山中来，更方便你们藏人。或者这闹鬼之说，原本就是借你们之口，推波助澜传开的。姑娘刚才说得不错，我们是用了些伎俩把你们诓出来，而且的确不希望官府的人寻来，不过有一点，你猜错了，我们千方百计地引你们上山，不是为了这个葛娃，”谢容与微微停顿了一下，“而是为了这五年来，真正隐匿山中，一面都不曾露过的第四个人。这个人，才是竹固山山匪的遗余。”

“你……”叶绣儿还欲再言，却见那个说话的人长身玉立，仿佛是自这静夜里幻化而来的，一时竟觉得辩无可辩，咬牙道，“你们便是取走我的性命，我也不会把他的藏身之处相告！”

大不了她就耗到天亮，看谁拖得过谁！

“不需要你相告。”这时，青唯道，“你不好奇我为何要骗你上山吗？引出葛娃，叶老伯一个人就够了。”

叶绣儿听了这话一愣。是了，他们已经知道了海螵蛸，是故意拿海螵蛸去诓阿翁。香囊是阿翁挂的，葛娃也是阿翁引来的，把她诓上山做什么？

章禄之道：“女娃娃，被你们藏着的这个人既然行动不便，你们和他传递消息的地方，距他的藏身之处又有多远呢？”

报平安的巨石在山腰。挂香囊的槐树在密林里。以其中一个点为中心，方圆五里或是十里去找，也能确定那个人的藏身之处，不过这样搜索的范围太大，又在夜里，到天亮都未必找到。好在眼下他们确定了两个地点，就有了两个中心，以这两个中心点画圆，其中重合的地方，就是他们真正要搜寻的范围。

谢容与和青唯为查竹固山的山匪，已经费尽心力，怎么可能只将希望寄托于一个小姑娘和一个心智不全的少年身上，今夜既然出手，就要一击制胜！

很快，一名玄鹰卫自密林里赶来：“虞侯，属下在山间溪边的矮岩下发现一个岩洞，洞里似乎有蹊跷，请求增兵去探。”

叶绣儿闻言，脸色突然大变：“你……你们不能——”

她的话未说完，山间忽然响起拄着拐杖的声音，人群后方，无尽的黑暗处，传来一声沙哑的长叹：“罢了，绣儿、葛娃，这几个人不是你们能对付的，且让他们寻来吧。”他说着，在茫茫的暗夜里仰天而望，“竹固山的血未流尽，大当家、二当家在黄泉路上怎能瞑目？阎罗殿里的冤魂太多了，终于惊动了九霄，神仙妖鬼都招来了。”

玄鹰卫闻声手持火炬照去，火光下，说话的人是一个干瘦的老叟，身上衣衫褴褛，整个人的重量几乎都压在了手里的木杖上，一条裤腿在膝间高高挽起，俨然是没了半条腿，双眼虽然浑浊，目光却十分锐利。

他扫了周遭的众人一眼，不惧不怯，拄着拐杖转身，慢悠悠地往来路走：“诸位，且随老朽过来吧。”

第三十五章 深山旧恨

山腰的溪涧边有一个岩洞，撩开岩洞尽头的藤蔓往里走，是一条深长的甬道，甬道看似是死路，按下岩壁上的凸起，眼前一道石门缓缓落下，一间开阔的石室出现在眼前。

这间石室是离乱年间，猎户们为躲避山间的猛兽建的，后来被竹固山的山匪据为己有。山匪们死得突然，这几年就成了葛翁与葛娃的藏身之所。

石室宽大，中间以石块圈出一个照明的火堆，贴着墙壁的地方有石台，上头铺着几张干草垫子。

谢容与命玄鹰卫守在岩洞外，只带着青唯、朝天等几个人进了石室。葛翁让葛娃把草垫子搁在火堆边，示意来客们坐。葛娃这会儿对谢容与等几个人的敌意少些了，但他依旧不喜欢他们，搁好草垫子，迅速拉着叶绣儿去壁边石台，把她掩在自己身后。

葛翁不能久站，搁下木杖，在草垫子上坐了："看阁下的样子，上京城里来的吧？"

谢容与嗯了一声，十分有礼貌地揖了揖："在下对前辈并无恶意，只是竹固山的山匪之死事关在下所查的一桩大案，在下不得已，只能先兵后礼。"

葛翁又问青唯："我听葛娃说，昨晚官府抓他，是你这个女娃娃引开官兵救了他？"

"救他谈不上。"青唯道，"我跟他都躲在马厩里，如果被发现，一个都跑不了。"

葛翁点点头，在心中权衡一番，长叹一声："说说吧，你们怎么找到这深山老林来的？为了……你说的什么案子？"

“不瞒前辈，在下乃是为了洗襟台之案。”谢容与道。他既然说了要先兵后礼，态度十分诚恳。

“五年前洗襟台坍塌，与陵川一个叫徐途的木料商人有关。这个徐途在洗襟台修好之前，多次往来上溪，一度与竹固山的大当家耿常来往密切。后来他畏罪而死，竹固山的山匪也在一夜之间被剿杀暴亡。在下只觉得此事有异，细查当年上溪的卷宗，找到一名蒋姓商人。这名商人前辈应该认得，叫蒋万谦，和徐途一样，在洗襟台修好之前，与耿常等人来往颇多。竹固山的山匪之所以被杀，正是因为蒋万谦一张状纸把山匪们告到官府。我本来打算从蒋家入手彻查此案。无奈蒋家似乎有防备，看上去并无异样，除了对山中闹鬼一事颇为忌惮。我随后派我的贴身护卫来到上溪，看看能否扮鬼引蛇出洞。没想到正是护卫扮鬼的第二天，上溪立刻死了人，县衙随后请来附近驻军，封山捉鬼。虽然封山捉鬼，引出葛娃，的确是我的计策不假，但我只是想查明当年真相，无意给前辈带来麻烦，此前若有冒犯之处，还望前辈担待。”

葛翁冷哼一声：“我就说，葛娃一个野孩子，在这山里乱窜也不是一天两天了，官府怎么忽然这么着急要抓他。原来抓他根本不是因为闹鬼，是因为有人要借他查蒋家，查山匪之死，查那座塌了的楼台！”葛翁又打量谢容与一眼，眼前之人看上去非常清贵，想必身份极尊，然而刚才谢容与与自己说话，言语间谦恭有礼，不曾隐瞒丝毫枝节，想来可以信任。

葛翁于是卸下防备：“那个蒋家，根本不是什么好东西，尤其是蒋万谦，忘恩负义，狼心狗肺，当年竹固山的兄弟，就是被他害死的！”

青唯问：“葛翁，这话从何说起？”

葛翁扫了众人一眼：“我先问你们，你们可知道陵川为什么这么多山匪？”

陵川为什么这么多山匪？咸和年间，生民离乱，陵川太过穷苦，百姓们衣食无着，走投无路了，只能落草为寇。这些青唯初到上溪时，余菡就跟她说过了。所以在早年间，匪患原本不是患，甚至有的匪行事仗义，还被称作义匪。

“有人说竹固山当年的耿常，就是这么一个义匪。”葛翁道，“不过照我看，‘义匪’这两个字，耿常担不上，真正的义匪，是像柏杨山岳翀那样的，乱世救黎民，战时守边疆，一身忠义肝肠，谁不道一声佩服？耿常这个人嘛，就是聪明些罢了，长袖善舞，左右逢源，不管是跟客商还是跟官府，交情都不错，你知道他为了什么，还不是为了酒肉钱财。可能你们这些年轻一辈的，运气好，生在盛世，所以感受不深，但我们这些老一辈的人，尤其是陵川人，就觉得这大周朝啊，前后分成两截儿。咸和年间的日子，那是真的苦，苦得吃了上顿没下顿，一条裤腿恨不得割成两条来穿，一到冬天，山脚下、田地里，一片片的死人。而变化在什么时候呢？就在十八年前，江士子投沧浪江。咸和帝老了，畏缩不战，百姓们的日子已经这么苦了，再来外敌跟我们抢粮食，我们还怎么活？好在咸和十七年七月初九以后，一切都变了。沧浪士子投江，天下震动，长渡河一役随之大胜，昭化帝继位，励精图治，我们这些远在江山边角旮旯的百姓，也能感受到朝廷上下的齐心。"

昭化帝敬士人，重民生，甘听文士谏言，日子一年比一年过得好，朝廷良策惠及地方，百姓日渐安居乐业，那么从前因为贫苦上山的山匪，因成日无所事事，自然就成了患。有的匪患好解决，县衙的人上山游说几句，当家的就带着小喽啰下山找正事干了；有的匪患不好解决，当家的不肯放弃自己的地位，藏在深山野林里成日跟官府对着干，时不时下山打家劫舍。还有的匪患，就是像耿常这样的，舍去点儿好处，跟官府、客商互惠互利，相安无事，反而数年长青。

"早在耿常上山前，我就是竹固山上一个匪寨子的当家，耿常上山以后，整合了竹固山的十多个匪寨子，自己做了新的当家。他这个人，有点儿本事，对待我们这些老当家，不杀不赶，反而个个敬为长老。"

什么叫长老呢？年纪大，辈分尊。长老能掌权吗？一座深山也是一方江湖，都易主了，不杀你就不错了，怎么可能放权给你？

"十多个旧的匪寨子，就有十多个长老。有的长老咽不下这口气，自己走了，有的长老忍下来，甘心屈居耿常之下，就混个堂主、长使来当。至于我，我当年上山，就是因为吃不起饭，到了昭化年间，日子明明过好了，耿常却不愿下山，照样做竹固山的大当家，还自称是义匪，我就有些瞧不上他。可能因为那时竹固山只剩下我一个吃闲饭不干正事的长老吧，他也瞧不上我，任我一个人在西山里住着自生自灭，连寨子里来了新人、贵客，他也不介绍给我认识。"

或许也正因为此，在日后那一场堪称屠戮的剿匪中，葛翁才得以幸存下来。

“这样的日子过了大概好些年吧，直到昭化十三年初，蒋万谦上山了。”葛翁说到这里，目光有些茫然，“耿常结交广，讲义气，其实那些年间，与耿常有交情的商人有很多，我几乎都不认识，只有一个蒋万谦，因为他是上溪本地人，当年打过几回照面，所以我对他有几分印象。上溪穷啊，蒋万谦少年时，也就是个穷小子。不过他因为长得好，又有几分头脑，后来去东安谋生，被一户富商家的小姐瞧上了。那小姐姓方，是家中的独女，因为还没成亲就有了蒋万谦的骨肉，富商无奈，只能答应下这门亲事，随后让蒋万谦入赘，手把手地教了几年，见他聪明，就把铺子的买卖都交给他打点了。

“蒋万谦有了银子，就染上一个毛病，赌。没过几年，他因为流连赌坊，没盯着货，货仓起火，囤着的布料一夜间尽毁，方家两代人的买卖不但砸在他手里，还赔了不少银子。他的老丈人因为此事落下病，没过两年就去世了，之后他的夫人也郁郁寡欢，数月后染病离世。蒋万谦痛定思痛，戒了赌，将儿子交给方家那边的亲戚照顾，带着所剩不多的银钱回了上溪。他也是时运好，那年上溪山上的桑树长得好，正愁没人来买，他近水楼台，拿手中的银子买了桑树，雇了十多辆牛车运去东安转手一卖，赚了几番，自此做起了桑麻生意。”

有了上回的教训，蒋万谦不但戒了赌，做事也不再冒进，十来年下来，买卖做得风生水起，成了上溪为数不多的富商，也重新娶了妻，生了子。而这十来年间，当初被他寄养在方家的儿子方留也长大了。

大周虽然开化，对商人不像前朝那么鄙夷，可士人的地位是无与伦比的，尤其在士子投江后，到了昭化年间，连朝廷上几乎都是文士的一家之言。

人都是往上走的，有了利，就想有名，钱财足够了，就想为自己挣个地位。商人怎么挣地位呢？蒋万谦彼时已近半百，自己这辈子也就这样了，好在，他还有个儿子，一个从小入私塾，饱读诗书，及冠之年就考中秀才的大儿子，方留。

葛翁继续说道：“蒋万谦后来生的几个孩子还小，唯独这个方留，当时已经有秀才功名在身，所以他就动了把方留接回身边的想法，盼着方留能入仕、做官，能为蒋家增荣添光。”

青唯听到这里，不由得想到了徐途。徐途也是如此，自己无所出，见亲侄子徐述白的学问好，就带着他去巴结魏升、何忠良，盼着他能去上京城里做官。

葛翁："可惜这个方留的资质有限，童生倒是当得早，就是考不中举人。一年不中，年年不中，后来到了而立之年，连他自己都不想考了。三十老明经，五十少进士，其实而立之年考不中举人也没什么，但是蒋万谦老了，等不起啊。就算秀才也算功名，一个秀才，能做什么官？蒋万谦左思右想，终于想出了一个法子，后来，也就是昭化十三年的初春，就上竹固山来了。"

这话一说出来，几乎所有人都是一愣。屡试不第，这跟上不上竹固山有什么关系？竹固山上都是山匪，而方留想考取的功名在朝堂，两者之间，分明是八竿子打不着的。

葛翁说到这里，也是话锋一转，看向谢容与："我观阁下风姿，不应该只是个寻常人，而是朝堂中人吧？"

谢容与没吭声。

葛翁继续道："那么我有一个问题请教阁下。成为士子，金榜题名，是否是天下读书人最向往的事，若名字被写在杏榜之上，是否就意味着他们从此可以平步青云，仕途鹏程？"

谢容与道："鹏程不至于，但朝廷取仕择官，除了政绩，第一看的就是功名，如今朝堂重臣，除了世家宗室，几乎全是进士出身。前辈说金榜题名乃天下读书人最向往之事，此言不虚。"

一朝及第，天下皆知。当年谢桢高中状元，微雪凭栏醉作一词，天下雅士争相传抄，乘车自朱雀巷过，男女老少循马竟看，掷果盈车。

葛翁道："那么我再问阁下，登洗襟台，比之金榜题名又如何呢？"

这个问题一问出来，周遭所有人再次愣住了。石洞中十分安静，只有火光灼灼。

良久，谢容与才开口道："洗襟台的修筑，是为了纪念在沧浪江投河的士子，长渡河牺牲的将士，其意义非凡重大，所以当年先帝下令在各地遴选登台士子，无一不是文才出众、品性高洁，这……于他们而言，当是无上荣光，甚至……"

甚至连金榜题名都有所不能及。科举三年一回，朝廷时不时还会开恩科，今次不第，下次还能再考。可是登洗襟台，大周开朝以来，甚至千百年间，只有这么一回，能被选中登台的士子，他们的名字将被载入史册，传承万年。这是堪比古时九品中正的一次遴选，其意义是无与伦比的。

“这就是了。”葛翁道，“这个方留，屡试不第，也许他以后还有机会，可蒋万谦等不起啊。一个秀才做官，做官能做到什么地步？可是，如果这个秀才，是一个登过洗襟台的秀才呢？是一个被朝廷遴选，与众多天之骄子一起登过台，名声昭昭的秀才呢？所以——蒋万谦，他就来了竹固山。”

葛翁盯着众人，声音幽幽的：“他跟耿常做了笔交易，他给了耿常一笔银子，耿常呢？许诺他在洗襟台建成之日，让方留，这个文才平平的秀才，登上洗襟台。”

石洞里的火光暗了些许。

谢容与的目光微微一眨，随后他闭了闭眼。那座楼台，是他亲眼看着建成，承载着无数逝去的士人与将士的赤诚之心，应该是无垢的，是不可玷污的，如何……如何竟然能拿来做这样的买卖？但谢容与知道，葛翁说的都是真的，因为那个方留最后确实死在了洗襟台下。他问：“耿常的手里，怎么会有士子登台的名额？”

当年遴选登台士子，是由各个地方提交名录，翰林亲自甄选的，这个名额，怎么会落到一个山匪的手上？

葛翁摇了摇头：“这我就不知道了，耿常也没和我说。”

青唯想起了徐途，问：“当时耿常的手里，只有一个登台名额吗？还是说他也卖名额给别人，譬如其他往来竹固山的商人？”

“不知道。”葛翁道，“我刚才已经说了，我和耿常的关系并不好，早年间我一个人住在西山，连寨子里的人都不认得几个，可能因为太孤单了，有回打猎，在山里遇到葛娃，就把他捡回来养。”

葛翁说着，回头看了葛娃一眼。

葛娃依旧盘腿坐在石台上，见众人望过来，他的目光立刻变得凶狠起来，再次把绣儿往身后藏去。

葛翁：“这个孩子，也不知道是被狼养大的还是猴子养大的，我遇到他的时候，他才六七岁，听不懂人话，只会吃生肉，为了把他捡回来，费了我好些工夫，后来他总算肯跟着我回西山，我呢，有了这个伴，就越发不往寨子里去了。就这么过了几年吧，就出了你们说的那件事，洗襟台塌了。上溪这个地方，坏在闭塞，好也好在闭塞。洗襟台一塌，上京、东安，包括中州一带，听说全乱了套，但是上溪，还是老样子，起初几乎没受到任何影响，所以我起先也没把那什么塌不塌的当一回事，直到有一天，耿常忽然一个人来了西山。”

这是耿常第一次，也是最后一次亲自到竹固山的西山来。他叩开木扉，在葛翁的竹屋里坐了良久，搁在膝头的拳头不断地张开、聚拢，他才开口说：“葛叔，我可能做错事了。葛叔，我担心，会害了寨子里的兄弟。”

葛翁与耿常的关系并不好，这些年，两个人几乎没什么来往，但平心而论，耿常对葛翁并不坏，每回寨子里发粮食了，耿常都会按照一个人的分例，让小的送来西山，后来葛翁收养了葛娃，份例便变成了两个人的。因为这一句“葛叔”，就让葛翁的心一下子软下来，他拄着拐杖，慢悠悠地在耿常的对面坐下：“你做错什么事了？”

耿常却没有说太多，只是词不达意地道：“朝廷修建了一座楼台，本来是为纪念投江的士子，前阵子坍塌了。年初蒋万谦上山，从我的手里买走一个登台名额，眼下他的儿子，跟很多人一起，死在那座楼台下了。”

至于那个登台名额是怎么到耿常手中的？他与蒋万谦的买卖究竟是怎么做的？也许是因为并不那么信任葛翁吧，耿常通通没提。

耿常这个人，虽然唯利是图，但是他有一个优点，就是非常讲义气。洗襟台一塌，他知道自己惹上了事，但他不怕事，甚至不怕死，他怕的，是连累寨子里的兄弟。那日他亲自到西山的竹屋来，大约也是为此。

耿常走的时候，显得非常落寞。他对葛翁道：“葛叔，您的腿脚不好，寨子里要真出事，您早点儿走吧。”

葛翁说到这里，长叹一声，敲了敲手边的木杖：“我当时没相信他的话，我就想了，左不过一个台子塌了，有什么了不起的？我在竹固山这么多年，改朝换代我都没挪地方，他让我走我就走？不过他都这么说了，那阵子我还是长了个心眼，葛娃的鼻子灵，耳朵也灵，我让葛娃去山口盯着，要是看到什么官兵啊，衙差啊上山，尤其是那个蒋家人，就回来和我说一声。谁也没想到出事出得那么快。没过几天，蒋万谦就上山来了。这个蒋万谦，心真是黑啊，到山上来装好人，装大度，回头就把竹固山给卖了！”

“他说，虽然他的儿子死在了洗襟台下，但楼台坍塌只是个意外，他并不怪耿常。再说买卖名额这事，单凭耿常一个人，怎么做得了？他知道耿常也是被人利用的中间人。他还提醒耿常，说眼下楼台坍塌，死去的士子太多，朝廷要彻查，说不定就会查到竹固山来，他让耿常赶紧带着山匪们离开，越快越好。”

“蒋万谦太了解耿常多疑的性子了，他知道他越是这么说，耿常越不会轻易行动。耿常会怎么做呢？耿常会立刻下令，让所有人都不要出山，切断与山外的一切联系，然后派一个自己最信任的人，下山打听实情。耿常有个义弟，叫作寇唤山，是竹固山的二当家，寇唤山的功夫极好，在讲义气这方面，比耿常有过之而无不及。”

山寨子出了这么大的事，寇唤山自告奋勇地说：“大哥，我带人下山看看吧。”也正是他决定下山，他们彻底中了蒋万谦的计。当日蒋万谦离开竹固山，立刻向官府报案，称自己的一批货物在经过竹固山下的商道时，被耿常带人劫走，运货的家丁也被杀了。寇唤山下山打探消息，山下早已埋伏了人，这些人一半将寇唤山困住，一半扮作他的手下，到城中抢了几户人家。

“朝廷修筑洗襟台的前一年就下了剿匪令，剿匪的官兵就驻守在离上溪不远的营地。竹固山的山匪接连下山作恶，这些驻军自然不能坐视不理，当即进山剿匪。不过，这些都是假象，耿常劫货杀人是假的，寇唤山下山抢掠也是假的！真正作恶的是蒋万谦，还有和他勾结的衙门、将军！是他们干了坏事，要上山来灭口，所以才设下了这样一个局！竹固山的山匪不过一群乌合之众，怎么可能抵挡得住朝廷官兵？”葛翁说到这里，语气悲凉，几乎要将牙咬碎，“山上一夜间丧生无数，哀鸣响彻整个上溪，除了此前跟寇唤山下山的几个人，山寨中的山匪无一幸免，可是那个寇唤山，他可真是个傻子啊！”

寇唤山在山下被十余人围住，就知道自己中计了。好在他的功夫极高，十余人竟然困不住他，他本来有机会逃的，但他看到山上的火光，第一个反应却是：“完了，我大哥遇害了，我的兄弟们也遇害了，我得回去救他们。”

那可真是一个厉害的人，一个人提着刀杀上山，最后看到的却是耿常早已没了气息的尸体，他又提着刀在山中乱寻，渴盼着能找到哪怕一个活着的兄弟。

功夫不负有心人，寇唤山在奔到西山口时，终于在林间发现了躲藏在一棵大树后的葛翁与葛娃。葛翁那时看到寇唤山时，几乎没认出来他来。这个虎背熊腰的汉子，浑身上下都是血，身上数不清有多少刀伤，背后扎着不知道几根箭矢。但他似乎丝毫不觉得疼，抹了一把脸上的血，说："西山山腰的巨岩下，有一个岩洞，往里走，墙根边上有个机关，里头有一间石室，这是从前的猎人留下的，只有我和大哥知道，你们去那里，躲起来，快。"

葛翁与耿常的关系不好，与这个竹固山后来的二当家，几乎没有任何交情。可是在最后，生死攸关的时刻，他把最后一个藏身的地方告诉了他们。可能他觉得，这两个人，多多少少也算竹固山的兄弟吧。

葛翁问："那……那你呢？"

山间的火光已经逼近，官兵们追来了，寇唤山擦了一把脸上的血，冷笑一声："这些狗贼杀了大哥，我跟他们拼了！"他回过头，"县令府上的叶家祖孙，我对他们有恩，你们藏不下去了，就去找他们，他们会帮你们的。葛叔，你得活下去，以后如果有机会，为我和大哥，还有竹固山的兄弟们报仇！"说完这话，寇唤山再不迟疑，提着刀迎上前去。

葛翁还在发愣，葛娃先一步反应过来，背起他，在黑夜中没命地朝西山的岩洞里逃。这也是葛娃长这么大，终于完完整整地，听懂这么长一段话。

寇唤山死了，或许在他上山的一刻，他就没想过要活下来。而被他拿命保下来的，两个似是而非的山匪，葛翁与葛娃，就躲在山间的石室里，在叶老伯与叶绣儿的帮助下，瞒天过海地幸存下来，直至五年后的今天。

葛翁的一番话说完，石洞里安静得只余烈火焚灼声。

每一个人的目光都是深沉的，似乎还不能从当年的这场屠戮中回过神来。

良久，还是谢容与开口道："照这么说，竹固山的山匪之死，上溪县衙是有参与的。"

"是。"葛翁道，"我这几年仔细想过，不管是买卖名额，对寇唤山设伏，还是让驻军来山里剿匪，都绕不开上溪县衙。"如果县衙是干净的，这一连串的行动不可能成功。

其实葛翁说的这一点，谢容与很早就想到了。否则他不会避开官府，秘密来到上溪。

青唯问："当初上溪县衙里人，就是眼下这几个吗？"

叶绣儿道："是，孙县令，秦师爷，还有李捕头，连衙差都没怎么变过。上溪穷，没什么人想到这里来。"

青唯想了想，又问道："几位既然知道蒋家买下登台名额的内情，这些年下来，难道没想过要离开上溪，把此事禀明州府？"

魏升被斩以后，陵川的新任州尹齐文柏，倒是一个声名在外的清廉好官。

葛翁长叹了一声："自然是想过的。否则姑娘以为，凭老朽这么一个大字不识的草莽，是如何弄明白士子朝堂、科举杏榜、秀才举人等门道的？竹固山的山匪死得冤枉，我如何甘心在这深山里躲藏一辈子？初藏起来的那一阵，我发了疯似的，也想去东安府状告蒋家和上溪县衙，状告那个前来剿匪的将军。不过后来，就在我离开竹固山的当天，我遇上了一个人，是他劝我安心躲起来，不要再管此事了。"

葛翁淡淡地笑了一声："老朽也算是一个顽固之人，如果这话是别人说的，我可能一个字都听不进去，但我草莽出身，平生最敬重的唯有一个人。这个人虽然不在了，但他后人的话，我一定会听。"

青唯问："你遇到了谁？"

葛翁看着青唯："不知姑娘可听说过柏杨山岳氏？"

青唯垂在身边的手突然握紧。

葛翁："这个人正是岳翀将军的义子，岳鱼七。"

青唯张了张嘴，一时间没能说出话来。岳鱼七是青唯这些年，一直在找的师父。

洗襟台坍塌的两个月后，朝廷的海捕文书尚未下达，外间已经传出捉拿温氏亲眷的风声，而岳鱼七，正是在这时向昭化帝投案的。他称自己是温阡的内弟，朝廷若要追责温筑匠，他应承担一份罪责。

玉鞭鱼七的功夫过人，当年长渡河一役，他一人一剑便能以一敌百。长渡河一役幸存的将士不多，其中一半属岳鱼七麾下，是岳鱼七带着他们在尸山血海里杀出一条生路。

青唯不明白，当年洗襟台坍塌，岳鱼七明明可以独善其身，却选择了主动投案，当她接到这个消息时，她的师父已经坐在囚车中，跟随昭化帝的御辇北上返回上京了。

岳鱼七后来消失在一场预谋已久的劫囚中。

也不知道是哪个吃了熊心豹子胆的，居然敢去劫皇帝的行辇，这件事后来传得神乎其神，说什么当日黄沙漫天，数十名黑衣杀手自道旁跃出，以迅雷不及掩耳之势劈断囚锁，黄沙还未散，囚车上只剩一个裂成两半的颈枷。

不过传言只是传言罢了，说出来，又有多少人会信呢？

帝王辇行有上千禁卫随行，几十个杀手，连朵浪花都掀不起来。所以后来就有人猜测，岳鱼七其实没有消失，他只是死了。洗襟台坍塌昭化帝震怒，斩了魏升、何忠良根本不够，还要将这个与温阡有瓜葛的小将军一并处死。

因为岳鱼七到底是长渡河一役的将士，昭化帝顾忌人言，才安排了一出劫囚掩人耳目。

青唯声音嘶哑地问道：“你……是何时遇到他的？”

“昭化十三年的九月。”葛翁记得很清楚，竹固山被屠后，他几乎是数着日子过的，“九月下旬。”

那就是洗襟台坍塌的两个月后。这么说，当年九月，岳鱼七到上溪问明山匪之死的缘由，就去向昭化帝投案了。

青唯又问：“你见到他时，他可曾说过什么？”

葛翁摇了摇头：“岳小将军来得匆忙，走之前除了嘱咐我等躲起来，只称自己还需寻人。”

寻人？师父还要寻什么人？

青唯的手不由得握紧。还是说，那时师父也在找她？可他既然要找，后来怎么不继续找下去了呢？害得她这些年辗转飘零，总是伶仃一人。青唯的心绪不安起来，可惜葛翁所知道的只有这么多，她再问也问不出什么了。

一时说完，谢容与对葛翁道：“眼下上溪已非安全之所，县衙不干净，外来的官兵并非全是善类，前辈若信得过在下，不如暂由在下安排人护送几位离开。”

谢容与这话说得十分客气，但葛翁知道，他们其实别无选择。

葛娃已经被发现了，衙差们找到岩洞是迟早的事，他们已经在这里躲了几年，难道还能躲一辈子不成？与其这么暗无天日地过活，不如搏一把。

葛翁扶着拐杖起身，看着谢容与：“敢问阁下，接下来可是要对付那个蒋万谦了？”他停顿了一下，声音低沉又苍老，“那蒋万谦背后的人，不简单。”说完，他并没有等谢容与的回答，拄着拐杖往石室外走去，“那就有劳阁下了。”

外面天色已明，他们刚走出岩洞，一名玄鹰卫立刻来报：“虞侯，左骁卫的伍校尉带兵去城西的庄子了。”

“伍聪？”谢容与的眉头微微一蹙，“什么时候的事？”

“就在一刻钟前。”玄鹰卫道，“虞侯上山以后，属下带人在庄子外盯着，伍校尉似乎为了少夫人而来，眼下已经传了那个县令的外室，询问叶氏祖孙与……外来的表姐江氏。”

“江氏”两个字一说出来，谢容与看了青唯一眼。他知道青唯眼下化名姓江，刚才叶绣儿一声声“江姑娘”地喊，他就注意到了。

青唯似乎无所察觉，有点儿恼：“去年在上京，几个追捕我的左骁卫里就有这个姓伍的，日前我来上溪，巧了，山外值守的又是他，他应该从那时起就开始怀疑我了。”她说着，掉头就往山径的另一头走。

谢容与抓住青唯的手腕：“你去哪儿？”

青唯：“我去林子里躲一阵，等他走了我再出来，这个人简直阴魂不散。”

谢容与没松手，对玄鹰卫道：“你先把葛叔和葛娃安顿去云去楼。”随后他看了青唯一眼，言简意赅地道：“跟着我。”

他们到了山下，老远只见十几个左骁卫环立在庄子外。余菡带着吴婶儿等几个人在庄子门口翘首张望。

庄子前除了伍聪，县衙的秦师爷也在，一见谢容与，两个人立刻迎上来拜道：“殿下。”

谢容与这会儿身边只跟着章禄之与朝天两个人。玄鹰卫守着青唯与叶氏祖孙远远地等在山脚下。

谢容与道："怎么了？"

"禀殿下，"伍聪知道小昭王和温氏女的关系，有点儿犹豫，"属下因为一桩旧案，前来向庄子上的叶氏祖孙与其表姐江氏查证，不知殿下……可否让属下见一见这几个人？"

谢容与的声音很淡："你不是奉旨来捉鬼的吗？怎么怀疑起旁人了？"

伍聪："是这样，这几个人中有人与属下近年追捕的一名重犯很像，而且很可能与前夜殿下追捕的灰袍鬼是同一人……"

"大胆！伍聪。"不待伍聪说完，章禄之便打断道，"当夜捉鬼不成，本来是你自己的疏忽，虞侯已经因此训斥过你，怎么，你这是不长记性？反倒要一而再、再而三地拿此事顶撞虞侯吗？"

伍聪："属下不敢，属下实在是……"伍聪的话到嘴边，他只觉得怎么说都不合适。他一个七品校尉，当真是人微言轻，别说昭王殿下，单拎出玄鹰司都虞侯这个身份，他都是得罪不起的。顶撞小昭王非他所愿，但左骁卫这个衙门，由上及下都有点儿一根筋，温氏女的通缉令未撤，重犯疑似就在眼前，他难道能双眼一闭，当作没看见，不追捕了吗？

伍聪低着头，等着谢容与的训斥，然而等了一会儿，谢容与却并没有像前几日一般斥责他，反倒是看向秦景山："秦师爷怎么来了？"

秦景山道："回殿下，因为今早伍校尉跟草民打听起叶家祖孙，草民反正无事，便带着伍校尉过来。"他停顿了一下，又补充道，"哦，这个庄子上住的，是孙大人的……孙大人的家人。"原来是他把人带过来的。

谢容与听了这话，对伍聪道："你来查案，本王也来查案，你要找的这几个人，正好也是玄鹰卫要找的证人，你可愿予本王一个方便，先将人带走查审？"他堂堂一个昭王殿下把话说得这样客气，伍聪还能说什么，只得应了。

伍聪一走，玄鹰卫很快驱赶来了两辆马车，章禄之对叶绣儿与叶老伯道："二位，回去赶紧收拾东西吧，别让我们虞侯等久了。"

叶绣儿连忙点了点头，快步走回了庄子。

余菡与吴婶儿等几个人被玄鹰卫拦在庄子门口，看着叶绣儿匆匆收拾好行囊出来，傻了眼。

余菡追了几步，问道："这……这是怎么回事啊？你们要把我的人带走？"

余菡突然醒悟过来，狠狠地一跺脚，厉声道："不行！你们可不能带我的人走！"

叶绣儿已经将行囊搁在马车上了，听到是余菡要拦着不让她离开，犹豫了一下，问谢容与："官爷，可否容奴婢去跟我家小夫人道个别？"

谢容与微微颔首。

叶绣儿于是快步来到余菡跟前，隔着两名玄鹰卫，说道："小夫人，我和阿翁摊上了桩案子，得离开上溪一阵，左右这阵子庄子上的胭脂够，环钗也有新买的，等夫人用上一阵，用腻了，我就回来了。"她说着，又从袖囊里摸出一个荷包，"这个荷包里是我这几年攒下的银钱，要是夫人把胭脂都用完了我还没回来，夫人就让人拿这些银钱去东安府采买，算绣儿孝敬您的。"

荷包握在余菡的手里，里头有几块指甲盖大的银疙瘩，这死丫头，这才多少碎银？

余菡问："你说要走一阵，一阵是多久啊？"

绣儿摇了摇头，那么多条人命呢，官司也不是一时半会儿能结的，官爷是上京城来的，指不定她还得去上京城："短则十天半个月，长……可能一两年吧，总之小夫人待我好，我肯定是要回来伺候您的。"

"一两年？"余菡一听这话，气得将荷包往地上一摔，"你这死丫头，你怎么不死在外头？"她心里也清楚，绣儿走不走，这事她自己说了不算，能做主的，是不远处站着的，那个谁见了他，都要矮他一头的公子。

余菡将绣儿往一旁搡开，扭身上前，当即就对着那个人嚷道："你是什么人啊？我的丫鬟，你说带走就带走，你怎么不——"

话还未说完，谢容与转过头来。

后半截话生生卡在喉咙口。余菡愣住了，见过俊的，没见过这么俊的。天上的月亮落到水里也只是一个虚影，眼前这位简直是真仙人来了凡间，身遭缭绕的春风也化成了天人泽被的仙雾。

余菡有个毛病，见不得长得俊的，两年前跟孙谊年去东安，撞见顺安阁的才俊，膝盖直发软，眼下这个，别说腿软走不动道了，连气都喘不匀了，要不是他带走了她最喜欢的叶绣儿，这个人不说不笑，周身带着一股可远观而不可亵玩的寒意，她就要赖上去，一辈子跟定这个人。

余菡跟他说不着，转移视线看向青唯。她倒不傻，自从这个姓江的丫头来了庄子上，奇怪的事一桩接着一桩，眼下叶绣儿被带走，一定跟这个姓江的丫头脱不开关系。她捏着帕子指着青唯："是不是你把绣儿拐走的？"

青唯对余菡道："此前多谢夫人收留，日后事情结束，我一定将绣儿平安无恙地送回来。"

"不成！"余菡一跺脚，目光在青唯与谢容与身上几番逡巡，恍然大悟，"我知道了，我知道你为什么会来上溪了！你莫不是早跟此人有勾连，为了他才逃婚的？"

"逃婚"二字一说出来，谢容与停顿了一下，转移视线看向青唯。

余菡叉着腰，当下也不管不顾了："我好心收留你，你却拐走我的绣儿，当心我把这件事告诉你夫家！别以为我不知道你相公是谁，绣儿早把一切都告诉我了，他姓谢，官宦人家出身，其实你们早成亲了，但他心不定，浪荡得很，成日在外头拈花惹草，还要招小妾、纳外室，还有个什么高门千金几年前对他芳心暗许，一心想要顶掉你嫁给他，你气不过，醋意大发，所以跑了！我告诉你，别以为上溪闭塞，谢姓在陵川少见得很，这样的浪荡公子哥，东安有几个？我一打听就知道！你不是会逃跑吗？我这就让我那个冤家去寻你的相公，让他来上溪，把你五花大绑地捆回去——"

余菡的话未说完，她就被两名玄鹰卫架着胳膊，撵回庄子上了。

四下里鸦雀无声，所有玄鹰卫，包括朝天都垂下了头。

青唯闭了闭眼睛，只恨山间旷野，除了一个庄子，她哪儿也不好逃。她站在原地，飞快地思索着如何解释自己编的弥天大谎，这时，身边传来的谢容与的声音。

谢容与的声音显得低沉而清澈，他镇定又从容地道："娘子不上马车？"他稍微停顿了一下，"上个马车罢了，这就不需要为夫五花大绑了吧？"

第三十六章

相思无端

青唯也不知道自己是怎么回的云去楼，只记得在马车上，谢容与似乎没怎么提她“逃婚”的事。可他不提，这事也过不去了，安排葛翁等几个人离开上溪刻不容缓，谢容与送她回到天字号房，就匆匆去了县衙。青唯留在房里，走也不是，逃也不是。她眼下真是恨极了那个左骁卫的伍聪，若不是伍聪带人在城中搜捕她，她早就逃之夭夭了。

凭她的脚程，半日离开上溪都是慢的，借匹快马，明天一早连东安都到了，三日内遁出陵川，七日之间远走天涯，从此隐姓埋名，过此一生。

昨晚没睡，青唯午后小憩了一会儿，睡梦中噩梦连连，一会儿是叶绣儿、余菡一个接一个地逼问她，“说，你的夫家是不是上京城谢家”，一会儿是谢容与拎着手指粗的麻绳一步一步地走向她，“娘子，为夫找你这么久，以后就别想着跑了吧”。

以至于午睡醒来后，她整个人都是稀里糊涂的，直到谢容与回来，用饭时似乎和她说了几句话，她都没怎么听进心里。

天很快暗了，谢容与沐浴完，披着衣服靠在榻上看卷宗，顺道催她也去沐浴。

春夜有些凉，温水浸上肌肤，青唯清醒了一点儿，浑浑噩噩地过了一天，心道是如果不找个借口把她“逃婚”这个弥天大谎糊弄过去，她吃不好、睡不好，长此以往，折寿十年都是轻的。

榻前的小几上点着灯，谢容与正借着灯光看卷宗，几案上还堆放着许多信函，大概是上京城里送来的。

青唯沐浴完，站在屋中看着谢容与。他身上的中衣是很干净的素色，不苟言笑的样子显得非常冷淡，双眸低垂着，尾稍拖曳出清冷、好看的弧度。

半年不见，谢容与的气色好了许多，大概是病情见好，身姿舒展着，乍一眼看去，倒更像初见时，那个逍遥自在的江辞舟。

青唯将心中的乱麻稍稍理清，走过去，在床尾坐下："那个……我……"

谢容与听到青唯的声音，稍稍一动，抬眼看她："你什么？"他将手里的卷宗一合，"想好怎么圆谎了？来，说说看。"

青唯："……说什么？"

谢容与："说你是怎么在别人面前编派我的。"他的声音低沉，似笑非笑地看着她，将她的无措尽收眼底。

其实青唯这点儿无措与困窘，他一早就注意到了，见她极不自在，他便没多提这事，哪知这都一日了，她竟然还没缓过来，和她说话，她也心绪不宁，神思恍惚。

既然她过不去了，那他就拿出来说说。既然要说，那就掰开了揉碎了说分明。

青唯望着谢容与："我……我怎么编派你了？我独身在外，总得有个名头，说自己是逃婚出来，夫家是官府的人，旁人见我避走官兵，便也不觉得奇怪。"

谢容与也看着青唯："你怎么姓江？"

青唯："……"

谢容与："江氏？"

青唯："天下那么多姓，许你姓江，就不许我姓江吗？再说，那么多个江，你怎么知道我是水工江，我就不能是羊女姜吗？"她说着，连忙补充，"说夫家姓谢也是一样的道理，我们从前假成亲，我顺势就用了你的姓，这样方便记得。"

谢容与倚在引枕上，淡淡地道："行，姓江是意外，夫家姓谢，是为了好记，官宦出身，是为了避开官兵找的借口，拈花惹草，纳妾、招外室，这些我纵然没做过，但是为了让旁人相信你逃婚，这口黑锅我背了无妨，但是——"谢容与突然倾身过来，注视着她，"几年前高门贵女对我芳心暗许，一心想要顶掉你嫁给我，这一点就没什么必要了吧？你为何要与人提这个？"

谢容与一靠近，身上清冽的气息扑面袭来。明明这气息青唯很熟悉，再熟悉不过了——从前每一夜同榻而眠，她都能闻见的。可眼下这气息一逼近，她的心不知怎么剧烈地跳动起来："那是因为……因为……"

"我私以为，"谢容与的声音沉沉的，"这一句，纯属一时口快，真心泄愤所致。"他低头看她，"怎么，你离京之前，有人与你说了什么，让你介意至今吗？"

温小野是个大度之人，他知道，佘氏在翰林诗会上的一番剖白，还不至于让她往心里去。

青唯听了这话，搁在榻上的指尖微微一抖。她突然想到离开上京城前，与曹昆德相见的那个寒夜——

"小昭王能走到什么地步，尚没有定数，好在他年轻，也没有真正成亲，还是有捷径可挑的，若是跟哪家高门权户强强联姻……"

曹昆德的这句话，当时听起来只是不是滋味罢了，眼下不知道为什么，忽然在心中泛起涟漪。

青唯的心头一跳，她脱口而出："不是！"

谢容与："那是什么？"

"是……是压死骆驼的最后一根稻草。"青唯望着谢容与，非常急切地解释，"逃婚总得有个契机吧？你在外头拈花惹草，还跟曲停岚一起召妓听曲，这些我就不管了，但是你还打算另娶他人，我心里自然过不去，正是这样我才……"

青唯的话未说完，她突然住了嘴。她在……说什么？她谎言里的那个夫家，明明是她臆想出来的，东安富户谢家，怎么说着说着，竟变成上京城谢氏容与了？

谢容与的神情仍然淡淡的："我回宫不久，兵部的佘大人的确进宫来见过我，委婉地与我和母亲提过他家千金悔婚高家至今未嫁一事，但是我，回绝了。"

"这事纵然我自认为做得没什么差池，但是，"他的声音忽然变得非常温柔，"娘子，为夫错了。"

青唯只觉得头皮一下子要炸开。谢容与又在说什么？明明她在解释自己编的谎话，他扯到他们两个人之间做什么？再说他们本来就是假夫妻，他娶不娶旁人与她有何相干？

青唯张了几次嘴，只觉得再说下去只会越理越乱，她这个人就是这样，说不过就动手，不想动手直接走人。她盯了谢容与一会儿，突然翻身下榻，折身就去推隔间的窗。

谢容与跟上去，把窗掩上："你做什么？"

青唯："我不想住在这儿了，我要出去住。"

谢容与的手牢牢地把住窗闩："出去？你去哪儿住？"

青唯："天为被，地为席，我随便找棵树，那个伍聪还能发现我不成？"

谢容与不由得失笑："我是慢待你了，还是哪里得罪你了？好端端的客栈不睡，你要去睡树上？"他停顿了一下，收起了笑意，语气也缓下来，"你在介意什么？"

青唯原本就是一个有什么说什么的人，他既然这么问了，她便也不遮掩，径直道："你我本来就是假夫妻，原本就不该这么毫不顾忌地住在一起。成亲的时候，我用的是崔氏女的身份，你用的是江家少爷的身份，任谁都没有当真，眼下你做回小昭王，你我自然不能以夫妻之名相处。"谢容与听了这话，刚要开口解释，只听青唯又道，"再说了，你我是天差地别的两个人，若一直以来我只是我，你只是你，想要见上一面都难，是无论如何都不可能结为夫妻的。连你的姓名我都是从别人口中得知的，不是吗？"

这话一说出来，谢容与稍微愣了一下。

青唯心中慌乱极了，知道朝天就守在楼梯口，说完这番话，立刻高声道："朝天。"

朝天的确尽职尽责地守在楼梯口。两日前，主子叮嘱过他，从今以后，无唤不得进屋，眼下主子没唤，少夫人唤了，主子最在意少夫人，他眨眼就进屋了。

"属下在。"

青唯问："这客家栈还有屋子吗？我要换一间住。"

不等朝天开口，谢容与立刻道："不行，你住另外一间，我不放心。"

"那怎么住？"青唯道。她四下望去，心道是反正这张床榻够宽，径直走向朝天："把你的刀给我，我把这床榻劈成两半好了。"

朝天一呆，突然退后一步，他心思急转，目光落在右侧搁着浴桶的隔间。

她劈什么床呢？她劈开了还能合在一起，就算不合，中间一条缝，两个人能相隔多远？翻个身就到了，还废刀。

朝天："不如属下把浴桶抬出去，抬张木榻进来，少夫人和公子分开住吧。"

德荣说过的，出门在外，想想公子最关心什么？公子最关心少夫人，少夫人的意愿，必然就是公子的意愿。朝天说做就做，不到一刻钟就把浴桶抬出屋子，连床榻也铺好了，随后退出屋子，深藏功与名。

青唯沉默了一下，起身就要去对面的隔间，谢容与拉住她："你留在这里。"

隔间搁过浴桶，湿气一时半会儿散不去，睡了不好。谢容与说着，收拾好床前案几上的信函，拿去对面的隔间了。

两边隔间离得其实不远，一间正屋的距离，隔间没有门，只垂着透光的竹帘。

今日本来歇得早，闹了这么小半宿，已经有些晚了。青唯上了榻，拉过被衾，刚闭上眼睛，就听到谢容与走过来的脚步声，他唤了声："小野。"

青唯没睁开眼睛。

谢容与就站在床前看着她。

青唯倒是好养，只这几日，气色就比刚重逢时好多了。

谢容与想起她刚才说的话。

"你我本就是天差地别的两个人。"

"如果我只是我，你只是你，是无论如何都不可能结为夫妻的。"

"连你的姓名我都是从别人口中得知的，不是吗？"

原来她在介意这个。想想也是，如果洗襟台没出事，他在深宫，她在江野，这一辈子能有一面之缘就不错了。

而洗襟台出了事，他还是王，她却成了重犯，彼此之间的距离越来越远，不啻相隔天堑，可偏偏，一次阴错阳差，让他们成了假夫妻。

他自己倒罢了。她辗转飘零，伶仃一人四处奔走，又身负罪名，如何能不介意呢？

这样的心结，大概不是一夕之间能抹平的，总得慢慢来。

“小野。”谢容与又唤了一声，“我知道你还没睡。”

青唯犹豫了一下，睁开眼睛看了他一会儿，默不作声地坐起身。她知道她刚才说话有些急了，不管真夫妻、假夫妻，他待她很好，她知道的。她抿了抿嘴唇，想解释：“其实我无意……”

“我的姓名，你是从别人口中听说的？”不等青唯说完，谢容与接过话头，声音温和地问道。

青唯点了点头。

谢容与于是低低地笑了一声：“那重新认识一下，我姓谢，名容与，字清执，生于咸和十二年春。容与二字，是我的父亲取的，清执二字，是我舅父赠的。”他微微停顿了一下，轻声问道，“你呢？”

他姓谢，名容与，字清执。容与二字，是谢桢起的，取自“聊逍遥兮容与”，是自在之意。清执二字，是昭化帝赠他的。他五岁那年封王，封号为昭，因为年纪太小了，所以宫里宫外都习惯称他小昭王。

这些在江家时，江逐年与青唯提过。只是不知道清执二字何意，他后来似乎不常用，与人往来的私函上，也只署容与。

青唯低下头：“……我是咸和十五年冬天出生的。”

“就这样？”谢容与问。

“那还怎么样？”青唯掀起眼皮看了谢容与一眼，“我的名字你又不是不知道，上回进宫，长公主问起，我也说过一回。”

谢容与想起来了，她还说她小时候挠坏过岳鱼七的脸，从此被唤作小野。

小野这个小名很衬她。她总是张牙舞爪的，一个不慎就上房揭瓦，像只小野狼。眼下的小野狼披散着长发，安安静静地坐着，毛似乎被理顺了，但他能感受到这乖顺表象下的警醒与戒备。

“小野。”谢容与唤她。

青唯嗯了一声，没敢看他。不知道为什么，明明都说清楚不是夫妻了，他一靠近，她就紧张，连问个名字，也弄得像交换庚帖一样。

青唯坐着不动，突然感受到他倾身靠近。清冽的气息袭来，密密匝匝地将她围住，她还没来得及抬头，就看到一缕青丝滑落到他的肩头，与她垂在胸前的头发触碰在一起。他的手绕到她的身后。

青唯一下子握紧被衾。她非常慌乱，连心跳都漏了两拍，却努力镇定地问道：“……你又要做什么？”

谢容与已经起身坐好了，他的手里多了份卷宗：“过来拿卷宗，夜里还要再看。”

原来谢容与此前落了一份卷宗在这边床榻上。他唤青唯，她不理他，他才自己过来拿的。她虚惊一场罢了。

谢容与见青唯很快闭上眼睛躺下，帮她掖了掖被衾，拿铜签拨灭了案几上的灯，落下帘子，去了对面。

屋里黑漆漆的，好在没过一会儿，对面又亮起一盏灯火。

谢容与翻看卷宗的侧影映在竹帘上，安静得如月如雾。

青唯于是在这片朦胧里睁开眼睛，看着这个侧影。

真是奇怪极了，他一靠近，她就慌乱起来，可刚才他起身离开，她又觉得心里空落落的，眼下他亮起了灯，她能在夜里看着他不远不近的身影，如雷的心跳终于平复下来，心头上也不再有枕戈待旦，明日不知该前往何处的茫然。

青唯的心情平静下来，她陷入深眠。

上溪早晚有宵禁，这夜宵禁的时辰早过了，一辆马车却在城中急驰而过。

马车往西走，一路无人阻拦，到了城西的庄子前停下，车上的人下了马车，整理了一下衣衫，上前拍门。

子时刚过，余菡还没睡下，听到庄门响动，她却不理，今日已经连着来了几拨官差了，都这个时辰了，还有谁会来找她？指不定又是一拨官差。她正预备唤吴婶儿去把官差打发了，甩着帕子刚迈出门槛，却见院子中走来一个瘦削的身影，正是孙谊年。

余菡愣了一下，迎去院中：“你怎么半夜里过来了？”

孙谊年没答这话，径直往正屋里走，他的脸色阴沉沉的，有种说不出来的古怪。余菡见状，忙跟着他进屋，斟了盏茶递给他。

孙谊年一口将茶饮尽，缓了口气才说："没什么，今天赶巧有空，过来看看你。"

这都几时了，还赶巧呢？但余菡不在意这个，拿手绢去撩他的手背："今夜不走了啊？"

孙谊年垂眼坐着："不走了。"

余菡一喜，往他的膝头一坐，伸手去揽住他的脖子："你歇在我这儿，就不怕你家那位河东狮明早去县衙训你？"

孙谊年与他的夫人不睦多年了，十天半个月未必能说上一句话，凡开口必是争吵。往常余菡提起这个河东狮，孙谊年必要跟着谩骂两句，今夜他听了这话，沉默了一阵却道："你……以后莫在外头这么编派她，让人听到终归不好。"

余菡一听这话就来气了："我编派她？她不是河东狮吗？这么些年了，我处处为家里着想，她却死都不让我进门，都是一家人，看我伶仃一人住在外头，她倒忍心！这个庄子，除了大，再没别的好了，从前还有个绣儿陪着我，眼下倒好，绣儿被人强行带走了，我身边连个贴心的人儿都没了。"

孙谊年看了余菡一眼："绣儿是早上被带走的吧？"

"你知道？"余菡愣道，"你既然知道，怎么不派人帮我拦着？那个来的是个什么人啊？长得倒是俊，派头却大得很！连上京城里的官爷见了他都不敢大声说话，还非要带走我的丫鬟。"

孙谊年听了这话，没吭声。

"不过……"余菡的话锋一转，语气柔和了下来，"他长得可真好啊，说真的，我这辈子就没见过这么俊的人。"

孙谊年冷哼一声，将手里的茶盏往一旁一搁："你就知道俊的。"

"那可不？"余菡的指尖顺着他的脖颈滑向胸膛，随后她狠狠一点，"我呀，要是遇到更俊的，就把你给蹬了，让你日日馋着我，却吃不着。"

孙谊年一下子抓住余菡的手腕，目不转睛地盯着她："戏子就是薄情。"

"你不就喜欢我这点儿薄情吗？"他有点儿用力，抓得她很疼，但她喜欢他这样。她觉得男人就是要这样才有气概，娇声道："咱们呀，就是露水情缘，天一亮，露珠儿没了，我就把你忘了，要叫你好好伤心一场呢。"

余菡看着他，又道："再说你这几年，没有当初那么俊了。"余菡初遇孙谊年时，他刚过而立之年，生得平眉长眼，个头也高，虽然蓄了须，也算是美髯公，也不知怎么回事，不过几年过去，他瘦得厉害，年纪不到四十，已经显了老态。

男人也怕容颜迟暮，也怕拿来与人做比较。余菡的话，一句接一句地戳到孙谊年的心窝子上，戳得他忍不住，身子深处像燃起了一团火，突然将她拽倒在自己身上。

余菡惊叫一声，喘着气推他："正屋里呢。"

孙谊年于是将她打横而起，快步去了寝房，在一片漆黑中，将她狠狠地扔到床上。

余菡在昏昏沉沉中转醒，窗外天际已经浮白。余菡伸手一推刚刚平息下来的孙谊年，喘着气道："冤家，我该下不来床了，你这是想要我死呀？"

孙谊年从来不曾这样过，似乎要把这后半生的精力全放在这儿了。孙谊年伏在她的肩头上，听到这个问题，突然笑了一声。他望着床梁顶："死了倒好，死了，也就一了百了。"

余菡只觉得这个语气不对。她撑起半截身子望着他："你这究竟是怎么了？"

孙谊年转过头来："你昨晚说，以后我不在了，你就去找个更俊的，更好的，这话是真的吗？"

余菡粲然一笑："真的呀，戏子薄情，我可要走得一干二净，这辈子都不见你了。"

孙谊年也笑了一下，笑容却有点儿发苦："那你……赶紧走吧。"

余菡愣了一下："你说什么？"

"你快走吧。"孙谊年望着床梁的目光空洞洞的，"上溪……要出事了。"

"你问我今早来的那个人是谁？"孙谊年稍微停顿了一下，说道，"小昭王，你可听说过？"

余菡不曾听说过小昭王。在她的眼里，什么王侯啊、将相啊，那就跟天上的神仙似的，是摸不着、触不着的。听孙谊年这么说，她只在心里嘀咕了一句：

“原来是宫中的王爷，怪不得，长得那样好看。”

“他是为了查竹固山山匪的死因来的。”孙诒年苦涩地道，“几年了，一点儿踪影也没露过的人，他一来，就被他引出来了。”

余菡没怎么听懂后半截话，只问：“他要查山匪？那些山匪都死了几年了，怎么眼下才查？”

“可能是当年竹固山上流的血太多了。”孙诒年无力地笑了一下，“当时……我也在山上。”

“我知道呀。”余菡道，“咱们爷，可是剿匪的大英雄呢。”

孙诒年并不领她这话的情，转过头，一字一句地重复道：“我说的是，当时，我也在竹固山上。”

余菡愣了一下。她这个人，脑子不算太灵光，然而孙诒年这话一说出来，她竟像是听明白了他的言下之意。

竹固山上的山匪死得那样多，这个案子，当真是干净的吗？这么多年了，上溪人敢怒不敢言，可冤屈随着血，渗进了土底下，终于惊动了阎王爷，鬼差要拿着人命账簿到人世间追债来了。而这本账，或许头一笔就要算在孙诒年这个县令的身上。

余菡的声音一下子拔高：“那又怎么了？当时你是在山上，可朝廷的将军说要杀山匪，这哪是你能做得了主的？再说了，这些年，衙门的差事，哪一桩不是由那个秦师爷办的，你就是个甩手掌柜，什么都不知道，那个什么昭王来了，要拿你问责，你跟他解释解释不就成了？”

“谁说我什么都不知道？我都知道的。”孙诒年平躺在床上，苦笑一声，像没了魂，“而且这上溪城中，来的又岂止小昭王一个？你不明白，上溪这个官府，眼下已经不是我能做得了主了。”

孙诒年停顿了一下，打起精神起身穿衣：“这样也好，就这么做个了断，从今往后，别再有人因为竹固山没命了。”

余菡听出孙诒年言辞里的自责之意，急忙跟着穿衣：“我不明白？我怎么能不明白？那个秦景山，他可真是对得住你！当年你是救过他性命的，后来他犯了事，没差事可做，你还把他招来县衙。我一个戏子都知道滴水之恩，当涌泉相报！他倒好，来你的身边做了师爷，差事大包大揽，把县衙生生弄成了他的一言堂！这倒罢了，还有那个蒋万谦，当年不就是他去牵头的？是秦景山引着蒋万谦上竹固山，结交了耿常！哦，眼下出了事，却要你出来顶缸，这算什么道理？敢情这脏水全泼在你一个人的身上了？”

孙谊年已经穿好衣衫了，听了这话，欲言又止地看了余菡一眼，最后只道：“景山不是你想的那样，他是个好人。”孙谊年到底还是没多说什么，推开门唤来一名厮役，把昨晚就准备好的行囊送进来，搁在桌上，再一次叮嘱道，“小昭王来了，上溪很快要出事，你……趁早走吧，这行囊里的东西，足够保证你后半生了。”

余菡看了一眼桌上的行囊，还是有点儿迟疑：“你真的要我走啊，那家里人你打算怎么办？”她问的是他家的河东狮。

孙谊年扯了扯嘴角，说不清是哭是笑：“她比你干脆，昨晚我一和她提这件事，她连夜带上两个娃娃就离开了。”

余菡听了这话，有些开心。上溪要出事，他让河东狮走，也让她走，说明在他的心里，她跟他的结发妻是一般地位的。

“好。”余菡粲然一笑，“那我路上慢点儿走，等你跟那个王爷把案子交代清楚了，可记得要来追我！”

孙谊年没应，看了她一眼，然后转身，很快离开。

余菡也没追，见孙谊年乘着马车走远了，快步回到房中，打开行囊一看，突然吓了一大跳。行囊里有一个半尺宽的木匣子，里头装的全是金灿灿的金元宝！

上溪都快要穷死了，她这冤家就是一辈子不吃不喝，把俸禄都攒下来，也攒不了这匣子里的一成！他哪儿来的这么多钱财？

刚才孙谊年说的什么王爷，什么旧案，都离余菡太远了，她压根儿没往心里去，唯有这一箱金子是明明白白、真真切切的。余菡看着金子，终于从心里生出一丝紧迫。她一手捂着心口，一手招呼着屋外的人：“吴婶儿，快，快去收拾收拾，我们这就走，这就走！”

天尚未亮透，朝天就打着哈欠从屋里出来了，这是他的习惯，早睡早起，无事练武，有事迎候。他推开楼道口的门往上走，刚到拐角，就看到谢容与也正从屋中出来。

朝天连忙迎上去：“公子，这么早？”

谢容与看了朝天一眼：“信写好了吗？”

朝天愣了一下：“什么信？”

谢容与一言不发地看着朝天。

朝天想起来了，与少夫人重逢的隔日，公子除了叮嘱朝天无唤不得进屋，还让他给远在中州的德荣写信，让德荣速速赶来陵川。

朝天道：“已经写好了，不过信送去中州要些时候。”

谢容与嗯了一声，沿着楼梯往下走。朝天跟上去，见主子手里端着一盏酽茶，看上去似有些疲惫，关心地问：“公子，您昨晚是不是没睡好？”

谢容与没搭理朝天。

朝天想了想，自责地道：“都怪属下，不该出主意让公子和少夫人分成两边隔间住。”他真心实意地为自家主子与夫人着想，“同屋不同榻，到底互相影响，左右少夫人不愿跟公子住一屋，不如属下让掌柜的把人字号房收拾出来，让少夫人搬过去。”

谢容与的脚步停顿了一下，目光重新停留在朝天的身上。片刻后，他的手扶上朝天腰间的刀柄，将刀拔出半截：“这把刀好用吗？”

朝天点点头：“好用！”

谢容与道：“好用，就再去给德荣写一封信，顺便给上京城里去信，让驻云、留芳也来陵川，八百里加急。”

朝天不明所以，啊了一声。

谢容与收手一拂，任刀铮鸣着落回刀鞘之中，声音里带着一阵寒意：“立刻，马上！”

等朝天匆匆写好信，青唯也起身了，她昨晚倒是睡得好，换了一身玄鹰袍，罩着黑纱帽下楼，章禄之与玄鹰卫也到了。

玄鹰卫的人数少了一半，想来分出去的人手昨天护送葛翁等几个人出城了。

谢容与问道："怎么样？"

章禄之道："一切都按照虞侯的吩咐，证人保住一个是一个，今早接到消息，葛翁等几个人已经平安离开上溪，想必卫掌使很快就能接到他们。"

谢容与颔首，又问："孙谊年和秦景山你们查了吗？"

其实早在到上溪前，谢容与就派人查过上溪县衙，只是这个县令与师爷背后藏着的人不简单，要查他们，多多少少得绕开一些关系，所以有些难办。

章禄之道："祁护卫日前来信，说陵川的齐州尹肯帮忙，眼下已经有了眉目，另外还需等上京城中的一封回函。属下近日在上溪城里打听，倒是听来一桩奇闻。说是这个孙谊年与秦景山，自少年时便是好友，还同在一个私塾进过学。秦景山的学问好，秀才功名拿得比孙谊年还早些，可惜他考中秀才的第二年失足落水，生了一场大病，病势绵延，耽误了考举人。秦景山也是命苦，养了几年，病终于好了，再次去考举人，不慎又犯了事，这回犯事可不得了，落了牢狱之灾，朝廷也褫夺了他的功名。好在孙谊年念旧，中了举人后，来上溪做了县令，动了些手段，把秦景山救了出来，让他跟在自己身边做的师爷。"

青唯听了这话，说道："孙谊年与秦景山不过是寻常故交，相互帮衬罢了，这事有什么稀奇的？"

章禄之道："少夫人有所不知。秦景山当年落水没考成举人，是被他的一个外姓表兄害的。后来秦景山落狱，是因为他杀了那个推他落水的表兄。杀人之罪不曾以命偿命，只获牢狱之灾，这本来就很稀奇了，孙谊年彼时一个年轻县令，竟然有法子把秦景山救出来，还让他做了自己的师爷，这根本就说不过去。再说孙谊年如此，于秦景山而言，无疑是救命之恩，再生父母，秦景山应该对孙谊年感恩戴德才是。可秦景山不是，他自从当了上溪的师爷，与孙谊年十分不睦，尤其这几年，他将县衙的差事大包大揽，衙门几乎成了他的一言堂。孙谊年呢，也放任他如此。眼下两个人只是面上过得去，私底下早已势如水火。"

第三十七章

勘破迷局

“最重要的是，”章禄之说到这里停顿了一下，“当年耿常结交虽然广，与蒋万谦并不相熟。后来蒋万谦上竹固山跟耿常买洗襟台的登台名额，少夫人猜是谁牵的头？”

青唯从章禄之的话锋里已经听出答案，依旧问了句：“谁？”

“秦景山。”章禄之道，“秦景山跟蒋万谦是早年在东安结识的。蒋万谦在方家做女婿时，买过秦景山的画。”

青唯沉默下来。

据葛翁说，蒋万谦最后是从竹固山耿常的手里买下来的洗襟台登台名额，这么看，竹固山的名额买卖，秦师爷也参与其中？

谢容与亦在深思，但他知道，案情查到这一步，真相不是单凭推测就能水落石出的，眼下的重中之重，是找到证人，问出实情。他问：“蒋万谦那里你们盯着呢吗？”

“这几日都盯着。”一名玄鹰卫答道，“那个蒋老爷这几日没什么动静，照常开铺子，就是他的年纪大了，不常在铺中待着，铺面另外雇了人手。”

谢容与又问：“卫玦何时能赶到？”

“今晚吧。”章禄之道，“玄鹰卫昨日送葛翁、葛娃出城，卫掌使今早接到他们，快马加鞭赶来陵川，最快也要今天太阳落山以后了。”

章禄之有点儿犹豫，想了想，还是实话实说道：“我们的人手太少，一个人当成两个人用都不够，上溪的县衙不干净，外来的左骁卫、巡检司，多少有点儿信不过。本来有了葛翁的证词，我们已经可以收网了，但是卫掌使不到，我们就动不了，只能派人盯住蒋万谦。蒋万谦倒是被盯住了，别的鱼，秦师爷、孙谊年，还有那些我们尚没查出来的，他们不跑吗？太被动了。”

谢容与明白章禄之的意思。这就好比一个渔夫想捕一条江的鱼，可手里的网，只能够得上一个池塘，而且这张网，网结少，网洞也大。渔夫站在江岸边把网撒下去，鱼儿争先恐后地往外逃。渔夫能怎么办？渔夫只能先揪住最关键的一条。

不过谢容与并不过分忧虑。上溪整个地方都不干净，此前为了引出葛翁与葛娃，朝廷派出十多名玄鹰卫潜入上溪已是极致，既然他已经达到了目的，眼下鱼儿四下惊逃，也是他必将面临的困局，有得必有失，哪怕只抓住一两条鱼，待卫玦带着玄鹰卫赶到，大网即可张开。

谢容与放下茶：“去县衙，把蒋万谦带过来。”

天刚亮一些，一辆驴车从山间的小径上驶过。若是青唯在，一眼就能认出这辆车，驴是头倔驴，右边的轱辘轴上有个豁口，正是叶老伯赶的那辆。不过今日赶车的不是叶老伯，而是县令府的老管家。吴婶儿跨着行囊快步跟在车边，余菡就坐在车上。

余菡的心虽然大，但也知道她眼下走的这条路，正是出山的隐秘山径。她的心中感到惊诧，几日前叶绣儿从东安回来，还对她说这条隐秘的山径上设了关卡，前后都有朝廷的官兵把守。今日她到了这里，把守的官兵不但不多，也不怎么巡逻，等靠近关卡，管家驱赶着驴车驶往林间，轻易就绕过去了。这守得也不怎么严嘛！

等驴车回到山道上，余菡朝后面看了一眼，离开关卡，她也就算离开上溪了。不过她的心底没什么留恋，虽说她是上溪人，但她自幼失怙，本来就在戏班子里长大的。戏班子的班主待她不好，时时打骂，她早都准备跑了，要不是后来跟了那个冤家，她眼下还不知道在哪儿呢。

余菡想起那个冤家，心里美滋滋的。他这回对她可真大方，那么一大匣金子，不知道能不能把宝斋铺的胭脂都买下来。

余菡心中雀跃，等驴车彻底驶离关卡，她唤赶车的管家：“哎，等等。”她跳下驴车，拿帕子扫了扫道边的木桩，坐下来，唤吴婶儿给自己拿水囊。

管家见她如此，不由得问道："小夫人，您怎么不走了？"

余菡看了他一眼，弯着眼睛笑道："走那么急做什么？我与老爷说好了，等他把案子跟那个王爷交代清楚了，他得来追我。"她喝了口水，"我慢慢走，等着他。"

"可不能等！"管家焦急地道，"老爷早就吩咐了，让小的尽早带小夫人离开陵川。连马车都雇好了，就等在东安府西郊，到了那儿，车夫会把小夫人送去中州。"

余菡听了这话，细长的柳叶眉一挑，诧异地问道："怎么要去中州？"她不是在东安府落脚就行了吗？

然而不等管家回答，余菡喝水的动作慢了下来。她忽然想起今早天尚未亮，他从她的身上下来，说的那些话——

"死了倒好，死了，一了百了。"

"这样也好，就这么做个了断，从今往后，别再有人因为竹固山没命了。"

余菡想起她让他办完案子就来追她，他只是眼神空洞地看她一眼，并没有答应下来。她想起他昨晚那么忘生忘死地云雨颠倒。余菡突然起身，跺脚道："坏菜了！不行，不能走了，我那冤家想不开，我得回去劝他！"她知道他的心结是什么，他从前也是个美髯公，竹固山出事以后，五年间瘦脱了相，老态毕现。

管家连忙上前来拦她："小夫人，您回去也无济于事，老爷让您走，是为您考虑，您若回去了，指不定还多赔一条命进去。"

"怎么无济于事了？怎么就要赔命了！"余菡高声道，"那个王爷过来，不就是为了查竹固山的案子吗？竹固山的那些山匪，又不是老爷杀的，交代清楚不就成了！"她推开管家的手，快步往回走。她看着娇气，实际也是苦出身，从前吃不上饭的日子都挨过来了，这个管家拦着她，她就徒步走回去，几十里路罢了，照她往日的脚程，半日就到了。

"不是竹固山，那昭王殿下到上溪，是为了查洗襟台，洗襟台！"管家追上去焦急地道。

余菡愣了一下，洗襟台？竹固山的山匪，怎么又和洗襟台扯上关系了？难不成那些山匪被杀，真是要去阎王殿跟那些枉死的士子换命的？

管家道：“小夫人哪怕不了解这其中的因果，也应该知道，凡跟洗襟台沾上边，死罪可免，活罪也难逃了，何况……何况竹固山死了几百人呢！小夫人，快走吧！您平安了，也算全了老爷的心愿，上溪今日必乱，回去只是偿命，都到这个时候了，万不可再犹豫了！”

余菡愣在原地。其实老管家说的话，她没怎么听明白。什么叫上溪今日必乱？什么叫凡是跟洗襟台沾上边，死罪可免，活罪难逃？她只听明白了一句，她回去，就要偿命。她的目光落在驴车上，孙谊年为她准备好了行囊，那个行囊里有一匣金子，她这辈子，还没享用过这么多钱财呢。她可不想死！

余菡的心里有些荒凉。

孙谊年总说戏子薄情，她从前只把这话当笑话来听，如今生死攸关，才发现自己也许，是真的薄情。

“小夫人——”老管家还要再劝。

“罢了！”不等老管家再开口，余菡狠狠地一咬牙，折身回到驴车上，“我们快走！”

上溪，县衙。

“殿……殿下，您怎么这个时辰过来了？”卯时刚过，李捕头从衙门内院里出来，迎面看到谢容与与七八名玄鹰卫等在衙门公堂。

看到李捕头，章禄之问：“怎么没看到孙县令？”

李捕头诚惶诚恐地应道：“孙大人昨晚值宿，亥时才离开，今早恐怕要晚些时候到，秦师爷天不亮就去山外的官驿了——封山的禁令到底没解。”

衙门里还有典簿、录事，知道是小昭王来了，早就候在了公堂外。章禄之四下看了一圈，又问：“曲校尉呢？”

“曲校尉昨天夜里没回来，”李捕头垂着眼道，“可能……可能是去了醉芳阁听曲。”

曲茂近日爱听曲，谢容与知道。自从那日官府设局捉鬼，曲茂发现在城中游离的灰袍鬼其实是人，红衣鬼更是朝天扮的，便也不害怕了。他本来就怠于公务，能正经办回差已算精进，眼下没了事做，自然要寻点儿乐子。上溪的乐子少，也不是没有，醉芳阁这名儿听起来像勾栏瓦舍，其实正经得很，就是个唱陵戏的地方，戏班子的红牌有一副好嗓子。曲茂这几日没事，几乎夜夜去听曲，银子撒下去，佐着酒，让戏子唱上一整晚也是有的。

章禄之听了李捕头的话，猜到那个公子哥昨夜八成又醉倒在醉芳阁了，便也不多问，径直道："找间审讯室。"

他们眼下所在之处就是审案的公堂，不过章禄之的意思很明白，玄鹰卫拿了人，要单独审。

小昭王就坐在堂上，李捕头刚才没敢随意张望，听了这话，抬头斗胆朝外面望去，只见公堂门口，有一名身穿鱼藻纹绸布袍，发色花白的老叟正被玄鹰卫左右挟立着，不是蒋万谦又是谁？

李捕头不敢置喙，连忙把谢容与和一众玄鹰卫引至退思堂，斟上茶，退了出去。

退思堂的门由玄鹰卫把守，章禄之请了谢容与上坐，将腰间的刀解下来，"嘭"的一声拍在一旁的案几上："你就是蒋万谦？"

这铿锵的一声把蒋万谦吓了一跳，他本来就是跪着的，眼下将头埋得更低："回……回官爷，是……是……"

章禄之问："知道为什么拿你吗？"

蒋万谦摇了摇头："不……不知道。"

"不知道？"章禄之在他跟前半蹲下身，"你自己做了什么，你自己不知道吗？"他微微停顿了一下，继续问道，"听说你跟秦师爷的交情不错，当年同在东安，你还买过他的画？"

"回官……官爷，是。"蒋万谦掀起眼皮看了章禄之一眼，见章禄之一脸凶相，很快低下头，"当时秦……秦师爷，到东安，来考举人，很……清贫，他画……画得好，任他画谁，都惟妙惟肖，草……草民买画，只是举……举手之劳。"

这话一说出来，青唯不由得与谢容与对视一眼。她起先听这个蒋万谦说话结巴，以为只是慌张所致，眼下见他咬字吃力，才知道是患了口吃之症。可是……商海沉浮，左右逢源的蒋万谦，怎么是个有口吃的？

章禄之又问："听闻秦师爷先后考过两回举人，第一回考前失足落水，第二回惹了人命官司，你是哪一回买他的画的？"

蒋万谦："第……第一回。"

章禄之嗬了一声："那你们也算多年的交情了。"他突然将声音压低，"既然这样，秦景山当年为何要介绍你上竹固山？据我所知，你运桑麻的牛车大都是直接发往东安的，很少从竹固山下经过。竹固山的耿常说到底，也不是什么善类，你跟他根本没有结交的必要。"

蒋万谦听了这话，很勉强地笑了一下："做……做买卖嘛，该结……结识的人，总要结识的，早……早晚都一样。"

章禄之这么问，实际上是希望他能老实交代买卖登台名额的事，见他如此敷衍，心中顿时窝火，"啧"了一声，忍不住想要直接问罪。好在他知道自己的脾气急躁，来上溪前卫玦就叮嘱过他，让他凡事请示虞侯。章禄之犹豫了一下，回头看向谢容与。谢容与却摇了摇头。

章禄之抿抿嘴唇，不能直接问，那只有继续旁敲侧击了。他在心中把蒋万谦买卖名额一事从头理了一遍，想起洗襟台的登台名额，蒋万谦是为他的儿子方留买的，遂问道："你念过书吗？"

蒋万谦摇了摇头："念……念得少，也不……不爱念。"

章禄之冷笑一声："你不爱念书，倒是盼着自家儿子能做大官，为了方留，费了不少周折吧？"

"官……官爷说笑了。"蒋万谦道，"他就……就是个秀才，一……一直考不中举人，草民，也并不盼着他能……能做官，连……连昭化十三年的乡试，草民都……都没让他去呢。"

这话一说出来，章禄之没觉得异样，反倒是谢容与的眉心微蹙，目光落在蒋万谦的身上。

昭化十三年，正是洗襟台建好的那一年，陵川因为从开春就要接待从各地而来的士子，所以将乡试的日子，从开春提早到了前一年的冬十二月。所以昭化十三年，陵川是没有乡试的。这一点寻常人不知道，但是蒋万谦，他这么看重方留的仕途，怎么会说错？

再者，方留没去参加那年的乡试，极有可能是蒋万谦担心方留屡试不第，影响他的名声，已经打定主意买下一个登洗襟台的名额，这么敏感的决定，蒋万谦怎么这么轻易地说出来了？

谢容与靠在椅背上，十指相抵，缓缓地问道：“昭化十三年的乡试，方留没去？”

蒋万谦：“是，草……草民没让……没让他去。”

谢容与紧盯着他：“你还记得昭化十三年的乡试，是哪一天吗？”

蒋万谦听了这个问题，愣了一下，正在冥思苦想，这时，外头一名玄鹰卫来报：“虞侯，曲校尉回衙门了，虞侯可要见他？”

今日上溪暗潮汹涌，极不太平，在卫玦赶到之前，谢容与手上可用的人太少，多多少少都得借曲茂的力。

谢容与看着蒋万谦：“把他带去内衙，你们亲自看守，任何人不得接近。”随后谢容与吩咐，“让曲茂进来吧。”

曲茂似乎一宿没睡，进入退思堂，还打着哈欠，对谢容与道：“要知道你来了衙门，我就早点儿溜号了，折腾了我一夜，遭罪遭大发了！”

谢容与稍稍一愣：“你不是去醉芳阁听陵戏？”

“听戏？”曲茂像没骨头似的，整个人都瘫在了交椅里，“要真是去醉芳阁听戏，我哪能累成这副德行？昨晚我刚到醉芳阁，那个伍聪就找到我，让我带着巡检司，去守那道山间小径外的关卡。”

跟在曲茂身边的邱护卫道：“殿下有所不知，夜里三更时分，伍校尉说是有急事要去东安一趟，让曲校尉帮忙轮一夜的班。”

谢容与问：“伍聪带着左骁卫离开了？”

“说是有什么事儿，要去东安请示他们的中郎将。”曲茂道，“左骁卫也没全走，多少留了一些，不过不顶用，他们上头没人，凡事都来请示我，真是烦死了。”

谢容与沉默下来。伍聪究竟为了什么而离开？他不用想都知道。这大半年来，左骁卫负责的所有案子之中，只有追捕温氏女这一桩是需要请示中郎将再办的。伍聪这个人不傻，他很清楚他在上溪要捉的“鬼”昨日已经被谢容与送走了，所以他此刻去东安，只能因为在上溪发现了青唯。

这一切看似没有错，但问题在于……谢容与记得，青唯进山当天，伍聪并没有亲眼见过她，在追捕灰袍鬼的当夜，他虽然与青唯交过手，但是单凭一个似是而非的背影，看似熟悉的身手，他就能断定此人就是左骁卫追捕的温氏女，并且为之离开上溪？还是说，他在某个地方见过青唯，直接，或者间接地确定了她的身份？

可是，谢容与想，自从追捕灰袍鬼那夜过后，青唯几乎一直与他在一起，伍聪不可能见到她，除非是在画上。

是了，画。

谢容与一念及此，心中微顿。他突然想到，前日一早，伍聪赶到城西的庄子，要求审问叶家祖孙与青唯，正是由秦景山带去的。

当时谢容与还觉得此举可疑，这两日让玄鹰卫着紧查秦师爷，也有这个原因。

青唯近日虽然没在外人面前露过脸，可刚来上溪那两日，城西庄子上的人，包括孙县令、秦师爷应该是见过她的。刚才蒋万谦也说了，秦师爷擅长画画，画的人像惟妙惟肖。

那么……这事只有一种解释。当日左骁卫是被秦景山故意引去城西庄子的。

秦景山看出伍聪怀疑庄子上的外来江表姐，所以将青唯的模样画了下来，拿给伍聪过目。伍聪看过画，确定青唯人在上溪，这才连夜去向驻守东安的中郎将请示的。

这么说，伍聪是被秦师爷借由温氏女的案子，故意支走的。可是他支走伍聪又是为了什么呢？

眼下左骁卫已经不必捉鬼了，留在上溪，左不过就是办个禁山巡视的差事。还是说，他把左骁卫的首脑支走，是想趁着关卡不严，送走什么人呢？

谢容与闭上眼睛，在心中细细思忖。

秦景山、孙谊年，都是衙门的人，他们要离开上溪有一百种法子，甚至可以直接走官驿，不必如此大费周章，他们的家人同理，也就是说，秦景山要送走的这个人，是一个不能被任何人发现的，急需离开上溪的人。

上溪眼下有谁急需离开？换个说法，如果卫玦已经带着玄鹰司赶到，那么他这张网要捕的，除了与县衙相关的，还有谁？

只剩一个蒋万谦了。这个秦景山……他要送蒋万谦走？可是蒋万谦，已经在自己的手上了啊。

谢容与想到这里，突然睁开眼睛。他忽然想到，章禄之刚才审问的这个蒋万谦，不但患有口吃之症，连昭化十三年，陵川有没有乡试都不知道。心中一个难以置信的念头顿时出现，谢容与突然起身，脸色冷冷地来到后院。他看着被玄鹰卫牢牢看守着的蒋万谦："想好了吗？昭化十三年的乡试，究竟是哪一日？"

蒋万谦的目光中带着惊慌之色："回……回官爷，草民记……记不大清了，应该，大概是开春。"

谢容与的心中一沉，但他的神色不变，他又问道："你说方留考了几回举人都没考中，那么我且问你，方留考过几回举人？分别是哪一年？方留儿时念的私塾是什么，恩师唤作什么名字？昭化十三年，方留被遴选登洗襟台，是哪一日离开家的？"

连着几个问题问出来，蒋万谦的额头渗出了汗："回官爷，草民只记得他儿时，念……念的私塾叫听澜，恩师姓秋，唤作、唤作……"

谢容与问："所以，你记得方留儿时的事，昭化十二年至十三年，方留被遴选登洗襟台以至未曾参加乡试的所有枝节，你一概不知，是吗？"他盯着蒋万谦，目光中的寒意逼人，"你不是蒋万谦，你是谁？"

"蒋万谦"的心头大骇，他在人前已经扮了快两年的大哥，除了知情人、家里人，没有任何人看出破绽，方留的生平他也早就背得滚瓜烂熟，除了昭化十二至十三年……衙门的那些人就像是在忌讳什么，没有与他多提。眼前的这个人洞若观火，不过几个问题，就看穿了他。

"蒋万谦"的膝头一软，他跪倒在地："草……草民……"

然而谢容与已经无暇理会他，他折身，快步朝外面走去："真正的蒋万谦两个时辰前从山外关卡跑了，留个人守在这儿，其余人立刻出发，随我去抓蒋万谦！"

第三十八章

山崖断刀

一行人还没走到外院，外头传来阵阵吵嚷之声。

曲茂的护卫邱茗快步赶来："殿下，不好了，秦师爷带着官兵围过来了。"

"秦师爷？"秦景山的手上怎么会有兵？

邱茗道："早上秦师爷去了官驿，他手上的兵，可能是县衙放在官驿的兵马。"

章禄之猜测道："这个县衙本来就是秦景山的一言堂，他处心积虑地放走蒋万谦，担心我们去追，所以带人堵截？"

谢容与问："他们有多少人？"

"粗略估计百余人，不算多，末将集合巡检司与左骁卫的兵马尚可拦住，就是不知道其他衙差是否也被这个师爷所驱使。李捕头一刻钟前就不见了，今天一早，孙县令也不知所终。"邱茗说着，似乎看出玄鹰卫急着去追什么人，"殿下可是有急务要办？殿下只管去就是，县衙这里，末将与曲校尉能够顶住。"

追捕蒋万谦刻不容缓，谢容与虽然不放心县衙，但人手不足，他没有更多的选择。他想了想，只吩咐："章禄之，你留下，任何可疑之处事后禀我，记住，这个秦景山，本王要活的。"

章禄之："是。"

谢容与离开县衙，打马往北而行，不出一刻钟便到了山间。

既然左骁卫的伍聪是秦景山刻意支走的，蒋万谦离开上溪，走的一定是那条隐秘的山径。

玄鹰卫一面打马疾行，一面在道上辨别车辙。其时正午已过，日光倾洒而下，眼看着接近关卡，前方的林间，忽然有两个人从道边疾行而出，其中一个人身姿窈窕，穿着一身对襟大袖的绸衣。

青唯立刻认出这个身影，双腿一夹马肚，先一步越众而出："小夫人？"

余菡仰目望去，马上的人身穿一身玄色衣袍，黑纱帷帽遮住了脸："江……江姑娘？"

青唯嗯了一声，看了一眼跟在余菡身边的吴婶儿："你们怎么在这儿？"

天有点儿热，余菡的额头上细细密密的都是汗，她抬起袖子擦了一把，焦急地道："都是我那冤家！他昨夜来找我，说上溪要出乱子，非要我离开。我这一路越想越不对劲，担心他想不开……"她一跺脚，"反正我得回来劝劝他，再不济，拽上他一块儿逃！"她本来是不打算回来的，可是这一路走来，孙谊年说过的话不断地回响在耳畔。

——"谁说我什么都不知道？我都知道的。"

——"上溪这个官府，眼下已经不是我能做得了主了。"

上溪的官府什么德行，余菡多多少少是知道的，虽说是秦景山的一言堂，孙谊年当了这么多年的县令，怎么就做不了主了？她总觉得孙谊年的话里有难言之隐，越逃越不安心。他真是个冤家！他要是真想不开，一心求死，死透死绝也就罢了，怕就怕他走到末路，余念未甘，冤屈未雪就做了鬼，往后在梦里缠着她！

这时，谢容与问："是孙谊年让你离开上溪的？"

余菡早就看到谢容与了，知道谢容与是宫里的王爷，不敢随意与谢容与搭腔，听谢容与这么问，她便豁出去了，上前屈膝跪道："王爷，王爷，求您了，饶我家老爷一命吧，他纵然……纵然为官上有些过失，可他当真是个好人。竹固山那件事过后，他一直十分自责，连着几年梦魇不断，瘦成了眼下这副模样。王爷，他早已真心悔过啊！"

谢容与没应这话，望向不远处的关卡。眼下，上溪的"鬼"没了，封城的禁令未解，上溪人知道山径上设了关卡，等闲是不会走这条道的。除非……他们知道左骁卫的伍聪被支开了。

谢容与问："你今早是一个人走的吗？"

余菡不明白谢容与为何问这个问题，如实答道："不是，老爷派了个管家送我，说他路熟，知道出山的道。"

青唯一听这话，勒马在原地徘徊几步，急忙问道："这个老管家叫什么？你从前见过他吗？"

余菡摇了摇头，那河东狮从来不让她进门，县令府上伺候的下人她大多不认得。

吴婶儿道："官爷、江姑娘，老奴从前是在县令府上伺候的，这个老管家应该是这一两年新来的，老奴从前没见过。不过老爷对他十分信任，什么都告诉他。"

青唯问："你怎么知道孙县令十分信任他？他是不是跟你们说过什么？"

余菡有求于谢容与和青唯，听她这么问，知无不言，言无不尽："他劝我不要再回上溪，说我哪怕回去，也是多赔一条命进去。后来我执意要回来，他说老爷交代了他差事，他不能和我同行，要先一步去东安了。哦，对了，他还说，王爷您来上溪，查的其实不是竹固山，您真正想查的是……是洗襟台！"

"洗襟台"三个字一说出来，谢容与的目光一沉，他斩钉截铁地道："这个人不是管家，是真正的蒋万谦。"

谢容与握缰策马，言简意赅地道："追。"

身后的几名玄鹰卫同时打马，余菡眼看着他们要走，一咬牙，不管不顾地奔到青唯的马前："江姑娘、王爷，我家老爷，你们……你们不救了吗？"

余菡拦得突然，险些被青唯的马踩于足下，好在青唯及时收缰，骏马嘶鸣一声，高高地扬起前蹄。青唯劝道："小夫人，孙谊年既然是上溪的县令，应该有法子自保，事情有轻重缓急，小夫人莫要相阻。"

"什么有法子自保？老爷若有法子自保，我还求你们做什么？"余菡当即也顾不得礼数，焦急地道，"老爷说了，这个上溪，他早就做不了主了！"她担心阻拦无果，该说的、不该说的都和盘托出，"我知道王爷怀疑老爷，觉得老爷与那座塌了的楼台有关。老爷他……他的确有罪不假！他不止一次和我说，当时竹固山的山匪死的时候，他就在山上，是眼睁睁地看着他们送命的。他还说，山匪为什么会死？他全知道！什么都知道！"

谢容与停顿了一下，突然勒住马："他当真这么说？"

竹固山的山匪被诛灭的五年后，连当初剿匪的将军都暴毙而亡，他们费尽周折查到今日，也只查到蒋万谦买过一个登洗襟台的名额。

蒋万谦虽然买了名额，但他是跟耿常打的交道，未必知道这个名额究竟是从哪里流出来的。

可是，如果一切真像余菡说的，孙谊年什么都知道，他甚至上了竹固山，亲眼看着山匪是怎么死的。那么是不是说，他在五年前，直接参与了名额买卖一事，他知道那个剿匪将军的上峰是谁，知道幕后的主使是谁，甚至知道一切的真相？

"当真，草民不敢有半句欺瞒。"余菡道。

随行的几名玄鹰卫精锐也反应了过来。

一名玄鹰卫道："虞侯，如果孙县令当真参与了买卖名额，我们一定得拿住这个活口。"

"是啊。"另一名玄鹰卫也道，"洗襟台的登台名录由翰林流出，先帝钦点，被拿来做成买卖，此事绝不简单，任何线索我们绝不能错过。"

青唯看向余菡："孙谊年今天一早就不见踪影，你既然甘心回来找他，那你可知道他在何处？"

余菡点了一下头："虽然不确定，但……有个地方，老爷常去。"她伸手往山间一指，"往东走，离这里不远！"

几名玄鹰卫立刻向谢容与请示："虞侯。"

孙谊年是该寻找，但蒋万谦难道不追了吗？

距洗襟台坍塌已经五年，他们费尽周折，才从尘埃之下生拉硬拽出一丝真相，任何与之相关的线索，他们都不能放过。

不知道是不是因为孙县令与秦师爷之间说不清道不明的关系，小小的山城水深千丈，让谢容与渐渐感到不安，以至于他分明知道他们眼下应该兵分两路，却也不愿将人手劈开。卫玦未到，山中的玄鹰卫太少了，如果兵分两路，任何一路遇到危险，无异于生死之灾。可惜，他别无选择。

朝天见谢容与犹豫不决，说道："公子，属下去追蒋万谦吧。属下的脚程最快，追人合适，那个县令是个地头蛇，泥鳅似的，属下的脑子笨，哪怕拿住他，未必看得住他。”朝天的话道理粗糙，听上去甚至有点儿可笑。

谢容与看向朝天，没有吭声。

一向大而化之甚至有些愚钝的朝天竟然在这一刻看出了他家主子的顾虑，又说：“公子，属下是真的想去追蒋万谦。公子莫要忘了，属下的父亲与德荣的父亲也是长渡河一役的将士，我们都是长渡河的遗孤。”

当年长渡河一战死伤无数，劼北一带弃婴、遗孤岂止千百？朝天与德荣被商人顾逢音收养长大，身上却带着那一战的烙印。这些年他们跟着谢容与，公子想要层层挖掘的洗襟台真相，于他们而言，亦是责无旁贷。

谢容与闻言终于松动：“好，你带走三个人。”

跟在谢容与身边的玄鹰卫只有六个人，朝天本来不想带这么多，但他没有把时间耽误在讨价还价上，当即点了人。

青唯叮嘱道：“如果遇到危险，周旋为上，切记不可硬拼。”

谢容与亦道：“卫玦很快会到，拖住即可。”

朝天颔首：“公子放心，少夫人放心，属下一定会擒住蒋万谦。”说完，他立刻扬鞭，策马疾驰而去。

青唯也没有迟疑，一把捞起余菡，扔在自己的马背上：“指路。”

“就在东边山腰的古槐边，这几年，老爷若有什么心事，都会去那里。”

“竹固山上死的人太多了，老爷心中始终过不去这道坎，寨子被烧了以后，他就在那里给他们修了一座衣冠冢，他自己徒手修的，最初的半年，在那里一坐就是一整宿。”

“越过前面的断崖就是，快到了——”

余菡坐在马背上，声音破碎在风里。她从未想过这么陡峭的山间也能跑马，到了斜坡处，半身几乎被抛到了半空，五脏六腑都要跟着颠倒一番，好在身后的女子马技极好，任她颠三倒四，总能把她拽回马背上坐好，直到看到前面的断崖。青唯展目一望，断崖并不深，不过一道宽三丈、深三丈的沟。时间紧迫，青唯当机立断，回头对谢容与与玄鹰卫道：“来不及绕行了，我们越过去——”

说完，她一马当先，扬鞭提速，随后往上一拽缰绳，身下的骏马高迈前蹄，在半空中舒展身姿，稳稳地落在对面的山道上。紧接着，谢容与和玄鹰卫也策马越了过来。

这边山道的地势较低，马蹄落地，视野一下子变得开阔起来，古槐边的坟冢立刻映入眼帘。

可惜在坟冢前，并没有一个滑手似泥鳅的县令，只有一个倒在血泊中的人。

孙谊年平躺在地上，仰面朝天，身下的泥地已经被血洇红，胸膛剧烈地起伏着，不断地呛咳出一口又一口的鲜血。

青唯勒停马，余菡几乎是摔了下去，慌乱地爬起身，朝孙谊年奔过去："……老爷？老爷——"

几名玄鹰卫也一并勒停了马，孙谊年胸腹部的刀伤俨然是新的，四周却不见凶器，说明杀手拔了刀，尚未走远。

山间有风，马在风中打了个响鼻。

就在这时，左边的林间突然传来一声轻微的响动，像兽蹄踏上腐叶。

两名玄鹰卫立刻循声追出去。

余菡手忙脚乱地将孙谊年扶起来。她不知道该怎么做，一边喊着"老爷"，一边拿帕子去堵他身上的血眼子，无奈他胸腹的伤是贯穿伤，流血太多了，怎么也止不住。

孙谊年的目光却是涣散的，他看着余菡，还以为置身梦中。有人说，人会在死前，会经历一辈子最美的一场梦。他们会看到自己最牵挂的人，与他们团聚。

可是他的梦里，怎么来的是她呢？他家里的河东狮呢？他的一双儿女呢？

一念及此，孙谊年才意识到这不是梦，原来余菡是真的来了。

余菡的眼眶早已红了，她仍是手足无措的，见手帕止不住他的血，又去撕扯自己的裙裾，渴盼着能帮他把伤口包扎起来。

孙谊年突然握住余菡的手腕，喘了几口气，声音微弱地问："你怎么……你怎么回来……"他的眼神里充满了难以置信。

余菡愣了一下。孙谊年竟然不相信她会回来？他总说戏子薄情，难道……

他真的以为她薄情？这个冤家！余菡的心中又难过又着恼，但她明白眼下不是发作的时候，道："你撑着，我就是走残这双腿，也帮你把大夫找来——"

孙谊年握在她腕间的手紧了紧："别……别去了。"他的眸中闪过一丝难以捕捉的追悔，最终，他沉沉地叹了一声，"我……对不住你……"

余菡却莫名其妙地问道："你哪里对不住我？"若不是孙谊年当初收她做外室，她恐怕至今没有安身之所，"不行，我得立刻去寻大夫，你等着我回来！"

"别……别去了。"孙谊年唤住余菡，声音嘶哑，"……我……已经活不成了……"他的目光越过余菡，落到青唯与谢容与的身上，渐渐了悟，原来是他们带着她过来的。

青唯见孙谊年气若游丝，心知该留时间让他与余菡道别，可他们费尽辛苦寻来这里，不能再错过问明真相的机会。想到这里，她半蹲下身："孙大人，您能否告诉我们，当初方留登洗襟台的名额，究竟是从谁的手中流出来的？"

孙谊年听到这个问题，看了谢容与一眼，片刻后，他垂下头，将目光避开了。

孙谊年不愿说，青唯早就料到了。他要是肯交代一切，也不至于拖到今日，这桩案子里，他自己也不干净。

青唯问："孙大人，您是想安排妻儿离开，随后独自把秘密带进坟墓里，以保他们平安吗？您的妻儿已经平安离开了，至少今天早上，我们未曾接到他们被阻拦的消息。可是，"她停顿了一下，"小夫人，您不觉得她可怜吗？"

孙谊年的嘴角颤抖了一下，他没有吭声。

青唯道："小夫人舍下性命来寻您，孙大人，您不为她的以后想想吗？"

孙谊年闻言，突然抬眼看向余菡。

刚才孙谊年为何说对不住余菡？旁人不知道，青唯旁观者清，到底能猜到几分的。余菡是孙谊年在竹固山出事的半个月后纳的，是他这五年来沉溺的温柔乡。为了余菡，他不惜在城西为她圈了一座庄子，时时来看她。常人都道这个戏子出身的外室，是孙大人心尖上的肉，道是孙大人糊涂了，为了一个戏子，跟糟糠妻闹成这样。

可是到头来呢？到头来，孙谊年苦心安排，让自己的妻儿平安地离开上溪，却设计让余菡踏上一条险之又险的路。余菡不过一个外室，哪怕孙诠年大祸临头，她真的需要离开上溪吗？即便她要离开，孙诠年一个县令，难道不能多安排一辆马车，多塞进去一个人，让她走那条与他的妻儿一样平安的路？

可孙谊年没有这么做。他让扮作管家的蒋万谦随余菡一起离开，其实是借由她遮掩蒋万谦的身份。孙谊年利用了她，全然不顾这样一个决定，会给她带去多少危险。

原来这个县令老爷并不是多么荒唐，糟糠妻、美娇妾，在他的心里孰轻孰重自有分量，甚至孙谊年这些年沉溺于余菡的温柔乡，也不过是在竹固山一场屠戮令整个上溪陷入噩梦之后，拼命寻来的一处避风港，不见得真的将她放在心上。

荒唐的是孙谊年没想到余菡会回来——她不顾性命地回来找他。所以孙谊年说对不住她。

这些年，孙谊年总与她说戏子薄情。可人非草木，孰能无情？那个真正自私、凉薄的，何尝不是孙谊年呢？

青唯道："您让小夫人掩护蒋万谦离开，以后就算蒋万谦能隐姓埋名，平安无忧，小夫人呢？那些人知道了此事，不会去逼问她蒋万谦的下落？不会杀她灭口吗？孙大人，您已经对不起很多人，五年前是竹固山的山匪，五年后的今日，是自食其果的您与那些跟着您、信任您的人，真相一日不揭开，自此往后，只会有更多的人因此丧命。何况您以为，这所有的一切，您去了阴曹地府就能一笔勾销了吗？洗襟台下烟尘未歇，竹固山的血流到今日都没有歇止，难道您还想让这忏悔伴着您生，再伴着您死？"青唯说着，再次恳切地道，"孙大人，能否告诉我们，当初方留登洗襟台的名额，究竟是从谁的手中流出来的？"

孙谊年听到这里，目光终于松动。他张了张嘴："那名额……名额……"

血流得太多了，单是撑住这么一会儿，已经耗尽了他所有气力，连说出口的话都是支离破碎，模糊不清的。

孙谊年深深地吸了一口气，用力说出最后一丝余音："你们……不要……去……去……"

青唯竭力去听："去哪里？"

“不要——去。”话音戛然而止，孙谊年的身子突然一沉，整个人再没了气息。

余菡愣住了，半晌，她唤了声：“老爷？”可惜没有人答应她，她无措地将孙谊年扶起来，眼泪涌了出来，愣愣地再问，“老爷，您怎么了……冤家！你说话呀！”

谢容与俯下身，伸指探了探孙谊年的鼻息：“人已经走了，节哀。”

孙谊年已经走了。他能撑住这么久，已是竭尽全力。可惜孙谊年最后的话停在了一个“去”字上。究竟不要去哪里呢？他没有说明方向。

眼下形势紧迫，容不得他们多想，刚才去追杀手的两名玄鹰卫回来了，向谢容与禀道：“虞侯，刺杀的孙县令的杀手有两个人，被我们追上，已经服毒自尽，应该是被人豢养的死士。”

谢容与的眉心微皱：“上溪这里有死士？”上溪封城已逾半月，这些死士是怎么混进来的？

谢容与一念及此，忽然说了一声：“不好！”

孙谊年手无缚鸡之力，要杀他太容易了，用不上死士。而且照以往的经验，这样训练有素的死士若出现，必然成众，既然这里只有两个人，余下的去了哪里呢？

他们很明显是为了灭口而来，眼下孙谊年已经死了，他们还会灭谁的口？

青唯也反应过来了：“蒋万谦要出事！”

话音刚落，几个人毫不迟疑，翻身上马，往山下追去。

依照余菡的说法，蒋万谦出了上溪地界，会直奔山下，然后转乘马车，赶往东安城郊的驿站。然而，还未策马到山脚，谢容与就在山道边的一个岔路口处发现朝天留下的记号：蒋万谦居然临时改道，往西面山上走了。

蒋万谦此行是为了逃命的，他如果临时改道，必然是觉察到了危险——很可能是那些死士已经追上他们了！

眼下已近黄昏，卫玦尚未带兵赶到，谢容与一行人是能够最快驰援朝天的，几个人发现记号，旋即打马上山。

山坡陡峭，密林深深，山野骑马艰难，好在穿过一片樟木林，前方的道路渐渐开阔。晚风拂过，青唯敏锐地从这空阔的风声里判断出不远处应该是一片断崖，她亟亟打马，直到看到翻倒在路边的驴车，前方传来厮杀之声。

断崖在高处，青唯只能瞧见一片黑色的人影。她当机立断，足尖在马背上借力，整个人如一只凌空的飞鸟纵身而起。人一高，断崖的情形尽收眼底：断崖上的死士足有二三十人，朝天等几人被逼到断崖边，蒋万谦躲在旁边的一块巨石后，朝天与三名玄鹰卫将他团团护住，可他们的人太少了，左支右绌，身上都已经挂了彩。

青唯见状，落回马背的同时拔出腰间的剑，用力投掷而出。利剑带着疾风，当胸贯穿一名死士的胸膛。朝天愣了一下，反应过来："公子、少夫人——"

前方有断崖，唯恐同伴被逼落崖下。青唯等几人不敢直接策马冲锋，到了近前便翻身下马。

死士们也反应过来，他们的人多，很快分出人手来应付青唯。

玄鹰卫提刀而上，谢容与平日的兵器是一把带着锋刃的扇，今日倒是难得用了剑。青唯从前与他数次交手，终归是夫妻打闹，眼下看过去，他的身手倒不像在家中时莫测，反倒干净得没有一点儿多余的动作。

死士们腹背受敌，青唯与谢容与等几人的出现，让他们乱了一下阵脚，然而他们不但很快找回章法，还迅速看穿青唯等人的劣势：就像朝天要护住蒋万谦，青唯也得护住没有功夫的余菡与吴婶。

死士们于是以攻为守，将两边彻底隔绝开——如果不能与朝天会合，青唯便难以为他解围。

余菡见状，猜到自己留在此处只是添乱，偷偷唤了声："吴婶。"她要带着吴婶撤回山下，另寻地方躲起来。

她们所处的地方本来很好，背贴山壁，巨木环立，这一动，却是好心办坏事，将自己彻底暴露给了死士。

两名死士当即飞身跃出，要挟持她们作人质。谢容与一剑挑开一把短匕，剑身将凌空落下来的短匕一接，直接朝这两名死士抛去。

死士在半空中闪躲，有了这一瞬间的空隙，青唯抽身而出，立刻拨开腕间的囊扣，软玉剑出鞘，随着青唯腾跃的身姿，在夕阳下如一条染着血的银蛇，吐着芯袭向死士。毒芯到了近前，竟是锋锐难当，从死士的喉间径直穿过。

青唯收回软玉剑，呵斥余菡等二人：“你们跑什么？回去躲好！”

青唯这一瞬间快如疾风的身手被余下的死士尽收眼底，他们知道再这么周旋下去，形势只会越来越不利。

死士之中，忽闻一声尖锐的哨响，死士们收身回到断崖边，集合人力，扑向已经力有不支的朝天等几人。

青唯暗道不好，这些死士打的竟是玉石俱焚的主意！

这时，山野间忽然响起如雷鸣一般的马蹄声，马蹄声如浪如潮，整个山间都在隐隐震动。

青唯转过头看去，只见山腰树影间，滚滚黑浪袭来。刺眼的夕阳下，玄色袍摆上的雄鹰若隐若现。卫玦带着玄鹰卫到了！

卫玦他们来得比谢容与估算得还要早一刻。

祁铭的眼力好，他四下一望，立刻道：“卫掌使，西北夹角！”

卫玦一点头，在马上张弓搭箭，三支利箭并排射出，带着破风之音，一下子射入三名死士的脊背中。

与此同时，青唯也不迟疑，软玉剑脱手急出，借着这个时机就要破阵。

死士们见玄鹰卫到来，竟然不乱阵脚，人群中只听一声呵斥，死士们像被什么激发了似的，再不顾狂奔而来的玄鹰司，接连不断地朝蒋万谦、朝天与三名玄鹰卫扑去。

这副不顾生死的狂乱模样，令蒋万谦惊叫起来，他只觉自己再不能在巨石后面躲藏下去了，他要立刻离开这个鬼地方。左边一柄钢刀袭来，蒋万谦抱头堪堪避开，下一刻便贴着崖壁，要往卫玦与青唯那边奔逃。他这一动，彻底将身形暴露在外。三名死士立刻扑向他，朝天踹开两个人，却不防第三个人在坠落山崖时，手指抓住了蒋万谦的衣衫。

蒋万谦被他一带，脚后跟一滑，径直跌落断崖下。

朝天见状根本来不及多想，疾扑而出，在半空中捉住蒋万谦的手腕，右手将长刀楔入断崖的石缝中。

青唯已经杀进来了，见此情形，心几乎空了一瞬。好在她尚且镇定，软玉剑挥开袭来的死士，奔去断崖边，朝下望去："朝天？"

两人一刀在崖下数尺处摇摇欲坠。

青唯道："撑住，我救你上来！"

可是，就在这时，石缝中传来一声崩裂的金属声。是的，承载着两个人的重量，一柄楔入石缝的刀又能撑多久呢？

"少夫人！"这时，朝天道。他是惜刀人，最了解手上这柄钢刀究竟能支撑多久。他看了吊在自己身下的蒋万谦一眼。他说过一定要把这个最重要的证人带给公子和少夫人的。他也是长渡河一役的遗孤，责无旁贷，说到做到。

朝天吃力地道："少夫人，接着。"他说着，手臂充满了力量，根根青筋暴露，徒手拎起蒋万谦，往上一抛。

青唯的软玉剑已经出了手，她见蒋万谦被抛掷到半空中，只能先缠住他带回崖边。

然而，就在这一刻，楔在石缝中的钢刀终于崩断了。刀身断裂成两半，再无力护住惜刀之人。晚风拂过，夕阳为山崖镶上金边，崖边的刀鸣余音未歇，朝天已连人带刀，跌落山崖。

番外一

择路不悔

咸和十三年秋，辰阳。

温阡把最后一卷书收进书箱里，推门而出。

山下为他送行的乡亲们已经等了多时了，温阡展眼一看，为首一名鹤发鸡皮的老叟是镇长，大悦叔一家，还有菊弟、菊妹都来了。

镇长拄杖上前，将乡亲们三拼五凑收好的行囊交到温阡手里，叮嘱道："你是举子，去上京这一路上虽然有官府照应，自己还得多当心。"

"是啊。"大悦叔接话道，"眼下世道乱，到处都有流民，陵川一带匪盗四起，北边似乎还要打仗，莫要说去上京的路上，就是到了上京城里，你也不能掉以轻心。"

温阡应道："我晓得。"

他们所居的地方是辰阳一个叫玉山的小镇，镇子傍山而建，犹如世外桃源。

玉山镇人多以修筑营造之业为生，数百年里，出过几名有名气的筑匠，其中一人就是温阡的父亲。无奈温阡父母早逝，他被镇上的叔伯们拉扯长大，到了进学的年纪，为他请来隔壁镇上的跛脚秀才教他学问。

温阡天资聪颖，非但在营造术上天赋异禀，课业上也是一日千里，秀才考了一回就中，三年后，他去府城参加乡试，桂榜出来，居然拿了第二，差一点儿就是辰阳的解元。

万般皆下品，惟有读书高，温阡虽然志不在仕，辗转思量了数日，还是决定到上京参加来年的春闱。

镇长和蔼地笑道："你是我们玉山出的第一个举人，要是明年考中了，做了上京城里的大官，也算给玉山长脸了！"他又问，"罗校尉那边，你回信了吗？"

温阡点点头："回了。"

罗校尉是辰阳军司的校尉。

辰阳的安置所十分破陋，说了几年要重修，今秋才等到户部拔的银子。罗校尉慕名到玉山请筑匠，一眼就看中了自幼跟着叔伯们修屋建瓴、已经小有名气的温阡。

安置所安置的都是多苦多难的流民，这是造福百姓的好事。温阡一口应下，连着几宿都在琢磨图纸该怎么画，应该用什么木料，甚至拿竹枝搭了个雏形，预备拿给罗校尉过目。

他刚准备动身去辰阳，紧接着传来中举的消息，会试就在来年春天。外面世道乱，许多地方的举子等不及年关就动身去上京了。他去上京赶考，意味着放弃修筑安置所，可是，鹏程仕途在前，常人都知道该怎么抉择，温阡踌躇多日，最终决定写信给罗校尉，辞了差事。

众人又叮嘱了几句，来接温阡的官差就到了。温阡把书箱往背上紧了紧，回望山野一眼，跟乡亲们招了招手，跟着官兵走了。

从辰阳到上京，本来要途经中州，无奈近来劼北闹灾荒，大量流民拥入中州，兼之陵川匪寇四起，在通往中州的商道上频频滋事，举子们只好从明州绕行。

也正因为此，从前士人们都是自行奔赴上京赶考，今年各州府都派了官差护送。

辰阳的官差把几名举子送到界碑，明州接应的已经到了，为首一人是个伍长，他把几人迎上马车，说道："中州那边封了路，不少劼北流民被拦在关卡外，还有力气的就绕道来了明州，陵川的匪寇也一样，近来府城里不安生，前几天还闹了大盗，许多富户被劫了。还有不少富家子弟被骗的，昨天我们抄了一个流寇窝，你们猜怎么着？被劫的人里就有城里富商的小儿子，都被饿成皮包骨了。"

非是伍长故意吓唬赶考的举子们，这些话是州尹大人亲自叮嘱伍长的，所谓"朱门酒肉臭，路有冻死骨"，读得起书的人，多数还是殷实人家出身，哪里知道世间疾苦呢？端看眼前这几人就知道了，除了温举人，身边都跟着伺候笔墨的书童。他吓唬吓唬他们，省得他们到了府城不安生，被人劫了还帮着人数银子。

其中一个锦衣玉带的公子掀帘看了一眼，见马车后只缀行着寥寥几个官兵，不由得皱眉埋怨：“既然如此，你怎么不多带点儿人保护我们？”

“别看我们只有几个人，只要穿着这身兵袍，没人敢招惹我们，明州在征兵哪！”伍长笑道。

有人问：“为何要征兵？”

“北边苍弩几个部落不安生，可能要打仗，眼下朝廷征兵，中原的征兵点就设在明州。你们别瞧这年头匪多，匪也有好坏，有的匪苦无生计不得不落草为寇，但行的都是侠义之事，而今朝廷征兵，不少义匪都来明州投军了，这大道之上，多的是这样的义匪，真要出了什么事，看到我们这身兵袍子，还不是一声呼百声应，怕他作甚？不过，到了晚上，你们可得当心了，那些贼人最爱在夜里出没！”

他们说话间，明州的府城到了。

举子们落脚的地方在城中一家客栈，已经被官府包下了。伍长把举子们引到各自的客房，说是等其余州县的士子们到齐，就一并送他们去上京。

温阡回到房里，思及来年的会试，知道当下应该苦读，可是坐在桌前翻了几页书，怎么都看不进去。

他这些日子总是这样，心思不由自主就会飘到辰阳的安置所上。在此之前，他无一日不盼着安置所由自己建造，修得广厦，大庇天下黎民，这是他一直以来的愿望。可是三年一次的科考，亦是天下读书人梦寐以求的晋身之阶。

鬼使神差地，温阡从书箱的最底层取出还差一点儿就完工的图纸，以及竹枝做的安置所雏形。

他怔怔地看着，忽然心中有了决定。

就算自己不能亲眼看着安置所建成，把画好的图纸送给罗校尉作为参考也是好的，说不定他们就用了呢，如此自己也算尽了心。

温阡说做就做，翻遍书箱才记起自己并没有带作图用的量尺。

外间暮色四起，温阡趁着天还没暗，急匆匆出了门。他一连跑了几家笔墨铺子，等买到合用的量尺，天已经全黑了。

天一黑，四周就静下来了。近来城中闹大盗，巷子里原还有几间点着灯的铺子，被暮风冷飕飕一吹，纷纷关张了。

附近没有行人，温阡匆匆往客栈赶，心中十分不安，他只得安慰自己，还好这一带住的都是富户，没什么亡命之徒。可是转念一想，他又觉得不对，听那伍长说，近来在城中肆虐的大盗，不是专挑富户下手吗？

天上秋雷阵阵，云层把月隐去，狂风扫过，温阡挨着墙根，快步前行。

就在这时，他听到身旁高墙围着的院落里发出一声异响，像是有什么物件落在地上。

"谁？"院中紧接着有人上前查看。然而不等他走近，忽然有一团黑影向他袭去，腹中蓦地一阵钝痛，他闷哼一声，倒在地上，再发不出声音了。

温阡在墙外惊惧交加地听到院中发生的一切，心知这闯院人八成就是把府城搅得人心惶惶的大盗。

他不知道大盗是否听见了自己适才的脚步声，更不知道如果被大盗发现了，他应该怎么办，仓皇四顾间，忽然有一只手从身后的黑暗处伸来："过来！"伴着这么一声，他被人拉进了身后一条窄巷中。

与此同时，院中的大盗早已觉察出巷外有人，他翻墙而出，迟疑着朝温阡这处寻来。

好在方才的动静惊动了附近巡逻的官兵，很快有官兵举着火把赶来。大盗迟疑片刻，脚步一顿，往另一个方向逃走了。

温阡这才借着逼近的火光，看向把自己拉进窄巷的人，居然是个乞丐。

说乞丐也不尽然，他的衣裳虽然打着许多补丁，但还算干净，脖子上围着的佩巾绕了几圈，是暗红色的。他个头不高，看年纪只有十七八岁，身材纤瘦，生得白肤秀口，尤其是那双眼，看上去机灵极了，也狡黠极了，像嗅觉敏锐的小狼，对上温阡的目光，他伸手推温阡一把："喂，知不知道我救了你一命？"他竖起拇指，往大盗逃走的方向一指，"要是被那厮盯上，你就交待在这儿了！"

温阡还没应声，官差已经过来了，看了温阡与小乞丐一眼，问道："什么人？"

小乞丐眼中的神气一瞬不见，慌忙间他拽了一下温阡的袖口，然后指着温阡说："官爷，我跟他是一起的。"

官差又看向温阡。

温阡知道小乞丐为何要拽自己一下——他不想被官府盘查。离乱年间，人人都有难言之隐，再说这小乞丐的确救了自己，自己领他的情。

温阡点头道："在下乃要去上京科考的士子，这位……他是我适才从笔墨铺子雇来的书童。"

言罢，他送上自己的文牒，给官差查验。

官差看过文牒，态度和缓不少："既然如此，还请阁下尽快返回客栈，眼下城中盗贼肆虐，阁下之后切不可深夜出行。"

等官差走远，小乞丐才长长吐了一口气，他的眼底又浮上神气之色，摘下脖子上的佩巾，一边揩额汗，一边道："走啊，你住在哪儿？我跟你回去。"

温阡刚要回答，目光掠过小乞丐的脖子，忽地愣住了："你……"

小乞丐毫无所觉，揩完汗，把佩巾往脖子上一绕，若无其事地搭腔："对了，你适才说你是什么……烤柿子，你家是栽柿子树的吗？"

夜黑漆漆的，温阡在前面走，小乞丐一步不落地跟在后头。

"哦，你家不是种柿子的，你是读书人，要到上京考试，考中了就能做大官那种？"

"怪不得那个官爷对你这么敬重。"

"那你这么晚了还在外头闲逛？你不知道近来城里闹大盗吗？"

他的问题太多了，温阡根本不知道从何答起。

到了客栈，小乞丐四下望去，感叹道："官府待你们这些读书人真好，给你们住这么好的客栈！"等进了屋，他往弥勒榻上一坐，再度感慨，"这屋子真气派！"

对上温阡的目光，小乞丐似乎意识到这样不妥，讪讪地解释："我还是第一次住这么好的客栈，从前我们寨子里……我们镇上，给外来客住的都是大通铺，一张床从屋头连到屋脚那种。"

小乞丐吹了一夜的秋风，脸红扑扑的，温阡看着他，问："你……叫什么名字？”

“我姓岳，叫……”小乞丐话到一半，似乎意识到在外行走，等闲不能暴露真名，改口道，“我是家里的老大，下头有一个弟弟，他叫小七，你就叫我小六吧。”

他再度四下看去，忽然瞧见桌子上搁着一个巴掌大的小竹屋，屋门敞开着，里头依稀可见桌椅床铺：“这是你做的？太好看了！”小乞丐惊叹道，“从前我在我们县城的集市上也见过泥糊的小屋，手艺比起你可差远了！”

他又好奇道：“你不是读书人吗？怎么还会这种手艺？”

温阡不知道该怎么答，说起来，他对这间安置所的雏形并不满意，户部拨的银子有限，如果照他的图纸来修安置所，很可能超出预算，这也是他迟迟没把图纸交给辰阳军司的原因。

看着小乞丐对竹屋爱不释手的模样，温阡问：“你住哪里？明早我送你回去。”

小乞丐听了这话，慢慢把竹屋放下了。他望着温阡，目光干净又清透：“我是陵川人，跟家里人来了明州，几天前跟他们走散了，眼下没地方可去。”他抿抿唇，觉得难以启齿，“我……我能在你这里住几天吗？别看我穿得像乞丐，我不脏的，也没病，身上还藏了不少铜板，不会白吃你的，夜里睡地上就行。”

他似乎为了证明自己的话，当即把手伸进怀里掏铜板：“几天就行，几天后，我家里人肯定能找到我，我给你银钱……”

“不必了。”温阡打断道。他不知在介意什么，耳根竟有些微红，迟疑片刻，收了桌上的书册与画轴：“客栈里有书室，今夜你睡这里，我去住书室。”

言罢，他匆匆出门去了。

小乞丐在客栈一住就是三天。

他也没闲着，或早或晚，白天终归要出门一趟。客栈虽然供餐饭，到底离乱年间，伙食只管一个人饱，是故小乞丐每天回来，都要带上一纸包的小点心，明州出名的荷叶鸡、糖榧饼子，温阡都是托他的福才吃到。温阡也知道小乞丐的意思，他想证明自己不是白吃白住的，所以小乞丐每回带吃的回来，温阡都领情。

时而温阡在房中修图纸，小乞丐便不出声了，猫在一旁做自己的事，或者干脆睡大觉，从来不会打扰他。到了夜里，温阡去书室前，小乞丐神情都讪讪的，大约是觉得自己鸠占鹊巢，对不住温阡。

这天夜里，温阡照旧去了书室，小乞丐刚要睡下，忽听窗外一阵异响。

他们住在三楼临街，窗外除了夜里不辨方向的鸟儿，还能有什么？然而小乞丐似有所觉，推窗朝外看去。窗外黑漆漆一片，除了远天的月华，什么也望不见。小乞丐正要关窗，这时，窗檐上倒挂下来一个少年，冷笑着道："你果然在这儿。"

言罢，少年凌空一个翻身，掠进屋中。他轻功好得惊人，双足落在地上，没发出一点儿声响。小乞丐望着少年，讶异道："小七，你怎么来了？"

"我怎么不来？老爹知道你偷偷跟来明州，急着让人到处寻你。"少年在桌前坐下，翻了个茶盏，自顾自斟了一杯水，一边吃一边道："姐，你也太能胡来了，居然去找李瞎子的麻烦，不怕惹急了他吗？"

却说屋中的英气少年不是旁人，正是陵川义匪岳翀的义子岳鱼七，而他身前的小乞丐，则是岳翀之女，岳红英。

岳红英听了这话，气就不打一处来，在桌子的另一侧坐下："那凭什么老爹来明州投军，独独不肯带上我？他瞧不起女儿家吗？"

这话岳鱼七不知道跟岳红英解释多少次了，不是岳翀不肯带她，而是官府征兵，等闲不征女子，他们初来乍到，总不好坏了官府的规矩。

岳红英赌气道："正好这城里闹大盗，等我把李瞎子擒住，叫老爹和瞎了眼的官府好生瞧瞧女儿家的本事！"

岳鱼七嗤道："你抓李瞎子的法子，就是躲在这个富丽堂皇的客栈里守株待兔？"

"你可别小瞧了这客栈，这里住的都是去上京赶考的士子。"

"烤……什么？烤柿子？我可不爱吃那玩意儿。"

"不是柿子，是士子，读书人。"岳红英对岳鱼七的不学无术嗤之以鼻，"就是从小上学堂，会认字，会写文章，读很多很多书，以后要到上京城考试，考中了就能做大官那种。”

岳鱼七听了这话，目光里的轻蔑渐渐隐去了，他带着稍许敬畏的目光再度打量了一眼这间客房。

“这种地方，你是怎么混进来的？”

要知道，他从小在山寨子里长大，接触过最有学问的人，不外乎就是柏杨山下，读过一本《三字经》，识得一些常用字的写信先生。大周重文成风，读书人在百姓心中的地位始终要高一截。

岳红英自得地道：“那李瞎子不是在城里劫富济贫吗？我跟了他几日，前几天夜里顺手救了个读书人，这个读书人以为我跟家里人走散了，可怜我，就暂时收留我了。”

提起这个读书人，岳红英不知怎么起了兴致：“他姓温，辰阳人，脾气好，学问也好，你看到柜橱边的书箱了吗？箱里的书他全看过。他会写文章，还会画画，对了，桌子上这个小竹屋好看吗？就是他亲手做的。”

岳鱼七斜乜岳红英一眼：“他再有本事又怎么样？又不是你官人。”

不等岳红英发作，岳鱼七又道：“你跟他孤男寡女同吃同住，当心老爹知道了打断你的狗腿！”

“怕什么，这事你不说，我不说，老爹怎么可能知道？再说了，”岳红英垂下眸，“温相公也不知道我是姑娘，等他到了上京，做了大官，哪里会记得明州府城的一个小乞丐呢？”

岳红英没再多提温阡，对岳鱼七道：“放心吧，我都布置好了。那李瞎子不是劫富济贫吗？眼下官府要拿他，东街那一带他不方便去，正巧这间客栈里来了几个富家公子哥，我这几天托人把消息放出去了，不出两日，李瞎子肯定会现身，等我设计把他拿住，看老爹还让不让我投军，你再帮我瞒老爹几天。”

他们姐弟二人做事惯来有自己的主张，岳鱼七听了这话，没说答应，也没说不答应，站起身往窗前走，叮嘱道：“李瞎子可不傻，你故意放消息引他上钩，他未必瞧不出来。再说他只谋财，从不害人性命，拿下他，未必算得上大功劳。”

说话间，岳鱼七推开窗，要翻窗出去，岳红英忽又道：“等等。”

她问：“你带银子了吗？”

岳鱼七在身上找了找，在右边袖口里找出一串铜钱，全数给了岳红英，问：“你银钱花光了？”

“没……”岳红英犹豫着道，“今天在集市上看到一个小玩意儿，想买给温相公做谢礼，钱不够……”

岳鱼七闻言，多看岳红英一眼：“姐，你可别真是瞧上人家了吧？人家清清白白一个读书人，你可是个女土匪。”

“这个送给你。”

岳红英把一个古朴的木匣子放在桌上。

温阡有点儿意外，打开来一看，匣子里是一个巴掌大小的房子。

跟他做的安置所雏形差不多，不同的是他的是用竹子搭的，眼前这个是用木头和泥土夯的。

岳红英道：“你一天到晚都在画房子，刚巧我在集市上瞧见这个，你看看喜欢吗？”

温阡拿着木屋看得认真，没接话。

岳红英不知怎么不自在起来，又解释：“我已经打听到我家里人的消息了，明早就去城外跟他们碰头，你收留了我好几天，这个就当谢礼。”

温阡似无所闻地嗯一声，好半晌，抬起头：“这木屋是谁做的？”

“不知道，一个陵川来的小贩卖给我的。”岳红英道，见温阡似乎十分在意这木屋，多说了一句，“我们陵川的房子都是这么盖的，建在两山之间避风的地方，因为怕积雨，房底高出地面一大截。”

温阡愣道：“建在两山之间？”

岳红英一点头。“你没去过陵川吧？陵川山多，好多房子盖在山里。”

温阡的确没去过陵川，却听玉山镇的叔伯们提过，说那是一个山峦遍布、夏日多雨的地方。

听了岳红英的话，温阡似有所悟。

他迟迟不把安置所的图纸交给辰阳军司，是因为户部拨的银子有限，按照他的想法修建，会超出预算。

可是，如果能为安置所重新择址，利用天然的地势避风挡雨，不就可以在原料上节省许多吗？

是他墨守成规了。

温阡豁然开朗，对岳红英道："我明白了，多谢你。"言罢，他匆匆卷起纸轴与量尺。

"哎——"不等岳红英叫住温阡，温阡已经疾步赶去书室修图纸了。

岳红英悻悻地坐下。她都说了她明天要走了，可他只当耳旁风，一心只关心他的图纸。他们好歹相识一场。

岳红英正在失望，忽听房门一声响动，温阡竟又回来了。

他看着她："你明天何时出城？"

岳红英不明所以："辰时吧？"

温阡道："好，明早我送你。"

岳红英愣了愣，反应过来立刻道："那说好了！"

温阡笑了一下，点点头，再度去书室了。

天很快黑了，岳红英并不敢睡。

她没跟温阡说实话。

她明天离开，并不是因为找到了家人，而是算准了李瞎子今夜会来。

她已经托人把消息放出去了，说城东的客栈里住着几个有钱的士子。

而今城里闹大盗，城中富户风声鹤唳，不惜花重金请来护院日夜看护，唯有客栈里的读书人不知世道险恶，疏于防范。

士子们后天天不亮就要赶往上京，今夜是最好的时机。李瞎子不是惯爱劫富济贫吗？他怎么可能错过这个机会？

等李瞎子来了，惊动了客栈外官兵，只能从后门离开。

后门外也有官兵把守，但西侧有一个柴房。柴房后有一道暗墙，从暗墙翻出去，避走暗巷，这是最佳的逃跑路线。

岳红英则是在柴房里做了埋伏，只待李瞎子一来，必能中招。

天愈来愈暗，过了亥时，夜色浓得几乎化不开。岳红英以手支颐，坐在桌前打盹，外间忽然传来一阵叫嚷。

"快来人啊，客栈里进了贼！"

"有贼！有贼偷东西，还打伤了人——"

岳红英蓦地睁眼，见外间灯火通明，立即朝后院的柴房寻去。

整个客栈被围了起来，但官兵还在楼中搜寻，后院静悄悄的。

岳红英推开柴房的门，果见一个高大的身影伏在地上。柴房里的迷香气息已经淡了。岳红英还是谨慎地摸出手帕拢住口鼻，唤了一声："李瞎子？"

地上的人没反应。

岳红英走近几步，伸手推了推李瞎子，见他还是没知觉，放下心来。她拿出早就备好的绳索，打算将李瞎子捆住交给官府，就在这时，地上的人忽然动了。

李瞎子蓦地一个暴起，在黑暗里伸出手，直直朝岳红英擒来。

岳红英反应也快，闪身要避，可仓促之间，她哪里快得过早有准备的李瞎子？

手臂被反折去身后，耳边传来李瞎子的低笑："近日跟踪我的女贼就是你？"

岳红英冷哼一声："原来你将计就计！"

李瞎子道："你故意放消息引我上钩，我如果不来，岂非愧对你一番苦心了？小姑娘，我跟你无冤无仇，你为何要设计擒我？"

岳红英抿唇不答。

李瞎子再度哂笑道："不说也罢，我大致猜得出来。小姑娘，你还太嫩了，这是你头一回出山吧？想要擒个人，连对方的来历都不知道打听？你不认得我，我可认得你，你我同是陵川人，你的父亲，就是柏杨山的岳翀！"

他说到这里，大笑道："堂堂岳翀之女，今夜居然落到我手上，传出去，可要叫人笑掉大牙！"

"一人做事一人当！"岳红英听了这话，急道，"今夜我落在你手上，是我棋差一着，要杀要剐悉听尊便，跟我老爹可没关系！"

"怎么没关系？"李瞎子道，"他岳翀不是自认义匪吗？不是带着柏杨山的弟兄们投军吗？好事都让他一人做尽了，却叫世人笑话其他山贼不走正道！正巧，今夜岳翀之女落在我手上，我这就把你投去官府，留下字据，说今夜是你引我来偷盗的，还有我近日在明州犯下的所有案子，都是同岳翀合谋的！不然我为何明知今夜是计，还要前来？”

李瞎子大笑着说完，拽着岳红英跃出暗墙。

他们还没走出暗巷，前方忽然出现一簇灯火。李瞎子倏然一惊，以为是官兵找来了。

他虽然要送岳红英见官，自己却不愿与官府起正面冲突，正要避去墙侧，岳红英已然大叫出声：“义士救我！”

巷口提着风灯的身影蓦地一顿，那人明知此处有危险，竟是不避不退，朝巷中寻来。

他们离得近了，灯火映出提灯人的脸，清俊温雅，气度温和，竟是温阡。

原来温阡听说客栈进贼，回房没有寻到小乞丐，担心她遇到危险，径自寻出来了。

岳红英见自己竟把温阡引来，心中懊悔不已。

她棋差一着，误中他人奸计，一个人栽在这里就算了，但她绝不愿温阡陪自己涉险。

不顾李瞎子扣住自己的手臂，她狠狠往外一挣，手肘差点儿被掰折，高声道：“温相公，我有法子脱身，你快走，你留在这里只会拖累我！”

说话间，温阡已经到了两人近前。

李瞎子万万没想到岳红英努力从他手中挣开，竟是要劝走来人。

他狐疑地看了岳红英和温阡一眼，心中渐渐了然。

他说呢，岳红英一个山匪，如何能在士子落脚的客栈来去自如，原来是这读书人心好，可怜“小乞丐”无家可归。

李瞎子嘲弄地笑道：“小子，你还不知道吧，你被她骗了，她根本不是乞丐，更不是男人，她可是——”

“你一个大男人，欺负一个小姑娘做什么，把她放了！”不等李瞎子说完，温阡打断道。

岳红英愣住了：“你……知道？”

他知道她是女子？他什么时候知道的？既然知道，他为何还要收留她？他们读书人不是最讲究男女授受不亲吗？他不觉得他们孤男寡女同处一室不妥吗？

温阡看岳红英一眼，没答她的话，对李瞎子道："我知道你就是官府四处捉拿的大盗，你劫走她，无非是想寻个人帮自己顶罪，引开官府的注意力，日后逃出生天。但你可想好了，她近几日都同我一处，做了什么，自有我为她做证，我们三人若僵在此处，等官兵来了，对你只有坏处，没有好处，反之，你放了她，我只当从未见过你，如此两厢安好，才是上策。"

李瞎子冷笑道："你这读书人倒是聪明，一眼就看出我的目的。但是，你算漏了一点，我为何要同你僵在此处？"

话音落下，李瞎子忽然并指一挥，一道极薄的刀刃如离弦之箭，直直朝温阡射去。

"温相公当心！"

岳红英惊呼出声，就在这时，一道如流风的身影从墙头跃出，从容地从树梢摘下一片叶子，信手挥出，飞叶撞开刀芒，薄刃被半空拦截，落在地上。

等李瞎子反应过来，岳鱼七已然从他手里抢回了岳红英，与此同时，几道身影随之出现在巷中，为首一人高大挺拔，一对英眉，四十上下年纪，正是岳翀。

"小七、爹，你们怎么来了？"岳红英愕然道，又看向岳鱼七，"是你……"

"不是我。"不待岳红英问完，岳鱼七径自道，"上回忘了跟你说，老爹投军以后，明州官府交给老爹一桩差事，巧了，正是捉拿府城里的大盗。今夜是老爹自己寻到这儿的，我可没出卖你。"

岳红英一时间不知说什么好，她原想着独自擒住李瞎子，到老爹面前邀功，证明女子也能投军呢。

"我道今夜这客栈为何疏于防范？这么久了，居然还没官兵找来，原来竟是你父女二人里应外合，一明一暗，不外乎是为了擒住我。"李瞎子以为岳红英和岳翀合谋做局，愤愤然道。

岳翀没多解释，只道："李应全，你劫富济贫，终非正道，从今往后，罢手吧。”

“正道？”李瞎子冷笑一声，“什么才是正道？像你一样投军吗？那你告诉我，你投军以后，除了无头苍蝇般被官府驱使，又做了什么？”

“明州、中州这么多流民，每天多少人因灾荒死去，你帮助过他们吗？”

“岳翀，当初你在柏杨山，拒不劫掠，不伤害无辜，我佩服你。可你眼下屈服于官府，走上一条功名利禄路，我就是瞧不起你！还口口声声跟我谈正道，虚伪！什么是正道？小兄弟，你知道你的正道在哪里吗？”

李瞎子说到末了，偏头看向温阡。

温阡不期然被他问住，一时没答上话来。

李瞎子见他这反应，大笑道：“你看，你是要考功名的人，不也一样不知道自己的路在何方？你或许都没想过自己想要的究竟是什么，只是天底下的人都说这条路是对的，说读书能平步青云，你就选择了这条路。”

温阡听了这话，心中不由得反驳，不是的，他一直知道自己想做什么，要的是什么。

他这小半生钻研营造修筑之业。心中最大的愿望，不外乎是修得广厦，大庇天下百姓。

可他没有把这话说出口，因为他眼下走的路，的确与他心中的愿景背道而驰。

李瞎子道：“你说劫富济贫终非正道，可我至少能清清楚楚地看到被我帮助过的人一点儿一点儿好起来，哪怕他们只能多活一个月、两个月，甚至一天两天，难道在这乱世间，走不一样的路，就是错的吗？”

岳翀没有回答，因为巷外已然亮起重重灯火——官兵终于寻来了。

李瞎子只觉多说无益。他当初选择违背世俗，行心中之义，便预备好了有今天。

他伸出双手：“你把我交给官府吧。”

岳翀看他一眼，却没有动手，而是道：“你走吧。”

这话出口，在场众人，岳红英、岳鱼七，包括温阡，都诧异地看向岳翀。

岳翀道：“我不认可你的所作所为，但我查过，被你劫掠过的富户，大多是奸商。我不知道乱世之中是不是真的需要你这样的人，但我始终觉得，你还不算无可救药，把你交给官府，在牢里关个十年八年，饥一顿饱一顿却不至于饿死，有点儿太便宜你了。”

李瞎子听了岳翀的话，愣了半晌，吐出两个字：“虚伪。”

他冷声道：“你既然打定主意要放我走，今夜大费周章地布局擒我，又是何故？”

“今夜能擒住你实属意外，非我所料。”岳翀没解释太多，“但我也可以借此机会，告诉你一桩事。五天前的夜里，被你劫掠的那家富户，不过是徒有奸商之名罢了，事实上，他帮助过不下百名流民，节衣缩食，捐银百两，只为请官府再度开棚施粥。他名声不好，乃是因为一个盗取了家中钱财，被他驱逐出户的家仆在外恶意散播所致。”

“乱世中，有人为恶，但也不止你一人为善，望你日后行事，慎之又慎，抛弃俗世正途，就不要辜负心中之义，望你不悔所择之路。”

李瞎子听完岳翀一番话，神色几起几浮。

他诨名“瞎子”，不是因为目力不好，而是因为幼时苦难，而今不忍直见世间疾苦罢了。

他深深看了岳翀一眼，点头道：“好，柏杨山岳翀，我李瞎子今日承你的恩，记在心里了！”

言罢，他往墙头一跃，身形消失在夜色中。

李瞎子走了，温阡还沉浸在他与岳翀适才一番言语中，久久不能回神。

——你看，你是要考功名的人，不也一样不知道自己的路在何方？

——只是天底下的人都说这条路是对的，说读书能平步青云，你就选择了这条路。

…………

——抛弃俗世正途，就不要辜负心中之义，望你不悔所择之路。

直到火色逼近，温阡才陡然回过神来，来人高坐于骏马之上，俨然是明州军衙的将军。他居高临下地看着岳翀：“岳校尉，你让本将军相信你，说你会生擒大盗，大盗人呢？”

岳翀抱拳行礼："将军恕罪，末将疏忽，不慎让大盗逃了。"

将军的目光冷冷地注视着岳翀，良久以后，他开口道："既如此，你——"

"将军恕罪，适才是在下疏忽，不慎被贼人劫拿，岳校尉是为了保护在下，才让贼人逃了的。"不等将军问完，温阡抢过话头。

他也不明白自己为何要这样说，只知道，如果让军衙知道岳翀故意放走李瞎子，柏杨山岳氏的行伍生涯，恐怕要就此告终了。

他想起适才听到的一句话——

不知道乱世之中，是不是需要这样的人，一个，所行所为唯心论之的人。

所以不如由他顶了这个罪名。

左右官府事后去查，也能查出李瞎子是被岳红英引来的，而收留岳红英的人，是他。

高坐马背上的将军冷冷地扫了温阡一眼："温举人？"

他勒转马头："跟本将军来吧。"

三天后。

岳鱼七牵着马，把岳红英送到城外："我跟老爹要随军北上，去劼北瞧瞧，你回到柏杨山，就给我们来信。"

岳红英拢了拢肩上的行囊，点点头。

岳鱼七又道："老爹说了，你路上如果遇到麻烦，就报柏杨山岳氏的名号，没人敢为难你。"

岳红英又点点头，催促道："行了行了，你快走吧，老爹那边不是已经整军了吗？你偷溜出来送我，也不怕被军册除名。"

岳鱼七往官道上遥遥看一眼，见往来多是行人。岳红英又会功夫，想来不会遇到麻烦，把缰绳交给她，掉头上了自己的马，背身挥挥手，往城里疾驰而去。

岳红英看着岳鱼七的背影，却没有上路。

她等在城门口，从日出守到日暮，直到夕霞覆上云端，巡逻的校尉出城来跟守卫们交接差事。

岳红英连忙迎上去，唤问："官差大哥，敢问前阵子在城东客栈落脚的士子们怎么样了？”

“士子？”

“就是去上京城赶考的士子。”

官差打量岳红英一眼，见她不像歹人，如实说道：“要去上京赶考的士子自然赶考去了，难不成还会留在明州？”

岳红英一愣：“那……那温举人呢？”

“温举人？”

“就是辰阳来的，玉山人士，瘦瘦的，高高的，背了一个书箱的那个。”

这么一说，官差想起来了，去上京城赶考的士人大多出身好，只有辰阳的温举人，身边连个书童都没带。

“他啊，他不考了，回辰阳了。”

“不考了？”岳红英愕然道，“为何不考了？”

“好像是犯了什么事吧，不过官府好像也没治他的罪。唉，说不清，放着大好的前途不要，谁知道呢？”

岳红英怔怔地立在原地。

他犯了事？那他八成就是受她所累了。

可是官府没治他的罪，他为何还是放弃科考了？

难道是为了那些……他想盖房子？

霞光兜头浇洒，岳红英翻身上马，官道上两条岔口，一条往陵川，一条辰阳。

岳红英勒马徘徊，忽地想起那夜灯色如烧，温阡被那将军带走前，她追了几步，唤道：“哎，你……你是如何看出——”

她还没问完，温阡就笑了。

他知道她想问什么。

你是如何看出我是女子的？

温阡伸出手，指尖轻轻碰了碰脖颈。

女子和男子的脖颈是不一样的，初见那夜，她曾摘下暗红佩巾揩额汗，脖颈白净光洁，一看即知。

原来他从一开始就知道她是个姑娘。

难怪他要去书室睡。

难怪他和她说话，时不时会耳红。

可即便这样，他还是愿意收留她。

岳红英这么想着，心也定了，她蓦地勒转马头，朝另一个岔口疾奔而去。

翌日天色鲜亮，温阡从驿站出来，再度上了路。

此去辰阳千里，为了节省银子，他没有雇马车，路途虽然遥远，他的步子却是轻快的。

比起来时的迷茫，他眼下心中一片澄澈。

他终于知道自己真正想要的是什么了，也有十足的勇气做出抉择。

等回到辰阳，他要把新画好的图纸交给军司的罗校尉看，和他一起为安置所重新择址。

甚至自此以后，会有更多的广厦高楼从他手中拔地而起，遍布江山九州。

此行千里，他却看得见远方。

正在这时，身后忽然传来橐橐的马蹄声，温阡似有所感，回身望去，与此同时，策马人飞快勒马，翻身而下。她围着一张暗红佩巾，高声问："喂，温工匠，去辰阳这么远，不怕路上遇到歹人吗？要不要雇一个护卫？"

她的一双俏丽的眼灵动极了，像只狡黠的小狼，她眨眨眼又道："我不收工钱，每天管饭就成，错过这村儿，就再没这便宜可捡了！"

番外二

心游四方

天阴沉沉的，窗外雨声淅沥。

谢容与从房里出来，守在楼道口的朝天立刻迎上来：“公子，少夫人……”

青唯已经睡下了。

谢容与比了一个噤声的手势，走开了一些：“着人去东安，查一下日前上溪城西庄子上的叶氏祖孙在寻找什么药材。”

他们昨晚为了捉灰袍鬼，在山中与假扮灰袍鬼的青唯重逢。朝天知道这条线索是少夫人给的，不疑有他，道了声“是”，退下了。

谢容与随后唤来章禄之等人，吩咐下余后事宜，等回到房中，已近午时了。他一夜未睡，眼下竟也不困，提着一分心神细细地思虑城中的状况。

在陵川与青唯重逢，谢容与其实并不意外。他能想到徐述白奔赴上京另有因果，小野聪慧，未必不能想到。他既盼着她来，又不希望她来，左骁卫的伍聪发现了她的踪迹，上溪县衙不干净，她是温阡之女，在这场是非里越陷越深不是好事，然而，见她在外面颠沛流离，落得这般憔悴，到底不如跟在他的身边。

雨越下越大，青唯已经睡熟了。

她睡得安心，谢容与悬着的心也慢慢放下来。他这大半年来，从接到赵疏的信，到扳倒何鸿云；从旧疾复发，到远赴陵川，少有这样的浮生半日闲。他在桌案上抹平一张信纸，提笔微顿片刻，不知觉间，笔尖的字已落下：“父亲敬上。”

……

谢桢是在咸和十七年去世的。

如今想起来，谢桢投沧浪江的年纪，大概就是谢容与现在的年纪。

这么多年过去，谢容与对谢桢的印象已经不深了，只记得祖母说，他和父亲长得很像，天生一副谢家人的脾气。

谢家人是什么脾气呢?

这个屹立中州百年的世家并不像其他宗族一样规矩严苛。它对族中子弟是包容的，谢家的儿女除了少时跟着家中的西席先生开蒙进学，日后前途由己，不一定入仕做官，同一辈中，有经商的，有专研一门匠艺的，也有放浪不羁自在一生的。

谢桢十二岁外出游学，东渡重洋到过琉球，至北去过苍弩七部。如画江山走了半壁，却见生民流离失所，苦于生计，所以谢桢最后决定入仕，不是因为惟有读书高，他是真正怀着一颗报国救民之心。

或许受谢氏家风影响，谢桢入仕后，依旧是一副风流公子的做派。

咸和十二年，他高中状元，琼林宴上言笑晏晏地递给荣华长公主一杯酒，几日后恩旨下来，他便成了尚公主的驸马。

后来的人提起这件事，都说是荣华长公主对谢桢一见倾心。

其实不是。

“……我入京那年，在大慈恩寺偶遇你母亲。彼时各地流民拥入京师，寺院成了流民的庇护所。你母亲入寺礼佛，一路避让，还是被流民弄脏了裙裾。她十分不悦，唤来住持质问缘由……然而等她礼完佛出来，除了让婢女把随身携带的糕饼与儒氅搁在寺中的银杏树下，什么都没再说。”

谢容与记事后，谢桢立在醉仙楼的临窗楼台上，对他如此说道。

“后来在琼林宴上，你母亲穿着一身士子服，女扮男装前来赴宴，我这才知道那日在大慈恩寺偶遇的姑娘竟然是她。早就听闻今上要为荣华公主选婿，当着所有人的面，把御赐的桃花酒递给她，我是故意的。”

在谢容与的记忆中，他儿时一直是跟着父亲居多。

谢桢无论上哪儿，总喜欢把他带在身边。父亲偶尔薄饮几盏，话便多上一些，谢桢也不顾忌，家国天下，儿女情长，一股脑儿全对身旁这个小娃娃说，好在谢家男儿早慧，谢容与虽然年幼，多少听进去了，他觉得他是了解父亲的。

以至于咸和十七年，士子投江的消息传来，他虽然难过，并不那么意外。

他明白谢桢的入仕之志，看过他在春日楼台上如何与主战派争辩，也知道他何故整夜不眠，泣血书谏。但谢容与还是不可避免地沉默了，这种沉默不单单源于幼年失怙的创痛，天资聪颖的他，敏锐地觉察到自己的命运将会因士子投江而改变。他将从此被套上枷锁，再也不能如谢桢站在楼台上指着远天江流入海，说的那句“谢家男儿，当身游四方，心游四方”一般自在度日。

士子投江的半年后，册封昭王的圣旨如约而至，远在中州的祖母到上京探望谢容与，看着孙儿变得沉默寡言，便说：“你父亲少时游历四方，你且当他是远游去了，若心中有话，或是遇到坎了，就写信给他吧。”

谢容与坐在偌大的昭允殿中，铺开一张纸，写上一句，“父亲敬上”，笔尖却顿住了。

他不知道该说些什么。

父子生死相隔的思念之情落于笔端终觉太浅，宫中日复一日的生活实在乏善可陈，竟不如谢桢在春日楼台上道来的一桩桩趣事。

谢容与辗转思来，千般话语到了纸上，成了不痛不痒的一问，和他在宫中的生活一样苍白。

“……听闻父亲十二岁离家游学，而容与囿于宫禁，不知何日可游四方。”

……

谢容与写给谢桢的第二封信，已经是昭化十二年了。

他在宫中长大，七岁跟着昭化帝做文章，九岁在翰林修书，十二岁便跟着老太傅在翰林讲学，与人辩理。

他到了十四岁初涉政务，开始也很青涩，但他成长得极快，年余过后，渐渐得心应手。

昭化十二年，昭化帝决定将洗襟祠改为洗襟台，把谢容与招到身边：“修筑洗襟台，由你前去督建吧。”

谢容与愕然抬头：“陛下让臣去？”

“怎么，不愿？”昭化帝问。

谢容与不是不愿，他只是感到意外。

十七年来，他从未离开过上京，还以为一生都将困囿这座四方城中。

他很快写信给温阡，紧接着动身上路。

等到了辰阳，他才发现温阡断弦，正赶回乡里为亡妻守丧，他不该在这个时候上门打扰。

谢容与是不速之客，眼睁睁地看着温小野离家出走却无计可施，他追出山舍，唤了一声："姑娘。"

她只是回头望了一眼，提着重剑慢慢地走远，消失在这片山野中。

身后传来一声叹息："那便是小女小野。"

温阡说着，似乎辨出谢容与眼中的愧色，劝道："她就是这个脾气，小时候跟着她师父在外野惯了，说走就走。殿下不必在意，她去过许多地方，也有功夫在身，不会遇到危险的。"

少年男儿外出游学在大周是常事，可女子总该困守闺中，或许一生都踏不出一道宅门。

那个小姑娘看上去不过十三四岁，谢容与惊异于她的来去随心。

后来，他想起来，辰阳山中的青衫身影之所以能在他的心中烙得这么深，起初是因为内疚，伴之而来的是震惊，再后来，他到了柏杨山，从温阡那里听到许多温小野的逸闻，渐渐就成了好奇。

昭化十二年的初冬，谢容与坐在柏杨山值守所的书室中，提笔写信。

"父亲敬上。"

"……在辰阳山中偶遇一女子，幼时随父开蒙，后跟随岳小将军习武，一身本事，游历四方，心轻身轻，是故自在来去。容与于是自省，近年困于宫闱，是否自负枷锁，误以为车马累赘。父亲尝谓容与，心游四方，身游四方，心字在前，是以为因，身字在后，是以为果，容与如今勘悟，待洗襟之台建成，或向今上辞行，离开上京……"

……

可惜谢容与未能如愿。

昭化十三年七月初九，那一句“拆吧”成了他此后多年的噩梦。

他患上心疾，日复一日地沉湎在噩梦中，不敢直面青天白日。

如果说谢容与身上的枷锁从前是士子投江强加于他的，那么今日，他给自己戴上镣铐。

哪怕他戴上一张面具，成为江辞舟，也不过是仍然在逃避。

好在时间慢慢过去，疾状多少缓解了一些，谢容与知道自己还有未完成的事，嘉宁三年的秋天，从赵疏手上接下了昭化帝留给他的信。

嘉宁三年的秋天是一个多事之秋，洗襟台拟定重建，朝廷重新彻查楼台坍塌的原因，大理寺缉拿了一批嫌犯，其中包括崔弘义。

谢容与念及与温阡、崔原义等筑匠的情谊，利用江辞舟与崔芝芸的婚约，愿救崔氏一命。

然而等到新婚之夜，他吃得几分薄醉，掀开盖头，定睛望去，看到的是她。

那个他在辰阳山中有过一面之缘的小姑娘。

那个他在海捕文书上画了一道朱圈的女子。

这么多年过去，她穿着一身青衫伶仃来去的身影，他依然记在心里。

谢容与已经许久不去思量过往如今了。

可是这一刻，仿佛宿命一般，他忽然想起了洗襟台坍塌前，他在柏杨山中写给谢桢的那封信以及信中他将要辞离京师的微薄夙求。他甚至想起了更早之前，春日的楼台上，谢桢指着远方说，“谢家男儿，当心游四方，身游四方”。

宿命贵在循环往复，遇到小野，他忽然又多了一点儿挣脱镣铐的勇气。

小野嫁进江府的大半个月后，谢容与的旧疾复发过一次。

他站在折枝居外，想试试自己能否面对坍塌的过往，可惜，失败了。

堕于梦境的三个日夜里，他时而回到最初那场梦魇里，偶尔也有宁静的梦。

梦里的他坐在桌子前给谢桢写信，可惜一句“父亲敬上”后，笔端徘徊难以下落。

蒙眬中，有一道身影朝他走来，流风般恣意：“听你母亲说，你近日成亲了，还领了玄鹰司都虞侯的衔，这么多大事，不告诉为父吗？”

谢容与踌躇片刻：“我还不清楚自己究竟怎么想的。”

谢桢笑了："不急在这一时，可能连你自己都不知道，谢家的儿女，有个很特别的天赋，从来都看得清楚自己的心，等你往前多走几步，自然会柳暗花明，等到那时，你再写信给为父，为父等着。"

……

到了黄昏，窗外的雨渐渐收了，桌案上，一封信渐渐已写成。

谢容与蘸了墨，提笔写下最后一段："父亲，半载时光倥偬，何氏倾覆，今上借此良机，为我等铺设后路，前路虽险，好在半载离散重逢，坎坷奔波，吾心已定，待拨云见日，必当携妻归乡，拜于墓前。"

床榻处传来青唯的呓语，门外适时响起叩门声，朝天道："公子，叶氏祖孙找的药材查到了，是海螵蛸。"

谢容与于是搁了笔，朝门口走去。

身后的窗外，雨散云霁，晚霞漫天。

（未完待续）

图书在版编目（CIP）数据

青云台 / 沉筱之著 . -- 南京 : 江苏凤凰文艺出版
社 , 2022.6（2023.4 重印）
ISBN 978-7-5594-6702-7

Ⅰ . ①青… Ⅱ . ①沉… Ⅲ . ①长篇小说 – 中国 – 当代
Ⅳ . ① I247.5

中国版本图书馆 CIP 数据核字 (2022) 第 047913 号

青云台

沉筱之 著

责任编辑　周颖若
特约编辑　薛天舒
装帧设计　小茜设计 Miniqian Designstudio/QQ:310094811
责任印制　刘　巍
出版发行　江苏凤凰文艺出版社
　　　　　南京市中央路 165 号，邮编：210009
网　　址　http://www.jswenyi.com
印　　刷　天津旭丰源印刷有限公司
开　　本　680 毫米 ×970 毫米 1/16
印　　张　40.75
字　　数　620 千字
版　　次　2022 年 6 月第 1 版
印　　次　2023 年 4 月第 2 次印刷
书　　号　ISBN 978-7-5594-6702-7
定　　价　78.00 元（全二册）